Dieser Text entstand in 36 Tagen und wurde großteils in der Psychiatrie geschrieben.
Im Jahr 2018 bringt Judith Jant im Wiener Otto Wagner Spital das Aussen und das Innen zu Papier, schreibt sich die Seele aus dem Leib und informiert in Rückblenden über Gründe ihrer Erkrankung.
Traumatisierungen führen zu einem brüchigen Wesen, das dennoch stark ist.
Therapiemethoden werden anschaulich beschrieben.
Tabulos berichtet sie von einer Zeit als Telefonsex-Anbieterin und Prostituierte.
Das Schreiben hält sie zusammen, während in ihr der Wahnsinn spukt.
Eine Reise, ständig an Abgründen entlang.
Judith Jant ist seit 24 Jahren Künstlerin, ihre Bilder, die eng mit ihrer Therapie zusammenhängen, begleiten die Worte.

Judith Jant, geb. 1979 in Graz, lebt und malt in Wien.

Judith Jant

DAS LICHTEN EINES WALDES

Nach einer wahren Begebenheit

2. AUFLAGE

Judith Jant
c/o skriptspektor e. U.
Robert-Preußler-Straße 13 / TOP 1
5020 Salzburg
AT - Österreich
judithjant@gmx.at
www.judithjant.at

Herstellung und Verlag: BoD – Books on Demand, Norderstedt
Bibliografische Information der Deutschen Nationalbibliothek: Die Deutsche Nationalbibliothek verzeichnet diese Publikation in der Deutschen Nationalbibliografie; detaillierte bibliografische Daten sind im Internet über www.dnb.de abrufbar.
ISBN 9783752671179

Dieses Buch ist all meinen MitstreiterInnen gewidmet.

Wien, Otto-Wagner-Spital, Pavillon 24

INHALT

ERDE AN MOTORIKZENTRUM

Ein Mittwoch. Nicht alle hier auf dieser Station sind sich darüber im Klaren, somit zähle ich zu den Glücklicheren. Nichtsdestotrotz bin ich hier. Ich fließe in die Fugen des Linoleumbodens, ich verliere mich in den Zimmern, in denen es viel Raum mit wenig drin gibt, ich werde besiedelt von den hier ansässigen Keimen, verbinde mich mit den Nikotinbelägen im Raucherraum.

Akut-Psychiatrie. In meinem unterirdischen Zustand fällt mir nichts anderes ein, als zu schreiben. Etwas, das mir ein wenig das Gefühl nimmt, mich aufzulösen, etwas, das all meine Teile an einem Punkt vereint. Seitdem ich hier bin, muss ich das Bild, mich im Badezimmer meiner schnuckeligen Wohnung erhängen zu müssen, nur noch halb so oft wegdrängen. Ein paar Stunden, in denen mich mein Gehirn in reduzierter Art quält, sind schon ein Gewinn. Wenn das Fernbleiben von etwas Erleichterung verschafft, dann wird man genügsam. Wenn man nicht mehr, sondern weniger will, dann rückt das einiges gerade. Und Geraderücken, das ist genau das, was ich im Moment brauche. Sowohl vertikal als auch horizontal.

Nach 5 Wochen an der Tagesklinik im Wiener Otto Wagner Spital, ein Krankenhaus, das auch eine große psychiatrische Abteilung besitzt und 1907 als Niederösterreichische Landes-Heil- und Pflegeanstalt für Nerven- und Geisteskranke Am Steinhof gegründet wurde, fetzte es mir sämtliche Sicherungen. In eine Tagesklinik kommt man jeden Tag in der Früh und geht nach dem Therapieprogramm nachmittags wieder heim. Eine Maßnahme, dazu gedacht, mich wieder jobfit zu machen, destabilisierte mich dermaßen, dass etwas in mir nur noch sterben möchte.

Am vergangenen Freitag, dem Tag des Endes der fünften Woche der ambulanten klinischen Betreuung, die mich immer mehr auslaugte und mir das Letzte abverlangte, begann ich zu zittern wie noch nie. Abends war ich bei Freunden zum Essen eingeladen, zwei Menschen, die ich sehr schätze, auch wenn wir uns noch nicht so lange kennen. In deren Wohnung traf ich in einem erbärmlichen Zustand ein, verließ sie in einem noch heftigeren. Panikattacken. Ich dachte, ich muss sterben. Mein Körper war ein Gefängnis, jede Zelle darauf erpicht, es zu verlassen. Ein Rasen, ein Dröhnen, ein Aufstand der Materie, ein Streik der Funktionen. Während des Essens legte ich alles beiseite, schlüpfte so stark zitternd in meinen Mantel, dass ich nur knapp einem Kinnhaken von mir selber entging, und fuhr heim. Als ein vibrierendes Etwas kam ich an, es legte sich nicht. Der Schlaf wollte sich trotz Erhöhung der Medikamente, die ich sowieso täglich nehme, lang nicht einstellen.

Als er sich endlich über mich legte dauerte es aber nicht lange, da katapultierte mich die Angst wieder aus dem Schwarz, alles in Aufruhr, blanke Panik. Ein Gang zur Toilette endete mit dem Fallen von der Schüssel. Die Ohnmacht war eine Erlösung, die Zellen verließen ihr Gefängnis, schwirrten im Raum, ich wäre nicht böse gewesen, wenn sie sich nicht mehr vereint hätten. Ich erwachte desorientiert, vernahm nur den kalten Boden. Er hielt mich. Ich war wie aus Staub. Eine große, doppelhügelige Beule am Kopf erzählte mir, dass ich gegen den Türstock gedonnert sein muss. Irgendwie setzte sich diese Nacht fort. Sie erschien mir ewig, aber sie verging. Zwangsgedanken ans mich Töten suchten mich heim. Mit Hilfe des Sozialpsychiatrischen Notdienstes und Benzodiazepinen, das sind Medikamente mit angstlösenden, beruhigenden, krampflösenden, und schlaffördernden Eigenschaften, überstand ich das Wochenende.

Und dann begann die neue Woche in der Tagesklinik. Ich schleppte mich hin, machte meine Therapien, rutschte in dissoziative Störungsbilder, die mir erscheinen, als wäre ich Alice im Wunderland. Dabei entgleitet mir eine normale Empfindung von mir und der Umwelt. Alles ist wie in Watte, weit weg oder viel zu nah. Speziell im Zusammenhang mit Menschen ist das sehr unangenehm. Manchmal wirken sie meterweit weg und wie im Traum, dann wieder kleben sie empfunden an mir dran, obwohl sie einen normalen Abstand zu mir haben. Wenn ich in der Stadt unterwegs bin und dieses Störungsbild auftritt, dann weiß ich nicht mehr, ob die Menschen tatsächlich zu nah an mir dran sind oder ich es nur so wahrnehme. Die Größe von Gegenständen verändert sich auch oft. Meist kommen mir kleine Dinge groß vor und große klein. Auch meine eigene Größenwahrnehmung variiert stark, am angenehmsten ist es, wenn ich mir 3 Meter groß vorkomme. Und Zeit ist nicht mehr Zeit. Sie dehnt oder verkürzt sich, wie es ihr beliebt, sie bleibt stehen, sie rafft sich, nur rückwärts ging sie noch nie.

In so einem dissoziativen Zustand ging ich auch hier her. Alles war weit weg und die Zeit verlief sehr träge. Meine Therapeutin von der Tagesklinik, die auf dem Pavillon mit der Nummer 20 verortet ist, begleitete mich auf den Pavillon mit der Nummer 24. Die verschiedenen Stationen in einem Gebäude sind mit Nummern hinter Slashs näher definiert. 24/2 bedeutet im Erdgeschoss, 24/3 im ersten Stock. Wir befinden uns im ersten Stock. Die morgendliche Therapiesitzung auf 20/3 heute dauert nur kurz, da ich meiner Therapeutin sage, dass ich seit rund 5 Tagen Zwangsgedanken an Suizid habe. Ich bitte um stationäre Obhut. Sie bestärkt mich und sagt mir, dass sie das gut findet, damit verschwinden mein schlechtes Gewissen und meine Selbstvorwürfe ihr gegenüber, dass ich es nicht schaffe.

Sie geht mit mir. Nach dem Erledigen einiger weniger Formalitäten sind wir unterwegs zum Pavillon 24. Ich liebe diese Gebäude und an jedem Tag hier singe ich innerlich ein Loblied auf Otto Wagner, den Architekten, der diese Gegend prägte.

Wir betreten ein Haus, das dunkler wirkt als der Pavillon, von dem wir kommen. Kurz sind wir nicht sicher, richtig zu sein, es ist düster, die Station wirkt vom Stiegenhaus aus unbelebt. Aber doch. Wir sind richtig. Wir treten durch die riesige, vierteilige Glaskassettentür. Große Gänge mit nichts drin. Viel Raum für wenig. Kein Licht. Kahle, schmutzige Wände. Beige Fliesen mit schwarzen Blumen. An sich feindlich, doch auf mich übt so etwas eine ungeheure Faszination aus wenn es mir schlecht geht. Weil das Außen dann zum Innen passt. Wir werden ruppig begrüßt und irgendwie folgte ein Missverständnis auf das andere, ich sehe mir das unbeteiligt an, weil es mir viel zu tot geht, als dass ich mir noch Sorgen machen könnte. Zum Glück regelt meine Therapeutin alles und sie tut das mit einer ihr innewohnenden guten Laune, mit einem Humor, der mich oft ins Staunen versetzt. Sie ist ein Paradiesvogel in der Klapse, so bunt schillernd, dass der graueste Boden, auf dem sie geht, bunt zu pulsieren beginnt. Sie kichert und organisiert, ich sehe mich nur um.

In einer Ecke stehend verändert sich meine Körpergrößenwahrnehmung von 300 auf 90 Zentimeter. 4 Meter von mir entfernt, die sich wie 50 Zentimeter anfühlen, sitzen zwei Männer, die klapsisch sprechen, also wirr und unzusammenhängend, doch sie verstehen sich. Sie wirken, als würden sie auf einen Termin warten, es sind auch nur diese zwei Stühle am Gang, doch sie warten vermutlich bloß darauf, dass die Zeit vergeht.

Patienten und Pfleger kommen vorbei, ich meide jeden Blickkontakt. Gleich merke ich, dass man sich hier nicht grüßt. Welch Wohltat. Ich will nur hier sein, möglichst unbemerkt von anderen, so wenig Kontakt wie möglich, mich nur erholen. Die Abwicklung verläuft schnell, man bringt mich in ein Zimmer, in dem 4 Betten sind. 3 davon sind belegt und alle 3 Frauen liegen in ihnen. Keine Gespräche. Ruhe. Mein Bett ist beim Eingang gleich links.

Die im Bett neben mir würde gerne plappern glaube ich, nur plappert keiner mit ihr. Die im Bett gegenüber wirkt sehr depressiv und die Dritte im Bett quer gegenüber ist vermutlich auf Entzug. Sie geht schief, schläft beim Essen und in allen möglichen und unmöglichen Haltungen ein. Alle wirken nett.

Mir wird ein kleiner Kasten zugeteilt, ein Schlüssel mit dem Hinweis, gut auf meine Sachen aufzupassen, ausgehändigt, manchmal kämen Sachen weg. Ich beschließe meine wenigen Dinge zu behüten wie einen Schatz. Ich stelle meinen Rucksack in den Kasten und mich den anderen vor.

Zeitriss. Plötzlich bin ich allein im Zimmer. Wie angenehm. Ein Pfleger bringt mir Filzpantoffel. Er zeigt mir, in welchem der Kästen im Zimmer ich Kleidung finde. Ich habe das an und mit, was ich heute zur Tagesklinik mitbrachte. Obwohl die Therapiestunde, in der ich verkündete, dass ich gerne stationär aufgenommen werden möchte, schon um 9 Uhr 40 stattfand, war mir um 7 Uhr 20, als ich meine Wohnung verließ, nicht klar, dass ich heute nicht wiederkommen würde. Erstaunlich eigentlich. Immer wieder bin ich von meinem Optimismus geflasht. Und erschüttert bin ich davon, wie sehr sich mein Leben und seine Bewertung in ein wenig mehr als 2 Stunden verändern können. Es ist unfassbar eigentlich. Und wieder kommt sogleich dieser Optimismus zum Tragen, denn ich lasse mich durch das Wegfetzen aller vorher vorhandenen Pläne noch immer nicht in meinem Wesen so sehr verunsichern, wie man das vielleicht vermuten könnte. Es ist eine Art Blindheit, eine positive Dummheit.

Um nicht die einzige Garnitur Gewand frühzeitig einzustinken, gehe ich zu dem mir zuvor gezeigten Kasten mit Kleidung und orientiere mich. Alles da. Jogging-anzüge in krankenhausmint, Pyjama in spitalshellblau, passend zur Bettwäsche, weiße Basics mit dunkelblauem OWS-Emblem. Zur Oma-Unterhose kann ich nicht greifen, doch ich nehme mir mal Socken. Ein weißes Paar ohne Fersenausneh-mung, ein am Ende zugenähter Stoffschlauch, auf dessen unterem Drittel in einem Kreis um die stilisierte Kirche des Geländes „Otto Wagner Spital Baumgartner Höhe" steht. Das Schlüpfen in diese Socken ist ein Moment der Assimilation, ein endgültiges Einfließen in die Patientenschaft dieser Anstalt, ein Einswerden mit der Klientel, eine kleidungsbezogene Bestätigung zum Aufnahmestempel meiner Papiere dieses Tages. Eine stoffliche Vereinigung mit den Begebenheiten. Die Zeit verlangsamt sich. Weiter. Ein Unterhemd. Sowas trug ich nicht mehr seitdem ich 12 war. Vorne eine Spitze, dezent aber neckisch. Am Rücken ein OWS-Aufdruck. Weiter. Ein T-Shirt mit dem OWS-Emblem vorne am Hals. Die Zeit verläuft wieder halbwegs normal. Weiter. Eine Jogginghose und die Filzpatschen in rot, die der Pfleger mit „fröhlich" kommentierte. Alle hier sind sehr, sehr nett zu mir. Und immer, wenn sie es sind, dann schießt mir Überraschung ein, dass ich nicht daheim im Bad erhängt bin, sondern lebe.

Als ich 2013 in diese Wohnung zog, da war sie todesgedankenrein. Ich kann mich noch gut an dieses Gefühl erinnern. An keinen Winkel, an kein Ding war Sui-zidales geheftet. Irgendwann ging es mir dann so lange so schlecht, dass sich wie-der Suizidgedanken formten, die immer erst zur mentalen Erleichterung da sind. Sie entstressen mich als eine Art Notausgangsoption, die anfangs hilfreich ist. Und solange sie nicht an einen bestimmten Ort gebunden sind, erfüllen sie ihren Zweck und verschwinden dann wieder, sobald es mir besser geht. Im Laufe des Jahres 2017 entstand das Bild des Erhängens an der oberen Schiene der Duschtüre. Sie ist beidseitig in der Wand montiert und trägt mein Gewicht leicht. Ein Entleeren von Blase und Darm würde den Aufräumenden aufgrund des Fliesenbodens nicht viel Arbeit verschaffen. Die Badezimmertüre würde ich verschließen und außen eine Nachricht mit dem Inhalt „Feuerwehr rufen!" anbringen, denn ein Freund von mir, Franz, hat meinen Schlüssel. Die Wahrscheinlichkeit, dass im Freundeskreis mein Verschwinden zu der Handlung des Aufsperrens der Wohnung durch ihn führen würde, ist gegeben. Und das Bild, dass ich mich dort totstrangulierte, das möchte ich ihm tunlichst ersparen. Mein Tod allein würde schon genug anrichten bei den Menschen, die mich lieben, da muss ich nicht auch noch traumatisierende Ab-gangsbilder implantieren. Dass ich einige Menschen traurig zurücklassen würde, das ist der Hauptgrund dafür, dass ich noch hier bin. Aber mein Bad ist seit länge-rem suizidal besetzt.

Ich bin jetzt 38 und mit 16 versuchte ich ernsthaft mich zu killen. Eine Nacht zwischen Ohnmachtsanfällen und Wälzen in Blut, das in Unmengen aus meinem linken Handgelenk kam, endete mit einer Krankheitserkenntnis und einem mir Hilfe holen. Seitdem versuchte ich es nie – stimmt nicht, einmal hier in diesem Spital im Jahr 2010 versuchte ich es auch, es war aber eher lächerlich, das Klopapier, das da war, reichte nicht, um mir die Atemwege luftdicht zuzustopfen...

Nach dem Umziehen ist etwas anders. Es ist etwas leichter. Ich bin Patientin. Ich muss jetzt gar nichts. Ich bin in der niederschwelligsten Einrichtung der psychiatrischen Versorgung. Ich bin wieder in der Irrenanstalt, wo die ganz Argen sind. Ich fiel von der obersten Stufe der psychiatrischen Therapie ungebremst auf die unterste. Das Außen stimmt mit dem Innen überein. Der Fall ist für mich immer das Schlimmste. Wenn ich endlich angekommen, aufgeschlagen bin, dann rückt es sich von allein ein Stück weit zurecht, dann gibt es wieder Boden. Und dieser Boden erfährt Verstärkung durch die Kleidung.

Schon beim Warten bei der Aufnahme entdeckte ich den Raucherraum. Wir müssen für unsere Nikotindosis nicht hinausgehen, das ist beruhigend. Kein draußen Rumstehen, ein drinnen Sitzen ist möglich. Logisch auch, manche dürfen die Station nicht verlassen und es gibt hier keinen Balkon, somit müssen sie uns die Möglichkeit geben, drinnen zu rauchen. Vor dem Mittagessen suche ich diesen Raum auf. Zirka 10 Quadratmeter. Nur die Toiletten sind kleiner. 4 Stühle, ein Standaschenbecher, ein Waschbecken ohne Spiegel und ein Fenster. Die Wände wurden von den Patienten teilweise beschriftet. Eine Hinterlassenschaft tut es mir besonders an. Es ist ein gezeichnetes Oval, zirka 40 Zentimeter hoch und 30 Zentimeter breit. Darüber steht „AM PLAN VORBEI". In das Oval sind 15 Kreise gezeichnet, in jedem steht „Erde an.." mit verschiedenen Endungen. „Erde an Motorikzentrum, Erde an Duschtag, Erde an Mentholtschick, Erde an Pumpernickel, Erde an Schwester Monika, Erde an Goji-Beeren" und so weiter.
Die Zigarette schmeckt wie selten eine.

Einige Männer auf dieser Station machen mir Angst. Sie strahlen Aggressionen aus. Ich meide sogar sie anzusehen aus Sorge, dass ein Blick wie eine Nadel sein könnte, die sie zum Platzen bringt wie einen Luftballon. Ich bin nicht interessiert an ihren Geschichten oder Symptomen, ich versuche durch neutrale Körperhaltung durchzurutschen, nicht als angriffswürdig zu erscheinen, was sowohl Opferhaltung als auch zu große Selbstsicherheit bewirken könnte.

Wieder am Zimmer ertönt die Stimme einer Schwester durch einen Lautsprecher: „Es gibt Mittagessen". Ich bin zwar völlig am Arsch, aber so etwas vermag mich selbst dann noch zu unterhalten.

Ich benötige Sonderkost. Da neben anderem auch Gluten ein Problem darstellt fällt das Essen frugal aus. Es passt zu meinem Zustand. Weniger ist nicht mehr. Weniger ist immer weniger. Aber es gibt Situationen, da ist weniger besser. Für mich gilt das momentan vor allem was Kommunikation angeht. Ein Russe mir gegenüber am Esstisch hat Mitleid und will mit mir darüber reden, weshalb nur Reis auf meinem Teller ist. In den letzten Jahren baute ich vor allem die Kommunikationsform der höflichen Ablehnung aus, eine Methode, die so manch redselige Menschen vor den Kopf stößt, weil sie sich nicht erklären können, weshalb das Gespräch endet. Beim Mittagessen wirkt es. Aber 20 Minuten später steht der Russe bei der Medikamentenausgabe vor mir. Es werden auch Blutdrücke gemessen, deswegen dauert alles ewig. Hätte ich das gewusst, ich hätte mich nicht hinter ihm eingereiht. Er plaudert ohne auf Antwort zu warten. Er erklärt mir, dass der Stützpunkt der Schwestern nun unser Stammlokal ist, und dass er versuchen wird, eine weiße Tablette pulverisiert zu bekommen, um sie sich in die Nase zu ziehen, ihm wäre nämlich langweilig. Ich lächle bemüht. Auch wir kommen mal dran, auch bei uns wird gemessen, auch wir bekommen unsere Chemie.

Eine Stunde später kommt eine Schwester zu mir, sie führt mit mir das pflegerische Aufnahmegespräch. Sie ist warmherzig und mitfühlend, sie zeigt Regung. Kaum wen lässt meine Geschichte ungerührt, nur ich selbst habe noch immer nicht die passende Haltung dazu gefunden. Entweder ich dramatisiere oder ich staple tief, finde keine Anbindung, keine Emotion für mich selbst. Es sind eben verschiedene Anteile, die unterschiedlich zum Geschehenen stehen. Ich bin nicht rund.
Einer optimistischen Aussage von mir begegnet die Schwester mit einer schönen Äußerung:
„Ja, damit wir Sie wieder auf Vorderfrau bringen!"
Die Zeit nach dem Mittagessen verbringe ich schreibend und rauchend. Ich rauche hier viel. Ich brauche es, aber es ärgert mich, weil ich schon mehrmals aufhörte und froh damit war. Aber es ist wie ein Strohhalm. Ich halte mich fest an Altbekanntem. Und alles, was hilft, muss jetzt her.

Um 15 Uhr gibt es Kaffee und Kuchen. Im riesigen Aufenthaltsraum sitzt nur eine Frau, die auf einer mir unbekannten Sprache ins Telefon weint. Sie geht weinend raus, nachdem sie ihr Brandteiggebäck verputzte. Ich stürze mich auf eine Mangocreme, merke, wie hungrig ich bin.
Eine andere Patientin betritt den Raum.
„Was schreibst Du da, Deine Memoiren?" fragt sie. Ich bejahe.
Ich hole Essensnachschub, sehe mir dabei zu, wie ich schnell werde vor Gier. Ich war am Verhungern.
Alle Flüssigkeiten außer Kaffee trinken wir aus grasgrünen oder magentaroten Plastikbechern, den Kaffee gibt es aber in normalen Tassen.
Vor mir am Tisch liegen meine Schreibunterlagen, eine zerknüllte Serviette, Traubenzucker, den ich brauche um Fruchtzucker verdauen zu können, Lactase-Tabletten, die ich benötige um Milchzucker verdauen zu können, meine Kaffeetasse und mein Spindschlüssel, ein kleiner, silberner mit lila Plastikanhängsel. Darauf steht Zimmer 4/8. Zusammengehalten werden die Teile durch ein dunkelblaues Band.

All diese Dinge wirken hyperreal. Wie plastisch mir immer alles erscheint, wenn ich das Gefühl habe, wieder mal knapp überlebt zu haben!

Der Aufenthaltsraum ist circa 50 Quadratmeter groß. Sein Fenster liegt mächtig an einer das Rechteck brechenden Schräge der rechten Seite wenn man den Raum vom Gang her betritt. Unter diesem Fenster befindet sich eine Kommode, auf der Getränke, Zeitungen und drei schrumpelige Kiwis dargeboten werden. Was die Kommode selbst angeht, so sind 2 der 3 verschlossenen Türen beschriftet mit „Decken + Polster, Taschentücher, Hausschuhe" und „Pflege-Utensilien". Links von den Türen sind 4 Laden. Die oberen 3 sind nicht verschlossen, die erste ist leer, in den anderen beiden ist Lesestoff.
Im Raum stehen 6 Tische, die zu 3 Gruppen formiert sind. 15 Stühle gesellen sich um diese Tische, 4 weitere befinden sich an 2 Wänden. Da dies auch der Speisesaal ist kann man Rückschlüsse auf die Bettenzahl machen.
In der linken Ecke wenn man von Gang kommt ist klein und verloren wirkend ein Waschbecken mit Fliesenhintergrund. Die Wascheinheit wirkt wie von einem Puppenhaus geborgt und hingestellt. Zwei winzig wirkende, feuerfeste Mülleimer in Kirschholzoptik sind unter dem Waschbecken. Über der Keramik gibt es 4 silberne Häkchen, die einmal einen Spiegel trugen. Da ist nur keiner mehr. Genauso wie auf der Toilette und im Raucherraum, dort weisen einen die Eisen ohne Job ebenso auf das nicht vorhandene Glas hin. Kaputte Spiegel werden vermutlich einfach nicht nachbesetzt.
Es gibt einen Fernseher ohne Fernbedienung, es gibt einen Feuerlöscher, es gibt 11 ausgemalte Bilder in Din A4-Format an den Wänden, die wie Briefmarken wirken und mit Klebeband angebracht sind. An den Fenstern befinden sich österliche Bildchen, unauffällig, wie bunter, wegzuwaschender Dreck. Die Wände sind auch hier schmutzig, sie zeugen von den Gemütern mancher Patienten.
5 Türen gehen von diesem Raum aus. Im Uhrzeigersinn wenn man vom Gang kommt, die die erste Tür darstellt, gibt es eine abgesperrte Türe, die zu einem Behindertenklo führt, danach befindet sich der Eingang zu einem Patientenzimmer für Herren. Die Tür dem Gang gegenüber führt zu einem weiteren kleinen Gang, in dem Therapiezimmer sind, die Tür an der rechten Wand ist die Damentoilette, die automatisch von allen verwendet wird, da die Herrentoilette am anderen Ende der riesigen Station ist. Hinter dieser Tür befindet sich auch der Eingang zur Dusche.

Zur Einnahme der Nachmittagsmedikation werden wir auch via Lautsprecherdurchsage aufgefordert. Sie nennen uns sogar namentlich. Viele sind wir nicht, doch das Personal hat gut zu tun alle zusammenzutrommeln. Einige laufen ferngesteuert, einige sind bockig, ein kleiner Flohzirkus. Hat man den einen nach mühseligen Diskussionen mal dazu gebracht, seine Medikamente zu schlucken, ist der, der sich dahinter anstellte und schwer zum Anstehen zu bewegen war, schon längst wieder weg. Ist man so kooperativ wie ich, dann danken sie es einem mit unglaublicher Freundlichkeit.

Nachmittags und abends führe ich noch Gespräche. Ein 25–Jähriger spricht mich im Raucherraum an. Er ist auch seit heute da. Schnell sind wir beim Thema Suizid. Ich glaube er will Mitleid oder eine „Tu's nicht"-Konversation, doch ich gab ihm „Das können wir tun, ja." Er lamentierte, dass es aber etwas geben müsse, das dann schnell geht. Ich riet ihm zu einem Hochhaus. Das Gespräch verlief eigentlich recht lustig aus meiner Perspektive. Er bekam nicht was er suchte, aber er fühlte sich nicht unwohl und irgendwie verstanden. Er lächelte sogar mal.
Auch mit meiner plappernden Bettnachbarin rede ich noch. Sie fragt mich ob ich manisch sei, so viel wie ich schreibe. Ich glaube sie kennt die Manie. Sie ist schon Monate hier.

Zum Einschlafen versuche ich zu lesen, habe aber starke Konzentrationsschwierigkeiten.
Irgendwann schwinden mir die Sinne.

WIR SIND DER FEHLER IN DER MATRIX

Ein Erwachen mit Seelenschmerz. Ein Stich fährt in die Brust oder kommt aus ihr heraus, verwundet mich, quält mich. Der Stich ist wie ein Dolch aus Angst, der seine Energie wie einen Virus durch meinen Körper schickt, nachdem er in die Brust gedrungen ist. Ich lebe! Ich bedauere es zutiefst. Ich gehöre nicht hier her, bin fremd auf dieser Welt. Bin so lange schon fremd.

Das Frühstück wird gebracht. Zwei silberne Wägelchen werden in den Aufenthaltsraum geschoben. Der eine Wagen trägt Tassen, Kaffee in Thermoskannen, Milch in Krügen, Kakaopulver, Cornflakes, Müsli. Am anderen Wagen sind Teller, Brot, Wurst, Käse, Butter, Marmelade und Joghurt.
Ich esse nichts. Aber ich stürze mich auf den Kaffee, trinke hastig um schnell nachschenken zu können, denn wenn sie die Wägen wieder wegschieben, dann gibt es nichts mehr.
Unser dreckiges Geschirr stellen wir auf die zweite, sehr bodennahe Ebene dieser Wägen.
Wie lange sie jeweils stehen weiß ich nicht.
Ich schlürfe weiter die wohltuende Flüssigkeit. Der Fernseher läuft. Ein Urteil wird in den Nachrichten verkündet. Ein Sporttrainer missbrauchte x Mädchen. Ich bin nicht mehr erschüttert. Momentan sind fast täglich Meldungen wie diese in den Medien. Die #metoo-Aktion hat sehr viel ins Rollen gebracht. Früher war ich immer sehr zerstört und traurig, wenn ich solche Nachrichten vernahm. Manchmal verfolgten sie mich tagelang, lösten schwere Symptome aus und spukten in meinen Träumen rum, doch seit den Therapien der letzten Jahre mit einem speziellen Therapeuten ist alles anders. Und seit #metoo veränderte sich generell etwas. Davor kam hie und da eine Meldung, alle waren kurz fassungslos und dann verebbte das Thema wieder, ging unter und alle konnten so tun, als wären es Einzelfälle. Nun ist es anders. Es wird gerade das Geschwür des Missbrauchs freigelegt. Viele wagen es zu sprechen, es wird deutlich, was da geschieht, es ist nicht mehr so, dass ich mit meinen Erfahrungen und mit meinen Opferfreundinnen und -bekannten in einer gefühlten Parallelrealität lebe, in der ich mich martere und quäle, weil ich einfach nicht verstehen kann, dass das alles nicht häufiger Thema ist. Nun ist es Thema. Für mich rückt sich was gerade. Etwas Vertikales. Es wird aufgestanden und gesprochen, angeklagt und verraten, erzwungene Schwüre werden endlich

gebrochen. Ein umfassender Befreiungsschlag in Zeitlupe geht vor sich. Es wird entdeckt.

Ich bekomme genügend Kaffee ab und die Wägen stehen immer noch da. Wie beruhigend.
Anschließend gehe ich zum Stammlokal, hole meine Medikamente und lasse mir den Blutdruck messen.

Plötzlich steht die Diätologin vor mir. Wir kennen uns von der Tagesklinik, trotzdem kommt sie zu mir, nun esse ich ja auch abends hier. Meine Wünsche können alle erfüllt werden. Ich ventiliere, dass ich mittags lieber Gemüse als Reis hätte, da recht oft ein Risotto dabei war. Im Gegensatz zu Reis ist Gemüse basisch. Es ist verrückt. Ich bedauere es am Leben zu sein, dennoch will ich mich so gesund wie möglich versorgen. Es sind riesige Therapiefortschritte. Ich kümmere mich gut um mich und will dennoch tot sein. Ich kann mir das wieder nur mit verschiedenen Anteilen erklären. Manche Anteile wollen sterben, andere fragen nach Zahnseide und basischem Essen.

Um 8 Uhr 30 werden wir zur Morgenrunde gebeten. 5 Patienten sind fit genug, um daran teilzunehmen. Eine freundliche Schwester geht mit uns in einen Raum, der an dem kleinen Gang liegt, der vom Aufenthaltsraum wegführt. Wir nehmen uns Sesseln und bilden einen Kreis. Als Neue stelle ich mich kurz vor und dann spricht die Schwester über die Arztvisite. Sie motiviert uns mit den Ärzten ausführlich zu sprechen, nicht nur kümmerliche Auskunft zu geben. Sie fordert die Depressive vom Bett mir gegenüber dazu auf, zu äußern, was sie heute dem Arzt sagen wird, wenn er sie fragt, wie es ihr geht.
„Durchwachsen" antwortet sie.
„Sehen Sie, das ist ein gutes Beispiel. Was heißt das, was meinen Sie damit?" fragt sie weiter. „Nicht gut und nicht schlecht." kommt als Antwort. Die Schwester bohrt weiter, will wissen, was das bedeutet und kitzelt der Kollegin greifbare Aussagen heraus.
„Gut ist, dass ich keine Panikattacken mehr habe, schlecht ist, dass ich sehr traurig bin."
Die Schwester motiviert sie, das dem Arzt heute genau so zu sagen. Ein Abschlusssatz zu diesem Thema von ihr:
„Wir sind da, weil Sie da sind!"
Sie fährt fort mit einem Motivationsvortrag, der sich auf das bevorstehende Wochenende bezieht. Wir sollen spazieren gehen, raus aus dem Haus, um Ausgänge bitten wenn der Arzt heute kommt, uns bewegen, nicht nur im Bett liegen und auf das Essen warten. Sie macht das in sehr therapeutischer, positiver Manier, es ist ein fröhlicher, anstachelnder und wohlwollender Vortrag.
Dann machen wir Körperübungen. Jeder zeigt zwei Übungen vor und die anderen machen sie nach. Zu meiner Überraschung sind alle mit Einsatz dabei. Wir kreisen

mit Füßen und Schultern, klopfen uns ab, dehnen und laufen im Kreis.

Beim Hüpfen am Ende passiert etwas mit mir. Ich bekomme heftige Angst. Was ist da los? Zum Glück ist es die letzte Übung. Sessel wegräumen, raus. Die Angst flacht ab, aber es bleibt etwas davon im Körper stecken. Es ist etwas heiß Bleiernes, das im ganzen Leib, meist zentral, vorhanden bleibt. Im Rumpf in den mittigen Organen, in den Extremitäten in den Knochen. Heiße Bleipartikel zischen abwechselnd herum und kommen zur schweren Ruhe, um beim nächsten beunruhigenden Gedanken wieder zu flitzen zu beginnen. Schwere Angst, die brennt und lähmt zugleich.

Visite. Eine Schwester holt mich aus dem Zimmer. Sie führt mich in das Besprechungszimmer rechts neben dem Stammlokal. Es sind viele Menschen drinnen, alle in freundlicher Stimmung. Ich werde gebeten zu erzählen, weshalb ich hier bin. Ich kann flüssig reden, vielleicht zu schnell, so wie mir das nun oft passiert wenn ich vor mehreren Menschen reden muss. Ich rase verbal, plappere vor Nervosität, sage viel, oder mir steht das Hirn und ich kann nicht denken und reden. Einmal frieren meine Gedanken ein, ich greife zu meinem Notizzettel, den ich nun sicherheitshalber immer bei Befindlichkeitsrunden oder Gelegenheiten wie diesen wohlweislich dabeihabe.

Danach gehe ich aufs Klo. Per Bewegungssensor geht eine Lüftung los. Ich kann erst pinkeln nachdem sie wieder aus ist, weil ich mich nicht rühre. Die Toiletten sind kalt, dreckig und wären eine gute Kulisse für einen Horrorfilm. Beim Händewaschen blicke ich gegen die Wand, an der mal ein Spiegel hing. Links neben dem Waschbecken ist eine verbeulte Metallabdeckung, circa 20 mal 20 Zentimeter groß. Ich verwende sie als Spiegelersatz. Ein verbeultes Ich sieht mich an. Passt.

Der Tag ist hell. Um mich wird es enger. Die weggeschobenen Gedanken an den Tod erkämpfen sich tapfer die Oberhand. Ich entwerte alle Umstände um mich rum, entwerte mein Leben, fühle mich so klein. Dass es endet wird zum Wunsch. Ein gezielter Abgang, um dem Schmerz des Lebens zu entgehen, den meine Gehirnchemie verursacht. Im Gegensatz zu früher weiß ich nun über meine psychischen Erkrankungen bestens Bescheid, es hilft mir nur gerade nicht. Es kehrt alles immer wieder. Es holt mich ein wie eine Löwin die Antilope, wie ein Tornado rasch zusammengezimmerte Baracken. Die Größe des Bedürfnisses nach einem Ende wiegt mich in seiner Endgültigkeit und macht mir zugleich Angst. Ich wähne mich bereits tot, erwürgt mit meinem gelben Schal im Bad. Ich stelle mir die erlösende Ohnmacht vor, das Ersticken an sich, mache mir Gedanken darüber, ob ich vor dem finalen Zuziehen ein- oder ausatme, ob ich mir die Kehle oder das Zungenbein dabei breche und ob es sehr weh tun wird. Diese Gedanken schließen sich um mich, hüllen mich ein und wabern um meinen Kopf, unaufhörlich.

Eine Zigarette. Ich bin allein im Raucherraum, erfasse das Zimmer ganz anders als gestern. Die 10 Quadratmeter waren früher offenbar ein Überwachungszimmer. Es ist das einzige Zimmer mit einem Holzboden, soweit ich das bisher mitbekam. Die Tür hat ein Fenster, das circa 30 mal 40 Zentimeter im Querformat misst. Dicke Wände formen einen monströsen Türrahmen. Rechts vom Eingang sind teilweise gefliste Wände um das Waschbecken, beige gesprenkelt, sichtlich aus dem Jahre Schnee und farblich passend zum nikotingelben Raum. An der rechten Wand befindet sich ein vergittertes Fenster, an der hinteren stehen 3 Sessel, dahinter prangt an der rechten Seite das Erde an – Oval. An der linken Wand steht noch ein Sessel, ansonsten befindet sich dort nichts. Nur ein Lautsprecher mit Schwestern-ruf ist in Türnähe montiert. Die linke Wand trägt die meisten Inschriften. Ein INRI gibt es dort. Der hervorstechendste Schriftzug ist in grüner Farbe gehalten: „Wir sind der Fehler in der Matrix." Er wirkt selbstbewusst.

Es folgt das Warten auf einen angekündigten Spaziergang um 11 Uhr. Zur Trafik. Gut so. Mir gehen Tabak und Filter aus. Ich drehe selber. Nur wenn ich viel Geld hatte kaufte ich mir fertige Zigaretten. Nun wuzle ich seit Jahren. Mein Tabakbeutel ist in einem Täschchen, das aus dem Material ehemaliger Fischfutterbeutel gefer-tigt ist.

Der Spaziergang zur Trafik heißt „Versorgungsausgang" und führt auch zum Buffet am Gelände. Ich nehme mir Schokolade mit.
Als wir zurückkommen riecht es auf der Station blumig-ätzend und nach Plastik. Der grau-blaue Linoleumboden des Aufenthaltsraumes wurde abgeschliffen und gereinigt. Das wird ein ungesundes Mittagessen.
Am Klo roch es gestern nach Zigaretten, heute riecht es nach Cannabis. Ich glau-be ich kann zuordnen wer dort kifft. Es ist einer der Männer, dem ich aus dem Weg gehe.

Das Mittagessen kommt. Die Essensausgabe verläuft hier so, dass eine Abtei-lungshelferin mit ihrem Wagen in den Aufenthaltsraum kommt und an die austeilt, die erscheinen. Wir stehen vor dem Wagen an, was auch Probleme mit sich bringt, weil sich unhygienische Menschen über die Speisen beugen oder spuckend spre-chen. Beides habe ich jetzt schon erlebt. Einfach nicht weiter darüber nachdenken.
Nach dem Mittagessen schlafe ich ein und erwache erst um 15 Uhr 37 in recht schlechtem Zustand. Angst. Und ich verpennte den Kaffee. Es schmerzt tief, macht mich völlig fertig. Es gibt keinen Automaten, ich habe nicht die Möglichkeit an eine Koffeineinheit zu gelangen. Eine rauchen. Die, die auf Entzug ist, sitzt im Raucher-raum, Füße auf einem Sessel und sie schläft. Eine erloschene Zigarette in ihrer Hand. Ich drehe mir eine. Als ich sie anzünde kommt der Kerl, mit dem ich gestern das Suizidgespräch führte.
„Schöne Hose." meint er. Ich trage die Spitalsjogginghose in mint.

„Ich möchte mich gerade nicht unterhalten." sage ich.

„Okay." Er öffnet eine Packung Zigaretten und lässt Plastik- und Alufolie auf den Boden fallen. „Heb das auf!" sage ich reflexartig und ärgere mich sofort über meine Reaktion.

„Ich mag jetzt niemandem was aufheben." meint er. Ich füge ein genauso intoniertes „Okay" an wie seines. Ich rauche.

„Da wäre das Hochhaus besser gewesen, was?" stichelt er. Ich sage:

„Nein." Er meint:

„Doch. Freiheit."

„Das muss anders gehen." sage ich ruhig. Er zischelt:

„Betrüger." Ich antworte:

„Nein." und lache ein verzweifeltes Lachen um ihm die Macht nicht zu überlassen.

„Betrüger." flüstert er. Es wird gruselig und ich reagiere nicht. Meine Zigarette ist zu Ende. Ich gehe.

Mit meinen Zimmerkolleginnen komme ich inzwischen ins Gespräch.

Das Plappermäulchen redet gerne und schnell, es endet dann aber auch wieder. Sie ist sehr nett und ist schon lange hier. Seit Anfang Dezember. Sie ist wohnungslos und das Spital wird sie nicht einfach auf die Straße setzen. Sie war auch schon auf einer anderen Station, auf der Subakut-Station, dort ist alles ein wenig freier als hier und es gibt mehr Therapie, doch sie hat dort etwas gemacht, das sie nicht erzählen will, und wurde wieder hierher verlegt. Sie ist 30 Jahre alt und wirkt auf alle wie 17.

Die, die meiner Meinung nach auf Entzug ist sagt, dass sie es nicht ist, das glaube ich ihr aber nicht. Sie wurde in jungen Jahren pensioniert, weil sie magersüchtig war. Das ist sie heute nicht mehr, weshalb sie sich natürlich fett findet. Sie ist normalgewichtig. Sie fing irgendwann an mit Drogen zu experimentieren und nahm regelmäßig Substitol, das sie daraufhin vom Arzt verordnet bekam. Sie ist völlig kaputt. Ihr Körper ist übersät von Selbstverletzungsnarben. Sowohl die Spuren von tiefen Schnitten als auch von unzähligen Brandwunden, die mit Zigaretten verursacht wurden, finden sich auf ihrer Haut. Letztere vornehmlich auf der rechten Körperhälfte. Sie muss von enormem Selbsthass getrieben sein. Allein das Hinsehen tut weh. Sie dämmert ständig dahin. Beim Rauchen müssen die anderen Sorge tragen, dass sie sich nicht abfackelt, weil ihr dauernd die Zigarette aus der Hand fällt. Oder sie sitzt ewig im Raucherraum und kommt vor dauerndem Wegnicken nicht dazu, sich ihre Zigarette anzuzünden. Sie ist personifizierter Schlaf, macht alle Bewegungen in Zeitlupe. Ihr Gesicht ist tätowiert, ein Muster auf der Wange in der Nähe des Ohres, ein kleines Symbol beim 3. Auge und auch sonst trägt ihr Körper so einiges an Tätowierungen. Sie ist gepierct und hat einen ausgerissenen Tunnel an einem Ohr.

Ihr Gang wirkt mörderisch, so als ob sie bei jedem zweiten Schritt umfallen müsste, sie steht ihre Schlenkerer aber immer. Sie ist hier, weil sie daheim in einen argen

Zustand rutschte, alles in der Wohnung vollkotzte und ihre Ausscheidungen nicht mehr halten konnte. Sie aß tagelang nichts und trank nicht richtig. Sie möchte noch ein paar Tage bleiben um eine Aufräumfirma organisieren zu können, die ihr ekeliges Chaos beseitigt. Sie ist sanft und freundlich, obwohl wir ihr mit unseren Hilfsmaßnahmen beim Essen auf die Nerven gehen.

Da sie während der Bewegung des Gabel-an-den-Mund-Führens permanent einschläft wecken wir andere sie laufend auf. Wir motivieren sie zu trinken, wollen sie bewahren vor dem vom Sessel Fallen und so weiter. Sie fühlt sich wie ein Kind behandelt und wehrt sich manchmal mit kleinlauten Worten dagegen. Sie hat keine Kraft.

Die dritte Kollegin, die im Bett mir gegenüber, ist eine klassische ängstliche Depressive. Sie hatte Probleme mit der Hausverwaltung und fühlt sich von den Vermietern verfolgt. Niemand glaubt ihr und somit wurden ihr Wahnvorstellungen diagnostiziert. Sie ist immer nett, bemüht nicht anzuecken, sich oft entschuldigend, leise.

Und ich, wie wirke ich wohl gerade? Vermutlich am ehesten wie die zuletzt Beschriebene. Ich bin kleinlaut, wirke verstört und bin zutiefst verunsichert. Doch das Personal sieht meine Kompetenzen, meine Reflektiertheit, meine Fähigkeiten. Bei der Visite meinte ein Arzt, dass er mit meinem behandelnden Psychiater draußen telefonierte und dass dieser sich über meine Kunst sehr positiv äußerte. Ich bin nämlich Malerin. Das ist das, was ich am längsten mache und am besten kann. Ich male meine Zustände, meine Dämonen, meine Retter, ich male meist Inneres. Manchmal Äußeres. Meine tote Mutter zum Beispiel. Wenn ich etwas Äußeres male, dann muss es etwas Morbides sein oder etwas, zu dem ich einen starken Bezug habe, beziehungsweise um etwas auszudrücken. Zum Beispiel ein Insekt. Ein Käfer. Er soll das Gefühl von krabbelnden Beinen vermitteln, den harten Panzer und das schleimige Innere. Oder wenn es ein aasfressender Käfer ist, so steht er für Verderben und Leben aufgrund von Tod. Wenn ich eine Mauer male, dann sind innere Mauern gemeint, wenn ich Stufen male, dann geht es um zu Erklimmendes und um Hürden oder um die 10 Stufen, die ich in der Therapie vor der Hypnose hinabgehe, um in Trance zu gelangen. Wenn ich einen sezierten und präparierten Frosch male, dann steht er für das innere Sezieren und das Festhalten dieser Ergebnisse. Wenn eine Puppe vorkommt, dann steht das für eine verlorene Kindheit, Kindesmissbrauch und Vernachlässigung. Wenn ich auf einer Leinwand nur einen Körper male, so ist es immer ein Ausdruck eines Zustandes. So, wie der Körper dargestellt ist, so fühle ich mich dann gerade. Und dann gibt es in den letzten Jahren die Bilder der Ego States. Dazu muss ich etwas ausholen.

In einer schweren Krise, ähnlich der momentanen, bat ich um eine Aufnahme im Therapiezentrum Ybbs an der Donau. Das war am Ende des Jahres 2014. Im Jahr 2010 und 2012 war ich schon dort und verließ das Spital, das stationäre Psychotherapie anbietet, jeweils nach der dreimonatigen Therapiezeit mit der Empfehlung, in einem Jahr wiederzukommen, was ich beide male ignorierte. Es ist auch nicht leicht eine Arbeit zu behalten, wenn man pro Jahr 3 Monate fehlt. In Ybbs gibt es verschiedene Stationen, die einen beschäftigen sich mit Suchtpatienten, die anderen mit Borderline-Patienten, anderen Persönlichkeitsstörungen oder Trauma-patienten. Ich wurde auf einer Trauma-Station behandelt. Die Therapie besteht, wie in all solchen Einrichtungen, aus einem Mix aus Ergotherapie, Entspannungsübungen, Gruppentherapie und Einzeltherapie. Außerdem werden Dinge wie Aromatherapie, Qi Gong und Sport angeboten.

Da ich im Haus bekannt war, erhielt ich 2014 schnell einen Platz zur Stabilisierung und blieb 7 Wochen. Zum ersten Mal traute ich mir zu, mit dem Therapeuten der Station zu arbeiten, davor wurde ich auf meinen Wunsch hin immer von Frauen betreut. Er wendet unter anderem Ego State Therapie an, eine Methode, bei der man unter Hypnose verschiedene Anteile des Patienten sprechen lässt. Jeder hat Ego States, man kann das auch mit Anteilen, Rollen, Mustern, neuronalen Netzwerken übersetzen. Eltern haben zum Beispiel ein Eltern-Ego State, das sie mitunter das Kind auch noch wie ein Kind behandeln lässt, obwohl es selbst schon Kinder hat. Es gibt Schüler-Ego States, das Menschen bisweilen in der Erwachsenenbildung einholt und sie Dinge tun und sagen lässt, die einem 13-Jährigen entsprechen, es gibt berufliche Ego States und partnerschaftliche und so weiter. Eine ganz normale Sache. Bei Traumatisierten wird es dann etwas spezieller, denn während dem Erleben einer traumatisierenden Situation kann es sein, dass blitzartig oder nach und nach ein Ego State entsteht, das dazu dient, das Erlebte gut zu überstehen. Wenn man zum Beispiel als Kind geschlagen wird, dann kann sich ein Anteil bilden, der einem sagt, dass man schlecht ist und es nicht besser verdient hat. Das Innen stimmt mit dem Außen überein und man kann sich erklären, weshalb die Menschen, von denen man abhängig ist, so zu einem sind. Das Problem ist, dass dieser Anteil nicht verschwindet, wenn die Schläge vorüber sind. Man hat einen Einflüsterer im Kopf, der einen niedermacht, der einem nach wie vor erklärt, dass man Schläge verdient und dass man ein furchtbarer Mensch ist. Durch diese Einflüsterer schafft man oftmals Realitäten, die den Botschaften entsprechen und zu ewigen Wiederholungen führen. Findet man zu einem Ego State-Therapeuten, so nimmt dieser mit diesen Anteilen Kontakt auf und versucht das Verhalten abzuändern.

Unter Hypnose geschehen da die erstaunlichsten Dinge. Mein Therapeut führt mich zuerst über die 10-stufige Stiege hinab. Dann leitet er mich an meinen sicheren Ort, ein in mir entstandener Platz, an den niemand sonst kann, außer ich erlaube es. Dort bleibe ich kurz und rutsche noch tiefer in Trance. Danach gehe ich an den Begegnungsort, ein Raum, in dem der Therapeut meine Ego States trifft. Er äußert dann mit welchem Anteil er sprechen möchte. Bleiben wir beim Beispiel des geschlagenen Kindes. Es wird nach dem Anteil gefragt, der einen niedermacht und meint, man dürfe geschlagen werden. Im Idealfall betritt etwas den Raum oder eine Stimme meldet sich. Bei mir sind es meist konkrete Bilder. Dieses

Etwas hat großteils einen Namen, der ganz plötzlich auftaucht, es weiß um seinen Entstehungszeitpunkt und kennt den Grund seines Hierseins. All das wird erfragt, und der Therapeut bedankt sich für seine Existenz und die wichtige Arbeit, die es vollbrachte, erklärt dem Ego State, dass diese Situation nun aber vorbei ist und die gewohnten Handlungen nicht mehr notwendig sind. In weiterer Folge wird eine andere, eine konstruktive Tätigkeit für diesen nicht verschwindenden Anteil gesucht. Wenn das klappt, dann ist das Problem gelöst. So der Idealfall. Ziemlich bald nach Beginn dieser Therapieform versuchte ich meine Ego States zu malen. Die meisten haben menschliche Gestalt, es gibt aber auch einen Sturm zum Beispiel, er ist eine berstende Wolke, ein rumorender Haufen. Anfangs misslangen die Versuche sie abzubilden, doch nach und nach funktionierte es immer besser. Seit dem ich diese Therapie mache sind sie der Hauptinhalt meiner Bilder.

Vor diesem Stabilisierungsaufenthalt im Winter 2014/15 gelobte ich, mich diesmal an die Empfehlungen des Hauses zu halten, was weitere Aufenthalte anging. Ob ich das auch getan hätte, wenn ich gewusst hätte, was folgt, das bezweifle ich. Es wurden 3 Langzeittherapien im Umfang von jeweils 12 Wochen. Dazwischen war ich immer 6 Monate daheim. In diesen Wartezeiten erging es mir meist recht gut, nur waren die Aufenthalte oft die Hölle. Das Bohren in der Scheiße ist nichts Angenehmes und ich verfluchte oft die Ego State-Arbeit. Wenn wir einen destruktiven Anteil bearbeiteten, so war das wie das Stochern in einem Wespennest. Die Gefühle, die diese Anteile auslösten, waren allumfassend und stark. Die körperlichen Empfindungen der Entstehungserlebnisse schwappten mit hoch, die Einflüsterungen dieses Ego States wurden lauter, präsenter und dichter. Oft verfluchte ich diese Methode, hatte Angst vor jeder Therapieeinheit und konnte förmlich spüren, wie sich diese Anteile wehren gegen eine Bearbeitung, sie fühlten sich nämlich in ihrer Existenz bedroht und konnten das Ändern ihrer Aufgabe nicht als Erlösung betrachten, sondern nur als Identitätsraub.

Dieser Mann, der mit den Ego States spricht, arbeitet auch noch mit anderen Methoden, die die Problematik der im Körper abgespeicherten Traumata beinhaltet. Er vertritt die Meinung, dass man über viele Begebenheiten bis zum Nimmerleinstag sprechen kann, wenn es im Körper verankert ist, dann wird einem das aber nicht helfen. Er ist nicht an der Linderung von Symptomen durch das Aussprechen interessiert, sondern am Ausmerzen der Ursache des immer wieder Hochkommenden.

Die eine Methode ist ein Nachstellen. Sie geht davon aus, dass, wenn man sich gedanklich in das Traumatische begibt oder gewisse Handlungen, wie zum Beispiel ein Festgehaltenwerden, nachahmt, der Körper automatisch mit erlösenden Bewegungen reagiert, die ihn dann, langsam wiederholt, von diesem Abgespeicherten befreit. Ein an den Händen Fixiertsein zum Beispiel, beantwortete ich, bevor ich meine Hände in die des Therapeuten legen konnte, mit dem Angreifen meines Handgelenk und einer rotierenden Bewegung. Diese führte ich dann an beiden Unterarmen in Zeitlupe aus, somit konnten die belastenden Empfindungen minimiert werden. Ein andermal saß ich auf einem Stuhl und ich lief, meine Beine schnell bewegend, mit geschlossenen Augen und die damalige Situation imaginierend, weg. Diese Vorgehensweise beruht darauf, dass sich auch vieles in den Muskeln speichert und ein körperliches Abreagieren, wie es Tiere zum Beispiel instinktiv tun, bei uns abtrainiert wurde. Je westlicher der Kulturkreis, umso weniger körperlich ist eine Reaktion auf etwas Schlimmes.

Die weitere von ihm durchgeführte Methode ist eine psychokinesiologische, die davon ausgeht, dass Traumata in Organen abgespeichert werden, die man von diesen Erlebnissen entkoppeln kann. Man liegt auf einer Liege und streckt einen Arm in die Höhe, mit dem man Widerstand gegen den Druck der Hand des Therapeuten ausübt. Wenn man an ein belastendes Erlebnis denkt, so kann man dem Druck nicht standhalten, weil diese Gedanken den Körper schwächen. Mit der zweiten Hand des Therapeuten wird der Körper gescannt, Organe werden abgetastet und der Muskeltest, mit dem der Arm hinuntergedrückt wird, wird laufend wiederholt. Es kristallisiert sich ein Organ heraus, in dem das Erlebte sitzt, zum Beispiel die Schilddrüse. Diese steht für Erniedrigung und wurde bei mir oft das sich herausstellende Organ. Sie fand auch Einzug in meine Bilder.

Mittels der Methode des EMDR, einer Behandlung, die in der Traumarbeit oft zum Einsatz kommt, wird das Organ von dem Körperspeicher erlöst. Erinnerungen werden normalerweise, nachdem sie durch den Hippocampus wandern, in einer der Gehirnhälften abgespeichert. Wenn das Geschehene nicht zugeordnet werden kann oder zu belastend ist, um weiter zu wandern, so bleibt es im Hippocampus stecken. Das ermöglicht das Erleben von Flashbacks und das ständige Präsentsein des Geschehnisses. Es wird nicht verarbeitet und fühlt sich dadurch so an, als würde es soeben geschehen oder als wäre es vor kurzem geschehen. Ein Distanzieren vom Erlebnis wird nicht erreicht. Um die Verarbeitung zu ermöglichen wird also mittels EMDR eine REM-Phase nachgestellt, indem der Therapeut seine ausgestreckten Fingern vor dem Gesichtsfeld des Patienten hin und her schwenkt, während man an dieses Ereignis denkt und den Fingern mit den Augen folgt. Die Psychokinesiologie verwendet diese Methode im Zusammenhang mit dem Halten des Organs, in dem das Ereignis abgespeichert wurde. Alle unsere Zellen strahlen eine Bioluminiszenz ab. In den von Traumata belasteten Organen ist diese und die Durchblutung eingeschränkt und die Entkoppelung stellt beide Einschränkungen wieder her. Diese Wiederherstellungen spüre ich meist intensiv, eine erhöhte Aktivität in diesen Organen oder eine Veränderung der Empfindung ist beinahe ein wundersames Erleben. Am Ende reagiert der Körper idealerweise nicht mehr mit Schwäche, wenn der Arm hinuntergedrückt wird.

Diese Methoden eignete sich mein Therapeut an, weil er früher an der Bearbeitung von Belastendem scheiterte. Er ist kein Esoteriker, er ist Wissenschaftler, doch er bedient sich dieser esoterisch anmutenden Methode, weil sie einfach funktioniert. Flashbacks, Bilder und Körperempfindungen sind rasch abänderbar und bietet in Kombination mit der Ego State-Arbeit, die nur mit dem Gehirn zu tun hat, eine praktikable Ergänzung. Beinahe alle meine Therapiekollegen erleben diese

"Ego-State-Tummelplatz", 2017, 80x60cm, Acryl auf Leinwand

"EgosDate", 2015, 80x60cm, Acryl auf Leinwand

"Therapy fairground", 2015, 18x24cm, Acryl auf Leinwand

"Der Lärm des Alleingelassenwordenseins", 2015, 18x24cm, Acryl auf Leinwand

Methoden genauso heilsam wie ich.

Das faszinierendste Ergebnis der Hypnose-Arbeit erzählte mir eine Mitpatientin, die jahrelang Stimmen hörte. Sie waren medikamentös nicht in den Griff zu bekommen. Ein paar Ego States-Sitzungen später und die Stimmen verstummten. Dieser Zustand hält nun schon seit Jahren an.

Bei mir führten die Behandlungen zu großen Erleichterungen, doch machten sie mich offenbar nicht belastbarer, was eine Arbeitsfähigkeit angeht. Unter Belastung treten allerlei Symptome auf, aber es ist ganz anders als früher. Viele Körperempfindungen sind weg, Flashbacks treten kaum auf und die Distanz zu Erlebtem ist gegeben. Die Krise ist frei von ganz vielen früher immer auftretenden Symptomen. Dennoch bin ich wieder hier.

Nur durch das Rauchen komme ich in Kontakt mit den Menschen außerhalb meines Zimmers.

Der Kerl, der mich Betrügerin nannte, weil ich mich nicht umbringe, wird stündlich allen gegenüber immer unguter. Am ersten Tag erschien er mir auch nicht ganz koscher, doch nun spitzt es sich zu. Er ist provokant, er nennt den Russen Fettsack, er redet dauernd über „den Ausweg", stachelt die anderen an sich umzubringen und verhält sich so, dass er es darauf anlegt von jemandem geschlagen zu werden, es schlägt nur keiner hin. Ein Neuer erscheint im Raucherraum, der von ihm blöd angemacht wird.

„Das ist Dein Gesicht? Beileid. Schöne Scheiße, mit dem durchs Leben zu gehen." Nur solche Sprüche entfleuchen seinem Mund. Frauen provoziert er weniger, aber jede Zigarette ist begleitet von seinem dauernden Gelaber über Suizid und den Beleidigungen der anderen Patienten. Niemand bricht ihm die Nase und ich wundere mich darüber.

ALPHA-SINUS-REAKTOR

Ich erwache mit Angst. Ein Blick auf die Uhr. 4. Blöd. Eine Zigarette rauchen. Ich muss mich so sehr zwingen nicht über meine Situation nachzudenken. Wenn ich es tue, dann jagt ein Schmerz den anderen. Meine Gedanken sind in einer Schmerzspirale gefangen. Ich denke weg von der aktuellen Lage, versuche Positives zu denken, aber alles ist überzogen von Schmerz. Ein Gelee aus Angst und Pein liegt über allem Gedachten, es ist kaum auszuhalten. Ich denke an Erfolge und reagiere mit hochgradigem Stress. Egal wohin ich mich wende in meinen Gedanken, überall das gleiche Ergebnis. Wieder ins Bett. Ich schließe die Augen und begebe mich an meinen sicheren Ort. Das klappt. Dort finde ich etwas Ruhe und schlafe wieder ein.

Um 7 Uhr erwache ich wieder, natürlich mit Angst. Ich weiß nicht mehr ein oder aus. Das Zentrum dieser Angst ist abwechselnd der Magen und die Mitte des Brustkorbes. Dort ist etwas Schweres, von dort strahlt es aus, Wellen und Vibrationen von Qual, nervösem Schmerz, angstvolle Auflösung. Dieses Auflösungsgefühl nimmt an der Peripherie des Körpers zu. So ist das Grundgefühl. Dazu kommen dann Einschläge von Panik, die mir Schwindel verursachen, meinen Tinnitus aktivieren und mir den Atem rauben. Einen Kaffee trinken. Ich habe keinen zeitlichen Überblick, wann genau das Frühstück kommt. Ich sehe aus dem Zimmer und sehe keine Essens- und Kaffeewägen. Warten. Ich stinke vor Angstschweiß. Hinsetzen, geradeaus schauen. Ich schau nochmal. Wenn ich die Zimmertüre öffne und geradeaus sehe, dann ist da die Küche, wenn ich nach links blicke der Aufenthaltsraum. Wenn ich nach rechts blicke, dann ist dort an der gegenüberliegenden Gangseite von meiner Zimmertüre das Stammlokal, danach das Besprechungszimmer in dem die Visiten stattfinden und danach kommt der Raucherraum. Dahinter geht es weiter mit einem zweiten Aufenthaltsraum und weiteren Patientenzimmern. Dort ist auch das Herrenklo. Gegenüber vom Stammlokal führt ein für hiesige Verhältnisse kleiner Durchgang zu weiteren Räumen. Einer ist ein Untersuchungszimmer, in dem ich bei der Aufnahme war.
Zwei weitere Zimmer dienen als Überwachungszimmer für Patienten.
Gestern sah ich im Stammlokal einen Monitor, auf dem vier Felder waren. Zwei davon waren schwarz, zwei davon zeigten Krankenzimmersituationen. Im Stammlokal gleich beim Eingang links sind ein Sessel und alle Gerätschaften zum Blut-

druckmessen und zur Sauerstoffsättigungsüberprüfung, über diesen Geräten hängt dieser Monitor. Circa 2 Meter von der Eingangstüre entfernt ist eine Theke, die mit der rechten Wand verbunden ist. Dort bekommen wir unsere Medikamente. Wir nehmen einen Plastikbecher, füllen aus einer Plastikkanne Wasser ein und stellen ihn nach der Einnahme auf ein Waschbecken, das an der rechten Wand montiert ist. Immer das gleiche Prozedere. Links zum Messen, geradeaus zum Schlucken, rechts zum Abstellen und hinaus. Ein 6 Quadratmeter-Rundgang. Hinter der Theke sind die ganzen Patientenkurven, Arbeitstische mit viel Papier und die Anlage für die Durchsagen über den Lautsprecher.

Im Zimmer wartend höre ich die Wägen mit dem Frühstück fahren. Mein schwarzes Gold. Ich halte mich wieder an meiner Tasse fest. Der Kaffee ist dünn und besteht zur Hälfte aus entkoffeinierten Zutaten, aber egal. Etwas Angenehmes. Das erste Angenehme heute. Beim Kaffee sitzend kommt eine Frau auf mich zu, sie wirkt offen, gut gelaunt und stark. Sie stellt sich vor als die Sozialarbeiterin des Hauses und möchte sich heute mit mir zusammensetzen. Ich teile ihr mit, dass ich um 11 Uhr ein psychologisches Gespräch habe.
„Dann am besten davor!" sagt sie fröhlich und energisch. Es tut so gut auf Menschen zu treffen, die ihre Arbeit gerne machen. Sie geben mir Kraft und Hoffnung, ja, sogar Trost. Ich habe dann weniger das Gefühl eine Last zu sein für die anderen. Weniger. Weg ist das nie ganz. Mir wurde so früh und vehement vermittelt, dass ich eine Last bin, dass dieses Gefühl trotz häufigem Thematisieren und Therapieren nicht weggeht. Selbst bei Kleinigkeiten, die ich von jemandem brauche, habe ich Angst zu fragen. Habe ich dann gefragt, dann überkommt mich häufig ein schlechtes Gewissen. Je besser ich jemanden kenne, umso weniger tritt das auf, aber das bezieht sich auch bloß auf das Privatleben. Beruflich ist es sehr schwierig und als Patientin ist es am stärksten. Vollständig auf Personal angewiesen zu sein, das verursacht mir ein schlechtes Grundgewissen, das mehr als übel ist. Ich bin eine Last, ich bin zu blöd für mich selbst zu sorgen, ich bin zu schwach, um in dieser Welt zu bestehen, bin zu krank um gut zu leben. Dabei male ich mir im Vorfeld immer alles so schön aus. Weißmalen quasi. Mein unendlicher Optimismus ist ja immer wieder da, wenn es mir gut geht. Er zaubert mir Vorstellungen von Unerreichbarem in mein gedankliches Erleben. Dabei wäre es ja nur die Vorstellung von einem normalen Leben, von einer Arbeit, die mir Sinn verleiht, ohne mich zu überfordern und der zeitgleichen Möglichkeit Freundschaften zu pflegen. Hie und da ausstellen, abends und wochenends malen. Das ist weißgemalt. Doch sobald ich in einer Überforderung lande fetzt es mir den Boden weg. Das Weißgemalte verschwindet, es wird dunkel. Keine der Vorstellungen realisiert sich langfristig. Keines der Bilder erwacht zum Leben, sie werden von der Realität zermalmt und an ihre Stelle tritt angstvolles Erleben. Es fühlt sich so an, als würde die Kulisse wechseln. Die Kulisse Welt verändert sich. Von weiß auf schwarz. Und in diesem Schwarz male ich meine besten Bilder. Schwarzmalen. In diesem Schwarz kann

ich nicht jede Minute des Wachseins gegen meine Gedanken kämpfen, dafür reicht die Energie nicht. Ich lasse dann locker, lasse es reinbrettern, spiele mit der Schwarzmalerei, bin am Abgrund. Das Leben entgleitet mir regelmäßig, und trotzdem bin ich noch hier. Es fühlt sich aber so an, als wäre ich dann nicht mehr hier, wäre ein anderes Ich. Wie wir alle bin ich abhängig von der Wahrnehmung der Umwelt. Da die Umweltkulisse bei mir aber keine stetige ist, habe ich nie ein stetiges Ich entwickelt. Ändert sich meine Kulisse, so ändere ich mich. Ich bin viele. Ich bin niemand. Ich habe keinen Umriss.

Als ich klein war, war schon klar, dass nicht wichtig ist, dass ich ein Ich werde. Es war nur wichtig meine Eltern richtig zu interpretieren, um mich so verhalten zu können, dass ich ihnen keine Mühe mache oder sie gar zu verärgern um den Konsequenzen wie Demütigung und Liebesentzug zu entgehen. Ich entwickelte kein Ich, ich entwickelte ein „Um die anderen rum".

Aus dem Gespräch mit der Sozialarbeiterin wird nichts, doch das mit der hiesigen Psychologin findet statt. Ich schildere ihr die Umstände, sie ist aber grob informiert, weil sie gestern bei der Visite dabei war. Die Angst, die mich im Griff hat, wird Thema. Sie schlägt eine Fokussierungstechnik vor, ich stimme zu. Sie nimmt ein Metallstäbchen mit Teleskoprohrfunktion zur Hand und fährt es aus. An der Spitze ist ein kleiner, weißer Zylinder, unten ein wenig breiter als oben und kantig abschließend, oben rund. Sie bittet mich nur auf diesen Zylinder zu sehen und diesen angstvollen Schmerz herzuholen. Sie fragt nach der Lokalisierung im Körper, nach Form, Konsistenz und Farbe und sie bewegt das Stäbchen langsam nach links und rechts. Wir suchen so eine Augenstellung, in der der Schmerz kleiner ist. Wir finden eine. Meine Angst ist eine silbergraue, sich drehende Kugel, die im Rumpf ihr Unwesen treibt. Die Konsistenz ist wie leicht zähes Blei. Es verändert sich etwas, sie rutscht tiefer, teilt sich in zwei Kugeln, womit sich die Wucht halbiert, die zwei Kugeln wandern in die Beine, eine rechts und eine links und sie zerteilen sich weiter, lösen sich auf.

Ähnlich ist es dann mit einer zweiten, weißen, kristallenen Kugel. Sie wandert in die Arme, diffundiert nach immer weiterer Zerlegung in den Blutkreislauf und wird im Anschluss an die Stunde per Urin ausgeschieden werden. Etwas wird leichter, ich entspanne. Wir konzentrieren uns noch auf eine Schutzwand für mich. Ich soll sie oft imaginieren. Noch in Halbtrance gibt mir die Therapeutin einen kleinen Jonglierball, er soll für die nun empfundene Entspannung stehen. Mein Körper erfährt seit Tagen das erste Mal Lockerheit und Erholung. Es geht mir viel besser als vorher.

Nach dem Mittagessen - der Aufenthaltsraum stinkt noch immer von der chemischen Reinigung - darf ich kurz nach Hause fahren, um mich um ein paar wichtige Dinge zu kümmern, die mich sehr beunruhigen. Um meine futterlosen Fische zum Beispiel. Mit dem Bus 48A fahre ich von der Haltestelle vorm Haupteingang des Spitals zur Lugner City, einem großen Einkaufszentrum, in dem es auch eine Zoofachhandlung gibt. In dieser kaufe ich Ferienfutter, Blöcke von fest gepresster Fischnahrung, die sich nur langsam löst und somit eine längerfristige Versorgung sichert. Von dort fahre ich weiter mit der U-Bahn nach Meidling, das ist der 12. Wiener Gemeindebezirk, in dem ich wohne. Daheim regle ich alles, um die Gebühren für meine Website zu begleichen, gehe den Biomüll entsorgen, checke im Kühlschrank, ob da die nächste Woche eh nichts zu laufen beginnt und packe einige Sachen. Toiletttasche, Mal- und Zeichenutensilien, Ladegerät fürs Handy, Spielkarten und Lesestoff sind die Hauptpunkte. Meine Plappermäulchen-Zimmerkollegin hört übers Handy gerne Musik. Ihren Musikgeschmack finde ich jetzt nicht mal so schlecht, trotzdem zehrt es oft an meinen Nerven. Sie hat nur keine Kopfhörer, wie ich beim Nachfragen erfuhr, also packe ich welche ein, die ich nicht mehr brauche. Alles klappt. Das Einzige, das mich wirklich beunruhigt, ist, dass ich mich in meiner Wohnung nicht sicher fühle. Die Unruhe der Anreise wandelte sich in meiner Wohnung in Angst. Zu viel Furcht an einem Ort besetzt diesen mit den empfundenen Gefühlen, webt sich in die Materie, bis sie diese Gefühle ausstrahlt. Es macht mich sehr verzweifelt. Ich müsste erst um 18 Uhr wieder im Spital sein, doch ich fahre so schnell wie möglich wieder hin. Und ich bin froh wieder hierher zu kommen. Das ist ein aussagekräftiges Beispiel für meinen Zustand. Vor Überanstrengung zittere ich mir mein Nachtmahlkäsebrot in den Mund. Mir kommt es so vor als wäre ich 2 Tage weg gewesen.

Im Raucherraum fällt mein Blick auf einen kleinen Schriftzug in der Ecke der rechten Wand. Alpha-Sinus-Reaktor steht da in lauter Großbuchstaben. Ich nehme ihn wahr, mache mir aber weiter keine Gedanken darüber. Zurück am Zimmer packe ich meine Sachen aus. Die Kopfhörer werden dankend angenommen. Die Spielkarten kommen gleich zum Einsatz, ich lege 2 Patiencen vor dem Schlafengehen. Es macht deutlich, wie gering gerade mein Konzentrationsvermögen ist. Ich übersehe viel und bin danach völlig erschöpft. Beim Lesen ergeht es mir ähnlich, doch ich bin voller Dankbarkeit was die Ruhe in unserem Zimmer angeht, dass ich überhaupt lesen kann. In dem Zimmer, in dem die ins Telefon Weinende schläft, herrscht ständige Unruhe. Sie jammert laut, zündet sich Zigaretten im Bett an und läuft permanent hin und her. Dass ein einziger Mensch so viel Wirbel machen kann erstaunt mich. Bei uns herrscht selige Stille, trotzdem strengt mich das Lesen ungemein an und ich verlese mich häufig. Aber ich bin froh, meinen T.C. Boyle bei mir zu haben. Vor allem bei den Einschlafschwierigkeiten dieser Nacht erweist er mir gute Dienste. Und das Lesen hindert am Denken. Nur nicht denken.

WIR SIND ALLE KUNST, GEZEICHNET VOM LEBEN

Ein Erwachen ohne Angst. Wow. Zeigt die Fokussierungsmethode von gestern Wirkung? So richtig eingelassen hatte ich mich in dieser Therapiestunde. So sehr, dass sich die Therapeutin am Ende dafür und für mein Vertrauen bedankte. Für mich reicht es schon, wenn mir der/die TherapeutIn nicht unsympathisch ist, und irgendwie habe ich da meist großes Glück. Die Psychologin hier ist mir sehr sympathisch und ihre Arbeitsmethode auch. Das, was sie in ihrem Singsang sagte, als ich gebannt auf die Spitze ihres Teleskopzauberstäbchen blickte, fraß sich in mein Hirn. Und vermutlich ist dieses Hineingefressene dafür verantwortlich, dass ich heute angstfrei erwachen konnte. Bald nach dem Erwachen kommt zwar eine Angstwelle daher, doch ich nehme die Augenstellung ein, die ich in der Therapiestunde einnahm, um auf das weiße Ende des Stabes zu sehen, stelle mir ebendieses vor, und die Welle flacht ab.

Kaffee, mein Trost, meine Motivation, meine heiße Liebe. Eine Zigarette. Ein Gespräch mit einem seit gestern Neuem. Ich spreche ihn an, weil er mir sympathisch ist, frage, was ihn hierher verschlägt. Eine aktuelle Belastungssituation, mehr sagt er nicht dazu, nur dass er am Ende ist und so eine Krise schon mal hatte. „Wenn man am Abgrund steht, dann ist der erste Fortschritt ein Rückschritt." meine ich. Er lächelt.

Ich gehe duschen. Es ist meine erste Dusche seitdem ich hier bin. Körperhygiene war bisher mein letztes Problem in dieser Phase. Ich lande in einem an den restlichen Räumlichkeiten gemessenen kleinen Raum, rechts 3 Duschen, ein Fenster mit Klarglas, ein Handtuch- und Wäscheregal, ein Schmutzwäschewagen und ein Waschbecken. Kein Spiegel. Angenehmes, warmes Wasser. Unwillkürlich denke ich an einen Morgen vor 22 Jahren, da erlebte ich warmes Wasser als Rettung. Ich wohnte damals unter der Woche im Internat der Grazer Krankenpflegeschule. Zwar hätte ich die Schule von meinem Wohnort aus mit öffentlichen Verkehrsmitteln erreichen können, doch das Internat zog ich vor aufgrund der häuslichen Situation. Ich hatte Depressionen und Angstzustände, konnte das aber nicht erkennen, dachte, dass sich mein Leben halt so anfühlt. Deswegen beschloss ich, es zu beenden. Ich wohnte damals allein in einem Zimmer, da meine Symptome meinen vorherigen zwei Mitbewohnerinnen zur Last wurden. Sie verstörten sie und mir war auch nach Alleinsein, somit ging ich im riesigen Internatsgebäude auf Suche und fand in einem Stockwerk weit oben leere Zimmer. Ich fragte nach und bezog eines davon erleichtert. Eine kleine Hippiehöhle machte ich daraus und Mitschülerinnen kamen gerne um mit mir ihre Probleme zu besprechen. Ich war die Andere. Die, der man das Herz ausschüttet. Monate vor dem tatsächlichen Entschluss zur Tat hatte ich immer wieder Suizidgedanken, wägte ab, machte weiter, nur um immer in noch schlimmeren Zuständen zu landen. In der Ausbildung lehrten sie uns diese Krankheitsbilder, ich sah dennoch keinen Bezug zu mir selber. Schlussendlich beschloss ich, mich von dieser Welt zu räumen. Mein damaliges Barvermögen betrug 500 Schilling, die übergab ich einem Grazer Bettler, der Architekt war und sich die Schuld gab am Einsturz einer von ihm geplanten Brücke, bei dem jemand oder mehrere zu Tode kamen. Er hörte auf zu sprechen nach dem Einsturz, landete irgendwie auf der Straße, trank und rauchte nicht. Seine Haare waren ein einziges Dreadlock. Als ich ihm das Geld übergab stotterte er ein Danke hervor. Ich ging und kaufte mir ein Messer, färbte mir die langen, rotblonden Haare schwarz und wartete im Internat den abendlichen Rundgang der Hausmutter ab. Es war ein Wochenende, ich log meine Eltern an, sagte, dass ich lernen müsse und deswegen nicht heim komme. Das Internat war fast leer.

Prinzipiell zog ich die blutlose Variante vor und injizierte mir Luft in eine Vene der linken Armbeuge. In ein schwarzes, knöchellanges Kleid gehüllt legte ich mich auf das Bett und wartete. Bald darauf stolperte mein Herz, doch weiter geschah nichts. Also begann ich zu schneiden. Das Messer war nicht das schärfste wie sich herausstellte, und ich musste viel Kraft anwenden, um die Haut zu eröffnen. Ich schnitt längs und operierte mir ein ganzes Fleischstück heraus, um zur Arterie zu gelangen. Sie liegt sehr tief, bei mir war das zumindest so. Und als ich sie endlich erreichen konnte stellte ich fest, wie zäh sie ist. Ich ritzte sie mit viel Mühe an, Blut spritzte, ich hielt den Arm in einen Kübel und legte mich flach. So stellte ich mir das vor, wie Dornröschen am Rücken liegend aus dieser Welt bluten. Meine Sinne schwanden. Ich erwachte halb unter dem Bett in Blut liegend, der Kübel umgestoßen, eine dunkelrote Sauerei. Es blutete nicht mehr. Ich suchte und fand das Messer und schnitt weiter. Es spritzte wieder, ich fiel in Ohnmacht. Ich erwachte wieder. Und wieder. Und wieder. Ich lag in immer mehr stockendem Blut. Ich kann mich noch gut an das Gefühl erinnern wie es war, sich in dieser roten Masse aufzustützen, wie meine Hand in diesem Matsch versank, wie glitschig und weich es war.

Wenn ich im Fernsehen sehe, wie sie meist einen Suizid darstellen, bei dem sich jemand die Pulsader aufschneidet, dann frage ich mich immer, ob sie es wirklich nicht besser wissen. Man stirbt nicht, nur, weil man einen halben Liter rausblutete. Ich starb nicht mal, obwohl alles in Blut badete. Dass ich mit diesem Messer nicht zum Ziel kommen würde, das wurde mir langsam klar, also versuchte ich zu einer Schere zu kommen, die in meinem Schrank im obersten Fach lag. Bei jedem Versuch aufzustehen fiel ich in mich zusammen oder in Ohnmacht. Ich war zum Kriechen verdammt. Stehen ging nicht mehr. Meine Blase und mein Darm entleerten sich unkontrolliert. Ich versuchte die Arterie durchzuschneiden, indem ich mit dem Messer unter sie fuhr und sie gegen die Klinge drückte. Es gelang aus zwei Gründen nicht. Einerseits war das Messer zu stumpf um dieses feste, zähe Gefäß durchzuschneiden, andererseits konnte ich den Arm nicht mehr koordinieren, wenn ich mit dem Messer unter sie fuhr, weil das Ziehen an der Arterie eine Beugung im Arm auslöste, die mich immer abrutschen ließ. Langsam wurde es hell und ich fiel nicht mehr in Ohnmacht. Ich konnte nicht aufstehen. Irgendwann würde die Hausmutter ihren Morgenrundgang machen und mich finden. Ich musste was tun. Ich musste sterben. Wenn nicht so, dann anders. Ich dachte naiv, ich wollte es zum Bahnhof schaffen, ich würde mich auf die Schienen legen. Ich entkleidete mich und kroch nackt aus dem Zimmer, bewegte mich langsam über den Gang Richtung Duschen. Ich fiel wieder in Ohnmacht, verfluchte bei jedem Erwachen den Umstand, nicht in den Tod geglitten zu sein. Es war ein langer, anstrengender Weg. Eine Blutspur bildete sich am Anfang dieses Weges. Irgendwie erreichte ich die Duschen, irgendwie betätigte ich den Hebel für das Wasser, irgendwie, irgendwie, irgendwie. Ich kauerte unter dem fließenden Wasser, es rann, wusch mir das Blut ab. Meine Haare waren wie ein Brett, hart von gestocktem Blut, eine dunkle Matte, die ich bearbeiten musste. Ich begann zu trinken. Mehr. Immer mehr. Mein Kreislauf erwachte wieder, es kam etwas in Gang, ich erlebte Wärme durch das Wasser, die Flüssigkeit in mir und um mich belebte etwas, das weitermachen wollte. Es war ein magischer Moment, als sich eine Einsicht vor mir aufbaute: Du bist krank. Es ist nicht das Leben, das sich so anfühlt, es ist eine Depression, die sich so anfühlt. Ich trank weiter, spürte das herab prasselnde Wasser, erfuhr etwas Angenehmes, seit langem zum ersten Mal. Seit Monaten das erste Mal. Monate, ohne einen schönen Moment. Du bist krank. Man kann das behandeln. Du hast Symptome, über die Du unterrichtet wurdest. Es gibt vielleicht ein anderes Leben. Lass Dir helfen. Ich beschloss auf das zu hören, was in mir sprach. Ich beschloss, mir helfen zu lassen. Das Wasser bewirkte es. Aus der Dusche raus zurück in mein Zimmer konnte ich sogar gehen. Wacklig zwar und mich an der Wand festhaltend, doch ich ging. Ich zog mir etwas an und setzte mich in den Lift, fuhr hinunter, schaffte es zu den Hausmüttern und sagte, dass ich mich töten wollte. Als ich einer ungläubig und unverständig dreinblickenden Frau mein Handgelenk zeigte, wurde sie blass und musste sich setzen. Rettung. Chirurgie. Psychiatrie. Wenn man am Abgrund steht, dann ist der erste Fortschritt ein Rückschritt.

Von dem 25-Jährigem, der mich Betrügerin nannte, dachte ich schon, er wäre nicht mehr da. Gestern erschien er nirgends, doch nun sehe ich ihn am Gang wandeln, deutlich erkennbar in schwer dämpfende Chemie verpackt. Er geht in den Raucherraum, er schweigt, steht ruhig an der Wand, hinter ihm steht:
„Wir sind alle Kunst, gezeichnet vom Leben."

So richtig ins Gespräch komme ich mit dem seit gestern Neuem, von den anderen kriege ich nur peripher was mit. Ein sehr belastet und aggressiv wirkender Schönling will mir nicht sagen, weshalb er hier ist, beklagt sich aber bei mir, weil er über die Gründe gerne mit einem Arzt oder Psychologen sprechen möchte, wozu es aber seiner Aussage nach nicht kommt.

Die, die ins Telefon weinte erzählt mir, dass es in ihrem Kopf dröhnt und dass sie Stimmen hört. Sie meint, das kommt von den Medikamenten. Sie sagt immer das Gleiche, ist nicht fähig in eine andere Interaktion zu gehen als die, bei der sie sich über ihre Symptome beklagt. Sie ist so krank, dass es nur die Möglichkeit gibt, über sich selber zu reden. Ich frage nach, ob die Stimmen wohlwollende oder böse Sachen sagen.

„Wohlwollende." antwortet sie.

Es gibt einen hageren Langhaarigen, der ständig mit sich selber spricht, sich auf den Kopf schlägt und sich meist mokiert über alles. Mal führt er grantige Selbstgespräche, mal neutralere. So richtig verstehen kann ich ihn aber nicht, es ist alles sehr undeutlich ausgesprochen. Wenn er grantig ist, dann umschiffe ich ihn weiträumig.

Ein paar ältere Männer sind hier, allesamt wegen Alkohol. Wie es lief, dass sie hier landeten, weiß ich leider nicht. Keiner hat es von sich aus erzählt und in den kurzen Gesprächen war es nicht so, dass ein Nachbohren angebracht gewesen wäre. Ich kann mir vorstellen, wie redselig sie in angetrunkenem Zustand sind. Im Gegenzug dazu sind die nun allesamt äußerst wortkarg, bis auf einen. Er quasselt den lieben langen Tag. Er ist einer, der jeden anredet und alles weiß, einer, der irgendwann auf senden gedrückt hat und nie wieder aufhörte damit. Bei ihm läuft dieses Programm sogar in nüchternem Zustand. Auch ihm gehe ich aus dem Weg.

Neu ist eine Magersüchtige, die ihre Krankheit zur Schau trägt indem sie zur blauen Pyjama-Hose der Anstalt nur ein ärmelloses Unterhemd anhat, egal wie kalt es ist. Sie ist nicht freiwillig hier erzählt sie, die Umstände erfahre ich aber nicht, es ergibt keinen Sinn was sie sagt.

Und dann gibt es noch die ganz Alten. Die, die im Rollstuhl sitzen und nur bedingt kommunikationsfähig sind. Manchmal sind sie im Aufenthaltsraum, abgestellt an einem Tisch, meist hatten sie einen Becher vor sich, der fast ausnahmslos bald in ihrem Schoß oder am Boden landet, der Inhalt verteilt auf ihrem Beinkleid, den Fußstützen, den Socken, den Hausschuhen. Anfangs fand ich diesen Anblick schrecklich, inzwischen wundere ich mich eher, wenn mal einer nicht in einer Pfütze sitzt.

Der Vormittag vergeht mit Schreiben und einem Extrakaffee von einer gütigen Pflegehelferin.

Das Mittagessen tut gut. Meine Sonderkost besteht hauptsächlich aus Gemüse. Ich bilde mir ein, damit dem Schädlichen des hohen Medikamentenkonsums etwas entgegensetzen zu können. Eine bunte Mischung aus Antidepressiva, Muskelrelaxantien, Neuroleptika und Anxiolytika werfe ich mir im Umfang von circa

14 Tabletten täglich ein. Den genauen Überblick habe ich da momentan nicht und es ist mir auch egal. Nebenwirkungen verspüre ich meist keine. Generell bin ich frei von den klassischen Begleiterscheinungen der Tabletten wie Antriebslosigkeit oder Gewichtszunahme. Des Öfteren habe ich schon ein flapsiges „Ich bin für Psychopharmaka wie gemacht!" von mir gegeben. Im Prinzip schlucke ich das Zeug seit 22 Jahren. Meist in geringerer Dosis als jetzt und manchmal war ich auch medikamentenfrei. Soweit ich mich erinnere waren das aber eher kürzere Phasen, nach denen ich, dem Schlüpfen unter Mamas Kittel gleich, mich wieder in die Hände der Chemie begab. Eine Zeit lang konnte ich sogar heftige Symptome ertragen, ohne gleich zu Tabletten zu greifen. Immer versuchte ich, das alleine hinzukriegen, bevor ich mich an einen Psychiater wandte, ich bekam es nur nie hin. Immer konnte ich nur den Kampf hinauszögern, bevor ich mich an die Medizin klammerte, nie gewinnen. Vor allem wenn die Symptome mich auch nachts heimsuchten, nicht nur den Tag über, gab ich auf, und so weit kam es jedes Mal.

Grob gesagt hatte ich früher eher Depressionen, Ängste mischten sich rein, wurden dominanter, entwickelten sich zu Panik und schlussendlich finde ich mich häufig in der Welt der Dissoziation wieder. Ständig wurde alles immer wieder begleitet von Suizidgedanken, kreisenden Zwangsgedanken, psychosomatischen Beschwerden und einer persönlichkeitsgestörten Wahrnehmung der Umwelt. Mein Leben lang bin ich damit beschäftigt, das alles zu pegeln und zu regeln, und wenn ich gerade sonst nichts zu tun habe, dann gelingt mir das auch.

Die Probleme der gesamten Überforderung, die sich quer durch mein Leben zieht, erörtere ich nachmittags mit Franz, einem Freund, der mich besuchen kommt. Mit Süßem bepackt und neugierig auf mein momentanes Obdach schaut er vorbei, inspiziert alle Räume und geht mit mir im Anschluss in das von Pro Mente, einem Verein zur Hilfe bei psychischen Erkrankungen, geführte Kaffeehaus, das auf der Rückseite meines Pavillons liegt. Franz erscheint mir wie ein Klapsentourist. Läge ich auf einer Chirurgie wäre er nicht so freudvoll vorbeigekommen. Wir lernten uns im Jahr 2013 in einer Selbsthilfegruppe für Angst und Depression kennen, freundeten uns bei den wöchentlichen Treffen, bei denen wir über unsere Probleme, Symptome und Lösungsmöglichkeiten diskutierten, recht schnell an, und seitdem ist er einer der wichtigsten Menschen in meinem Leben. Er ist auch Maler, ich liebe sein Atelier, es hat einen Hauch von Morbidem. Grabschleifen von verschiedenen Mülldeponien von Friedhöfen hängen von der Decke, es gibt großzügige Arbeitsflächen und jedes schon öfter gebrauchte Ding auf ihnen ist mit Farbe überzogen, da er unbeirrt mit beklecksten Händen zugreift, egal wie viel sich davon auf ihnen befindet. Alles trägt die Spuren des künstlerischen Schaffens, im Gegensatz zu den Dingen in der restlichen Wohnung, die ist farbkleckserfrei. Es ist nicht nur die Malerei, die uns verbindet. Wir redeten schon so viel miteinander, tauschen uns über Intimes aus und er ist einer, der mich und meine Symptome ziemlich gut kennt. Vor allem ist mir vor ihm nichts peinlich. Er gibt mir Sicherheit, er gibt mir das Gefühl, ein wertvoller Mensch zu sein, egal wie es mir geht. Einige andere versuchen das ebenso immer wieder, aber da geht das nicht so auf. Lisi schafft es auch, mir dieses Gefühl zu geben, sie kenne ich aus der gleichen Selbsthilfegruppe. Sie kann mir vor allem meine Angst nehmen, nun völlig verrückt zu werden. Sie ist meine Erdung.

Eine Zigarette. Der redselige Alkie erzählt mir von verlorengeglaubten Dingen, die in seinem Haus und Garten nach Jahren wieder auftauchten. Fertig geraucht, ich lasse ihn im frisch geputzten Raucherraum alleine. Ich gehe ins Zimmer, alles schläft, es ist dunkel und ruhig. Ich setze mich und spüre, wie zerfleddert ich bin. Ich schließe die Augen, alles flimmert und blitzt. So viel Sozialkontakt ist mir momentan zu viel. Ich versuche mich zu zentrieren, habe das Gefühl, Seelenteile von mir einsammeln zu müssen. Ich bin nicht zer-, ich bin verstreut, verteilt im Raum, hab keinen Umriss, bin wieder kein Ich. Imaginär sammle ich Teile von mir zusammen, versuche meine Körperkonturen zu spüren, wandere in Gedanken den gesamten Körper ab, es gelingt bis auf den Bereich um das Brustbein. Ich lockere die Schultern, ich versuche mich zu beruhigen. Es flimmert nicht mehr, doch im Körper bebt es, alles wankt und dreht sich, als wäre ich in einem Wasserstrudel während einem Erdbeben. Ich versuche mich zu fassen, doch ich entgleite mir. Aber eine Schutzblase kann ich um mich formen.
Ich muss pinkeln, will aber nicht raus, will keinem begegnen, will mich nicht bewegen, will nur, dass das Beben endet. Aber ich muss gehen. Wie auf Watte wanke ich zu den Toiletten. Die Lüftung geht wie immer an, wieder kann ich erst Harn lassen als sie sich wieder ausschaltet. Als ich mir die Anstaltshose rauf ziehe ertönt eine Durchsage.
„Frau Jant, Herr Soundso, zum Stützpunkt kommen!" Wir werden zur Nachmittags-medikationseinnahme gerufen. Um viertel nach 3 war ich dort, weil ich dachte es wäre 5 und ich hätte die Ausgabezeit um 16 Uhr 30 verpasst, nun hatte ich es völlig aus den Augen verloren. Was ist Zeit? Ich wabere dahin, wirke hoch orientiert, bin es aber nicht. Weder Zeit noch Raum ist gerade etwas Konstantes. Immer schon dachte ich mir, dass ich mir das Nehmen gewisser Drogen ersparen kann, ich produziere Trips körperintern, unwillentlich zwar, aber dennoch.
Ich griff nie zu harten Drogen. Aus Angst. Ich kann nicht wissen, was eine Substanz mit meinem eh schon beschädigten Gehirn macht, und ich bin froh über diese Entscheidung, denn hätte ich jemals zu psychedelischen Wirkstoffen gegriffen, dann könnte ich nicht wissen, ob gewisse Zustände drogeninduziert sind oder nicht, ich könnte mir nicht sicher sein, ob ich nicht einfach auf etwas hängengeblieben bin. Ein paar solcher Hängengebliebener sind mir begegnet, es ist nicht schön für sie und manches fühlt sich so an in ihrem Leben wie für mich, nur bei ihnen gibt es halt den Stichtag Drogeneinnahme.

Es gibt Abendessen. Ich verlasse mein Zimmer und treffe einen aufgebrachten

Langhaarigen. Es gibt einen neuen Patienten hier, einen dünnen, großen, alten Mann, der sehr freundlich und unglaublich desorientiert ist. Er findet sein Zimmer nie und geht in jedes hinein, im Glauben und in der Hoffnung, es wäre seines. Das bringt den Langhaarigen zum Rotieren. Er führt seine Selbstgespräche in der gleichen Lautstärke wie sonst auch, das ist recht leise, deswegen verstehe ich leider immer nur Bruchstücke, Silben, einzelne Worte. Die Bruchstücke, die ich verstehe, beinhalten Gewalt. Durch das Eindringen eines Fremden in sein Zimmer ist seine Körperhaltung aggressiver als sonst, er redet mehr und schneller, und er spuckt oft aus ohne wirklich Speichel aus sich zu schleudern. Sein Zimmer liegt direkt am Aufenthaltsraum. Er verteidigt mit dem Gehabe eines Kakadu-Zwergbuntbarsches seine Tür, geht schnell auf und ab, schimpft, droht, spuckt. In dieser Atmosphäre esse ich. Als ich fertig bin habe ich Bauchschmerzen.

Endlich gute Gespräche, und zwar mit dem Neuen, T.! Wir reden im Raucherraum, ich bleibe kleben. Nach rund einer dreiviertel Stunde überkommt mich ein Schwächeanfall, der in eine beginnende Panikattacke übergeht. Erst Körpergummigefühl, dann Unterzuckerungsgefühl, dann Ohren, die zuklappen, dann ein Ohnmachtsgefühl. Ich verdünnisiere mich rasch, tapse zum Zimmer, habe das Gefühl, es gerade mal geschafft zu haben. Hinlegen. Schwindel, Körperauflösungsgefühl, ein Rauschen in den Ohren, laut und rau, das zu einem Geräusch wird als würde wo Gas unter Druck austreten. Dann langsame Erholung.

Bei einer neuerlichen Zigarette am Abend zeige ich T. Meine Website. Er stöbert lange in meinen Bildern, findet sich selbst in einigen.

NOTHING OFFERS MORE FREEDOM THAN ART

Ich erwache nackt, kann mich nicht daran erinnern, mich ausgezogen zu haben. Sogar eine der Oma-Unterhosen, mit denen ich mich zwischenzeitlich angefreundet habe, liegt neben mir. Alles ist nass, ich schwitzte mich nass und befreite mich dann von der kalten zweiten Haut. Das Zimmer ist dunkel, es fühlt sich an wie mitten in der Nacht. Ich ziehe die nassen Klamotten wieder an, stehe auf, suche möglichst lautlos meinen Tabak und gehe raus. Beim Rauchen wage ich einen Blick nach innen. Es tobt, es braust auf und ab, mein Innerstes fährt Achterbahn. Ein Blick zurück, ein Blick auf etwas Schönes. Naxos. Auf dieser Insel verbrachte ich 2 lange Urlaube, wohnte in Höhlen, lebte einmal 2 Monate lang alleine in einem vor x Jahren vom Meer ausgewaschenen steinernen Gebilde, das mir beim Denken daran oft Trost spendete. Diesmal überkommt mich nur riesiger Schmerz, ich weiß nicht, was das ist, was da los ist. Meine Ressourcen verschwinden. Meine Gedanken an Schönes werden abgestraft mit Peitschenhieben der Verdammnis.

Wieder aufs Zimmer. Am Weg ein Blick nach links auf die Uhr, halb 7. Erleichterung. Ich muss nicht mehr schlafen gehen. Kurz gehe ich ins Zimmer, hole die Dinge zum Schreiben und setze mich in den Aufenthaltsraum. Großer Durst überkommt mich, es sind aber keine sauberen Becher mehr da, also hänge ich mich unter die Wasserleitung des verloren wirkenden Waschbeckens.

Der Langhaarige kommt aus seinem Zimmer, er spricht, ich grüße ihn, er grüßt mich. Er geht.

T. erzählte mir gestern, dass er mit seinen verzweifelten Eltern sprach. Seit 12 Jahren leidet ihr Kind an Schizophrenie, die es sich mit Drogen verursachte. Es muss unfassbar schwer sein, sein Kind so zu sehen, ein tägliches Herzbrechen, ein dauerndes Hoffen auf Besserung. Ich beginne mich zu mahnen. Ich habe kein Kind, das so krank ist, habe kein Kind verloren, habe keine Schulden, habe keinen Mann, der mich schlägt, habe keinen Mord begangen, ich bräuchte es nur schaffen zu arbeiten, doch allein das regelmäßige Wohingegen führt mich in Zustände, die sich so anfühlen, als hätte ich wen umgebracht, als hätte ich ein Kind verloren. Meine Probleme liegen in der Vergangenheit und ich tat ständig viel dafür, sie zu verarbeiten. Ich machte Therapie, ging oft wöchentlich zu Gesprächen, gab ein kleines Vermögen für psychotherapeutische Hilfe aus. Von 2006 bis 2010 war ich in Wien bei einer Therapeutin, die mich im Jahr 2010 nach Ybbs an der Donau schickte. Dort ist ein Psychiatrisches Krankenhaus, das zu Wien gehört. Starke Überforderung im Alltag, die immer dazu führt, dass mich die Vergangenheit einholt wie Schimmel ein zu lange gelagertes Joghurt, brachte mich zu Fall, suchte mich in einem Außenbezirk-Bordell eines Sonntagnachmittags heim. Auf der Couch des Vorraumes zu den Zimmern, in denen wir, 3 bis 4 Kolleginnen und ich, käufliche Liebe anboten, begann ich zu zittern und mich elend zu fühlen. Erst unfähig mich zu rühren schaffte ich es nach einer gefühlten Ewigkeit mich zu bewegen und meine Zelte dort abzubrechen, mir ein Taxi zu rufen und heim zu meinem Mann zu fahren, der mich zum sozialpsychiatrischen Notdienst brachte. Es folgte ein Aufenthalt in diesem Krankenhaus hier, im Otto Wagner Spital, mein zweites Gastspiel auf einer Akut-Psychiatrie, mein erstes in Wien. Sie stopften mich so voll mit Benzodiazepinen, dass meine Erinnerung an diesen Aufenthalt eine sehr lückenhafte ist. Gleich im Anschluss daran meldete ich mich für eine Langzeittherapie in Ybbs an. Eine viermonatige Wartezeit überstand ich leidend. Ich blieb für 3 Monate und fühlte mich danach großartig. Ich schloss ab mit meinem alten Arbeitsleben und begann ganz von vorne.

Ein Überblick:
Die Krankenpflegefachschule beendete ich nach meiner Bluttat im dazugehörigen Internat, das war im Jänner 1996. In der Psychiatrie begann ich zu zeichnen und zu malen, woraufhin ich mich im Sommer des Jahres für die Aufnahmeprüfung an der Kunstgewerbeschule anmeldete und sie auch bestand. Es ging mir nicht sonderlich gut, ich schwänzte viel und trank jede Menge Alkohol. Ich schloss mit drei Nicht genügend ab und bewarb mich in der im Haus der Kunstgewerbeschule befindlichen Meisterklasse für Malerei.
Auch diese Aufnahmeprüfung bestand ich und ich verbrachte dort 2 Jahre, die Jahre 1997 bis 1999. Diese Zeit war sehr gut, es gab wenige Anforderungen, ich konnte etwas locker lassen. Ich glaube in diesen Jahren setzte ich die Medikamente, die ich seit dem Spitalsaufenthalt nahm, ab. Eine erste Reise nach Naxos in den Sommerferien 1998 fand statt, ein Monat Höhle. Im Jahr 1999 reiste ich einen Monat nach Gomera, verbrachte auch dort die meiste Zeit mietfrei in Höhlen. Danach machte ich eine einjährige Ausbildung zur Pflegehelferin.
Zwar ging es mir in dieser Zeit katastrophal, doch ich löste das mit Alkohol. Ich schloss mit Auszeichnung ab.
Ein während dieser Ausbildung aufgetretener Bauchwandbruch wurde im Anschluss saniert, es war der erste von einigen, die in den nächsten Jahren folgen sollten. In diesem Sommer verbrachte ich die 2 Monate auf Naxos und entschied in meiner Höhle, nach Wien zu übersiedeln. Bis dahin lebte ich in der elterlichen Wohnung im Süden von Graz, mittlerweile aber allein mit meinem Vater, meine Mutter zog 1998 aus. In Wien arbeitete ich ein halbes Jahr in der Hauskrankenpflege. Es begeisterte mich, strengte mich aber unsagbar an. Ich schlitterte in Depressionen. Es folgten ein Krankenstand, Medikamente und die Kündigung. Ich

dachte es lag an den Umständen, ich kam nicht auf die Idee, dass das Arbeiten an sich zu viel für mich ist. Eine Nabelbruch-Operation kam mir da noch dazwischen. Nachdem ich wieder stabil war fing ich in der stationären Altenpflege in einem sehr guten Haus an. Dort blieb ich eineinhalb Jahre. Es ging mir gut dort, man arbeitet in 12-Stunden-Schichten, somit waren die Arbeitstage an sich weniger und das tat mir gut. In der Arbeit verspürte ich aber immer Unsicherheit und hatte nie das Gefühl, dass ich das kann, was ich mache. So ergeht es mir bis heute. Eine Operation am rechten Eierstock erfolgte während dieser Anstellung. Ich schied nach einem langen Krankenstand aus körperlichen Gründen dort aus, die mich eineinhalb Jahre ans Bett fesselten. Eine weitere Operation fand statt, eine Fixation einer Wanderniere rechts, was mich aber nicht gesund machte, sondern nur mein Leid linderte. Aus Ermangelung einer Alternative legte ich eine kurze Karriere als Telefonsexarbeiterin hin, näheres dazu später, und eine weitere Operation, das Durchtrennen eines Nervs, machte mich wieder gesund.

Daraufhin beschloss ich, Hure zu werden, beziehungsweise ich beschloss, es zu versuchen - und es klappte.

Im Jahr 2005 begann ich in einem noblen, illegalen Studio, einem Massagestudio, eines der vielen, über die die Sitte bestimmt Bescheid wusste, aber nichts dagegen unternahm. Später änderte sich das dort, aber da war ich schon nicht mehr im Geschäft.

Ich blieb dort 1 Jahr lang, es ging mir in der Arbeit gut, doch in fast jeder Sekunde der Freizeit plagten mich heftige Ängste. Eine Möglichkeit des Abstellens dieser Zustände fand ich in der Aquaristik. Der Chef dieses Studios schenkte mir mal ein Aquarium, und ab da war es um mich geschehen. Ich verdiente gut und ich gab viel Geld aus für dieses neue Hobby. Sämtliches musste sich den Aquarien unterwerfen, aller Raum wurde mit leuchtenden Glaskästen besetzt.

Nachdem ich in diesem ersten Studio kündigte machte ich in einem anderen einen Probetag. Mein zweiter Kunde war ein Agent Provokateur von der Sitte. Nach einem „DuDuDu" und 70 Euro Bußgeld auf der Wache wurde ich auf die Kontrollstelle für Prostituierte geschickt. Eine Untersuchung und ein mahnendes Gespräch mit einer Sozialarbeiterin später gab ich an, weiter in diesem Bereich arbeiten zu wollen, somit wurde ich eine Offizielle. Das war im Winter 2006. Ich wandte mich an die renommiertesten Häuser Wiens und fing im Babylon, dem größten und teuersten Bordell Wiens, an.

Die meisten dieser beschriebenen Schritte waren begleitet von großer Angst, ständiger Sorge und Unruhe, ich setzte sie aber dennoch. Weil es eigentlich immer schon so war. Schon als kleines Kind war mein Leben durchwachsen von Ängsten und Zweifeln, mit 4 Jahren wollte ich schon sterben, weil ich die Last des Lebens kaum ertrug, ich kenne es kaum anders.

Im Babylon hielt ich es keine 5 Monate durch. Die Nachtarbeit machte mich fertig und schwer depressiv. Ich war sehr erfolgreich, doch meine Psyche hatte nichts davon. Ich hörte auf, malte und pflegte meine Fische, zehrte von Zusammengespartem.

Im Winter 2007 ergab sich die Möglichkeit mit einigen Männern, die ich aus dem Babylon kannte, als Begleitung nach Südafrika zu fahren. Eine ehemalige Kollegin brachte mich da rein. 2 mal reiste ich mit, einmal für 4 Wochen im Dezember 2007, dann nochmal 3 Wochen im Jänner 2008. Es war eine großartige Zeit, doch meine Nerven gaben keine Ruhe. Wieder war Alkohol, neben Tabletten, das Mittel der Wahl, um halbwegs zurecht zu kommen.

Im Sommer 2008 begann ich in einem Studio im 16. Bezirk, unweit von meiner Wohnung, in dem alle Spielarten des Sex angeboten wurden. 2 Jahre blieb ich dort, 20 Stunden die Woche erlebte ich die bizarre Welt der sexuellen Absonder-lichkeiten hautnah. Zwar bot ich an sich ein normales Service an, doch in so einem Umfeld verschwimmen die Grenzen.

20 Stunden pro Woche arbeitete ich außerdem in einer internistischen Praxis als Ordinationsgehilfin. Ein gegensätzliches Arbeitsleben, ich genoss es, doch die An-forderungen würgten mich dennoch langsam nieder, bis dieses Leben im Frühjahr 2010 platzte und zu dem schon erwähnten Akut-Aufenthalt im Otto Wagner Spital und der darauffolgenden Langzeittherapie in Ybbs führte. Wie gesagt ging es mir danach hervorragend und ich begann eine Lehre als Zoofachhändlerin in einem Aquaristik-Fachgeschäft. Erspartes ermöglichte diese Ausbildung. Ich dachte wirk-lich, ich hätte durch diese Therapie die totale Kurve gekriegt. Wie schon erwähnt folgte ich der Empfehlung der Ybbser Fachärzte, in einem Jahr wiederzukommen, nicht.

Nach einigen Monaten im Fischgeschäft bekam ich Schmerzen am gesamten Körper. Zuerst nur schleichend und wieder verschwindend, nach eineinhalb Jahren aber so heftig, dass ich verzweifelte. Im Winter 2012 landete ich wieder in Ybbs. Die Auszeit von der Arbeit tat mir zwar gut, die Therapie griff aber nicht. Ich verließ das Spital nach 3 Monaten in einem klügeren, jedoch tristen Zustand. Es stellte sich heraus, dass die Schmerzen von Anspannungen kamen. Ich wusste und weiß nur nicht, wie ich die senken kann. Medikamentös wurde ich natürlich mit Muskel-relaxantien unterstützt, es reichte aber die Maximaldosis nicht, um mich schmerz-frei zu kriegen. Ich nahm mir nach dem Spital eine Auszeit, besuchte nur einmal wöchentlich die Berufsschule und schloss die Lehre 2013 mit Auszeichnung ab. Dann ging ich wieder arbeiten, aber nur für 20 Stunden pro Woche. Durch das niedrige Gehalt und das Aufzehren meiner Ersparnisse rutschte ich ins Sozial-system. Mein Lohn wurde mit der Mindestsicherung aufgestockt. Ich benötigte ein psychiatrisches Gutachten um nur 20 Stunden arbeiten zu dürfen, sobald man Mindestsicherung bezieht muss man sich arbeitssuchend melden, auch wenn man arbeitet, da es ja keine Dauerleistung ist. Das Arbeitsmarktservice fordert einen dazu auf, 40-Stunden-Jobs zu suchen. Die 20 Stunden hielt ich noch ein Jahr lang aus, doch es ging mir immer schlechter. Nichts an der Arbeit machte mir noch Freude, alles war unerträgliche Last und kraftraubender Kampf. Schmerzen be-gleiteten meinen Alltag.

Im Sommer 2014 schied ich aus der Firma aus und seither arbeitete ich nicht mehr. Das ist nun 4 Jahre her. Weil es mir schlecht ging schickte mich das Arbeitsamt zu einer Berufsrehabilitationsstelle. Die vielen Operationen, zwischen 1999 und 2010 waren es insgesamt 6, sprachen auch für eine Begutachtung durch einen Arbeitsmediziner. Es war das erste Mal, dass ich am Arbeitsamt meine Leiden angab. Das Ergebnis war natürlich, dass ich weder in der Pflege, noch im Zoofachhandel weiter arbeiten soll. Sie empfahlen mir psychische Stabilisierungsmaßnahmen zu ergreifen und da die Arbeit mit einem Therapeuten mich gerade mal am Leben erhielt, schlugen sie einen stationären Aufenthalt vor, gegen den ich mich erst wehrte, doch nach einer Traumatherapiestunde, die irgendwie in die Hose ging, war ich zum ersten mal in heftigen dissoziativen Zuständen, die mir wirklich Angst machten, somit wehrte ich mich nicht mehr, nein, ich sehnte mich in die Klapse, weil ich nicht mehr für mich sorgen konnte.

Ein Subakut-Bett in Ybbs wurde mir binnen einer Woche gegeben, wie erwähnt blieb ich 7 Wochen auf Stabilisierung. Seither vergingen 4 Jahre, in denen ich die 3 Langzeitaufenthalte in Ybbs machte. Danach ging ich zurück zur Berufsrehabilitation ins BBRZ, Berufliches Bildungs- und Rehabilitationszentrum. Ausreichend therapiert und stabilisiert startete ich im Frühjahr 2017 mit dem sogenannten Reha-Assesment, in dem alle nötigen Daten gesammelt werden. Testungen werden absolviert, Arbeitsmediziner und Psychologen befunden, Prozessverantwortliche lernen einen kennen. Ich wurde in die IMBUS eingeteilt, die individualisierte Maßnahme zur Berufsorientierung und Stabilisierung.

Es ist eine Maßnahme vorrangig für Leute mit psychischen Beeinträchtigungen, die wieder ins Arbeitsleben wollen. Ab der 3. Woche begannen meine altbekannten Schmerzen wie damals im Aquaristik-Geschäft, nach der 7. Woche war es so heftig, dass ich in Krankenstand ging. Ich benötigte 3 Monate um diese Schmerzen wieder los zu werden. Alles strengte mich über die Maßen an, ich kam heim, aß und ging sofort schlafen, schlief bis zu 13 Stunden pro Nacht.

Aus der IMBUS schied ich aus auf Anraten meiner Prozessverantwortlichen. Sie schlug eine Tagesklinik vor um meine Probleme weiter zu bearbeiten. Die Schmerzen traten auf, weil ich in Anwesenheit anderer, anstatt zu spüren was es da zu spüren gäbe, abschalte und körperlich durchspanne. Zur Tagesklinik ging ich, um zu lernen, mich in Anwesenheit anderer zu spüren. Und es gelang. Nur kam ich halt nicht klar mit dem, was ich da spüre. Wenn ich keine Rückzugsmöglichkeit habe, kein Schneckenhaus, in das ich mich verkriechen kann, sondern den ganzen Tag in Kontakt beziehungsweise auf weiter Flur verbringe, dann packe ich das nicht. Ich kann meine Symptome nicht regulieren, habe viel zu wenig Zeit gewisse Dinge aufzufangen. Gleich wie in der IMBUS schlief ich extrem viel, ich aß Unmengen, verlor immer mehr an Kraft. Und dann kam es zu dem Wochenende in Panik. Einige Wochen, die mich an echte Grenzen brachten.

Der Kaffee kommt. Welch Segen. Ich genieße, rede ein wenig mit T., es geht ihm nicht gut. Er ist wie ich was die Erscheinung angeht, er hat eine gut antrainierte Fassade, die wunderschön wirkt, dahinter läuft die Marter.

Nach dem Kaffee gehe ich hinaus, auf die Spiegelgründe, das sind die ehemaligen landwirtschaftlichen Gebiete des Spitals. Umherstreifen, auf dem Kinderspielplatz schaukeln, den Körper spüren, scheißen im Wald. Das Wetter ist freundlich.

Ein Scrabble mit T..

Die, die ins Telefon weinte, hat einen schlechten Tag. Alle halben Stunden kommt sie zu uns und äußert die ewig gleichen Worte, laut, fast brüllend.

„Der ganze Kopf brummt von die Medikamente, mir ist ganz schwarz vor die Augen, i hab die ganze Nacht nicht g'schlafen, weil der Kopf so brummt, i hab kalte Umschläge g'macht, aber der Kopf brummt so! I hör Stimmen!" dröhnt sie dahin. Das erzählt sie nicht nur uns, das erzählt sie jedem. Immer das Gleiche oder etwas in sehr ähnlicher Art. Manchmal weint sie dabei. Ihr Leid muss groß sein, aber sie geht natürlich vielen auf den Wecker.

Der Lautsprecher knackst.

„Werte Patienten, das Mittagessen ist serviert." Knacks. Ich mag diese Durchsagen. Zum Mittagessen werden wir regelmäßig auf diese Art gerufen, wann wir ansonsten über Diverses informiert werden, kann ich nicht ganz fassen, es ist entweder vom diensthabenden Personal abhängig oder verschwimmt für mich, weil ich auf einer ziemlich chemischen Wolke schwebe. Ein neues Medikament, das Lyrica. Es ist wie müde high sein. Es ist ein Medikament, das die Angstspirale unterbricht, weil es auf körperlicher Ebene eingreift und massive Entspannung erzeugt. Anfangs wirkt es eher in Wellen, bald nach der Einnahme setzt ein Highsein ein, es ebbt dann aber wieder ab. T. erkennt genau, wann ich auf dieser Wolke schwebe und wann nicht. Mir entgleiten die Dinge. Mir entgleitet alles, auch meine Ängste, meine Sorgen und Zweifel. Die Erinnerung an eben Geschehenes zerrinnt, genauso wie mein chronisches schlechtes Gewissen, auf der Welt zu sein, sowie meine Optik, meine Panik vor der Zukunft, die Zwangsgedanken an Suizid und die Angst vor Krankheiten wie Krebs. Alles ist wie in Watte. Mein Tinnitus, der mich seit der Tagesklinik plagte, ist weg - fällt mir gerade auf.

Wir essen und spielen danach weiter. Ich schlage T. vernichtend. Trotz Lyrica. Trotz den Schwierigkeiten mich zu konzentrieren. Das beruhigt mich.

Danach besuchen wir das Kaffeehaus auf der Rückseite des Pavillons. Bald bin ich kommunikationstechnisch ausgelaugt. Wir gehen und ich beginne zu malen. Das erste Mal seitdem ich hier bin packe ich meinen iPod aus. Mit Tool im Ohr pinsle ich mich auf einer kleinen Leinwand dahin, die gerade 9 mal 13 Zentimeter misst. Die Fokussierungsschwierigkeiten sind beträchtlich. Das Lyrica. Nun habe ich doch mal Nebenwirkungen von einem Medikament. Aber Entspannung macht sich breit. Endlich. Seit Monaten.

Mir kommt vor, dass die Zahl der heftig leidenden Patienten hier steigt. Viele Neue. Aber vielleicht täusche ich mich. Vielleicht empfinde ich das nur, weil es mir besser geht.

Das Plappermäulchen wurde heute einen Stock tiefer gelegt. Das tut mir aus mehreren Gründen leid. Sie war nett und eine angenehme Zimmerkollegin, sie schrie nicht, sie stank nicht, sie war nicht sehr leidend und sie war nicht lästig. Aber speziell etwas wird mir abgehen: Sie telefonierte immer wieder mit den verschiedensten Leuten, sie redete offen und so konnte ich ohne Interaktion in ein Leben blicken. Mich interessiert ja so viel am Leben anderer, nur ist es mir oft viel zu anstrengend, das alles mit Kommunikation herauszufinden. Meist ist es nicht die Kommunikation des Hinterfragens für mich interessanter Details, das mir zu anstrengend ist, es ist der Rattenschwanz, der dranhängt. Es ist ja kaum möglich einfach nur Auskunft über einzelne Punkte zu erhalten. Mein Interesse weckt beim anderen Interesse an mir, sei es nur aus Höflichkeit oder aus dem Impuls der Gegenseitigkeit, jedenfalls führt meine Fragerei meist zu mehr Kommunikation als mir lieb ist, und das ist es, was mich dann gerne Tage später rückblickend auf die Zunge beißen lassen würde. Jemandem beim Telefonieren zuzuhören führt nicht zur Forderung weiterer menschlicher Transaktionen.

Die Frage, was ich aussuchen würde, wenn eine Fee dastünde, die mich wählen lässt zwischen fliegen können und unsichtbar sein, beschäftigt mich immer wieder seit meiner Kindheit. Ich hatte Phasen, da wäre es das Fliegen gewesen, doch die meiste Zeit hätte ich das unsichtbar Sein gewählt. Genau aus dem vorhin beschriebenen Grund. Ich könnte interaktionslos in fremde Leben schauen, könnte so viel in Erfahrung bringen, was einem verwehrt wird, einfach, weil man anwesend ist.

Spätmahlzeit. Um 20 Uhr wird uns noch ein Wagen mit einer Suppe oder Pampe drauf hingestellt. Ein Neuer sitzt im Aufenthaltsraum. Seit Stunden. Entweder er schreit dumpfe UAHs oder er hängt zugedröhnt, mit dem Kopf nach hinten gekippt, im Sessel. Dann schnarcht er. Er sitzt in einem kleinen Saustall aus zerfitzelten Serviettenteilen, ausgeschüttetem Wasser und einer hinuntergeworfenen Essiggurke, die dem Bild etwas Deix-artiges verleiht.

SEHET, WIE DER VERFLUCHTE ADLER RICHTUNG SÜDEN FLIEGT UND SO VERFLUCHT LEICHTSINNIG LEBT

6 Uhr 20. Ich werde wach von einem lauten, hohen Dröhnen. Es kommt vom Gang. Ich kann einen leicht blumigen, chemischen Geruch vernehmen. Nach dem Speisesaal ist nun der Gang dran mit der Intensivreinigung. Ich habe heftige Halsschmerzen.

Als ich bei der Türe rausschaue wie ein zerwuzeltes Wiesel sehe ich zwei Männer, der eine bedient eine große, runde Reinigungsmaschine, die unten ein Drehelement hat, das Schaum erzeugt und viel Wasser von sich gibt, der andere einen Nasssauger. Die linke Seite, die zur Toilette führt, ist schon erledigt. Dort will ich hin.

Da der Gang gefliest ist, ist es nicht so schlimm mit dem Geruch wie im Speisesaal. Als ich damals – es kommt mir vor, als wäre es 2 Wochen her – Richtung Aufenthaltsraum wollte, da warnte mich eine Reinigungskraft mit den Worten: „Nicht dahin, wollen Sie krank werden?!"

Als ich wieder am Zimmer bin, bin ich zum Hinlegen zu wach. Ich zieh mich an und gehe hinaus. Meinen Weg zum Raucherraum rechts beim Zimmer raus saugt mir der Bediener des Nasssaugers frei. Ein kleiner Weg voll Trockenheit für mich. Im Raucherraum ist niemand, wie schön. Hinsetzen, Ruhe, mein Halsweh flammt kurz auf, dann ebbt es ab. Ich rauche mir eine an.

Der Langhaarige kommt rein. Er schließt die Türe immer ganz leise, wie ich, wenn man sie nämlich einfach loslässt, dann fällt sie laut krachend zu. Er spricht heute nicht, wirkt insgesamt ruhiger, ich freue mich für ihn. Der Alte, der sein Zimmer nicht fand, der findet es nun, das wirkt sich sehr positiv auf den Langhaarigen aus. Gestern bei der abendlichen Medikamentenausgabe stand der Alte da mit einer im Schritt verdrehten Hose. Das eine Bein war verkehrt herum, innen nach außen, das andere war richtig herum. Hätte er keine Unterhose angehabt, dann hätte es tiefe Einblicke gegeben. Später im Aufenthaltsraum half ich ihm, alles zu richten. Er versuchte es selber, kam aber nicht zum Ziel, da griff ich ein.

„Seien Sie vorsichtig, die Hose ist nicht gereinigt." warnte er mich in seiner höflichen Art. Sie war sauber. Er ist der Einzige, den ich sieze. Weil er es immer macht. Überhaupt helfe ich ein wenig seit 2 Tagen, wenn ich sehe, dass Not am Mann ist. Die Leute im Aufenthaltsraum, die im Rollstuhl sitzen, haben ja nicht mal die Möglichkeit nach einer Schwester zu klingeln, wenn sie etwas brauchen. Ich schiebe nach da und dort, gebe Getränke und Suppen aus, erkläre die Umstände.

Wir haben eine an den Rollstuhl Gefesselte - im wahrsten Sinne des Wortes, sie ist angebunden, weil sie sonst aufstehen und fallen würde -, die oft desorientiert ist. Vom Gesicht her wirkt sie jung, ihr Körper macht aber nicht mit. Sie fragt oft nach Bier, erzählt, dass sie spazieren war, oder erkundigt sich bei mir zum Beispiel, ob sie eh nicht mehr zur Hertha muss.

„Nein, wenn du nicht willst, dann musst du nicht mehr zur Hertha."

Ich weiß nicht, wer Hertha ist, es geht nur um diesen einen Moment, in dem sie sich beruhigt und lächelt. Da sie einen Mann hat weiß ich, dass Hertha nicht ihre pflegende Tante ist, also habe ich eventuell recht. Unfähig zu gehen, wird sie vielleicht ihr Leben nur mehr daheim und in Spitälern fristen und nicht mehr zur Hertha müssen.

Frühstück. Die Filzpantoffel des gestern abwechselnd nach hinten Hängenden oder Schreienden liegen noch immer da, das Essiggurkerl auch. Es ist so, als wäre er einfach verschwunden, hätte sich in Luft aufgelöst.

Der Lautsprecher ertönt, 2 Namen werden aufgerufen. Ach ja, Medikamenten- ausgabe. Seitdem das Lyrica gut wirkt verbummle ich vieles. Die Schwester macht mir ein Kompliment zu meinen Haaren, sie fragt wie, es mir geht und freut sich für mich, als ich ein „Viel besser." von mir gebe. Es ist die warmherzige Schwester, die mit mir das Aufnahmegespräch führte.

Beim Rauchen erkundigt sich T. nach dem gestrigen Bild. Ob es fertig wurde. „Ja, aber es sieht scheiße aus." Er lacht. Diese Auskunft kann ich dank Lyrica so locker flockig erteilen. Vor ein paar Tagen hätte ich ein unsicheres, langgezoge- nes „Jaa" von mir gegeben, mich geschämt aufgrund des Ergebnisses und Angst bekommen es herzuzeigen, weil ich dann gedacht hätte, dass mich T. sicher als Heuchlerin und Nichtskönnerin abstempelt. Ich wäre eventuell auf die Idee gekom- men, dass er nun meinen könnte, dass es gar nicht meine Website ist, die ich ihm zeigte, dass es eine andere Judith Jant. sei. All das hätte mich für Stunden gequält. So fragte ich freudvoll „Willst es sehen?"

Eine chemische Befreiung. Ich bin gerade der Adler, der in einem Spruch im Rau- cherraum vorkommt, der verfluchte Adler, der Richtung Süden fliegt und so ver- flucht leichtsinnig lebt.

Nachdem die Abteilungshelferin da war und bei den Betten nach dem Rechten sah wurde unsere Zimmertüre nicht geschlossen, sondern der zweite Flügelteil geöffnet. Ich bemerke es erst, als ich zur Toilette gehe, ich war versunken in das Anfärbeln einer Stufe, heute stieg ich auf Farbstifte um. Vor der Türe steht eine dreiköpfige Mannschaft. Sie haben das Poliergerät und den Nasssauger dabei, zusätzlich noch ein Schleifgerät, das die oberste Schicht des Linoleumbodens abzieht. Sie warten. Der Langhaarige spricht mich an. Ich bin ganz verdutzt. Er meint, wir sollen die Betten hochfahren, damit sie mit den Geräten gut darunter kommen. Es ist das erste zielgerichtete Wenden an mich. Er patrouilliert die Eindringlinge, ist ausschließlich mit der Tätigkeit der Truppe beschäftigt. Seine Aussage ist zwar Quatsch, weil die Betten eh zur Seite gerollt werden, aber ich will diesen wundersamen Moment mit ihm nicht durch Gegenargumentationen zerstören.

Beunruhigung sucht mich heim. Es wird also in diesem Zimmer, in dem ich schlafen muss, vor Chemie und abgeriebenem PVC nur so strotzen.
Ich gehe eine rauchen. Mir erscheint diese Zigarette 10 mal gesünder als ein einziger Atemzug nach dieser Reinigungsprozedur. Scheiße. Ich verfluche den Zeitpunkt meines Hierseins. So ungesund schlief ich nur in der Meisterklassenzeit. Trocknende Ölbilder standen ständig in meinem Zimmer herum, ich rauchte dazu laufend darin, ohne viel zu lüften, phasenweise produzierte ich auch Bilder mit Lackfarbe. Überhaupt, die ganzen Ausdünstungen meiner Utensilien verpesteten chronisch die Luft, in der ich lebte. Es war mir scheißegal. Wenn ich erwachte, pfiff mein Atem, die Bronchien waren nach jeder Nacht schwer belegt.

Meine Mutter flüchtete abendlich oft vor meinem Vater im Wohnzimmer zu mir. Wir tranken, rauchten und redeten. Es glich Therapiesitzungen. Sie schüttete mir ihr Herz aus und ich machte Analysen und Vorschläge der Verbesserung. Immer wieder riet ich ihr zur Trennung von meinem Vater, immer wieder versuchte ich ihr ein Leben ohne dieser Last einer Ehe mit jemanden, unter dem sie leidet, in Aussicht zu stellen. Sie ging dann ja auch. Viel zu spät meiner Meinung nach, aber sie ging. Sie beschrieb mir, dass sie ihre Regelblutung nicht mehr habe, aber jedes Mal, wenn mein Vater sich sexuell näherte, eine Blutung ausgelöst wurde. Nach ihrem Auszug stellte sich wieder ein normaler Zyklus ein. Kurz bevor sie ging wackelten all ihre Zähne.

Visite. Ich sitze am Gang und sie kommen zu mir, nachdem sie mich am Zimmer vergeblich suchten. Ich rede und rede. Sie fragen mich, wie ich mit der Oberärztin von der Tagesklinik verblieb. Gar nicht. Ich ventiliere, dass ich Angst bekomme, wenn ich daran denke auf die Tagesklinik zurück zu gehen, schildere meine Überforderung bei allem, was 40 Stunden angeht und beschreibe meine Perspektivlosigkeit. Ich beginne zu weinen. Wir schließen das Gespräch mit dem Freuen darüber ab, dass es mir besser geht, die wortführende Ärztin freut sich mit mir. Ich bespreche noch einen Ausgang für heute zum Spazierengehen und einen für Mittwoch, da habe ich einen Zahnarzttermin. Mittwochs kann um 14 Uhr die Station verlassen und muss um 19 Uhr wieder da sein. Das heißt auch zugleich, dass ich noch bleiben werde. Aufgrund meines im Verhältnis guten Zustandes war ich mir nicht ganz sicher, ob sie mich nicht bald entlassen werden.

Die Sozialarbeiterin erwische ich, als ich zeichnend im Aufenthaltsraum sitze. Sie versucht mich heute dran zu nehmen. Vielleicht gleich nach meiner Einzeltherapie, die für halb 2 anberaumt ist.

Der Plan der Reinigungsfirma wurde offenbar geändert, unser Zimmer stinkt nicht, es ist alles wie zuvor. Ich atme auf.

Beim Rauchen erfahre ich, dass unser Substitolmädchen heute gehen soll. Ihre Wohnung kann aber erst nächste Woche gereinigt werden. Ein Gespräch am Zimmer ergab, dass sie hier sehr wohl auf Entzug war, weil sie ihr nicht so viel gegeben haben wie sie sonst nimmt. Es ging ihr von Tag zu Tag besser, sie ist zwar verlangsamt und ihr Gang ist schief und weich, es zaubert sie aber nicht mehr in der Gegend herum. Es geht ihr schlechter als mir, ich bleibe, sie muss gehen. Liegt wohl daran, dass sie nun mit all ihren sich selbst kaputt machenden Lebensumständen auf Normallevel ist. Es ist erstaunlich, was sich Menschen selbst antun können. Ihre Kindheitsgeschichte würde mich interessieren, ich dringe aber nicht in sie, es ergab sich kein Gespräch in diese Richtung zwischen uns, doch ich würde darauf wetten, dass ihre Erfahrungen gepflastert sind von Missbrauch und Gewalt.

Das Mittagessen schmeckt. Danach zeichne ich das Bild fertig, eine rot-rosa Treppe vor einem hellblau-türkisen Himmel.

Die Therapiestunde ist gut, die Therapeutin staunt über die Erfolge und wir arbeiten an einem „Ich bin okay". Wenn ich nur gut spüren könnte, dass ich auch okay bin, wenn ich nur eingeschränkt arbeitsfähig bin, dann wäre das ein echter Fortschritt. Ich bin okay so wie ich bin, auch wenn ich nicht in den Rahmen passe, den andere geschaffen haben. Ich bin okay. Ich bin okay.

Gleich im Anschluss bin ich bei der Sozialarbeiterin. Ich schildere ihr meinen gesamten Therapieverlauf seit 2012, meine Probleme bei Anforderung, mein ganzes Scheitern am Weg zurück in den Arbeitsmarkt. Ich erwähne, dass die Sozialarbeiterin von der Tagesklinik mit mir vorgehabt hätte, einen Antrag auf Rehabilitationsgeld zu stellen, das ist eine von der Krankenkasse finanzierte Vorstufe der Berufsunfähigkeitspension und ist befristet, sie wollte das mit mir machen um wenigstens für ein Jahr den Druck vom Arbeitsamt raus zu nehmen. Sie überlegt hin und her, will den Antrag schon drucken, meint dann aber, dass man besser noch abwarten solle. Zeitgleich mit diesem Satz von ihr äußere ich, was mir eigentlich helfen würde, nämlich das Einreichen eines Antrages auf Behinderungseinstufung, da ich mein Leben lang mit 40 Stunden-Arbeiten rumkrampfte, nie wirklich Fuß fassen konnte, immer nur den Zeitpunkt des unweigerlich bevorstehenden Kündigens hinauszögerte, und eine Einstufung als behindert mich in die Lage versetzen würde, nur eingeschränkt arbeiten zu dürfen. Ich schildere weiter meine Zustände während sie den Antrag runterlädt und ausdruckt. Schlussendlich macht sie das doch auch mit dem Antrag auf Rehageld. Ich schildere ihr mein schlechtes Gewissen, das sogleich im Zuge dieser Thematik auftritt. Irgendeine Instanz in mir meint, dass ich das nicht darf. Ich darf mir nicht Erleichterung holen. Ich darf nicht schwach und krank sein. Je mehr Stress diese Instanz macht, umso schwächer und kränker werde ich. Als ich mich zum Gehen erhebe bin ich gefühlte 3 Meter groß, die Sozialarbeiterin sitzt klein unter mir, ein schwarz gekleidetes Küken in einem Spielzeugsessel. Ich teile auch das umgehend mit. Sie steht auf. Sie wirkt nun gleich groß wie ich, nur spindeldürr, in meiner Optik wird die Masse der Frau auf 3 Meter gestreckt. Sie ist wie der hochragende, dünne Stamm eines jungen Baumes. Sie meint nur: „Ist gut, dass wir diesen Antrag stellen."

Als ich von der Sozialarbeiterin rauskomme ist der Kaffee serviert. Ich freue mich. In einem eigenartig schrägen Zustand trinke ich ihn.
Danach melde ich mich ab und gehe hinaus, es ist ein sonniger Tag. Eine Runde am Gelände. Die Otto Wagner Kirche strahlt in diesem Licht wie ein verheißungsvoller, güldener Tempel, ein Anblick, der mich jedes Mal fast zum Weinen bringt vor lauter Glorie.
Ich muss zur Trafik, die ist unten bei der Einfahrt. Das Steinhof-Gelände ist auf einem Hang. Mein Pavillon befindet sich im rechten, obersten Teil. Die Kirche liegt auf der Mittelachse. Von ihr weg führt ein abschüssiger Kiesweg kerzengerade nach unten, er verläuft rechts neben den zentralen Gebäuden. Ich laufe ihn in lockerem Schritt hinab. Plötzlich fällt das Dissoziative ab, die Welt passt wieder zu mir, ich passe wieder zur Welt. Es schüttelt sich mit jedem Erbeben meines Körpers raus.

Wieder auf der Station melde ich mich an und bekomme gleich meine Nachmittagsmedikation. Eine Zigarette. Niemand ist im Raucherraum, was ich auf T. bezogen schade finde, weil wir für nachmittags eine Partie Scrabble ausgemacht hatten. Ansonsten freue ich mich aber. Entspannung macht sich breit. Bald kommen die Depressive aus meinem Zimmer und ein heute neu Aufgenommener, ein Inder aus Delhi. Wir reden. Die Depressive spricht über ihre Gedanken, die zum Inhalt haben, dass sie sich unnötig vorkommt, dass ihr alles unnötig vorkommt, das Leben und die Welt. Mit dem Inder smalltalke ich kurz, beide verlassen den gelben Raum wieder. Die Tür fällt laut zu, ich bin allein und schlagartig stellt sich wieder Entspannung ein. Dass ich so sehr angespannt bin in Anwesenheit anderer Menschen, das merke ich meist erst, wenn es nachlässt.

Später, nach dem Abendessen, finde ich ein Fitzelchen mehr dazu. Ich bin wieder allein im Raucherraum, hinter dem Fenster der Tür erscheint ein Kopf, ich denke es tritt gleich wer ein und ein angstvoller Stress ist im ganzen Körper zu spüren. Danach kommt wirklich jemand herein und ich fühle den Moment der Angst nicht, weil es keine optische Vorankündigung gibt. Bald darauf merke ich die Entspannung, er bleibt nämlich nur kurz. Es ist ein Patient, der schon länger als ich da ist. Er nuschelt wie blöd, meistens verstehe ich nicht, was er sagt und oft wundere ich mich, dass andere ihn verstehen. Er geht sehr ferngesteuert und zeigt keinerlei Mimik, dafür aber Gestik. An der kann ich auch erkennen, was er braucht als er mich anspricht.

„A du eur."
Seine Hand macht die Bewegung des Anzünden eines Feuerzeugs.
„Ja, da kann ich helfen!"
Ich gebe ihm Feuer. Er Nuschelt wieder etwas Unverständliches. Ich muss nach-
fragen.
„Ig much aufch Ko." wiederholt er bemüht. Sein Mund bewegt sich beim Sprechen
nicht, das gesamte Gesicht ist wie eine Maske.
„Aha." erwidere ich. Er dreht sich um, verlässt den Raum mit brennender Zigarette
und stapft Richtung Toiletten.

Das Substitolmädchen verließ die Station während ich meine Gespräche führte.
Es kam bald eine Neue in ihr Bett, wir sind also wieder zu dritt, das Plappermäul-
chenbett ist noch immer leer. Die Neue ist recht dick und älter als ich, jedoch ist sie
unmöglich zu schätzen. Vielleicht ist sie 50, vielleicht über 60, keine Ahnung. Sie
ist eine eigenartige Erscheinung, die meiner Meinung nach durch schwere Medi-
kamente zustande kommt. Auch ihr Gesicht ist wie eine Maske und auch sie hat
Probleme beim Reden. Gleich nach der Aufnahme spricht sie wie ein Roboter, sagt
Dinge wie:
„Ich brauch eine Abreibung." oder:
„Ich bin der Spezies Mensch nicht zuordenbar, ich bin ein Unmensch."
Und all das sagt sie extrem langsam und stockend. Ohne das Wissen um die Ego
States würde mir das Angst machen. Nach ein paar Stunden hier spricht sie flüssi-
ger, sie sagt aber nur das Notwendigste und nur wenn man sie anspricht.

Ich treffe T. am Gang, er war heute weniger präsent als sonst, und erzähle ihm
von meinen gedruckten Anträgen und meinem schlechten Gewissen, meinem ich-
muss-leisten-Wahn, obwohl ich am Boden liege. Energisch und eindringlich sagt
er:
„Nein, es ist nicht so, dass du wem was wegnimmst oder dir das nicht zusteht.
Wir haben hier ein System und Gesetze. Du hast ein Recht darauf. Es ist nicht so,
dass du da bitten musst."
Er engagiert sich sehr bei diesem Vortrag. Im Anschluss fülle ich die Anträge aus,
soweit mir das ohne gewisse Unterlagen, die ich von daheim holen muss, möglich
ist. Dann schleiche ich noch ein wenig auf der diesen Abend recht ruhigen Station
herum und lege mich nach der Medikamenteneinnahme mit meinem T.C. Boyle
hin. Bald verschwimmen mir die Buchstaben, ich lösche das Licht.

MÄUSEPUMPVENE

Ein schweißnasses Erwachen mit grausamsten Gefühlen. Ein heißes, teerbrodelndes Loch in der Brust, eine Schwere, die mich eigentlich durch den Boden ziehen müsste, eine Übelkeit, die an Lebensmittelvergiftung erinnert, und die Angst. Angst vor dem Tag, Angst vor dem Leben. Es ist nicht real, es ist nicht real, es sind nur Symptome, ich bin nicht im Foltergefängnis.

Ein Durchatmen, ein Aufstehen, ein Toilettengang. Es fällt etwas ab, doch der Schmerz, am Leben zu sein, bleibt. Eine rauchen. Der vielredende Alkie ist im Raucherraum. Er schweigt. Ich denke über das Leben nach, das er sich wegsoff, auf wie viel Sex er verzichtete zugunsten von Alkohol. Er geht. Diesmal erlebe ich keinen Spannungsabfall, es ist und bleibt gerade beschissen. Mich frisst was von innen auf, ein Teufel, der mich zu Boden zieht sucht mich heim, mit heißen Händen und brennendem Atem.

Der Kaffee tröstet mich heute nicht, er ist einfach da. Mir liegt ein tonnenschweres Gewicht auf den Schultern.

Außerdem werde ich ständig mit
„Der ganze Kopf brummt, das is von die Medikamente, i glaub i muss sterben, mir is schwarz vor die Augen, i hör Stimmen!" bombardiert.
Einmal sage ich das Sprüchlein auf, als sie Luft holt zum Ansetzen. Sie ist baff und sagt nur
„Ja.", 30 Sekunden später legt sie aber wieder los.
Die Magersüchtige ist wie üblich leicht bekleidet, der Maskenmann macht einen Kommentar zu meinem Zucker im Kaffee:
„Ist er zu bitter?" verstehe ich endlich beim 2. Mal nachfragen.

Eine interessant aussehende Neue ist aus Usbekistan, das entnehme ich einer Unterhaltung zwischen ihr und der Magersüchtigen. Ich räume mir einen Extrakaffee auf die Seite, dabei begegne ich der Neuen unseres Zimmers am Gang, ich nenne sie „Zeitlupe". Sie steht verloren herum, also frage ich sie, ob sie etwas sucht. In Zeitlupe sagt Zeitlupe
„Einerseits möchte ich nicht ungeduscht zum Frühstück..."
Ich hake da gleich ein, weil mir das Abwarten des Endes des Satzes zu lange dauert.
„Vorher duschen geht sich nicht aus. Wenn du aus der Dusche kommst, dann ist das Frühstück weg." informiere ich sie und lasse sie stehen.

Ich leere eine weitere Tasse Kaffee, da erscheint sie langsam im Aufenthaltsraum. Der Kaffee wärmt mich und haucht mir Leben ein. Zeitlupe bricht ihr System beim Essen, ihre Cornflakes Schale ist so schnell leer, dass ich staune.

Die unregelmäßig stattfindende Morgenrunde steht heute nicht nur theoretisch am Plan. Gegenüber des Besprechungszimmers ist eine große Magnettafel am Gang montiert. Auf circa 1 mal 1,5 Metern im Querformat sind die Fixpunkte der Woche mit magnetisch haftenden Kärtchen aufgelistet wie in einem Stundenplan. Montag: 8 Uhr, gelb, Medikamente; 8 Uhr 30, lila, Morgenrunde; 9 Uhr 30, türkis, Visite; 11 Uhr, lila, Ergotherapie; 12 Uhr, rosa, Mittagessen; 13 Uhr, gelb, Medikamente; 15 Uhr, rosa, Jause; 17 Uhr, rosa, Abendessen; 20 Uhr, rosa, Spätmahlzeit; 21 Uhr, gelb, Medikamente; 22 Uhr, orange, Nachtruhe.
Am Dienstag findet keine Ergotherapie statt, dafür um 11 Uhr 30, lila, Therapie und Bewegung.
Am Mittwoch steht statt der Morgenrunde in lila „psychologische Morgenrunde" und die Ergotherapie, lila, ist um 12 Uhr 30 angesetzt.
Am Donnerstag, 9 Uhr 30, lila, Musik und Bewegung Pav. 18/3.
Am Sonntag, 9Uhr 30, lila, Ped-Gruppe bipolar Pav. 18/3.
Ansonsten die immer gleichen Essens- und Medikamentenkärtchen. Ob die 3 mal pro Woche angesetzte Morgenrunde wirklich stattfindet, das hängt davon ab, wer Dienst hat. Heute findet sie jedenfalls statt und wir gehen in den Physiotherapie-Raum, der in dem Gang liegt, der vom Aufenthaltsraum wegführt. Dort befinden sich alle therapeutisch genutzten Räume. Ergo-, Physio- und Einzeltherapieraum, die letzte der Türen führt zur Sozialarbeiterin.
Im Physiotherapie-Raum setzen wir uns wieder im Kreis zusammen, reden kurz und dann zeigt wieder jeder 2 Ertüchtigungsübungen. Ich fange an mich zu spüren. Mein Körper kribbelt. Nach der Wärme des Kaffees ist es die einzige schöne Empfindung heute. In meiner Wahrnehmung geht die Morgenrunde sehr schnell vorbei.

Wieder am Zimmer nippe ich an meinem beiseite gestellten Kaffee und führe eine Katzenwäsche durch. Auf dem Weg zum Raucherraum werde ich Zeuge einer Szene, dessen Hauptakteurin umringt ist von 4 Menschen. Sie ist eine schöne, zierliche und recht junge Frau, die in Socken und nervös leidend in einem Sessel gegenüber vom Stammlokal sitzt. Sowohl Sneakers als auch Pantoffeln stehen unter dem Sessel, daneben ein kleines, schwarzes Handtäschchen. Neben dem Sessel steht ein Mann, vielleicht ihr Ehemann oder Freund oder Bruder. Die 3 weiteren Männer, die um sie herum stehen, tragen Sanitätskleidung, eine mir unbekannte Uniform, bestehend aus weißen Hosen und dunklen Oberteilen. Ärzte schleichen herum, Schwestern flirren herbei, haben Papierkram zu erledigen. Als ich schon vorbei bin an dem Grüppchen beginnt die Frau zu laufen. Sie ruft aufgewühlt: „Ich geh mit dem mit!" und läuft Richtung Ausgang.
Irgendjemand verlässt wohl die Station, man kann hören, wie groß ihre Angst

und ihr Widerwille hierzubleiben ist. Sie ist schnell. Ich sehe nur einen flitzenden, schwarzbekleideten Strich. Da ich nicht gaffen will gehe ich einfach in den Raucherraum. Es sind viele gegen ihren Willen hier. Die Usbekin auch. Sie meint, sie sei ohne Grund hier, sie wurde mit der Polizei gebracht.

Zeitlupe versucht sich am Zimmer zu waschen, friert aber immer ein. Die Schwester, die eine Essensliste für den morgigen Tag ausfüllen kommt, indem sie jeden fragt, was er aus einer Auswahl von 3 Menüs haben möchte, hilft ihr schlussendlich.

Das Gewicht, das auf mir lastet, wird leichter. Die Medikamente beginnen zu wirken. Eine Nervosität möchte sich in mir breit machen, eine nervöse Angst, genährt von schlechtem Gewissen, die das Gegenteil von „Ich bin okay." ist. Wenn ich schreibe, dann kann ich sie in den Hintergrund schieben.

Warten auf die Visite. Ob sie durch die Zimmer gehen oder Patienten aufrufen, damit diese in den Besprechungsraum kommen, wo alle sitzen, das entscheidet sich täglich neu. Heute wird wieder durchgegangen. Sie nehmen sich für jede im Zimmer viel Zeit. Ich schildere meine Misere, sage, dass ich viel Angst habe, dass ich mich selbst fürchte, wenn sie auf mich zu treten, ich es so empfinde, als käme ein Tribunal auf mich zu, das über mich richtet. Ich rede und rede, kann mich zum Glück gut ausdrücken, beginne bei der Schilderung meines schlechten Gewissens zu weinen. Der redelsführende Arzt ist sehr nett, er meint, in Anbetracht dessen, wie schlecht es mir ging, ja nicht zu erwarten war, dass die Kurve nur nach oben geht. Mir fällt auf, dass ich keine Suizid-Zwangsbilder habe, es ist wirklich besser als zu Beginn meines Aufenthalts hier. Trotzdem fährt die Hölle mit mir gerade Schlitten.

Es ist kurz vor 11, ich will eine rauchen. Die Schwester von der Morgenrunde fragt, ob ich mitgehe auf den in der Früh angekündigten Versorgungsausgang. Ja. Zeitfüller bis zum Mittagessen. Meine Zigarette rauche ich noch schnell und starre auf ein mit Kuli an die Wand geschriebenes Wort. Mäusepumpvene steht da. Ich gehe am Gang auf und ab, meine Straßenschuhe anhabend und die Jacke in der Hand. Mäusepumpvene. Mäusepumpvene. Die jung wirkende Rollstuhlfahrerin spricht mich an:
„Weißt du, wo wir noch hinfahren?"
„Wir fahren gar nirgends hin, wir sind im Spital." informiere ich sie. Sie empört sich:
„Wir sind noch immer im Spital!? Wie heißt das Spital?"
„Otto Wagner Spital." Sie wiederholt den Namen des Spitals in gedämpftem Tonfall. Ich gehe weiter. „Mäusepumpvene" saust es mir im Kopf umher.
Endlich sind 3 Patienten zusammengekommen. T. ist dabei und der Zugedröhnte, der mich Betrüger nannte. In seiner chemischen Verpackung gibt er Ruhe. Sie reduzierten oder setzten seine Medikamente zwischenzeitlich mal ab, in dieser

Phase wurde er gleich wieder wie zuvor und machte unter anderem auch mal T. blöd an, da geriet er nur an den Falschen. T. war der Erste, der ihn elegant abstellen konnte. Danach tauchte er wieder nur zugedröhnt auf. Und das ist er noch immer. Ich nenne ihn nun „Provokateur". Beim Weggehen denke ich mir, dass das ein langsamer Spaziergang wird mit ihm im Schlepptau, doch wir gehen mit Normalgeschwindigkeit. Der Provokateur hält mit, nur nicht lange durch. Nach einem Viertel des Weges macht er schlapp und die Schwester geht mit ihm zurück. T. und ich ziehen alleine weiter, kaufen in der Trafik ein und plaudern uns den Weg zurück. Wir rauchen eine, dann kommt das Mittagessen.

Den ganzen Vormittag lang, und nun auch während des Mittagessens, reparieren 2 Schlosser etwas am Fenster am Gang vor dem Aufenthaltsraum. Mir fiel oft die mit Edding auf ein Fensterglasfragment des Kassettenfensters geschriebene Information auf:
„Hebel defekt". Sie werken und hämmern schon lange. Ihr Tun begleitet mein schweigendes Mahl. Während dem Essen reden, das mag ich nicht nur nicht, es überfordert mich auf allen Ebenen. Die anderen Zwei an meinem Tisch wollen auch nur essen, wie angenehm.
Später betrete ich einen leeren Raucherraum, doch bald kommt einer von den Schlossern mit der sich Wundernden, dass wir im Spital sind, hinzu. Ich nenne sie ab jetzt „Wunderperle". Er schenkt ihr eine Zigarette, sie hat selber schon lange keine mehr und schnorrt sich erfolgreich durch. Ich spreche den Schlosser an, sage, dass sie schon lange werkeln für einen kaputten Hebel. Er erklärt mir, dass sie so langsam vorankommen wegen dem alten, kohlenstoffreichen Eisen. Das vor 100 Jahren eingebaute Material ist schwer anzubohren, sie ruinieren sich 3 Bohrer bei einem einzigen Loch. Er meint, wenn es Holz wäre, dann hätten sie in der Zeit schon 4 Hebel montiert, für hier müssen sie sich aber immer viel Zeit nehmen. Die Frage, ob sie vom Haus sind, wird negativ beantwortet.
„Die vom Haus hier machen das nicht." sagt er. Sie sind Schlosser von auswärts. Er unterhält sich noch mit der Wunderperle, erfragt ihre Zigarettenmarke und stellt ihr in Aussicht ihr eine Packung mitzubringen.
„Aber zahlen müssensas scho." fügt er hinzu.
„Muss i schauen, ob i a Geld hab." meint sie.
„Ja, das wird eher das Problem sein, dass du pleite bist!" sage ich. Wir grinsen.

Ein Scrabble mit T., ich schlage ihn noch vernichtender als vorgestern, obwohl ich weniger Punkte erreiche. Die Ablenkung tut mir gut.
Der Provokateur taucht auf, er wirkt heute wieder zugedröhnter als sonst. Er nuschelt dahin, dass er arbeiten gehen wird. T. rät ihm, sich auszuruhen, so wie er unterwegs ist. Er wirkt wie ein Zombie.

Ich gehe in Richtung meines Zimmers. Am Gang erwische ich eine äußerst freundliche Abteilungshelferin und frage nach, ob sie einen anderen Tee als den heute im Aufenthaltsraum dargebotenen Früchtetee hat, den ich wegen meiner Fructoseintoleranz nicht trinke. Sie bittet mich vor der Küche zu warten, sie sieht nach. Gegenüber von meinem Zimmer ist der Lift, links davon das Personal-WC, rechts vom Lift die Küche, aus der die Abteilungshelferin wieder erscheint. Sie zählt mir Möglichkeiten auf, ich wähle.

„Ich bringe ihn Ihnen aufs Zimmer." Sie lächelt. Wow. Eine ganze Kanne für mich alleine. Ich fühle mich beschenkt.

Und der Kaffee wird auch schon serviert. Es geht mir definitiv besser als morgens. Aktivität und Ablenkung ist der Schlüssel diesmal. Meine Nerven würden sich daheim mit weniger Medikamenten durch den Faktor Zeit vermutlich auch erholen, ich wäre aber sozial weiterhin paranoid. Gedanken an Urteile von Außen, Probleme im simplen sozialen Gefüge, ein Fürchten vor unzulänglichen Reaktionen meinerseits, das komplexbeladene Selbstbild, all die Kleinigkeiten, die insgesamt zu wenig Belastbarkeit führen, was das Außen und andere Menschen betrifft. Ich muss all meine Medikamente schlucken um die Welt zu ertragen. Die Alternative wäre totale Abschottung, ein Leben in einer selbst gestalteten Blase und Sozialkontakte schöntrinken. Aushaltbartrinken. Dieses Pendeln zwischen dem Einbunkern und Nachrichtenmeiden, dem an der Welt Leiden und Kunst produzieren und dem extrovertierten, angeätherten Interagieren mit Erdlingen, das oftmals exzessiv ausartet, in tagelangen Extremkontakten endet, in denen ich so viel trinke, dass ich es ein Woche lang büße, das kenne ich gut. Momentan tut sich etwas, was meine Sicht auf die Menschen angeht. Es sind die Auswirkungen des neuen Medikaments. Jedes Mal, wenn es wirkt, was ich momentan ja gut einschätzen kann, weil die Wirkung in Wellen einsetzt, die sich deutlich abheben von der Grundstimmung, merke ich, wie sich meine Kommunikationsfähigkeit verbessert und diese Ängste im Umgang mit den anderen Menschen nachlassen. Könnte das Lyrica eine Lösung für meine Probleme sein? T. meinte:

„Wenn das die Lösung wäre, wie viel Zeit du da gespart hättest, wenn sie dir das früher gegeben hätten? Wieso versuchen sie das jetzt erst?"

Zum Glück sind das nicht meine Gedanken. Dieses Hadern mit Waswärewenn ist mir zwar nichts Unbekanntes, was meine Behandlung angeht habe ich das aber nicht.

Ich denke zurück an die Visite und an eine Frage einer Schwester.

„Haben Sie Ihnen das schon gesagt mit der Arbeitstherapie?"

„Nein, ich weiß grad nicht, was Sie meinen."

„Sie können jederzeit zurück."

Ich weiß zwar nicht, in welchem Setting das von statten gehen sollte, ob ich nach der Akut-Station ein Bett auf 20/2 bekomme und von dort aus in die Arbeitstherapie gehen sollte oder ob sie nach der Entlassung ein Weiterführen der tagesklinischen Behandlung andenken, jedenfalls macht mir der Gedanke an die Arbeitstherapie

Angst. Weniger als zuvor, aber dennoch. Die Arbeit in der hausinternen Buchbinderei machte mir ja Freude und ich kann das auch gut, nur die ständig vorhandenen Selbstzweifel und die empfundene Überforderung machte alles zunichte. Ganz am Anfang ging es noch. Mein erster Auftrag war das Binden von 2 Totenbüchern für das Haus. Das gefiel mir. Sie waren im DinA4-Format und hatten den gleichen Einband, ihr Inhalt aber unterschied sich voneinander. Das erste hatte Seiten, die jeweils in 4 Felder geteilt waren. Anscheinend ist es dazu gedacht, die Blätter felderweise auszuschneiden um eines dieser DinA6-Zettelchen zu einem Toten zu legen. Ein Zettel sah so aus:

Abteilung..
Name...
Sterbedatum.............Stunde.........Minute..............
Angehöriger..
Kleiderübernahme(Datum).....................................
Papiere übernommen...
Anmerkung...
....
....
....
Infektiös...................Aufnahme.verst....................
Filiale(Datum) ....
Bestattung...
Friedhof...
.............Lfnd.Nr.   Beerdigung.am.....................

Die Seiten des zweiten Buches waren in 5 Spalten und 11 Zeilen unterteilt, in deren erster Zeile „Post.Nr; A.Z.", „Name des verstorbenen, Geburtsdatum", „Tag und Zeit das Ablebens, Todesursache" und „Anmerkung" stand.
Es war mir ein riesiges Vergnügen, diese Bücher herzustellen, vor allem der Umstand, dass sie nun für vermutlich Jahre im Haus in Gebrauch sein werden, erfüllte mich mit Sinn. Und dennoch brachte mich nach ein paar Tagen das Erscheinen dort massiv an meine Grenzen.

Hier ein beispielhafter Eintrag aus meinem Tagesklinik-Arbeitsbuch vom 14.12, drei Tage nach Beginn der Behandlung:
„Vormittags alles gut, kommuniziert, gut gearbeitet, mich gut gefühlt. Raus aus der Werkstatt, Erschöpfung, Trauer, Kopfschmerzen, Muskeltonus sehr hoch, Hunger zum Quadrat. Essen. Alles zu laut und zu eng. Fühle mich wie im Gefängnis. Zittern."

Oder der Eintrag vom 18.12.:
„Vormittags in der Werkstatt kognitiver Totalausfall. Schaffte es nicht, Papier in passenden Maßen zu schneiden, mechanische Schneidemaschine nicht bewältigbar."

Am 20.12. schrieb ich:

„Belastung durch Menschen und Radio in der Werkstatt, Kopfschmerzen. In der Mittagspause versuche ich jedem zu entschlüpfen. Gelingt, kostet aber Kraft. Vor allem die permanenten Gedanken rund um das Entschlüpfen. Nicht entschlüpfen wäre kräftemäßig aber nicht machbar."

22.12.: „Schwitze mich jede Nacht nass. 11 Stunden Schlaf. Am Weg hin. Erste wirklich große Hürde. Schmerzen unterer Rücken und Nacken. Gewaltflashbilder in den Öffis. Rechter Arm taub, Schulter schmerzt. Düstere Gedanken. Fühle mich minderwertig. Kopfschmerzen."

31.12.: „Erschöpfung. Wandernde Schmerzen. Traurigkeit. Kopfhaut schuppt sich wie blöd."

2.1.: „Schwierig. Schmerz, Taubheit und Fiebergefühl. Könnte töten wenn mich wer anredet oder ich z.B. A. beim Essen zusehe."

3.1.: „Es entgleist alles. Ich will nur alleine sein. In der Arbeitstherapie viele Symptome. Totale Überlastung, Dissoziation, Angst, Schmerzen. Ich beschließe heim zu gehen. Schrecklicher Zustand. Schlafe ein, wache mit Panik auf, weil ich wieder hin muss."

4.1.: „Zwangssuizidgedanken."

Ab 12.1. hatte ich einen Tinnitus, beziehungsweise bemerkte ich durch kurzfristiges Wegbleiben des Dauertons, dass ich permanent Geräusche höre. Ein Pfeifen, ein Tosen, ein Rauschen, zwischendrin ein Klingeln, wie wenn ein Wägelchen mit einer Tasse darauf, in der ein Löffel ist, über einen unebenen Boden geschoben wird. Manchmal auch wie das Surren von Lautsprechern, die angeschlossen sind, aber nichts abspielen.

Und wieder tauchen Gefängnisempfindungen auf. Das ist natürlich ein Affront gegenüber jemandem, der wirklich im Gefängnis sitzt, aber ich kann es nicht besser beschreiben.

22.1.: „Angstvoller Anfall, Schmerz beim Gedanken zur Tagesklinik zu müssen, so als wäre ich im Gefängnis und es wird mir immer aufs Neue bewusst."

23.1.: „Morgendlicher Schmerz, Angst, weil ich hin muss, wie bei der Arbeit seit jeher, Empfindungen so, als hätte ich wen umgebracht oder ein Kind im Stich gelassen."

Eine Dokumentation der grauenvollen Überforderung.

Der Provokateur möchte weg von hier. Das schnappe ich um 16 Uhr 30 auf, als ich meine Medikamente hole. Sie reden mit ihm, als ich meinen Becher mit Wasser fülle, er steht hinter mir in der Tür. Er soll seine Sachen packen heißt es. Er geht. Eine Schwester flitzt hinterher und sagt: „Wart, er soll mir den Revers unterschreiben!"

Ich rauche eine Neugierzigarette, um von seiner Story etwas mitzubekommen, er steht im Raucherraum.

„Du gehst heim?" erkundige ich mich.

„Ja." Er lächelt ein gruseliges Maskenlächeln.
„Geht es dir denn gut genug dafür?"
„Ja, mir geht's voll gut."
   T. kommt hinzu. Die Diagnose würde ihn interessieren.
„Frag ma halt." meine ich.
Paranoide Schizophrenie.
   Eine Schwester kommt, gibt ihm die Entlassungspapiere und Medikamente für 3
Tage. Als sie weg ist fragt T. ob er seine Medikamente auch nehmen wird.
„Ja. Aber kiffen kann ich da eh dazu, oder?" fragt er.
Wir sagen ihm beide unsere einhellige Meinung dazu, nämlich dass das das
Schlimmste ist, was er machen kann. Naja, ein Trip wäre noch schlimmer, aber wir
reagieren halt so. Er geht.
Wir sind uns einig, dass die Chancen recht hoch sind, dass wir ihn in 2 Tagen wie-
dersehen. In Begleitung der Polizei.

   Abendessen. Heute wird wieder per Lautsprecherdurchsage dazu eingeladen.
Ich komme in den Aufenthaltsraum und da sitzt eine Neue. Eine kleine, eingefalle-
ne, verbeulte Frau. Ich gehe auf sie zu, erfrage ihren Namen, stelle mich auch vor
und heiße sie willkommen. Vor ein paar Tagen hätte ich nur geschaut, dass ich an
ihr nicht anstreife um weitere kommunikative Verstrickungen zu vermeiden. Es geht
gerade was auf. Lyrica macht mich anders, Lyrica macht mich so, wie ich mal war.
Ich kann mich erinnern, dass sich Kontakte mal so anfühlten, aber es ist rund 20
Jahre her.

   Nach dem Abendessen hat T. einen Einbruch. Er sagt, dass er einen Arzt
braucht, der ist nur gerade mit einer Aufnahme beschäftigt. Wir reden, er erzählt
mir viel, ich wundere mich, dass ich es aushalte, spüre dann aber eine Grenze und
kommuniziere sie auch. Ich belohne mich am Zimmer mit einem Zuckerflash via
Schokolade.

   Eine abendliche Zigarette ist begleitet von einem Gespräch mit der Wunderperle.
Sie beschwert sich, dass die Pfleger ihr im Rollstuhl immer einen Gurt anlegen,
den sie nicht öffnen kann.
„Weil du immer Blödsinn machst." meine ich.
„Mein ganzes Leben besteht nur aus Blödsinn." sagt sie.
„Was war denn der größte Blödsinn, den du gemacht hast?" interessiere ich mich.
Sie überlegt, findet aber nichts, das sie mir sagen könnte.
„Du hast viel getrunken, gell?"
„Heut hab ich nichts getrunken!" braust sie auf.
„Nein, ich meine früher."
Sie blickt ertappt.
„Ja."

Im weiteren Gesprächsverlauf ist sie mir gegenüber unsicherer als sonst, es ist ihr nicht ganz koscher, dass ich weiß, dass sie viel trank.

Ob sie immer in Wien war frage ich. Nein. In welchem Bundesland sie geboren wurde möchte ich wissen. Sie kann es mir nicht sagen. Alles weg. Die Frage nach ihrem Alter beantwortet sie mit 42. Zuerst glaube ich das nicht, doch durch das Nachfragen nach ihrem Jahrgang bestätigt sich das. Ihr Geburtsdatum hat sie drauf. Mit 42 so kaputt. Wahnsinn.

WIR SIND NICHT VERRÜCKT!

Ich erwache, stehe auf, ziehe meine Jogginghose an und gehe aus dem Zimmer. Die Station ist völlig ruhig. Ich muss aufs Klo. Ich gehe immer auf den rechten der beiden Aborte, außer er ist besetzt. Ein riesen Kackhaufen liegt in der Schüssel. Kurz erwäge ich, das System zu brechen, doch dann lasse ich einfach runter. Ich lege mich wieder hin, schlafe sofort wieder ein.

Das nächste Mal erwache ich von Geräuschen. Umtriebigkeit auf den Gängen. Der Kaffee ist da. Das erste Mal, dass ich morgens nicht auf ihn warten muss. Das Erwachen tut nicht weh. Ich bin in einem wattierten Zustand.

Beim Kaffeewagen donnert die ins Telefon Weinende auf mich ein. Sie entwickelt sich zunehmend zum Schreihals. Sie sagt die immer gleichen Worte nicht mehr, sie brüllt sie. Gestern konnte ich mithören, als ein Arzt mit ihr am Gang sprach. Medikamentös ist alles ausgeschöpft und - probiert, sie können nichts mehr tun.

Heute um 17 Uhr habe ich einen Zahnarzttermin bei einer niedergelassenen Ärztin. Ursprünglich in Behandlung auf der Universitätszahnklinik bei einer Studentin, wurde vor einem dreiviertel Jahr eine Krone im Frontbereich entfernt. Eine Beherdung an der Wurzelspitze machte das notwendig. Während den langwierigen Behandlungen rund um das Entfernen des Herdes begann ich auf dem Zahnarztstuhl Flashbacks zu erleben. Sie drehten sich um ein frühkindliches Missbrauchserlebnis, das nur mein Körper gespeichert hat, nicht meine bewusste Erinnerung. Im Therapiezentrum Ybbs traten die dazugehörenden Körperempfindungen im Zuge der Ego State-Therapie erstmals 2015 auf. Die einzige Informationsquelle außerhalb meines Körperspeichers dazu ist ein Anruf meiner Mutter im Jahr 2012. Betrunken hatte ich sie am Hörer. Sie weinte ins Telefon und sagte:
„Judith, Judith, es tut mir so leid, ich weiß nicht, was der Papa mit dir am Wickeltisch g'macht hat!" Ich fand den Anruf damals eher seltsam und tat ihn als betrunkenen Pallawatsch ab, war doch mein Vater wirklich nicht der Typ, der Babys wickelte. Unter Hypnose während eines stationären Aufenthalts in Ybbs landeten wir bei diesem Vorfall. Offenbar entstand ein Ego State, eines, das so früh kam, dass es kaum Sprache kennt. Mein Therapeut wollte mit ihr, es ist eine Sie, die Calipso heißt, sprechen, doch es traten nur Bilder und Empfindungen auf. Sie ist eine große, 2 mal 4 Meter messende Wand, 30 Zentimeter tief und hat eine schwarze, raue Oberfläche. Diese Oberfläche ist wandelbar und an der Beschaffenheit

dieser Oberfläche kann ich ihren Zustand ablesen. Ist sie ruhig und recht eben, so ist Calipso entspannt. Sprudelt und spuckt sie wie ein Vulkan, dann herrscht Aufruhr. Wenn Klingen und Hände mit scharfen Krallen aus ihr ragen, greifen, sie faucht und zischt, dann fühlt sie sich bedroht. Ihr Zustand steht natürlich in engem Zusammenhang mit meinen Symptomen. Endlich wusste ich, weshalb ich Körperempfindungen von scharfen Klingen in meinem Intimbereich habe, woher die stumpfen Gewaltbilder von Eisenrohren, die sich in meine Harnröhre oder meine Vagina schieben, kommen. Sie hängen mit diesem Erlebnis als Baby zusammen. Als wir begannen das zu bearbeiten schnürte es mir immer den Hals zu, ich schmeckte Blut, meine Ohren sausten, meine Scheide war ein gefühltes Schlachtfeld und meine Atmung pausierte, passend zu dem Gefühl, zu ersticken.

Seit der ersten Therapiesitzung, in der wir das bearbeiteten, kann ich kein Gluten mehr verdauen. Ich war destabilisiert, die Symptome des Blutschmeckens und das Ohrensausen, das Gefühl des Gehaltenwerdens und des Wegwollens aber nicht Könnens traten unwillkürlich und gehäuft auf. Ein Tor war geöffnet. Der Fortschritt in der Therapie war mein Öffnen von Pandoras Kiste. Ich war völlig am Ende, wollte wochenlang nur sterben. Ich zeichnete unbewusste Bilder, es waren immer 2 Motive. Eines war ein Mann, dessen Hand auf den Betrachter herunterkommt, der einen festhält, das andere ein einsam am Rücken liegendes Baby, dem direkt zwischen die Beine zu sehen ist. Immer beim Zeichnen überkamen mich die Symptome. Aggression, weil ich weg will, der Geschmack von Blut, das Ohrensausen, das Gefühl tot zu sein. Aber ich musste diese Zeichnungen anfertigen, muss sie heute noch manchmal machen. Damals machte ich manchmal stundenlang nichts anderes, wie besessen. Das Zeichnen war eine Form der Therapie. Langsam legte sich diese Symptomflut, ich zeichnete diese Bilder immer seltener, doch immer wieder. Es muss raus.
Wir sind mit der Behandlung dieses Ego States noch nicht am Ende. Wir schauen ständig, was ihr gut tut. Eine neue Aufgabe kann sie noch nicht erfüllen. Wenn wir mit ihr arbeiten, dann bewirkt das bis heute Horrorzustände, und nun holen sie mich auch am Zahnarztstuhl ein. Das kopfüber Liegen und das über mich Beugen der Ärztin löst so stark aus, dass wir die Behandlung letzten Sommer schon aussetzten. Nun ist es an der Zeit, dass das schnell versorgt werden muss. Lange laufe ich schon mit einer kosmetischen Schiene herum, die meine Zahnlücke kaschiert. Den schon vor der stationären Aufnahme ausgemachten Termin halte ich nun ein und bin sogar froh jetzt hier zu sein. Ein Auffangnetz wenn ich vom Seil falle.

Eine Zigarette. Sehr verblasst, weil versucht wurde es abzuwaschen oder mit schlecht deckender Farbe es zu übermalen, das kann ich nicht erkennen, aber groß steht da „Wir sind nicht verrückt!".

8 Uhr 30. Psychologische Morgenrunde. Geleitet wird sie von der Psychologin,

mit der ich auch Einzeltherapie mache. Jeder, der den von ihr mitgebrachten Ball hat, der ist mit Sprechen dran. Es sind nur 4 Patienten anwesend. Mich stört das gar nicht. Jeder sagt, was ihn so beschäftigt. Ich rede sogar über meine Ego States und dass da eines, Calipso, da ist, das symptomatisch aufflammt, wenn ich am Zahnarztstuhl sitze. Die Therapeutin schlägt vor im Anschluss an diese Gruppe Kontakt mit ihr aufzunehmen und zu intervenieren.

Es folgt ein Koordinationsspiel mit Bällen. Wir werfen den Ball weiter, immer zum Gleichen, der Ball geht reihum und jeder bekommt ihn. Sobald ein Fluss drin ist kommt ein weiterer Ball hinzu. Und ein dritter. Das ist aber zu viel, er wird wieder weggelassen.

Im Anschluss an die Gruppe setze ich mich auf mein Bett und gehe meine 10 Hypnosestufen im Geiste hinunter. Sie gleichen den Treppen, die zu öffentlichen Toiletten in der Stadt führen, eine Ausnehmung im Boden, steinerne Begrenzungen, ein Verschwinden im Untergrund. Die Wände sind rot besprayt, die steinernen Stufen sind rau, ich gehe sie barfuß hinab und lande an meinem sicheren Ort, verweile dort ein wenig. Er ist völlig durchgestaltet und gut eingerichtet. Es ist ein doppelter, paradoxer Kubus, von außen klein, bloß einen Kubikmeter groß, doch innen riesig. Doppelt deswegen, weil in seiner Mitte ein weiterer 1 Kubikmeter großer Kubus ist, der, wenn man ihn betritt, ein Gang ist, wo von außen keiner sein kann, der endlos lang ist. Auch nach unten hin ist er geöffnet. Dieser Gang und der hinunterführende Schacht beinhalten alle Dinge, die ich brauchen könnte, zwei Lager, gefüllt mit allem, woran ich Bedarf haben könnte. Riesige Sammelsurien an Gegenständen befinden sich dort, ich kam bei meiner Suche nach etwas noch nie an einem Ende an, das Gewünschte befand sich immer in den ersten Metern des Ganges, den ich wählte.

In diesem sicheren Ort, der von innen rund 30 Quadratmeter groß ist, gibt es gegenüber des Einganges einen Arbeitstisch mit Zeichen- und Schreibutensilien, die Wand dahinter ist verkleidet mit schwarzen, dicht an dicht aufgenähten Federn. Im Anschluss an diese Wand befindet sich ein 1 Meter 60 langes Aquarium, das plätschert und strahlt. Auf dem inneren Kubus steht ein Terrarium, in dem zirpende Grillen wohnen. Und vom Eingang aus betrachtet am Ende der linken Wand ist ein mit einem schweren Vorhang verhängter Durchgang, hinter dem der Begegnungsraum ist, der Ort, an dem der Therapeut meine Ego States trifft. Es ist ein Schlafzimmer, rechts an der Wand ist ein Bett, links ein Schminktisch. Gegenüber dem Eingang öffnet sich der Raum ins Freie, diese Öffnung geschah aber so nach und nach, war nicht von Anfang an da. Es begann mit einem Baum, der plötzlich erschien, weil ein Ego State, Anna, von meinem Therapeuten ausquartiert wurde und nun in einem Baumhaus wohnt. Sie lebte vorher unter der Matratze des Bettes. Auf dem Bett liegt ein weiteres Ego State, Fey, und ursprünglich gehörten die beiden zusammen. Die auf und die unterm Bett entstanden zugleich. Fey ist die Hure in mir, die, die es bewirkte, dass ich Missbrauchserlebnisse überstand. Und Anna lebte unter dem Bett, fing mit ihrem Mund all den Ekel auf, der in Form von grünem Schleim durch die Matratze tropfte. Liegt Fey bis heute mit lasziv gespreizten Beinen herum, so hat Anna keinen Unterleib. Sie geht auf Händen und möchte nichts empfinden. Mein Therapeut fragte sie, wo sie gerne wohnen würde und baute mit ihr ein Baumhaus. Dort lebt sie seither und den Ekel, den beseitigt mir keiner mehr. Ich habe deutlich weniger Sex seither.

Es gestaltete sich dort von alleine eine Landschaft um den Baum, eine Wiese, ein kleines Gebiet, auf dem meine Kinder-States ihre Zeit verbringen können. Teilweise wurden sie von meinem Therapeuten dort hin zitiert. Wenn er ein kindliches Ego State behandelte, dem es schlecht ging, dann fragt er meist bei Anna nach, ob es okay ist, wenn es zu ihr ins Baumhaus kommt. Und da es für Anna immer okay war, versammelte sich die ganze Bande dort. Da ich selber des Öfteren in mich gehe und nachsehe, wer gerade ein Problem hat wenn es mir kindlich dreckig geht, machte ich auch alleine Therapie. Außerdem erschuf ich mit Hilfe einer Frau, mit der ich liiert war, im Zuge einer geführten Meditation innere Eltern, die sich nun um die fünfköpfige Bande kümmern.

Diesmal gehe ich durch den Begegnungsraum durch und direkt auf Calipso zu, erkläre ihr, dass ich heute zum Zahnarzt gehe und dass nichts Schlimmes geschehen wird. Ich suche Beschäftigung für sie. Obwohl sie so früh entstand, dass sie nicht gescheit sprechen kann, kann sie dennoch Schach spielen zum Beispiel. Überhaupt liebt sie Brettspiele, da taucht dann an ihrem unteren Ende ein kleines, schwarzes Ärmchen aus der massiven Wand auf und macht einen Spielzug. Heute ist definitiv ein Schachtag, da muss man sich gut konzentrieren und sie vergisst den Zahnarzt vielleicht. Ihr Vater, es ist Emmet Brown aus den Filmen „Zurück in die Zukunft", ist sofort zur Stelle und beginnt mit ihr zu spielen. Calipso's oberes Ende reicht ziemlich genau bis zur Terrasse des Baumhauses. Dort oben klimpert die Mutter, Sarah Clayton, die in den Filmen die Liebe von Emmet Brown ist, mit Tassen. Sie bäckt einen Kuchen und richtet Kakao für alle. Calipso wird mit Kakao versorgt, in dem ihn Sarah oben in die Wand gießt. Literweise. Sie wird gefüttert und abgelenkt. Die Küchengeräusche und Klimperlaute beruhigen Calipso.

Da ich um 10 Uhr Einzeltherapie habe werde ich bei der Visite gleich am Anfang drangenommen. Diesmal findet sie im Besprechungszimmer statt. Das Hauptthema ist mein heutiger Zahnarzttermin, die medikamentöse Absicherung und die Vorbereitung auf den Worst Case. Ich bekomme Gewacalm mit, ein Benzodiazepin in Tablettenform, doch ich soll mich bei der Zahnärztin erkundigen, ob sie Psychopax haben, ein Benzo in Tropfenform, das wesentlich schneller wirkt. Die in einem Döschen mitzugeben funktioniert nicht, weil sie ausrauchen, ein ganzes Fläschchen geben sie mir aber nicht mit. Ich soll diese Medikamente auch nicht vorbeugend nehmen, da sie das Dissoziieren verstärken.

Das zweite Thema war das gestrige Ansprechen der Arbeitstherapie und dass ich perspektiv- und ahnungslos bin. Die Ärztin sprach es nun aus, dass sie mich stationär weiter betreuen und ich auf 20/2 verlegt werde. Nach völliger Stabilisierung werde ich von dort aus wieder in die Arbeitstherapie kommen. Gut, ich bin erleichtert, dass ich nicht bald entlassen werde und auf die Tagesklinik zurück soll. Ein Zwischenschritt auf 20/2, erst dann wieder auf die Tagesklinik auf 20/3.

In der Einzeltherapie erzähle ich von meiner kleinen Selbsthypnose und dem Schach und dem Klimperkakao. Wir machen da gleich weiter. Ich schließe meine Augen und gehe zum Baumhaus. Unter Anleitung sage ich Calipso, dass sie damals genug getan hat, um dieses im Dunkel liegende Ereignis zu überleben, dass den Zahnarzttermin heute ich übernehme und dass ich will, dass sie das weiß. Tiefe Trance macht sich breit, die ich als Schwere und Bewegungsunfähigkeit erlebe, in der sich sämtliche Körperempfindungen auflösen oder verschieben in ein Großwerden von Händen, Armen oder Beinen. Meine Arme zum Beispiel können meterlang werden, oft fühlen sich meine Hände riesig an, ein starkes, voluminöses und weiches Gefühl. Wir erarbeiten eine innere Naturszene, ich wähle einen Bergbach, in der ich vollkommen entspannen kann. Moderndes Holz, das vielem Lebensraum bietet, das Plätschern des Wassers, ein moosüberwucherter, weicher Stein, die Bäume, die Luft, alles wird benannt. Da ich schon um 13 Uhr die Station verlasse um in meiner Wohnung einiges zu erledigen, der Zahnarzttermin aber erst um 17 Uhr ist, machen wir uns aus, dass ich um 15 Uhr 30 daheim nochmal an beide Orte gehe.

Das Mittagessen verläuft ohne besondere Vorkommnisse. Dann fahre ich. Aufgrund der mehreren Dinge, die zu erledigen sind, bin ich recht nervös. Ich sehe nach der Post, schaue meine Mails durch, muss vor allem alle Papiere zusammensuchen, die für den Antrag aufs Rehageld vonnöten sind, und das sind viele. Befunde und Dokumente zu meiner Person sind nicht mein Problem, sie wollen eine Auflistung aller Beschäftigungs- und Krankheitszeiten. Wo habe ich sowas? Ich bin recht unruhig, als ich daheim alles durchwühle, doch schlussendlich finde ich diese Papiere. Es dauert rund eine Stunde, bis ich alles auf meiner Liste beisammen habe. Es ist 15 Uhr.
Ich mache 15 Minuten lang Maniküre, das hilft mir um runterzukommen. Dann kauere ich mich, wie ausgemacht, in mein Bett und gehe in mich. Ich wiederhole die entlastenden Sätze vor Calipso, die ist aber gut drauf und mit Schachspielen beschäftigt. Ich bemerke einen anderen, Sebastian, der weinend vor Angst herumläuft. Er entstand, weil ich geschlagen wurde, wenn ich weinte. Ich fange ihn ab, tröste ihn, sage ihm, dass nichts Schlimmes geschehen wird, dass nur mein Zahn endlich versorgt wird. Ich schnappe ihn und trage ihn zu Sarah hinauf ins Baumhaus. Und die hat plötzlich eine wunderbare Idee: Sie hat im Film zwei Söhne, Jules und Verne, die poppen auf einmal auf und stehen Sebastian zur Verfügung. Ich imaginiere die beiden nicht bewusst, das geschieht von selber. Sie sind älter als Sebastian, und sie wissen sehr interessante Dinge. Eine weitere wundersame Entwicklung passiert einfach so: die Bergbachszene erscheint plötzlich hinter dem

Baumhaus. Das Freiluftareal erweitert sich von selber. Jules und Verne gehen mit Sebastian dort hin und sie klettern einen steilen Wiesen-Busch-Pilz-Stein-Hang hinauf. Jules und Verne erklären Sebastian Dinge wie zum Beispiel, dass Pilze unter der Erde auch ein Leben haben und sie mit einem Netz miteinander verbunden sind. Sie müssen viel Kraft anwenden, um das Gelände zu erklimmen. Sebastian weint nicht mehr. Er wird rumtollen, wenn ich in der Praxis bin.

Ich mache mich auf zur Zahnärztin im Wiener Margaretenhof im 5. Bezirk und schildere in der Praxis die Problematik um meine Anfälle während der Behandlungen letztes Jahr. Alle sind sehr freundlich, es gibt bei Bedarf Psychopax, wir starten, ich kann mich halten. Bei einem Röntgen zwischendrin merke ich, dass mir schwindlig ist und dass alles ziemlich weit weg ist. Ich dissoziiere leicht. Ein Becher Wasser. Weiter. Am Ende liege ich 2 Stunden am Zahnärztinnenstuhl und habe kein einziges Mal Angst oder gar Panik. Manches ist nicht angenehm, aber gut, ist ja kein Wellnessurlaub. Es ist so anders als die letzten Male, da flippte ich fast aus vor Angst. Seitdem arbeitete ich natürlich auch mit meinem Therapeuten an dieser Thematik. Heute ernte ich die Früchte. Danach bin ich sehr müde. Ich komme kurz vor der Spätmahlzeit im Spital an, rauche noch eine und mache mich ans Schreiben. Pünktlich zur Nachtruhe lösche ich das Licht.

Ohne Titel, 2015, 30x21cm, Ölkreide/Papier

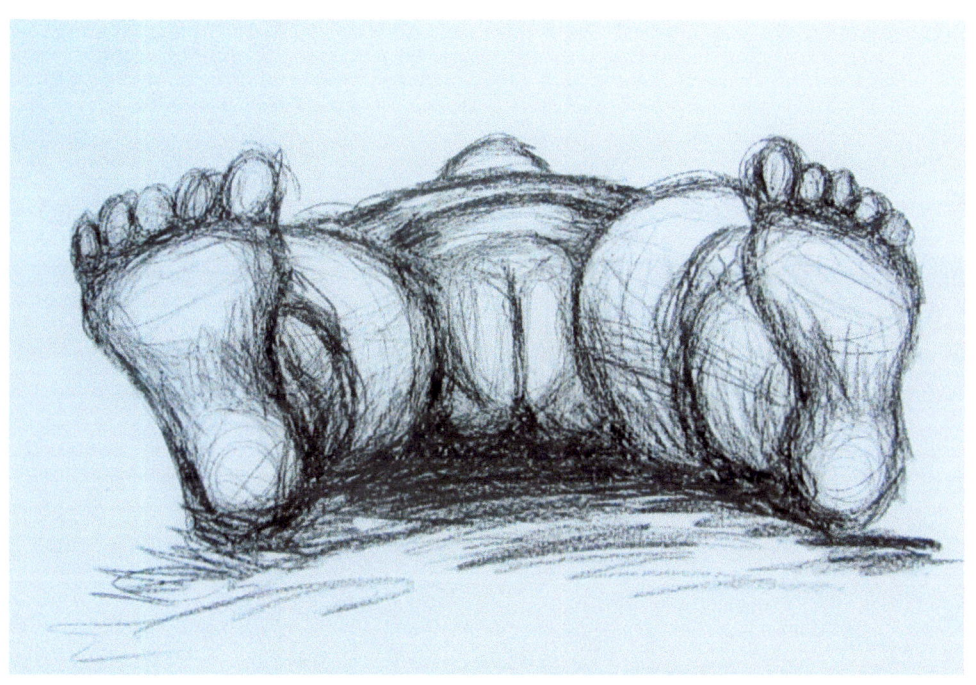

"Calipso's work", 2015, 31x45cm, Ölkreide/Papier

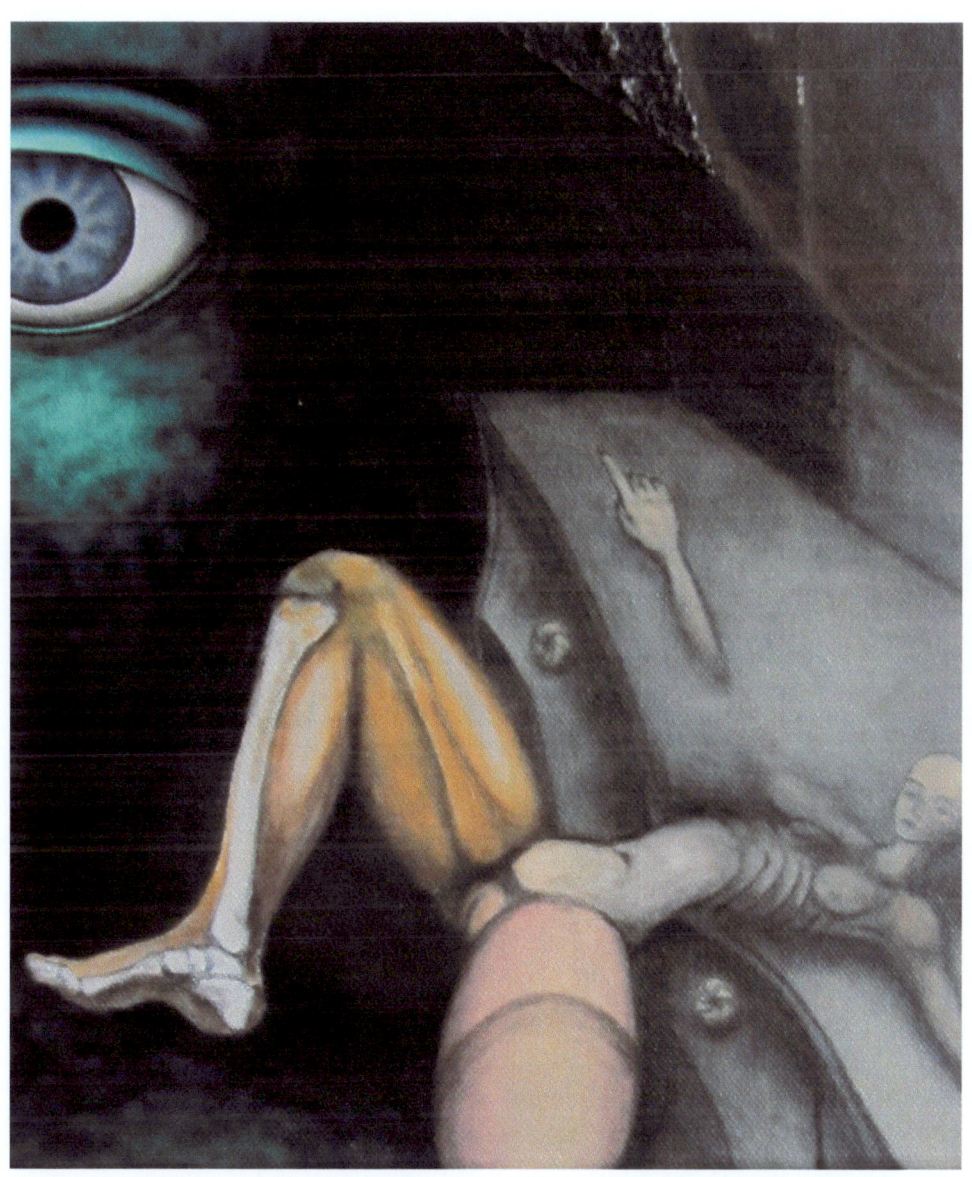

Detail aus einem Bild ohne Titel, gezeigt ist Fey, 2016, Acryl auf Leinwand

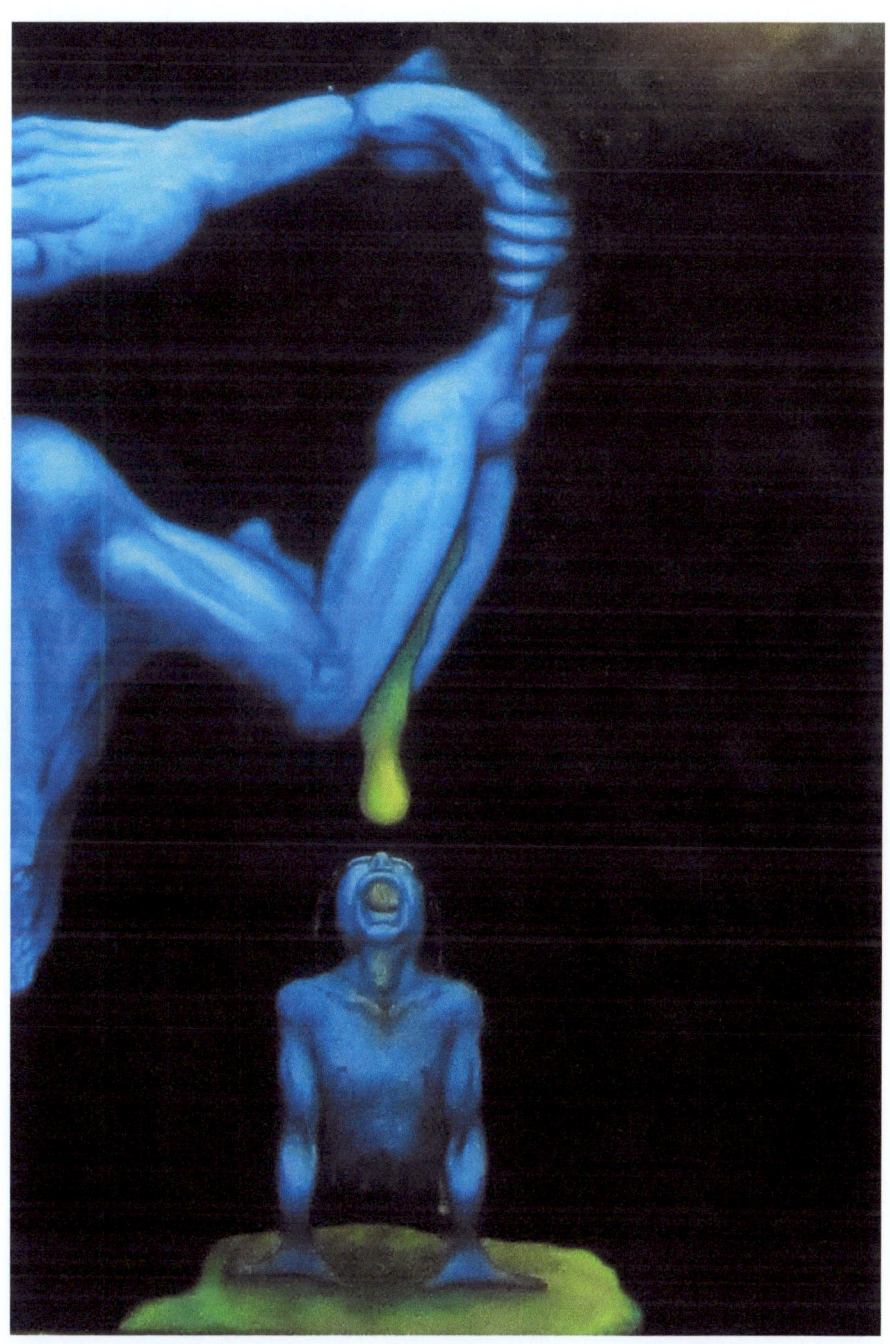

Detail aus "Der Ekel", gezeigt ist Anna, 2016, Acryl auf Leinwand

"Connection", 2017, 80x60cm, Acryl auf Leinwand

"Sebastian", 2017, 40x50cm, Acryl auf Leinwand

„ES STIMMT WAS NICHT." ICH MEINTE MIT DER WELT. ER MEINTE NATÜR-LICH MIT MIR. THOMAS METTE DIE WELT IM RÜCKEN

Ich erwache ohne Angst. Mir ist zwar mulmig, aber kein Vergleich zu den letzten Tagen.

Durch die Türe höre ich die ins Telefon Weinende ihr Sprüchlein sprechen. Sie ist heute schneller beim Reden. Als ich zum Raucherraum gehe, sehe ich, dass sie sich vor dem Stammlokal auf den Boden wirft. Ihr Leid spitzt sich zu.

Eine Zigarette. Wir haben hier die ganze Zeit einen jungen Kerl, der nicht gerne mit mir spricht. Nun sitzt er mit einem Dritten mit mir im Raucherraum und sein Feuerzeug funktioniert nicht, er überzeugt sich x Mal davon. Ich biete ihm meines an, er lehnt ab. Er probiert es wieder und wieder, ich muss mich beherrschen um nicht zu lachen. Er fragt den Dritten, ob er eines hat. Hat er nicht. Er muss meines nehmen. So ein Pech.

Als ich zurück zu meinem Zimmer gehe, ist die ins Telefon Weinende im Stamm-lokal, sitzt am Blutdruckmessstuhl und wiederholt ihre Standardsätze. Sie wollen ihren Druck messen, sie können aber nicht, weil sie nicht still ist, eine Schwester redet auf sie ein, sie müsse kurz aufhören zu sprechen.

Frühstück. Also Kaffee. T. ist krank.

Zum ersten Mal sehe ich aus dem Fenster. Nach einer Stunde Wachsein der erste Blick in die Welt da draußen, die mich so sehr zum Scheitern bringt. Nebel. Ein grauer Morgen.

Eine rauchen.

Das Zitat von Thomas Mette ist gleich links an der Wand bei der Tür. In kleinen Buchstaben gehalten ist es doch dominant, da es mit dunkelblauem, dickem Edding geschrieben ist. Mit der Person, die das hinterlassen hat, würde ich gerne reden.

Bei der Medikamenteneinnahme lächelt mich die Schwester an. Ich bin im Allge-meinen eine angenehme Patientin, weil ich recht bedürfnislos bin. Ich nehme was da ist und gebe ansonsten Ruhe. Wenn mein glutenfreies Brot zum Beispiel nicht auffindbar ist, oder nicht geliefert wurde, dann mache ich keinen Aufstand, sondern sage, dass ich schon nicht verhungern werde.

Aber ich bin auch eine angenehme Patientin, weil ich das System Psychiatrie kenne. Ich richte meine Fragen an die richtigen Menschen, spreche bei der Visite und labere nicht die Schwestern am Nachmittag mit Dingen voll, die für die Ärzte relevant sind zum Beispiel.

Dazu kommt, dass ich Stimmungen gut erfühlen kann und dementsprechendes Verhalten an den Tag legen kann. Ich werde insgesamt sehr ernst genommen und ich weiß, dass ich das nicht inhaltlich, sondern formal erreiche.

Dass ich die Strukturen gut erfassen kann, um in ihnen nicht anzuecken, und dass ich feinste Verstimmungen ablesen kann, das verdanke ich meiner schrecklichen Kindheit. Diese Fähigkeiten waren vonnöten, um halbwegs gut durchzukommen. Ich zolle ihnen zu wenig Respekt.

8 Uhr 30, die Morgenrunde. Heute wird sie von einem Pfleger geleitet, wir sind nur 3 Teilnehmende. Dass sich es so viele nehmen lassen mit dem Personal zu kommunizieren, das wundert mich. Es findet die übliche Befindlichkeitsrunde statt, dann machen wir eine Achtsamkeitsübung. Sie heißt „Rekorder", 2 Minuten sollen wir nur hören, ohne das Gehörte zu bewerten. Es gelingt mir teilweise. Ich höre Vögel, höre das Atmen der anderen, höre die tickende Uhr, muss Gedanken an die Zeit und an den Raum, der gemeinsam mit ihr entstand, wegdrängen.

Nach der Morgenrunde spricht mich die Therapeutin an, sie fragt, ob ich heute nochmal Zeit hätte. Ich komme gleich mit ihr, wir besprechen den gestrigen Tag und wir arbeiten wieder mit der Fokussierungstechnik. Mein Druck zu leisten ist Thema. Ich spüre diesen Überforderung produzierenden Zustand als Stein im Magen. Ich komme dem Ursprung auf die Schliche. Er ist, dass mich niemals wer an die Hand nahm, mir was zeigte und mich lobte.

Gleich im Anschluss gehe ich wieder zur Sozialarbeiterin, um Papiere an das Sozialamt und an die Wohnbeihilfestelle zu senden.

Danach kommt die Oberärztin auf mich zu und sagt mir, dass ich heute auf 20/2 verlegt werde. Gleich nach dem Mittagessen. Aufregung. Innerliches Beben. Beim Essen merke ich, dass ich zittere. Es ist gut, die Akut-Station zu verlassen. Das Angebot ist auf der Subakut-Station viel größer wie ich hörte, es ist ruhiger und vermutlich ist alles etwas kleiner. Doch die Arbeitstherapie schwebt wie ein Damoklesschwert über mir. Ich muss äußern, dass mir das jetzt zu viel ist, obwohl sie so nett waren, mir den Platz freizuhalten.

Heute, als ich in der Einzeltherapie saß, schliffen sie bei uns den Boden ab. Da ich in einer halben Stunde abgeholt werde muss ich den Chemiegestank nicht lange ertragen. Danke!

Sachen packen, umziehen.

Beim Ausziehen der Jogginghose spüre ich ein etwas Hierlassen, ein Abstreifen, eine Haut, die abfällt. Das war also meine diesmalige Akut-Erfahrung.

Ich hatte massives Glück mit den Zimmerkolleginnen und mit den anderen Mitpatienten. Als ich 2010 hier lag, da kam des Öfteren ein Mann nachts in unser Zimmer und stand herum. Einmal pinkelte er sogar in eine Ecke. Natürlich muss man hier mit vielem rechnen, man wohnt in einer unfreiwilligen WG mit den psychisch krankesten Menschen von Wien zusammen. Dafür war es wirklich unspektakulär. Zeitlupe und die Depressive zählen auch zu den Krankesten, aber sie sind nicht aggressiv und leise.

Ein Abschied von der Station, ein letztes Pinkeln nach dem Verstummen des Lüftungsventilators. Tschüss Toilette, tschüss Aufenthaltsraum, tschüss großer Gang. Mir wurde hier gut geholfen, es sind freundliche Verabschiedungen. Jetzt ein letztes Mal zum Stammlokal, die Mittagsmedikamente holen. Mir wurde gesagt, dass die Übersiedlung so um 13 Uhr herum stattfinden wird. Ich schreibe am Zimmer, atme chemisch verpestete und mit Plastikpartikeln versetzte Luft.
Ich öffne das Fenster, genieße die frische Prise, halte mich an den Gitterstäben fest, blicke hinaus. Pavillon 20. Der nächste Schritt.

Kurz nach 13 Uhr holt mich eine Schwester unserer Station und geht mit mir zum Nachbarpavillon. Die ungeraden Zahlen sind alle auf der anderen Seite des Areals. Früher, sehr viel früher, waren die Frauen auf der einen Seite des Spitals, die Männer auf der anderen Seite untergebracht. Die Gebäude auf der Mittelachse trennte die Geschlechter voneinander. Weshalb aber die ungeraden Pavillonnummern links am Gelände, und die geraden rechts liegen, das weiß ich nicht.
Auf dem Weg spreche ich die Arbeitstherapie an. Die Schwester meint ich wäre dort jetzt abgemeldet, ich brauche mir keinen Stress machen. Wow. Bei jeder Gelegenheit ventilierte ich es und es trug Früchte. Erleichterung.
Wir betreten den 20er-Pavillon, in dem diese OWS-Erfahrung begann, nur gehen wir nicht in den ersten Stock, in dem die Tagesklinik liegt, sondern ins Erdgeschoss. Rechts vom Eingang stehen Sessel links und rechts von einem Pflanzentisch, ich nehme Platz, die Schwester betritt den Stützpunkt gegenüber vom Eingang. Sie spricht, ich kann nur Fetzen aufschnappen. „Panikattacken" höre ich heraus, ansonsten nur Füllworte.
Die Station hat natürlich den gleichen Grundriss wie die Tagesklinik über uns. Die Gänge sind schmäler als auf der Akut, alles ist freundlicher. 24/2 zeichnete sich ja dadurch aus, was es alles nicht gab. Hier sind all diese Dinge vorhanden. Es gibt Spiegel, es gibt Pflanzen, es gibt Bilder in Rahmen.

Bald holt mich ein lächelnder Pfleger und bringt mich auf mein Zimmer, das Zimmer Nummer 6. Ein recht kleines Zimmer dafür, dass 4 Betten drin stehen.
Wenn man reinkommt ist rechts in der Ecke ein Waschbecken mit einem zuziehbaren Vorhang drum herum. Endlich ein wenig Privatsphäre! An der linken Wand, in der die Türe ist, befinden sich 4 Kästen, die etwas größer sind als die auf der

Akut-Station, aber immer noch klein sind dafür, dass man all seine Sachen drin unterbringen muss, solange man da ist. Und hier sind die Leute in der Regel ja länger als auf 24/2.

Links stehen 2 Betten und rechts auch, zu jedem Bett gehört ein Krankenhaus-nachtkästchen mit ausziehbarem Tischchen.

Auf der der Türe gegenüberliegenden Wand sind 2 Fenster. Wenn man raus-schaut, dann erblickt man unter anderem einen hoch aufragenden, schlanken Nadelbaum, dessen Äste kurz sind und wie verkümmert wirken.

Zwischen den Fenstern ist ein Tisch mit 3 Sesseln. Einer der Sessel ist weg-gerückt, weil eine ältere, langhaarige Dame im Rollstuhl seinen Platz eingenom-men hat. Neben ihr sitzt ihre Sachwalterin, sie besprechen Existenzielles und ich entnehme dem Gespräch, dass die Rollstuhlfahrerin alles andere als freiwillig da ist. Sie beschwert sich darüber, dass eine sie daheim besuchende Betreuerin die Rettung rief, nur, weil sie sich auszog vor ihr und in die Badewanne gehen wollte. „Darf i bei mir daham net baden, wann i will? Hörns, des geht doch net. De hat g'laubt i will mi umbringen, dabei wollt i nur baden geh'n."

Am Ende der linken Wand ist eine Türe, wenn man reingeht ist geradeaus ein weiteres Waschbecken, nach links geht noch eine Türe weg, hinter der sich eine Toilette befindet.

Ein Schülerpfleger zeigt mir die Station, erklärt mir grob den Ablauf und heißt mich willkommen. Er zeigt mir auch den riesigen Balkon, der sich fast über die gesamte Gebäudelänge erstreckt. Er war früher einmal total vergittert, die Rahmen für die Gitter stehen noch, ihr grün lackiertes Metall erzählt von der ehemaligen Knastat-mosphäre, die hier geherrscht haben muss.

Im Anschluss an die Führung gehe ich duschen. Unglaublich, dass ich auf der Akut-Station in einer Woche genau einmal duschen war. Es war nicht das Umfeld, in dem man sich groß pflegt.

Es ist eine Wohltat, ich dusche lange, spüle die letzte Woche ab, lasse alles fließen. Danach borge ich mir beim Stützpunkt einen Föhn aus um endlich wieder meine kurzen Haare in die Form zu blasen, in der ich sie mag. Die letzte Woche kaschierte ein Stirnband das Drama, das sich auftut, wenn man diesen Haarschnitt nicht bewusst gestaltet. Endlich sehe ich mir wieder ähnlich.

Im Bett quer gegenüber, ich liege bei den Kästen links, was mir sehr recht ist, weil es der am meisten geschützte Platz ist, liegt eine Frau, die nur Sanftheit aus-strahlt. Jedes ihrer Worte ist nur gehaucht.

Nachdem die Sachwalterin der Rollstuhlfahrerin weg ist, erscheint eine Physio-therapeutin. Diese Zimmerkollegin, die im Bett mir gegenüber liegt, hat eine schwe-re Knieverletzung. Ihr Bein ist geschient und sehr dick, offenbar wurde sie operiert. Ich sitze sauber und müde im Bett und schreibe, während sie unter Anleitung Kräftigungsübungen macht.

Ich darf nicht einschlafen, sonst versäume ich den Kaffee, es ist 20 vor 3.

Ich gehe beim Zimmer raus, dann links, dann rechts und dann geradeaus quer durch die ganze Station vorbei am Eingang und an einem großen Bad sowie der Küche um zu einem großen Aufenthaltsraum zu gelangen, der hinter einem kleinen liegt.

Der Aufenthaltsraum ist größer als der auf 24/3 und von Grund auf anders gestaltet. Die ganze Station hat eine völlig andere Atmosphäre, allein schon, weil die Bodenfarbe eine andere ist. War es drüben ein kaltes Graublau, so ist hier alles gehalten in einem freundlichen Beige oder hellen Grau, soweit ich das bis jetzt erfasst habe.

Wenn man den Aufenthaltsraum durch die weißen Flügeltüren betritt, dann findet man an der linken Wand hinter der Türe ein hüfthohes Kästchen, auf dem ein Fernseher steht. In der linken Wand sind 2 Fenster eingelassen, die sicher 1 Meter 20 in der Breite und 2 Meter 40 in der Höhe messen. An der Wand gegenüber der Türe steht ein Bücherregal, rechts davon ist ein Fenster, das einen Großteil der Wand einnimmt und zirka 3 Meter 50 breit ist bei gleicher Höhe wie die anderen. Rechts davon stehen am Boden einige große Blumentöpfe. An der rechten Wand in der Ecke befindet sich ein großer Kasten mit 6 Türen, er beinhaltet auch Spiele, die uns zur Verfügung stehen. Ein kleinerer Kasten schließt an, er hat 4 Laden, sie sind leer. Auf ihm stehen weitere Pflanzen. Es folgt eine Türe, die zum Balkon führt. An der rechten Wand mittig steht ein surrender Patientenkühlschrank. Wir können daraus nehmen, was nicht namentlich gekennzeichnet ist, und Privates verstauen. Der Kühlschrank ist umbaut mit 4 silbernen Pfosten, die eine hellbraune Platte tragen. Darauf werden Getränke, Tassen und Gläser dargeboten und ein Wasserkocher nebst Löskaffee steht drauf. In der rechten Ecke ist ein Waschbecken, das mit seiner Fliesenumrandung und den über der Keramik montierten Kästchen, die Seife, Desinfektionsmittel und Papierhandtücher beinhalten, genauso verloren wirkt, wie das auf der Akut. Zwischen Kühlschrank und Waschbecken gibt es noch eine Türe, die geschlossen ist und auf mich den Eindruck macht, als wäre sie das immer. Der Blick in die Runde schließt ab mit einem riesigen Stadtplan an der Wand der Eingangstüre rechts. Er zeigt den 12., 13. und 23 Bezirk und ist sicher 1 Meter 50 hoch und 2 Meter breit.

Der Boden ist hellgrau, an den Wänden hängen Bilder und in einer Ecke Poster mit Auszügen aus der heimischen Fauna und Flora. Es stehen 4 runde und ein größerer, ovaler Tisch drinnen, im hinteren Teil ist außerdem ein riesiger Ficus benjamini, ein Tischfußballtisch und ein Tischtennistisch.

Der Kaffee kommt. Er ist hier stärker als auf der Akut. Alle stürzen sich auf den gereichten Sandkuchen, nur ich mich auf den Kaffee. Euphorisch schnappe ich meine Tasse und gehe auf den Balkon. Endlich kann ich zum Kaffee wieder eine rauchen! Im Raucherraum auf der Akut waren Getränke und Speisen verboten. Zwar brachen viele dieses Verbot, doch ich hielt mich bis auf einmal dran, ich bin immer die, die erwischt und gescholten wird.

Auf dieser Station ist es sehr ruhig. Tassengeklimper, leise Gespräche, entspannte Atmosphäre. Kein lautes Gejammer, keine Musik abspielenden Handys, kein
Hall in den Gängen, kein permanentes Grundgeräusch. Ruhe. Keine Wirren, die
herumlaufen und permanent mit sich selber sprechen, kaum Leute, die gegen ihren
Willen da sind, keine Zugedröhnten, denen man ständig ausweichen muss, weil
diese ihre Bahn nicht verlassen werden. Keine Lautsprecher, keine eingesauten
Tische und Böden. Und hier ist ein anderes Licht. Ein Wärmeres.

Es ist 16 Uhr. Ich mache mir inzwischen Gedanken über das Schreiben. Es ist
fast zwanghaft. Ich kann nicht entspannen, wenn das Geschriebene nicht auf dem
aktuellen Stand ist, das heißt ich muss ständig schreiben.

Ich sitze im kleinen Aufenthaltsraum und sehe fern. Ich sitze auf einer sauberen
Couch. Der Moment des Niedersetzens hat beinahe etwas Magisches. Nach dieser
Woche ist etwas Reines, Weiches nicht nur eine Wohltat, es hat etwas Tröstliches,
es ist, als ob ich mehr wert wäre, weil die Umgebung schöner ist. Was für ein Ge-
nuss.
Ein Pfleger kommt zu mir und übergibt mir Papiere. Eines ist dabei, das soll ich
sofort unterschreiben, weil er es gleich wieder mitnimmt. Es beinhaltet eine Erklärung, dass ich damit einverstanden bin, dass ich kein Patientenarmband trage und
somit selber für die Identifikation meiner Person verantwortlich bin, bei der Medikamentenausgabe zum Beispiel. Ich unterschreibe gerne. Zwei andere Papiere
geben Auskunft über die Strukturen und Therapieangebote. Der dritte Zettel ist
ein Fragebogen, den ich bis morgen ausfüllen soll. Er heißt „Rückblick und Ziel-
formulierung für den Aufenthalt". Wir reden noch ein wenig und ich beschreibe dem
Pfleger, wie es mir geht. Ich bin leicht dissoziativ seitdem die Nervosität wegen der
Verlegung sehr groß wurde. Er geht wieder.

Das Abendessen kommt. Hier ist alles etwas anders, so auch die Essensausgabe. Ein Pfleger fährt mit dem Essenswagen von Tisch zu Tisch und teilt aus.
Mein glutenfreies Brot kam hier nicht an, aber es gab gestern drüben für mich auch
keines. Dafür gibt es jede Menge Salat für mich, was mir x-fach lieber ist als Brot.
Mir wird noch eine extra Plastikbox mit einem gemischten Salat hinterher geliefert,
dazu eine Packung Cottage Cheese. Sie sind hier wirklich bemüht. Als ich den Cottage Cheese öffne entdecke ich erst, dass am Tisch Salz und Pfeffer steht. Freude!
Wie viel einem das simple Vorhandensein von Salz und Pfeffer an Würde zurück-
geben kann, unglaublich.

Ich widme mich dem auszufüllenden Rückblick- und Zielformulierungsblatt.
Die erste Frage lautet:

„Wie gestalteten sich Ihre sozialen Kontakte im letzten Jahr (wer, wie viele, Häufig-keit...)?"

Die 2,5 Zentimeter Platz bis zur nächsten Frage erscheinen mir viel zu wenig. Ich schreibe auf der Rückseite weiter.

„Guter Freundeskreis, klein aber innig. Einige Bekannte, von manchen eher zurückgezogen im letzten Jahr wegen Überforderung, neue Bekanntschaften ge-schlossen. 3 feste Freundschaften, zu denen ich auch von hier aus Kontakt pflege. Soziale Kontakte zu nicht dem engen Kreis Gehörenden gestaltete sich in letzter Zeit schwierig. Probleme im sozialen Gefüge, getrennt sein, nicht zugehörig fühlen, leicht paranoide Tendenzen unter Menschen. Zunehmend Alkoholkonsum in Ge-sellschaft, weil zu viel Anspannung, deswegen eher Meidung von solchen Anläs-sen. Kann mich nicht entspannen in Anwesenheit anderer."

Die zweite Frage:

„Wie strukturieren Sie Ihren Tag zu Hause in letzter Zeit (Wie sieht ein normaler Tag aus)?"

„Wenn ich daheim bin: nicht zu spät auf, lieber früh, Kaffee, Aquarium schauen, malen oder rumwerkeln an Kunstobjekten, gesundes Essen kochen, etwas Haus-halt, nachmittags weiter malen, nebenher TV oder Hörbücher um fremddenken zu lassen, bis in den Abend hinein malen, früh ins Bett. Die letzten Wochen war ich an der Tagesklinik 20/3, in der Zeit gestaltete sich mein Alltag nur aus Tagesklinik, essen und schlafen. Viel schlafen, um die Anstrengungen des Tages irgendwie zu schaffen."

Dritte Frage:

„Welche Interessen haben Sie, welche Hobbies üben Sie regelmäßig aus, was be-reitet Ihnen Freude?"

„Aquaristik, Naturwissenschaftliches, Malerei, Zeichnen, Kunstobjekte machen, ein wenig Sport wie Pilates und diverse Ertüchtigungsübungen, die man halt daheim machen kann, Kabarett und Poetry Slam, TV, Hörbücher."

Vierte Frage:

„Gibt es soziale Problemfelder (Einkommen, Mietzinsrückstände, Wohnen, Be-ruf...)?"

„Nein."

Fünfte Frage:

„Wie sehr wissen Sie über Ihre Medikation Bescheid (Wirkweisen, Zusammenhang mit Tagesablauf, Medikamentenbeschaffung...)?"

„An sich bin ich gut informiert, nur was die aktuellen Umstellungen angeht habe ich keine Orientierung was die Milligramm-Menge angeht."

Sechste Frage:

„Hatten Sie Voraufenthalte bei uns oder in einer anderen Institution, wenn ja wie oft, wie lange und wo?"

„2010: OWS 14 Tage glaube ich, 2010: 3 Monate Ybbs, 2012: 3 Monate Ybbs, von 2014 auf 2015: 7 Wochen Ybbs subakut, 2015: 3 Monate Ybbs, 2016: 3 Monate

Ybbs, 2016 auf 2017: 3 Monate Ybbs, immer auf der Traumastation des Hauses, 11.12.2017-24.1.2018: Tagesklinik OWS Pav. 20/3, 24.1.-1.2.2018: Akut-Station 24/3"

Frage sieben:

„Platz für eigene Punkte, die oben noch nicht erwähnt wurden?"

Ich lasse das mal offen, vielleicht will ich ja später noch was reinschreiben.

Am Ende des Blattes steht noch ein Satz ohne Nummerierung:

„Was ist Ihr Hauptziel, was möchten Sie bei diesem Aufenthalt erreichen (Wunsch)?"

„Weitere Stabilisierung, therapeutische Bearbeitung frühkindlicher und kindlicher Vernachlässigung, belastbarer werden was Reize angeht, in Anwesenheit anderer mit den Spannungsgefühlen besser umgehen lernen bzw. (Wunsch) sie beseitigen."

Ich bin froh, das schon heute erledigt zu haben.

Ich lerne die dritte Zimmerkollegin kennen, meine Bettnachbarin, es ist eine ältere Frau, die gleich bei der Vorstellung sagt, dass sie morgen entlassen wird.

Das Lyrica erleichtert mir die Kommunikation, das erwähnte ich ja bereits. Immer öfter fällt mir auf, dass ich in so kleinen Momenten, die im Alltag in Gemeinschaft halt auftreten, plötzlich ganz anders agieren kann, beziehungsweise mein Agieren im Nachhinein nicht bereue, wie es früher oft der Fall war. Es sind diese flüchtigen Momente menschlicher Begegnung, die so bedeutungslos sind wenn man keine Probleme damit hat, sich aber zu Krebsgeschwüren auswachsen, wenn man mit ihnen hadert. Es sind so klitzekleine Augenblicke oder so wenig Bedeutsames in der Kommunikation, dass ich jetzt gar kein Beispiel nennen kann. Aber sagen wir jetzt mal, einer bittet mich um einen Löffel, weil ich näher am Besteck stehe, dann konnte mich meine Reaktion oder das, was ich sagte, beziehungsweise nicht sagte, in stundenlange Verzweiflung schicken. Es ist das, was geschieht, wenn man unlocker ist. Und eine solche stressauslösende Minisituation wurde überlagert von der nächsten. Zu viele solcher Momente geschahen, wenn ich nicht allein war. Deswegen wurde Alleinsein in den letzten Jahren für mich immer wichtiger. Diese Unlockerheit, die mich in Verzweiflung stürzte, war recht gut mit Alkohol zu bekämpfen. Sie war oft nach ein paar großen Schlucken Bier wie weggeblasen. Nicht, dass ich deswegen zur Spiegeltrinkerin wurde. Ich mied eher menschliche Begegnungen. Nicht, dass ich deswegen zur Sozialphobikerin wurde. Wie stolz ich eigentlich auf mich sein könnte. Wie gut ich das im Grunde mache.

Eine rauchen, ein Schluck Wasser und zum Fernseher dazusetzen. Gleich ergibt sich ein Beispiel der Veränderung der Lockerheit. Ich leere mein Glas und will es auf den Schmutzgeschirrwagen stellen, der gegenüber der Küchentür geparkt war am Nachmittag. Da ist aber keiner. Als ich zurückgehe zur Couch komme ich an einem alten Mann vorbei, der mit seiner Aufmerksamkeit sehr im Außen unterwegs ist und gerne alles Mögliche kommentiert, mit vielen ins Gespräch geht. Sonst fühlte ich mich von solchen Menschen prinzipiell abgestoßen, wollte ich doch nur meine Ruhe und solche Leute verhindern das nun mal. Beim Vorbeigehen redet er mich an und weist mich darauf hin, dass ich mein Glas im Aufenthaltsraum abstellen kann.

„Ah, wirklich?" frage ich rhetorisch und gehe dort hin.

Der Wagen steht dort, weil die Spätmahlzeit auch dort ist. Ich hätte auf seine Anrede vor ein paar Tagen nicht so freundlich reagiert, vielleicht sogar so ablehnend, weil er sich einmischt, weil es mir auf die Nerven gegangen wäre, dass mich jemand beobachtet, dass weitere Kommunikation verhindert worden wäre. Ich hätte in weiterer Folge, auch wenn die erste Kommunikation neutral verlaufen wäre, kein zweites Mal Kontakt aufnehmen können, so wie ich es tue – ich freue mich, dass er mir half und sage beim Zurückkommen:

„Danke, sehr aufmerksam!", er nickt und lächelt - weil ich Angst gehabt hätte, die Fernsehenden zu stören und weil ich weiteren Kontakt einfach verhindern wollte. Meine Unlockerheit killte Freundlichkeit, verhinderte Höflichkeit und die kleinen, netten Momente.

Irgendetwas bewirkt dieses Lyrica bei mir, dass dieses neurotische Verhalten gebrochen wird. Von diesem Mann, der so sehr im Außen daheim ist, hätte ich mich vor ein paar Tagen noch binnen Stunden hier auf Station bedroht gefühlt. Wahnsinn eigentlich. Das ist eine Symptomatik, die ich seit 2012 kenne und die durchgehend da war seither, ja, sogar stetig schlimmer wurde. So sitze ich gemeinsam mit 3 anderen, mich nicht bedroht fühlend und in mir friedlich bis 21 Uhr bei der Glotze, sehe halbherzig einem Landkrimi zu und spüre meine Schwere. So schwer wie Eisen.

Dann hole ich meine Medikamente und gehe ins Bett.

GUTEN MORGEN SUBAKUT

Ein Erwachen mit mittlerem Schmerz in der Brust. Anziehen, Bett machen, raus. Ich setze mich auf eine der zwei Couchs im kleineren Aufenthaltsraum, hier ist das Licht gedämpfter als im großen. Wenn man vom Gang aus den Raum betritt, so ist rechts gleich ein zirka 4 Meter langes Bücherregal. Danach geht rechts die Tür zum großen Aufenthaltsraum weg. Die erste Couch steht gleich nach der Tür beginnend quer im Raum. Vor ihr ist ein 1 mal 1 Meter großer Couchtisch, dann gibt es einen kleinen Abstand und der Fernseher folgt, er steht auf einem niedrigen Kasten, teilt sich den Platz auf ihm mit 5 Blumentöpfen, hinter denen ein Fenster beginnt, das mächtig beinah die ganze Wand einnimmt. Gesäumt ist es mit roten Vorhängen.

An der linken Wand steht die zweite Couch, von der aus man nur wenn man links sitzt zum Fernseher sieht. Im Anschluss befindet sich ein großer Ficus, nicht so groß wie der im zweiten Aufenthaltsraum, aber groß genug um sich auf der Couch durch ihn geschützt und abgeschirmt zu fühlen. Darauf folgt eine große, vierteilige Glaskassettentür, bei der sich die inneren beiden Teile öffnen lassen. Am Holz in Oberschenkelhöhe ist ein Schild angebracht auf dem „Nostalgiezimmer" steht. Es ist ein Patientenzimmer. Nach der Tür gibt es zwei Sesseln in weinrot, ein Stück leere Wand und eine Ausnehmung, in der sich ein Waschbecken befindet.
Die Wand links beim Eingang ist vollkommen durch einen Schrank eingenommen.

Der Kaffee ist da. Schon als ich mir einschenke bemerke ich ein Beben. Alles bebt in mir.
Kaffee und Zigarette am Balkon.
Hier ist eine Langhaarige, sie wirkt wie einem Märchen entstiegen, sie trägt waldfee-artiges Gewand, lange Westen mit Fransen, Arm- und Handstulpen und mittelalterlich anmutende Schuhe. Sie ist nett. Sie ist schon 3 Monate hier. Sie fragt mich beim Rauchen was ich schreibe. Ich sage es ihr. Sie schrieb ihre Geschichte auch auf, der Augustin, eine Wiener Alternativzeitung, die monatlich neu erscheint, wird sie vermutlich drucken. Sie meint, ich könne mich doch auch an den Augustin wenden. Als ich ihr sage, dass ich auf Seite 160 bin, stockt sie.
„Wie lange warst du auf der Akut?" fragt sie mich.
8 Tage.
„Du schreibst aber schnell." meint sie. Ich erkläre ihr mein Auflösegefühl und dass

mich das Schreiben zusammenhält. Heute ist es wieder stark. Wenn ich nicht schreibe, dann verteile ich mich im Raum, alles flirrt davon.

Ein Schülerpfleger kommt zu mir und informiert mich über das Stattfinden der Morgenrunde in 25 Minuten. Davor war er schon mal da und informierte mich darüber, dass er heute pflegerisch für mich zuständig ist. Später kommt er noch einmal auf mich zu, weil ich die Morgenmedikamente vergaß. Er ist putzig.

In der Morgenrunde machen wir ein paar Übungen im Sitzen. Ich spüre meinen Körper und es tut gut. Dann folgt eine Befindlichkeitsrunde, das Besprechen der Ausgänge und es wird gefragt, was man am Wochenende so vorhat. Mein Wochenende ist ungewiss, ich muss das bei der Visite besprechen. Dass ich gerne einen Tagausgang hätte, um ein paar Sachen zu holen, sage ich. Hier läuft niemand in Anstaltskleidung herum und meine wenigen Sachen werden bald stehen vor Dreck. Heute habe ich überhaupt das Gefühl, dass ich stinken muss. Ich überprüfe immer wieder den Geruch meiner Kleidung und das, was aufsteigt, wenn ich die Schuhe ausziehe und die Überprüfungen verlaufen ergebnislos, doch ich kann es nicht recht glauben.

Zu meinem Befinden sage ich, dass ich ein inneres Beben verspüre und mich halt durch die Gegend vibriere.

Nach der Morgenrunde kommt der Schülerpfleger nochmal auf mich zu um da nachzuhaken. Ich beschreibe ihm meinen Zustand und erwähne auch das Auflösungsgefühl. Ich soll es bei der Visite auch sagen.

Ich gehe mit ihm gleich mit zum Stützpunkt und borge mir den Föhn aus. Waschen, Zähneputzen, Haare machen. In den Tag starten.

Später führe ich ein Gespräch mit der Oberärztin. Ich kann meine Situation gut schildern, habe das Gefühl, dass die mich versteht. Sie trägt mich momentan nicht für irgendwelche Therapiegruppen ein, lässt mich einfach mal hier sein um mich zu stabilisieren. Für das Wochenende trägt sie mir Tagausgänge ein, damit ich heimfahren und ein paar Sachen holen kann.

Heute habe ich - wieder mal - massiv das Gefühl, dass meine simple Anwesenheit andere stört. Wo ich gehe und stehe, immer komme ich mir fehl am Platz vor und meine, dass ein Gegenüber, das nicht aktiv Kontakte mit mir aufnimmt, denkt, dass ich besser nicht da sein sollte. Bei der Ärztin oder den Pflegern, die gezielt auf mich zugehen, habe ich das nicht. Ich weiß, dass dieses fehl am Platz-Gefühl eines ist, das entstand, weil ich meiner Mutter zu viel war und meinem Vater ein Dorn im Auge. Ich weiß das, es hilft mir nur in meinem Erleben im Hier und Jetzt nicht.

1979 wurde ich geboren. Mein Vater wollte nicht, dass ich zur Welt komme. Meine Mutter schon und sie setzte sich durch. Ich bin ihr nicht immer dankbar dafür, doch die Tage, an denen ich es bin, werden mehr. Sie bezahlte für ihre Entscheidung, sie litt dadurch und das ließ sie mich spüren. Neben dem, dass auch mein Vater mich seinen Unmut was meine Existenz angeht spüren ließ, war dieser Umstand vermutlich der schädlichste, der mich zeichnete.

Mein Vater war ein Undiagnostizierter. Er trug mehrere Psychopathologien mit sich rum, die nie ein Arzt sah.

Aufgrund seiner Neigung zum Nationalsozialismus wurde die Familiengeschichte vertuscht. Es wurde so viel ausradiert, umgedeutet und schöngeredet, dass nicht mal Politikfernes überblieb, das so etwas wie einer möglichen Wahrheit nahekommt. Alternative Fakten. Das machte es mir immer unmöglich herauszufinden, ob mein Vater schon vor dem Krieg kranke Züge hatte. Danach hatte er die bestimmt, auch wenn er mir wenig von der Zeit danach berichtete. Dafür redete er umso mehr von den Kriegsjahren und der Zeit davor. Ab der HJ verspürte er Macht, und obwohl er kein dummer Mann war, sprach er von diesen Empfindungen unendlich schwärmerisch und sagenhaft unreflektiert, wie ein Kind, das noch nicht das Alter erreicht hat, in dem man beginnt zu begreifen, dass andere Menschen auch Bedürfnisse und Rechte haben. Ja, er wurde machtberauscht infantil, wie ein bewaffneter Dreijähriger. Seine Eltern vermittelten ihm, dass alles, was nicht arisch ist, Abschaum ist, mit dem man bedenkenlos tun kann, was immer man möchte.

Bevor er jedoch selbst Macht ausüben konnte, wurde er zum Spielball eben dieser. Meine Großmutter, eine imposante, hochgewachsene Erscheinung, war schon Parteimitglied der NSDAP, als diese in Österreich noch verboten war. Sie war den Behörden bekannt. Am Fuße des Schöckels, einem Berg in der Steiermark, hatten sie und mein Großvater, der sich nach dem Krieg in den Tod soff, einen Hof. Laut den Schilderungen meines Vaters versteckten sie Leute, die von der Polizei gesucht wurden, die, waren Beamte vor den Toren des Hofes, hingehalten von scharfen Schäferhunden, den Hof in den rückseitigen Wald verließen mit allerlei Gepäck beladen, das die Polizei ebenso nicht finden sollte. Fahnen und Banner sollen dabei gewesen sein, sowie Schriften und nicht registrierte Waffen. Er prahlte damit, dass die Hunde immer einen so guten Job machten, dass die Hausdurchsuchenden nie etwas fanden.

Mein Vater ging mal seinen langen Schulweg heim, da kam ein Mann des Weges und begann mit ihm zu reden, fragte ihn aus über die Leute am Hof, über die Gepflogenheiten daheim und über die Art des Grüßens. Er sagte das, was ihm gelehrt wurde, meinte, sie grüßen mit „Grüß Gott" und machte auch sonst keinen Fehler. Beim Hof angekommen rief dieser Mann meiner Großmutter zu: „Gretl, dei Bua is dicht!"

Meine Großmutter durfte nicht nach Deutschland reisen. Weshalb genau sie keine Unbekannte war und was sie in Deutschland tat und tun wollte, das entzieht sich meiner Kenntnis. Nur dass sie nach München wollte, das weiß ich. Sie fand einen Weg auf legale Weise dorthin zu gelangen. Sie schickte meinen Vater in Bayern auf eine Schule. Nach einem halben Jahr in der Fremde war es ihr als

Mutter gestattet, ihn persönlich dort abzuholen. So erzählte es zumindest mein Vater. Er war ein Volksschulkind, allein in einem Land, in dem er geschlagen wurde dafür, wie er sprach. Er erzählte es mir wieder und wieder, aber nie voller Wut, nicht im Sinne einer Beschwerde, er wollte auch nicht bedauert werden. Ich konnte erkennen, dass er dort 6 Monate lang fertiggemacht wurde, das wollte er auch zu erkennen geben, doch er erzählte es mit Stolz. Keine Frage, in seiner gesamten Kindheit und Jugend war alles der Partei unterstellt, doch dies war vermutlich sein größtes Opfer, dafür wollte er nicht getröstet sondern bewundert und anerkannt werden. Diesen Wunsch erfüllte ich ihm nie. Vielleicht erzählte er es deshalb so oft.

Was er genau einmal in seinem Leben erzählte, ist, dass er in Kriegsgefangen-schaft war. Das erfuhr eine Krankenschwester einen Tag, bevor er starb. Sie war sehr erstaunt, als sie bemerkte, dass die Familie nichts davon wusste. Ein wunder Punkt, noch schnell vor dem Ableben an den Mann gebracht.

Schon mit diesen wenigen Informationen zeichnet sich eine fatale Grundsituation ab: Ein Ausgeliefertsein als Knirps, Allmächtigkeit in der Jugend und totale Ent-machtung zu Kriegsende.
Es blieb ihm verwehrt mit anderen Menschen in echten Kontakt zu kommen. Er redete mit ihnen, doch interessierte es ihn nie, was der andere dachte oder meinte. Gesprächspartner dienten immer nur als Projektionsfläche seiner Gedanken und Ansichten. Ob er Mimik lesen konnte, kann ich wirklich nicht sagen, falls ja, dann interessierte sie ihn genauso wenig wie alle anderen Äußerungen seiner Mitmen-schen. Wenn er ein Bedürfnis hatte, dann stillte er es, egal, ob die gesamte Familie dagegen war oder nicht. Weder Intensität des Dagegenhaltens noch Wiederholun-gen änderten daran etwas.

Ich erlebte viele unschöne Dinge mit ihm, doch den größten Horror lösen noch immer die Erinnerungen an dieses Nichtwahrgenommenwerden in Kombination da-mit, Bedürfnisbefriedigerin zu sein, aus. Damit meine ich, dass er sich, sobald ich greifbar war, vor alles, was ich spüren und erleben wollte, schob und Stammgast meiner Wahrnehmung wurde.

Jetzt, wo ich das aufschreibe, kann ich ihn riechen. Sein Körpergeruch steigt mir seit Minuten in die Nase.
Das Mittagessen kommt. Ich nehme schweigend meine Sonderkost zu mir, gehe eine rauchen, gehe wieder schreiben.
Die Märchenfee wird zu mir ins Zimmer verlegt, sie bewohnte bisher ein Einzel-zimmer, das musste sie räumen. Nun sind wir Bettnachbarinnen.

Mein Vater kommunizierte permanent und sprach mir Bedürfnisse rigoros ab, folgte mir oft auf Schritt und Tritt, ohne sich dabei veräppelt zu fühlen, selbst wenn es so gedacht war, kam zu jeder Zeit in mein Zimmer ohne anzuklopfen, einmal selbst während ich Sex hatte. Er stand in der Tür und sprach, als ob nichts wäre, und als ich mich im Anschluss nach einem Rauswurf beschwerte meinte er nur, dass ich mich nicht aufzuregen brauche, es wäre nichts dabei gewesen, was er nicht schon kenne. Reinkommen konnte er einfach so, weil es bei uns keine Schlüssel gab, die sammelte er irgendwann mal einfach ein. Ich hatte nicht nur keine Privatsphäre, mir wurde mein Selbst abgesprochen. Negativgefühle ihm gegenüber waren nichts als aus dem Weg zu räumende Hindernisse, denn sie behinderten seine Bedürfnisbefriedigung.

Manche Ärzte, mit denen ich im Rahmen meiner Therapie zu tun hatte, stellten Vermutungsdiagnosen der Eltern an. Einmal stand da: Vater schizoide Tendenzen. Das kam durch folgende Geschichte zustande:

Meine wesentlich ältere Halbschwester lebte phasenweise mit ihm alleine, da die Mutter von ihr das Weite suchte. Sie musste sich jeden Morgen von ihm begutachten lassen, bevor sie das Haus verließ. Einmal passte ihm eine Kleinigkeit nicht und er schlug sie grün und blau. Als sie sich abends wiedersahen war er bestürzt und fragte vollkommen ernsthaft, wer denn das gewesen sei. Als sie ihn selbst angab, bestritt er. Sie sagte, sein Dagegenhalten, sein Nichtwissen, wäre glaubhaft gewesen.

Er schlug auch meine Mutter und meinen Bruder.

Ich war die Jüngste und man kann ja nicht gerade sagen, dass er ein großer Fan von mir war, aber ich bekam prügeltechnisch kaum was ab. Ich denke, es lag daran, dass ich ihn lesen konnte. Ich wusste ganz genau, was man wann sagen und tun durfte und was nicht. Das hört sich jetzt zwar gut und clever an, es hatte aber auch einen riesigen Preis. Fast meine gesamte Existenz war darauf ausgerichtet, festzustellen und vorauszusagen, was von ihm aus möglich ist und was nicht. Es ging nie darum, ob ich zum Beispiel Hunger hatte. Es ging darum, ob es ihn störte, dass ich etwas esse oder nicht. 20 Jahre nach meinem Auszug bei ihm kenne ich großteils noch immer meine Bedürfnisse nicht, wenn jemand bei mir ist.

Auf der Liste der pathologischen Erscheinungen, die sich aus Persönlichkeitsstörung, schizoiden Tendenzen und Gewalttätigkeit zusammensetzt, fehlt nun noch seine Pädophilie.

Inzwischen kann ich nicht mehr behaupten, dass er aus einer sexuellen Neigung heraus handelte, ich denke es ging viel mehr um Macht. Das, woran ich mich erinnere, hätte für keine Anzeige gereicht. Und manchmal macht mich genau das fertig. Er demütigte mich permanent sexuell und stieg mir über meine Grenzen, doch kein Richter der Welt sähe Handlungsbedarf. Doch es sagt weniger über die Gesetzgebung als über die Gerissenheit meines Vaters aus. Er wusste, wo die Grenze ist.

„Dann zeig ihn doch an, wenn es was zum Anzeigen gibt!" schmetterte mir meine Mutter mal wütend und entnervt hin, als ich wieder mit ihr über ihn sprach.

„Für eine Anzeige reicht es nicht." meinte ich.

„Na also, kannst dann jetzt endlich aufhören!?"

Das sagte sie nicht aus Ablehnung mir gegenüber, sie sagte es, weil sie es schlichtweg nicht mehr ertrug. Sie ertrug ihr schlechtes Gewissen nicht mehr, in

"Für Führer, Volk und Vaterland", 2013, 18x24cm, Acryl auf Leinwand

das ich durch jedes dieser Gespräche bohrte. Natürlich bekam sie mit, dass vieles falsch lief, doch sie meinte es reicht, wenn man Rechtsfolgen verhindert.

„Mit deiner Geburt hat mein Leid begonnen." sagte sie einmal zu mir.

Das kann ich mir vorstellen.

Mein Vater war mir immer zu nah. Er platzierte sich zum Beispiel so, dass sein Geschlecht in Kontakt mit meinem Gesäß kam, wenn ich mich auf die Couch setzen wollte. Er platzierte sich so, dass dies der Umstand war, wenn er sich dazusetzte und er ließ mich nicht umsetzen, mich wegrücken, er hielt mich, wenn ich das wollte. Ich war so klein, als sich das etablierte, dass ich ja nicht wusste, dass das nicht normal ist, es fühlte sich nur immer schrecklich an.

Er folgte mir ins Badezimmer, lehnte sich an den Türstock und sah mir zu. Dort, sowie bei allen anderen Gelegenheiten, fasste er sich selber an und stimulierte seinen Penis. Dabei redete er über irgendwas, meist über einen Verstärker, den er gerade reparierte oder etwas in der Art. Wenn ich ihn hinausschicken wollte, dann beschimpfte er mich als „gschamige Urschel", fragte ob ich vergewaltigt worden sei, weil ich so abnormal reagiere, betete immer wieder vor, dass er das bei meiner Halbschwester auch machte und dass der ja auch nichts fehle, verwendete gezielt Worte, die meine Beschämung noch verstärkten und erreichte so sein Ziel. Ich sagte irgendwann nichts mehr, da ein verlorener Kampf noch mehr Substanz kostete als der Versuch, es zu ignorieren. Ich fühlte mich verfolgt. Ich hasste es, daheim zu sein.

Als meine Brust wuchs beobachtete er das genau. Er betastete sie, um über den Fortschritt der Entwicklung am Laufenden zu sein. Zeitgleich veranstaltete er immer und immer wieder Aufklärungsgespräche, die vor allem die weibliche Anatomie zum Inhalt hatten.

Er versuchte ständig Körperkontakt herzustellen, beim Frühstück, beim Fernsehen, beim Reden. Meine Sitzpositionen richtete ich an ihm und der Reichweite seiner Beine aus.

Er sprach gerne über Sex in primitiver Sprache, äußerte sich herablassend über Frauen mit geringer Libido und hygienischen Ansprüchen. Nebstbei: er stank. Er roch immer säuerlich und ich sah nie, dass er sich die Zähne putzte.

Schon früh reagierte ich auf die Situation, in der ich war. Ich fühlte mich nie gut aufgehoben. Und das machte mich schwierig für alle Beteiligten. Ich schrie nämlich. Es fing früh an und hörte spät auf. Meine halbe Kindheit ist voller Erinnerungen, dass ich schreie und weine. Meine Eltern hassten mich nur noch mehr dafür und ich wusste das. Ich konnte es nur nicht abstellen. Ich war endlos traurig, verzweifelt und voller Angst. Im Kindergartenalter wollte ich schon sterben. Und das oft. Ich versuchte abends im Bett die Luft anzuhalten um zu ersticken, und war jedes Mal noch fertiger als zuvor, weil ich es nicht schaffte, weil ich immer wieder zu atmen beginnen musste.

Ich machte mir schwere Vorwürfe, weil ich meinen Vater nicht lieben konnte und war fest davon überzeugt, dass es meine Schuld, dass es mein Versagen sei.

Meine Mutter versuchte meine Schreiattacken abzustellen mit einer speziellen Methode. Bei dieser musste ich vor ihr stehen und ihr meine Hände reichen, während sie im Lehnsessel saß. Dann durfte ich drei Minuten lang keinen Mucks von mir geben. Nur eine Regung in meinem Gesicht oder nur ein Schluchzer, und die drei Minuten gingen von vorne los. Ich nenne das meine „Stillsteh-Folter".

Ein weiteres Puzzleteilchen zu dem Gefühl des Störens findet sich in dem Umstand, dass mir mein Vater den Zeitpunkt seines geschäftlichen Niedergangs umhängte, obwohl es viel später erst so weit war. Er war früher mal recht erfolgreich, es endete, als ich 4 war. Ab da beherrschten Schulden unseren Alltag. Mein Vater datierte irgendwann kurzerhand den geschäftlichen Einbruch zurück auf meine Geburt und rieb mir das bei jeder Gelegenheit unter die Nase.
„Mit deiner Geburt hat der ganze Mist angefangen.", oder
„Der Scheiß ist losgegangen als du auf die Welt kommen bist." und dergleichen begleitete meine Jugend.
Ich war der Markierungspunkt des Üblen, des schlechten Lebens, und zwar für beide. Kein Wunder, dass mich später Selbsthass heimsuchte wie Schimmelpilz. Kein Wunder, dass das ewige Gefühl zu stören an mir klebt.

Es wird 15 Uhr, der Kaffee kommt bald.
Ich verlasse das Zimmer, ich rieche meinen Vater nicht mehr, die Geruchsillusion nahm beim Schreiben schon stetig ab. Im kleinen Aufenthaltsraum wird eine Schnulzenserie angesehen, der große Aufenthaltsraum ist fast leer. Eine Mitpatientin sitzt mit zwei Besuchern da und spielt etwas. Ich setze mich. Der Raum wirkt eigenartig auf mich, alles wabert. Ich gehe zum Schnulzen-TV um auf einer Couch zu sitzen. Der Boden ist wie aus Watte. Entweder ich bin sowas wie dauerdissoziativ, oder es ist das Lyrica.

Beim Kaffee spreche ich eine mir sehr sympathische Mitpatientin an und frage, ob sie eine Scrabble-Spielerin ist. Sie hat es früher mal gespielt, gerne spielt sie mit mir, wir verabreden uns für nach dem Abendessen. Ich freue mich.

Vom Kühlschrank nehme ich mir ein Glas und am Kaffeewagen fülle ich mir Zucker ab. Wir haben hier zwar Löskaffee, doch keinen Zucker. Ich schummle das Glas in meinen Ärmel aufs Zimmer. Auf dem Weg werde ich von meiner Bezugsschwester angesprochen, Schwester H. Sie stellte sich heute Morgen bei mir vor, kündigte ein Gespräch für heute Nachmittag an und nun ist aber zu viel zu tun, sodass wir nun auf morgen um 9 Uhr verschieben. Sie bedankt sich für mein Verständnis. Ich transportiere meine Schmuggelware aufs Zimmer und stelle sie in meinem Nachtkästchen ab.

Danach zeichne ich. Ein recht buntes Stiegenbild wird es wieder, ähnlich dem, das ich auf der Akut machte. Die Gedanken sind während dem Zeichnen recht ruhig. Ich muss mich zwar ständig anspornen, weil eine gewisse medikamentös bedingte Trägheit sich Bahn brechen will, aber der Angstkrieg im Kopf ist weg. Und ich bedaure weniger als noch vor 10 Tagen, ich gräme mich nicht ständig wegen reduzierter Leistungsfähigkeit was das Berufliche angeht. Ich komme insgesamt etwas zur Ruhe. Das Beben und das Auflösegefühl sind auch nicht mehr so stark.

Eine Zigarette vor dem Abendessen. Ein Mitpatient kommt raus auf den Balkon. Er ist bipolar und wirkt auf mich wie ein Biker. Ihm gegenüber spüre ich persönlichkeitsgestörte Ablehnung. Es sind nicht recht formulierbare Kleinigkeiten. Ich will an sich nicht mit ihm reden, drehe mich weg. Am Ende meiner Zigarette spricht er mich an. Er fragt, ob ich auch am 24-er war. Ich gebe mir einen Lyrica-Ruck und wende mich ihm zu, lasse mich rein in das Gespräch, wir sprechen über die schreckliche Atmosphäre dort und wie fein es hier ist im Vergleich. Es ist ein angenehmes Gespräch. Wir gehen rein, er will länger reden als ich. Ich gebe mich hin, versuche mich zu spüren, mich nicht zu verlieren, wie es so oft ist in solchen Situationen. Es gelingt. Kurz darauf endet das Gespräch in guter Stimmung von allein.

Das Abendessen kommt. Ich hoffe, dass es etwas Passendes gibt für mich. - Nein, also teilweise. Lactosefrei, aber kein Brot. Ich esse das Normale.

Das Scrabble ist lustig, wir spielen zu dritt. Der Vorschlag, ob wir noch etwas anderes spielen, wird goutiert, er kam von der mir sehr Sympathischen. Wir überlegen was wir spielen, mir wird komisch. Ein Ohrenzufallen, Rauschen, Schwindel und Schwächegefühl, vom Nacken ausgehend. Es ist mir zu viel an Interaktion. Ich will plötzlich nur noch Ruhe. Die mir Sympathische bringt mich aufs Zimmer. Alleine erhole ich mich schnell, die Schwäche ist zwar bis zum Schlafengehen spürbar, aber der Rest löst sich bald in Luft auf. Ich gehe sogar zur Spätmahlzeit und interagiere noch ein wenig, aber in einer sehr gedämpften Stimmung.
Müde. Unfassbar müde. Das Warten auf die Abendmedikamente wird mir sehr lang, die darf ich erst um 21 Uhr holen.
Ich schlafe ein und werde um dreiviertel 10 von der Schwester geweckt, um meine Tabletten zu nehmen. Die abendliche Dosis Lyrica wurde erhöht, damit wir tagsüber Sedierendes reduzieren können. Sofort nach dem ins Bett legen schlafe ich wieder ein.

VORSTOSS INS ALL

Ich erwache von Stimmen, lese aus dem Gehörten heraus, dass der Kaffee bald weggeräumt wird. Verwirrt und geschleudert wie frisch gewaschene Wäsche ziehe ich meine Hose an und eile Richtung Aufenthaltsraum. Rasch schütte ich mir eine Tasse schwarzes Gold hinein, komme drauf, dass ich meinen Tabak vergessen habe und gehe kurzärmelig den Balkon entlang zu meinem Zimmer. Die kalte Luft tut gut. Noch eine Tasse in Begleitung einer Zigarette. Der Biker, der wirklich einer ist, oder war, ist auch da. Gestern fragte ich ihn einfach.
„Bist du Biker?"
„Wieso?"
„Du siehst so aus."
„Wirklich? Ja, ich bin jahrelang gefahren. Am Ende eine Ducati."
Am Balkon beginnt er zu plaudern. Ich muss mir wieder diesen innerlichen Ruck geben. Zuerst will ich nicht, will in Ruhe meinen Kaffee genießen, doch ich gebe mich hin und es wird eine lustige Plauderei. Ich lache sogar.
Danach hole ich meine Medikamente und gehe duschen. Als ich fertig bin bemerke ich, dass ich das Handtuch vergessen habe. Das alte T-Shirt tut es auch.

Um 9 Uhr findet das Gespräch mit meiner Bezugspflegerin Schwester H. statt. Ich gebe meinen ausgefüllten Fragebogen ab, den sie sich später ansehen wird, und sie zeigt mir die Pflegeplanung, die von der Akut-Station übernommen wurde. Mangelhafte Copingstrategien und Persönlichkeitsstörung lese ich da unter anderem. Die Pflegediagnosen unterscheiden sich immer ein wenig von den ärztlichen, aber falsch ist das auch nicht, was da steht. Kurz zweifle ich nun, ob es gescheit war, die Alkoholneigung in Gesellschaft zu erwähnen, aber wenn sie da ein großes Ding draus machen, dann wäre es auch irgendwie gerechtfertigt. Es ist eine beschissene Strategie, mit der Sozialkontaktproblematik umzugehen. Es wurde mir früh anerzogen von meiner Mutter.
Bis zu meinem 13. Lebensjahr wohnten wir in Graz in einer Eigentumswohnung. Dass das so lange ging trotz der Schulden, die seit 9 Jahren immens hoch waren, wundert mich im Nachhinein, doch der Verkauf der Wohnung hätte nur einen Teil der Rückstände beglichen.
Meine Eltern nahmen Schulden auf zu einem Zeitpunkt, als das Geschäft meines Vaters gut lief. Er besaß viele Spieltische und Musikboxen, die er an Gasthäuser

und Bordelle vermietete. Er wartete sie und fuhr oft seine Runden, um die Kleingeldkassen zu leeren. Ob unsere Wohnung schuldenfrei gekauft wurde weiß ich nicht, die Wohnung direkt über uns, die für die Eltern meiner Mutter angeschafft wurde, die ging jedenfalls auf Pump. Und als ich 4 Jahre alt war, da fiel dem Finanzamt ein, dass es für die Spieltischvermieter seit 10 Jahren zu wenig Steuern eingehoben hatte. Dass sich so was anbahnte, das war irgendwie bekannt, ich erinnere mich an Gespräche mit meiner Mutter, in denen sie mir voller Verzweiflung schilderte, dass sie ihm im Vorfeld nahelegte, doch seinen Gewerbeschein zurückzulegen, um das drohende Unheil zu umgehen. Er tat sie als Hysterikerin ab und das Schicksal meiner Eltern war besiegelt. Wir hatten plötzlich 4 Millionen Schilling Schulden. Noch dazu löste sich das Geschäft meines Vaters fast gänzlich in Luft auf, weil die Lokale die den neuen Steuern angepasste, erhöhte Miete nicht bezahlen wollten. Mein Vater holte beinahe alle seine Automaten ab und verstaute sie in einer seiner Werkstätten, die viel Platz bot und wenig bis gar nichts kostete, da sie auf dem Gelände des Hauses seiner Mutter angesiedelt war. Seine zweite Werkstatt war in der Siedlung, in der wir wohnten. Auch Eigentum. Auch sie war nicht klein, ich erinnere mich an sie als verwinkelte Höhle, düster und vollgestellt, gefüllt mit einer Unzahl an interessantem Elektrotechnikzeugs.

Als ich sechs war eröffnete meine Mutter in diesen Räumlichkeiten ein Papiergeschäft, die finanzielle Lage zwang sie, etwas zu unternehmen. Ob das Geschäft anfangs lukrativ war kann ich nicht sagen, wir mussten aber so oder so an allen Ecken und Enden sparen.

Meine Mutter arbeitete viele Stunden, machte am Wochenende die Buchhaltung und die Wäsche. Den restlichen Haushalt übernahm ihre Mutter. Irgendwann gab es dann einen Libro und der Schulbedarfsverkauf brach ein, dafür bekam meine Mutter eine Lotto- und Toto-Lizenz und ab da wurde das Geschäft auf alle Fälle lukrativ. Die Spielwütigen bewirkten, dass Geld abbezahlt werden konnte, aber vermutlich waren es nur die Zinsen, die getilgt wurden, denn als ich 13 war wollte die Bank wirklich Geld sehen.

Wir zogen aus den Eigentumswohnungen aus und in eine Mietwohnung im Süden von Graz ein. Die beiden Wohnungen wurden verkauft, das Geschäft aber behalten. Auch später, als meine Mutter in ein Geschäftslokal zog, das näher an der Wohnung lag, behielten sie diese Immobilie, mein Vater macht wieder eine Werkstatt daraus und werkelte darin bis zu seinem Tod im Jahr 2011. Er starb mit Schulden, für deren Tilgung er kaum was beisteuerte, er trödelte in seiner Werkstatt herum, reparierte die defekten Geräte der Leute aus der Siedlung und verlangte immer zu wenig dafür, wenn man den zeitlichen Aufwand, den er betrieb, betrachtete.

Die Wohnung im Süden von Graz lag in einem kleinen Dorf, in dem es ein paar Wirtshäuser gab. Meine Mutter fing an, diese zu besuchen. Es war eine Flucht von zu Hause, hatten sich doch meine Eltern außer Gemeinheiten kaum was zu sagen. Sie trank viel und schlief mit den Männern der Gegend. Als ich 15 war begann ich bei einer benachbarten Familie mit Babysitten. Die Mutter erzählte mir mal, dass meine Mutter als die Matratze vom Dorf tituliert wurde. Es war wie ein Schlag ins Gesicht. Mit der Zeit betrieb sie es immer offensichtlicher, es gab sogar Situationen, in denen ich nachts den Schlüssel der Wohnungstür quer stellte, weil ich sie mit einem Mann im Schlafzimmer hörte und die Gefahr bestand, dass mein Vater heimkommen könnte. Meine Großmutter war zu dem Zeitpunkt längst wieder ausgezogen und mein Bruder wohnte auch nicht mehr bei uns.

Als ich 16 wurde kam meine Mutter dahinter, dass ich schon längst rauchte. Sie freute sich darüber. Eine Gemeinsamkeit. Nach meinem Suizidversuch begleitete ich sie immer öfter in diese Wirtshäuser, war sie doch ab dieser Raucheroffenbarung meine Zigarettenquelle. Sie bezahlte mir auch alles an Alkohol, den ich mit ihr gemeinsam konsumierte. Über diese Suchtmittel wuchsen wir erstmals zusammen. Der Vater war meist lange in der Grazer Werkstatt zu Gange, und wenn nicht, dann saß er vor dem Fernseher. Natürlich passte es ihm nicht, dass wir uns auswärts vergnügten, doch die Belastung durch seine Beschwerden und Entwertungen fegte meine Mutter mit einem weiteren Bier weg. Alkohol wurde überhaupt als Allheilmittel gehandelt. Bei Halsschmerzen ein kaltes Bier, bei grippalen Infekten ein fast aufgekochtes Bier, bei Regelschmerzen Martini Rosso, bei Seelenschmerzen viel Alkohol, egal welchen. Ich glaube, in den Jahren, in denen ich 17 und 18 Jahre alt war, trank ich so viel Alkohol wie danach nie mehr. Das war auch die Zeit, in der meine Mutter zu mir ins Zimmer floh, wenn wir zu Hause waren. Dann tranken wir bei mir. Mein Vater störte uns nie, er wurde nur aufdringlich, wenn ich alleine war.

Den halben Vormittag sitze ich schon im Aufenthaltsraum. Nach dem Gespräch mit Schwester H. ließ ich mich hier nieder zum Schreiben.
Meine im Rollstuhl sitzende Zimmerkollegin kommt zu mir und redet mich an.
„Sie schreiben viel." meint sie.
„Sag du." sage ich.
Ja, ich schreibe viel. Ich schreibe mein Leben auf. Es hilft mir. Sie gratuliert mir dazu. Sie hätte auch viel aufzuschreiben, doch sie kann sich nicht konzentrieren.
Sie erzählt mir die Geschichte, wie sie im Rollstuhl landete. Eine Zwangseinweisung durch betreuende Stellen. Ein Abholen durch die Polizei, weil gemeint wurde, sie wolle sich umbringen. Sie wehrte sich und es führte zu Verletzungen durch die Polizisten. Das Knie und Zehen wurden gebrochen, sie hat noch immer blaue Flecken an den Handgelenken und Füßen von den Fesseln. Sie landete auf der Akut-Station und kam erst am Tag darauf zu einem Arzt, der ihre Verletzungen versorgte. Sie verklagt die Polizei. Sie bedankt sich für das Gespräch, es habe ihr gut getan.

Im kleinen Aufenthaltsraum läuft die ganze Zeit schon der Fernseher, ich nehme ihn jetzt erst so richtig wahr. Das Außen ist irgendwie im Nebel. Dieser legt sich auch über alle Gedanken an meine Situation. Kaum denke ich darüber nach, dass

ich nicht wirklich arbeitsfähig bin. Ich bin im Hier und Jetzt, welch Segen.
Auf dem Weg ins Zimmer gehe ich am Bücherregal im kleinen Aufenthaltsraum vorbei. Eine Schrift schreit in dunkelgelb: „Vorstoß ins All". Ich nehme es mit und lese darin. Es gibt Kapitel, die heißen „Die Periode der Phantasie", „Raketenhistorie" oder „Raumfahrtenthusiasten". Die Worte beschwingen mich. Lesen kann ich nicht sehr lange, es ist zu anstrengend, so als ob sich alle Informationen vor meiner Nasenwurzel sammeln, anstellen, um ins Gehirn zu wollen, jedoch keinen Einlass bekommen. Als die Ansammlung zu groß wird höre ich auf, sehe nur mehr die Bilder an. Die Informationen lösen sich schnell auf, verschwinden, fliegen dahin.

Beim Bildbetrachten bleibe ich bei einem Indium-Antimonid-Kristall hängen, der in der abgebildeten Größe nur in Schwerelosigkeit produziert werden kann. In diesen Ausmaßen kann er in der Elektronik viel wirkungsvoller verwendet werden, als seine Erdenbrüder. Diese Informationen wiederum fließen in mein Gehirn. Gleich beim Entdecken denke ich mir, dass das ein Bild ist, das sich Michael in seinen Raum hängen kann. Michael ist ein Ego State. Eines, das mir große Probleme machte. Er ist ein sogenanntes Täterintrojekt, er ist mein Vater in meinem Kopf, die internalisierte Entwertung, der Täter in den eigenen Gehirnwindungen, die Stimme, die zu mir sprach und die gleichen Dinge äußerte, die mein Vater jahrelang zu mir sagte. Er änderte im Lauf der Therapie seine Gestalt. Anfangs war er eine mächtige Mischung aus ihm und Hitler. Wir bearbeiteten ihn. Er war ein Torso, der im Begegnungsraum, dem Schlafzimmer, über dem Bett aus der Wand ragte und Gift und Galle spuckte. Anfangs war nicht mit ihm zu reden und nach jeder Sitzung fühlte ich mich klein und wertlos. Mit der Zeit aber änderte sich sein Verbalausstoß, er äußerte sich und erzählte zum Beispiel, dass ich ihm was schuldig bin, weil er mich nicht vergewaltigt habe. Als Ausgleich dafür soll ich bei jedem Schwanz, den ich sehe, an ihn denken. Es war hart für mich, dass das unter Hypnose aus mir raus kam, doch es war notwendig für die nächsten Therapieschritte. Fast alle anderen Ego States hatten Angst vor ihm. Mein Therapeut veränderte das in Gesprächen mit ihnen.

In einer Sitzung, in der eine andere Tätigkeit für ihn gesucht wurde, gelang der Durchbruch im wahrsten Sinne des Wortes. Die Wand ober dem Bett brach nach hinten hin auf und es bildete sich ein Raum, der nur ihm gehört. Dort sind Tische, es hängen technische Pläne und naturwissenschaftliche Tabellen an den Wänden. Seit dieser Sitzung gibt er Ruhe, ich höre nicht mehr seine Stimme im Kopf, wenn mir etwas misslingt, keine Beschimpfungen, keine Entwertungen wie er sie gestaltete. Er sitzt in seinem Raum und studiert ein Buch, schaut durch ein Mikroskop oder bastelt an einer Platine herum. Und nun hängt das Bild dieses im Weltraum entstandenen Kristalls bei ihm. Das ist genau so etwas, das ihn interessiert.

Nach dem Mittagessen hole ich meine Medikamente. Da ich nach Hause fahren werde, packt eine Schwester meine 17 Uhr 30-Tabletten in ein kleines Säckchen. Währenddessen lese ich die Beschriftung auf einem Hängeschrank. Drogenharn-

Schnelltest, Comburtest, Stuhlentnahmesystem, Alkomat und einiges mehr beschreibt den Inhalt. Die Schwester ist fertig, ich melde mich ab, suche am Zimmer meine Sachen zusammen und gehe. Ich freue mich auf mein Aquarium.

Auf dem Weg heim erscheinen mir manche Dinge anders. Die Wartezeit auf die U-Bahn gestaltet sich nicht wie sonst mit Abchecken der Menschen, mit dem ich meist in der Öffentlichkeit beschäftigt war. Die anderen sind mir egal. In der Haltestelle Burggasse sehe ich zum ersten Mal völlig fasziniert die schnurgerade Linie der dünnen, dunkelgrünen Pfosten, die ein grünes Holzkassettendach tragen. Die Reihe der mehr als ein Dutzend Stahlpfeiler wirkt hypnotisierend auf mich. Überhaupt alles, was sich symmetrisch wiederholt, übt eine starke Anziehungskraft auf mich aus. Auch die Treppe, die ich herunterkam. Ich nehme die Wände anders wahr, sehe die vor Ewigkeiten erbaute Station in ihrer altmodischen Schönheit. Ich kann die Menschen ausblenden und die Strukturen sehen, in denen ich mich bewege. Es ist ein sehr faszinierender Effekt.

Daheim angekommen füttere ich als erstes die Fische. Sie haben zwar das Dauerfutter drin, einen weißen Würfel, der vermutlich nur aus gepressten Mineralien besteht, doch davon fressen sicher nicht alle. Die Fische ohne Schabmaul sind auf anderes Futter angewiesen, somit sind die meisten auf Diät seit dem ich im Spital bin. In 10 Tagen war ich 2 mal da, für die ausgewachsenen Fische reicht dieser Intervall zwar völlig aus, doch ich habe auch Jungfische. Ihr Wachstum stagniert momentan. Die Garnelen hingegen fangen viel mit diesem weißen Würfel an und das beruhigt mich. Allerdings ist dieses Aquarium so gut eingefahren, das heißt, dass das System biologisch stabil ist und der Lebensraum selber viel Nahrhaftes wie Kleinstlebewesen abwirft, dass eine Garnele da drin kaum einen Nahrungsmittelmangel erleidet. Dann esse ich noch vorhandenes Verderbliches, sehe kurz fern und suche alle Sachen, die ich mitnehmen will, zusammen. Dann starre ich noch eine Weile ins Aquarium. Wassertiere sind die perfekten Haustiere für mich. Sie bleiben dort, wo man sie hin getan hat und man kann ihnen leicht einen Lebensraum bieten, der groß genug ist zum Wohlfühlen. Mein Becken fasst 360 Liter, die meisten Tiere darin sind nicht länger als 4 Zentimeter, einige sogar deutlich kleiner. Mit den Maßen 1 Meter 20 mal 60 Zentimeter und 50 Zentimeter in der Höhe ist den Tieren recht viel Platz geboten. Es zeigt sich eine leuchtende Landschaft, ein wuchernder Kubus, ich werde nicht müde hineinzusehen. Schwer trenne ich mich.

Als ich das Haus verlasse um zurück ins Krankenhaus zu fahren, merke ich gleich, dass alles wieder wie gewohnt ist. Ich bin eher ängstlich und total auf das den Menschen aus dem Weg-Gehen fokussiert. Ich scanne und sondiere die Umwelt, die feindlich auf mich wirkt. Wir sind noch am Einfahren dieses Medikaments, das mir schon so viel Segen brachte. Vielleicht wirkt es irgendwann 24 Stunden.

Wieder im Spital finde ich alles sehr ruhig vor. Viele sind auf Nachtausgang oder vom Tagausgang noch nicht zurück.

Ich packe meine Sachen aus, bringe sie auf dem begrenzten Platz, der mir zur Verfügung steht, sogar gut unter und entsorge die Filzpantoffel, die mir auf 24/3 gegeben wurden. Diese Handlung ist mit einer gewissen Freude verbunden.

Beim Bewegen auf der Station bemerke ich meine paranoiden Züge. Ich möchte vor lauter Selbstzweifel niemandem begegnen und halte die anderen für gefährlich. Vor allem Männer. Und dem Personal gegenüber habe ich Übertragungssymptome, als wären sie meine Lehrer und ich bin das schuldvolle, fehlerhafte Kind. Ich möchte nicht am Stützpunkt vorbei, weil ich nicht will, dass sie mich sehen.

Nach dem Abendessen pflanze ich mich vor den Fernseher. Ich habe auf nichts Lust, kann mich auch nicht gut einlassen auf das, was über den Bildschirm flimmert. Ich komme mir überflüssig vor, bin ausgelaugt, fühle mich wie eine Last für die Welt, weil ich mich nicht selbst erhalten kann. Seit 3,75 Jahren habe ich nicht mehr gearbeitet, davor schon brauchte ich immer wieder Unterstützung. Es ist nicht gut für den Selbstwert, wenn man sich nicht allein über Wasser halten kann. Ich denke daran mit meinen Glaubenssätzen zu arbeiten, die ich mit der Therapeutin von der Tagesklinik etablierte. „Ich bin okay, ich darf jetzt hier sein." Es greift. Als etwas Entspannung einsetzt merke ich erst, wie angespannt ich war.

Ich kratze mich am Kopf und bemerke, dass die Beule von meinem Fall vom Klo immer noch da ist. Das ist jetzt über 2 Wochen her. 15 Tage genau.

Nach der Spätmahlzeit will ich aufs Klo. Gleich bei meinem Zimmer um die Ecke rechts ist eine Dusche und eine Behindertentoilette. Schon am Gang riecht es nach Fäkalien. Ich gehe hinein und sehe den größten von einem Menschen produzierten Haufen, der mir je unterkam. Er türmt sich am hinteren Ende der Muschel bis über den Unterspülrand auf, sitzt dort schwer verankert und lässt sich nicht hinunterspülen, ich versuche es. Es ist kompakter, harter Stuhl. Ich möchte ihn nicht mit dem Klobesen hinunterschieben, zu groß schätze ich die Gefahr einer Verstopfung der Toilette ein. Ich gehe einfach wieder. Soll sich wer anderes drum kümmern.

Später gehe ich erst nochmal hin, nur um mir das Ding nochmal anzusehen, gaukle ich mir vor. Ein monströses Objekt. Ich nehme den Klobesen und stupse es an. Bewegen lässt es sich. Ich drücke die Spülung und manövriere es Richtung Abfluss. Es geschieht das Vermutete, das Klo ist verstopft. Das Wasser steigt, bleibt vor dem Übergehen aber stehen und fließt dann ganz langsam ab. Ich stochere und drücke nochmal die Spülung. Gleicher Ablauf wie vorher. Beim dritten Mal löst sich durch den Druck des Wassers etwas und alles flutscht durch. Befriedigung macht sich in mir breit. Zusätzlich habe ich noch das gute Gefühl, der netten Nachtschwester eine scheiß Erfahrung erspart zu haben, die Arme schnitt sich schon beim Aufräumen der Scherben, in die sich eine vom Biker hinunter gestoßene Saftkanne nach dem Aufschlagen am Boden verwandelte.

Wieder warte ich auf die Nachtmedikamente. Die Stunde zwischen 8 und 9 am Abend wird mir immer zu lang. Ich bin jeden Tag schon so müde. Ich lese und schlafe nicht ein dabei.
Beim Niederlegen versuche ich an meinen sicheren Ort zu gelangen, doch ich schlafe noch vor den Stufen ein.

"Introjekt und Andere", 2016, 80x60cm, Acryl auf Leinwand

WENIG IST SCHON ZU VIEL

Der Wecker weckt mich, ich stellte ihn, ich möchte nicht nochmal riskieren, den Kaffee fast zu verschlafen. Er holt mich aus einem tiefen, tiefen Schlaf. Etwas verpeilt suche ich meine Klamotten zusammen, nehme meine violett-gelb-blaue Hippie-Umhängetasche, in der der Tabakbeutel aus Fischfuttersackplastik ist, und eile Richtung Aufenthaltsraum. Guten Morgen. 3 Leute sind da, sie essen.

Ab auf den Balkon. Sonnenaufgang, die Morgensonne scheint mir ins Gesicht. Eisregen beginnt plötzlich, ich sehe ihn zuerst nicht, ich werde auf ihn aufmerksam, weil ich ihn höre. Ein Rieseln setzt ein und ich suche nach der Quelle dieses Geräuschs. Kleinste Eiskörner, hart wie Zucker, die vom Himmel fallen.

Beim Abholen meiner Medikamente fragt mich die Schwester nach meinem Befinden. Gut soweit. Nur kann ich nicht recht glauben, dass es erst 8 ist. Die Uhrzeit passt nicht mit meiner Erlebniswelt zusammen. Ich weiß zwar, dass noch nicht viel passiert ist bisher, doch jeder Eindruck, jeder Anblick macht sich so breit in meinem emotionalen Erleben, dass gefühlt 3 Stunden vergingen. Aufstehen, Anziehen, Kaffee bei 2 Zigaretten, ein Gespräch über die Sonne mit meiner Märchenfee, ein Toilettengang, das Holen der Medikamente. Das Bewegen in den Gängen, die Geräusche der anderen, die unterschiedlichen Luft- und Lichtbedingungen, all das klescht bei mir zehnfach rein.

Der Biker ist im Aufenthaltsraum und zeichnet. Er fertigt Bleistift- und Ölkreidebilder an. Er meint, ich soll es ihm sagen, wenn ich eine rauchen gehe. In Prälyricazeiten hätte mich das total fertig gemacht. Es ist der Umstand, dass häufig Menschen näher an mich wollen, als ich an sie. Mein Therapeut sagte mir schon öfter, dass das halt so ist, weil ich ein netter Mensch bin und ich solle mich doch freuen. Nein, ich freute mich nicht. Ich empfand die Leute wie Zecken, die sich gegen meinen Willen an mir festsaugten. Mit Lyrica ist das nun anders. Im ersten Moment verspüre ich zwar oft ein mich gegen Kommunikation Wehren, aber sobald ich über diesen Impuls hinwegkomme, das geschieht dann innerhalb von 2 Sekunden, kann ich fast normal interagieren. Also gehen wir gemeinsam eine rauchen.
Früher hätte ich nach dieser Aufforderung einfach lange keine geraucht, um dem Gespräch aus dem Weg zu gehen. Der Biker ist sehr nett, aber er ist einer, der sehr viel redet, nur von sich spricht und auch schlecht damit aufhören kann. Ohne Lyrica würde ich sehr unter ihm leiden, mit kann ich ihn einfach verschroben sein

lassen.

Wir sitzen wieder im Aufenthaltsraum, er zeichnet, ich schreibe. Er spricht. Vor dem 24.1. hätte mich das zur Weißglut gebracht. Nun stört es mich auch und ich frage mich, weshalb ich nichts sage. Wegen den Erfahrungen mit meinem Vater. Ich sagte hunderte Male etwas zu ihm, immer führte es zum Erlebnis des ignoriert Werdens oder zu einer Absprache meines Bedürfnisses. Er entwertete alles, was seinem Redefluss im Weg stand. Deswegen sage ich nichts. Aber damals ist nicht heute. Ich muss beginnen, etwas zu sagen. Der Biker ist nicht mein Vater und ich bin kein Kind mehr. Diesmal gehe ich weg. Der Biker spricht noch mit mir, als ich schon längst um die Ecke bin. Ich gehe weiter.

Eine Dusche. Abwaschen. Loslassen. Alleinsein. Hier ist man nur in den Sanitär-räumen allein.

Ich nehme am Zimmer meinen Antrag auf Rehageld her und versuche ihn mit Hilfe meiner von daheim geholten Dokumente und Papiere auszufüllen. Es geht um die Versicherungszeiten und Erwerbstätigkeiten. Ich habe auszufüllende Listen vor mir. Die Zeilen reichen nicht, um mein zerstückeltes Leben in sie zu schreiben. Außerdem habe ich nur einen Auszug der Versicherungsdaten bis 2013. Die An-gaben haben mit Monats- und Jahresnennung zu erfolgen. Ich habe keine Ahnung, wann genau ich arbeitete und in Krankenstand beziehungsweise arbeitslos war. Ein neuer Datenauszug wird gebraucht werden. Außerdem weiß ich nicht, wie ich vorgehen soll mit der Prostitutionszeit. Die legalen Zeiten kommen in dieser Liste nicht vor, weil ich da einfach keine Pensionsversicherung einzahlte, doch die il-legale Zeit ist vermerkt, da ich damals geringfügig vom Betreiber angemeldet war. Was soll ich angeben? Ich muss die Sozialarbeiterin dazu befragen. Ich lege alles wieder beiseite und denke über die Zeit im ersten Studio nach. Vor zwei Jahren zirka begann ich einen Text über meine Erfahrungen in der Branche zu schreiben.

„Hast Du nicht!" rief Sabse aus.
„Doch, hab ich" entgegnete ich.
Sie wiederholte ihre Worte im gleichen Tonfall, ich lachte.
In 5 Jahren der Prostitution war das das einzige Mal, dass ich einem Kunden ein Ei legte. Auch wenn das für viele Menschen unverständlich ist, ich liebte diese Arbeit und tat sie immer aus freien Stücken. Die Entscheidung dazu war eine wohlüber-legte und ich bereute es nie. Ich hatte meist großes Verständnis für die Eigenarten der Männer, aber dieser Typ ging einfach zu weit, und das nicht mal in sexueller Art. Er war einfach ein Arschloch und darauf reagierte ich. Einfühlsam wie ich bin quittierte ich sein Verhalten mit etwas Harmlosem, doch es reichte, um unser aller Arbeitsfeld wesentlich besser zu gestalten.

Er hatte es auf Sabse abgesehen. Es war eine plumpe Art der Demütigung, die

er an den Tag legte, mit der er es zwei Wochen zuvor sogar schaffte, dass sie nach seinem Besuch weinte. Als unsere Puffmama beim Bezahlen meinte:
„Das war eine halbe Stunde?" antwortete er
„Ja." und hängte ein „Mehr hättest eh nicht ausgehalten." dran, das er in Sabses Richtung sagte.
Wenn ein Kunde unser Studio betrat, dann stellten wir uns alle in einer Reihe auf, lauter weißgewandete Schönheiten. Die sehr kurzen, engen Massagekittelchen waren erotischer als so manches Cocktailkleid. Dazu hohe Schuhe und dezenter Schmuck, das war unsere Arbeitskleidung.

Die Körpersprache meiner Kolleginnen verriet natürlich viel, wenn ein nur mir Unbekannter die Räumlichkeiten betrat. Wenn sie sichtlich locker blieben oder wurden war alles gut, wenn sie sich aber versteiften oder leicht abwendeten, dann hielt ich mich mit jeglichem Blickkontakt und Lächeln zurück, um nicht erwählt zu werden.

So lief das auch mit diesem Herrn und bis zu dem Tag, seit 3 Monaten war ich in diesem Studio. Diesmal wollte ich aber, dass er mich aussucht. Sabse versteckte sich in der Garderobe und war offiziell nicht da. Ich wusste, dass er mich nicht kleinkriegen würde, also biederte ich mich förmlich an und es klappte. Ich war in gutgelaunter Kampfeslust und behandelte ihn kalt im Vergleich zu den anderen Kunden. Als wir allein waren, ging ich nicht auf ihn zu wie auf die anderen Männer, sondern drehte mich um, legte Musik auf und fragte abgewandt, wie er es denn gern hätte. Diese Formulierung fiel mir nicht leicht, ich finde, dass das, vor allem in dem Tonfall, den ich wählte, so ziemlich das Schlimmste ist, was man in dieser Situation von sich geben kann, was das Fragen nach dem weiteren Verlauf angeht. Aber es gelang mir. Er legte sich hin und begann darüber zu lamentieren, dass er schwer einen Parkplatz fand und ja ach so viel Verkehr sei.
„Wie wär´s mit der U-Bahn?" fragte ich.
„Kann ich das Zimmer verlassen wegen einer dummen Aussage?" konterte er.
„Ja, kannst du." meinte ich sehr ernst.
Er sah weg. ER fahre doch nicht mit der U-Bahn, mit all dem Gesindel.
„Also mit mir!" Ich begann mich zu amüsieren.
Er kam ein wenig in Erklärungsnot und relativierte ungeschickt. Von fetten Oberarmen, von angeblich abstoßenden, dicken, schwitzenden Frauen, die sich absichtlich an seinem Anzug reiben, fing er an. Mit einem strengen Griff an den Sack beendete ich seine Verbalauswüchse.
„Ich glaub, Du musst an was anderes denken, sonst wird das nix."

Es folgte kühler Sex, nach weniger als dreißig Minuten war der Job erledigt. Zu meiner großen Überraschung kündigte er an, das nächste Mal eine Stunde mit mir zu nehmen.
Duschen wollte er nicht.
„Wenigstens Händewaschen?" motzte ich halb.
„Ja, stimmt, ich muss mir das Öl runterwaschen, das is widerlich."
Während er im Bad war verteilte ich zwei Hände voll Massageöl auf seinen So-

cken, seiner Hose und ein klein wenig am Hemd, vor allem aber in den Schuhen. Ich ließ es in seine sauteuren, maßgeschneiderten Schuhe reintropfen.
It made my day!
Wir sahen ihn nie wieder.

Es war das erste von drei Etablissements, in denen ich arbeitete. Wiener Innenstadt, wunderbare Lage, bestens geeignet um anonym in ein Haus zu gelangen, in dem es noch so viele Parteien gab, die man hätte aufsuchen können, und somit nicht Gefahr lief, eines einschlägigen Besuchs bezichtigt zu werden. Es war hell, von noblem Charme, äußerst sauber und gepflegt. Der Chef war zurückhaltend freundlich und die Kolleginnen größtenteils umwerfend nett. Es war eines der vielen illegalen Studios in Wien mit Tagesbetrieb, die keine Getränke ausschenkten, womit die große Problematik betrunkener Männer nicht existent war.

Einen Sonntagskunden gab es, der regelmäßig mit Schnapsfahne vorbeischaute. Bevor er eine Frau auswählte, laberte er uns immer mit Fremdschäminhalten zu. Die längsten Minuten des Sonntags.
„Mehr kann ich nicht trinken, 0,8..." meinte er mal in so einem Tratsch, der sich zog, als würden wir in die Nähe eines Schwarzen Loches driften.
„Na dann simma froh, dass Du mit dem Auto unterwegs bist." meinte ich. Das verkürzte das Gespräch wesentlich, unser zeitdilatatorisches Dilemma war behoben und er suchte sich natürlich nicht mich aus. Recht so, seine alkoholschwangere Atemluft verwandelte die schöne Atmosphäre der Zimmer in etwas Brandineserartiges und die verdienten Euros fielen in meinen Gedanken immer in Zeitlupe in den kleinen Topf, der für 30 Minuten gar nicht mehr gülden erschien.

Die überwiegende Zahl der Männer war hingegen äußerst annehmbar. Die ersten Wochen lang war ich in ständiger Verwunderung.
„Ich bin überrascht, wie wenig Arschlöcher dabei sind." sagte ich mal zu meinem Chef.
„Hättest gern mehr davon?" erwiderte er. Wir lachten. Nein, es war eine reine Wohltat.
Blauäugig ging ich nicht in diese Branche, mit vielem hatte ich gerechnet, nur nicht damit, dass alles so problemlos laufen könnte. Es ist einfach das Ergebnis, wenn man fair und respektvoll spielt. Dort, wo unfair gespielt wurde, begann ich nie zu arbeiten. In einem Bordell mit Bar und reinem Nachtbetrieb war ich mich mal vorstellen. Die Puffmami schilderte sich weg über Betrunkene, die die ohne Gummi wollen, und sie riet, dass man sie einfach von hinten machen lassen sollte, indem man den Schwanz zwischen die eigenen Oberschenkel klemmt, die würden's eh nicht merken. Ich war dankbar für dieses Gespräch, denn endlich konnte ich mir erklären, wie es zu üblen Situationen am Zimmer kam. Die Goldene Regel streifte diese Lokalitäten nicht mal ansatzweise.

Bei uns war das anders. 60 Minuten waren 60 Minuten und nicht 53. Frisch geduscht bedeutete nicht mit einem Lappen kurz drüber gewischt. Frische Leintücher waren nicht getrocknete und umgedrehte. Und wer gerade seine schwachen zehn Minuten hatte musste sich nicht zur Auswahl stellen. Es wurde nichts versprochen, was nachher nicht eingehalten wurde. Diese Art zu arbeiten prägte mich für all die 5 Jahre und es war das Beste, das mir passieren konnte.

Es war diese Schule, die dazu führte, dass ich später, als ich selbständig war und mir niemand mehr über die Schulter sah, nicht mal ansatzweise auf die Idee kam, ein Handtuch ein zweites Mal zu verwenden, auch wenn es vermutlich gar nicht benutzt wurde.

„Ich mache meine Sache zuverlässig gut" wird vermittelt und versetzt einen auch in die Lage guten Gewissens mehr „Schandlohn", wie es damals noch hieß, zu verlangen und nicht mit sich handeln zu lassen. Dankbare und korrekte Stammkunden waren die Saldierung.

Als ich in diesem Studio anfing war ich in den Mittzwanzigern. Das Verlangen nach einer Beschäftigung im Erotikbereich hatte ich schon mit dreizehn Jahren, jedoch war der Mut zu einer unsittlichen Tätigkeit nur im Worst-Case-Szenario vorstellbar, das heißt, ich dachte mir immer, wenn ich verlassen und mit einem Kind dastehe, dann darf ich das, weil die Legitimation wäre, dass ich mit wenig Arbeitsaufwand genug erwirtschaften könnte, um genügend Zeit mit der Frucht meiner Lenden zu verbringen, um einen nicht ganz so zerrissenen Menschen in die wilde Welt zu entlassen, wie ich es bin. Den Raum und die Kraft zu haben, ein Kind immer zu Ende zu trösten, schätzte ich damals schon als obligatorisch ein. Versteckt hinter diesem kopflastigen Trick meldete sich meine Verruchtheit und Abenteuerlust, die aber mal auf die lange Bank geschoben wurde, weil ich kein Kind gebar. Zehn Jahre später brauchte es kein Unglück um diesen Schritt zu tun. Ich war sogar in einer sehr glücklichen Beziehung als ich begann anzuschaffen. Ja, wir führten eine äußerst ungewöhnliche Partnerschaft. Er unterstützte meine Entscheidung, wir prüften, ob wir beide mit dem Job klarkommen und das Ergebnis fiel positiv aus. Wenn mein damaliger Freund und späterer Ehemann mit dieser Situation nicht zurechtgekommen wäre, dann hätte ich sofort hingeschmissen, aber er fand es sogar reizvoll. Wie gesagt: äußerst ungewöhnliche Beziehung. Sie zeichnete sich aus durch eine sehr hohe Gesprächskultur in qualitativer wie auch quantitativer Hinsicht. Zehn Jahre verbrachten wir gemeinsam unter einem Dach, und sicherlich auch wegen der ungewöhnlichen Inhalte unserer Kommunikation wurde uns Jahre nach der akuten Verliebtheitsphase (die ich generell als biochemische Ausartung mit hoher Stressbelastung und Unschärfe im Wahrnehmen interpretiere) in mehrstündigen Gesprächen nicht langweilig. Das Ende dieser Beziehung setzte lang nach meinem Ausflug in die Welt der käuflichen Liebe ein. Mir ist bewusst, dass es unglaubwürdig wirken muss, wenn ich sage, dass ich die Prostitution zu keinem Zeitpunkt negativ auf unser Zusammenleben und unsere Liebesfähigkeit auswirkte, es war aber so. Um mich zu beschützen und aus Neugier heraus begleitete er mich sogar zu meinem ersten Vorstellungsgespräch in das Innenstadtstudio, in dem ich dann mehr als ein Jahr arbeitete. Es kostete ein wenig Überzeugungsarbeit, meinem zukünftigen Chef klarzumachen, dass er nicht mein Zuhälter ist. Sogar in dieser Welt waren wir ein hochgradig abnormes Paar. Jedenfalls gelang die Korrektur des falschen Ersteindruckes und eine spannende Zeit begann. Sie war das Ergebnis des einzigen Inserates, auf das ich reagierte. Und ich sah genau einmal in eine Zeitung um mich umzusehen. Eine Hole-in-one-Aktion sozusagen. Unglaublich im Nachhinein, aber auch das war genauso, wie ich es hier aufschreibe.

Der erste Tag diente nur der Vorbereitung. Zwar war ich gepflegt, aber meine Augenbrauen zupfte ich in der gemütlichen Studiogarderobe zum ersten Mal. Das Schminken erlernte ich dort, eine meiner neuen Kolleginnen schenkte mir an dem Tag eine Kajal-Lidschatten-Kombination in Form eines doppelseitigen Stiftes, aquamarinblau, weil ich nichts in die Richtung besaß. Das Ziehen eines stümperhaften Lidstrichs hatte ich bis dahin weitestgehend vermieden, und mich zum regelmäßigen Auftragen eines Nagellacks zu bewegen misslang diesem Chef zum Beispiel, obwohl er immer von Pastelltönen auf Fingernägeln schwärmte. Zum Phönix-aus-der-Asche-Gleichnis reichen die damaligen Veränderungen nicht ganz, aber es war schon eine enorme Wandlung, die sich jedes Mal vollzog wenn ich den Dienst antrat.

Die Burschikose steigt aus den Dr Martens in die Heels und malt sich das Gesicht bunt an. Niemand, der mich auf der Straße traf, wäre jemals auch nur ansatzweise auf die Idee gekommen, womit ich mir mein Geld verdiente. Die Kombination dieser optischen Unstimmigkeit mit dem oft freimütigen Auskunft erteilen wenn jemand fragte (als sich mein Zahnarzt zum Beispiel mal erkundigte was ich mache sagte ich ruhig, fast sinnlich und ihm in die Augen blickend „Ich bin Hure") ließ die Leute regelmäßig aus den Latschen kippen. Die Unmöglichkeit einer Vorverurteilung, beziehungsweise Schubladisierung meiner Person, führte gerne mal zu höchst amüsanter Sprachlosigkeit der anderen, die ich stark auskostete, und schützte mich zugleich vor Negativreaktionen. Irgendwann gab ich die Erwartung eines verletzenden Kommentars freudvoll auf und spürte diese Sicherheit, die ich davor nur staunend beobachtete. Ich durfte die Erfahrung machen, dass die Menschen nicht herablassend sind und auf Respekt vergessen, nur, weil man sich prostituiert. Ich erntete eher Bekundungen a´la „Das ist sicher kein einfacher Beruf" und sehr viel Interesse. Dass ich intuitiv nur die richtigen Leute einweihte und bestimmt ein Quäntchen Glück mit im Spiel war, ist natürlich ein unverifizierbarer Faktor.

Doch, einmal kam etwas vor. Eine damalige Freundin empfahl mir mal, dass ich doch Geld verlangen sollte, wenn ich vergewaltigt werde. Sie war da aber sehr betrunken.

Was hier ein wenig so klingt wie das selbstsichere Auftreten einer Unverwüstbaren war in Wahrheit ein epochaler Entwicklungssprung einer bis dahin recht depressiven und angsterfüllten Frau, die einiges erleiden musste. Woraus dieser

Mut resultierte ist mir selbst nicht ganz erklärbar, beziehungsweise vielleicht entsprang er genau diesem Erleideten. Irgendwo begegnete mir mal eine Statistik die besagte, dass 80% der drogenabhängigen Frauen sexuell missbraucht wurden. Ich glaube unter den Prostituierten ist es ähnlich. Die Dynamik dahinter ist mir erklärbar, sowohl bei der einen, als auch bei der anderen Lebensgestaltungsvariante.

Der Einstieg ins Gewerbe ist ein Selbsttherapieversuch, die Drogen die Verdrängungsvariante.

Für mich ging der Versuch der Selbsttherapie auf. Wieder war es so, dass ich mit Menschen sexuell verkehrte, mit denen dies normalerweise nicht geschehen sollte, aber diesmal steuerte ich die Situation und somit geschah eine Neuprogrammierung im Gehirn. Eine vollkommen neue Sicht auf die männlichen Wesen wurde möglich, und da die Erfahrungen in diesem Setting alles andere als traumatisch verliefen, erfolgte diese Neubesetzung bis zu einem gewissen Grad heilsam.

Es ist nicht so, dass ich ab da keine Probleme mit meiner Vergangenheit mehr gehabt hätte, aber es war ein wichtiger Schritt im jahrelangen Kampf um den Lebenswillen.

Die wichtige Information, die alte, reaktive Muster durchbrach, war, dass ich den gesamten Ablauf der Handlungen goutierte und mitmachte oder sogar vollkommen steuerte. Letzteres trat sehr häufig ein.

Im Vorfeld dieser Arbeit hatte ich ein gewisses Bild von Männern, die zu Prostituierten gehen. Ich dachte es wären souveräne Typen, die gerne den Ton angeben und auch deshalb auf diese Dienstleistung zurückgreifen. Aber ich hatte mich geirrt. Natürlich gab es auch diesen Kundentyp, er kam nur bei weitem nicht so häufig vor, wie ich meinte. Oft waren es schüchterne Leute, die ihren Bedarf an sexueller Abwechslung nicht in der nächstbesten Bar decken konnten oder wollten, aus welchen Gründen auch immer. Es waren viel mehr Liierte und Verheiratete dabei als vermutet, die schätzten natürlich die Diskretion. Eine One-Night-Stand-Bekanntschaft könnte einen anquatschen wenn man mit der Partnerin auf der Kärntner Straße flaniert, eine Professionelle wird das in der Regel nicht tun. Man kauft sich nicht nur Sex, man kauft auch Diskretion. Und viele sagten Dinge in eine Richtung wie:

„Wenn ich eine Frau kennenlerne geht bis zum ersten Sex mindestens genauso viel Geld drauf wie heute hier".

Das mag für manche Damen ernüchternd bis herabwürdigend klingen, ich fand und finde eine solche Art der Ehrlichkeit hingegen tatsächlich sympathisch und gut. Viele meiner Kunden spürten das und nahmen mich als erfrischend locker wahr. Es gibt natürlich Grenzen, wie man am Massageöl-Opfer sieht, aber im Großen und Ganzen bin ich nicht zimperlich. Dieser Wesenszug verschaffte mir nicht nur begeisterte Kunden, sondern auch einen vorteilhaften Ruf bei meinen Chefs. Wenn ich nein sagte oder jemanden als untragbar bezeichnete, so hatte das eine Auswirkung, weil alle wussten, dass ich nicht aus einer Laune oder übertriebener Empfindlichkeit heraus reagierte. Man schenkte mir Glauben und wusste, dass ich keine bin, die sich drückt.

An dieser Stelle muss ich erklären, dass ich mich auch in der Einschätzung meiner zukünftigen Kolleginnen total täuschte, bevor ich die Sexarbeit begann. Eine ähnliche Vermutung wie bei der Kundschaft war da, immer schätzte ich alle als dünkelhafter ein, als sie dann tatsächlich waren. Ich erwartete eine gewisse Härte und Gerissenheit, Abgebrühtheit und Stärke, ja sogar Bösartigkeit. In all den Jahren fand ich hingegen durchschnittlich recht intelligente, häufig verwundete Menschen, die aus den verschiedensten Gründen dieser Tätigkeit nachgingen, aber nie aufgrund von reiner Abgebrühtheit, Arroganz oder dergleichen.

Es dauerte wirklich eine ganze Weile, bis ich meinen Eindrücken traute. Ich erwartete Unberechenbares und Korrumpierendes, doch anhaltend überrascht war ich von Konventionalitäten. Der abenteuerliche Touch wurde dadurch überhaupt nicht gemildert, eher noch gefördert anhand der Perspektive, über einen längeren Zeitraum in dieser Welt verbleiben zu können und nicht nur ein paar surreale Tage oder Wochen. Diese Erkenntnis fühlte sich hochinteressant an: Ich konnte in diesem Business bestehen, durfte erleben, wonach mir verlangte und musste nicht als Tribut dafür täglich um meine Sicherheit bangen. Dieses Wissen übte eine starke Kraft auf mich aus, es beflügelte mich und ich genoss mein Leben mehr als jemals zuvor.

Ich lebte in den Tag hinein, war finanziell unabhängig und überarbeitete mich mit 3-4 Tagen pro Woche im Studio auch nicht. Moralische Bedenken hegte ich nicht, das, und ein paar weitere Umstände unterschied mich von den anderen Mädels. Einerseits hatte ich keine Schulden und andererseits durfte mein Freund wissen, was ich arbeite. Da ich mit Zwangsprostituierten nie so richtig in Kontakt kam, war die schlimmste mir geschilderte „Karriere" in etwa so: man kommt als Einwanderin nach Österreich, die Eltern haben Schulden und in Ermangelung irgendeiner Ausbildung, die einen in die Lage versetzen würde, die Rückstände der Familie zu tilgen, beginnt man anzuschaffen. Mama und Papa halten Unzüchtigkeit für sehr verwerflich, es wird aber niemals darüber gesprochen, woher das Geld kommt, obwohl´s jeder ahnt. Man leidet im Job. Man verliebt sich, täuscht einen anderen Arbeitsplatz vor und hat neben dem einsamen Elend der Scham und Qual nicht einmal seinen Liebsten wahrhaft an der Seite, weil er nichts wissen darf vor lauter Angst, dass man noch einsamer dasteht als eh schon. Man erfindet beim Abendessen irgendwelche Geschichten von Arbeitsszenarien und Bürozickereien, während man den letzten Typen des Tages immer und immer wieder über sich drübersteigen spürt. Zwischen dieser Geschichte und meiner gab es natürlich die verschiedensten Abstufungen in allen Variationen. Sehr bravurös ist eine Konstellation, die gar nicht so selten auftritt: Aus irgendwelchen Gründen beginnt man diese Arbeit und denkt sich:

„Hey, da verdien ich echt gut, jetzt nehme ich mir nen Kredit auf, weil ich das total schnell zurückzahlen kann!"

Ein Drama in zwei Akten, der erste ist eine kurzfristige Hochstimmung, gefolgt vom zweiten, dem langen Tal der Unlust, in dem einem nur mehr Kunden zufliegen, auf die man verzichten könnte, wenn da nicht das Geld wäre. Es wirkte auf mich immer wie ein ungeschriebenes Gesetz, dass man durch Unlust in der Hacke unlustige Situationen anzieht wie Scheiße die Fliegen. Zwei Mechanismen konnte ich erkennen:

1.) Je schlaffer man sich fühlt, umso mieser die Körpersprache. Somit sieht selbst der dümmste Kerl, auch wenn er nicht mal in der Lage ist, zwei gerade Sätze hervorzubringen, dass man nicht taff, sondern recht wehrlos ist. Ist er sadistisch drauf oder hat er solche Probleme mit sich, dass er Selbstwertsteigerung mittels Demütigung anderer betreibt, dann nimmt er einen, auch wenn man hundert Mal nicht sein Typ ist.

2.) Wenn man nicht total schlaff aber schlecht drauf wirkt, weil man miese Laune hat, dann nehmen einen die Komiker, sogenannte Zickenbrecher, die sich erst richtig wohl fühlen, wenn sie einem ein Lächeln auf die Lippen zaubern. Sie wollen die Frau für sich gewinnen, wollen dadurch ein hingewendetes Service erreichen oder fühlen sich durch ein Helfersyndrom erst pudelwohl, wenn sie das Nüttchen „beglückt" haben. Es folgt also intensives Streicheln und ein hoher Einsatz, um einen Orgasmus ihrerseits. Dass man genau diese Typen an so einem Tag benötigt wie Krätze schnallen sie nicht, das gehört zu diesem Gemüt dazu.

Natürlich hatte ich ebenfalls mal üble Laune. Auch wenn wir´s freiwillig taten, es wäre nicht gut angekommen zu sagen:
„Chef, ruf mal ne andere an, ich hab keinen Bock."
Aber ich hatte eine raffinierte Waffe, die meine Kolleginnen nie verwendeten, obwohl ich es ihnen mitteilte: knallroter Lippenstift. Grellrot. Signalrot. Und Kontrolle der Haltung. Einem Zickenbrecher ist man so geradezu ein Dorn im Auge und die Demütiger nehmen sich die am unauffälligsten Geschminkte, die sich in die Ecke drückt. Mit dieser Kriegsbemalung hatte ich ganz, ganz wenige Kunden. Es funktionierte immer. Und die, die mich dennoch wählten, waren so selbstbewusst und unnervig, dass es ein unspektakuläres Intermezzo mit so manchem Unterhaltungsfaktor wurde. Zwar bin ich zu doof um nur eine einzige physikalische Formel zu behalten, diese Art von Gesetzen und Funktionen durchschaute ich hingegen äußerst gut. Sie ermöglichten mir das leichte Bewältigen schwächerer Stunden oder Tage. Ich verlor nie das Gefühl, die Lage unter Kontrolle zu haben, das war das Wichtige und trägt dazu bei, dass ich heute noch schmunzeln muss, wenn ich an diese Zeiten denke. Ich wurde, im Gegensatz zu meiner Kindheit, zur Herrin der Lage und meines Körpers. Wenn manipuliert wurde, dann von mir ausgehend, niemals umgekehrt. Ein später Triumph, aber ein entscheidender.

Fast schwieriger waren für mich die belanglosen Smalltalkszenen, wenn ein Kunde zur Tür reinkam. Die lähmende Redundanz der einführenden Worte... Niemals zuvor erlebte ich so viele sich unfassbar ähnelnde Kurzgespräche über das Wetter. Unglaublich. Wenn man einen Mann vor vier gutaussehende und sexy gekleidete Frauen stellt, und er muss eine vor allen aussuchen, um das zu bekommen, was er möchte, dann ist die erste Form der Kommunikation meteorologischer Natur. Und dass es kein Vorwurf war kam selten vor. Egal wie es draußen war, es war vorrangig ein Negativkommentar. Dass so eine Situation nicht leicht für einen vor Testosteron überschäumenden Mann ist, verstehe ich, auch, dass man etwas von geringer Bedeutung sagt, um die Stille zu brechen, aber dass dann zu rund 90% zu einer Kritik an Unabänderlichem gegriffen wird, leuchtet mir nicht ein.
Zugegeben, übliche Alternativen zum oberflächlichen Gefloskel übers Wetter fallen großteils weg. Das gängige:
„Wie laufen die Geschäfte?", das gerne von Stammkunden eines Betriebes bemüht wird, kam natürlich sehr selten vor. Alle Varianten von Antworten sind für den Besucher uninteressant bis hinderlich am Geplanten. Laufen die Geschäfte schlecht, so wird man der Illusion der betörenden Sirenen beraubt. Läuft es gut, so ist impliziert, dass die Erwählte heute schon von anderen Männern abgeschleckt wurde. Bekommt man eine So-La-La-Auskunft, was in Anbetracht der beiden anderen Ausführungen das Wahrscheinlichste ist, weiß man schnell, dass man sich die Frage hätte sparen können, weil es rasch wieder leise ist.

Der am häufigsten verwendete Link zwischen „Guten Tag" und diversen Trivialitäten ist wohl das „Wie geht´s?". Auch diese Frage könnte der Auftakt zu einem Dialog sein, den vor allem der männliche Part nicht vor versammelter Mannschaft führen möchte. „Schlecht" wird keine der Grazien sagen. Mit „Gut" ist man wieder zurück am Start, nein, schlimmer noch: Es könnte die Gegenfrage kommen. Naja, wie soll´s ihm schon gehen. „Notgeil und einsam" wäre mal eine erquickend ehrliche Abwechslung gewesen, aber wenn wir überhaupt mal bei dieser Standardfrage angelangten, dann kam sowas freilich nie. Und vielleicht hätte nur ich es gut gefunden.

Als ich im dritten Studio, in dem ich arbeitete, die Kunden alle allein begrüßte, war von den Regen-Wind-Nebel-Hitze-Themen kaum was zu merken. Dazwischen war ich in einem Bordell mit Nachtbetrieb, dort kümmerte das Wetter am wenigsten. Dass es draußen stürmte bekamen wir erst mit, wenn wir bei Tagesanbruch das Lokal verließen. Also hatte das Klimagebrabbel natürlich mit der Empfangssituation des Innenstadtbetriebs zu tun. Wenn in kurzer Zeit ein paar Leute reinkamen, und alle erzählten uns, dass es draußen regnet, obwohl wir beinahe vor einem Fenster standen, dann hatte das was absurd Komisches und ich musste mich echt beherrschen beim sechsten „Draußen regnet´s ganz schön." innerhalb von drei Stunden nicht langgezogen
„Nein, wirklich?" zu raunen. Meine Selbstbeherrschung in solchen Belangen war damals besser, heute könnte ich´s mir wohl nicht mehr verkneifen.

Sobald man mit jemandem erst mal am Zimmer war lösten sich die kommunikativen Spannungen. Er hatte den Stress des Aussuchens hinter sich und wir die Zwangsbeglückung durch Wetterphrasendrescherei. Hier hatte dann auch das „Wie geht´s?" öfter seinen stimmigen Platz. Unter vier Augen fiel dieser Satz mitunter auf fruchtbaren Boden. Wenn ich diese Frage stellte brach es teils förmlich heraus aus meinem Gegenüber. Dass Professionelle gerne mal mehr über einen Mann wissen als seine eigene Frau, das ist ja eine nicht unbekannte Theorie. Bei manchen kam es mir fast so vor. Das, was sich aus einem zwanglosem „Wie geht´s?" ergab, interessierte mich nämlich wirklich. Auch das unterschied mich von einigen meiner Kolleginnen. Wer meine Kunden waren und weshalb sie kamen, tangierte mich sehr.

All die Jahre über fiel meinen Kolleginnen auf, dass ich binnen kurzer Zeit zu den meisten Freiern einen sehr guten Draht hatte.

„Du gehst mit einem Fremden aufs Zimmer und kommst mit einem guten Bekannten wieder raus." meinte eine Kollegin mal. Mit ihr arbeitete ich im dritten Studio zusammen. Da sie eine Transsexuelle war konnte sie das freudvoll staunend beobachten und nett kommentierten, wir fischten in verschiedenen Gewässern. Manch anderer Kollegin stieß das freilich weniger gut auf. Da ich meine Hinwendung aber nicht nur an die Männer verteilte, weil mich die anderen Frauen genauso interessierten und sich alle zu benehmen wussten, kam es zu keinen wirklich unschönen Szenen. Ein Mädel des ersten Studios war optisch der gleiche Typ wie ich, sie war viel zu intelligent um es mir krumm zu nehmen, dass einige ihrer Stammgäste zu mir wechselten. Wir verstanden uns blendend und freuten uns, wenn wir gemeinsam Dienst hatten, es gab immer viel zu reden. Sie hatte einen extrem schwarzen Humor und war sehr gebildet. Ruhige Tage waren ein Hochgenuss mit ihr, ich hab selten so viel gelacht. Auch wenn die Türklingel Geld bedeutete, oft dachte ich bei mir „Muss das jetzt sein, komm morgen wieder".

Die Zeit zwischen den Arbeiten hab ich generell auch in guter Erinnerung. Wenn man nichts mit sich anzufangen weiß außer Nägel feilen und man am Leben und den Erfahrungen der Anwesenden kein Interesse hat, dann wird´s öd, solche lernte ich auch kennen, dann ist das Warten auf den nächsten Kerl oft lang. Für mich gab es aber immer viel zu tun. Ich empfand keine Minute Leerlauf als verschenkt. Da ja niemand außer uns anwesend war konnte man natürlich uneingeschränkt reden. In jedem Laden oder Lokal kann den Angestellten ja jederzeit zugehört werden, außer sie sitzen im Pausenraum. Für uns war alles außer der Zimmer Pausenraum. Und die Hemmschwelle war, angesichts der Tätigkeit, die wir verrichteten, extrem niedrig. Intimstes und Peinlichstes wurde frei weg besprochen oder sich darüber amüsiert, meist beides hintereinander. Jede wusste über die andere genauestens Bescheid, angefangen bei den allgemeinen Lebensumständen hin bis zu Intimfrisur, Monatszyklusstand und Pickel am Arsch.

Wir ließen uns außergewöhnlich viel Zeit zum Beschreiben von Dingen, einem Möbelstück zum Beispiel, wir hatten sie ja, kein Anlass zur Eile. iPhones gab es

noch nicht, wir zeigten uns Dinge mit Worten. Dafür, dass wir überdurchschnittlich gut verdienten, waren wir kollektiv technisch unterdurchschnittlich ausgerüstet. Ich glaube, eine hatte einen Laptop, den hatte sie aber selten mit.
Wir waren jung, modern, aber prätechnisch.

Leider schrieb ich nicht mehr. Ich schrieb auch nicht viel während diese Tätigkeit auf. Ewig schade. Hunderte amüsante oder interessante Momente und Begebenheiten sind geschehen und verpufft, lösten sich im Strudel des Vergessens auf. Vielleicht durchforste ich mal die damaligen Tagebücher.

In der Zeit der Arbeit in diesem ersten Studio heirateten mein Freund Robert und ich. Wir gestalteten alles ziemlich schlicht und pragmatisch, doch mein Chef ließ es sich nicht nehmen uns mit seinem Mercedes, den er mit einem aus weißen Rosen gebundenem Gesteck schmückte, zum Standesamt zu fahren. Neben meinem Zuhälter waren einige meiner Kolleginnen anwesend, ansonsten nur wenige Freunde und die Schwiegereltern, somit war der Anteil an extrem hübschen, jungen, aufgebrezelten, weiblichen Wesen sehr hoch, es gefiel mir unglaublich gut. Unsere Truppe war sehenswert.

Die Reinigungskraft kommt und wischt im Aufenthaltsraum auf. Sie fragt mich ob ich in Pension bin. Nein. Ich schildere ihr meinen Werdegang von Therapie über Berufsrehabilitation und Tagesklinik hier her. Sie meint das werde schon, ich sei ja noch jung. Sie ist sehr nett.

Heute kommt der Franz wieder auf Besuch. Ich informierte ihn über meine Verlegung und er fragte gleich, wie es mit einem Kaffee am Wochenende aussieht. Er ist neugierig auf die Station. Der Klapsentourist will 20/2 begutachten. Ab nun kann ich keine neue Station mehr bieten, ob er trotzdem zu Besuch kommen wird?

Wenn ich wollte, dann könnte ich mehr Besuch haben, bisher habe ich aber nur 3 Leute über meinen stationären Aufenthalt informiert. Zwei davon würden kommen, wenn ich danach fragen würde. Der Franz ist der Einzige, der sich von sich aus anbietet. Und ich sage nicht nein. Aber ein Besuch pro Woche ist momentan genug für mich.

Ich gehe eine rauchen. Halb 11. Ich hätte den ganzen Tag Ausgang, ich könnte gehen wohin ich will. In den Prater Break Dance fahren, ins Naturhistorische Museum, Flanieren auf der Mariahilfer Straße oder die Großartigkeit der Gebäude am Ring betrachten. Beim Gedanken daran beginne ich vor Überanstrengung zu zittern. In der Klapse sitzen und schreiben, das ist gerade das, was ich kann. Mehr geht nicht. Es ist ein eigenartiges Leben, das ich führe. In den letzten Jahren waren Aktivitäten meist mit Alkoholkonsum verbunden, er lässt mich einen Filter haben, er ermöglicht das Erleben ohne Überforderung. Er mindert die Intensität der

Eindrücke. Egal, was ich unternehme, die Anfahrt dorthin ist schon so reich an Impressionen, dass meine Verarbeitungssysteme allein damit schon ausgelastet sind. Wenn nach der Anfahrt kein Alkoholkonsum erfolgt, dann bin ich meist am Limit meiner Aufnahmefähigkeit. Der Besuch einer Ausstellung zum Beispiel führt zum Overkill. Ich kann nicht das aufsaugen, was ich möchte, weil ich mit dem Drumherum nicht klarkomme. Gleich bei mir um die Ecke findet jeden Sonntag ein Flohmarkt statt. Ich liebe es, ihn zu besuchen, aber immer schon wusste ich, dass ich sehr selten hingehen würde, wenn ich davor eine Anfahrt zu meistern hätte. Ich bin behindert durch fehlende Filter. Ich spüre zu viel. Es ist immer zu viel, nie zu wenig. Wenig ist schon zu viel. Oft wünschte ich mir schon, dass es nach jedem Tag des normalen Alltags, in dem ich arbeite oder sonst wo regelmäßig hin muss, einen Tag gibt, an dem die Zeit für Alle und Alles außer mir stehenbleibt, damit ich die Möglichkeit des Verarbeitens habe. Nein, am nächsten Tag geht das Leben weiter und ich hinke hinterher, schleppe Überforderung mit mir, komme nicht nach. Meine Gedanken werden dann immer schneller, sie wollen auf Gleich kommen, sie versuchen ein Gleichgewicht herzustellen indem sie schneller werden. Stress entsteht, dieser Stress führt zu einer paranoiden Erlebniswelt. Alles wird hinterfragt, ich gleite in eine Welt voller Selbstzweifel und Unsicherheiten. Es wird mir unmöglich, meine Komplexe zu pegeln. Immer das Gleiche. Ich kann mich nicht erwehren, werde überflutet vom Leben, lande in Symptomen, werde depressiv. Die Dauer des Ertragens dieser Überflutung wird immer kürzer. Was ich früher über Monate ertrug, gelingt mir heute nur noch über Wochen. Und diese Wochen sind anstrengender als früher. Es wird dichter, es wird brenzlig, es wird existenzbedrohend. Konnte ich mich früher noch über Monate hinwegtäuschen über meine Eingeschränktheit, so wird sie heute ziemlich schnell sichtbar. 5 Wochen an der Tagesklinik und ich bin am Ende. Diese 5 Wochen habe ich als 3 Monate abgespeichert. Die Überforderung war so groß, dass mir schlecht wird, wenn ich an diese Zeit denke.

Da fällt mir ein, dass ich meinen Kasten dort noch nicht geleert habe, so überstürzt war die Aufnahme auf der Akut-Station. Kasten Nummer 6 ist noch mit meinen Sachen besetzt. Es ist nicht viel, was drin ist. Ein Buch über Man Ray, Zeichenpapier vielleicht, mein Wochenplan. Ich werde es morgen holen und meinen Schlüssel abgeben, meine 10 Euro Einsatz im Austausch holen.

Ich verstaue die wieder vollgeschriebenen Blätter in meinem Kasten. 220 handgeschriebene Seiten halte ich in Händen. Es ist ein vernichtendes Gefühl da: Das hast nicht du gemacht. Ich fühle es nicht als mein Werk. Nur im Moment des Schreibens fühle ich, dass ich es mache, im Moment ist das Bewusstsein über das Tun da, im Rückblick nicht.

Das Draußen ist inzwischen wolkenverhangen mit wenigen im Wind tanzenden Schneeflocken, die beim Landen schmelzen. Hunger macht sich breit. Es ist nicht mehr lange bis zum Mittagessen. Meist genieße ich Hungerzustände. Das Gefühl des Mangels. Das an den Fettzellen Zehrende. Eine Art der Selbstbestrafung vielleicht. Es ist besser, als sich zu ritzen, das tat ich nämlich auch mal. In meinen Teenagerjahren nach dem Suizidversuch war mir das sanfte Schneiden in die Haut meines rechten Oberarmes ein Ventil. Das Eröffnen des Körpers führt unweigerlich zu einer Adrenalinausschüttung, die alle sonstigen, vorhandenen Gefühle überlagert. Ein kleiner Rausch. Ein Abklatschen der Botenstoffe. Manchmal schnitt ich mich auch im Intimbereich. Eigentlich hatte ich oft den Impuls, ihn ganz raus zu schneiden, meine Vulva zu vernichten, meine Vagina zu verschließen. Es waren unerträgliche Zustände. Wenn man das hasst, was man ist, dann hilft auch ein sich Schneiden nur bedingt, weil man sich durch die Verletzung nur noch mehr spürt. Zumindest mit den Selbstverletzungen im Intimbereich hörte ich aus diesem Grund auf. Das mit dem Ritzen am Oberarm verlief sich mit der Zeit und wurde ausgetauscht durch riskant hohen Alkoholmissbrauch soweit ich mich erinnere. Meine Selbstverletzungen bestanden dann eher aus kapitalen Räuschen. So kann man sich auch weh tun. Saufen bis man stürzt beim Gehen. Blaue Flecken und Abschürfungen, an deren Entstehung ich mich nicht erinnern kann. Es ist nicht so, dass sich dieses Verhalten nur in der Vergangenheit abspielte, lange ist es nicht her, da lieferte ich mich einem so starken Rausch aus, dass ich auf der Straße stürzte, woran ich mich aber nicht mehr erinnern kann. Ich schlug mir das Kinn auf und wurde von der Polizei ins Krankenhaus begleitet, wo ich versorgt wurde. Dann ließen sie mich wieder gehen und ich trank weiter. Einzelne Fetzen der Erinnerung und Informationen von jemandem, mit dem ich vom Spital aus telefonierte, lassen mich das wissen.

Wenn ich ein gewisses Level an Alkohol in mir überschreite, dann gibt es kein Halten mehr. Dieser gelöste Zustand will dann nicht mehr enden. Alles in mir zieht ein Blackout dem Aufhören vor. In Phasen, in denen ich starke Schmerzen vor lauter Anspannung hatte, brauchte ich mich bloß ins Blackout trinken, um tagelang schmerzfrei zu sein. Alkoholkonsum ohne Blackout führte nur zur Schmerzreduktion am Tag des Trinkens.

Wenn ich an diese Räusche denke, dann wird mir ungut. Ich habe Angst. Es ist gefährlich und ich sollte es nicht machen, doch führt ein Konsum von Alkohol an schlechteren Tagen häufig zu Erleichterung. Es gibt dann eine für mich unsichtbare Grenze, bei deren Überschreitung ein Absturz geschieht. Ich möchte nur das Erleben erleichtern und lande dabei manchmal in stunden- oder tagelang andauernden Exzessen. Ich weiß, dass ich nichts trinken sollte und wenn mein Leben ohne Anforderung und ruhig verläuft, dann ist es mir auch ein Leichtes.

Das Mittagessen ist da. Die Teller sind hier dreigeteilt. Eine Vertiefung nimmt die Hälfte des Tellers ein, zwei weitere jeweils ein Viertel. Hier gibt es die Salate nicht in extra Schüsseln wie an der Tagesklinik oder auf der Akut-Station. Mein Teller ist ein einziger Berg von Gemüse und Salat.

Nach dem Essen hole ich Zucker vom Zimmer, mache mir einen Kaffee und gehe eine rauchen. Die Wolken verziehen sich und die Sonne scheint mit voller Wucht. Franz ruft an und kündigt sich für 14 Uhr an. Meistens bezahlt er, wenn wir auf einen Kaffee gehen, doch ich stecke einen Anstandszehner ein. Wir werden bestimmt ins Kaffeehaus im 24er-Pavillon gehen, ins „Komm 24".

Er ist pünktlich und wird von einer Schwester zu mir aufs Zimmer gebracht, wo ich gerade zeichne. Wir drehen eine Runde auf der Station. Der Balkon gefällt ihm genauso gut wie mir. Die roten Ziegelwände, von denen sich die weißen, mit Stuck geschmückten Fenster abheben, die grünen, liebevoll verspielt geschmiedeten Balkongitter, die braune Holzdecke, die Blumenkästen, die den Weg links und rechts säumen, insgesamt diese alte Architektur, in die richtig was reingesteckt wurde.

Die Gebäude stehen unter Denkmalschutz, doch die einsturzgefährdeten werden nicht mehr renoviert. Es wird gewartet, bis sie in sich zusammenfallen, damit dann etwas anderes gebaut werden kann. Die Station, auf der ich mich befinde, wird bald nach Lainz absiedeln. Von außen sind die Gebäude wunderschön, innen sind sie aber allesamt renovierungsbedürftig. Unsere Station bietet alles, um untergebracht zu sein, aber praktisch oder sympathisch ist es nicht. Es ist nicht mehr zeitgemäß. 4-Bett Zimmer sind nicht mehr der Standard.

Nach der Besichtigung der Station gehen wir ins Komm 24 hinüber. Wir haben allerlei zu besprechen, dieser Besuch verläuft lebendiger als der erste, ich bin eine bessere Gesellschaft heute. Nach 2 Stunden begleite ich ihn hinunter zum Ausgang, wo sein Auto steht. Eine Umarmung zum Abschied.

Die Begegnung war schön, aber so anstrengend, dass mir vor Augen alles flirrt, wenn ich sie schließe. Das, was ich sehe, wenn ich meine Augen zumache, ist immer ein guter Indikator für Belastung. Bevor ich gewisse traumatische Erlebnisse bearbeitet hatte, sah ich häufig grausame Gesichter oder Gewaltszenen. Seit der Bearbeitung sind sie weg, Gesichter traten insgesamt in den Hintergrund. Jetzt kann ich meinen Gemütszustand meist an abstrakten Mustern oder dem Flirren von Punkten ablesen. Jetzt ist alles unruhig und Balken bewegen sich ruckartig von mir weg. Ein inneres Erdbeben. Ich ruhe mich aus. Die Balken entwickeln sich zu Kolben, die machtvoll arbeiten. Bis zum Abendessen beruhigen sie sich.

Beim Essen möchte der Biker mit mir sprechen, obwohl wir an verschiedenen Enden des Raumes sitzen. Ich sage ihm, wie gestern auch schon, dass ich mich beim Essen nicht unterhalten möchte und hänge noch ein „Und quer durch den Aufenthaltsraum schon gar nicht." dran.
Als ich mein Geschirr wegräume ist er noch am Essen. Ich beschließe, ihn bei der Verdauungszigarette zu fragen, was er sagen wollte. Er kommt nur nicht. Als ich wieder reingehe ist er weg. Die ganze Zeit schon habe ich das Gefühl, bei ihm einen wunden Punkt erwischt zu haben, ihn gekränkt zu haben, ich weiß bloß nicht, ob das persönlichkeitsgestörter Quatsch ist oder mein feines Gefühl.

Ich gehe aufs Zimmer und strecke mich aus, bin total erledigt. Ich schlafe ein. Um halb 9 werde ich wach, bin verwirrt, meine, ich hätte versäumt nach Hause zu fahren, meine, ich hätte die Tablettenausgabe um 20 Uhr versäumt, eile zum Stützpunkt um nach dem Nachfragen meiner Bezugspflegerin, ob ich etwas brauche, draufzukommen, dass die Ausgabe erst um 9 ist. Ich trinke Tee und rauche. Beherrscht ist alles von Gedanken an den Biker und meine Abgrenzung. Ob mein Ton zu scharf war, ob er nun beleidigt ist, ob das Probleme für mich nachzieht, ob er gemein sein wird zu mir. Auf der Metaebene weiß ich genau, dass ich mich abgrenzen darf und dass das, wenn es überhaupt ein Problem gibt, seines ist, nur hilft mir diese Metaebene nicht, weil ich auf einer anderen unterwegs bin und den Absprung nicht schaffe, auch wenn ich mich noch so sehr bemühe. Mein Empfinden stresst mich und vermittelt mir, dass ich mich eben nicht ohne Konsequenzen abgrenzen darf, dass das sehr wohl mein Problem ist, weil ich mich automatisch in der schwächeren Position sehe, mich als abhängig vom anderen erlebe. Ich finde mich in der Welt eines Kindes wieder. Meine Zigaretten zum Tee sind überschattet von sorgenvollen, ängstlichen Gedanken und Gefühlen.

21 Uhr. Medikamenteneinnahme und Hinlegen. Ich darf mich abgrenzen. Ich darf jetzt hier sein.

WENN ES NICHT NUR ANDERS, SONDERN GAR NICHT KOMMT

Wieder ein Erwachen ohne Angst. Eine Dusche, es ist noch Zeit bis zum Kaffee. Im Aufenthaltsraum treffe ich sofort auf den Biker, er verhält sich mir gegenüber wie immer. Er überlässt mir sogar seine Kaffeetasse. Das Tablett, auf dem normalerweise Gläser und Tassen stehen, ist leer.

„Ich habe schon 3 getrunken, das wäre jetzt nur aus Langeweile." meint er. Ich bin im Himmel. Kaffee und das Stoppen meiner persönlichkeitsgestörten Gedanken. Wir gehen eine rauchen. Er erzählt ein wenig. Ihm ist viel Mist passiert.

Das Frühstück kommt. Insgesamt gehen meine Symptome zurück, eine große, generelle Verunsicherung ist aber da. Auf dem Wagen mit Geschirr, Milch und Kakao stehen immer Thermoskannen voller Kaffee. Beim Entscheiden, welche ich nehme, flitzen mir viele Gedanken durch den Kopf. Entscheidungsgedanken, dann ein schlechtes Gewissen bei der, die ich aussuche. Ein Gewissensschlag in die Magengrube. Ich weiß nicht genau, worum es da geht. Es ist aber chronisch vorhanden, außer jemand gibt mir etwas. Was ich mir selber nehme ist meistens begleitet von diesem schlechten Gewissen. Bisher waren in der Therapie große Ängste im Vordergrund, nun, nach dem Abklingen des Gröbsten, treten diese kleinen Ängste zu Tage. Selbst daheim habe ich das. Manchmal rechne ich mir die Kosten für eine Mahlzeit aus. Alles, was sich über 2 Euro bewegt, macht mir ein schlechtes Gefühl. Ich muss dann mit dem innerlichen Aufschrei „Ich darf das haben!" dagegen arbeiten.

Ganz schlimm ist es bei Einkäufen, die mehr kosten. Ich verlasse Supermärkte, Modefachgeschäfte und vor allem Künstlerbedarfsläden mit dem Gefühl, etwas Verbotenes zu tun. Auf den jeweiligen Nachhausewegen muss ich hart kämpfen, es ist der pure Irrsinn. Was Kleidung und einiges andere angeht, so bin ich mit dem Flohmarkt gut beraten. Schuhe um 3 Euro machen mir kein du-darfst-das-nicht-haben-Gefühl, sondern verursachen Freude. Mein halber Kleiderschrank ist voller Second-Hand-Kleidung. Das schlechte Gewissen wegen Produktionsprozessen ist bei Kleidung vom Flohmarkt auch geringer. Die Jeans, die ich dort kaufe, wurde zwar auch von Kindern genäht und mit alles vernichtenden Chemikalien gebleicht, doch ich erhöhte nicht die Nachfrage in einem Geschäft.

Sicher ein Viertel meiner Wohnungseinrichtung fand ich auf der Straße. In den Gemeindebauten in meiner Gegend wird die Sperrmüllentsorgung oft gelöst durch das Hinstellen neben die Hausmülltonnen. Schlecht für die Entsorger, gut für mich.

Mein Lehnsessel, Kästchen aller Art, mein Staubsauger, mein Badezimmerschrank und -spiegel, Regale, das Holz für das Dach über meinem Bett und einiges mehr musste ich einfach nur finden. Ganz zu schweigen von Materialien für meine Kunstobjekte, die stammen selten aus Läden. Sie setzen sich meist zusammen aus Fundstücken und Dingen vom Flohmarkt.

8 Uhr 15. Die Morgenrunde findet statt. Wir setzen uns im großen Aufenthaltsraum in einem Sesselkreis zusammen. Jeder erzählt vom Wochenende und sagt, wie es ihr oder ihm geht. Wie immer bei solchen Gelegenheiten bin ich sehr offen, sage, dass ich mich an den Samstag nicht erinnern kann, dass ich sonntags Besuch hatte und das aber sehr anstrengend war, dass ich irgendwie in einer Erlebniswelt meiner Kindheit feststecke und permanent das Gefühl habe, die anderen zu stören oder ihnen auf die Nerven zu gehen und bei allem, was ich mir nehme, ein schlechtes Gewissen habe. Der Stationspfleger, der die Runde leitet, schlägt vor, dass er die Gruppe befragt. Er richtet sich an alle und sagt, der, der sich durch mich gestört fühlt, solle aufzeigen. Keiner meldet sich.
„Da zweifle ich natürlich an der Ehrlichkeit der Leute."
Jemand grinst. Ein Mitpatient meldet sich zu Wort, sagt, wie er mich erlebt, nämlich so, dass ich eh kaum präsent bin, dass man mich nicht spürt. Ich beginne zu weinen vor Erleichterung, ich kann es glauben. Der Stationspfleger plädiert dafür, dass ich einfach nachfragen soll. Nach dieser Morgenrunde kommt er sogar noch einmal auf mich zu. Er sagt, dass, wenn einem die Gefühle diesen Streich spielen, man die Bestätigung im Außen suchen muss und dass ich jederzeit auf das Personal zugehen kann, nachfragen soll, die anderen Patienten fragen soll. Ich erkläre ihm, dass ich dann allein durch das Nachfragen das Gefühl habe, mein Gegenüber zu stören, zu nerven. Trotzdem nachfragen sagt er. Ich verstehe, was er meint, ich weiß nur nicht, ob ich das kann.
Ich mache mir einen Kaffee. Gleich beim Kühlschrank sitzt ein Mitpatient, ich habe das Gefühl, ihn allein durch meine Anwesenheit zu stören. Der Wasserkocher wird laut. Ich habe ein schlechtes Gewissen. Er wird lauter. Der Mitpatient steht auf und geht zur Balkontüre raus. Ich WEISS, dass es mit hoher Wahrscheinlichkeit nichts mit mir zu tun hat, er betätigte vorhin selber den Wasserkocher, mein Gefühl sagt mir aber, ich hätte ihn vertrieben.

Ein Telefonat mit der Gewerkschaft - sie wollen einen Nachweis vom AMS über Arbeitslosenbezüge über den Februar hinaus, um mir weiter einen verringerten Betrag zu gewähren. Einer freundlichen Dame sage ich, dass ich im Krankenstand und im Spital bin und kein Papier vom AMS habe um irgendetwas nachzuweisen. Sie verlängert meinen Mindestbetrag einfach und unbürokratisch bis Oktober.
Ich verstaue die Papiere wieder, räume im Kasten herum und ordne Dinge, da steht plötzlich eine Frau vor mir, die sich als Sozialarbeiterin des Hauses vorstellt. Ich erkläre ihr, worum es geht. Ich brauche einen aktuellen Versicherungsdaten-

auszug und ich befrage sie zu einigen Punkten am Antrag, die mir unklar sind. Sehr schnell lande ich in einer Überlastung, kann nicht mehr geordnet denken und werde nervös. Sinnerfassendes Lesen wird zur Monsteraufgabe.

Sie geht mit mir ins Arztzimmer zu einem PC und wir fordern einen aktuellen Nachweis meiner Versicherungsdaten einfach online an. Er wird postalisch zugesendet. Sie meint, dass wir diesen Auszug einfach an das Formular dranhängen, dann muss ich nicht alles ausfüllen, außerdem reichen die Zeilen ja nicht. Ich versuche mich dem Auszufüllenden zu widmen, da werde ich vom Schülerpfleger geholt.

Am Gang werde ich geparkt, sitze auf dem gleichen Stuhl, auf dem ich bei meiner Ankunft hier saß, und warte auf die Visite. Als ich drankomme, treffe ich auf einen sehr einfühlsamen, jungen Arzt, den ich noch nicht kenne. Ich kann mein Erleben gut schildern, ich weine, ich beschreibe meine Überlastung in der Berufsreha, das Vorhaben, diese Symptome an der Tagesklinik zu bearbeiten, die steigende Überforderung dort, mein Scheitern insgesamt. Er fragt nach wegen einer Diagnose von mir:

„Anhaltende Persönlichkeitsänderung nach Extrembelastung". Ich erzähle ein wenig von meiner Kindheit, erwähne, dass ich 4 Täter hatte, stecke beim Erzählen, mein Gehirn wird von Stresshormonen geflutet. Er ist sehr nett und versucht mich zu beruhigen. Durch einen Wink des Schülerpflegers, der neben einer Schwester auch noch anwesend ist, komme ich auf das Schreiben für den Reha-Antrag zu sprechen. Noch mehr Stress kommt auf, der Tinnitus beginnt im rechten Ohr zu pfeifen. Weil ich was brauche, das Arbeit schafft, überkommt mich ein ganzkörperliches Gefühl von Aufruhr und Schwäche zugleich. Aufgelöst sage ich, dass nun das schlechte Gewissen aufwallt, doch der Arzt beruhigt mich. Ich brauche Erholung, bin am Ende meiner Kraft.

Im Anschluss schaut der Stationspfleger kurz bei mir vorbei und sagt mir, dass ich heute um 13 Uhr Ergotherapie habe. Die findet am Nachbarpavillon statt, am Pavillon 18 im ersten Stock.

Ich regeneriere mich ein wenig und widme mich dann weiter meinen Formularen. Die Tätigkeiten der letzten 15 Jahre sind detaillierter einzutragen. Es gibt 5 dafür vorgesehene Abteilungen, die jeweils eine halbe DinA4-Seite einnehmen. Die Berufsbezeichnungen und die Firma sind zu nennen, die Tätigkeit ist zu beschreiben und die Dauer des Dienstverhältnisses ist anzugeben.

In den letzten 15 Jahren hatte ich genau 5 Dienstverhältnisse, die auf meinem Versicherungsdatenauszug gelistet sind.

Das erste: 07.2002 – 02.2004 Kuratorium Wiener Pensionistenwohnhäuser. Pflegehilfe. Altenpflege in stationärer Betreuung, Rundumpflege, Körperpflege, Essensverteilung, Medikamentenausgabe, Beschäftigung.

Beim zweiten Kästchen zögere ich etwas. Dann schreibe ich drauf los.

01.2005 – 04.2005 Audio-Vision-Telekommunikationsservice. Telefonistin. Telefondienste in Heimarbeit, Erotik-Hotline.

Wie bereits vor ein paar Tagen kurz angerissen musste ich mich während der Dienstzeit im Pensionistenwohnheim einer Zystenoperation unterziehen. Ich wurde am rechten Eierstock operiert. Danach hatte ich beständig und mit steigender Intensität Schmerzen im rechten Unterbauch. Ein erst bloß nervender Punkt wuchs sich im Lauf der Zeit aus zu einem bewegungseinschränkenden, bedrohlichen Zustand, der mich ans Bett fesselte und lähmte. Bei jedem aufrechten Sitzen und jeder Erschütterung wurde der Schmerz unaushaltbar. Es führte zur Kündigung in meiner Firma, ich konnte nicht mehr arbeiten. Da der Schmerz auch riesig wurde, wenn etwas durch meinen Darm wanderte, verging mir der Appetit auf alles. Ich lag daheim, versorgt von Robert.

Hier muss ich weiter in der Geschichte zurückgreifen.

Nach Wien zog ich wegen einem steirischen Mann, der in Wien lebte. Robert war ein Freund von ihm, von Anfang an sprach ich so gerne mit ihm.

Noch in der Beziehung mit diesem Steirer erlaubte ich mir erotische Phantasien mit Robert. Ältere Männer fand ich immer reizvoll, er ist 21 Jahre älter als ich, und zwar auf den Tag genau, und er erwähnte einmal, dass er mit einer Frau Fessel-spiele und dergleichen ausprobierte, das habe ihm sehr gefallen. In meiner Beziehung mit dem Steirer kam für meine Begriffe der Sex viel zu kurz und ich schlug auch SM-Praktiken vor, die er rigoros ablehnte. Auch schlug ich mal das Verkehren mit anderen vor und er sagte, er überlege es sich, es machte ihn aber nur fertig, so dass ich meinen Vorschlag zurückzog.

Als ich ein paar Tage nach meiner Beendigung der Beziehung mit dem Steirer auf der Couch von Robert saß, erzählte ich ihm von meinen Phantasien. Er war sehr überrascht und meinte, dass er sich selbst jegliche Phantasie mit mir verbot. Allein der Altersunterschied führte bei ihm zu einer Phantasieabstinenz. Nun sah die Situation ganz anders aus. Wir sprachen über eine alternative Form der Beziehungsführung. Wir unterhielten uns 8 Stunden lang über einen Rahmen, in dem wir uns beide wohl fühlen könnten. Der Rahmen war eine offene Beziehung mit brachialer Ehrlichkeit, hohem Kommunikationslevel und ohne in einem gemeinsamen Bett zu schlafen. Die Nächte mit dem Steirer machten mich fertig. Ich hatte Albträume und fühlte mich mit jemandem neben mir schrecklich, vor allem, wenn mir dieser jemand in der Früh zur Begrüßung seine Morgenlatte ins Kreuz drückte, da hätte ich kotzen können. Ich wollte immer nur weg aus diesem Bett. Robert zog auch das alleine Schlafen vor, er litt in vorherigen Beziehungen immer unter diesem Diktat des gemeinsamen Schlafens, die für viele ja sogar eine Beziehung definiert. Wir waren uns in so vielen Punkten einig und besiegelten unser arbeits-schichtlanges Gespräch mit einem devoten Blowjob. Am nächsten Tag zog ich bei ihm ein, er hatte ein rund 12 Quadratmeter großes Zimmer über. 3 Monate nach diesem Beziehungsbeginn ging ich vor lauter Schmerzen in Krankenstand. Die Ärzte waren ratlos und für sie war es aufgrund meiner Vorgeschichte eine psycho-somatische Sache. Ich war mir sicher, dass sie sich irrten. Ziemlich rasch verlor ich an Gewicht, dadurch verlor meine rechte Niere ihren Halt. Dieser Umstand wurde überhaupt nur durch einen mit Robert seit der Jugendzeit befreundeten Internisten entdeckt, der sich rührend um mich sorgte. Er initiierte Untersuchungen der Niere, das Ergebnis war eindeutig, doch die Krankenkasse zeigte sich nicht bereit, eine Nierenfixation zu bezahlen, weil sie mit dem Schmerz, den ich grundsätzlich hatte, nicht in Zusammenhang stand. Da hatten die Ärzte zwar recht, doch ihrer Empfehlung, einfach 10 Kilogramm zuzunehmen, konnte ich nicht nachkommen, vor allem nicht mit dieser Wanderniere. Ich verbrannte mehr Kalorien denn je, da jedes Aufrichten, jedes Stehen oder Gehen zum Hinabrutschen der Niere führte. Sie befand sich dann oft auf Höhe des rechten Eierstocks. Das wiederum führte zum Abknicken der blutzuführenden Gefäße und zum Auslösen einer Panikattacke, da die Niere bei Unterversorgung mit Blut Adrenalin und Cortisol ausschüttet. Ich kann mich an Toilettengänge erinnern, die mir binnen 1 Minute schweißnasse Klamotten verursachten, es war die Hölle. Ich wog nur mehr 52 Kilogramm bei einer Größe von 1 Meter 72. Einmal konnte ich dieses harte, glatte Organ mit der Hand sogar im Bauch fühlen, als es nach vorne und nach unten rutschte, eine Erfahrung, die ich aufgrund des Schreckens, die sie mir verursachte, in weiterer Folge vermied. Ich berührte meinen Bauch nicht mehr aus Angst vor der herumtorkelnden Niere, es war grauenhaft.

Der Internist brachte mich bei den Urologen der Barmherzigen Brüder unter, ein Spital, das auch Bedürftige mittels Spenden behandelt. Aus diesen Mitteln wurde meine Operation bezahlt. Laparoskopisch wurde mir ein Teflon-Band um die Niere gelegt, dieses wurde mit der rückwärtigen Bauchwand verödet und sie ist seitdem wieder an dem Platz, an den sie gehört. Es war wahr, der Schmerz im Unterbauch war nicht verschwunden, mein Leben wurde aber maßgeblich erleichtert. Dennoch war ich die meiste Zeit zu einer Liegeposition verdammt. Jede Volumenveränderung im Bauch führte zu krampfartigen Schmerzattacken, jede Bewegung des Körpers zu ziehenden Symptomen, die sich schlussendlich über die gesamte rechte Körperhälfte erstreckten. Opiate linderten nur leicht, handelsübliche Schmerzmittel richteten gar nichts aus. Ich litt Höllenqualen. Nach eineinhalb Jahren des Leidens schrieb mich eine Chefärztin mit den Worten

„Sie werden sich hier keine Pension erschleichen!" gesund. Verdattert stand ich danach auf der Straße und wusste nicht, wie mir geschah. Mir fiel nur ein Job ein, den ich ausüben konnte: Telefonsex. Es war mir ja nicht mal möglich länger zu sitzen, abgesehen davon, dass mir die Qualifikationen für irgendeine sitzende Tätigkeit fehlten. Das Metier interessierte mich sowieso, also machte ich mich schlau und musste verwundert und beunruhigt feststellen, dass die meisten Firmen mit Lügen handelten.

„Verheiratete, sexuell vernachlässigte Frau wartet ohne Unterhöschen auf Parkplatz" und dergleichen wurde inseriert, dazu gedacht, Anrufer möglichst lange bei Kennenlerngesprächen in der Leitung zu halten, sich nach ewigem Hin und Her zu verabreden um beim Wiederanrufen weitere Lügen aufzutischen, weshalb man nicht erscheinen konnte. Das wollte ich nicht. Es blieb genau eine Firma über, die

wirklich das anbot, was dann gehalten wurde. Nach einem kurzen Vorstellungsgespräch war ich eingestellt. Die Firma inserierte mit den Worten „Telefonsex",
„Domina", „Sklavin" und „Flirtline", der dazugehörigen Telefonnummer und dem
Minutenpreis. Der belief sich damals auf rund 3 Euro. Bevor der Anrufer zu einem
durchgeschaltet wurde, verriet eine kurze Ansage, welche Nummer der Anrufer
gewählt hatte. Als Domina stellte ich mich grottenschlecht an, die anderen drei
Kategorien gingen, doch war meine Hinhaltetaktik schlecht. Je länger der Minuten-
durchschnitt pro Gespräch war, umso mehr erhielt man für die Minute. Im Herzen
Kommunistin, verfügte ich nicht über die nötigen Eigenschaften, um mir zu einem
guten Gehalt zu verhelfen. Wenn ich hörte, dass einer nah am Kommen war, dann
stöhnte ich für ihn, anstatt ihn mit Fragen lang in der Leitung zu halten.
Es war sehr oft unterhaltsam, natürlich wird man mit den verschiedensten Anliegen
konfrontiert. Irgendwann begann ich mitzuschreiben. Ich füge hier mein Best-of ein.
Die vorangestellten Buchstaben beschreiben die Kategorie, unter der die Leute an-
riefen, also T für „Telefonsex", S Für „Sklavin" und so weiter.

T
Michael
Hat ewig nicht mehr gespritzt, um 11 Uhr sagt er, ruft er vielleicht wieder an, ich soll
Pisse sammeln,
Muschi dehnen, ziehen, patsch patsch patsch

S
Werner
Hat mich dazu verpflichtet ihn ordinär und laut zu reiten.
Ich schrie, stöhnte, rief „Fickhengst", hat ihm gut gefallen.
Danke an meinen Exfreund!

T
Hermann
Schlecker, kannte 69er Stellung nicht, fand meine Stimme sehr erotisch, steht auf
an „Buschn", Klar, hab ich! Er konnte gerade noch „ficken" sagen, dann war der
Akku aus bevor er spritzte.
Es rufen viele Steirer an.

T
Mit „Hallo Mausi" begrüßte er mich.
Auf die Frag warum ich geil bin sagte ich die Wahrheit: Weil ich meinem Freund
grad einen geblasen hab und nicht gekommen bin. Gefiel ihm offensichtlich nicht
sehr.

T
Hab ich verhaut, weiß nicht, er war unsicher, sagte nicht viel.

T
Helmut
sagte, ich solle nicht lachen, er hätte etwas eigenartige Vorlieben.
Steht auf Jeans. Musste mich ausziehen, bloßfüßig war wichtig, eine dreckige
Jeans in der Badewanne nass machen und die über den Rand gelegte Hose fest
bürsten. „Ah, ist das geil!"
Ich hatte eine Saunabürste in einer Lade im Bad.
Er empfahl mir eine Reisbürste.
Er kam zu dem Bürstengeräusch.

T
Julia
„Hallo, da spricht Julia, machst Du's mit Frauen auch?"
Meine erste Frau am Telefon.
Sie war oben und trug nen Umschnalldildo, ich machte alles viel gefühlvoller, ver-
wendete Worte wie küssen und beschrieb ihr, wie ich ihr Ohr lecke.
Es war geil.

S
kein Name
Auf die Frage, wie ich helfen könne sagte er: „Soll ma wixen?" -Ja sicher.
Wir redeten und stöhnten, da sagt er auf einmal mitten rein:
„Ich bin ein Mäderl. Ich bin die Maria und hab 85B."
Ohne Problem machte ich mit Maria weiter, zog an ihren Schamlippen, streichelte
sie und rüttelte an ihren Brüsten.

S
kein Name
„Bist Du devot?"
„Ja."
„Sehr schön. Ich will, dass Du Dich niederkniest und meinen Schwanz bläst."
Ich steckte die ganze Hand in den Mund.
„So, gut, und jetzt steck ich Dir den Schwanz in den Arsch und will, dass Du schön
laut schreist."

D
Andi
fuhr Zug
Wird gern vorgeführt, wir waren im Park wo er von Männern gefickt wurde, dann im

Kino.
Zugarbeiter
wird noch spritzen

S
Xaver
Switcher
demütigte mich, knien, blasen, recken, Natursekt, Kaviar, dann beschimpfte ich ihn,
bin durchgeschwitzt.

T
Xaver
wieder mein Switcher
Wir machten weiter bis „beschimpf mich", nannte ihn Schweinchen, aufgelegt.
Er fragte, ob ich zu ihm nach Hause komme.

T
7:32
Xaver
Ich glaub jetzt ist er gekommen.
Er spritzte mir ins Gesicht, er hörte mich recken dabei.
Ich spuckte ihn ein paarmal an, hab ich richtig geraten, dass ihm das gefällt.
Er redet hochdeutsch, sehr schöne Stimme, redet sehr ruhig.

S
8:12
Xaver
„Ich will mehr!"
Der gefällt mir.
Da wird man ja fast vertraut, ich immer mutiger, er immer mehr Schimpfwörter.

D
Xaver
Erst unterwarf ich ihn mit Ideen von Mona Berinhard, dann nahm er mich her,
Faustfick, Natursekt, Kaviar, „jaah, kotze!!"
„Gutes Mädchen."

T
10:32
Xaver
zum 6.x heute

D
Stefan
ich machte ihm nen Einlauf.
3 Liter waren wohl zu viel...

D
Xaver

T
mittags rum
Xaver
Hab das erste Mal echt gepinkelt, er war dann nicht mehr dran.

T
Rudi
wollte, dass ich zu ihm komme.

T
Rudi
fand sich damit ab, dass ich nicht 3 Stunden Autofahren will und spritzte deshalb allein, bzw. phantasierte ich ihm nen Dreier.

D
Ich unterwarf einen in seinen Wünschen unsicheren Kerl, er peitschte sich selber während des Gesprächs, er kam bei Beschimpfungen, ab dem Satz „Schämst Du Dich?" war er so geil, dass er stöhnte, ich schlug ihn, 2 Helferinnen waren an seinem Unterleib.

F
Quatschen, harmlos, über Dildos, er ist schon ein älteres Semester, kennt das nicht so.

T
Fritz
will wen treffen.
Ist an der Grenze und stöhnte oder kriegt schwer Luft....?

T
Marius
15 Jahre alt.
Ich erklärte ihm, dass das verboten ist, er wär aber soo geil.

„Sag Du bist 18."
„Ich bin 18!"
Okay.
Er kam schnell und gut.
Billiges Kind...

T
Stefan
so richtig gut und lang geblasen, 69er, Reiten, knien und griechisch, schüchtern war er am Anfang, nachdem ich Mundfotze sagte gab es aber für ihn kein Halten mehr.

T
Franz
hat Probleme mit seiner Frau, Sex ist fad, er holte sich Infos über Dildos, Anbinden, Augen verbinden und Co. Lieb. Aus einer Telefonzelle.

Notiz
Ich glaub verdienen werd ich nicht so toll, aber es macht irre Spaß.

F
Michi
geilen 69er geschoben, puhh, einer der ausnahmsweise dranblieb nach dem Spritzen und sich bedankte und meinte:
„Ah, war das jetzt geil! Also dann!"

S
Laanges Gespräch. Er wollte, dass ich den Hörer zur Muschi halte, dass ich es mir gebe mit der Hand und er hörte lange zu. Mit Pfiffen machte er auf sich aufmerksam, wenn er mit mir reden wollte.

F
Peter
rein raus. Er ließ mich alle möglichen Stellungen einnehmen und mich selbst mit Fingern ficken „Okay, leg dich hin, Beine aufstellen. 3 Finger, Daumen zum Kitzler. Die 3 Finger steckst du dir rein, jedes Mal, wenn ich rein sage kneifst du die Arschbacken zusammen und hebst den Arsch, wenn ich raus sage entspannst du und ziehst die Finger raus, Okay? Los, rein, raus, rein, raus".
Er kam mit mir.

T
René

Höschenfetischist. Ließ mich vor dem Fenster blasen, die Nachbarin sah zu.

T
Christian
Fußfetischist. Leckte meinen Pennyabsatz, dann Algierfranzösisch. Er trug Strumpfhose, Bluse, BH von seiner Tante und Stiefel.

7 :00 - 22:00 Notiz Guten Morgen! Es wird sicher lange, 15 Stunden halt, nimm's locker, liegst eh nur herum.

S
Robert
„Du kannst mich anfeuern, ich hole mir gerade einen herunter."

S
Mario
arbeitet beim AMS und redet über die 14jährige Nachbarin. Zählte ihm Dinge auf, die ich in mir hatte.

S
Robert
musste mich auf eine Weinflasche setzen.

S
Michi
Liebeskugeln musste ich in meinen Arsch stecken und „Danke mein Herr!" sagen.

T
Kein Name.
Ich soll mich verwöhnen lassen sagte er und dabei riss er mir den Arsch auf! Na sowas!

T
Martin
erzählte mir, dass er versehentlich in einer Schwulenbar landete. Er war voll zu und wurde von einem Typen unheimlich lange gefickt. Hat ihm gefallen.

S
Kind,
sagte er ist 29 Jahre, Geburtsdatum und alles auswendig gelernt.

T
Xaver
französisch mit den Worten „ah, du bist die Königin, du bist die Königin!" legte er auf.

S
Robert
kochendes Öl will er verwenden. Vollkommener Spinner, ekelig.

S
Franz
habe ich vergeigt, weil ich Essen im Mund hatte.

D
Johann
Ringkampf und Facesitting. Bei Natursekt legte er auf.

T
Werner
liegt im Krankenhaus, hat sich das Becken gebrochen beim Skifahren und hat das erste Mal in seinem Leben einen Einlauf bekommen. Er bekam einen Steifen dabei und ist schwer beunruhigt. Ich erklärte es ihm, wir plauderten 10 Min. lang.

D
Mary
unersättliche, piepsstimmige Frau.

S
Kein Name.
Der Typ ließ mich Milch holen, in Kondome füllen und über Dildos ziehen. Danach sollte ich sie mir in beide Löcher schieben und die Gummis herausreißen. Er fickte mich mit den Dildos und ließ mich dann Milch pissen.

Werner
der mit Beckenbruch im Krankenhaus liegt, wir plauderten. Er wird nach dem Krankenhaus eine Kliniksex-Behandlung ausprobieren. Er bedankte sich sehr und war froh, dass er bei mir landete.

S
Kein Name.
Er fragte, ob ich auf Frauen stehe und ob ich mir vorstellen könne mit Arabella Kiesbauer eine Nummer zu schieben. Ich sagte ja, er meinte „Sehr gut!" und legte auf.

S

Reiter der mit der Gerte dem Hengst einen Steifen peitscht, steht auf Sodomie, Hunde, aber vor allem Pferde. Betreut Pferde in einem Reitstall, sehr gebildet und offen, positive Reaktion darauf, dass ich mich nicht mit ihm treffen will. Er sagte: „Ich wollte nur verhindern, dass du herrenlos umherirrst, denn echt devote Frauen verlieren die Orientierung, wenn sie keinen guten Meister haben."

S

Ein junger Dominanter fragte:
„Bist du devot?"
„Ja." Er: „Jetzt in echt oder nur am Telefon?"

S

Kein Name.
Ein Glatzenmacher. Rasiert Frauen den Schädel und spritzt auf diese.

S

Besoffen. Er sagte:
„Beschimpf mich, damit ich wichsen kann."
Dann fragte er:
„Kann ich mit dir auch normal reden?"
„Ja, klar!"
„Entschuldige, dass meine Neigung so schlecht ist." meinte er. Wir redeten eine Zeit lang. Er sei schon lang allein. Er begann bei diesen Worten zu weinen wie ein Kind. Ich fragte ihn, warum er glaubt, so lange allein zu sein.
„Ja, weil das alles so verkehrt ist!"
Ich fragte was verkehrt sei: seine Sexualität?
„Ja, das ist nicht normal!" heulte er.
Konnte ihn beruhigen für den Moment, redete ihm zu, es zu leben. Er bedankte sich.

D

Schon wieder so einer, der will, dass ich seine Mutter bestrafe und ficke. Dass ich sie reite mit einer Jeans an. Sie soll meinen Arsch küssen, bevor ich sie reite. Dann reiten wir sie beide bis sie zusammenbricht. Wir drehen sie auf den Rücken. Ich mache Facesitting und er fickt sie. Er kam als ich ihr auf seinen Wunsch hin ein Höschen von mir über den Kopf zog. Er bedankte sich für das Gespräch.

Seit einiger Zeit mache ich während dem Telefonsex Pappmachè-Sachen. Mein ehemaliger Pisstopf, der nur 1 oder 2 Mal für Kunden in Verwendung war, wurde umfunktioniert zum Tapetenkleistertopf, in dem bei Bedarf Wasser rein geschüttet werden kann und pinkeln somit simuliert wird. Als noch etwas eignet sich der Kleistertopf gut: Wenn man mit dem Pinsel drinnen stampft, dann erzeugt das eine gitschendes Glitschgeräusch. Letztens war wieder einer super.

„Fick dich mit dem Dildo und lass mich deine Muschi hören."

Ich hielt den Hörer zum Kleistertopf und matschte drin herum. Nach 5 Sekunden fragte ich mal nach, ob es so passt.

„Pahh bist du nass!"

Ja, gell, da schaust. Er wollte es weiter hören, ziemlich lang war in der Leitung. 5 Min. lang konnte ich alle Klümpchen in der Kleistermasse bekämpfen, bevor das Besetztzeichen erklang.

S

Ein Typ rief an, der schreibt und bei einer Stelle hängt, bei der ein devoter Mann einer dominanten Frau einen Heiratsantrag macht. Ein Kabarett soll es werden. Verständlich ausdrücken konnte er sich gar nicht.

Einen Teil des hier Abgedruckten trug ich im Jahr 2016 beim „Rotlicht-Poetry-Slam" in der Wiener Arena Bar vor. Poetry Slam ist das Vortragen von kurzen Texten, in diesem Fall durften sie maximal 5 Minuten dauern, im Eifer um die Gunst des Publikums. Dieses entscheidet, welches die besten Texte unter den vorgetragenen waren, und dann gibt es immer eine zweite Runde, manchmal eine dritte, durch die ein Sieger eruiert wird. Mir wurde gesagt, dass ich einen zweiten Text benötige, sollte ich ins Finale gewählt werden. Das wurde ich auch und ich trug eine eigens für diesen Anlass geschriebene Beschreibung der Umstände vor, die mich den zweiten Platz ergattern ließ.

„Wenn es nicht nur anders, sondern gar nicht kommt"

Das abrupte Ende manch guter Gespräche vor dem Happy End fand oft eine Erklärung durch das nochmalige Anrufen der Männer. Bei aller Anonymität war es vielen wichtig, einen guten Eindruck zu hinterlassen, auch wenn sie das nochmal ein paar Euro kostete.

Manchmal waren auch Haustiere an den Unterbrechungen beteiligt, am häufigsten Katzen, die aufmerksamkeitsheischend die Gabel von schnurgebundenen Telefonen betätigten, an erster Stelle der Gründe rangierten jedoch Akkuprobleme und nicht einwandfrei funktionierende Mobiltelefone.

Besonders ärgerlich war es natürlich, wenn ein minutenlanges Gespräch abbrach, obwohl es nur mehr wenige Sekunden dauern hätte müssen, um zur angestrebten Vollendung zu führen, was gar nicht so selten vorkam.

In der Natur der Sache liegt, dass einige Anrufer wahnsinnig schüchtern waren, ja, häufig unbeholfenst bis hin zu panisch agierten bei allem, was mit Sexualität im Zusammenhang stand.

Das Wählen der Hotline glich einem Notruf: Wenigstens einmal nicht alleine wichsen.

Jeden Tag gab es mindestens einen, der anrief, kein Wort sagte und länger in der Leitung blieb. Da ich ja nicht wusste, ob ein Kind am anderen Ende saß, konnte ich kein wie auch immer geartetes Sexprogramm liefern. Ein Pech für alle so Schüchternen, die mir nicht mal mit einem „Hallo" ihre erwachsene Stimme zeigen konnten. Ich gewöhnte mir an, Witze zu erzählen, was bei diesen Lauschern in der Regel recht gut ankam.

War ich dazu nicht in der Stimmung, spielte ich Musik vor. Portishead oder Fiona Apple.

Einer blieb mal fast 10 Minuten dran und berappte rund 30 Euro um „Roads" und „Glorybox" bei miesem Sound via Telefon zu hören.

Verweilten die Stummen länger in der Leitung, so bin ich überzeugt, dass es häufig Erwachsene waren.

Kinder wollen Action.

Sie geben ihr Guthaben nicht dafür aus, sich jugendfreie Witze zu Ende anzuhören.

Sie meldeten sich im größten Bemühen, ihre Piepsstimmen zu verstellen, mimten die Erfahrenen, lernten Geburtsdaten, Matura-Abschluss-Jahre und -Fächer auswendig.

Ein Knabe kam mal sehr weit durch diese Vorbereitungen. Er hätte auch in Biologie maturiert. Nachdem ich ihn dazu aufforderte, mir kurz zu sagen, was ein Mitochondrium sei, musste er aber aufgeben.

Andere riefen an um selber was Anrüchiges zu sagen.

„Komm, gib's mir Baby!",

„Ja, gib mir Sex!",

„Blas mir einen!" und dergleichen dröhnte durch den Hörer. Manchmal waren es johlende Runden von Kids. Immer Jungs.

Aber die, die von ihren Müttern unterbrochen wurden, waren immer volljährig.
„Du, die Mama kummt. Wia laung bist'n no araichboa?"

Und etwas mit der eigenen Mutter geschah auch mir.
Ich bemerkte nicht, dass ein Anruf am 30.12.2004 nicht über die Firma geschalten wurde.
Die Worte
„Ja hallo, hier ist Nadja. Und wer bist Du?" erreichten das Ohr der Falschen.
Das Telefonat mit dem nachfolgenden Dominanten verkackte ich gleich dazu. Ich musste so sehr lachen, dass mich nur das Ausloggen und eine lange Pause retteten.
Und ein klärendes Gespräch mit Frau Mama.

Von Beginn an hatte ich einen Stammkunden. Wenn einer von einem begeistert war, dann konnte man ihm eine spezielle Klappe anbieten und er landete wieder bei einem, sofern man Dienst hatte.
Er hatte sehr ausgefallene Vorlieben. Meine Notizen dazu:

T
Andreas
Halluxfetischist. Steckte mir Keile aus Holz zwischen meine Zehen, bog den großen Zeh jeweils in Richtung der Kleineren, bumste mich zwischendrin.

T
Andreas
der Fußfetischist mit den Keilen und dem Hallux. Er verpasste mir einen Fußgips, lackierte mir die Zehennägel rot, versah mich mit Krücken und fickte mich im Stehen, während ich die Zehen im Gipsfuß bewegen musste – nicht auftreten.

T
Andreas
will wieder mit meinen Zehen spielen. Heute werden sie mit Natriumchlorid aufgespritzt.

T
Andreas
der halluxliebende Fußfetischist, der immer dieselbe Phantasie genießt. Halluxschmerzen verursachen, Zehen drücken, Krämpfe auslösen, Holzkeile, Nagellack, eingipsen, aufspritzen, Gehen unter Schmerzen, von hinten ficken und reinspritzen.

Nach 4 Monaten kündigte mir mein Chef, weil ich einfach zu schlecht war, doch kurz davor, wirklich nur ein paar Tage vorher, rief Andreas nach einer geglückten Phantasterei nochmal an und versicherte mir, dass er kein Spinner ist, sondern ein im Leben stehender Familienvater, der mit seiner Frau ganz normal schläft. Ich versicherte ihm, dass ich nicht denke, dass er ein Verrückter ist, sondern einer, der real unauslebbare Neigungen gut umsetzt. Er fragte mich, weshalb ich diesen Job mache und ich sagte zum Glück die Wahrheit:
„Weil ich vor Schmerzen wie ein Käfer am Rücken liege, gesund geschrieben wurde und nichts anderes machen kann."
Er wurde fachmännisch und fragte mich, wo es genau schmerzen würde. Ich gab Auskunft. Er sagte, ich soll mir eine Nummer notieren, es ist die Nummer eines Arztes, eines Kollegen, der auf diese Bauchregion spezialisiert ist. Der arbeitet am Salzburger Landeskrankenhaus. Ich notierte. Ich loggte mich aus und rief an. Ein

paar Tage später konnte ich hinkommen.

Robert fuhr mit mir mit dem Zug hin. Vom Schmerz der Bewegung und der Erschütterungen der Bahnfahrt ausgezehrt, kam ich dort an. Robert und der Arzt mussten mir auf die Liege helfen, ich war allein nicht mehr dazu in der Lage sie zu erklimmen. Der Arzt war der erste, der sich meine Befunde wirklich ansah. Er las alles durch und schimpfte auf ein Krankenhaus wegen fehlerhaft durchgeführter beziehungsweise nicht durchgeführter Untersuchungen.

Ich beschrieb ihm genau die Lokalisierung des Ausgangspunktes des Schmerzes, die Art und die Streuung, die Probleme mit der Volumenveränderung im Bauch.

Als er mit einer flüssigkeitsgefüllten Spritze mit einer extrem langen Nadel auf mich zukam sagte er:

„Schrecken Sie sich nicht, ich probiere jetzt was aus."

„Ich schrecke mich vor gar nichts mehr." antwortete ich.

Es war wirklich so, ich hatte medizintechnisch vor nichts mehr Angst.

Mir wurden Schläuche in Öffnungen eingeführt, ich wurde mit Kontrastmitteln vergiftet, in Röhren gesteckt, eine Ewigkeit lang in aufgrund der Geräte gekühlten Räume untersucht, mit Bariumbrei vollgestopft, ich fürchtete mich nicht. Er stach in meinen Bauch und injizierte seine Flüssigkeit genau an der Stelle, von der alles ausging. Binnen Sekunden war ich schmerzfrei. Ich konnte alleine von der Liege steigen, ich hüpfte vor Freude, ich ging das erste Mal seit Ewigkeiten schmerzfrei pinkeln, es war unfassbar.

Gleich zu Beginn meiner Wunderheilung sagte er dazu, dass das nur ein Betäubungsmittel sei, das nach ein paar Stunden seine Wirkung wieder verliert, ich solle mich also nicht zu früh freuen und auf das Zurückkehren des Schmerzes gefasst sein. Aber er hatte die Lösung. Bei meiner Zysten-Operation am rechten Eierstock wurde ein spezieller Nerv, der an sich in der Tiefe des Bauches verläuft, versehentlich an der Oberfläche meines Bauches angenäht. Dieser schnitt mir den Darm ab und jede Bewegung in diesem führte zum Zerren an diesem Nerv. Klar half da kein Parazetamol. Ich erhielt von diesem Arzt einen Aufnahmetermin auf der Chirurgie eine Woche später. Er schnitt mir diesen sensorischen Nerv, auf den man verzichten kann, einfach durch und ich war gesund. Mir verbleibt eine kleine, taube Stelle in der rechten Leiste. Da ich zwischen dem Ersttermin und meiner stationären Aufnahme bei der Telefonsex-Firma gekündigt wurde und mein Zehendoktor in den verbliebenen Diensten nicht anrief, konnte ich mich nicht mal bedanken.

Mit dem Ausfüllen der Formulare bin ich bis zum Mittagessen beschäftigt.

Ich bekomme einen Berg Gemüse und ein riesiges Stück Eistich, das ich nicht ganz aufessen kann.

Bei einer Zigarette nach dem Essen sitze ich, der Aufforderung der Märchenfee folgend, am ersten Tisch mit noch einer Netten, die mit mir am Vormittag ein Gespräch begann. Irgendwie wachse ich in die Gruppe rein. Die Märchenfee sagt mir, dass ich so ausgeglichen und ruhig wirke. Ich sage ihr, wie es wirklich in mir aussieht und dass ich eigentlich gerade in der Krise bin. Ich erzähle ein bisschen von daheim als ich ein Kind war, dass ich im Kindergartenalter schon sterben wollte, dass meine Eltern immer stritten, dass der Satz, den ich am öftesten von meiner Mutter hörte „Nerv mich nicht!" war.

Sie hakt ein:

„Deswegen glaubst du immer, dass du störst."

Ja, meine Mutter vermittelte mir ständig, dass meine Bedürfnisse sie stören.

Wir gehen gemeinsam zum Pavillon 18 zur Ergotherapie. Wir sitzen alle in einem großen, mit vielen Werkmaterialien ausgestatteten Raum. Er ist hell und einladend. Nach einer kurzen Wartezeit wird mit mir ein Einführungsgespräch geführt. Schnell ist klar, dass ich malen werde, Leinwände sind aber keine da. Kurzerhand nehme ich einen Seidenmal-Rahmen und spanne mir festes Leinen auf, das ich vorher nass mache. Es wird einer meiner Königssöhne, ein verbeulter Typ mit Krone. Nach einer Stunde ist auch schon wieder alles vorbei. Ich komme gerade dazu, die Skizze zu zeichnen und ein wenig mit dem Hintergrund anzufangen.

Wieder zurück auf der Station schreibe ich, Stunden widme ich der Telefonsex-Geschichte. Als ich fertig bin kommt das Abendessen.

Kurz davor versuche ich eine seit kurzem zu meinem Freundeskreis Gehörende anzurufen, um zu sagen, wo ich bin. Sie hebt aber nicht ab. Mein Anruf bei ihr gibt mir Auskunft darüber, dass ich nun auch mehr Besuch zulassen kann. Ich sollte es aber jeweils kurz halten, es strengt mich doch sehr an.

Meine abendliche Essensration fällt wieder üppig aus. Die austeilende Schwester meint:

„Das ist ja ein Wahnsinn, was Sie kriegen."

„Ja, ich kann's eh vertragen." stelle ich fest. Eine weitere Schwester sagt:

„Stimmt."

Mit einem Berg an Champignons mit Ei und Kartoffeln ziehe ich ab. Ich bin erschöpft und hungrig. Ich esse alles auf.

Nach dem Essen gehe ich gemütlich eine rauchen, dann lege ich mich hin, möchte nur nichts tun. Das Nichtstun endet im Rasen der Gedanken. Negativspiralen rund um die Zukunft. Das Bild, dass ich mich hier im Bad erhänge, flasht rein. Ich will mich gar nicht umbringen, das Bild taucht aber unwillkürlich auf. Mein Körper will sich nur ausruhen, ich bin so müde, doch das entspannte Liegen gelingt nicht, Anspannung macht sich breit. Besser Lesen.

Ich hole mir einen Tee, gehe zugleich mit einem anderen Patienten, der hier nach mir eincheckte, zum Kühlschrank. Er sagt:

„Ich verstehe."

„Du verstehst?" frage ich nach.

„Ja, ich hab grad was verstanden."

Ich werde neugierig.

„Was hast du denn verstanden?"

„Da draußen ist ein Satellit, der sieht mich, wenn ich raus gehe."

„Oh. Sieht der mich auch?" interessiere ich mich.

„Ja, der sieht dich auch, aber dir macht der nichts."

„Bist du Raucher?"

„Ich rauche leidenschaftlich gern." sagt er.

„Das ist jetzt blöd. Glaubst du, geht der wieder weg?" frage ich.

„Muss man schauen." meint er und geht hinaus. 5 Sekunden später kommt er wieder herein und verkündet:

„Er ist weg!"

„Das ist ja super, gratuliere!" strahle ich ihn an.

Er lacht auch.

„Spielst du mit mir Karten?" fragt er.

„Nein, ich muss mich ausruhen. Aber gern ein andermal."

Ich trinke meinen Tee, lege mich wieder hin und schlafe sofort ein. Die Schwester weckt mich um 21 Uhr 40. Ich gehe mit ihr und nehme meine Abendmedikamente ein. Mein Zustand nach dem Aufwachen ist ja hier meist nicht so rosig, ich fühle mich oft verloren und orientierungslos, aber wenn ich nach wenig Schlaf geweckt werde, dann hämmert noch Angst dazu. Ich versuche mich zu sammeln. Alles gut. Alles ist gut. Ich mache mir noch einen Pfefferminz-Tee und gehe eine rauchen. Als ich rausgehe, höre ich, wie die Schwester zum Satellitenmann sagt, dass es jetzt Zeit zum Schlafengehen ist, er sitzt vor dem Fernseher. Hier bedeutet Nachtruhe wirklich Nachtruhe. Ab 22 Uhr liegt alles in den Federn. Ich brauche etwas, bis ich wieder einschlafen kann.

KATASTROPHEN UND KRISEN

Mein Wecker klingelt. 7 Uhr. Ein Erwachen mit einem faustgroßen Schmerz in der Brust, der mich niederwürgt. Er ist tief und tut echt weh, nimmt mir den Atem. Einfach aufstehen und duschen gehen. Es hilft nicht, wenn ich verzweifle. Besser darüber hinweggehen. Einfach weitermachen. Unter der Dusche erhole ich mich ein wenig. Heilendes Wasser.
Am Weg zum Aufenthaltsraum erkundigt sich der Schülerpfleger nach der Nacht. Sie sind hier sehr bedacht auf Statusabfragen. Mehrmals täglich erkundigen sie sich nach dem Befinden.

Beim Kaffeeeinschenken steht meistens eine kleine Schlange beim Wagen an. Ich bemerke, dass ich mir heute Raum nehmen kann, weil ich nicht zu hudeln beginne, nur, weil jemand hinter mir steht.
Der Satellitenmann kommt beim Rauchen dazu. Die Frage nach dem Befinden beantwortet er mit „Ich hätte gerne einen Hund. Aber keinen weiblichen. Einen männlichen. Keinen Hund von meiner Mutter. Einen von meinem Vater."
Jeder Analytiker hätte seine größte Freude mit ihm.

Ein Blick in den Spiegel. Das Bild, das ich sehe, ist besser als das Bild, das ich im Inneren von mir habe. Seit Beginn dieser Krise verschob sich das wieder. Seit dem Klofall stimmt das Außen nicht mit dem Innen überein was meine Optik angeht. Ich kenne diesen Effekt, die Verschiebung war auch schon schlimmer. Ich glaube es war im Sommer 2016, da brauchte ich mich nur vor den Spiegel zu stellen, wenn ich mich freuen wollte. Das innere Bild von mir unterschied sich so stark von der Realität, dass ich mich teilweise im Spiegel nicht erkannte, vor allem wenn überraschenderweise einer auftauchte, wie zum Beispiel in einer Ausstellung im MAK, dem Museum für angewandte Kunst. Da dachte ich, es tritt eine Frau durch eine Tür, dabei war ich es selber. Ich brauchte ein paar Sekunden, um zu erkennen, was ich sah.

Bei der Medikamenteneinnahme macht mich der Schülerpfleger darauf aufmerksam, dass immer dienstags, also heute, kollektives Bettwäschewechseln angesagt ist.
Ich frage, ob ich mich noch für die NADA-Gruppe anmelden kann, die heute um

"Regulierung", 2013, 13x18cm, Acryl auf Leinwand

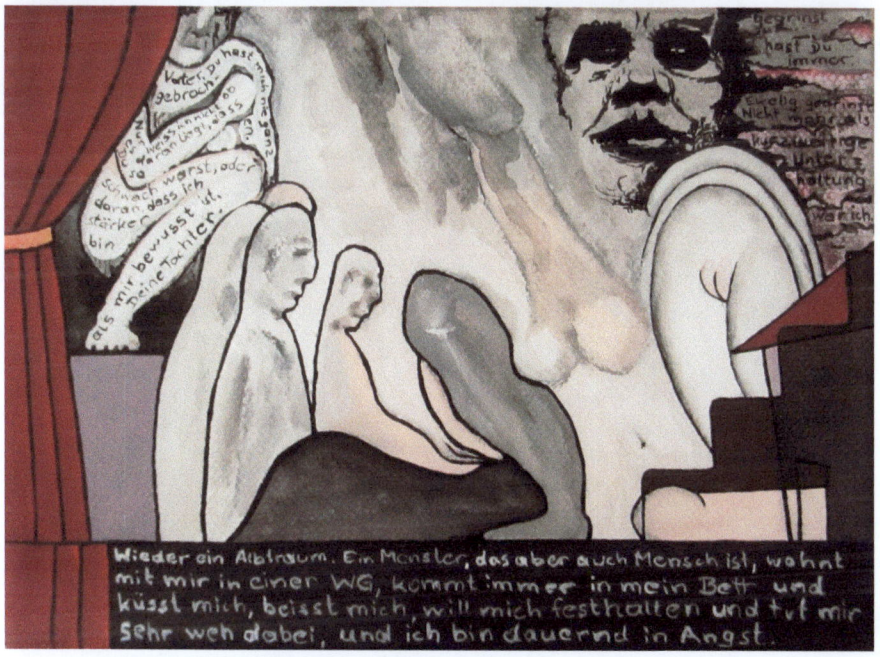

"Alb", 2013, 13x18cm, Acryl auf Leinwand

9 Uhr 15 stattfindet. NADA steht für National Acupuncture Detoxification Associa-
tion, eine Ohrakupunkturmethode, die sich im psychiatrischen Bereich etablierte. 5
Punkte werden gestochen: das Vegetativum zur allgemeinen Beruhigung, der Shen
Men, das große Tor, das bereit macht für Veränderungen, die Lunge, die sich bezahlt macht bei Entzügen, weil einer häufig dabei auftretenden Lungenentzündung
vorgebeugt wird, die Niere und die Leber als Entgiftungsorgane, die so unterstützt
werden.
Er wird nachfragen, ob das noch geht.
Außerdem kündige ich an, heute noch hinauf in die Tagesklinik zu gehen um meinen Kasten dort zu räumen.

Wieder am Zimmer ziehe ich gleich mein Bett ab und suche frische Bettwäsche,
der Kasten am Gang, auf dem steht, dass er welche enthält, ist aber versperrt. Ich
sehe den Schülerpfleger am Gang und frage ihn, wo ich frische Sachen herbekom-
me. Er ist bemüht, aber keiner seiner Schlüssel passt. Ich werde eine Abteilungs-
helferin fragen meine ich.
„Ja, wenn Sie eine Serviceassistentin sehen, dann können Sie das machen"
Ich frage nach.
„Serviceassistentin heißt das?"
„Ja, das ist jetzt die Berufsbezeichnung geworden."
Es amüsiert mich.
20 Minuten später erscheint eine Serviceassistentin mit einem Wäschewagen
bei uns und sie sperrt auch den Kasten auf. Ich finde alles Benötigte am Wagen.
Während ich Knoten in das Leintuch binde erscheint der Stationspfleger.
„Frau Jant!" sagt er.
„Suchen Sie mich?" frage ich.
„Ja."
„Gefunden." meine ich.
Sie bieten auf dieser Station ein Programm an, das „Adherence" heißt.
Gestern in der Morgenrunde bemerkte der Stationspfleger ein Problem mit mei-
nem schlechten Gewissen. Sie nennen es „Probleme im sozialen Kontakt". Ob ich
mit dieser Bezeichnung einverstanden bin wird erfragt. Ja. Allein das Ansprechen
meines schlechten Gewissens treibt mir die Tränen in die Augen. Im Zuge dieses Programms gibt es 5 Gespräche, in denen das Problem behandelt wird und
geschaut wird, ob man Unterstützung anbieten kann. 3 und 6 Monate nach der
Entlassung gibt es dann jeweils ein Gespräch, in dem evaluiert wird. Ob ich bereit
dazu wäre, daran teilzunehmen. Ja. Wir treffen uns um halb 10, um das erste Gespräch zu führen. Somit kein NADA.
Nach dem Fertigüberziehen des Bettes möchte ich mir einen Tee holen, doch im
großen Aufenthaltsraum findet bereits die Akupunktur statt, gleich nach dem Betreten des Raumes mache ich auf dem Absatz kehrt. Im Bücherregal im kleinen
Aufenthaltsraum sticht mir ein Titel ins Auge. „Katastrophen und Krisen" lautet er.

Ich nehme das großformatige Buch mit und trage „Vorstoß ins All", das mir oft als Schreibunterlage diente, zurück.

Katastrophen und Krisen, Ereignisse, die die Welt erschütterten. Auf Seite 4 finde ich einen Vermerk: Copyright des Originals 1979. Mein Geburtsjahr. Darunter ist ein Holzschnitt. An die 20 Köpfe, die in einem Feuer brennen, rechts ein Mann, der Holz hinträgt. Eine Signatur. A.D., von einer Ellipse umgeben.[1]

Ich gehe zu meinem Gespräch, es ist halb 10. Auf meinem Telefon zumindest. Die Uhren hier gehen etwas anders. Auf der Uhr im Gang ist es immer ein paar Minuten früher.

Wir gehen zu dritt in einen kleinen Raum, darin ist ein Tisch mit 3 Sesseln. Der Stationspfleger fragt, ob es in Ordnung ist, dass der Schülerpfleger dabei ist. Ja. Auf dem Tisch vor mir liegt ein Fragebogen.

„Die folgenden Fragen dienen als Vorlage für die Einschätzung des Patienten bezüglich sozialer Interaktion. Der Bogen gibt eine mögliche Strukturierung vor. Natürlich kann es sinnvoll sein, auch andere Fragen zu stellen bzw. je nach Situation Fragen wegzulassen."

Wir halten uns an den Fragebogen.

„Welche sozialen Kontakte haben Sie?"

Ich nenne meine Freunde, beschreibe ein wenig die Innigkeit dieser Beziehungen.

„Gibt es Schwierigkeiten bei sozialen Kontakten?"

Wie erörtern mein Problem mit Nähe und meine Unfähigkeit zu entspannen, wenn ich keine Rückzugsmöglichkeit habe.

Wir landen natürlich in der Vergangenheit, ich erzähle, dass der Ursprung meiner überwachsamen Umgebungserfassung, die mich nicht entspannen lässt, in meiner frühen Kindheit liegt, dass meine Bedürfnisse damals schon im Hintergrund standen und alles davon abhing, die Dinge zum richtigen Zeitpunkt zu tun, zu erfragen, die Dinge richtig zu machen, weil sonst Entwertung vom Vater oder Liebesentzug von der Mutter drohte. Ich werde verstanden, der Stationspfleger findet das alles nachvollziehbar und äußert, dass es ja unglaublich anstrengend sein muss, was ich schildere, nämlich das andauernde Scannen der Umgebung, das permanente Bescheid wissen über die Lage der Leute, die mit mir einen Raum teilen, das laufende orientiert Sein über die Stimmungen der Menschen in meiner Nähe. Ja, es ist enorm anstrengend. Und ich kann es nicht abstellen, selbst wenn ich es noch so sehr möchte.

Eine der Fragen im Anschluss lautet:

„Welche Reaktionen erwarten Sie bei sozialer Interaktion?"

Nach dem verbalen Eruieren notiere ich:

„In ständiger Erwartung, dass meine Grenzen überschritten werden und Angst im Nachhinein vor Kritik. Angst, etwas falsch gemacht zu haben."

Ich schildere, dass nach Kontakten außerhalb des innigen Kreises mich oft stunden- oder tagelang Qualen heimsuchen. Ich befürchte, dass ich etwas Falsches gesagt oder getan habe, nicht adäquat auf etwas reagiert habe oder etwas verabsäumt habe. Es raubt mir sogar den Schlaf und löst unfassbare Unruhezustände aus.

„Welche Strategien wenden Sie an, um mit diesen Reaktionen besser umgehen zu können?"

„Aushalten und Auslaufen lassen meiner belastenden Gedanken."

Früher mal versuchte ich, meine Zweifel auszuräumen, indem ich telefonierte und bei den Menschen, die es betraf, nachfragte. Das führte nur zu noch mehr Zweifel und zur Befürchtung, dass ich mich mit diesem Nachfragen lächerlich machte.

Es folgen weitere Fragen zu Sozialkontakten und Skalen, auf denen ich Punkte markieren soll.

„Wie wichtig ist es Ihnen, soziale Kontakte zu haben?" oder:

„Wie zuversichtlich sind Sie, dass in Zukunft soziale Kontakte nicht mehr stressen?"

Am Ende gibt es eine Zusammenfassung.

„Praktische Probleme bei sozialer Interaktion:"

„Anspannung, mich bedroht fühlen, permanentes Scannen der Umgebung, Zweifel nach dem Rausgehen aus Interaktion."

„Bereitschaft zum Knüpfen sozialer Kontakte:"

„Ist vorhanden, das Aufrechterhalten der interessanten Neukontakte ist schwierig. Lose Alltagskontakte stressen mich total."

„Wichtigkeit:"

„Ja, soll bearbeitet werden."

„Zuversicht:"

„Skeptisch aber gut."

Um 11 Uhr bin ich wieder draußen.

Manche Gesprächsteile waren schwierig, ich weinte und schnäuzte 5 Taschentücher voll.

Danach bin ich müde.

Nach einer kurzen Erholung gehe ich einen Stock höher und räume meinen Tagesklinik-Kasten aus. Gleich als ich im ersten Stock ankomme, begegne ich meiner damaligen Therapeutin, sie erkundigt sich nach meinem Befinden. Zur Schlüsselübergabe kommt meine ehemalige Bezugsschwester aus einer Besprechung.

„Das habe ich mir jetzt nicht nehmen lassen, Sie kurz zu sehen!"

Sie erkundigt sich natürlich auch, ich berichte, dass ich halt immer schnell erschöpft bin und dass alles furchtbar anstrengend ist, dass ich aber gut aufgehoben bin und mich verstanden fühle.

Ich berichte vom vorangegangenen Gespräch und den Folgegesprächen. Sie staunt. Sie stellt fest, dass ich viel gefasster wirke als noch 2 Wochen zuvor. Wir tauschen Schlüssel gegen 10-Euro-Schein.

Als ich wieder unten ankomme gibt es sehr bald Mittagessen. Ich bekomme einen Berg Gemüse, wie wunderbar!

Danach wuzle ich eine und gehe raus auf den Balkon. Ich bin allein. Ich stelle mich zum grünen Balkongitter, hänge meine Arme drüber, werde eins mit dem Metall. Ein Gefühl des Verschmelzens. 10 mal 10 Zentimeter dicke Eisenpfeiler, die auf beigen Betonsäulen ruhen, ragen auf. Dazwischen, in 1 Meter- und 50 Zentimeter-Abständen, sind dünne Metallschienen, die früher mal Vergitterungen zur Verfügung standen. Zwischen den Betonsäulen ist das verspielt geschmiedete Gitter. Blumig Verranktes und Wellen mit Punkten dazwischen. Jugendstilig. Mit diesem verspielten Eisen und der früher gittertragenden Querschiene werde ich eins. Die nach oben ragenden Pfeiler und Schienen finden sich ein in einen Rest der Vergitterung, die nicht entfernt wurde. 2 Meter über unseren Köpfen findet sich ein Hauch der ehemaligen Begrenzung, die mir ein wenig die Atmosphäre vermittelt, die hier einmal herrschte. Wie furchtbar.

Eine Schwester kommt und erinnert mich an meine Mittagsmedikamente. Sie fragt ob ich gerne spiele. Ja. Ob ich mit ihr am Nachmittag spielen möchte. Ja. Wir verabreden uns für nach dem Kaffee.

Um 13 Uhr geht die Bettnachbarin von quer gegenüber nach Hause. Außer hie und da mal ein wenig Smalltalk ist nichts geschehen zwischen uns. Auch hier ist es so, dass man eher beim Rauchen zum Austausch kommt. Im Zimmer lassen wir uns alle eher in Ruhe. Die Gehende ist generell eher schweigsam. Ich hoffe auf eine ähnliche Nachfolgerin.
- Meine Hoffnung wird erfüllt. Die Neue in unserem Zimmer ist die Depressive, mit der ich schon auf Pavillon 24 in einem Zimmer lag.

Liegend versuche ich mich auszuruhen, ich bin erschöpft und tonnenschwer. Die Rollstuhlfahrerin bekommt Besuch von einem Arzt der Pensionsversicherungsanstalt. Er kommt zur Einstufung wegen dem Pflegegeld. Teilweise redet er mit ihr wie mit einem Kind, stellt ihr ansonsten die üblichen Fragen. Ob sie selber koche daheim, was für eine Jahreszeit wir haben, wer der Häupl und die Karlich sind, wo wir jetzt sind und so weiter.
Nachdem er weg ist stehe ich auf und gehe in den Aufenthaltsraum. Kaum bin ich im bis auf den Satellitenmann leeren Raum, kommt eine Schwester auf mich zu. Sie macht das NADA und sie führt ein Einführungsgespräch mit mir, klärt mich über alles auf und lässt mich eine Einverständniserklärung unterschreiben. Ab nächster Woche bin ich dabei.

Die Luft ist hier sehr trocken. Dadurch auch der Tabak und meine Hände. Das Herstellen einer Zigarette wird zur motorischen Herausforderung. Außerdem verspüre ich verminderte Fingerfertigkeit, seitdem ich das Lyrica nehme. Das Wattierte lässt langsam nach, das veränderte Körpergefühl noch nicht. Es ist eine leichte Schwäche, ein Schwindel, ein Highsein.

Die Schwester, die mich vorhin ansprach, kommt und spielt mit mir Scrabble. Sie kommt um viertel 4 und bleibt fast bis 5.

2 Partien gehen sich aus und diesmal schaffe ich es mit der Konzentration auch. Die erste Partie gewinnt sie, die zweite ich. Sie kündigt eine Entscheidungsschlacht an. Ein andermal.

Während wir spielen nimmt hinter mir ein Mann Platz und schreibt sich lateinische Namen von einem Poster an der Wand ab. Unter denen der heimischen Fauna und Flora befindet sich eines, auf dem Zimmerpflanzen abgebildet sind. Der Mann ist ein Landschaftsgärtner, der von sich sagt, dass er sprachlich unbegabt ist. Nach dem Spiel und vor dem Abendessen unterhalte ich mich mit ihm. Nun weiß ich, dass der eigenartig schlanke Nadelbaum vor meinen Zimmerfenstern eine serbische Fichte ist.

Nach dem Abendessen reden wir weiter, ich muss das Gespräch aber bald abbrechen, weil mir schwindlig wird vor Überlastung. Seit 15 Uhr 15 bin ich in Kontakt, jetzt, um 17 Uhr 30, ist eine Pause angesagt.

Ich mache weiter mit meinem Rehageld-Antrag. Das dritte Beschäftigungsverhältnis, das ich in den letzten 15 Jahren hatte, dauerte von Oktober 2005 bis September 2006. Es war die Zeit im ersten Studio. Ich schreibe unter „Tätigkeitsbeschreibung" Masseurin hin. Wir waren offiziell geringfügig als Masseurinnen angemeldet. Die entstehenden Kosten erstatteten wir dem Betreiber und wir zahlten etwas mehr als 40 Euro pro Monat an die Gebietskrankenkasse, damit waren wir vollständig versichert. Ich schwelge ein wenig in Gedanken an diese Zeit, die ich als sehr leicht und lustig in Erinnerung habe, werde schnell müde und lege die Papiere bald wieder beiseite.

Ein Telefonat mit der Freundin, bei der ich war, bevor ich vom Klo fiel, führt zum Fliegen vieler Wünsche zwischen Erde und Satelliten.

STURM UND FLUT

Der Wecker schrillt. Er stört die schnarchende Depressive aber nicht. Ich bin so-fort wach, verspüre wieder diesen Schmerz, in dem auch ein bisschen ein „Schei-ße, ich lieg auf der Psychiatrie." liegt. Ich halte mich nicht lang mit Analysen auf, gehe duschen.

Nach wie vor trage ich 2 Sorten Kleidungsstücke, die das dunkelblaue, kreis-runde Emblem des Hauses tragen, Socken und T-Shirts. Gibt es auf der Akut-Sta-tion ausschließlich Shirts in der Größe L und XL, wobei man bei uns im Zimmer die Größe L wie Stecknadeln im Heuhaufen suchen musste, so gibt es hier sogar M- und S-Größen. Das hat auch was mit Würde zu tun. Wenn man gezwungen wird, in Säcken herumzulaufen, obwohl es was Passendes gäbe, dann ist das ein Fitzelchen entwürdigend.

Frisch aus der Dusche raus fühle ich mich sogar etwas wohl.
Am Weg zum Aufenthaltsraum befragt mich der Schülerpfleger zur Nacht und zum Befinden.

Ich nehme mir Kaffee und gehe eine rauchen.
Die kalte Luft am Balkon tut gut, ich fühle mich ein klein wenig lebendig.
Die Märchenfee macht mir ein Kompliment zu meinem Oberteil.
Sie erzählt, dass sie mal viele ihrer Klamotten dem OWS spendete.
„Ich weiß nicht, warum ich das gemacht hab." Sie blickt traurig drein.
„Warst in der Psychose?" frage ich.
„Ja."
„Da macht man solche Dinge. Sei froh, andere nehmen einen Kredit auf."
Sie lächelt.
„Ja, manchmal bin ich froh, dass ich einen Sachwalter habe."
Sie erzählte mir, dass sie rund 12 Jahre in psychotischen Zuständen verbrachte.

Ein dritter Kaffee. Die Tassen sind klein, sie fassen nicht viel.
Gestern bei der abendlichen Medikamentenvergabe bekam jeder einen Plan, auf dem die Therapien der kommenden Woche stehen. Bei mir ist für heute Vormittag Ergotherapie eingetragen.
Malen. Ja, ich freue mich.

Die Ruhe hier auf dieser Station ist ein Segen. Beim Frühstück leise miteinander sprechende Menschen im weitläufigen Aufenthaltsraum. Meine Nerven kommen zum Atmen.

Der Satellitenmann kommt zerstrubbelt und verspätet zum Frühstück, findet keinen Kaffee mehr vor und reagiert nicht, als ich ihn grüße.

Ich gehe aufs Zimmer und mache mein Bett.

Das Licht über meinem Bett funktioniert nicht mehr, die Neonröhre blinkt, wenn ich den Schalter betätige. Psychiatrie-Disko. Ich sage es dem Schülerpfleger, er informiert sehr rasch die zuständigen Hausarbeiter, es wird jemand kommen und sich drum kümmern.

Als ich bei der Medikamentenausgabe bin - die Schwester erkundigt sich nach meiner Nacht und meinen Vorhaben heute - trifft eine Patientin ein. Eine laut Polternde mit 3 Taschen.

„I hob kan Alkohol trunk'n!" ruft die Frau in XL, schreit in einem durch weiter und berichtet, dass sie jemand als Bellende bezeichnet hat. Wie treffend. Ich komme nicht raus aus dem Stützpunkt, weil sie türfüllend ist und genau im Eingang steht. Ich warte. Selbst als man ihr sagt, dass sie strategisch ungünstig platziert ist, macht sie keinen Schritt zur Seite. Bin ich froh, dass bei uns kein Bett frei ist.

Die Morgenrunde fällt heute aus. Bis 10 Uhr 45 habe ich Zeit, dann beginnt die 45-minütige Ergotherapie. Über die Kürze der Therapie bin ich heilfroh.

Eine Zigarette. Plötzlich ist die Welt weiß angezuckert, Schneegestöber ist in der Luft.

Die Polternde sitzt draußen und hustet sich die Seele aus dem Leib. Ich setze mich bewusst an einen anderen Tisch. Als sie wieder zu Atem kommt will sie mir eine Packung Zigaretten schenken. Ich lehne ab. Sie insistiert. Ich verneine, sie ist aber schwerhörig und ich muss meine Stimme erheben, sage ihr laut, dass ich die nicht rauche.

„Du wuzelst gern." stellt sie dröhnend fest. Ja.

Eine Schwester bringt ihr eine Kanne mit Hustentee auf den Balkon. Kaum ist sie weg setzt ein lautes Weinen ein.

„Mach mir das auf, i krieg den Deckl net auf, i tua strickn und häkln."

Wortlos öffne ich ihr die Kanne und setze mich wieder, wende mich sogar ab. Bloß nicht zu viel anstreifen, die wird man nie wieder los.

Hier sind mehr Patienten als auf der Station der Langzeittherapie in Ybbs, auf der ich immer war, doch es ist wesentlich ruhiger hier. In Ybbs ist der Aufenthaltsraum um vieles kleiner, es erscheint mir, als würde sich die körperliche Nähe direkt auf das zwischenmenschliche Agieren auswirken. Als ob das näher Zusammensein auch quasi die Forderung nach kommunikativem Zusammensein in sich trägt. Ständig wurde dort gesprochen. Der kleine Raum ließ auch nichts über die Tische hinweg verhallen, alles wurde einem zwangshalber in die Eustachi'sche Röhre gestopft.

Zwar mit der Anwesenheit anderer ein Problem habend profitiere ich dennoch vom

Vierbettzimmer. Wenn jemand etwas sagt, dann bin ich nicht die Einzige, die in Frage kommt, angesprochen zu werden. Es sind doppelt so viele Menschen im Zimmer wie in Ybbs, aber netto bleibt weniger Zwangskommunikation für mich über. Da ich immer recht beschäftigt bin wenden sich meine Kolleginnen eher wem anderen zu.

Der Satellitenmann geht auf den Balkon und beginnt mit der Polternden zu reden. Ich bin inzwischen wieder drinnen und höre durch die Doppeltüre lautes Gerede, das sich aber bald in ein Geheul verwandelt. Sie leidet und will es offenbar jedem kundtun, mit dem sie in Kontakt kommt.
Ich betrachte die Pflanzen, die im Aufenthaltsraum rechts vom riesigen Fenster am Boden stehen. Es findet sich darunter eine Grünlilie, ein mich überragender Gummibaum mit nur einem Stamm, eine Efeutute, die eher seitlich runterhängt, als um ihre mit Kokosfaser umwickelte Stütze gerankt zu sein, eine hüfthohe, dünn-stämmige Palme, eine fettblättrige Pflanze mit 7 Ästen, an denen symmetrisch glänzende Blätter wachsen.
Nach der eingehenden und kontemplativen Betrachtung des Grüns gehe ich auf's Zimmer, in dem eine aushilfshalber anwesende Seviceassistentin gerade dabei ist, meine Bettdecke abzuziehen. Ich sage ihr, dass gestern alles frisch bezogen wur-de. Sie reagiert beleidigt vorwurfsvoll und motzt mich an, meint, dass ich ja nicht da gewesen wäre. Sie macht große, emotionale Hand- und Armbewegungen beim Wiederbeziehen der Decke und wiederholt, dass ich ja nicht da gewesen wäre.
„Ich muss nicht am Zimmer sein. Ich versteh nicht, wo da jetzt das Problem ist." sage ich in ernstem, unfreundlichem Tonfall.
„Es gibt eh kein Problem." meint sie, der Subtext ist hoch angefressen.
„Es hört sich aber so an." entkommt es mir provokant, ein von mir selten verwen-deter Ton, aber die nervt einfach. Die angriffslustige Schwingung in meinen Worten bringt sie zum Schweigen. Sie gibt ein trotziges „Danke." von sich als sie fertig ist, ich wundere mich und gebe ein knapp phrasiertes Danke zurück. Ich bemerke, dass ich ausgesprochen ruhig bleibe. Ansonsten verfrachtete mich so etwas in Auf-ruhr und ich musste das im Nachhinein in gestressten Zuständen verarbeiten, ich kenne ein Ruhigbleiben in solchen Situationen wirklich überhaupt nicht. Das Lyrica. Ein Wunder.

Ob ich an einer Spielerunde teilnehmen möchte fragt eine Schwester. Ja, wieso nicht. Wir spielen zu fünft Skip Bo. Der Schülerpfleger und die Schwester, ich glaub sie ist auch Schülerin, spielen mit der Rollstuhlfahrerin, einer, mit der ich noch kaum in Berührung kam, und mit mir. Sehr bald setzt Schwindel ein. Mir ist das ein-fach zu viel. Ich versuche mir eine schützende Blase zu imaginieren, versuche zu entspannen, es gelingt nicht. Mir wird immer schwindliger. Als das Spiel endet fühlt es sich wie ein bedrohlicher Zustand an, aber auch wie auf einer berauschenden Substanz. Ein Schwindel, ein körperfernes Gefühl, ein Auflösen des Systems. Ich hole mir einen Lavendeltupfer und gehe aufs Zimmer. Dort ist meine Lampe zerlegt und mein Bett verschoben, aber es ist keiner da. Der Hausarbeiter holt wohl eine neue Neonröhre. Ich gehe aufs Klo im Zimmer und höre auf einmal Gewerke. Er baut die neue Röhre ein. Als ich vom Klo komme ist der Arbeiter weg, mein Bett steht wieder dort, wo es vorher war. Da ich ihn nicht gesehen habe weiß ich nicht mal, ob es nicht eine Sie war. Ich habe wieder Licht.

Im Anschluss gehe ich mit der Märchenfee eine rauchen. Sie ist mir sehr sympathisch und versprüht eine durchgeknallte Atmosphäre. Sie erzählt mir, dass sie kein kongruentes Bild von sich hat, dass sie in der Psychose immer jemand ganz anderer ist und, da sie so lange in schlimmen Zuständen war, kein Gefühl von Identität aufbauen konnte. Sie weiß nicht, wer sie ist. Sie weiß, was sie getan hat, hat aber keinerlei Bindung zu diesen Handlungen. Vor diesem Aufenthalt nahm sie – wieder mal – ihre Medikamente nicht ein. Sobald sie sie absetzt wird sie psychotisch.

Danach schütte ich zwei Gläser Zitronenwasser in mich rein, das ich Plastikwasser nenne, da der verwendete Zitronensaft in Plastikflaschen abgefüllt ist. Wenn Säure auf Kunststoff trifft, dann lösen sich die Weichmacher heraus. Dank Lyrica ist mir das momentan völlig egal, vor 2 Wochen hätte ich das nicht getrunken.

Der Satellitenmann informiert mich darüber, dass morgen der Opernball stattfindet.

Am Gang kommt mir ein älterer Neuer entgegen, er bewegt sich wie ein Roboter. Im Zimmer schläft die Depressive.

Ich fühle mich fragmentiert. Um zu versuchen, eine Einheit zu werden, schreibe ich. Jede Bewegung führt zum Größerwerden dieser Zerstückeltheit, jede größere Kopfbewegung führt dazu, dass ich das Gefühl habe, mich in der Luft um mich selbst zu drehen. Einfach ruhig sitzen und hoffen, wieder Eins zu werden.

Ich blättere im Katastrophen und Krisen-Buch. Ein Kapitel zieht mich an. „Sturm und Flut" beginnt auf Seite 39. Auf Seite 41 sind zwei gleich große Fotos abgebildet. Das obere zeigt einen herrschaftlichen Landsitz im Mississippi-Delta und die wunderbare Grünanlage rundherum. Das untere Bild zeigt den gleichen Ort nach dem Drüberfegen des Hurrikans Camille im Jahr 1969. Außerdem bretterte eine Sturmflut über das Anwesen. Das Gebäude ist verschwunden, die Wiesen sind weg, die Bäume fast kahl. Ich betrachte die Bilder lange. Dabei sammle ich mich ein wenig. Ich blättere weiter. Unterkapitel mit Namen wie „Tsunami-Schrecken", „Sturmflut an der Nordsee" oder „Hochwasser in Florenz" folgen. Ich schmökere.

Der Schülerpfleger kommt, fragt nach, ob ich die Ergotherapie am Schirm habe und erkundigt sich nach meinem Befinden. Ich schildere.

Danach ist es auch schon Zeit hinüber zu gehen. Durch Schneematsch stapfe ich zum Nachbarpavillon, während winzige Schneeflocken vom Himmel fallen.

In der Werkstatt komme ich drauf, dass ich meinen Therapieplan vergessen habe, auf dem unterschreiben die Therapeuten, somit wird die Anwesenheit nachgewiesen. Meine Pinsel habe ich außerdem liegen lassen, ich male mit alten, bockigen Borstenpinseln einen lila Hintergrund, der mir nicht gefällt. Ich gehe mit schwarz drüber und lasse eine lila Aura um den Königssohn stehen. Bald befällt mich ein schlechtes Gewissen, weil ich den Hintergrund doppelt bemalte und somit Material, das nicht mir gehört, verschwendete. Es quälen mich Gedanken an das Entdecken dieser Verschwendung durch die Ergotherapeutinnen, mein Gefühl sagt mir ganz deutlich, dass sie mir böse sein werden. Mein Kopf weiß, dass das Blödsinn ist. Nur dominiert das Gefühl. Als eine Therapeutin vorbeikommt und die Veränderung des Bildes kommentiert sage ich, was in mir vorgeht, in Hoffnung auf Erleichterung.

„Ich weiß, dass solche Dinge bei Ihnen auftreten." meint sie.

Die weiß das. Die kommunizieren hier untereinander echt gut. Sie sagt mir, dass ich deswegen kein schlechtes Gewissen haben brauche. Die Erleichterung setzt ein. Sie sagt mir, dass sie die Entwicklung des Bildes spannend findet.

Als ich wieder zurück auf der Station bin steht der Schülerpfleger da und fragt, wie es war. Ich sage gut und verheimliche meinen schlechtes-Gewissen-Anfall, weil ich nicht mühsam sein will, weil ich ihm nicht zur Last fallen will, weil ich nicht schon wieder Negatives sagen will, weil ich ein schlechtes Gewissen hätte, wenn ich ihm die Zeit mit meinem Blödsinn raube. Kurz darauf komme ich dahinter, dass ich diese Symptome nie gescheit bearbeitete aus genau diesem Grund, weil ich niemanden belästigen will mit meinem Stuss. Ich ließ das oft unter den Tisch fallen, weil mein Kopf weiß, dass das Bullshit ist. Im Vergleich zu zum Beispiel Flash-backs, die mich früher quälten, erscheint mir das schlechte Gewissen auch wie ein Kinkerlitzchen, diese Gefühle sind aber trotzdem so stark, dass es Zeit ist, mich ihnen therapeutisch zu stellen. Also gebe ich mir einen Ruck, suche den Schüler-pfleger nochmal auf und bitte ihn um ein Gespräch. Wir setzen uns in das Arztzim-mer und ich schildere ihm meine Misere. Er findet es gut, dass ich ihm das mitteile, ich falle ihm nicht zur Last, es ist wichtig, dass sie Bescheid wissen. Ein riesiger Schwindel geht in mir los, ich habe das Gefühl in einem Karussell zu sitzen. Ich sag ihm, dass ich den halben Tag wie auf Droge verbracht habe. Ich bin müde. Das Essen wird gut tun.

Nach dem Essen habe ich zwar immer noch den Schwindel und die Auflösungs-gefühle, doch ich bin ein wenig geerdeter, ein bisschen schwerer.

Seit Neuestem steht ein Zuckerstreuer am Kühlschrank, ich muss nicht mehr auf meine heimlichen Reserven zurückgreifen.

Was die zwei Neuen angeht, so stellt sich heraus, dass sie keine Neuen sind, sondern nur zur Visite vorbeikommen. Jedes Monat einmal.

„Stammkundschaft in unserer Sprache." meint eine am Balkon.

Mittagsmedikamente. Ich bin etwas daneben, bekomme 3 Tabletten und nehme sie in den Mund, denke irgendwo rechts hinten in meinem Gehirn, dass da was nicht stimmt, doch der Gedanke ruft nicht laut genug. Zwar sondiere ich mit der

Zunge, was das Dritte sein kann, aber die Tabletten lösen sich langsam auf. Ich denke, dass ich mich sicher irre und schlucke. Irgendwie dennoch verunsichert frage ich bei der Schwester nach, was ich nun mittags bekomme. Sie sieht nach. Lioresal und Lyrica.

„Es waren aber drei Tabletten."

„Immer vorher sagen, wenn Sie sich unsicher sind." meint sie.

Tja. Dafür war ich zu daneben.

„Wird schon nix sein." sage ich. Ein wenig beunruhigt bin ich aber trotzdem. Der Schelm in mir zieht in Betracht, dass mir das unbekannte, falsche Medikament beim Zahnarzt heute Nachmittag helfen könnte.

Es wundert mich, dass ich nicht male. Ich hätte alles da, doch es formiert sich nichts vor dem inneren Auge, es entstehen keine Skizzen, die darauf drängen, realisiert zu werden, es lockt nicht die Farbe, es schreit keine Leinwand.

Ich lege mich hin und schlafe ein. Der wohlweislich gestellte Handywecker reißt mich um 15 Uhr aus dem Schlaf. Wieder wie zugedröhnt gehe ich mir Kaffee holen, will auf den Balkon und werde vom Nichtöffnen der Türe abrupt in meinem Bewegungsfluss gestoppt. Ein Zettel hängt an der Tür, den ich erst jetzt sehe. „Balkon wegen Rutschgefahr geschlossen" steht da. Die Schülerin, mit der ich vormittags spielte, würfelt mit der Rollstuhlfahrerin. Ich frage nach. Wir sollen vor den Haupteingang gehen, uns aber vorher am Stützpunkt abmelden. Gut. Ich füge mich den Zwängen und gehe rauchen. Der zugedröhnte Zustand verstärkt sich massiv. Ein Drehen aller Zellen, ein Wahrnehmen der Umgebung, das surreal wirkt. Ich tippe auf das ominöse dritte Mittagsmedikament. Das Leben fährt mit mir. Die Umgebung dreht sich, obwohl sie steht. Die Geräusche sind zwar nah, haben aber mit mir nichts zu tun. Mein Körper dreht sich in sich, die Zellen vollführen Pirouetten.

Ich gehe Zähne putzen. Um halb 4 fahre ich los zum Zahnarzt.

Auf dem Weg runter zum Bus sehe ich ein Schneeräumgefährt, auf dessen Schaufel „Winter is coming" steht. He, Winter is bald over, Alter.

Ich sitze im Wartehäuschen und bin high. Gerne wüsste ich, was ich da geschluckt habe.

Die Busfahrt zur U6 fühlt sich an wie eine Schifffahrt, die vorbeirauschende weiße Landschaft zerfließt wie Wasser, jede Bodenunebenheit ist eine Welle, die sich am Schiffsrumpf bricht. Das Wasser, das in wabernden Rinnen die Scheiben hinunterläuft, verstärkt diese Illusion. Ich erlebe die Fahrt wie im Traum.

Die Vibrationen der U-Bahn wirken hingegen sehr erweckend auf mich. Sie fühlen sich so hart und rau an, als wären wir der tonnenschwere Bohrer, der erst das Loch in den Untergrund fräst, in dem wir uns bewegen.

Unterwegs kaufe ich noch Löskaffee beim Billa. Eine alte Dame mit Einkaufswagen quatscht jeden Greifbaren an. Ob er gut sei, der Löskaffee, fragt sie. Ich antworte sehr hingewendet, sage ihr, dass ich es nicht weiß, ihn zum ersten Mal kaufe.

„Ja, muss ma ausprobieren." sagt sie grinsend.

Beim Waren auf das Kassaband Legen zeigt sie mir Kekse, von denen sie auch nicht weiß, wie sie schmecken.

„Die sind bestimmt lecker." meine ich überzeugend. Sie stimmt zu.

Mit der U4 geht es weiter, bei der Pilgramgasse steige ich aus und hüpfe auf dem Weg zum Margaretenhof über Pfützen und Matschhaufen. Eine halbe Stunde bin ich zu früh. Das genieße ich. In Ruhe ziehe ich mich aus und lasse mich zum Schreiben nieder. Ich sammle mich. Und ich konstatiere, dass ich insgesamt ziemlich gelassen unterwegs bin dafür, dass ich über 1000 Euro bei mir habe. Heute kaufe ich mir eine Krone um 1025 Euro, und endlich hat dieses Drama um diesen Zahn ein Ende. Ich kann es kaum glauben. Die letzten Monate sparte ich wirklich hart, heute zahlt es sich aus.

Die Assistentin holt mich, um mir das Provisorium zu entfernen. Sie sagt, dass man an meinen Augen erkennt, dass es mir besser geht als letzte Woche.

Als die Ärztin kommt stellt sie sofort fest, dass die Krone nochmal zum Techniker muss, da sie am oberen Ende nicht abschließt, ein schwarzer Rand wäre zu sehen, wenn man sie so einzementieren würde. Wir sehen uns in einer Woche wieder.

Am Weg zur U4 merke ich, dass ich noch immer zugedröhnt bin, aber es wird weniger. Es ist spät, aber ich gönne mir einen Kaffee bei Mc Donalds, ich werde trotzdem gut schlafen, bei dem was ich schlucke.

Beim Warten auf die U-Bahn denke ich darüber nach, dass ich vor einer Woche auch hier war, es mir aber wie eine Ewigkeit vorkommt. Die U-Bahn kommt. 2 Stationen mit unfassbar vielen, gelben Stangen um rote Sitze und graue Flächen. Stiegen rauf, Stiegen runter, U6. 4 Stationen in einem sehr vollen Waggon. Die auszufüllenden Papiere kommen mir in den Sinn und ich werde unruhig. Nach wie vor werde ich auch nervös, wenn ich an Vergangenes denke. Der mir sonst immer Kraft gebende Gedanke an die Höhlenzeiten auf Naxos und Gomera verursacht nur Negatives in mir. Es ist verrückt. So gerne würde ich über diese freie, losgelöste Zeit etwas aufschreiben, aber die Auseinandersetzung damit verursacht mir unerträgliche Zustände. Es fühlt sich an wie ein endloses Fallen.

Kaum aus der U6 draußen sitze ich auch schon im 48A, dem Bus, der mich zurück in die Klapse bringt. Ich muss wegdenken von meiner Vergangenheit, sie spült mich fort. Sturm und Flut. Nur das Jetzt gibt mir Halt. Die Vibrationen des Busses, die Geräusche, die vorbeiziehenden Straßen und Gassen. Ich beruhige mich langsam. Achtsamkeitsübungen hardcore. Wenn ich das nicht mache, dann reißt es mich fort. Sturm und Flut der Vergangenheit, ein Tosen des Gewesenen, das meinen Kopf zermalmt.

Bei der Busstation „Pfenniggeldgasse" steht ein spezieller Baum. Jedes Mal, wenn ich vorbeifahre, versuche ich ihn zu sehen. Er steht komplett schief und wirkt sehr verwachsen, er ist wunderschön. Er gibt mir Hoffnung. Er war auch mein Fixpunkt auf der täglichen Fahrt in die Tagesklinik. Jeden Morgen, egal wie schrecklich er auch war, erfreute ich mich an diesem der Schwerkraft trotzenden Gewächs.

Als ich wieder auf der Station bin frage ich die einzige Schwester, die nicht in der Dienstübergabe sitzt, ob es für mich noch ein Abendessen gibt. Sie schaut ständig streng, seufzt und stöhnt, findet mein Essen und kommentiert es mit einem kritischen „Sehr interessant.". Sie wärmt es mir auf und überreicht es mir. Zum Ende der Handlung hin wird sie freundlicher.
Ich bin allein im Aufenthaltsraum, zum ersten Mal kann ich langsam essen. Meinen Berg Gemüse bedecke ich mit einer dichten, graubraunen Pfefferschicht. Es liegt aber nicht an meinen Geschmacksnerven, es liegt daran, dass der Pfeffer nicht pfeffert.

Die Märchenfee fragt, ob ich mit ihr eine rauchen gehe. Sie erzählt mir von Ufos und sonnenreflektierenden Gerätschaften am Mond. Sie ist seit 13 Jahren häufig auf der Psychiatrie und sagt, dass sie 7 Jahre durchgehend in einer Psychose verbracht hat. Als wir wieder am Zimmer sind lässt sie mich den Text lesen, den sie schrieb. Daraus geht hervor, dass sie in der Psychosezeit ausgesehen haben muss wie eine Obdachlose, sie schlief auch oft draußen, obwohl sie eine Wohnung hatte. Die wiederum gestaltete sie zu einem Tempel um. Sie verliebte sich immer in Lehrer oder Ärzte.
Beim Rauchen erzähle ich ihr, dass ich nichts von meinen Reisen aufschreiben kann. Sie meint, es müsse halt jetzt mal das Schlechte raus. Ich würde gerade ausmisten. Diese Sicht gefällt mir, wenn sie auch nicht gänzlich zutrifft, ich schrieb ja nicht nur Schlechtes auf. Aber gerne mache ich weiter mit Ausmisten.

Die Beziehung zu meinem 2 Jahre älteren Bruder war immer schwierig. Wir lebten in einem Schlachtfeld und es geschah nicht der Schulterschluss zwischen zwei Krümeln, die das gleiche Schicksal teilen, es geschah das Gegenteil. Das Gleiche war uns ja auch nicht beschert, er war ein Wunschkind und ich war der Unfall, was mir auch ständig kommuniziert wurde, vor allem als ich noch sehr klein war. Meinem Bruder war es eine Freude, mich zur Weißglut zu bringen. Mir kommt vor, er ließ keine Gelegenheit aus, aus mir ein weinendes und schreiendes Etwas zu machen. Meine Mutter sah das, aber sie erhob nie das Wort gegen ihn. Sie erhob es maximal an uns Beide. Sie wollte einfach Ruhe, von Erziehung oder Gerechtigkeit, menschlicher Hinwendung und Auseinandersetzung war nichts zu bemerken. In meinem ersten Tagebuch beschwerte ich mich darüber, dass sie einfach ihren Job nicht machte.
Sie wollte ihre Ruhe und sie war nicht in der Lage schlichtend einzugreifen, sie wollte uns immer nur abstellen. Da es für meinen Bruder keine weiteren Konse-

quenzen nach sich zog, machte er immer weiter. Was mich sehr quälte war sein Vergnügen dabei. Er entwertete mich, alles was ich war und tat war für ihn eine Möglichkeit, es niederzumachen.

Nur einmal half er mir. Dieses Erlebnis ließ ihn aber im Anschluss weiter von mir abrücken denn je. Ein Nachbarsjunge, der mit uns aufwuchs und mit dem wir viel Kontakt hatten, klingelte mal bei uns. Ich war zirka 12 Jahre alt, er war 16 oder 17. Er wollte zu meinem Bruder, der war aber nicht da. Er schlug vor, auf ihn zu warten und sich die Zeit auf einem in unserem Kinderzimmer stehenden Spielautomaten zu vertreiben. Ich ließ ihn herein, wir waren sehr vertraut miteinander und das Hereinlassen war nichts Außergewöhnliches. Als er ins Spiel vertieft war wollte ich seine Aufmerksamkeit haben und spielte möglichst falsch auf einer weißen Kinder-flöte, um ihn zu stören. Er sagte, ich soll aufhören, ansonsten geschehe etwas Schlimmes. Ich rechnete mit einer Rauferei, das war mit ihm nichts Neues. Oft balgten wir uns und aufgrund seiner Körperfülle und Kraft war das recht spannend für mich. Also machte ich weiter. Er warnte mich noch einmal eindringlich, ich gab weiterhin grauenvolle Töne durch die Flöte von mir. Er stand vom Spieltisch auf und warf mich auf mein Bett. Er fixierte mich vollständig, seine wuchtigen Beine lagen auf meinen, mit seiner linken Hand hielt er meine Handgelenke über mei-nem Kopf fest, mit seiner Rechten öffnete er meine Hose. Er fuhrwerkte an meiner Scheide herum und drang mit seinen Fingern in mich ein. Er tat mir sehr weh da-bei. Ich wehrte mich heftig, ich schrie, doch er ignorierte mich. Ich weiß nicht, wie lange er sich so an mir verging. Dieses sich Wehren ohne Chance, das steckt mir bis heute im Leib. Es gefiel ihm so gut, dass er es wiederholte. Ab da versuchte er mich allein daheim anzutreffen, es ging so weit, dass er mich mit einem Griff in den Schritt begrüßte und dann das Prozedere in meinem Bett folgte. Ich wehrte mich nicht mehr. Er drohte mir immer damit, dass er allen erzählen würde, was ich mit mir machen lasse, falls ich laut schreie, jemandem davon erzähle oder nicht mehr die Türe aufmache. Erstaunlicherweise funktionierte das, andererseits hätte ich vermutlich sowieso niemandem etwas erzählt, da ich bis dahin nicht die Erfahrung machte, dass mir geholfen wird. Die Gefahr bestand, dass es mir eher zum Nach-teil ausgelegt wird, an jemanden wenden kam mir nicht in den Sinn. Ich war ver-loren. Ich hatte wirklich Angst vor ihm. Es ging über Wochen so. Eines Tages kam aber mein Bruder überraschend hinzu. Er zog mit meinem Peiniger ab ins Freie zu einem Platz, den niemand von der Siedlung, in der wir wohnten, einsehen konnte und sprach dort mit ihm. Es wurde bald eine Schreierei, ich konnte es aus der Fer-ne hören. Ab da geschah mir nichts mehr durch ihn. Ab da waren die Beiden keine Freunde mehr. Ab da war auch zwischen mir und meinem Bruder etwas anders. Er ließ mich mehr in Ruhe, nahm aber auch Abstand von mir. Ein paar Monate darauf zogen wir aus dieser Siedlung aus und in die Wohnung im Süden von Graz ein. Bald tat mein Bruder im Bus so, als ob er mich nicht kennen würde, er schämte sich für meinen Hippie-Kleiderstil und verabscheute die Musik, die ich hörte, ent-wertete diese und meinen Körper, sagte mir ich sei fett.

Diese Geschichte mit dem Nachbarsjungen verfrachtete ich ins Land der Verdrängung. Erst als ich regelmäßig zärtlich mit einem Freund im Polytechnischen Lehrgang verkehrte, also mit 15 Jahren, und ich ihm immer wieder unwillkürlich dabei zwischen die Beine trat, bewegte sich etwas. Er schnappte mich nach einer solchen Attacke nämlich mal, setzte mich an den Küchentisch in seiner elterlichen Wohnung und meinte:

„Mädel, mit dir stimmt ja was nicht. Was ist denn los?"

Zack, da war die Erinnerung an diese Geschehnisse wieder da. Ich reagierte in meiner Hilflosigkeit mit Rückzug und beendete diese Beziehung bald. Dass mein Bruder diese Tortur beendete, das wusste ich zu diesem Zeitpunkt und sogar Jahre später noch nicht. Das kam mir erst im Zuge einer Therapie und mittels Flashbacks ins Bewusstsein. Ich wohnte bereits in Wien als ich mich der damaligen Begebenheiten so richtig entsann, also über 8 Jahre nach dem Missbrauch. Zu irgendeinem Anlass trafen mein Bruder und ich in der Wohnung im Süden von Graz, in der nur mehr mein Vater wohnte, zusammen. Ich sprach ihn darauf an, wollte weitere Informationen dazu einholen und mich bedanken. Er reagierte sehr abweisend und sagte, er könne sich an nichts erinnern.

„Wenn dir noch etwas dazu einfällt, du hast meine Nummer." sagte ich.

„Mir wird dazu nichts mehr einfallen." entgegnete er.

Den Rest dieses Tages war er so freundlich zu mir wie nie zuvor, doch ab diesem Treffen hob er nie wieder das Telefon ab, wenn ich anrief. Unser Kontakt endete. Es war der erste von einer Serie von familiären Kontaktabbrüchen. Er schmerzte mich am meisten.

Die Balkontüre ist wieder aufgesperrt. In Ruhe rauche ich draußen zwei Zigaretten. Das Aufschreiben dieser Geschichte beunruhigt mich nach wie vor, aber ich spüre auch die Entwicklungen, die Erfolge der Therapien. Früher hätte mich so eine intensive Auseinandersetzung völlig aus der Bahn geworfen, mich in tiefe Verzweiflung gestürzt. Heute ist es zwar aufwühlend, aber mit ein wenig Abstand ist es dann auch wieder gut.

Ich nehme die Abendmedikamente und trinke noch in Ruhe einen Tee. Mein Hirn wird klarer, heute wird Lesen gut möglich sein vor dem Einschlafen. Ich glaube, ich nehme mir den T.C. Boyle wieder her.

Beim Ausziehen bemerke ich, dass die Akzeptanz meines Körpers ansteigt. Ich fühle mich nicht so hässlich und stinkend wie vor 2 Wochen.

DÜRRE UND HUNGERSNOT

   Keine ganze Seite las ich zum Einschlafen, die Medikamente knockten mich rasch aus.
Ich erwache schmerzlos, ich fühle mich gut.
Es war eine ruhige, unterbrechungslose Nacht, in der ich mich kaum bewegte, wie ich am Zustand meiner Decke ablesen kann, sie ist am unteren Ende noch so eingeschlagen wie am Tag zuvor.
Nach dem Anziehen laufe ich 3 Mal hin und her, weil ich erst den Kastenschlüssel, den ich sicherheitshalber immer mit mir haben möchte, dann den Löskaffee und dann meine Tasse mit dem Löffel, die ich immer für den Morgenkaffee vorsorglich bunkere, vom Zimmer hole.
   Der Biker spricht nach wie vor gerne mit mir. Nein, er spricht zu mir. Er läuft mir nach. Er redet nur von sich. Erstaunlicherweise fällt ihm immer was ein. Er stört oft meine Ruhe. Beim Schreiben sprach er mich 2 Mal an, mein „Ich schreib grad!" war beim zweiten Mal in einem empörten Tonfall, das macht er nun nicht mehr. Er braucht Zuhörer und wenn sonst keiner da ist, dann habe ich ihn an der Backe.
Er geht heute sogar mit zum Rauchen ohne eine zu rauchen. Er quatscht meine Guten-Morgen-Zigarette zu. Auch mit anderen redet er nur von sich. Mir ist es ja so lieber, als wenn er Fragen stellen würde. Ein in mich Dringen von einem Vielredner hatte ich auf der Tagesklinik. Wenn ich dem nur einsilbig auf vorherige Fragen antwortete, dann folgte dennoch eine Befindlichkeitsfrage. Wochenlang versuchte ich diesen Gesprächen durch abweisendes Verhalten zu entfleuchen. Immer wieder versuchte er sich festzukrallen. Es führte zu zwei Abgrenzungsgesprächen, das erste fruchtete nicht, das zweite machte ihm zu schaffen, in dem war ich so deutlich, dass auch er es verstand. Das war kurz vor meiner Aufnahme auf der Akut. Er kostete mich echt Nerven. Dabei meinte er es nur gut, wollte mich aufmuntern, wendete bei mir die Strategien an, die ihm selber gut tun würden. Ich wollte nur meine Ruhe.

   Wir sind hier an die 20 Patienten, mit den meisten davon komme ich nicht in Berührung. Eine ältere Depressive, die sich vor kurzem hier im Aufenthaltsraum Ratschläge zum Alltag von ihrer Tochter anhören musste („Du musst rausgehen. I geh jeden Tag zum Markt, auch wenn i nix brauch, aber die Luft und die Bewegung!" Sie bräuchte Mitgefühl und Verständnis, keine Ratschläge.), höre ich sagen

Ohne Titel, 2013, 20x20cm, Acryl auf Leinwand

„Einghazt hob i die Pullover, schen woam hob i's g'habt a Zeit lang".
Ich liebe solche Gesprächsfetzen. Unsichtbar sein können fällt mir wieder ein.
Nicht ins Gespräch verwickelt sein und dennoch so etwas hören können, und zwar
die ganze Geschichte, nicht nur ein paar zufällige Fetzen.

Als ich wieder am Zimmer bin höre ich eine Schwester im Männerzimmer gegenüber mit einem alten Mann, der immer ein rotes Tuch um den Hals und sonst nur
den blauen Anstaltspyjama trägt, reden. Sie möchte ihn zum Duschen bewegen.
„Dann sind's wieder frisch und das ist gut für die Damen."
Sie ist herzallerliebst dabei, ihr Tonfall ein überaus freundlicher.
Nach meiner Morgentoilette, Haare stylen und Zähneputzen, gehe ich wieder in
den Aufenthaltsraum zum Schreiben. Die Rollstuhlfahrerin und die Pullovereinheizerin spielen Rommy, eine Mitpatientin frühstückt. Der Biker kommt und spricht mit
ihr.

Für meine Anträge muss ich am Wochenende die Adressen der Firmen heraus-
suchen, bei denen ich arbeitete. Was nicht pensionsversicherungstechnisch erfasst
ist, muss nicht angegeben werden. Meine Selbständigkeit wird also nicht abge-
fragt.
Nachdem ich von der Sitte aufgeblättert wurde, machte ich mich ja zur legal erfass-
ten Sexarbeiterin.
Im ersten Studio lernte ich Muna kennen. Wir verstanden uns auf Anhieb und
erzählten uns in den ersten gemeinsamen Arbeitstagen unsere Leben. Es war eine
innige Verbindung. Sie hörte in diesem Studio kurz vor mir auf und somit setzten
wir uns zusammen und schmiedeten Pläne. Wir beide sahen umwerfend aus und
ich überzeugte sie rasch davon, dass wir uns nicht unter Wert verkaufen, sondern
ganz oben ansetzen sollten. Wir machten uns Vorstellungsgespräche in den 2
bekanntesten Bordellen Wiens aus, in einer Bar und im Babylon. Beide Termine
legten wir auf den gleichen Abend. Aufgehübscht zogen wir los und starteten in
der Bar, dem wohl alteingesessensten Betrieb in der Innenstadt. Inzwischen gibt
es dieses Etablissement nicht mehr. Die Besitzerin war eine schon verblühte Frau,
die in ihrer plüschbezogenen Bar ein familiäres Regiment führte. Sie war die in
dem Text über die Prostitution Beschriebene, die uns riet, die Besoffenen, die ohne
Gummi wollten, zu bescheißen. Das Thema kam dort, neben der Wichtigkeit, die
Männer zu Alkoholkonsum anzuregen, auf. Die klassische Bordellmethode halt:
Überteuerte Getränke herausleiern, sich einladen lassen, den Kerl aufs Zimmer
kriegen, Zeit schinden. Schon während dem Gespräch wechselten wir Blicke, die
keinen Zweifel offenließen, dass wir hier nicht anfangen würden.
„Na, das war ja wohl nichts." meinte Muna als wir uns wieder auf der Straße befan-
den. Nein, das war nichts. So stellte ich mir das Arbeiten nicht vor.
Wir zogen weiter ins Babylon, die teuerste Hütte von Wien. Ein Prunkbau, von
außen wie von innen, es ist wirklich sehenswert. Wir klingelten an einer großen
Türe, die sich bald öffnete und einen riesigen Eingangsbereich freigab. Wir wur-

den von Klara begrüßt, einer schönen Blondine, die ihre anschaffenden Jahre im Betrieb hinter sich hatte und damals als Empfangsdame, Kundenbetreuerin und Zuständige für die Frauen fungierte. Sie war eine gutgelaunte, tolle Erscheinung. Sie führte mit uns das Vorstellungsgespräch, das in einem der Zimmer im Erdgeschoss stattfand. Alle Räume sind dekadent eingerichtet, Marmorbadezimmer, riesige Betten, goldene Verzierungen, Skulpturen, die Handtücher darbieten, riesige Spiegel, Schmuck und Stuck überall, Stofftapeten, die von tausend und einer Nacht träumen lassen, edle Materialien, üppige Sessel, jedes Stück ein Kunstwerk. Ich konnte mich gut sehen in diesen Kulissen.

Im Vorstellungsgespräch wurden uns die Modalitäten erklärt. Küssen war Pflicht, Naturfranzösisch auch. Ob mit oder ohne Mundvollendung, das blieb uns überlassen. Geschlechtsverkehr durfte nur mit Schutz erfolgen, die wöchentliche Untersuchung durfte nicht versäumt werden.

Meine Erfassung erfolgte noch im damaligen, inzwischen aufgelösten Standpunkt im ersten Gemeindebezirk in der Nähe der Börse. Das Gesundheitsamt übersiedelte aber bald darauf auf den Thomas-Klestil-Platz im 3. Wiener Gemeindebezirk. Die Räumlichkeiten am neuen Standort hatten im Vergleich wirklich ihre Vorzüge. Da ich bereits dort Untersuchungen hatte wurde vereinbart, dass ich weiter dort bleibe, sie hatten aber auch Ärzte, die ins Haus kamen.

Die Männer bezahlten 100 Euro Eintrittsgebühr, dafür konnten sie trinken, was sie wollten außer Champagner, der war extra zu bezahlen. Das ganze leidige Thema um den Alkohol war damit erledigt, wie wundervoll! Außerdem gab es Haubenküche, sie konnten essen was sie wollten. Für uns Sexarbeiterinnen gab es ein Extrabuffet in der Küche, von dem wir nehmen konnten, was wir brauchten. Wenn wir einen Mann ins Restaurant begleiteten, dann konnten auch wir a la carte speisen. Getränke kosteten uns nichts. Wenn ein Mann mit einer Frau aufs Zimmer ging, dann wurden die 100 Euro des Eintritts angerechnet. Eine halbe Stunde am Zimmer kostete damals 200 Euro, eine ganze 400 Euro, wenn es länger dauerte, dann gab es Vergünstigungen.

Wir Frauen bekamen die Hälfte davon, allerdings waren die Steuern davon schon bezahlt, die entrichtete das Haus. Man war zwar selbständig, konnte aber dennoch nicht kommen und gehen wann man wollte. Die Dienste dauerten 12 Stunden. Es gab 2 Beginnzeiten, 18 und 20 Uhr glaub ich.

Muna und ich ließen uns darauf ein. Sehr bald starteten wir, es wurde ein Dienstplan erstellt, ich arbeitete jede zweite Nacht. Und es lief gut. Mit den anderen Frauen kam ich kaum in Berührung, außer wir wurden gemeinsam von einem Mann gebucht, dann kamen wir sehr stark in Berührung. Ich wurde von Anfang an sehr oft erwählt, war gut drauf und betätigte mich häufig an der Bar, wenn ich nicht am Zimmer war. Die wurde von uns Frauen betreut und ein netter Spruch zum ausgegebenen Rum-Cola führte oft zu einem weiteren Kunden. Dass ich Österreicherin bin verschaffte mir reichlich Vorteile, dass ich keine doofe Nuss bin auch. Im Job hörte ich nicht selten, dass es wunderbar sei, mit mir zu sprechen. Häufig war es aber nur das Aussehen und die Körpersprache, die zu einem neuerlichen Kunden führte. Ich erinnere mich an Nächte, in denen ich kaum aus dem Zimmer draußen war und sofort wieder erwählt wurde. Die Aura des ausgelassenen Sex umgab mich. Ich arbeitete zwar nicht lange dort, aber in vielen Nächten trug ich um die 1000 Euro aus dem Babylon raus. Einige meiner Kolleginnen hassten mich dafür. Ständig war ich an der Bar zugange oder beschäftigte mich mit Männern, während manche Frauen den ganzen Abend rumstanden und nicht zu Potte kamen. Leere Arbeitstage verursachen Frust. Im ersten Studio hatte ich zwar auch ein paar davon, manchmal steuerten uns nur wenige Männer an, doch dann hatten meine Kolleginnen auch wenig bis gar kein Geschäft. Wenn andere aber ständig erwählt werden, man selber aber nicht, dann ist das hart. Dieses Problem hatte ich nie. Nach einer recht kurzen und turbulenten Zeit im Babylon musste ich pausieren, weil meine Weisheitszähne unten aus dem Kiefer gestemmt wurden. Bei der Gelegenheit ließ ich mir gleich sämtliches Amalgam aus den Zähnen entfernen, Geld für weiße Füllungen und Goldinlays hatte ich nun ja. Ein paar Kronen waren auch nötig. Zwar ließ ich alles an der Unizahnklinik machen, es kostete dennoch ein kleines Vermögen.

Als ich danach, nach dem alles gut abgeheilt war, wieder anfing, kam ich nicht mehr gut rein in den Job. Mir waren die Nächte zu lang, ich trank mehr und ich wollte eher plaudern als blasen. Das Geschäft war dennoch gut. Ein Kerl, der ebenfalls Kundenanliegen entgegennahm und uns Frauen betreute, fragte mich mal als ich feierabends in aufgeräumter Stimmung durch die Tür ging, die er mir aufhielt, ob ich morgen auch wieder popscherlficken komme.

„Ich mach kein Griechisch." klärte ich ihn auf. Er sah mich total verdutzt an und fragte mit unveränderter Mine:

„Wie machst du das dann?"

„Mit Liebe!" rief ich und lachte, bevor ich ins Taxi hüpfte.

Ich galt als eines der besten Pferdchen des Hauses und offenbar gingen bis dahin alle davon aus, dass ich jegliches Service anbot um so erfolgreich zu sein. Ich machte die Arbeit wirklich hingebungsvoll, auch wenn es mir immer schwerer fiel. Wieder einmal ging ich weit über meine Grenzen und versuchte diese mit Alkohol zu erweitern. Ein riesiger Remy Martin zwischen 4 und 5 Uhr morgens ließ mich immer durchhalten, die Wodka-Cola dieser Nächte konnte ich kaum zählen, die mischte ich aber schwach. Vor allem die Orgien mit mehreren Leuten strengten mich unsagbar an. Sie dauerten natürlich auch immer recht lang. 3 Typen buchen sich 3 Frauen oder mehr und dann muss es rund gehen. Ich konnte nicht mehr. Am Ende machte ich einen so schlechten Eindruck zu Arbeitsbeginn, dass mich Klara eines Abends, obwohl ich für eine Party gebucht war, heimschickte, und wir beschlossen, dass ich aufhöre. Ich glaube ich war weniger als 5 Monate dort engagiert, die Zahnsanierungszeit inklusive.

Gerne erinnere ich mich an einen der ersten Jobs dort. Ein Typ, der immer die Frauen im Whirlpool untertauchte, wenn sie nicht damit rechneten, buchte mich.

Da ich ja mein Gegenüber nie aus der Wahrnehmung lasse, selbst wenn ich nicht hinsehe, erwehrte ich mich leicht dieser Attacke und tauchte im Gegenzug ihn unter. Die Dame an der Rezeption, die die Schlüssel verteilte und das Geld entgegennahm, fragte skeptisch nach, als ich bei ihr wieder auftauchte. Sie war so begeistert von dieser Aktion, dass ich sofort einen Stein im Brett hatte. Wie im ersten Studio wurde ich als unzimperlich und taff wahrgenommen und konnte mir dadurch eher was herausnehmen als andere.

An einem Morgen nach einer arbeitsreichen Nacht lallte mich ein unguter Stammgast, um den ich immer einen Bogen machte, lauthals an:

„Und di fick i jetzt no!" Ein lautes, stakkatoartiges

„Sicher nicht!" entfuhr mir.

Sicher nicht. Das konnten sich viele nicht erlauben. Die mussten, wenn ein Kunde wollte. Obwohl wir selbständig waren mussten wir uns gewissen Regeln unterwerfen. Ich konnte sie in diesem Fall biegen.

Um die 20 Frauen waren wir jede Nacht. Die meisten waren oft da, teilweise jede Nacht, das waren auch die mit den vielen leeren Nächten. Die Kunden kannten sie schon und eine müde Körpersprache ist nicht sexy. Andere kamen nur für eine Nacht die Woche. Mit einer unterhielt ich mich mal länger, sie meinte sie gehe halt gerne fremd und freitags würde sie sich sowieso die Nacht um die Ohren schlagen, da kann sie gleich hier her kommen und sich was dazuverdienen, anstatt Geld auszugeben. Ein gutes Konzept, sie wurde auch wegen ihrer Unverkrampftheit gerne genommen. Das Lockere, das sie ausstrahlte, weil sie, wenn sie nicht aufs Zimmer ging, es auch einfach genoss, einen Drink zu nehmen und sich mit den anderen Frauen oder mit Männern zu unterhalten, hatte natürlich etwas Anziehendes. Je mehr man unbedingt Business machen will in dieser Branche, umso weniger gelingt es. Ein im Gespräch darauf Drängen aufs Zimmer zu gehen, das führt nur in den seltensten Fällen zum Erfolg.

Ich verbummle meine Ergotherapie, habe die falsche Uhrzeit im Kopf, warte stattdessen auf die Visite und komme um 10 Uhr 30 dran. Einer Ärztin, die ich noch nicht kenne schildere ich meine generelle Lage. Mein schlechtes Gewissen ist auch Thema, wir reden kurz über die Ergo gestern um ein Beispiel zu nennen. Im Anschluss stelle ich fest, dass ich von 10 bis 10 Uhr 50 am 18er-Pavillon hätte sein sollen. Ich geh kurz rüber, die Ergotherapeutin bietet mir eine Therapieeinheit von 13 bis 13 Uhr 50 an. Wunderbar. Heute sollte ich meine eigenen Pinsel nicht vergessen, wenn das Bild was werden soll.

Wieder mal sitze ich im Aufenthaltsraum und schreibe. Der Biker spricht mich heute zum dritten Mal an, obwohl ich beschäftigt bin. Ein scharfes „Ich schreibe gerade!" entfährt mir. Er geht an seinen Tisch. Kurzerhand entscheide ich mich dafür, mit ihm zu sprechen, gehe hin und frage ihn, ob wir kurz reden können. Er merkt schon, dass ich etwas mit ihm zu klären habe, die Phrasierung seines

„Ja, red ma." lässt da keinen Zweifel offen.

„Du redest gern und du sprichst mich ständig an, sobald ich da bin, mir ist das aber zu viel. Ich hab gern meine Ruhe, dieses ständige Sprechen überfordert mich. Was machen wir?" äußere ich in wohlwollendem Tonfall.

„Ja, gut, red ma nix." meint er.

„Na, gar nix reden ist auch scheiße." entgegne ich.

„Ich versteh schon, du hast gern deine Ruhe, ist okay."

Ich bedanke mich, während ich kurz meine Hand auf die seine lege. Es ist der erste von mir ausgehende Körperkontakt zwischen uns, er berührte mich im Gespräch oder beim Kaffeeeinschenken öfter mal. Sehr gespannt auf die weiteren Entwicklungen gehe ich wieder an meinen Tisch. Etwas Unruhe sucht mich heim, ansonsten befinde ich diesen Schritt als gut und bin froh, ihn getan zu haben. Das Lyrica tut seinen Job.*

Vor dem Essen komme ich drauf, dass ich gar nicht nach einer Einzeltherapie bei der Visite fragte, das hatte ich ursprünglich vor.

Einen Versuch starte ich, mir die raue Haut von den Daumen und den Zeigefingern zu schleifen. Es gelingt mäßig. Die Luft ist so trocken, aber noch dazu reagiere ich oft mit rissigen Händen, wenn ich permanent in Gesellschaft bin. Ich muss beginnen zu schmieren. Dabei hasse ich das so. Aber solange meine Kopfhaut nicht mit Psoriasis reagiert bin ich zufrieden. Während meiner letzten Anstellung litt ich unter so starker Schuppenflechte am Haupt, dass ich mir meine langen Haare abschnitt um die krustige Haut besser pflegen zu können. Das funktionierte einigermaßen, doch so richtig heilte alles erst ab, als ich mir schlussendlich die Haare bis auf 2 Millimeter abrasierte. Die Glatze stand mir gut, nur dachten einige Menschen, dass ich eine Rechte sei, das war nicht so angenehm.

Komischerweise wurde ich in Österreich häufig darauf angesprochen, aber nie in Israel, wo ich zu der Zeit 2 Mal war. Die Menschen dort begegneten mir wesentlich entspannter als die Leute hier was meine Optik anging.

Das Warten auf die mittägliche Medikamentenausgabe fülle ich mit Blättern im Katastrophenbuch. Das Kapitel 5 behandelt Dürren und Hungersnöte.

„Dürre trägt immer noch die Hauptschuld an Hungersnöten auf der Welt.

* Es ist der 16.05.2018, ich befinde mich seit 08.03. im Therapiezentrum Ybbs an der Donau. Über uns ist eine Station, auf der der Biker nun ist. Ich tippe das Buch während diesem Aufenthalt hier in meinen Acer. Und genau heute läuft er mir über den Weg, erzählt mir von sich. Wir lösen uns aber bald wieder voneinander.

Am 05.05. war ich auf Ausgang in Wien und fuhr ins Erholungsgebiet Wienerberg zum Schwimmen. Der Biker war auch da, setzte sich zu Freunden, die vorher schon da waren, das war genau neben meinem Platz.

Andere Ursachen – Überschwemmung, Pflanzenkrankheiten, Missernten, Kriege, Übervölkerung – werden ebenfalls behandelt, aber Regenmangel ist vor allem in Afrika und Asien verantwortlich für das lange Leiden durch Hungersnot."[1] steht am Beginn als Kapitelbeschreibung.

In meiner Volksschulzeit setzte ich mich mal mit Steinen und Ästen auf den Gehsteig vor das Papiergeschäft meiner Mutter und spielte damit. Bald kam, wie erhofft, jemand vorbei, der mich fragte ob ich denn sonst nichts zum Spielen habe. „Die Kinder in Afrika haben auch nichts anderes." war meine Antwort.

Als das Katastrophenbuch erschien lebten 4 Milliarden Menschen auf der Welt, von denen 2,4 Milliarden unterernährt waren.

Ständig empfinde ich meinen Geburtsort als Segen. Oft schon schämte ich mich für meine Leiden, haben doch so viele Menschen auf dieser Erde viel elementarere Probleme.

Im Babylon gab es eine Runde von Männern, die regelmäßig dort verkehrten und mit denen ich den einen oder anderen Abend verbrachte. Eine Kollegin vom ersten Studio, die mit dem trockenen Humor, folgte Muna und mir nach unseren Berichten ins Babylon. Einer dieser Männer warb sie dem Babylon bald ab und sie willigte ein in einen Privatdeal. Er bezahlte ihr 4000 Euro pro Monat dafür, dass sie auf Abruf bereit stand. Diese Männerrunde flog regelmäßig nach Südafrika, weil einer unter ihnen dort ein ganzes Hotel besaß, das ein paarmal jährlich nur für private Zwecke nutzte. Er lud immer Freunde und Kollegen dorthin ein und gönnte sich den Luxus für sich und seine Begleiter Frauen zu engagieren. Unsere Bekannte war sowieso dabei, sie war auch die Einzige, die nur mit dem Hotelbesitzer Sex hatte, was aber nicht heißt, dass er nur mit ihr schlief, er nutzte sämtliche Möglichkeiten was das anging. Als ich mich vor der Abreise im Winter 2007/08 mit dieser Bekannten auf einen Drink traf berichtete sie mir.

„Braucht ihr noch Damen?" fragte ich.

Ja, brauchten sie. Nach einem Treffen mit dem Hotelbesitzer war ich auch gebucht, er hatte mich offenbar in guter Erinnerung.

Während ich hier im Aufenthaltsraum schreibe kommt der Satellitenmann vorbei, nimmt sich am Kühlschrank etwas zu trinken und sagt, halb zu sich selber, „Ich kann's gar nicht erwarten wieder zu Hause zu sein."

Ein paar Wochen nach der Zusage durch den Hotelbesitzer flogen wir an die Ostküste Südafrikas.

Ich sah Stacheldrahtzäune und Wachhunde vor den Häusern der Weißen, sah gehende Schwarze, sah luxuriöse Autos und Armut, getrennt bloß durch eine Gehsteigkante, sah eine Menge an alternativmedizinischen Produkten in den Apotheken, weil sich viele den Arzt nicht leisten können, sah die Angestellten des Hotels trauern um den an Aids verstorbenen Mann einer Kollegin, sah das Meer und sogar zwei herumtollende Wale, die mich zu Tränen rührten, sah die Villen und die

Baracken.

Die faszinierendste Szene, die ich beobachtete, fand an einer Kreuzung statt. Wir waren mit dem hauseigenen Chauffeur unterwegs und hielten an einer Ampel. Ein verkommen aussehender Weißer kam und bettelte bei den stehenden Autos. Die getönte Scheibe eines fetten Wagens fuhr herunter und ein Schwarzer gab ihm Geld. Es war göttlich.

Wir lebten ein unverschämt luxuriöses Leben, wurden bedient und von mit Gewehren Bewaffneten bewacht. Einmal fielen Schüsse. Es klang sehr nah, doch laut unseren Security-Männern war es 3 Kilometer weit entfernt.

Ich genoss viel und arbeitete wenig. Es ging den Herren in erster Linie um hübsche und gutgelaunte Gesellschaft und erst in zweiter Linie um Sex.

Bald fand ich heraus, dass ich meinen Whiskey in eine Sektflöte füllen musste wenn ich ihn im Pool neben mir treiben lassen wollte.

Das Hotel war riesig, in offenem Kolonialstil erbaut, und der Garten war ein Park. Am Gelände war ein eingezäunter See, Krokodile lebten auf diesem Gelände. Es gab einen Tennisplatz, den wir nie nutzten, es gab eine Vielzahl an Pflanzen und Wühlmäusen, die ich gemeinsam mit dem Hausmeister ausräucherte.

4 Wochen lang genoss ich das südafrikanische Klima, das Meer und die Menschen. Ich mochte die Mentalität, das Gerade, das Lebendige.

Abends waren wir selten aus, aber einmal konnte ich die feiernden Einheimischen sehen. Da herrschte eine Stimmung, so was bringen wir in Mitteleuropa einfach nicht zusammen, auch wenn wir es noch so wollen.

Wir erhielten 1000 Euro pro Woche und mussten für nichts auf der Reise bezahlen, Klamotten-Einkäufe inklusive. Heute noch muss ich jedes Mal an diese Zeit denken, wenn ich zu gewissen Kleidungsstücken greife.

Am Anfang der Jahres 2008 folgte eine weitere Reise dorthin im Ausmaß von 3 Wochen.

Um 13 Uhr gehe ich zur Ergotherapie rüber. Als ich vor dem Werkraum warte tritt eine Frau vor mich und stellt sich als zuständige Psychologin vor. Ob ich sie begleiten möchte werde ich gefragt. Die Ergo hat heute ein Pech mit mir. Kurz wird sich ein Malen aber danach noch ausgehen, die Therapiegespräche dauern hier 30 Minuten.

Als wir in ihrem Raum sitzen stellt sie sich ausführlicher vor und sagt alles, was Vorschrift ist. Dann fragt sie wie ich mich vorstellen werde. Ich schneide kurz meine Kindheit an, erzähle von meiner Therapiebiografie und schildere meinen Weg ins OWS. Das ist zeitfüllend. Die Psychologin findet es bemerkenswert, wie übersichtlich und gehaltvoll ich diese Ausführungen gestalte. Außerdem bin ich genau pünktlich zu Therapieende fertig, das Timing ist ihr auch eine Bemerkung wert. Ja, als ehemalige Prostituierte weiß man genau, wie lange eine halbe Stunde dauert. Wir machen uns einen neuen Termin aus und ich schaue noch rüber in die Ergotherapie. Ein wenig pinsle ich herum, aber ich komme mit den Eigenschaften der dortigen Farben und denen des Stoffes nicht klar, ich verhaue die Nasenwurzel-schattierung meines Königssohnes.

Gleich im Anschluss an die Werkstatt habe ich die Vorstellung des Therapieange-botes, ebenfalls auf Pavillon 18. Eine Physiotherapeutin erklärt mir einiges zu Infotafeln, die dort an der Wand hängen, zur Musiktherapie und zu den Physiothe-rapien. Ab dem zweiten Drittel bemerke ich Aufmerksamkeitsschwächen, vor dem dritten Drittel bekomme ich eine meiner Schwindelattacken. Wir setzen uns, ich trinke Wasser und wir schweigen ein wenig. So richtig erhole ich mich nicht mehr während des Vortrags, fühle mich ganz schön verwundbar und geschwächt. Wir gehen zusammen zurück auf 20/2. Sie spricht immer wieder und ich kann es kaum ertragen, denke mir ständig
„Bitte sei still, bitte sei still.", kann es aber nicht sagen.

Der Kaffee kommt bald. Die Rollstuhlfahrerin hat Besuch. Als dieser weg ist tref-fen wir uns beim Rauchen. Wer die Frau war frage ich.
„Das war die, wegen der ich hier bin." meint sie. Ah, die Heimhelferin, die meinte, sie wolle sich umbringen und Hilfe rief.
„Jetzt bringt's ma Zuckerln und lauter Klanigkeiten und tuat Oaschkrallen." meint sie bissig.
Ich trinke mehr Kaffee als mir gut tut und warte auf meine beste Freundin Lisi. Sie fährt über's Wochenende weg, hat aber einen Kater. Da ein ansonsten Fütternder auch nicht in Wien ist bot ich meine Hilfe an, sie verbindet einen Besuch mit der Schlüsselübergabe.

Während ich auf sie warte ruft mein Therapeut an. Er arbeitet sowohl im The-rapiezentrum Ybbs als auch in Wien in einer kleinen Praxis, die ich an sich alle 2 Wochen aufsuche. Wir setzten unsere Gespräche aus, sobald ich mich an der Tagesklinik in Behandlung begab, denn doppelt therapieren ist nicht so geschickt. Nach 4 Wochen Tagesklinik schrieb ich ihm eine Mail, ein kleiner Bericht meines recht schlechten Zustandes. Sein Spamfilter sortierte sie aus, deswegen reagiert er so zeitverzögert. Ich schildere ihm die Geschehnisse ab meinem Zusammenbruch. Dass er ja meine Anforderungen an mich kenne meinte er, und dass es zu diesem Zusammenbruch kommen musste, weil ich vorher nicht aufgehört hätte. Ja klar. Es hätte ja auch anders kommen können. Man nimmt sich ja die Gelegenheit darauf, das Ruder herumzureißen, wenn man nicht das Letzte versucht. Er meint, dass ich nicht die Spezialistin bin für die Grenze zwischen schlecht und Krise. Ja. Nein. Bin ich nicht.

Um 4 kommt Lisi mit ihrem Sohn. Wir setzen uns ins Komm24. Am Weg dorthin erzählt sie von ihrer Schwester, die eine Weltenbummlerin ist. Ich bekomme mas-siv das Bedürfnis, ein Leben wie sie zu führen. Nein, ich bin ich und sitze in der Klapse. Es löst so viel Neid und Sehnsucht in mir aus, dass ich im Kaffeehaus wei-ne. Es ist bald wieder gut. Wegen meiner geringen Belastungsfähigkeit machten wir von vornherein einen eher kurzen Besuch aus. Um dreiviertel 5 verabschieden wir uns wieder. Es tut verdammt gut, sie gesehen zu haben.

Nicht nur Franz, auch sie lernte ich in der Selbsthilfegruppe für Angst und Depression kennen. Wir blitzten uns bei der ersten Begegnung an vor Freude, auf so einen Menschen zu treffe, die Situation des ersten Wortwechsels mit ihr habe ich noch so intensiv in Erinnerung als wäre es vor wenigen Wochen gewesen, dabei ist das schon 6 Jahre her. Seitdem begleiten wir uns durch unsere Hochs und Tiefs, von denen es in der Zwischenzeit reichlich gab. Noch nie ging sie mir auf die Nerven, immer kann ich sie gut verstehen in ihren Emotionen, und sie gibt mir das gleiche Gefühl. Sie ist ein Edelstein am Kiesweg.

Nach dem Abendessen hole ich meine Medikamente. Die heute für mich zuständige Schwester schlug morgens vor, dass man ja jeden Tag bei der chemischen Versorgung um 17 Uhr 30 ein kurzes Reflektieren über die Schwierigkeiten, Entwicklungen und Fortschritte, was die sozialen Kontakte angeht, einführen kann. Sie fragt mich, ob wir uns dafür ins Arztzimmer setzen sollen.
„In diesem Fall schon." antworte ich und berichte ihr dort von meinem Gespräch mit dem Biker. Wie sich das nun auswirkt kann ich noch nicht sagen, weil er auf Ausgang ist. Sie meint, dass man sich das noch aushandeln hätte können oder in weiterer Folge kann, wie die Gestaltung des Kontaktes in Zukunft aussieht. Dann bespreche ich noch die Situation mit der Physiotherapeutin, berichte, dass ich mir am Weg hierher nur wünschte, dass sie leise ist. Die Schwester sagt, ich hätte viel früher reagieren können, die Situation unterbrechen können indem ich früh sage, dass ich nichts mehr aufnehmen kann. Und sie sagt, dass ich das darf, dass keiner vom therapeutischen Team böse sein wird deswegen. Ich kann das nicht glauben und weiß zugleich, dass ich da in einer kindlichen Erlebniswelt feststecke. Ich kann es nicht glauben, dass niemand böse ist, wenn ich meine Bedürfnisse so frühzeitig kundtue. Es muss erst heftig werden, dann gestehe ich es mir zu. Gut, beim Biker wurde es nicht sonderlich heftig, aber er stieg mir ein paarmal zu oft über eine bereits gezogene Grenze. Heftigkeit oder Häufigkeit müssen ein gewisses Maß übersteigen, dann erst stehe ich für mich ein.

Die Schwester meint noch, dass sie es gut findet, dass ich viel im Aufenthaltsraum schreibe, weil das Zimmer den totalen Rückzug bedeutet. Ich sage, dass ich ja gern auch was von den anderen mitbekomme und schildere ihr meinen Wunsch, unsichtbar zu sein.
„Ah, Sie wollen passiv anwesend sein!" hakt sie ein.
Ja, ich will passiv anwesend sein. Aktiv ist mir sehr oft zu steil.

Ich blättere in den Hungersnöten des Kapitels. Irland 1845 – 1849, Indien, Holland 1944/45, Afrikanische Nöte 1960 – 1969, Sahelzone 1968 – 1974.
Ob die Kapitelbeschreibung heute noch stimmt oder ob es nicht eher so ist, dass Ausbeutung durch aufgezwungene Entwicklungskredite und herausgepresste Roh-

stoffe ohne Wertschöpfung aufgrund unbezahlter Kreditraten sowie die Totbewirt-schaftung durch Monokultur dieser in die Zwickmühle geratenen Schuldnerstaaten inzwischen genauso oft wie Dürre zu Hungersnöten führt?

Dieses schlechte Gewissen am Leben zu sein führt dazu (oder nährt sich daraus), dass ich ein schlechtes Gefühl dabei habe, Rohstoffe zu verbrauchen. Mir ist klar, dass unser alltägliches Leben nur möglich ist, weil 3 Kontinente dafür aufkommen. Ein Leben auf diesem Standard funktioniert nur mit Sklaven. Wir versklaven ganze Nationen, die für uns schuften und sterben. Unsere Gier ist so groß, dass die meisten das wissen und wir schicken uns nicht an, daran etwas zu ändern, wir weichen keinen Millimeter. Ich entwickelte für mich Strategien, damit mein schlechtes Gewissen möglichst klein ist, dennoch weiß ich, dass ich über den Verhältnissen der Erde lebe, über dem, was die Erde für jeden von uns hergäbe. Und das weiß ich ständig. Ich habe nicht nur Blitzlichterkenntnisse, wenn ich mir eine Dokumentation ansehe, die sich mit dem nächsten Werbeblock auslöschen lassen, ich trage dieses Wissen chronisch mit mir herum. Eine meiner Strategien, um dem entgegen-zuwirken, ist, nichts von den großen Konzernen wie Nestlé, P&G, Unilever, Henkel, Coca Cola, Mars Incorporated und Co. zu kaufen.

„Da bleibt ja nichts mehr über!" meinen die meisten, denen ich das erzähle.

Doch. Und zwar Produkte von lauter kleine Firmen. Gewisse Abstriche muss ich machen, weil das gewünschte Produkt in der Variante von einer kleinen Firma nicht verfügbar ist, aber buhuhu, was soll's. Mein schlechtes Gewissen sank dadurch stark. Es ist aber nicht verschwunden. Manchmal, wenn es mir schlechter geht, dann gehe ich in ein Geschäft mit einer Liste, auf der zum Beispiel 8 Sachen stehen, verlasse das Geschäft aber mit nur 2 Produkten, weil ich den Rest nicht kaufen kann. Zu viel Verpackung ist so ein Hinderungsgrund. Oder einfach zu viel Luxus wie bei Knabbereien. Bei Schokolade ist das auch oft so. Um teure Fairtra-de-Produkte im Bio-Markt zu kaufen, dafür reicht meine Sozialhilfe nicht.

Am frühen Abend schlafe ich wieder ein, doch der vorsorglich gestellte Wecker lässt mich pünktlich um 21 Uhr die Tabletten holen.

Heute noch lesen? Ich glaube nicht.

UNSICHTBARE GEGNER

Der Wecker holt mich aus einem tiefen Schlaf. Ferngesteuert suche ich alles zusammen um mich zu duschen. Müde und abgekämpft stelle ich mich unters warme
Wasser, genieße es länger, als zur Reinigung notwendig und habe nur kurz ein
schlechtes Gewissen deswegen. Beim Stützpunkt hole ich mir wieder den Föhn.
Schlechtes Gewissen taucht auf, weil 2 noch im Bett liegen. Die Märchenfee und
die Depressive befinden sich noch in den Laken. Ich sehe nach, ob im Bad eine
Steckdose ist. Nein. Ich föhne am Zimmer. Als ich fertig bin liegt die Märchenfee
anders. Ich frage nach, ob ich sie gestört habe.
„Nein, ist schon egal, jetzt kommt eh gleich Frühstück." Das beruhigt mich nicht.
Bei Kaffee und Zigarette am Balkon frage ich nochmal nach und schildere ihr mein
Problem. Sie meint, mein Wecker habe sie heute gestört. Vor dem ersten Mal
Wecker Stellen fragte ich nach, ob es jemanden stört, da sagte sie nein, weil sie
zu dem Zeitpunkt immer schon wach war, nun schläft sie morgens aber wieder ein.
Tja, aber ohne Wecker würde ich alles verschlafen. Das Gespräch geht weg von
dieser Problematik, mein Schwindel stellt sich bald ein. Ich werde schwach. Ein
niederdrückendes Gefühl vom Nacken aus macht sich breit. Es ist der Vorbote der
Unlust am Gespräch, bevor es zur Last wird, aber auf diesen zu reagieren würde
heißen, das Gespräch mitten im Satz abzuwürgen. Ich entziehe mich, sobald es
den Regeln des Anstandes entsprechend möglich ist.
Beim Anstellen um die Medikamente habe ich ein schlechtes Gewissen, weil ich
überhaupt da bin. Das tritt in der Sekunde auf, in der jemand hinter mir erscheint.
Mir ist insgesamt schwindlig und das Schwächegefühl begleitet mich seit dem Bal-
kongespräch. Heute war es mir bereits nach eineinhalb Minuten Reden zu viel.

Die Morgenrunde sollte um 8 Uhr 15 folgen. Als wir beginnen den Sesselkreis zu
formieren fragt eine Patientin die Pullovereinheizerin:
„Aber hören tust du gut?"
„Was?" fragt sie.
„Aber hören tust du gut?"
„Ja. I bin nur dement. Derisch bin i no net."
Wir warten. Es ist fast halb 9 als ein Pfleger kommt. Er sagt uns, dass eigentlich
eine diätologische Runde angesagt ist, nur verspätet sich die Diätologin. Er füllt die
Wartezeit mit einer Befindlichkeitsrunde. Als die Pullovereinheizerin dran ist, sagt

sie, dass es ihr schlecht geht, denn gestern erfuhr sie, dass sie dement wird. Sie bricht in Tränen aus.

Bald ist die Erwartete da, sie spricht mit uns über gesundes Einkaufen. Die Informationen spülen mich binnen Minuten weg. Der Schwindel und das Schwächegefühl steigen. Ich verlasse vorzeitig und geschwächt den Raum. Selige Reizarmut. Halbwegs Stille. Ich gebe meiner zuständigen Schwester Bescheid, berichte kurz, doch auch dieses Gespräch ist zu viel. Ich verziehe mich aufs Zimmer. Im geräuscharmen Raum höre ich ein Dröhnen und Tosen in meinen Ohren.

Bald beginne ich im Katastrophenbuch zu blättern. Es beruhigt mich.
Der Stationspfleger, der inzwischen offenbar von meinem Verlassen der Runde erfuhr, schaut bei mir vorbei und sagt, dass er stolz auf mich ist, ich habe das gut gemacht. Ich sage ihm, dass ich das nur schaffe, weil ich Bestärkung durch Gespräche mit den Schwestern und Pflegern hier erfahre. Am Ende des kurzen Gespräches macht er die Daumen-hoch-Geste und geht wieder.
Ich widme mich wieder dem Buch.

Der Schwindel nimmt ab, ein allgemeines Schwächegefühl, das mir sogar Probleme bereitet, den Stift, mit dem ich diese Worte aufschreibe, zu halten, bleibt. Das Gefühl im Nacken verändert sich, es wird kleiner und fester, fühlt sich an wie ein grober Griff, als ob mich jemand von hinten packen und zudrücken würde, mich auf den Boden zwingen wollte. Ein unsichtbarer Gegner. Ein Feind von hinten. Ein Feind in mir.
„Unsichtbare Gegner" heißt auch ein Unterkapitel im Teil „Pest und Seuchen". Es handelt von der Zeit um 430 vor Christus in Athen. Thukydides, ein griechischer Historiker jener Zeit, schrieb über Pestilenz, die in diesem Jahr einsetzte, 428 vor Christus abflaute und 427 wieder aufflammte.
„Sie starben im Chaos. Die Leichen lagen übereinander, so wie der Tod sie ereilt hatte."[1]
Ich denke kurz über den Mechanismus in mir nach, der durch die Beschäftigung mit größerem Leid meines lindert.

Als ich mir eine Zigarette drehe und das leere Briefchen des Zigarettenpapiers, aus dem ich das letzte nehme, wegwerfe, empfinde ich den Impuls des Festhalten-Wollens. Ich tu mir schwer, es in den Mistkübel zu werfen. Es muss irgendein Mangel da sein, denn dann beginne ich meist, alles aufzuheben oder zu sammeln. Auch das ständige Aufschreiben ist ein Festhalten. Gerade eben erstreckt sich das sogar auf Dinge, die Müll sind, Dinge, die ihre Funktion erfüllten. Soeben fällt mir ein, dass ich heute auch die leere Wasserflasche vom Kaffeehausbesuch mit Lisi und ihrem Sohn aufhob. Sie liegt in meiner Nachttischschublade, dabei trinke ich so ungern aus Plastikflaschen. Ein Hortesymptom.

Beim Rauchen lese ich in einer Gratiszeitung, die die Märchenfee immer schon morgens beim Portier holt, über weitere Vergewaltigungsvorwürfe, diesmal aus der Sportbranche. Ich spüre den Therapieerfolg und bin dankbar dass ich mich in dieser Zeit über die aufbrechenden Geschwüre symptomfrei etwas am Laufenden halten kann, anstatt dauernd Haken schlagen zu müssen, um nicht in tagelangen Elendszuständen zu verbringen. Ohne die Ego-State-Therapie müsste ich gerade jetzt vor sämtlichen Medien flüchten.

Ego State-technisch kann ich zurzeit einen Eigentherapieerfolg feiern. Oft gehe ich momentan nach innen, besuche meine Anteile und sehe nach dem Rechten. Einen Anteil bearbeitete ich. Es ist der in meinem Begegnungsraum rumstehende Geist, der da ist, um meinen Vater zu verstehen, zu verhindern, ihn zu hassen, denn wenn ich ihn hasse, dann kann ich sein Verhalten nicht vorhersehen. Insgesamt übernimmt er die Funktion, verrückte, alte Männer zu lesen. Außerdem ist er ein Teil, der mich in meinem Verhalten bremst und behindert, weil er meint, dass ich zu laut, zu aufreizend und ausgelassen bin wenn es mir gut geht. Er will mich klein halten, weil ich seiner Meinung nach oft übers Ziel hinausschieße und mich hie und da mit heftigen Typen anlege, was ja nicht ganz falsch ist. Wenn ich des Öfteren dumme, aggressive Typen einfach ausgeblendet hätte, dann hätte ich mir so manche nicht ungefährliche Auseinandersetzung erspart. Ich möchte gar nicht wissen, was passiert wäre, wenn mich dieser Geist nicht zurückgehalten hätte.

Seit geraumer Zeit gibt es unter diesem Geist, der ein schwarzer Nebel in Menschengestalt ist, ein Gefäß, aus dem er herauswabert. Ich nahm mit ihm die Tage Kontakt auf und fragte ihn, ob er nicht einen anderen Namen haben möchte. „Aladin" poppte auf. Ja, das passte, der Geist aus der Flasche. Ganz plötzlich nach der Namensfindung öffnete sich hinter ihm, auf Höhe des Bettes, das ja in diesem Begegnungsraum steht, eine Nische in der Wand, ein kleiner Raum, zirka einein-halb Meter breit, 2 Meter tief und 2,5 Meter hoch. Im Inneren erinnert mich alles an eine bestimmte Nische in der Grabeskirche in Jerusalem, an die Koptische Kapelle im Mittelschiff. Der entstandene Raum ist golden leuchtend, von Kerzenlicht erfüllt, strahlend von einem Tisch aus, der mittig platziert ist und nur die hintere Wand berührt. Auf diesem Tisch, der einem Altar gleicht, steht nun auch das Gefäß, aus dem Aladin herauskommt. War es früher eher ein Topf, so wandelte es sich mit der Zeit in eine Flasche, der gleichend, aus der Jeannie, der Dschinn aus dem Fern-sehen, herauskommt. Früher glich nur die Form dieser Flasche, inzwischen ist sie aber überzogen mit Schmuck. In dieser Eigenhypnose fragte ich Aladin, ob er nun lieber außerhalb dieser Flasche sein will, nur mit seiner Wurzel in ihr verankert, so wie es immer war, oder ob er sich in die schöne Flasche zurückziehen will. Er wollte rein. Es fühlte sich gut an und das Bild der leuchtenden, mit Wandteppichen ausgekleideten Nische wirkte ruhig und wunderschön.

Heute ist wieder Ergotherapie. Von 10 Uhr 45 bis 11 Uhr 30 werke ich weiter an meinem Bild. Das Verhalten der Farben zwingt mich zu ungeplanten Schritten. Ich drehe mein Konzept um, male mit einem schmalen Pinsel alle Konturen schwarz und gehe dann über das gesamte Gesicht des Monarchen mit einem hellen Grün.

Seinen doppelten Kragen und die Augen fülle ich mit Weiß. Beim Malen melden sich Erinnerungen an einen heutigen Traum. Sobald ich versuche, ein konkretes Bild zu erwischen um mich bezüglich der Handlung auszukennen, entzieht sich der Erinnerungsfetzen. Nur über die Atmosphäre des Traumes bin ich mir bewusst. Sie war gut und reich an Dingen, eine gewisse Fülle vermittelt mir die Gefühlserinnerung.

Als ich wieder im Aufenthaltsraum der Station bin, bin ich allein. Alles in mir lässt los. Eine Wohltat. Seit meinem Gespräch mit dem Biker sind unsere Rhythmen sehr verschieden. Ich verhalte mich gleich wie immer, er hängt sich nun nicht mehr an meine Handlungen dran. Wie erleichternd. Ich fühle Freiheit. Wir wechselten seit diesem Gespräch kein Wort mehr miteinander.

Nach dem Mittagessen beim Rauchen rede ich mit der Märchenfee übers Rauchen. Sie konnte früher für Monate aufhören, einfach so. Ich qualme erst seit dieser Krise wieder, davor tat ich es ein paar Wochen nicht, davor schon, davor nicht. Diese On-Off-Phase begann vor Jahren, einen deutlichen Einschnitt stellte aber der Tod meiner Mutter im Sommer letzten Jahres dar. Sie verstarb mit 66 Jahren an Lungenkrebs. Ich hielt ihr die Hand als sie ging. Wir sahen uns davor jahrelang nicht.
Ich greife etwas zurück in der Zeit.
Die Einsicht, die wirkliche Erkenntnis, dass mein Vater sich falsch verhielt, die kam bei mir ziemlich spät. Zwar fühlte ich mich nie wohl mit ihm, war ständig auf der Flucht, doch gewisse innere Anteile und vor allem mein väterliches Täterintrojekt verhinderten, dass ich das Offensichtliche sah. Zum Beispiel machte mein Vater mit mir eine Fotoserie als ich 4 Jahre alt war, ich posierte nackt auf der Rückenlehne unserer Wohnzimmercouch, die Fototapete mit romantischer Waldsituation im Hintergrund. Ich posierte lasziv, völlig unangebracht für mein Alter. Ich wusste damals schon gut, was meinem Vater gefiel.
Von mir gab es nie ein Fotoalbum. Wurde der Werdegang meines Bruders liebevoll dokumentiert, so fehlte so etwas von meinem Leben. Meine Mutter sagte immer, dass sie mit 2 Kindern halt keine Zeit mehr für so etwas hatte, doch sie fertigte auch nach dem kleinkindlich verursachten Stress keines an, obwohl ich danach fragte. Das Geschäft war der Grund, keine Zeit dafür zu haben. Als ich 16 war fragte sie mich, was ich mir zu Weihnachten wünsche.
„Ein Fotoalbum von mir." äußerte ich.
Alle Wünsche, die ein Mädchen normalerweise in diesem Alter hat, hatte ich nicht. Sie erfüllte meinen Wunsch und kommentierte meine Tränen beim Auspacken mit „Das billigste Geschenk und sie heult."
Ich hatte mein Album. Es war auch eines der Aktbilder dabei. Ich fand das ganz normal. Zwar wurden diese Bilder in meiner Kindheit und Jugend sehr oft thematisiert, aber ich erkannte nicht die Problematik dahinter.

Meine Mutter meinte bei gegebenem, meist durchs Fernsehen ausgelöstem Anlass oft, dass es gut sei, dass wir in Österreich wohnen und nicht in Amerika, weil mein Vater wegen der Fotos, die er von mir machte, sonst schon längst im Gefängnis sitzen würde. Sie sagte das sehr oft. Immer wieder, wenn es eine Meldung aus den Staaten in der Richtung gab, dann sagte sie diesen oder einen ähnlich gearteten Satz. Es beschäftigte sie offenbar sehr. Jedenfalls zeigte ich Robert das Album kurz nach meinem Einzug bei ihm. Er legte den Finger auf das Foto und sagte, dass da was nicht stimme. Er war der Erste, der mir da ein Feedback gab. Durch ihn kam ich zu einer neuen Sicht auf gewisse Dinge.

Sein Sozialarbeiter-Ego State trat zu Tage. Wir führten viele Gespräche, ich erzählte ihm zum ersten Mal in meinem Leben all die Umstände bei uns daheim, die ich alle als normal betrachtete. Ich bekam eine Außensicht und eine gewandelte Perspektive, die mir nicht zuletzt wegen meinem Introjekt vorher unmöglich war. Ich brauchte diese Sicht von außen, brauchte diese Meinung eines anderen, von jemandem, den ich als kompetent in diesen Dingen einschätzte. Und Robert war das. Es fiel mir wie Schuppen von den Augen. Binnen Wochen veränderte sich die Bewertung von vielem, was ich mit meinem Vater erlebte. Endlich wusste ich, weshalb ich meinen Vater nicht lieben konnte. Erst reagierte ich mit starkem Selbsthass, es kam sogar zu einer stark blutenden Selbstverletzung am rechten Fuß in dieser Zeit, doch irgendwann beschloss ich, mit Robert zu ihm zu fahren und ihn mit all meinen Vorwürfen, die diese veränderte Sicht natürlich produzierte, zu konfrontieren. Zu einem Teil war ich wirklich davon überzeugt, dass er sich zu all dem bekennen würde. Diese abstoßenden Annäherungen und die Schläge, die er an meinen Bruder und meine Mutter austeilte waren ja Tatsachen. Ich hatte das Bild, dass er weinend zusammenklappt und bekennt, dass er ein Problem hat. Natürlich geschah das Gegenteil. Ich warf ihm vor ein brutaler, faschistoider und pädophiler Mensch zu sein.

„Was bedeutet pädophil?" fragte er vollkommen ruhig.

Ich erklärte es ihm. Das sei doch Quatsch. Ich zählte Situationen auf. Er hätte nichts von all dem getan. Er blieb völlig ruhig, dementierte, meinte sogar, dass die Einzige, die geschlagen habe, meine Mutter war. Ich führte sogar die Erzählungen meiner Halbschwester an. Er war das nicht, seine Hände seien rein.

Ich sagte ihm, dass ich nichts mehr mit ihm zu tun haben will. Selbst da blieb er ruhig, ich glaube, er nahm mich nicht ernst. Während ich noch ein paar Sachen einpackte wie zum Beispiel einen goldfarbenen Käfig, den ich mal von meinem ersparten Taschengeld für meinen Hamster kaufte, um ihm mehr Platz zu verschaffen, und in dem meine erste Ratte wohnte, redeten Robert und mein Vater. Das Gespräch entwickelte sich über einer politischen Debatte zum Streit und am Ende schrie Robert meinen Vater laut an. Er überragte meinen Vater von der Körpergröße her und ich speicherte es als wunderbare Erinnerung ab, wie er ihn von oben herab niederschrie.

Wir zogen ab voller Adrenalin und mit dem Gefühl, eine wichtige Schlacht geschlagen zu haben. So endete der Kontakt mit meinem Vater im Jahr 2003. Ich sah ihn nie wieder, nicht mal auf sein Begräbnis ging ich, das fand im Jahr 2011 statt, es interessierte mich nicht. Meine Mutter nahm das so hin und beendete Gespräche über sein Verhalten mit dem schon beschriebenen Verweis auf eine Anzeige, wenn es was zum Anzeigen gibt.

In dieser Zeit der Klärung fiel auch auf die Kommunikation zwischen meiner Mutter und mir ein neues Licht. Seit der Zeit, in der sie zu mir ins Zimmer flüchtete, gingen unsere Gesprächsinhalte über ein normales Mutter-Tochter-Verhältnis hinaus. Wir waren eher wie Freundinnen und gefühlt war ich sehr oft die ältere und reflektiertere von uns beiden. Als ich nach Wien zog, telefonierten wir anfangs fast täglich. Zwischen zwei Hauskrankenpflegeklienten war genügend Zeit zum Reden. Es bürgerte sich ein. Ich erzählte ihr natürlich wie üblich intime Details, der Freundschaftscharakter der Beziehung blieb aufrecht. Nachdem sich durch die Gespräche mit Robert vieles veränderte in meiner Wahrnehmung konnte ich auch erkennen, dass wir eine unpassende Gesprächskultur pflegten und ich fühlte mich zunehmend unwohler damit, also veränderte ich meine Inhalte. Ich erzählte ihr keine Intimitäten mehr, schmetterte zu nahe Inhalte von ihr ab und reduzierte die Intervalle der Telefonate. Es passte ihr gar nicht, sie reagierte vorwurfsvoll und beleidigt. Es wurde mühsam. Klar, ich nahm ihr etwas weg, ich entzog ihr die Freundschaft und forderte von ihr das Rollenverhalten einer Mutter. Sie wollte das aber nicht. Bei einem solchen Gespräch warf sie mir patzig hin, dass wir, wenn ich ihr nichts mehr von mir erzähle, das Reden doch gleich sein lassen können.
„Weißt du was, dann lassen wir es halt." hörte ich mich sagen und legte auf.
Das war im Jahr 2005 oder 2006, jedenfalls während der Zeit im ersten Studio.

Seit dem Kontaktabbruch mit meinem Vater lag mir die Oma, die Mutter meiner Mutter, ständig in den Ohren. Ich solle doch den Vati anrufen. Meine Erklärungen, weshalb ich keinen Kontakt mehr wünsche, fielen zuerst auf fruchtbaren Boden. Sie zeigte Mitgefühl und sagte, dass sie bei ihm immer schon ein ungutes Gefühl hatte. Sie schilderte eine Begebenheit bei einem Essen bei ihr. Meine Mutter war mit meinem Bruder schwanger, er wollte, dass sie ihm das Salz reicht. Weil sie nicht schnell genug reagierte, zog er die Hand wie zum Schlag auf.
Im Laufe der Wochen veränderte sich aber das Verhalten meiner Oma, ihr Mitgefühl verflog und einmal entkam ihr der Satz:
„Hättest als Kind was g'sagt, dann hätt ich dir g'holfen, aber jetzt brauchst net anfangen die Familie zu zerstören!".
Das war Klartext. Es geschah nach dem Kommunikationsabbruch mit meiner Mutter. Es war klar, dass sämtliche folgenden Gespräche immer auch zum Thema haben würden, dass ich mich doch um Gottes Willen bei meinen Eltern melden soll. Ich bat sie, mit mir nicht mehr über meinen Vater zu sprechen, denn sie erzählte mir immer, was sich bei ihm so tat. Es wurde zur Qual mit ihr zu sprechen. Da sie über Wochen meinem Wunsch nicht entsprach und bei jedem Kontakt von meinem Vater berichtete, quittierte ich auch diesen letzten familiären Kontakt. Ich bat sie,

"Es machte Klick", 2015, 18x24cm, Acryl auf Leinwand

nicht mehr anzurufen. Sie war zwar empört, doch sie hielt sich daran. Tabula rasa. Ich fühlte mich befreit. Ich hatte zwar manchmal ein schlechtes Gewissen, doch das hielt ich einfach aus. 3 Jahre später rief meine Mutter spätnachts und volltrunken am Festnetz bei Robert an. Diese Nummer änderte sich, im Vergleich zu meiner Handynummer, nicht. Sie rief an als ich schon schlief, es war an unserem Geburtstag. Er riet ihr, sich doch in nüchternem Zustand noch mal zu melden. Das tat sie auch und ich hob ab. Sie hatte den Wunsch nach Kontakt und ich schlug vor, alle 3 Wochen anzurufen. Sie kam dann auch mal nach Wien und ich war einmal in Graz, dort sah ich dann auch meine Oma wieder und auch mit ihr hatte ich dann alle paar Wochen wieder Kontakt.

Im Jahr 2010 war ich das erste Mal im Therapiezentrum Ybbs und ich nutzte die Gelegenheit einer alternativen Anschrift, um sie meinem Vater brieflich mitzuteilen mit der Bitte darum, mir die restlichen Kinderaktfotos an sie zu senden. Es kam keine Reaktion.

Als er dann 2011 verstarb, kommentierte meine Mutter deren Verbleib mit „Nur daßtas waßt, die Fotos san jetzt bei mir."
Mein Brief vom Jahr davor lag zum Zeitpunkt seines pflegebedürftig Werdens offen am Küchentisch, wie mir meine Mutter berichtete.

Bei Telefonaten mit meiner Mutter bekam ich bald Kopfschmerzen und zwar in der Sekunde, in der ich beschloss sie anzurufen, meine Oma hingegen schlug sich mir auf den Magen. Ich beendete beide Kontakte im Jahr 2012 wieder, und es war gut so.

Jahre später bekam ich wieder das Bedürfnis, diese Fotos an mich zu nehmen, im Winter 2016/17 rief eine Mitpatientin aus Ybbs, die zur Freundin wurde, auf meinen Wunsch hin bei meiner Mutter an. Sie gab sich als meine Lebens- und Sozialberaterin aus, ein Beruf, den sie wirklich erlernt hatte, und fragte nach diesen Fotos, wir bräuchten sie zur weiteren Bearbeitung meiner Geschichte log sie. Glaubhaft versicherte meine Mutter, sie entsorgt zu haben, sie musste nämlich ihre Wohnung aufgeben und in ein Pflegeheim ziehen, da sie schwer an Lungenkrebs litt. Für mich war das Thema dadurch auch beendet. Sie waren vernichtet.

Meine Mutter äußerte auch, dass sie keinen Kontakt zu mir wünsche. Es stellte sich zwar nicht die Frage, aber sie wollte das sagen. Klar, ich war die, die den Finger auf alle Wunden legte. Die Bearbeitung meiner Geschichte bedrohte alle. 3 Wochen bevor sie starb fragte sie mein Bruder ob sie mich sehen will. Sie verneinte. 2 Tage bevor sie starb rief mich die Pflegedienstleiterin des Pflegeheimes, in dem sie lebte, an, und sagte mir, dass es nun dem Ende zugeht. Ich berief mich auf das Telefonat mit meiner Freundin und sagte, dass sie das ja nicht möchte. Die Dame schlug vor, dass sie sie nochmal fragt. Am nächsten Tag kam ihr Anruf, in dem sie mir mitteilte, dass meine Mutter auf ihre Frage hin kurz nachdachte und dann nickte, sie konnte nicht mehr sprechen. Am nächsten Tag fuhr ich hin. Als ich an der angegebenen Adresse ankam, erkannte ich, dass meine Mutter in dem Pflegeheim wohnte, in dem ich in der Pflegehelfer-Ausbildung mein erstes Praktikum absolvierte. 3 Monate arbeitete ich damals dort. Es war noch ein Stück weiter südlich von Graz als unsere damalige Wohnung. Meine Oma lebte auch noch, sie wohnt in dem gleichen Heim.

Ich ging hinein und fand im ersten Stock eine abgemagerte und ausgezehrte Frau, die ich niemals als meine Mutter erkannt hätte. Ich nahm bei ihr Platz und hielt ihre Hand.

Während ich das aufschreibe dissoziiere ich, alles bekommt eine Linkslage, der Tisch kippt, der Boden kippt, alles neigt sich stark in meiner Wahrnehmung. Ich warte darauf, dass meine Tasse und mein Glas vom Tisch rutschen und am Boden zerschellen. Dass es nicht geschieht wundert mich auf der einen Seite, auf der anderen weiß ich, dass es eine Illusion ist. Ich mache eine Pause und gehe ein paar vorsichtige Schritte. Ich bin unglaublich dünn und lang.

Der Kaffee kommt. Wie passend. Duftende Kipferln und süßlich riechendes Weißbrot wird am Kaffeewagen feilgeboten. Und ich darf nichts davon. Zum Glück habe ich irgendwie Freude an Askese. Mein Geruchssinn wird zwar berauscht, aber ich weiß auch um die Schädlichkeit dieser verführerischen Weizenmehlprodukte. Außerdem habe ich sicher ein Ego State, das mir hilft, mit Mangel und dem nicht-haben-Dürfen klarzukommen.

Dafür freue ich mich über mein schwarzes Gold.

Der Zustand ebbt ab, langsam normalisiert sich die Welt wieder, meine Größe passt auch wieder. Doch wenn ich an den Sterbetag meiner Mutter denke, dann bekomme ich Anflüge von den vorherigen Symptomen. Ich kann das leider jetzt nicht fertig aufschreiben. Jedenfalls starb sie ein paar Stunden darauf in meiner Anwesenheit, an meiner Hand.

Als Kind war sie nie für mich da. So ist das jedenfalls in meiner Erinnerung. Es gibt ein Foto in diesem Weihnachtsgeschenkalbum, auf dem sie mich am Arm hat, mich liebevoll hält, ihre Züge sind weich, sie hält mich beschützend. Es kommt mir nicht so vor, als wäre das ein Bild aus meiner Kindheit. Ich kann mich nur an Ablehnung erinnern. Bestimmt war etwas anderes auch da, es ist mir nur nicht zugänglich, es wird überlagert von Negativerfahrungen, von denen es so viele gab.

Auf meinen Suizidversuch reagierte sie mit dem Abschließen einer Bestattungsversicherung. Als ich nach Wien zog, übergab sie mir die Papiere in der Meinung, ich würde das weiterhin bezahlen. Ich löste sie natürlich auf, verwendete das Geld für Therapiegespräche.

Auch wenn das gröbste Dissoziative weg ist, ein Gefühl wie auf Droge bleibt. Ich denke, dass sich ein homöopathischer Trip oder ein sanfter Einfluss von Psilocybin oder Meskalin so ähnlich anfühlt. Wenn ich zum Beispiel um die Kurve gehe, dann fühlt es sich so an, als ob ich in einer Achterbahn fahren würde. Der Raum um mich „fährt". Alles vibriert in der Optik, Empfindungen wie der Sessel unter mir sind apokalyptisch intensiv, ich fühle mich tonnenschwer, wenn ich in Ruhe bin, aber leicht und im Raum verteilt, wenn ich mich bewege. Die Gespräche der anderen Patienten wirken surreal auf mich. Viele Menschen geben Geld aus, um sich so zu fühlen, ich bekomme so etwas gratis und frei Haus, dafür aber unbeabsichtigt. So oft macht meine Körperchemie Dinge, die sich andere wünschen und gezielt herbeiführen.

Ein Gang raus auf den Balkon verschafft mir kühle Luft, die sich groß anfühlt. Ich vernehme Krähengeschrei und das Zetern einer Amsel.

Beim Rauchen erinnere ich mich, dass ich ursprünglich dieses Thema behandeln wollte. Stunden, nachdem meine Mutter verstarb, rauchte ich bei einem Scotch in ihrem Stammlokal eine Zigarette, und dann für 2,5 Monate keine. Wie sehr ich mir wünsche, dass das meine Letzte gewesen wäre, aber die Trennung von meiner damaligen Freundin machte mich für 3 Wochen wieder zur Raucherin. Dann hörte ich wieder auf und fing ein paar Wochen später wieder an. Dann hörte ich wieder auf. Die Tagesklinik begann ich als Raucherin, doch die meist Zeit verbrachte ich dort als Nichtraucherin. Mitte Jänner ging es mir so schlecht, dass ich mir wieder Zigaretten besorgte, da war es mir wieder egal. Einige Tage darauf lag ich auf der Akut. Ich genieße es momentan zu rauchen, mein schlechtes Gewissen deswegen steigt aber. Ich beginne mit dem Rauchen, wenn es mir schlecht geht um mich zu berauschen und weil mich Zigaretten trösten. Außerdem sind sie für mich ein Zeichen, dass ich erwachsen bin, jedes Mal, wenn ich zum Glimmstengel greife wird mir klar, dass ich kein Kind mehr bin, das erhebt mich aus einer gewissen Opferhaltung. Und ich beginne im Zuge von Sozialkontakten zu rauchen, weil ich die dann besser ertrage. Wenn ich niemanden treffe und es mir halbwegs gut geht, dann fällt es mir leicht, es zu lassen, dann bin ich sogar glückliche Nichtraucherin.

Am Zimmer lese ich weiter über die Seuche in Athen. Historiker sind sich bis heute nicht sicher, welche Krankheit damals 3 Jahre lang wütete. Keine entspricht in ihrer heutigen Form den von Thukydides beschriebenen Symptomen. Er schildert erst Kopfschmerzen, dann Entzündungen von Zunge und Rachen, Atembeschwerden, Schnupfen und Heiserkeit gefolgt von Husten, Magenbeschwerden, Würgen und Erbrechen, Rotfärbung des Körpers, Pusteln und Geschwüre, Fieber, so hoch, dass sie dünnes Leinen nicht ertrugen, Durchfälle, oft Eintreten des Todes nach einer Woche, manche später. Vermutlich starb ein Drittel der Bevölkerung. Manch Überlebender verlor das Augenlicht, sein Gedächtnis, Finger, Zehen oder Genitalien.
Zu Beginn der Seuche war Athen im zweiten Jahr des Peleponnesischen Krieges mit Sparta. Die Streitkräfte verloren so viele Soldaten, dass sie im Jahr 426 vor Christus gegen die Eroberer nichts mehr ausrichten konnten, was zum Niedergang

Athens führte. Durch diese Krankheit wurde ein Kapitel der Weltgeschichte beendet.

Wir hatten heute 4 Entlassungen, aber keine Aufnahme soweit ich es wahrnehme. Beim Abendessen ist kein fremdes Gesicht.
Meine Aufmerksamkeitsspanne ist so gering, dass ich mir gut aussuchen muss, worauf ich mich konzentriere. Lese ich über die Beulenpest, das Gelbfieber oder die Cholera? Es geht nur eines, ich muss gut wählen.

Beim abendlichen Reflektionsgespräch mit der für mich zuständigen Schwester merke ich, wie lange der Tag schon für mich ist. Ich beschreibe mein Drogengefühl, sie kneift die Augenbrauen zusammen, nimmt den Kopf zurück und geht mit dem Kinn ein wenig hinunter. Dabei gibt sie ein langgezogenes „Okay" von sich.
Sie möchte nach dem Wochenende mit mir andenken, Freudeorientiertes zu tun. Sie will, dass ich nicht mehr nur schreibe. Ich verstehe sie und bin ihrer Meinung. Es wird Zeit zu malen oder zu spielen.

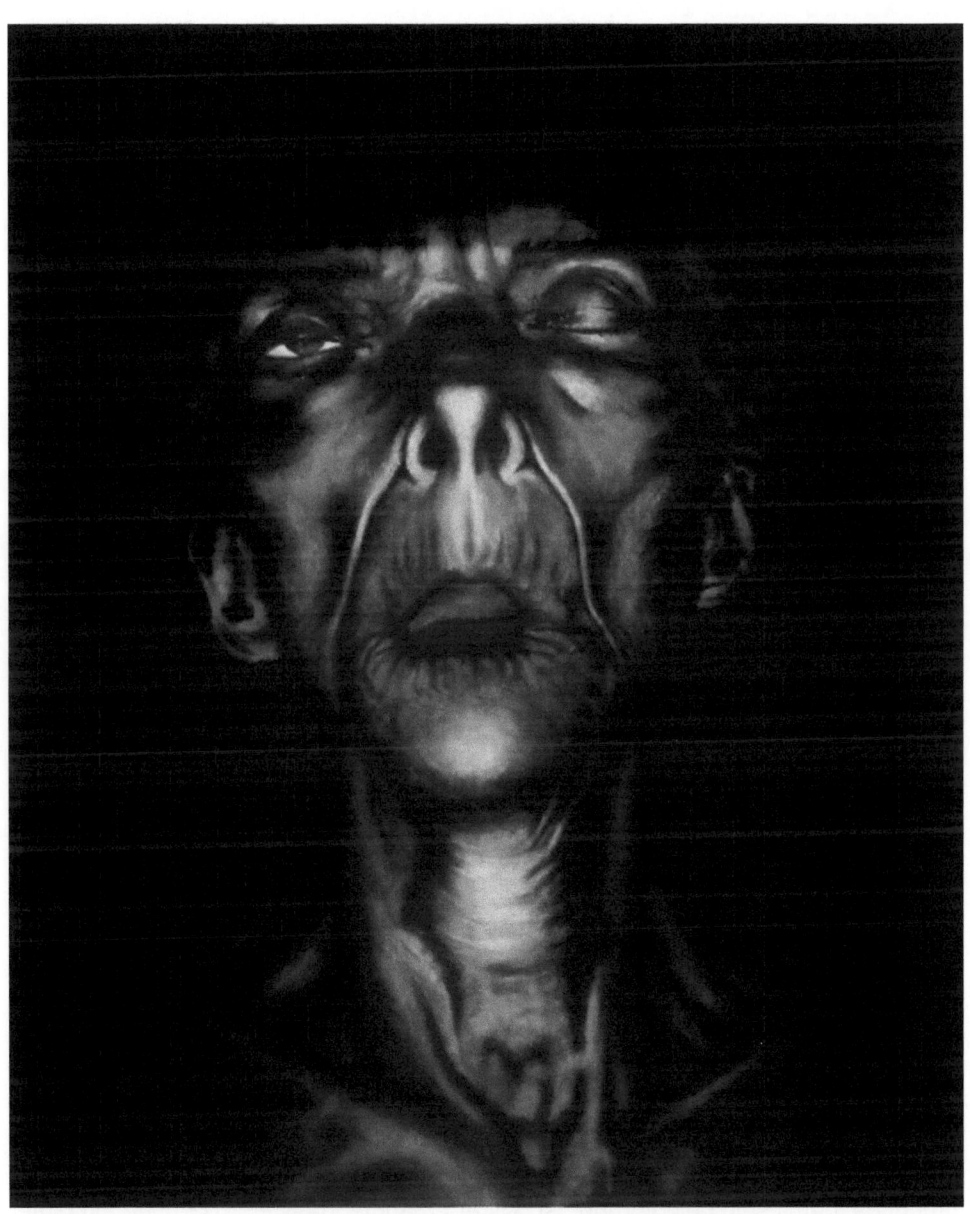

"Lebensende", 2017, 60x50cm, Acryl auf Leinwand

ZU LAUT, ZU GRELL, ZU VOLL VON MENSCHEN

Es war wieder eine ruhige Nacht. Nach einer Katzenwäsche steuere ich Richtung Aufenthaltsraum und nehme am Weg der Serviceassistentin eines ihrer drei Wägelchen ab. Der Moment des Einbiegens in den Aufenthaltsraum und das Antreffen der versammelten Mannschaft war in mir von einem „Ta ta ta taa!" begleitet. Kohlehydrate und ein wenig Fett für die Meute. Ich nehme mir einen Kaffee und setze mich nach einigen Minuten auf den Balkon, habe jedoch keinen Tabak bei mir. Seit gestern Nachmittag rauchte ich keine mehr. Ich bin mir nicht sicher, ob das der richtige Zeitpunkt für einen Rauchstopp ist und lasse es mir noch offen. Ich spiele mit dem Gedanken, mir ein paar Tage lang eine Morgenzigarette zu gönnen und ansonsten auf den blauen Dunst zu verzichten, aber vorerst genieße ich mal die frische Luft.

Gestern Nachmittag begab ich mich in Trance, kam gut rein und meine Selbsthypnose war tief und kaum zu stören durch Geräusche von außen. Ich hatte vor, ein weiteres Ego State, das nur einen zustandsbeschreibenden Namen trägt, nämlich Sturm, anders zu benennen und zu sehen, ob sich auch für ihn ein Raum auftut, denn er steht, wie bis vor kurzem Aladin auch, im Begegnungsraum herum. Weiters wollte ich sehen, ob er mir beim Nichtrauchen helfen kann, dann hätte er eine neue Aufgabe. Er entstand, um all den Hass, der bei uns zu Hause herrschte, aufzufangen, er fungierte als Prügelknabe, als der, der alles abbekam und in sich verwahrte. Er spuckte diesen Hass in mir. Das Innen muss zum Außen passen. Er will immer wieder, dass ich sterbe, und er erklärt mir mittels Beleidigungen und Entwertungen, weshalb ich so vernachlässigt wurde. Er sagte mal in einer Therapiesitzung, dass ich, wenn er das früher nicht getan hätte, in der Diskrepanz verrückt geworden wäre. Wenn man als Kind rafft, dass man zu Unrecht permanent nur scheiße behandelt wird, dann dreht man durch. Er begegnete meinem Therapeuten anfangs sehr unfreundlich und ablehnend, konnte das Bedanken fürs Hiersein von ihm nicht annehmen und nicht glauben, dass er kam, um zu helfen. Nach ein paar Sitzungen konnte er aber verstehen, dass es einen guten, hilfreichen Grund gibt, dass er da ist. Er leidet selber sehr in seiner Funktion und will, dass ich mich umbringe, damit sein Leid vorüber ist. Als er erkannte, dass er im Grunde ein Guter ist, schrumpfte er, war nur mehr ein kleiner Sturm, dafür wurde er handzahm in der therapeutischen Arbeit. Er erzählte, dass ich nur für Leistung akzeptiert wurde, dass er früher mit meinem väterlichen Introjekt zusammenarbeitete und dass es zu jedem Zeitpunkt in Ordnung gewesen wäre, wenn ich gestorben wäre. Er beschimpft mich immer wieder als hässlich, unbegabt, unnötig und hysterisch wenn es mir schlechter geht. Sobald ich labil werde, rutscht er in Destruktives, gibt mir das Gefühl, dass es kein Heil gibt, dass nur der Tod eine Erlösung sein kann.

In der gestrigen Selbsthypnose schaffte ich es genau, in den Begegnungsraum zu gehen, dann schlief ich ein.

Um 21 Uhr 40 erwachte ich und holte meine Medikamente. Ich legte mich wieder hin und schlief sofort ein.

Heute ist Samstag, seit 7 Uhr dürfte ich weggehen, könnte alles tun, doch ich habe für nichts Kraft.

Am späteren Vormittag werde ich zum Kater fahren und dann nach Hause. Abends wäre ich auf einer Veranstaltung in meinem Freundeskreis eingeladen, aber ich werde nicht hingehen. Dass der Schwindel nach wenigen Minuten der Unterhaltung mit jemandem einsetzt, das ist momentan fast zu erwarten. Um mir das zu ersparen sage ich ab, ich sehne mich nur mehr nach Einsamkeit, nach Reizarmut und Ruhe.

Ich schaffe es nicht ohne meine morgendliche Zigarette. Wieder im Aufenthaltsraum setze ich mich und gebe mich dem Rausch hin. Ich fühle die Befriedigung in jeder Faser meines Körpers, es ist ein starkes Gefühl, intensiver als jeder Orgasmus. Ich schließe die Augen und lasse los.

Mein Platz im Aufenthaltsraum liegt zwischen Kühlschrank und Balkontüre, ich sitze an einem der 4 kreisrunden Tische. Obwohl ich insgesamt nicht so viele Zigaretten am Tag rauche, zähle ich zu den mittleren Abhängigen, weil die erste am Morgen die wichtigste ist.

Die Märchenfee kommt vorbei und fragt mich, ob der Collegeblock, in dem ich schreibe, der zweite meiner neu gekauften ist. Ja.

„Wow." sagt sie. „Ich hab nicht so ein gutes Erinnerungsvermögen. Wenn du das als Buch herausbringst, dann wirst du reich."

Ich lache, weil ich nicht weiß, was ich darauf antworten soll. Sie meint wohl, dass ich mein Leben in chronologischer Reihenfolge aufschreibe, ahnt nicht, wie viel Jetzt in die Zeilen einfließt und dass sie darin als Märchenfee vorkommt. Und das ist gut so.

Mein erstes Aufhören mit dem Rauchen hatte auch mit meiner Mutter zu tun. Es war in der Zeit, in der ich alle 3 Wochen telefonischen Kontakt mit ihr hatte. Eines Nachts bekam meine Mutter sehr heftige Zustände und rief den Ärztenotdienst an. Der Arzt am anderen Ende der Leitung sagte ihr, dass sie eine Panikattacke habe. Sie unternahm weiter nichts und hielt aus. Als es am nächsten Tag nicht besser, sondern schlechter wurde, fuhr sie in ein Krankenhaus. Sie kam sofort unter das Messer und man sanierte ihr 8 Gefäße rund ums Herz. Sie hörte auf zu rauchen.

Und ich auch. Ich beschwerte mich beim Ärztenotdienst, die hörten die aufgezeichneten Telefonate rund um den Zeitpunkt ab, den ich angab und es folgte eine Entschuldigung bei meiner Mutter. Das war gut für sie. Ich weiß nicht, wann sie wieder zu rauchen begann, ich glaube aber, dass ich länger aushielt als sie.

Mein ehemaliger Mann beendete das Rauchen im Jahr 2008, da erlitt er eines nachts einen Schlaganfall. Während ich nach einem turbulenten Arbeitstag im dritten Studio den Schlaf der Gerechten schlief, verschloss sich in seinem Kopf ein Gefäß. Zwar war er sich der Tragweite dieses Geschehens nicht wirklich bewusst, doch in diesen Minuten wusste er, dass er nie wieder eine Zigarette angreifen würde.

Trotz seiner Disziplin folgte im Sommer des Jahres 2010, und zwar genau zu der Zeit, als ich das erste Mal in Ybbs auf Langzeittherapie war, ein weiteres Geschehen im Gehirn. Eine unklare Erkrankung des Hirnstammes, die im Allgemeinen Krankenhaus in Wien schlussendlich mit blinden Gaben von verschiedenen Medikamenten behandelt wurde, im Bemühen sein Leben zu retten, hinterließ starke Spuren, die sogar zu unserer Trennung 2 Jahre später beitrugen. Zumindest aus meiner Perspektive, ich glaube er sieht das ein wenig anders. Sein Wesen veränderte sich ins Misanthropische und wir entfernten uns stark voneinander. Waren die Wortfindungsstörungen, die er nach seinem Schlaganfall hatte, noch Grund zum Amüsement, er nannte mich liebevoll seine Souffleuse, weil ich immer wusste, was er sagen wollte und ich ihm als Stichwortgeberin seinen Redefluss am Laufen hielt, so waren die menschenfeindlichen Ausprägungen nach diesem zweiten Geschehen nicht mehr witzig für mich.

2010 stieg ich aus aus dem Gewerbe und der internistischen Ordination aus, nach dem Spitalsaufenthalt wurde ich eine Fischfrau. Plötzlich war nicht mehr schminken und Hände desinfizieren angesagt, sondern Schlammschlachten mit zu reinigenden Aquarien oder Filtermatten. Mein mir selber im Zuge von 6-jähriger Hobbieaquaristik angeeignetes Wissen konnte ich im Kundenverkehr völlig ausschöpfen, außerdem lernte ich im Geschäft ständig etwas Neues hinzu. Ich blühte auf und spürte die 40 Stunden-Wochen zuerst kaum. Außerdem war ich 2 Tage pro Woche in der Berufsschule, dort konnte sich mein Körper sitzenderweise erholen. Zwar war die Schule anfangs geräuschtechnisch eine Herausforderung, die Kids waren lebhaft und redeten viel Unsinn, doch ich gewöhnte mich binnen 5 Wochen daran, wuchs in die Gemeinschaft hinein und redete selber bald viel Unsinn. Ich holte freudvoll ein wenig Teenager-Sein nach, war ich doch in meiner eigenen Teenager-Zeit sehr ernst und erwachsen. Ich las damals Sartre und Camus und hielt mich fern von ausgelassen schnatternden Gleichaltrigen. In der Berufsschule gehörte ich nun zu diesen, wir lachten viel und ätzten über andere, die nicht zu unserem Kreis gehörten, waren durch unseren Beruf und durch unsere Art miteinander verbunden.

Ich dachte wirklich, dass ich die Kurve kriegte, sah einer Zukunft als Fischfrau

entgegen und freute mich des Lebens. Im zweiten Jahr besuchte ich die Berufsschule nur mehr 1 Mal pro Woche, das eventuell zu erkennende, frühe Zeichen
des Freuens auf die Schule, weil ich dort nur sitzen musste, sah ich nicht. Ich wurde müde und ausgebrannt, litt an Schmerzen, deren Ursache mir unklar war und
ging ein wie eine Primel. Außerdem zog ich nach einer langen und schwierigen Zeit
in der Ehe aus und zu Muna, die mir Obdach gewährte. Die Monate vor meinem
Auszug versüßte ich mir oft mit der Anwesenheit eines Putzsklaven, der zu mir
kam, wenn Robert seine Jazzkonzerte im Porgy and Bess, einem Wiener Jazzclub,
besuchte. Natürlich sprach ich das vorher mit ihm ab und er fand die Idee ganz
witzig, die mir wirklich deswegen kam, weil ich es leid war, das Bad zu putzen. Ich
meldete mich in einem Forum für Sado-Masochismus an und gab eine Kontakt-
anzeige auf. Die Resonanz war beachtlich und ich schrieb eine Zeit lang mit den
irrsten Leuten.
Es fiel mir leicht die Dummen oder Fordernden gleich mal auszusortieren und
somit zu einem zu gelangen, mit dem ich mich dann auch wirklich treffen wollte. Ich
erkor K. aus. Er war der Einzige, mit dem ich mich traf, und wir verbrachten sehr
lustige Stunden miteinander.
Nach einigem Hin- und Herschreiben verabredeten wir uns auf einen Kaffee, das
nächste Treffen fand dann schon bei mir daheim statt und er säuberte das Bad,
während ich mich daran ergötzte. Als Belohnung war ausgemacht, dass er sich vor
mir einen runterholen darf, doch das gelang ihm trotz intensivem Bemühen nicht.

Bald gingen wir einen Schritt weiter und ich experimentierte mit Bondage an ihm
herum, schlug ihn gerne und fügte ihm Schmerzen mit Elektrostimulationsgeräten,
Klammern oder schlichtweg mit meinen Händen zu. Immer öfter verbrachten wir
die uns zur Verfügung stehende Zeit auf diese Art und ich putzte wieder selber
mein Bad.

Irgendwann hatte K. dann immer weniger Zeit und ich sah mich nach einem
zweiten Sklaven um. Diesmal inserierte ich im Erotikforum unter der Rubrik SM.
Es gab wieder eine Unzahl an Antworten und ich traf mich wieder mit genau einem
Mann unter all den Interessenten, mit Albert, jedoch war er niemand, der sich als
Putzsklave anbot, sondern jemand, der mir Kliniksex-Spiele vorschlug. Wir trafen
uns eine Zeit lang rund 1 Mal pro Woche, ich war die Ärztin und untersuchte ihn
auf demütigende Weise, um ihn dann zu missbrauchen. Ich dehnte ihm die Harnröhre mit Dilatoren, steckte ihm Akupunkturnadeln in die Eichel, fügte ihm Schmerzen zu mit meinen Fingernägeln und wichste ihn, bis er in seinem eigenen Saft lag.
Es war ein vollkommen neues Metier für mich.

Nach meinem Auszug bei Robert wurde unsere Spielbeziehung enger und wir
verbrachten auch viel Zeit damit, uns bei einem Essen oder einem Glas Wein zu
unterhalten, bis es schließlich funkte und wir so etwas wie eine Beziehung begannen, obwohl er mit einer anderen Frau zusammenlebte. Er stellte mir ein Leben mit
ihm in Aussicht und ich wartete, es traf nur nicht ein. Mein Zustand verschlechterte
sich. Ich zog irgendwann bei Muna aus, in eine WG beim Westbahnhof ein und

wartete weiter. Dass das so, wie ich mir das gewünscht hatte, nicht eintreffen würde, wurde mir langsam klar.

Die Wohnsituation destabilisierte mich weiter, irgendwann erkannte ich, dass
mein Zimmer dem, das ich in der Wohnung im Süden von Graz bewohnte, sehr
ähnlich war. Ich fühlte mich in der Zeit zurückversetzt, fand mich in Mechanismen
meiner Jugend wieder, stoppte zum Beispiel ab, wann die anderen Bewohner auf
die Toilette gingen um bei meiner eigenen Verrichtung niemanden zu treffen. Ich
war wenig außerhalb meines Zimmers, kam nur schlecht in Kontakt mit den anderen und hasste es schlussendlich, dort zu wohnen. Ich schlitterte in unerträgliche
Zustände und meldete mich im Herbst 2012 für einen weiteren Therapieaufenthalt
in Ybbs an. Ich sah keinen anderen Weg um alles zum Stillstand zu bringen.

Mit meinem Chef im Aquaristik-Geschäft verstand ich mich wunderbar, ich
schätzte ihn sehr und wollte mein Verhältnis nicht durch Finanzielles belasten, deswegen kündigte ich vor meinem Therapieantritt, um ihn das wochenlange Bezahlen
meines Krankenstandes zu ersparen.

In der WG kündigte ich auch, brachte meine Sachen in verfügbaren Räumlichkeiten von Albert unter und begab mich in einem Zustand ohne irgendeinen Halt
nach Ybbs. Ich war obdachlos, das Spital wurde meine Meldeadresse, sie waren
verpflichtet, diesen Schritt zu setzen, meinte die zuständige Sozialarbeiterin. Die
Station hatte damals noch keine Weihnachtssperre, heute wird für eine Woche
während der Feiertage zugesperrt, damals musste man bleiben und konnte jeweils
eine Nacht raus. Ich blieb die ganze Zeit dort. Weihnachten kratzte mich nicht,
doch Silvester liebe ich an sich. Es war mein tristestes Silvester, das erste im Er-
wachsenenalter, das ich verschlief. Ich war am Boden und das Nichtfeiern passte
zu meinem Zustand.

Die Therapie hatte nicht den Erfolg, der sich 2010 einstellte. Viele alte Geschichten wurden angesehen, sie wurden aber nicht bewältigt. Ich arbeitete auf meinen
Wunsch hin nicht mit dem an sich für die Station zuständigen Therapeuten, dem
Mann, der mit den Ego States spricht, sondern mit einer Frau, weil ich mich nicht in
der Lage sah, meine Erfahrungen mit einem männlichen Wesen zu besprechen.

Aufgrund meines nicht groß veränderten Zustands kündigte ich meinem Chef an,
erst im Sommer 2013 wieder zu kommen, und dann auch nur für 20 Stunden pro
Woche.

Knapp vor meiner Entlassung in Ybbs wurde mir eine Gemeindewohnung zur
Verfügung gestellt. Wenn man sich auf normalem Weg um eine Wohnung bei der
Gemeinde bewirbt, dann bekommt man nach einer langen Wartezeit bis zu 3 Wohnungen vorgeschlagen, in meiner Notsituation wurde mir genau eine vorgeschlagen, lehnt man diese ab, dann ist man weiter wohnungslos. Zur Wohnungsbesich-
tigung ging ich schrecklich nervös und in Schuldhaltung, ich hatte ein schlechtes
Gewissen, weil ich eine Sozialleistung in Anspruch nahm. Als mir eine sehr freundliche Dame mein zukünftiges Heim in Meidling zeigte, hätte ich ihr um den Hals
fallen können, so wunderbar war die Wohnung. Ich hatte wirklich Glück und wohne

nach wie vor zufrieden und dankbar auf diesen 33 Quadratmetern.

Nach dem Krankenhaus besuchte ich weiter die Berufsschule, holte wenige versäumte Prüfungen nach und schloss die Lehre im Sommer mit Auszeichnung ab. Dann begann ich wieder zu arbeiten. Meine Arbeitstage waren der Donnerstag, der Freitag und der Samstag. Es war mir von Anfang an zu viel, ich war nicht belastbar. Immer sehnte ich mich heim, ich hatte Schmerzen am ganzen Körper, so wie vor dem Spitalsaufenthalt, und ich kam in die Arbeit nie mehr wirklich rein, ich hielt nur durch.

In dieser Zeit hatte meine Mutter ihren durch das Hören auf den Ärztenotdienst verschleppten Herzinfarkt und ich hörte auf zu rauchen, Qualvoll, aber vorerst nachhaltig.

Ich beendete die Beziehung zu Albert, ließ alle Hoffnungen fahren und wurde leblos.

Aber ich hatte meine Wohnung. Die Wohnung, in die ich im Anschluss an das Versorgen von Lisi's Kater fahre.

Es ist halb 11 vorbei, ich hole meine Medikamente für den Tag am Stützpunkt ab und breche mit meinem dreckigen Gewand und einigen Büchern, die ich nicht brauche, auf.

Der Weg hinunter zur Bushaltestelle quer durchs Gelände erscheint mir ewig. Der Bus kommt gleich, nachdem ich mich an die Haltestelle begebe. Er ist schlecht gefedert und wenig bevölkert, beste Voraussetzungen für meine erstaunlich intensiven Genussmomente durch das Rütteln des Gefährts.

In Ottakring steige ich in die U3 und fahre quer durch die halbe Stadt in den 3. Bezirk.

Ich reflektiere über die während der Fahrt gedachten Gedanken. Es sind zu viele für eine so kurze Zeit. So viel Unnötiges flitzt mir durch den Schädel, alles Themen, die sich auf meine Mitmenschen beziehen, es ist zu viel. Selbst das Lyrica ändert nicht immer etwas an dieser Gedankenflut. Ich bin froh, als ich aussteigen kann.

Ich treffe auf einen zuerst sehr verschmusten und dann verspielten Kater. Ich versorge ihn. Als er zur Ruhe kommt gehe ich wieder. Eine Stunde Ruhe und die Anwesenheit eines nicht sprechenden Wesens, wie wunderbar.

Die Heimfahrt mit der U-Bahn ist wie gewöhnlich zu laut, zu grell, zu voll von Menschen. Sofort bin ich reizüberflutet. Wieder gelber Stangenwald um rote und graue Flächen. Eine Frau, die zu oft zu mir her sieht. Ich hasse sie sofort. Zu laute Durchsagen. Zu laute Türen, die sich polternd öffnen und schließen. Zu lautes Piepsen bevor sie letzteres tun. Sogar jedes Tütenrascheln wird zur nervlichen Zerreißprobe. Ich fühle mich ausgeliefert. Ein Übertönen von all dem mit Musik kommt nicht wirklich in Frage, es würde starke Unsicherheit erzeugen, weil ich die Kontrolle über meine Umwelt verlieren würde. Das geht nur selten.

Ein Umsteigen am Westbahnhof in die U6, in die Ader, die von Süden nach Norden führt und retour. Sie kommt sehr schnell. Mit einem „Plopp" öffnen sich die

Türen, eine Unzahl an Menschen wird ausgespuckt, wenige steigen ein in den neu-wienerisch genannten Proletenschlauch. Nach einem Papiereinkauf bin ich bald daheim. Post holen und nicht ansehen. In die Wohnung, Türe zu, Ruhe. Alleinsein.

Das Aquarium erstrahlt in vollem Glanz. Die Fische haben trotz weniger Fütte-rungen runde Bäuche. Für die Beckengröße leben wenige Tiere drin, für meinen Geschmack sind es aber genug. Kleine Panzerwelse, Aaldornaugen und ein Saug-wels bevölkern den Boden, Grundeln thronen auf runden Steinen und Höhlen, rote und durchsichtige Garnelen tummeln sich auf riesigen Moospolstern, klein bleiben-de Salmler balzen unter hoch aufragenden Wurzeln, Leuchtaugenfische und bunte Rundschwanzguppies schwimmen zwischen verschiedenen feinfiedrigen Pflanzen, die bis zur Wasseroberfläche reichen. Ich füttere die bettelnden Mäuler und mache mir einen Kaffee.

Die Espressomaschine gurgelt die Flüssigkeit, nach der ich dürste, herauf. Wie viel Trost mir die Kombination Kaffee und Zigarette verschafft. Es blieb natürlich nicht nur bei dieser einen Morgenzigarette, beim Schreiben überkam mich das dringende Gefühl, rauchen zu müssen. Je belastender das Thema ist, umso drin-gender ist der Griff zur Zigarette.

Langsam komme ich vor der Unterwasserlandschaft zur Ruhe. Das Verarbeiten der Eindrücke der Fahrt dauert lang. Das Schwirren im Kopf lässt nach einer halben Stunde Stille langsam nach.

Diese Symptome, und eine Vielzahl anderer, lassen sich mit Alkohol sofort ab-stellen. Das stellt ein Problem in meinem Leben dar, da ich den Alkoholkonsum ja oft nicht regulieren kann. Diese Ausschweifungen wiederum führten zu einigen sexuellen Geschehnissen, die ich nicht missen möchte. Das Verruchte in mir tritt nach einigen Bieren in den Vordergrund, die Lust, einen Mann zu verführen, mit ihm zu spielen, ihn ein paar Pirouetten der Werbung vollführen zu lassen durch ein Verhalten meinerseits, das ihm Erfolg verspricht, wird unendlich reizvoll. Meiner Er-fahrung nach tritt dieses Werbungsverhalten meist erst ein, wenn das Tor zum Ziel bereits offen steht. Ich wittere eine ungeheure Verunsicherung dahinter. Entweder ich habe ein Händchen, solche Typen auszuwählen, oder das Werben um Frauen wird Männern in unserem Kulturkreis verhagelt durch unterschwellige Botschaften.

Ich denke an die letzte Ausschweifung dieser Art. Nach einem Treffen mit Freun-den, bei dem recht viel Alkohol floss, fuhr ich Richtung Heimat, wollte aber noch irgendwo etwas trinken und fiel in ein Lokal in meiner Nähe ein. Ich saß an der Bar, genoss mein Bier und beobachtete zwei junge Männer beim Dartspielen. Ich gab mich recht offen und wurde bald zum Mitspielen eingeladen. Rasch vereinbarten wir, dass der mit den wenigsten erreichten Punkten pro Wurfrunde eine vorher ausgemachte Aufgabe ausführen muss. Ein Rad schlagen oder 10 Liegestütze machen war das am Anfang. Bald fing ich an, Interessanteres zu fordern. An das Abschlecken des Spülknopfes des Klos erinnere ich mich noch gut. Der eine Kerl hatte Haare am Kopf, der andere einen langen Bart. Den Bartträger traf es. Es ekelte ihn schon im Vorfeld, traf meiner Meinung nach aus Angst so wenige Punkte und musste einiges an Überwindung an den Tag legen, um die Tat des Schleckens zu begehen. Wir anderen Zwei witzelten natürlich, sprachen von all den Keimen, die sich an diesem Hotspot tummeln und machten es ihm nicht leichter. Nachdem er seine Aufgabe vollbrachte, widerte es ihn so an, dass er zum Waschbecken eilte um seine Zunge mit Seife zu waschen, was dazu führte, dass er kotzte. Der mit den Haaren und ich kriegten uns vor Lachen nicht mehr ein.

Es ging weiter mit fiesen Aufgaben aber auch mit tendenziell sexuellen, wie Küssen mit Zunge, was die beiden Herren traf. Es waren turbulente Dart-Runden.

Das Lokal sperrte irgendwann zu und wir fanden uns auf der Straße wieder, wo der ohne Haare noch kurz nackt posieren musste um seine letzte Aufgabe zu erfüllen.

Uns war nach mehr Alkohol. Der mit den Haaren arbeitete unweit des Lokals in einem Bürogebäude am Europaplatz. Er schlug vor uns dort einzuschleusen, denn in firmeneigenen Kühlschränken war genug eingelagert. Wir waren dabei. Es folgte ein hoch amüsantes Versteckspiel vor einem Security-Mann, bis der mit den Haaren endlich den Nachtcode für das Türschloss erhielt. Ich fand mich in einem Großraumbüro wieder, das reichliche Wein- und Biervorräte bot. Wir gingen in den Pausenraum, in dem ein Tischfußballtisch stand. Ich spiele nicht gern Tischfußball, aber bei diesem Alkohollevel ziehe ich mich gerne aus, also schlug ich den verdutzt dreinschauenden Jungs vor, Strip-Tischfußball zu spielen. Die beiden sollten gegeneinander spielen, immer wenn der mit den Haaren ein Tor schießt, dann ziehe ich etwas aus, ein dummes Konzept, aber eines, das es ermöglichte, schnell meine Klamotten loszuwerden. Ich genoss es. Die eher schüchternen Blicke der Beiden, das Exhibitionistische, das ich ausleben konnte, das Knistern in der Luft. Ich saß dann mal ohne Hose aber noch mit Socken da, so erpicht war ich darauf, viel verdeckende Kleidung los zu werden. Es dauerte nicht lange und ich war nackt. Es wurde geraucht und getrunken, es wurde bald geküsst und angefasst, vier Hände auf mir, mein Mund nie lange allein. Im Winden und Küssen kramte ich ihre Geschlechtsteile hervor, hatte in der Linken den einen Schwanz und in der Rechten den anderen. Es wurde geleckt und geblasen, gestreichelt und betastet, erkundet und herausgefunden. Gekommen ist keiner, die zwei Jungs waren zu nervös und ich genoss diese Orgie zwar extrem, konnte aber nicht loslassen. Es ebbte ab, es flutete wieder an, wir verschafften dem mit den Haaren Erlebnisse in seinem Pausenraum, von denen er jedes Mal beim Betreten zehren kann an langen Arbeitstagen.

Als der Tag anbrach, schlug ich vor, zu mir zu gehen. Wir nahmen noch was zum Trinken mit und verdünnisierten uns nach umfangreichen Aufräumungsarbeiten. Mein Bedürfnis allein zu sein verkehrt sich unter Alkoholeinfluss ins Gegenteil. Es soll dann nie enden. Und ich nehme gerne neue Bekanntschaften mit nach Hause.

Ich machte den Computer an und wir spielten uns gegenseitig Lieder vor, tranken, rauchten und zogen uns wieder aus. Es begann von neuem und erfuhr einen starken Einschnitt, als sich der mit dem Bart aufmachte, um zur Arbeit zu gehen.

Der mit den Haaren meldete sich krank und blieb bei mir. Wir landeten im Bett und ich konnte loslassen. Sein Körper gefiel mir überaus gut, er war groß und sehr viril, ohne trainiert zu sein, sehr anziehend für mich. Und er machte es mir wirklich gut. Es war ein Orgasmus, der von all den vorangegangenen Schweinereien aufgeblasen wurde ins Epochale. Und auch seine Nervosität legte sich, als wir allein waren, er kam lang und gut.

Er blieb 2 Nächte bei mir, wir tranken durchgehend, sein Kater dauerte 3 Tage an, meiner 2.

Ich habe Anteile, die begeistert sind von solchen Exzessen, aber ich habe auch welche, die davor Angst haben. Ich bin gespalten was das angeht.

Dieses Verhalten wird von den angstbesetzten Anteilen vermieden, so lange es geht, aber alle paar Monate bricht es sich Bahn und führt zu einer weiteren Geschichte, die für die Beteiligten meist eine bisherige Einmaligkeit darstellt, nur für mich ist es nichts Neues.

Ich versuche eine Packung Geschirrspül-Tabs zu öffnen.

„Bitte Packung hier öffnen und wieder verschließen" steht am Karton. Nur lässt sich hier nichts öffnen. Ich fitzle es auf und ruiniere den Wiederverschließmechanismus. Ich entnehme ein Tab und lasse den leeren Geschirrspüler einmal laufen, denn er stinkt. Eine Auswirkung des ungeplanten nicht hier Seins. Natürlich verschimmelte so einiges, als ich auf der Akut war.

Während ich etwas zum Essen warm mache sehe ich die Post durch. Der Versicherungsdatenauszug ist da. Aber etwas anderes ist nicht da stelle ich beim Ausräumen meiner Tasche fest. Mein Telefon. Es liegt bestimmt beim Kater. Das sind auch die Lyrica, so etwas sieht mir nicht ähnlich. Ein weiterer Trip heute. Scheiße.

In der S-Bahn kreuzt eine amüsante Erscheinung meinen Weg: Ein ergrauter Mann mit braunem Toupet. Wunderbar.

Chris Lohner's Stimme ertönt über die Lautsprecher und gibt uns Auskunft über die folgenden Haltestellen. Vermutlich werde ich sie überleben und dann wird irgendwann eine andere Stimme ertönen. Ich mag diese Vorstellung nicht, sie zwingt sich mir aber bei jeder Fahrt auf.

Ja, das Telefon liegt beim Kater. Nach einer kurzen Schmuseeinheit fahre ich wieder.

In der S-Bahn am Klo ist im Fensterrahmen ein !Jude! eingraviert, was die Dummheit des Gravierenden dokumentiert. Die Rufzeichen sollen in antisemitischer Absicht auf das Jüdische hinweisen, es ist also redundant, sie um das Wort Jude zu setzen und führt sich selbst ad absurdum. Einfach heim, nicht nach links oder rechts schauen, einfach heim.

Wieder erhole ich mich vor dem Aquarium, danach gibt es Schokolade vor dem Fernseher. Die Nerven beruhigen, kein Output mehr, sondern Seichtes konsumieren.

DAS LICHTEN EINES WALDES

Schon beim Erwachen fühle ich mich schwer wie ein Stein, aber die Zellen rasen. Unruhe gemischt mit medikamentös verursachter Lähmung.

Ob schon mal ein Medikamentenspiegel gemacht wurde, fragte mich eine Schwester im Spital, denn sie vermutet, dass ich zu viel Chemie in mir haben könnte.

Die erste Zigarette fährt ein wie eine Droge, ein Effekt, den ich im Spital selten oder nur marginal erlebe. Meine Überwachsamkeit in Anwesenheit anderer verhindert das.

Dass das so einfährt ist mir nichts Neues, es hängt auch mit den Medikamenten zusammen. Je weniger ich schlucke, umso normaler ist mein Zustand nach der Ersten des Tages. Ich empfinde es immer als kleines Geschenk in Krisen.

Ich rauche beim Fenster raus, halte im Anschluss den Stummel unter fließendes Wasser, entsorge ihn mit letzten motorischen Fähigkeiten um sogleich danach in mich zusammenzusinken und mich dem Rausch hinzugeben, der so stark ist, dass ich minutenlang nicht zu meiner Kaffeetasse greifen kann. Mein Körper ist in sich in Bewegung. Ich schließe die Augen und der Effekt verstärkt sich. Ein Drehen, ein Winden. Ganzkörperliches Hochgefühl. Es fühlt sich so an, als würden sich meine Glieder bewegen. Etwas, das mir nur in Einsamkeit beschert ist. Wenn andere Menschen da sind, dann verbietet sich mein Körper das, so stark sind meine unbewussten Schutzmechanismen.

Heute habe ich theoretisch nichts zu tun, außer um halb 6 zurück ins Spital zu fahren.

Doch, etwas gibt es schon zu tun, ich habe eine Liste mit Erledigungen für den Rehageld-Antrag. Ein Befund muss gefunden werden und Adressen von Dienstgebern müssen rausgesucht werden. Ich drehe den Computer auf und empfinde es als Segen, einen zu haben und dass er funktioniert, ich bin dankbar. Das Aufflammen dieser Gedanken und Gefühle wird in mir sofort kommentiert. Die Stimme meiner Mutter geifert:

„Nix hakeln und alles haben!" Ein noch nicht bearbeiteter Anteil meldet sich hier vorwurfsvoll. Und das tat er schon oft, nur vergesse ich es immer wieder. Dieser Anteil verwischt seine Spuren, will vom Therapeuten nicht entdeckt werden und zieht sich vor Therapieeinheiten regelmäßig wieder zurück, um aus meinem Bewusstsein zu verschwinden. Vielleicht bleiben die Informationen nun präsent, weil ich sie aufschreibe.

Natürlich stimme ich dem Gehörten sofort zu und habe ein schlechtes Gewissen. Was ich alles habe, ohne viel dafür getan zu haben, und jetzt beantrage ich auch noch Rehageld, anstatt mich auf dem Weg ins Berufsleben gut zu schlagen. Ich mache mir meinen aktuellen Niedergang zum Vorwurf und ein drückendes Gefühl in der Magengegend macht sich breit. Ich mache einfach weiter, setze mich an den PC und google nach Adressen meiner ehemaligen Arbeitgeber.

Die des Pflegeheimes in Wien finde ich schnell. In mir poppt blitzartig das Gefühl des Leides auf, das ich dort in so vielen Nachtdiensten erlebte, die elende Müdigkeit, der Stress alles falsch zu machen, die Überforderung in den Tagdiensten und das Abschalten aller Gefühle um den Dienst halbwegs zu überstehen, was dazu führte, dass ich feierabends oft das Empfinden hatte, nun ewig weiterarbeiten zu können.

Die Adresse der Telefonsex-Firma finde ich nicht im Netz. Nach einigen Klicks und Google-Versuchen fällt mir ein, dass ich ja in meinem Protokollbuch alles festhielt, auch die Visitenkarte des Chefs, die mir nun weiterhelfen kann. Zwar ist das Buch verborgt, sicherheitshalber fotografierte ich aber alles ab. Ich werde in meinen Fotos fündig.

Die Frau, der ich das Telefonsex-Buch borgte, sah gemalte Bilder von mir bei Albert. Sie wollte die Künstlerin dahinter kennenlernen und so setzten wir uns im Frühjahr 2016 bei mir zusammen. Sie heißt Johanna und ist eine junge, intelligente, attraktive und dunkelhaarige Frau. Wir redeten lange und ich erzählte ihr aus meinem Leben. Wir waren uns auf Anhieb sympathisch. Bald darauf rief mich Albert an und meinte, dass mich diese im Kosmos-Theater arbeitende Johanna als Input-Geberin für ein Theaterstück vorschlug. Er fragte mich, ob es mir recht sei, mit einer Schauspielerin ein Interview zu führen. Ja, ich war begeistert.
Es stellte sich heraus, dass der Regisseur mit 4 Schauspielern an einer sogenannten Stückentwicklung arbeitete. Dabei gibt es kein vom Regisseur vorgeschriebenes Konzept, alle arbeiten an etwas Plastischem, das sich nach und nach in den Proben formiert. Sie widmeten sich den harten Sachen. Sie wollten die Abgründe unserer Gesellschaft zeigen, suchten nach Menschen, die Schlimmes erlebten, je schräger umso besser. Sie schrieben Obdachlosenheime, die Bewährungshilfe und Stellen dieser Art an, um an Leute zu gelangen, die sich bereiterklärten, ihre Geschichte zu verschenken. Sie führten mit vielen Menschen Interviews, zeichneten alle auf, tippten sie ab und versuchten sie in den Proben umzusetzen. Ihnen fehlte noch etwas, also meinte Johanna, die an der Erarbeitung des Stücks beteiligt war, dass sie sich doch mit mir unterhalten sollten. Wir vereinbarten im Sommer einen Termin bei mir daheim. Johanna und eine der Schauspielerinnen, kamen zu mir um Input für die „Nachrichten aus dem Schleudersitz", ein Titel, den ich sehr passend fand, zu sammeln. Ich redete drauf los, zeigte Bilder im Kontext, erzählte 4 Stun-

den lang einen Teil meiner Geschichte. Wir machten uns einen Folgetermin aus, gingen ins Erholungsgebiet Wienerberg und redeten am Seeufer unter Bäumen weiter. Das Erholungsgebiet wurde in den 80er-Jahren von der Stadt Wien geschaffen. 123 Hektar naturgeschütztes Land, davon sind 16 Hektar Wasser, dessen Ränder von seltenen Vögeln bewohnt werden. Die Schauspielerin sagte mir, dass meine Geschichte nach dem ersten Interview beim Team helle Begeisterung auslöste. Wieder sprachen wir stundenlang. Das war es dann auch mal für's Erste. Ohne weitere Informationen wurde ich zur Premiere eingeladen, die Ende September 2016 im Theater in der Siebensterngasse des siebten Bezirks stattfand. Ich war irre nervös und trank Rotwein. Das Stück catchte mich von Beginn an. Es war laut und schräg, die irrsten Geschichten wurden aufgetischt, eine Bankräuber-Story, ein Exhibitionist, ein Spieler, alles expressiv erzählt, mit viel Körpereinsatz, herausragenden Requisiten und mit einer Musik unterlegt, die einem den Puls steuerte. Die Welt von Menschen am Abgrund wurde einem um die Ohren gefetzt, dass man nicht mehr wusste, wer man selber ist, so eindringlich und hautnah entspannen sich die Ergebnisse dieser Interviews. Es gab keine Pause, in einem durch erzählten sie aus den Leben der „Muttertiere", wie sie ihre 6 auserwählten Leute nannten, deren Geschichten sie spielten. Mein Name in dem Stück war Judith.

Eine fast Blinde kam vor, die unglaublich viel zu ertragen hatte, eine zerfetzte, surreale Kindheit mit Entwurzlung und Vergewaltigung. Speziell durch ihre Geschichte schwanden meine Hoffnungen völlig, auch darin vorzukommen, waren doch die bisher umrissenen Geschichten vielfach spannender als die meine. Doch als es dem Ende zuging erkannte ich mich in der Schauspielerin, die die Interviews mit mir führte, sie tanzte, mit Engelsflügeln bekleidet, mit einem Dildo herum, um sich dann fest in ihn zu verbeißen, dann begann sie aus meinem Leben zu erzählen. Betrunken und zitternd sah ich zu, wie sich Teile meiner Biographie auf der Bühne verteilten. Es war nicht so, dass die Geschichte eines Muttertieres nur von einem Darsteller gespielt wurde, alle wirkten mit, verhalfen dem dichten Geschehen zu einem Faden, der sich entspann. So war es auch bei mir. Ein Mann schlüpfte in meine Rolle um meinen Suizidversuch mit viel Kunstblut und großem, dramatischem Talent darzustellen. Die, die mich interviewte, thematisierte eindringlich meine Wunderheilung durch den Telefonsex-Job, alle 4 wirkten mit bei der Darstellung unserer Familiensituation. Nackt und begleitet von Schreien würgten sich am Ende alle gegenseitig, ein so sehr passendes Bild für meine Kindheit, es war unglaublich.

Aufgelöst und von Stresshormonen geflutet verließ ich zitternd den Saal.
Ich sprach mit Johanna und sagte, dass ich nicht gedacht hätte, dass meine Story vorkommen würde, doch dann stellte sie das fulminante Ende dar.
„Bist oag, das war ja klar, dass das dein Stück wird!" meinte sie lachend.

Insgesamt ging ich zu 4 Vorstellungen. Bei jedem Besuch trank ich weniger als beim vorhergehenden, mit dem Ziel, eine Vorstellung nüchtern ertragen zu können. Es gelang. Bei der Derniere saß ich mit 0,0 Promille im Publikum und es erging mir gut. Im Lauf dieser Theaterbesuche bekam ich einen anderen Blickwinkel auf meine eigene Geschichte. Die Schwere des Erlebten kam mir anders ins Bewusstsein als bisher. Dieser Blickwinkel verdünnisierte sich auch wieder und heute ist es so, wie vor den Vorstellungen, doch eine Zeit lang hielt das an.

„Ein Externalisierungsprozess." kommentierte mein Therapeut dieses Geschehen.

Im Zuge des ersten Interviews zeigte ich das Buch her, in dem ich Notizen zu den Telefonsex-Kunden machte. Johanna und die Schauspielerin waren begeistert. Und Johanna erarbeitet zur Zeit ein Stück, in die sie diese Protokolle einfließen lassen möchte, also gab ich sie außer Haus.

Die Texte erwähnte ich auch einmal im Gespräch mit Christian Schreibmüller, einem Schriftsteller und Urgestein der Wiener Poetry-Slam-Community. Wir lernten uns in einem Gürtellokal bei Freibier, das anlässlich der von Alexander van der Bellen gewonnenen Bundespräsidentenwahl ausgeschenkt wurde, kennen. Meine ehemalige Vermieterin des WG-Zimmers ist auch eine Schreibende und Vortragende, sie fand sich nach einem Wink von mir dort ein und war in Begleitung von „Schreibi", wie er passend zu seiner Tätigkeit genannt wird. Im Alkoholrausch, nach einer heftigen Knutscheinheit mit einem Punk an der Bar, sprach ich ihn aufs Lesen an und sagte, dass ich auch Lust hätte. Er suchte gerade Frauen, die bereit wären, bei einer Buchpräsentation von einem Werk von Gerald Grassl mitzuwirken. Es ist eine Sammlung von Texten, die jüdische Frauen schrieben und heißt „Rebekkas Kraft". Wir vernetzten uns und es folgten 4 Lesungen, an denen ich teilnahm um jeweils eine von Gerald's Sammlungen von Texten aus der Feder von Juden zu präsentieren. Diese Lesungen fanden alle zwischen 2 Krankenhausaufenthalten im Jahr 2016 statt. Nach jeder gesellten wir uns bei Bier zusammen, lange Abende des freudvollen Austausches geschahen, es war eine wundervolle Zeit. An eben solch einem Abend sprach ich Schreibi gegenüber meine Telefonsex-Protokolle an. Er suchte gerade Leute für den schon erwähnten Rotlicht-Poetry-Slam. So kam es, dass diese 6-monatige Pause zwischen 2 Spitalsaufenthalten voller Theater und Lesungen war. Es war geschenkte Zeit. Ich nützte sie gut.

Inzwischen ist es Zeit für mein 17 Uhr 30-Medikament, ich pflanze mich noch ein wenig vor das Aquarium und lasse die Zeit vergehen, bis ich wieder aufbrechen muss.

Am Weg zur U6 mache ich mir Gedanken über die Wirkungen und Nebenwirkungen vom Lyrica. Das Gefühl des Zugedröhntseins, das Wattierte und das Gedankenverlorensein hat Vor- und Nachteile, eine mangelnde Koordinationsfähigkeit und eine Unfähigkeit optisch zu fokussieren hat nur Nachteile.

Beim Warten auf den 48A erlebe ich die Vorteile des Lyrica. Ein mir unbekanntes unter den Leuten Sein findet statt. Ich nehme die anderen nicht als potentielle Feinde wahr. Das gelang mir nur in mir gut in Erinnerung gebliebenen, wenigen Phasen nach meinen langen Naxos-Reisen. Auch während der Fahrt muss ich die anderen nicht kontrollieren, ich bin einfach da und sie auch. Der Bus entlässt am Spital viele, die vermutlich alle nach einem Ausgang kommen um ihre Therapie wieder anzutreten.

Das Gehen am Gelände des Steinhofes fühlt sich an wie ein einziges Balancieren auf einer Drehscheibe, die Welt rutscht mir nach rechts hinten weg.

Als ich ankomme melde ich mich zurück und gebe die leeren Dispenser zurück, die meine Medikamente beinhalteten.

Im Aufenthaltsraum treffe ich auf Zeitlupe, sie wurde am Freitag hierher verlegt. Mir fällt das pflegerische Aufnahmegespräch ein, das ich dort teilweise belauschen konnte. Aus dem Nichts sagte sie der Schwester:

„Ich bin böse geworden."

„Seit wann glauben Sie, dass Sie böse geworden sind?" erkundigte sich die Schwester.

„Seit ich..." Sie blieb stecken.

„Sie müssen mir nicht antworten." meinte die Krankenpflegerin.

„Seit ich das erste Mal gelogen hab und es abgestritten hab." brach es hervor.

„Ich glaub jeder lügt einmal." beschwichtigte die Schwester.

„Wenig Durchhaltevermögen hab ich. Und dass man sich Krankheiten wünscht ist auch nicht normal." gab Zeitlupe ausnehmend flüssig von sich. Darauf sagte die sich schon im Gehen befundene Schwester nichts mehr.

Auf der Toilette höre ich draußen Geräusche, die ich nicht zuordnen kann. Mir fällt etwas auf. Meine Gedanken zu unzuordenbaren Lauten sind immer gewaltassoziiert. Automatisch glaube ich, dass gewütet, geschlagen, getobt wird. Es überrascht mich jetzt nicht, dass es so ist, es überrascht mich nur, dass mir das jetzt erst auffällt, dass ich diesen Mechanismus jetzt erst reflektieren kann. Vielleicht ist es das Wegfallen einer Vielzahl an Symptomen durch das Lyrica, das mir die Ruhe im Kopf gibt, noch vorhandene anders zu betrachten, einen Zugang zu ihnen zu finden. Es wirkt gerade wie das Lichten eines Waldes.

Es ist Abend. Immer besser komme ich mit den anderen in Kontakt und es wirkt sich nicht bedrohlich auf mich aus. Ein „Magst Chips?" von der Rollstuhlfahrerin ist kein Eingriff in meine Privatsphäre, sondern nur ein freundliches Angebot. Das Annehmen bringt mich nicht in tausende Schuld- und Gegenleistungsspannungen, das Ablehnen nicht in Gewissensbisse. So fühlt sich das also für Normale an.

Ein Gespräch mit der Märchenfee über Krieg füllt die Zeit bis zur Medikamenteneinnahme ein wenig, es beginnt mit ihrer aus der Stille dringenden Aussage, dass sie nicht versteht, weshalb es so etwas wie Krieg überhaupt gibt. Ich erkläre es ihr und sie versteht. Wir spannen einen weiten Bogen von Imperialismus über Ressourcenkriege und die Economic Hit Man der Amis bis hin zu Religionskriegen. Wir enden beim Blut an unseren Händen durch den Kauf der meisten Produkte, die in unseren wunderhübschen Verkaufsregalen stehen und uns eine heile Welt vorgaukeln. Deprimiert gehe ich eine rauchen. Mich macht dieses Leben fertig. Es gibt kein Ein oder Aus für mich, ich bin gefangen in einer Gesellschaft, die ich brauche, obwohl sie wissentlich tötet und wütet.

Nach der Zigarette nehme ich meine Bio-Naturkosmetiklotion her, creme mir meine extrem rissigen Hände damit ein und habe ein schlechtes Gewissen, so etwas überhaupt zu besitzen. Unleistbar sollte die Tube sein, wenn es mit fairen Bedingungen zuginge. Ich creme mich mit Blut ein. Mit dem Blut von Menschen, die so weit weg sind, dass ich sie nicht sehen muss.

Die abendliche Psychodrogenabholung bei einem sehr netten Pfleger ist mit einem kurzen Gespräch über das Wochenende und meine Nebenwirkungen verbunden. Alle staunen immer ein wenig, wenn ich meine Erscheinungen kundtue.

Ich rauche noch eine und gehe dann auf's Zimmer. Alle liegen schon in ihren Betten, ich habe ein schlechtes Gewissen, weil ich noch rumhantiere. Ich geh aufs Klo und habe ein schlechtes Gewissen wegen dem Wasserverbrauch. Ich entnehme Papierhandtücher und habe ein schlechtes Gewissen, weil ich Müll produziere. Die Handtücher aus Stoff verschwinden hier immer, die Serviceassistentinnen haben wohl die Anweisung sie wegzuräumen. Schlechtes Gewissen, schlechtes Gewissen, personifiziertes schlechtes Gewissen.
Gute Nacht, schlechtes Gewissen.

ZERMÜRBUNGSKRIEG

Der Wecker läutet. Schlaftrunken wanke ich aufs Klo. Rot-blaue, irisierende Fetzen tanzen vor meinen geöffneten Augen, als ob eine Lasershow in der Toilette stattfinden würde.

Mit dem gebrauchten Shirt der Station wasche ich mir die Achseln, ziehe ein frisches an, entsorge das alte, nehme frische Socken und ich bin fit für den Tag. Die Haare sitzen erstaunlicherweise gut.

Im Aufenthaltsraum spricht mich eine Dame an, als der Kaffee kommt. Ich kenne sie nicht, aber das heißt nichts. Ich bin schlecht im Wiederkennen von Gesichtern. Um jemanden sofort zu erkennen, den ich schon mal traf, braucht es sehr hervorstechende Merkmale oder häufige Wiederholungen.

Am spannendsten war diese Behinderung in der Prostitution. Oft geschah es, dass einer sagte: „Dann geh ich wieder mit dir." und ich hatte keine Ahnung, wer er war. Zu Anfang war ich sogar fest davon überzeugt, dass sich der Kunde irrt, nur um dann beim Berühren seines Glieds den totalen Erinnerungszugang zu erleben. Plötzlich wusste ich wieder, dass wir schon am Zimmer waren und was wir machten, was ihm gefiel, was er vermied. Ich erkannte die Männer an ihren Schwänzen.

Im Fischgeschäft erging es mir ähnlich, die Erinnerung an ein vorhergegangenes Beratungsgespräch setzte dort mit der Beschreibung des Besatzes des Aquariums ein.

Einen Anker wie diese habe ich hier nicht. Leute treten auf mich zu und nennen mich beim Namen, von denen ich schwören könnte, sie noch nie in meinem Leben gesehen zu haben.
So auch heute.

Um viertel 9 folgt die Morgenrunde, ich würde lieber schreiben.
Bei dieser Zusammenkunft erfahre ich, dass noch ein Aquarianer unter uns ist. Er hat einen 600 Liter Tank, um den er sich am Wochenende kümmerte. Ich tippe auf südamerikanische Buntbarsche.

Beim Drehen einer Zigarette danach flammt ein arbeitssabotierendes Symptom auf. Vor Beginn der Tätigkeit habe ich das allumfassende Gefühl, dass ich es nicht kann, mir eine zu drehen. Ich meine nicht zu wissen, wie die Teile zueinander gehören, bin mir sicher, zu ungeschickt zu sein, es schlichtweg insgesamt nicht zu können, obwohl ich es tausende Male ohne Probleme schaffte. Dieses Gefühl begleitete die meisten Arbeitstage in seriösen Jobs in meinem Leben. Es ist der Killer. Irgendwann war jeder Arbeitsplatz so sehr geprägt davon und von dem chronischen Gefühl, dass mir die anderen sekündlich drauf kommen können, dass mich jeder Gedanke an die Arbeit mit Stress flutete und ich in der Freizeit auch ständig an sie dachte um Arbeitsschritte vorbereitend durchzugehen und so Fehlerquellen auszumerzen. Ein Teufelskreis, aus dem es nie ein Entrinnen gab. Dieses Symptom wütete wie eine Krankheit, legte sich über alles und brachte mich regelmäßig zu Fall. Und nun ist dieses Symptom auch hier, beim Drehen einer Zigarette. Ich werde verrückt. Ich hab's so satt.

Beim Rauchen blättert die Märchenfee eine Gratiszeitung durch und informiert mich über eine Anzeige gegen brutal vorgegangene Polizisten gegen Femen-Aktivistinnen, und dass nun eine Anzeige gegen die Staatsgewalt folgt. Sie findet das gut und sie schneidet an, dass unsere Rollstuhlfahrerin auch die Polizei verklagt.

Eine Dame vom Haus schaut raus zu uns und spricht die Märchenfee mit ihrem Nachnamen an, etwas Organisatorisches wird kurz besprochen. Ich merke an, dass sie einen interessanten Nachnamen trägt. Wir unterhalten uns kurz über unsere Mädchennamen und unsere zweiten Namen. Mein Geburtsname stammt von meinem sich in den Tod getrunkenen Nazi-Opa. Kurz verwechsle ich im Gespräch etwas und meine, dass er von meinem Stiefgroßvater herrührt, das tut er aber zum Glück nicht. Er war ein mir sehr unangenehmer Mensch, spätestens ab meinem sechsten Lebensjahr hatte ich aber Angst vor ihm. Bei einem der seltenen Besuche im großväterlichen Haus, in dessen Hinterhof die Werkstatt meines Vaters angesiedelt war, geschah etwas sehr Hässliches. Ich war mit ihm alleine im Vorhaus und verabschiedete mich von ihm. Beim üblichen Bussi auf den Mund hielt er meinen Kopf und schob mir seine riesige, fleischige Zunge in den Mund. Ich weiß nicht mehr, wie ich mich fühlte. Der Tag verlief weiter wie jeder andere. Natürlich sagte ich niemandem etwas.

In meiner Beziehungsgeschichte gab es Phasen, in denen ich sehr gerne und nicht so gerne küsste. Die, in denen ich es genoss, waren aber nie sehr lange. Ein Ekel stellte sich früher oder später immer ein. In meiner Ehe küsste ich zum Beispiel gar nicht. Deswegen funktionierte die Beziehung auch 10 Jahre lang. Es war auch Roberts Wille, das zu unterlassen. Im Job küsste ich aber leidenschaftlich gerne. Es ist wieder eine Ego State-Angelegenheit. Die Bitch in mir liebt es, wahl- und zügellos rumzuknutschen. Ich war auch mit 13 schon passioniert darin. Ich schmuste mich durch die halbe Klasse meiner Schule und fühlte mich wohl in dieser Rolle.

Ab diesem hässlichen Zwischenfall versuchte ich erfolgreich das Alleinsein mit meinem Stiefgroßvater zu verhindern. Ich glaube, dass damals das größte Problem an dieser Geschichte das unsicher Werden in diesem Hauses war. Ein weiter Ort meiner Kindheit wurde besudelt, war entweiht. Dieses Haus war bis zu dieser

Erfahrung eine interessante Höhle voller spannender Fluchten und anregender Gegenstände. Zeichnungen, die meine Großmutter fertigte, Mineralien, ein Klavier, das auch benutzt wurde, Bücher mit spannenden Bildern. Ab diesem Tag legte sich eine Patina der Gefahr über alles. Nichts konnte ich mehr versinkend betrachten, ständig musste ich wachsam sein, aufpassen, dass ich mit ihm nicht alleine bin, und ich hatte großen Erfolg damit.

Ab dem Zeitpunkt meines Brustwachstums half mir aber meine Taktik nicht mehr. Ständig streifte er wie zufällig an meinem Busen an, vor allem bei Begrüßung und Verabschiedung, aber auch zwischendrin sobald er nah genug an einen heran kam. Ich kann das heute noch fühlen, wenn ich daran denke. Wieder steigerte sich mein Fluchtverhalten. Nun galt es nicht nur nicht mehr mit ihm alleine zu sein - ihn nicht nahe an einen ran kommen zu lassen war die Devise. Ein seine Handlungen Vorausahnen machte es möglich, gut um ihn herumzukommen. Irgendwann starb er dann, ich weiß aber nicht mehr, wie alt ich da war. Dunkel kann ich mich erinnern, wie ich auf seinem Begräbnis meine Freude verbarg.

Jahre später thematisierte ich das mal im Gespräch mit meiner Mutter. „Was? Bei dir hat er das AUCH gemacht?" entfuhr ihr. Na wenn sie das gewusst hätte, dann hätte sie ihm aber was erzählt. Ich glaubte ihr kein Wort, dachte mir nur, dass es für sie sehr praktisch ist, dass er schon tot ist. Das hörte sie sich selber einfach gerne sagen. Im Nachhinein kann man gut die Taffe spielen, doch sie ließ es ja auch jahrelang über sich ergehen, stand nicht für sich selber ein.

Die Visite findet statt. Der Arzt, der mich hier aufnahm, sitzt vor mir. Das weiß ich, weil er es mir sagt. Wir sprechen lange über mein Erleben und über die Medikamente. Er weist mich darauf hin, dass bei mir durch frühe Erlebnisse gewisse Dinge halt so stark in der Persönlichkeitsstruktur verankert sind, dass dem mit Medikamenten nicht beizukommen ist. Ich stimme ihm zu. Wir reduzieren ein Neuroleptikum. Ich habe keine Ahnung, wo es in geminderter Dosis auftreten oder ganz wegfallen wird, ich habe auch nicht den Anflug einer Motivation, das zu hinterfragen, begebe mich weiter vertrauensvoll in die Obsorge der hier Zuständigen.

Ich widme mich meinem Rehageld-Antrag, fülle die am Wochenende herausgefundenen Adressen aus, die ich nach der Recherche alle auf meinem Versicherungsdatenauszug entdeckte.

Vom Monat Juli der Jahres 2008 bis zum Juli 2010 arbeitete ich als Ordinationsgehilfin. Das Kästchen der Tätigkeitsbeschreibung fülle ich mit „Administration, Terminvergabe, Erstellen von EKGs und Auswertung der Blutbefunde, Durchführen von Lungenfunktionstests, Vorbereitung von Ergometrien" aus.

Im Kästchen des Aquaristik-Fachgeschäftes landet „Pflege der Anlage und Wartung, Kundenberatung und Warenstandsadministration". Man könnte noch viel mehr hineinschreiben, ich mache aber gerade mal das Nötigste.

Das Gefühl der Überforderung sucht mich heim. Die Sozialarbeiterin wird mir heute noch einen Termin einräumen, mit ihr gehe ich es nochmal durch.

Ein Kaffee und eine Zigarette lassen die Überforderung abflauen.
Ich denke an die zweigeteilte Arbeit in der Ordi und dem letzten Studio, in dem ich parallel arbeitete. Nach den Afrikareisen überlegte ich, ein eigenes Studio zu eröffnen. Unter unserer Wohnung mietete ich schon die längste Zeit ein kleines Geschäftslokal als Atelier. Auf der anderen Häuserseite, links vom Eingang, war ein weiteres Geschäftslokal, das seit kurzem als Bordell diente. Wenn ich aus dem Fenster unserer Wohnung sah, dann konnte ich dem Kommen und Gehen da unten oft beiwohnen, wenn mein Mann am Fenster hing, dann trauten sich die Freier oft nicht zu klopfen, sondern zogen weite Bahnen in der Gasse, darauf wartend, dass er vom Fenster verschwindet und sie unbeobachtet von einem Mann um Einlass bitten konnten. Die hohe Frequenz und die kurze Verweildauer der Männer überraschte mich sehr oft. Dusche ging sich da sehr oft keine aus. Ich sprach eine der Frauen mal an und kündigte mein Vorhaben an, sie gab es an den Betreiber weiter und wir vereinbarten einen Termin um zu reden. Ein paar Tage später setzten wir uns zusammen. Ich lernte einen modernen Strizzi kennen, der Räumlichkeiten mietet, als Studio einrichtet und von den Frauen einen Fixbetrag pro Monat verlangt. Dafür konnten sie die Räumlichkeiten wann sie wollten nutzen, anbieten und verlangen wonach ihnen war. Es war ein angenehmes Gespräch, ich wollte ihm nur sagen, dass ich ihm nicht groß ins Gehege kommen werde, da ich in einer ganz anderen Preisklasse unterwegs wäre wie seine Mieterinnen, die waren doch eher zu günstigen Konditionen zu haben.

Im Anschluss machte ich mir einen Termin bei der Sitte in der Berggasse aus. Ich wollte nichts falsch machen und von Anfang an gut in Kontakt kommen mit den zuständigen Behörden. Rasch gab es eine Vereinbarung und ich ging die berüchtigten Stiegen hinauf, über die in früheren Tagen, als noch nicht die Sitte dort residierte, angeblich so viele „stürzten". Eine Schaufensterpuppe, der eine Uniform angezogen wurde und die hinter der Eingangstüre der Büroräumlichkeiten in einem der oberen Stockwerke stand, erschreckte mich. Ich ging durch einen abgewohnten, düsteren Gang, fand Menschen und saß bald mit einem Wachbeamten bei einem Kaffee zusammen, den ein Polizist servierte, der ein Armband mit einem abgebildeten Cannabis-Blatt trug. Ich formulierte mein Anliegen. Der Wachbeamte war interessiert, erkundigte sich auch bald über meine persönlichen Umstände, hinterfragte, weshalb ich diese Arbeit überhaupt machen will. Er war ein Altgedienter, offenbar fand er aber in seiner bisherigen Karriere bei der Sitte noch nicht genügend Antworten auf diese Fragen. Gerne gab ich Auskunft. Er fand meine Offenheit erfrischend und es entspann sich ein angenehmes, langes Gespräch, an dessen Ende sich herausstellte, dass ich in diesem Atelier gar kein Studio machen durfte, da es in einer Schutzzone um einen Kindergarten liegt. Um vieles klüger verließ ich die Wachstube und stieg die geschichtsträchtigen Stufen wieder hinunter.

Ich rief den Studio-Besitzer von links unten an und sagte ihm, dass ich Neuig-

keiten habe. Bald erzählte ich ihm, was ich bei der Sitte in Erfahrung brachte. Wir gingen zu diesem Kindergarten, von dem er bis dahin gar nichts wusste, und er maß durch Schritte den Abstand zu seinem Etablissement. Tja, zu nah. Er fluchte. Er verfuhr gleich was den Abstand des Kindergartens zu einem alteingesessenen Bordell um die Ecke angeht. Dieser Abstand war weit genug. Wir gingen hinein und tranken sauteures Bier an der Bar. Frauen in Reizunterwäsche saßen gelangweilt in dem kleinen, verrauchen Raum. Da ich meine Pläne aufgab kam ich mit ihm ins Gespräch, fragte, ob er nicht was Kleines, Feines hätte. Da ich zu der Zeit schon einiges an dominanten Spielarten erprobt hatte, weil Muna sich rasant zu einer harten Domina entwickelte nach dem Babylon und mich manchmal als zweite Frau buchte, wollte ich auch in diesem Bereich weiter tätig sein. Nicht nur, aber die Atmosphäre des Beherrschens von Männern wollte ich nicht mehr missen. Der moderne Zuhälter nahm mich ein paar Tage später mit auf eine seiner Touren um mir unterwegs ein kleines Domina-Studio zu zeigen, das er mal mit viel Hingabe einrichtete und das leer stand. Ich konnte in seine Arbeit hineinschnuppern. Wir klapperten einige Studios ab, er sah nach der Post, las Zählerstände ab, kümmerte sich um zu Reparierendes, bekam ständig Anrufe, der Strom, das Gas, die Fernwärme, die Anliegen der Frauen. Einen Anruf habe ich noch gut in Erinnerung. Es war Sommer und sehr heiß, die Frauen in einem etwas abgelegenen Studio hatten einen weiten Weg zum nächsten Lebensmittelgeschäft. Sie baten um Fahrräder und er sagte ihnen zu, noch am gleichen Tag 2 zu bringen. Alles, was nicht am Zimmer stattfand, war seine Angelegenheit.
Er zeigte mir das Domina-Studio. Es war so gar nicht das, was ich mir vorstellte. Klein, beengt, düster und das Flair der Hardcore-Dominanz. Nein, das wurde nichts. Ihm fiel aber etwas anderes ein. Eine Bekannte von ihm, der er etwas schuldete, hatte ein Studio im 16. Bezirk. In diesem gab es eine große SM-Kammer und zwei normale Zimmer. Sie vermietet zu günstigen Konditionen. Er arrangierte ein Treffen als ich mich nicht abgeneigt zeigte. Es wurde für 2,5 Jahre mein letzter Arbeitsplatz in dieser Branche. Ich war das Begleichen einer Schuld der Studiobesitzerin gegenüber. Ich erfuhr nie, worum es da ging.

Ein Mittagessen, das zum ersten Mal nicht mundet. Eine Zigarette, ein Kaffee, eine Medikamenteneinnahme. Ohne das Schreiben würde ich hier eingehen.

Wie gesagt, waren die Konditionen bei meiner neuen Vermieterin moderat. Sie nahm 20 Euro pro halber Stunde am Zimmer, und pro Tag waren noch 5 Euro für Allgemeines zu entrichten. Wenn man kein Geschäft hatte, dann kostete einen der Tag also 5 Piepen. Ich ließ die Vorstellungen von einem eigenen Studio sausen und setzte mich ins gemachte Nest. Die Kolleginnen waren witzig. Es gab eine Polin in einem für dieses Business fortgeschrittenem Alter, die einen großen Kundenstock hatte und für alle Arten des Service zu haben war bei günstigen Preisen. Da war eine Transe aus Berlin, die ich sehr schätzen lernte, sie bot auch viel an, außer devoten Spielen. Darauf spezialisiert war eine weitere Berlinerin, die als Extremsklavin arbeitete. Die beiden Deutschen waren nicht regelmäßig da, sie arbeiteten abwechselnd hier und in Berlin, beziehungsweise fallweise noch wo anders in Deutschland, wenn ich mich richtig erinnere. Die beiden wohnten auch in diesem Studio wenn sie da waren, das heißt, ich hatte an meinen Arbeitstagen, an denen ich von 14 bis 22 Uhr anwesend war, durchgehend Gesellschaft. Die Polin begann früher als ich zu arbeiten und ging auch vor mir, sonntags nahm sie immer frei. Sie war also 6 Tage die Woche in diesem Studio. Die Deutschen arbeiteten sowieso jeden Tag, wenn sie da waren. Und dann gab es noch eine Domina, die nur kam, wenn sie einen Termin hatte. Somit waren wir ein recht bunter Haufen. Alle Variationen der sexuellen Begegnungen am käuflichen Sektor waren verfügbar, außer einem hauseigenen Callboy. Ich fand mich in die Nische der jüngeren Hochpreisigen ein. Mein Service war gefühlvoller als das der Polin. Sie war die Kategorie von Prostituierter, die alle Kunden „Schatzi" nannte. Viele mochten das. Selten überschnitt sich unser Klientel.

Der Aufenthaltsraum war groß und man konnte zwischen der Arbeit gut rumknotzen. Die beiden Zimmer waren dunkel, das, in dem ich hauptsächlich arbeitete war recht klein, aber es reichte. Für die halbe Stunde nahm ich 100 Euro, für eine ganze 170. Es bürgerte sich dort auch ein Preis von 70 Euro für einen Quickie ein, da der Bedarf einfach da war.

Wenn ich mit der Domina zusammenarbeitete, dann bekam ich einen guten Anteil, der änderte sich aber je nach dem, was an Service gefragt war.
Die Preise der Sklavin, der Transe und der Domina staffelten sich je nach Dienstleistung, die Polin und ich hatten All Inclusive Preise.

Beim Schreiben über diese Zeit befällt mich die Müdigkeit, die ich damals fast ständig hatte. Ich brauchte oft Alkohol um mich in gute Laune zu pushen und den Tag zu überstehen.

Wir hatten aber extrem viel Spaß dort, diese Atmosphäre erlebt zu haben möchte ich nicht missen. Die Geschäfte liefen meist recht gut, meine Erinnerungen an Tage, an denen es in den Zimmern rund ging, wir viel lachten und zwischendurch ein Sklave auf allen Vieren durch den Aufenthaltsraum geschleift wurde, damit wir ihn begutachten oder demütigen konnten, bringen mich heute oft noch zum Schmunzeln.

Meine polnische Kollegin hatte einen Stammgast, der immer mit einem Täschchen voll Schmuck ankam. Dieser wurde zu Beginn der Stunde sorgfältig um sein Gemächt und seine Hoden drapiert. 2 Kilogramm Kettchen und Bändchen, alles in Gold gehalten und mit vielen Schmucksteinen versehen, wurden eng um seinen steifen Schwanz gewunden, seine Eier verschwanden fast ganz unter dem Metall. Im Anschluss an das Schmücken mussten alle freien Mitarbeiterinnen ankommen und ihn bestaunen, ihm Komplimente machen wie schön er sei, wie wundervoll verziert seine Genitalien seien. Anfassen war auch erlaubt. Er triefte vor Erregung dabei, musste sich beherrschen nicht abzuspritzen allein durch die Begutachtung

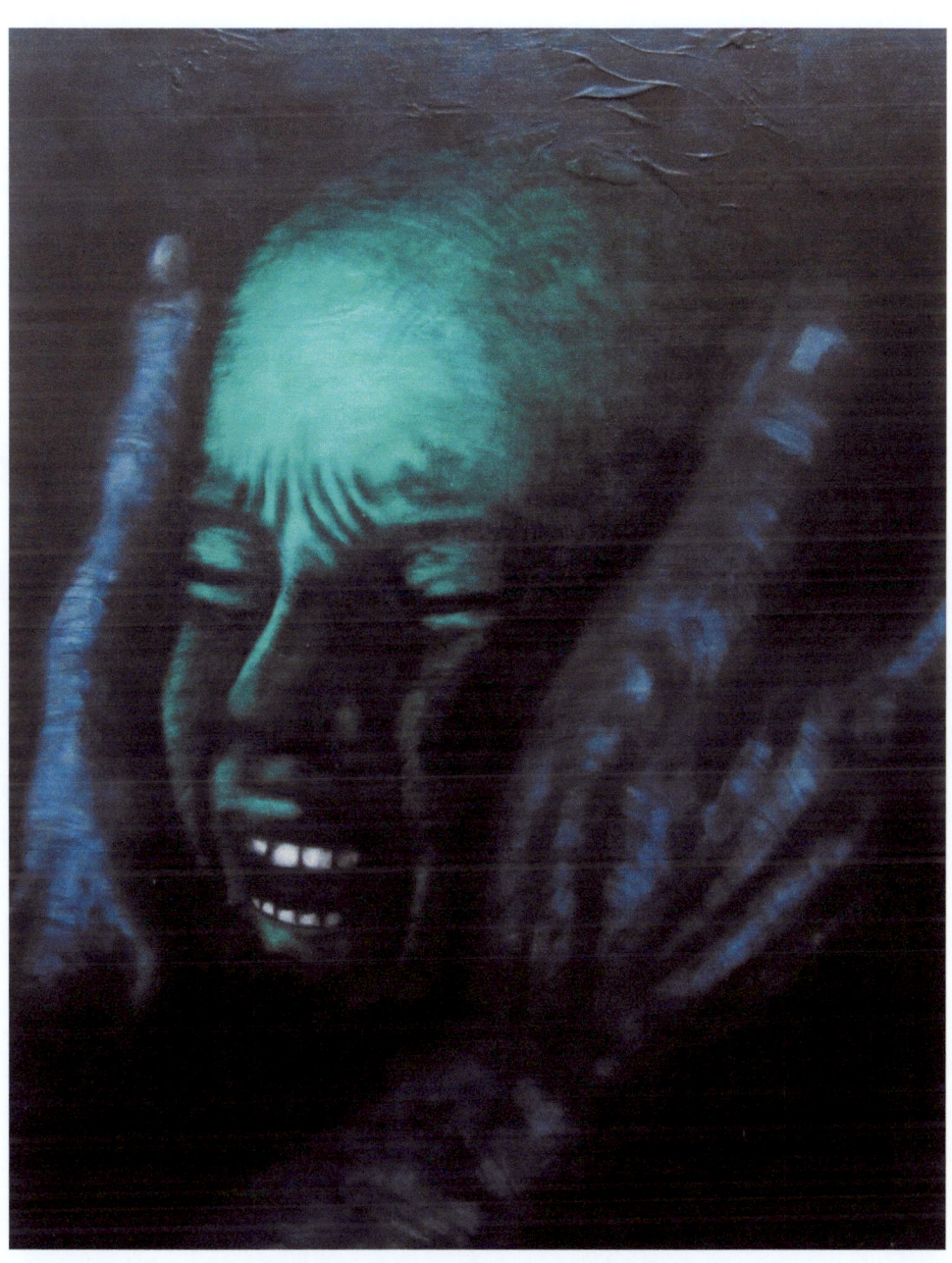

Ohne Titel, 2016, 60x50cm, Acryl auf Leinwand

"Wo bist Du?", 2013, 18x24cm, Acryl auf Leinwand

durch uns. Wenn wir dann wieder das Zimmer räumten, finalisierte meine Kollegin mit ihm und er ergoss sein Sperma über dem Klimbim.

Unfälle geschahen natürlich auch. Ich kann mich noch gut erinnern, dass die Domina mal prustend vor Lachen aus der Kammer stürzte, sie hielt sich an einem Kasten fest und ging in die Knie.

„Ich hab ihm den Dildo in den Arsch gesteckt und mit dem Stöckel nachgeschoben, da war er plötzlich weg!" erzählte sie, als sie wieder zu Atem kam. Als sie uns das sagte war der Leidtragende am Klo damit beschäftigt, ihn wieder herauszubekommen.

Diese Domina hatte einen Stammgast, mit dem sie seit je her das gleiche Spiel betrieb, wobei mir das Wort „Spiel" im Zusammenhang schwer fällt zu verwenden. Es war das Extremste, das ich jemals live sah. Sie nähte ihm bei seiner Ankunft im Studio Strümpfe an die Oberschenkel. Erstaunlicherweise trug er keine Narben, obwohl sie dieses Vorgehen oft schon wiederholt hatten. Im Anschluss spritzte sie ihm zirka 1,5 Liter Flüssigkeit in den Hodensack, immer so viel, dass sein Penis nicht mehr zu sehen war. Das war im Groben die Dienstleistung, die sie an ihm vollbrachte. Er war ein alter Mann, er war im 2. Weltkrieg Soldat und die Domina erzählte mir mal, dass Kriegserfahrene die härtesten Forderungen haben.

In friedlichen Ländern Aufgewachsene waren oft recht zimperlich, es waren die Kunden, die ich dann nur noch „Susi" nannte, was ihnen natürlich nicht gefiel, doch ich baute diese Demütigung freudvoll ins Service ein und hatte mit so manchem meinen Spaß.

Aber es ging mir ohne Alkohol alles nicht mehr so leicht von der Hand. Oft war ich froh, wenn kein Kunde klingelte. Es gab so viele verrückte Momente in diesen Jahren, so viel Schräges, doch es drückt mich oft auch nieder wenn ich an dieses Studio denke, es macht mich schwach. Es wurde nie mehr so wie am Anfang. Ich wurde nie mehr so, wie zu Beginn. Es macht mich heute noch traurig. Dass die Prostitution nicht mehr heilsam, sondern belastend für mich war, konnte ich daran erkennen, dass ich mich am Tag nach erfolgreichen Abenden immer krank fühlte. Die Domina gab mir da öfter Feedback.

„Wenn ich früher ein so gutes Geschäft hatte wie du, dann war ich am nächsten Tag shoppen. Du hast Kopfschmerzen. Da stimmt ja was nicht."

Mein Talent als Nutte hängt sicher stark mit einer Problematik zusammen, die mir heute wieder ins Bewusstsein kommt. Ich will im Kontakt mit anderen Menschen immer erfüllen, was von mir erwartet wird. Wenn ich viel Kraft habe und diese Erwartungen freudvoll erfülle, dann geht es mir gut. Je schlechter es mir geht, umso weniger habe ich die Kraft, Erwartungen zu erfüllen und umso weniger hab ich automatisch das Gefühl, den anderen gerecht zu werden, weil diese mich lieber strahlend und vor Kraft strotzend haben. Klar stimmt es, dass meine Freunde wollen, dass es mir gut geht, aber das Gefühl, dass ich sie enttäusche, wenn es mir schlecht geht, das stammt wieder aus meiner Kindheit. Ich enttäuschte meine Mutter, wenn ich nicht lachte. Es erzeugte außerdem das Gefühl in ihr, als Mutter versagt zu haben, was sie auf mich wütend werden ließ. Mein kindliches Unglück bezahlte ich doppelt. Wenn ich adäquat auf meine Lebensumstände reagierte, dann wurde ich abgestraft dafür. Natürlich erzeugt es in einem Persönlichkeitsverzerrungen, wenn man in feindlicher Umgebung jahrelang fröhlich wirken soll. Es wird gestritten und geschlagen, es liegt eine pädophile Atmosphäre über allem und ich fühle mich zurecht verfolgt, kann mein Bedürfnis nach körperlicher Integrität nicht stillen, habe keinen sicheren Ort und keine Vertrauensperson und dennoch soll ich so tun, als wäre ich ein fröhliches Mädchen. Wenn ich nicht so tue, dann werde ich mit Ablehnung, Liebesentzug und Entwertungen bestraft. Wie oft musste ich den Esstisch verlassen oder das Wohnzimmer räumen, weil mein Gesichtsausdruck meiner Mutter nicht passte. Ich wurde dann in die Einsamkeit meines Zimmers verbannt und durfte erst wieder raus, wenn ich fröhlich war.

Ich ertrage die Gefühle, die in mir im Zusammenhang auftreten, nicht mehr und gehe damit zu der für mich zuständigen Schwester. Wir führen ein Gespräch im Ärztezimmer. Ich äußere, was mich belastet, ich weine, ich erfahre professionelles Mitgefühl und Verständnis, erlebe das Mitteilen als Erleichterung, den Dank der Schwester, weil ich komme und ihre Bekräftigungen als Erlösung. Es geht mir nach dem Gespräch um so vieles besser. Es ist ausgesprochen und es trifft nicht auf Abwehr. Ich bin noch traurig, aber ich schaffe es nun, mich zu trösten. Ich habe innere Bilder von weinenden Kinder-States, die von meinen inneren Eltern getröstet werden. Sebastian von der Mutter und Dolores vom Vater. Er scherzt mit ihr, hat sie am Arm und sagt gespielt streng, dass nun Heulstunde sei, somit müsse sie nun eine Stunde lang weinen, sonst ist er enttäuscht. Sie lacht mit Tränen in den Augen, wirft sich dann wieder an seine Schulter und weint weiter. Sebastian weint am Arm der Mutter, das ist gut. Wenn er sich alleine fühlt, dann läuft er herum beim Weinen, wenn er sich halten lässt, dann ist das die halbe Miete.

Ich bin in der Lage, mich mit etwas anderem zu beschäftigen und lese im Katastrophenbuch etwas über den Zermürbungskrieg in Verdun im Jahr 1916. Dazu esse ich Knabberzeugs. Die Buchstaben erzählen mir von einer gewaltigen Schlacht, die alles bisher Dagewesene übertrifft. Deutsche gegen Franzosen. Falkenhayn gegen Joffre. Schwerster Artilleriebeschuss, schnellfeuernde Feldgeschütze, Schrapnellgeschosse, Minenwerfer, Feuerstöße aus Flammenwerfern, schwere Winterregen, Massen verstümmelter Soldaten,
„Wie eine Vision aus der Hölle." schrieb Franz Marc, tags darauf war er tot. Ein französischer Maschinengewehrschütze berichtete, wie „unsere geblendeten, verwundeten, kriechenden und schreienden Soldaten auf uns fielen, uns mit ihrem Blut durchtränkten und starben." [1]
60 Stunden Trommelfeuer, die den Tod speien, von Granaten durchpflügte Mondlandschaften, Phosphorgas, 377 000 tote Franzosen, 334 000 tote Deutsche, 40 Millionen Geschosse machten 9 Dörfer dem Boden gleich. [1] 100 000 verwundete,

getötete oder vermisste Engländer, Franzosen und Deutsche in einem Jahr des Wütens. Dieser Irrsinn lenkt mich gut von meinem, im Verhältnis lächerlichen, ab.

Das nachfolgende Skip Bo Spielen zu viert bringt mich wieder ein Stück weit zu ihm hin. Einen Fehler gemacht, schlechtes Gewissen deswegen, Anspannung, Schwindel. Aber ich spreche es gleich an, durch Entkräftung des Fehlers durch meine Spielpartnerin finde ich halbwegs mein Gleichgewicht wieder. Dann habe ich wieder gute Momente im Spiel. Die, in denen ich alles richtig mache.

Wir haben eine Neue auf der Station. Sie zählt zu den Mühsameren. Sie spricht jeden an, redet schnell und laut und versucht ihre aktuellen Probleme zu erzählen. Jedem. Es ist immer sehr unzusammenhängend und sehr problembeladen.

Ich gehe schlafen.

Ich weiß nicht, ob ich mit dem heutigen Tag zufrieden bin.

EIN WAHLLOSER MÖRDER

Als ich fast schon die Türe der Dusche hinter mir schließe holt mich ein Pfleger zur Blutabnahme. Ich lasse meine Unterwäsche und alles andere dort hängen. Ich mache mir Sorgen, dass jemand mein Höschen mopst. Als ich zurückkomme hängt alles noch da.

Heute stehe ich stark neben mir, alles verfliegt wie im Traum, meine Muskulatur ist noch nicht wirklich wach als ich mit Kaffee nehme, ich habe Probleme, mein kleines, weißes Häferl zu halten.

Heute folgt das NADA und das zweite Einzeltherapiegespräch. Die Märchenfee meint, sie käme mit ihrer Therapeutin nicht so klar, sie hat immer das Gefühl, sie therapieren zu müssen. Ich frage nicht weiter nach als sie mir das sagt und finde das jetzt schade. So ergeht es mir oft, im Nachhinein will ich mehr wissen, als ich im Gespräch in der Lage bin zu erfahren, weil ich den Kontakt nicht ausdehnen will. Immer wieder habe ich eine Wunschvorstellung von mir, eine, die mich alles herausfinden lässt, in der ich den Kontakt nicht als belastend empfinde und in der ich all die Eigentümlichkeiten der Menschen hinterfragen kann. So bin ich halt nicht.

Bei der Medikamenteneinnahme stelle ich etwas fest: Je weniger ich den Menschen, der sich hinter mir anstellt, mag, umso weniger schlechtes Gewissen habe ich, da zu sein. Eine fatale Dynamik. Vielleicht war mein Vater genauso und musste sich deswegen über alles und jeden stellen. Dann könnte es ja so sein, dass ich diesen Mechanismus bei ihm erlernte, dennoch aber ein um vieles sozialeres Wesen bin als er, weswegen er sich nicht über Sämtliches legt, sondern nur bei absoluter Ablehnung zu Tage tritt. Den „Die anderen beschuldigen, dabei war ich's selber"-Mechanismus trage ich auch in mir. Er ähnelt auch meinem Vater. Ungeliebte Wahrheiten. Ein so wie die Eltern Sein missfällt ja vielen, es wird halt nur umso schwieriger, je mehr diese als Monster der eigenen Geschichte auftreten. Aber logischerweise hat man sich Eigenschaften von ihnen angeeignet, wie könnte es denn anders sein, hatte man diese Menschen ja in der prägendsten Phase ständig um sich. Vermutlich sind es diese Eigenschaften, die ich an mir erkenne, die es verhindern, dass eine Einheit entsteht, zwischen der Außen- und Innenwahrnehmung. Mich finden immer alle okay bis sehr nett. Ich verstehe das nicht in der Tiefe, in mir weiß ich, dass ich auch nicht nett bin. Ich habe diese Schablonen der

Sichten auf mich noch nicht überein bringen können. Gestern erst setzte sich der Landschaftsgärtner zu mir und gab mir ein Feedback, das voller Positivem war. Er nimmt mich als gescheit und talentiert wahr, fähig, die Dinge zu gestalten und an etwas dranzubleiben. Bald musste ich das Gespräch abbrechen, weil mir schwindlig wurde. Vielleicht wurde mir das, weil das Gesagte nicht mit meinem inneren Bild übereinstimmt.

   Ab 9 Uhr ist wieder kollektiver Bettwäschewechsel.
Um 9 Uhr 15 findet NADA statt, die Ohrakupunktur der Psychiatrie. Ich finde mich an der Wand hinter meinem Platz, rechts neben dem surrenden Kühlschrank, ein. Zuerst bekommt jeder einen alkoholgetränkten Tupfer und wir desinfizieren unsere Ohrmuscheln. Dann wird reihum gestochen. Die Schwester beginnt bei mir. Ich kann erstaunlich gut entspannen, schließe die Augen, was mir möglich ist, weil ich weiß, dass jetzt alle an ihrem Platz bleiben, begebe mich auf die Treppe mit den 10 Stufen und gehe hinab zu meinem doppelten, paradoxen Kubus. Durch die Türe, die sich nur für mich bewegt und eine Fläche ist, vor die ich mich stelle, damit sich mich durch einen Schwups nach innen befördert, indem sie sich um eine mittige Achse dreht, betrete ich meinen sicheren Ort. Drinnen genieße ich die Geräusche des plätschernden Aquariums und der Grillen, recht bald zieht es mich aber in den Begegnungsraum, werde eigentlich hingebeamt. Es geschieht von ganz allein, ich befinde mich plötzlich dort, bin nicht mal hingegangen. Ich beobachte Michael, wie er in seinem Raum an der rechten, hinteren Wand ober dem Bett herumhantiert und sehr konzentriert ist. Ich sehe zu Aladin rein, der ruhig in seiner Flasche wabert, heute sehe ich quasi emotional in die Flasche hinein, es geht ihm gut. Sein Raum strahlt schummrig.
Links daneben steht wieder der Sturm, der noch immer nach seiner Gestalt heißt und keinen Namen in dem Sinn trägt.
Die Trance wird tiefer, meine Körperwahrnehmung verschiebt sich total. Mein Oberkörper wird lang und dünn, meine meterlangen Arme enden in verschränkten Händen, die 2 Mal in sich geknickt sind, so wie es ohne Knochenbrüche in Wirklichkeit nie sein könnte. Meine Beine sind in der Haltung, in der sie auch in echt sind, nur sind sie groß und rund, 4 Mal dicker als in Wahrheit und wohlig weich. In meinem ganzen Körper ist eine tiefenentspannte Schwere, die nicht belastet.
Ich schaue bei meinen Kindern vorbei. Sebastian und Dolores sind nach wie vor auf den Armen der Eltern, Dolores lacht und Sebastian weint nicht mehr, sieht aber verheult und mitgenommen aus. Ich lasse alles so, wie es ist. Sebastian entstand ja, weil ich geschlagen wurde wenn ich weinte. Das klassische „Damitst waßt, warumst reast." wurde mit mir eine gefühlte Ewigkeit praktiziert, vermutlich so lange, bis ich aufhörte überhaupt zu weinen.
Die Stillsteh-Folter fand statt, wenn meine Mutter Zeit dafür hatte. Ein paar Schläge auszuteilen und mich ins Zimmer zu schicken ging natürlich schneller.
Das NADA endet dann zu einem passenden Zeitpunkt für mich.

Wir setzen uns noch kurz zusammen und sprechen darüber, wie es uns erging.

Danach ist der Aufenthaltsraum wieder für alle offen.
Ich schreibe. Der alte Mann, der so viel im Außen unterwegs ist, spricht die Neue an. Sie wird laut.
„I will meine Ruhe haben. I will jetz nua meine Ruhe haben!" ruft sie.
Er geht.
„Ja, schleich di, i will mei Ruhe haben. I bin 2005 eh nur vergewaltigt worden, is ja eh wurscht! I hau dir eine in die Goschn, fuck." keift sie ihm hinterher.
Dann herrscht wieder Ruhe.

Dolores kam als ich 4 war. Sie ist 7 Jahre alt und ist eine sabotierende Krätze, aber süß. Sie fungiert als Zweifelmacherin und Aufpasserin. Vermutlich ist sie der Anteil, mit dem ich im Rahmen des Adherence am meisten arbeiten sollte. Sie ist die ewig Wachsame, die auf die anderen achtet, die mir einflüstert, dass sie gefährlich sind. Sie findet es schlecht, wenn mir andere Gutes sagen, sie schenkt dem keinen Glauben oder meint, dass dann ein jemandem etwas schulden zum Thema werden könnte. Sie findet die Menschen schlecht und hätte, wenn überhaupt, gerne zu 100% gute Menschen um sich.
Im Jänner 2017 stellte ich fest, dass sie persönlichkeitsgestörte Kommunikationsprobleme verursacht. Sie schaut drauf, dass niemand Macht über mich bekommt. Sie ist die, die mich spaßbefreit sein lässt in unfassbar vielen Kommunikationssituationen. Sie hört Absichten und Urteile, wo keine sind.
Ich kenne sie nicht erst seit der Ego State Therapie. Sie sah und hörte ich schon vor meinem Suizidversuch. Eine meiner Zimmerkolleginnen im Internat der Krankenpflegeschule zwang mich zu einer Aussage über meinen Zustand. Sie insistierte, fragte nach, was mit mir nicht in Ordnung sei. Ich wusste nicht wirklich, was ich sagen soll, es ging mir einfach schrecklich schlecht und ich litt an der Welt. Da äußerte ich das Bild dieser Dolores, ein kleines, wild und böse drein sehendes, schwarzhaariges Mädchen, das auf meiner rechten Schulter saß und mir einflüsterte, dass alles feindlich ist. Meine Zimmerkollegin fragte mich daraufhin ob ich schizophren bin. Ich fühlte mich unverstanden und sie nahm Abstand von mir, es machte ihr irgendwie Angst. Bald darauf bezog ich das Einzelzimmer im obersten Stock.

In Ybbs, im Jänner des Jahres 2015, ganze 20 Jahre später, erklärte mir mein Therapeut die Ego States. Nach der ersten Trance-Sitzung und dem Erarbeiten meines Malerinnen-Ego State, das dem Zweck diente, nachzusehen, ob diese Form der Therapie bei mir überhaupt funktioniert, wusste ich sofort, dass Dolores so eine wie das Künstlerinnen-State war, die übrigens Licht heißt. Dolores war dann auch gleich die nächste, die unter Hypnose zur Sprache kam. Sie erklärte sich gut. Ich versuchte ihr alternative Aufgaben zu erteilen, doch sie hörte nie wirklich auf, ihre ursprüngliche Funktion auszuüben. Bestimmt hat sie mich vor vielem bewahrt, sie ist sehr gut im Einschätzen von nicht hilfreichen Menschen und ist sicherlich daran beteiligt, dass ich im Rausch und in meiner Zügellosigkeit nicht den Falschen mit nach Hause nehme. Wer ihre Prüfung besteht, der wird nicht vergewaltigen, schlagen oder mir etwas stehlen. Ihre Zweifel sind für mich oft hilfreich, doch genauso oft stehen sie mir auch im Weg. Nur, weil jemand bei der U-Bahn zu nah für meine Begriffe an mir vorbeigeht, bräuchte man nicht alle Geschütze hochfahren, die notwendig sind, wenn man tatsächlich attackiert wird. Es ist ermüdend. Und bei allen Tätigkeiten Zweifel zu haben auch.

Ich krame in meinen Sachen herum, nähe einen Knopf bei meiner Jeans an und bemerke jetzt erst, dass über meinem Nachtkästchen, zwischen meinem Bett und dem der Märchenfee, der Druck eine Hundertwasser-Bildes an der Wand hängt. Er hängt etwas hoch, über der von der Wand der Kästen bis hin zur Badezimmertür reichenden Kunststoffleiste, in der Steckdosen eingelassen sind und sich der Anschluss des Schwesternnotrufes befindet, aber dennoch, es war die ganze Zeit da, entzog sich bisher aber meiner Wahrnehmung. Hallo Bild! Und dann auch noch ein Hundertwasser. Ich verehre ihn zutiefst. Wir Wiener können ihm alle nur tausendfach danken allein dafür, dass er bei der Gestaltung der Müllverbrennungsanlage in der Spittelau eine Filteranlage der feinsten Qualität forderte.
Ich geh noch eine rauchen vor dem Mittagessen, da entdecke ich am Gang zum Aufenthaltsraum einen weiteren Hundertwasser-Druck. Etwas öffnet sich und lässt mich mehr als bisher sehen.

Am Balkon nach dem Essen bei Kaffee und Zigarette lese ich die Schlagzeile auf dem Titelblatt einer Gratiszeitung. „Frau will Hund retten: Beide tot" steht da. Es kommt mir in den Sinn, wie oft ich mir bei solchen Meldungen schon wünschte, dass es mich ereilt hätte. Oft war das Leid so groß, dass das Aufschnappen solcher Neuigkeiten automatisch Gedanken hervorrief, die sich den zufälligen Tod eines anderen zum Wunsch für mich selber machten. Meine Freunde nicht durch Suizid zurücklassen war das Thema. Einfach durch einen Unfall dahinscheiden, am besten, wenn meine Bilder ausgestellt sind, damit sie nicht auf dem Sperrmüll landen.

Bei der Einnahme der Mittagsmedikamente frage ich nach, was zu tun wäre, wenn ich gern weggehen würde. Die Vorräte gehen zur Neige und ich müsse so lebensnotwendige Dinge wie Schokolade einkaufen, sage ich zum Pfleger. Das verstehe er sehr gut meint er, er wird gleich mit meiner zuständigen Schwester reden, und die soll mit einem Arzt sprechen, damit ich einen Tagausgang nehmen kann.

Mit dem Biker wechselte ich bis heute kein Wort bis auf ein „Guten Morgen" hie und da, wenn wir uns in der Früh über den Weg liefen. Heute brach ich den Bann, weil es mir schon unangenehm wurde, dass dieses Ignorieren so im Raum stand. Beim Rauchen sprachen wir kurz, jetzt reicht's auch wieder für ein paar Tage.

Ich gehe auf Ausgang, die Erledigung mit der ärztlichen Genehmigung funktionierte binnen Minuten. Die lange Gerade auf Höhe der Kirche laufe ich wieder hinunter, ich treffe auf den Biker und mein „Hallo!" klingt freundlicher als gewollt. Der Bus ist wenig gefedert, die Fahrt mein Ganzkörpermassageerlebnis. Ich steige bei einem Lebensmittelgeschäft aus und kaufe Pastinaken, Löskaffee und Schokolade.
Dann fahre ich weiter. Kurz überlege ich, ob ich heim schaue um die Fische zu füttern, dann bleibe ich aber im Bus sitzen und genieße lieber das Gerüttel. Ich fahre eine Runde übers Volkstheater und dann wieder Richtung OWS. Die ganze Fahrt über beißt sich ein Gedanke in mir fest, den ich kaum wegdrängen kann: Wie kann man nur leicht und locker Busfahrer sein, wie kann man Tag für Tag so viel Verantwortung tragen, wie kann man ruhig schlafen, wenn man ständig Gefahr läuft, Schäden zu verursachen, Unfälle zu bauen, Menschen zu verletzen? Wie kann man so leben und nicht ständig vor Sorgen in die Knie gehen, wie kann man das können? Ich verstehe es nicht, verstehe es immer weniger. In mir wird das Leben immer komplizierter, alles wird immer belasteter und komplexer, jede Kleinigkeit verschachtelt sich in mir zu einem vielschichtigen Gebilde. Mein Kopf macht aus Alltagshandlungen eine Doktorarbeit. Selbst wenn ich bei mir daheim nur staubsaugen möchte, so ist das begleitet von dutzenden Gedanken um die Tätigkeit, die die simple Handlung zur taktischen Herausforderung macht.
Die Beschäftigung mit dieser Tatsache macht mich so fertig, weil ich um die Gefahr weiß, die sie birgt, dass ich mich anders beschäftigen muss, sobald ich wieder im Spital bin. Das Katastrophenbuch erweist mir gute Dienste. Mir klappt es vor Stress schon die Ohren zu, als ich es zur Hand nehme. Zuerst versuche ich im Kapitel „Morde, die Geschichte schrieben" zu lesen, doch die vielen biographischen Angaben der Ermordeten überfordern mich. Ich muss immer abbrechen, weil sie nicht in mein Gehirn wollen. Ich wechsle zu etwas anderem.
Im Teil „Katastrophen der Wissenschaft" finde ich einen Text, der flüssig in mich dringt:
„Ein wahlloser Mörder" erzählt vom Einsatz des Schädlingsbekämpfungsmittels DDT, das erstmals 1939 eingesetzt wurde und in den Sechzigerjahren wieder verboten wurde. Es zählt zum dreckigen Dutzend, das die 12 gefährlichsten Substanzen zusammenfasst, die wir in unsere Umwelt entließen. In den Jahren, in denen es verwendet wurde, kamen 500 000 Tonnen zusammen, die über der Welt verteilt wurden. Es reichert sich im Fettgewebe an und wird irgendwann krankheitsverursachend oder tödlich. Wenn Insekten Blätter fressen, die mit DDT gespritzt wurden, so speichern sie dieses Langzeitgift, sie scheiden es nicht wieder aus. Wenn dann ein Vogel diese Insekten frisst, dann scheidet dieser das Gift auch nicht mehr aus, und so weiter.

Detail aus einem Unvollendetem, gezeigt ist Dolores, Acryl auf Leinwand

In den Sechzigern wurde nachgewiesen, dass ein Zusammenhang zwischen To-
desfällen durch Krebs oder Bluthochdruck und DDT-Rückständen besteht. Es wird
in allen Körpern gefunden, in Tieren und in Menschen, in den Sechzigern lag es
mal um das 60-fache über der Unbedenklichkeitsgrenze in Muttermilch von ameri-
kanischen Frauen. In Australien erreichten diese Werte das 30-fache.

Im Aufenthaltsraum neben mir entspinnt sich ein Streit zwischen dem Satellitenmann und seinem Vater. Es geht um einen verlorenen Pincode und um Anrufe,
die gemacht oder nicht gemacht wurden. Der Stress, den die beiden ausstrahlen,
wandert direkt in mich, erfüllt alle Bereiche meines Körpers, findet überall in mir An-
dockmöglichkeiten und bringt mich zum Beben. So viele solcher Momente musste
ich als Kind erdulden. Genau diese Atmosphäre war die vorherrschende bei uns
daheim. Kampf und sich behaupten, den anderen niederschimpfen, zurückkeifen,
endlose Auseinandersetzungen, die oft laut wurden. Eine Grundstimmung des
Kampfes. Ich entfliehe auf eine Zigarette und das in Ruhe genossene Gift erscheint
mir als bei weitem ungefährlicher, als das Ausharren in der Streitzone.
Als ich wieder reingehe geht der Satellitenmann raus.
Es herrscht Ruhe und ich entdecke einen weiteren Hundertwasser. Er hängt meinem Platz gegenüber im Aufenthaltsraum. Bisher sah ich nur die anderen Bilder, 3
offenbar von Patienten gemalte, abstrakte Werke. Sie gefallen mir nicht.
Der Satellitenmann kommt in einer völlig anderen Stimmung wieder herein, von
nun an herrscht keine Kampfatmosphäre, die Geräusche des Aufenthaltsraumes
werden mir dennoch zu viel. Ich gehe Richtung Zimmer. Beim Verlassen des Raumes beginnen die 2 Männer wieder mit ihrem Streit, diesmal wegen eines fallen-
gelassenen Handys.
Als ich in der Ruhe des Zimmers bin, höre ich den Tinnitus brausen und pfeifen.
Vielleicht wären die ganzen Übergriffe nicht so schlimm gewesen, wenn die Atmosphäre daheim nicht so giftig gewesen wäre.
Eine Art von Übergriff schädigt mich bis heute, schädigte mein Schlafverhalten
und löst vermutlich das schlechte Aushalten von jemandem, der neben mir schläft,
aus. Den ersten Freund, mit dem ich regelmäßig Sex hatte, lernte ich nach meinem Suizidversuch kennen. Wir waren 1,5 Jahre zusammen und verbrachten viele
Nächte gemeinsam. Als er eine Lehre im Gastgewerbe begann kam es oft vor,
dass er heimkam, nachdem ich meine Medikamente genommen hatte und schon
schlief. Er wollte nicht einsehen, dass diese stark wirken und ich nicht einfach
wach bleiben konnte bis er daheim war. Er beschwerte sich über den ausbleiben-
den Sex. Um mir zu beweisen, dass man gegen sie ankommt, nahm er mal meine
Abenddosis ein. Ich glaube, dass er da merkte, wie sehr mich die ausknockten.
Es folgten Nächte, nach denen ich mit Kratzern und blauen Flecken erwachte. Er
meinte, ich hätte schlecht geträumt und um mich geschlagen. Er hatte teilweise
auch Kratzer und Hämatome. Irgendwann schlief meine damalige beste Freundin
auch bei mir, sie lag ruhig da, war aber noch wach als mein Freund von der Arbeit

kam, und wurde akustische Zeugin eines Übergriffs. Sie sagte, sie wäre sich erst nicht sicher gewesen, ob ich nicht wach war, da ich sprach. Ich sagte vor allem „Nein", sehr schlaftrunken. Er begann mich auszuziehen, ich wollte aber nicht. Meine Freundin sagte bald mal, dass er das doch lassen soll und sie berichtete mir am nächsten Tag davon. Sie fragte mich, ob ich wach war. Nein, war ich nicht. Ich muss davon ausgehen, dass sich in diesen Nächten mit den Malen und Kratzern am nächsten Tag an mir verging. Seit dem kann ich schwer wen ertragen, der neben mir schläft. Es wurde besser mit den Therapien, aber als ich mit meiner Freundin in Frankreich auf Urlaub war, da ging ich bis zu 8 Mal Angstpinkeln pro Nacht und ich fand nicht so richtig zur Ruhe. Das sind aber schon geringe Auswirkungen im Verhältnis zu früher. Ich wurde gepeitscht von Albträumen und Angstzuständen, Ekel und Schlaflosigkeit ließen die Nächte endlos werden, es war ein Gräuel.

Beim Abendessen bemerke ich Ekel vor den Stellen, an denen ich an meinem Brot abbiss. Es ist eine Mundgeschichte, die mit meinem Stiefgroßvater zusammenhängt.

Schwester H. macht mit mir vor den Abendmedikamenten meinen Tagesrückblick. Zuerst kann ich mich an den Vormittag nicht erinnern, so viel geschah für mich, dass er mir 3 Tage lang her vorkommt. Bei meinem Bericht über die zwanghaft erscheinenden Gedanken über den Busfahrerjob meint sie, ich solle mich doch an etwas Einfacherem messen. Ja, prinzipiell richtig, aber ich schaffe es ja sogar aus dem Staubsaugen eine komplizierte Sache zu machen. Sie freut sich, dass es mir besser geht, sie meint, im Vergleich zu unserem Erstgespräch sähe sie eine gewaltige Verbesserung. Ich kann mich an dieses Erstgespräch nicht mehr erinnern. Es ist wie weggewaschen. Die gewaltige Verbesserung muss ich ihr einfach glauben, denn ich habe so wenig Orientierung über meine Außenwirkung wie ein Floh über die politische Lage des Landes, in dem er lebt.

Im Anschluss lese ich noch einmal den DDT-Text. Es ist der Stoff, der Millionen Menschen vor Malaria bewahrte. Das Ende des Textes lautet so:
„Dennoch ist es mehr als verständlich, wenn ein unterernährter Bauer in Afrika oder Asien nur an das Heute und nicht an das Morgen denkt; wenn es ihm gleichgültig ist, dass ein Wunder der modernen Wissenschaft einige Tierarten auslöscht und in der Zukunft die Gesundheit von Menschen gefährdet. Für ihn geht es ausschließlich darum, zunächst sich und seine Familie vor dem Tod durch Krankheit oder Unterernährung zu retten."[1] Absolut verständlich. Da machen wir uns gerade mit unserem Luxusleben auf allen Ebenen die Hände im Verhältnis unvergleichlich schmutziger.

Die Märchenfee erzählt mir, nachdem ich sie frage, wie denn ihr Weg ins OWS diesmal gewesen sei, dass sie ihre Medikamente ein halbes Jahr absetzte und politische Reden an neuralgischen Orten hielt, viel rumschrie und sehr eloquent war.

Sie weiß nicht, woher die Worte dann kommen, sie würde es aber gerne wissen. Sie hätte so gerne Kontrolle in ihrem Leben, doch immer wieder passiert genau das Gegenteil. Sie sollte einfach nie mehr ihre Medikamente absetzen sage ich ihr und beziehe mich im nächsten Satz in diese Ermahnung mit ein. Wir haben halt eine Erkrankung, die wir ein Leben lang mitschleppen werden. Diese Erkenntnis ist bei mir noch nicht so ganz angekommen. Es steckt eine tiefe Sehnsucht dahinter. Bei mir kam es auch deswegen noch nicht so ganz an, dass ich krank bin, weil ich noch nie ganz gesund war. Also, vielleicht als Baby mal, aber nicht in meinem erinnerbaren Leben. Es war alles immer schon persönlichkeitsstörungsverzerrt und hysterisch. Und Phasen der Depression hatte ich schon als Kind. Es ist ja sehr logisch, aber dennoch interessant, dass ich genau das, wofür mich meine Mutter einzig und allein lobte, heute am besten kann: Still dasitzen und stundenlang malen. Wenn ich mich nur lange genug nicht von meinem Malplatz wegbewegte, dann konnte ich mit einem Lob rechnen. Es ist das langanhaltende Malen, das mir die größte Befriedigung verschafft. Ich entspreche noch heute ihrem Bedürfnis. Es ist logisch in sich, für mich ist es dennoch befremdend. Ich bin der Stein, der am höchsten Punkt seiner Flugbahn beschließt, wieder herunterzukommen.

Es ist kurz vor 21 Uhr und ich versuche noch ein Kapitel im Katastrophenbuch zu lesen, einfach um das Hirn zu trainieren. Ein Kampf gegen die Nebenwirkungen des Lyricas.

DAS MEISTERN VON KATASTROPHEN

Fast ein wohliges Erwachen. Kurz bin ich gedankenbefreit, dann tröpfelt die Last des Tages rein.

Beim Drehen einer Zigarette im Aufenthaltsraum spricht mich die Vergewaltigte an. Gestern schenkte ich ihr eine Zigarette. Sie ist besachwaltet und mit nichts hierhergekommen, obwohl sie sich selber einlieferte. Nun schnorrt sie sich durch. Ich sage ihr meine schon gestern getätigte Überlegung:

„Eine am Tag kann ich dir machen."

Ich bin im Zuge meiner Psychiatrie-Erfahrungen vorsichtig geworden. Auch gesprächstechnisch lasse ich sie nicht so weit gehen, wie sie immer möchte, das ist nämlich endlos wenn man da nicht aufpasst.

Draußen am Balkon möchte sie mir ihre Geschichte erzählen, von den Leuten um sie, es muss ein betreutes Wohnen sein. Sie erzählt mir, wie furchtbar alle sind, von ihrem Ex-Mann, wie gemein er war, von ihrem Sachwalter, der ihr nicht genügend Geld gibt. Ich zweifle nicht an dem Gesagten, kann mir die Reaktionen der Umwelt auf sie gut erklären, es ist sicher alles schrecklich für sie und ihre Lage ist eine prekäre, dennoch höre ich nur halbherzig hin, bin in meiner Körpersprache nicht zugewendet und hake bei einem Gesprächsfetzen der anderen ein, um aus der Nummer raus zu kommen. Wie geplant funktioniert es. Ich werde nicht Deine Therapeutin spielen und ich werde nicht dein Klo sein.

Beim Kaffee sitzt der Satellitenmann neben mir. Er summt. Ein Hmm Hmm Hmm in rhythmischen Abständen. Das machte er die ersten zwei Tage hier ständig, dann hörte er abrupt damit auf, seitdem trat es manchmal und kurzfristig auf. Er meint zu mir:

„Blöde Arbeitstherapie." Beim Nachfragen mag er aber alles dort. Er produziert Körbe in der Holzwerkstatt am 18er-Pavillon, mag die Arbeit, die Anfangszeit passt ihm auch, ich finde kein „blöd" beim Suchen. Er wollte nur etwas sagen, um das Gespräch zu beginnen. Beim Thema Arbeitstherapie wird mir zwar bang, aber ich tue ihm den Gefallen. Da er die Therapie zu schaffen scheint, vollbringt er gerade mehr, als mir möglich ist. Ich bin froh, dass ich weiter hier sitzen und schreiben kann, mein schmales Programm bewältige. Beim Thema fällt mir wieder mal ein halbfertiges Buch ein, das ich in der Buchbinderei produzierte. Ich faltete A4-Bögen auf A5, nähte es mit speziell gefalteten, dickeren Papieren, die Vorsätze heißen, zusammen, sehr sorgfältig und akkurat, und leimte es dann am Rücken. Weiter kam ich mit diesem Stück nicht, dann geschah meine Aufnahme auf dem 24er-Pavillon. Ich kam nicht mehr dazu, die Buchdeckel und den Buchrücken aus Graupappe zu schneiden und sie mit einem Stück Leinen zu einem Teil zusammenzukleben, die Buchdeckel mit buntem Papier zu beziehen und das Ganze mit Hilfe der Vorsätze damit zu verleimen. Dennoch hätte ich es gerne. Aber allein beim Gedanken, ins Beschäftigungshaus zu gehen, in dem die Buchbinderei ansässig ist, reagiert mein System mit schwächender Angst.

Die Mittwoch-Morgenrunde, die letzte Woche ausfiel, und an der ich somit zum ersten Mal teilnehme, gestaltet sich etwas anders als die am Montag und am Freitag. Sind die anderen beiden Gymnastik- und Befindlichkeitsrunden mit Wochenendplanung oder -berichterstattung, so gibt es heute ein Thema, das entweder von uns gewünscht werden kann, oder vom Leitenden der Gruppe vorgegeben wird. Uns fällt nichts ein, also wird etwas vorgegeben. Ob uns die Therapien, die am Plan stehen, zu viel oder zu wenig sind, lautet die Frage. Antworten muss nicht jeder, nur der, der will. Alles ist etwas zerhackt von der Vergewaltigten, die immer wieder von den Menschen in ihrem Haus erzählt und vermutlich ein paranoides Erleben hat, was diese Leute angeht. Sie redet ständig dazwischen und schafft es, bei jedem Thema zu ihren häuslichen Umständen zu gelangen.
Sie ist wirklich sehr belastet, nur glaube ich, dass sie sich, egal wie lange sie darüber spricht, es nicht von der Seele reden kann, um mal zu einem Punkt der Erleichterung zu gelangen. Es wird immer größer, je länger sie davon spricht. Ein Balanceakt für den Leitenden, den Stationspfleger, den er grandios meistert.
Der Sinn der Übung, dieses Themas, ist, dass man jetzt schon schaut, was die Lasten für einen sind, um nach dem Aufenthalt hier seinen Tag gut gestalten zu können, die Belastungen einzuschätzen und anzupassen vermag. Mein Resümee ist da natürlich ein klägliches. Ich will mehr und sollte weniger. Weniger von allem. Weniger Alltagsbelastungen, weniger Sozialkontakte, beziehungsweise kürzere, weniger mich Fordern in meinen Tätigkeiten, mehr Pausen. Weniger schreiben? Nein, das ist nicht das, was mich bei der Last des Tages beschäftigt, im Gegenteil.

Ich nehme all meine Kraft zusammen, ignoriere meine Magengrube, die sich vor Angst zusammenzieht, und gehe zum Beschäftigungshaus, um nach meinem halbfertigen Buch zu fragen. Es würde mich ja bloß täglich belasten und ein Vermeiden würde mich schuldgefühlartig einholen. Selbst in meinen Träumen suchte mich dieses Buch schon heim, also tue ich den Sprung ins kalte Wasser, ohne weiter darüber nachzudenken. In einem dissoziativen Zustand gehe ich hinüber, alles ist unwirklich und ich bin wie in Watte gepackt, meine Schritte fühlen sich an, als ginge ich auf Wolken. Einfach mal hin. Die vertrauten Stiegen und Gänge, die Werkstatt mit ihren 2 Arbeitsräumen und das Schwesternzimmer, all das wird es so bald nicht mehr geben, bald wird hier alles abgesiedelt. Eine Schwester begrüßt mich freudig. Schön, dass ich vorbeischaue. Sie sagt mir, dass ich ihr Mitgefühl hatte, sie bemerkten doch alle, wie schlecht es mir ging. Wir reden ein wenig, bald wird mir schwindlig und ich sage es, komme auf mein Anliegen zu sprechen und sie geht mit mir an meinen ehemaligen Arbeitsplatz, an dem meine Dinge noch genau so liegen, wie ich sie hinterlassen habe. Das halbfertige Buch liegt da, ich bin froh. Die Schwester möchte kein Geld dafür, im Gegenteil, sie sagt mir, dass ich noch Geld bekomme. In der Arbeitstherapie gibt es ein sogenanntes therapeutisches Taschengeld. 4 Euro 41 war mein Tagsatz, 35 Euro und irgendwas stehen mir noch zu. Wieder im Schwesternzimmer angelangt, kramt sie den Zettel raus, auf dem der Betrag verzeichnet ist, ich muss ihn unterschreiben und kann nun mit diesem Wisch zur Kassa am anderen Ende des Spitals gehen, mir mein Geld abholen. Ich verabschiede mich nach einem kurzen Gespräch über die Absiedlung und gehe erleichtert wieder auf 20/2.

Bald breche ich wieder auf und gehe zur Einzeltherapie. Es ist ein freundlicher, aber kalter Tag, ich genieße den kurzen Weg in der Sonne. Die Therapeutin sagt noch einmal, dass die erste Stunde beeindruckend war.
„Was Timing angeht bin ich gut." sage ich nur.
Wir beginnen ein Gespräch über Belastungen und Niedergänge durch sie. Ich erzähle von nicht empfundenen Erfolgen. Sie meint, es fehle bei mir der Resonanzraum dafür. Wie treffend. Ich kann mich gut mitteilen und sie kann es auffassen, so dass sie mich versteht, liefert mir eigene Formulierungen des Gehörten, die auf den Punkt das beschreiben, was ich erlebe. Es funktioniert zwischen uns.
Auch kommt das Bild mit dem Stein vor, der an dem höchsten Punkt seiner Flugbahn beschließt, wieder herunterzukommen. Sie findet es ein schreckliches Bild. Wer den Stein wirft, fragt sie. Die Wiege, aus der man stammt. Sie findet das Kontrolllose daran so furchtbar. Ich werde geworfen und schlage auf. Ich gehe in einen Arbeitsprozess und donnere früher oder später kraterschlagend auf. Sie meint, ich wäre der perfekte Fall für das bedingungslose Grundeinkommen. Sie sah vor kurzem einen Bericht darüber, das Geld dafür wäre da. Wir sprechen über meine Schuld, die ich empfinde, weil ich nicht meinen Beitrag leiste. Sie nickt, sagt nur: „Ja, klar steht das bei Ihnen alles mit Schuld und Scham in Zusammenhang." Sie versteht mich, sie nickt mehrmals wissend in diesem Gespräch. Sie möchte an diesem Bild mit dem Stein mit mir arbeiten. Sie will, dass ich ein Gefühl von Kontrolle entwickeln lerne. Gern, arbeiten wir dran. Wir sehen uns morgen um 13 Uhr wieder.

In der Sonne am Balkon imaginiere ich mir meinen Stein. Er will in etwas Rotes, Weiches gepackt werden. Er stürzt zwar, ich kann in meiner Imagination keine Kontrolle ausüben, aber er ist weich eingepackt.

Die Märchenfee kommt und beginnt über UFOs zu reden. Sie klagt an, dass die Amerikaner keines zum Besichtigen hergeben.
„Wieso lassen die uns in keines hineingehen, das wäre so schön!"
Ich trete ab und bleibe bei meinem Stein. Kontrolle haben. Nicht irgendwelchen

überfordernden Strukturen ausgeliefert sein. Nicht jedes Mal einen Totalzusammenbruch erleiden müssen, um wieder im anforderungslosen und selbstregulationsfähigen Nichts zu landen. Ich brauche viel Zeit um mich selbst zu regulieren, und ich habe ein schlechtes Gewissen, wenn ich mir diese Zeit nehme.

Kurz bevor ich auf dem Balkon erscheine, um meine Nachspeise des Mittagessens in der Sonne zu verspeisen, fragte der Satellitenmann offenbar die Vergewaltigte, ob sie schwanger ist. Ich erscheine gerade, als ihr Gegenschlag beginnt. Ein Gezeter voller Aufregung geht los.
„Wos sull denn des haßn, wos manst denn du, wia a Frau ausschaun sull? Nur wal i a bissl stärker bin frogst du mi, ob i schwanger bin. Denk amol a bissl noch Burli!" und einiges mehr sprudelt aus ihr heraus. Ich frage mich, wann sie atmet. Er wird sehr kleinlaut, entschuldigt sich, sie akzeptiert zeternd und wird verbal ruhig, nicht aber körperlich und seufz-technisch. Später höre ich sie am Gang, das gleiche Gezeter können sich nun die Schwestern und Pfleger anhören. Das Thema wird sich ziehen, befürchte ich.

Von 13 bis 13 Uhr 50 habe ich Ergotherapie. Mein Königssohn, mit dem ich gar nicht zufrieden bin, wartet. Als ich letztens zur Ergotherapeutin sagte, dass ich mir nicht sicher bin, ob es nicht besser wäre, wenn ich momentan auch Mandalas anmalen würde, da schüttelte sie energisch den Kopf. Na gut, ich glaube ihr mal. Sie weiß aber auch nicht, wie meine Ergebnisse sonst aussehen.
Meine Therapeutin meinte, ich soll ein Bild mitbringen zur Therapie. Ich wollte sie auf meine Website verweisen, sie will aber etwas zum Angreifen. Nur zwei Zeichnungen mit Stiegen machte ich seit meiner Aufnahme.
In der Ergo bearbeite ich den Königssohn erst mit Acrylfarben, dann mit Buntstiften, mit ihnen kann ich besser schattieren. Eine Ergotherapeutin kommt zu mir. Ich bin nicht abgeneigt mich zu unterhalten, zeige ihr dann sogar meine Internetseite.

Heute gehe ich wieder zum Zahnarzt, die Wartezeit bis zum Aufbruch fülle ich mit dem Katastrophenbuch. Ich lese ein wenig und bleibe bei einem seitenfüllenden, vergilbten Foto aus dem Jahr 1970 hängen. Es zeigt eine von einem Erdbeben zerstörte Stadt in Peru. Die Farbe erinnert mich an den Raucherraum auf der Akut. Es gehört zu dem Überkapitel „Das Meistern von Katastrophen". Ich fühle mich angesprochen.
Es ist dreiviertel 3, ich sitze im Aufenthaltsraum, von draußen dringen von Menschen stammende Geräusche rein. Zuerst habe ich wieder die übliche Gewaltassoziation, doch schnell kann ich sie als Fußballgeräusche vom Platz nebenan zuordnen. Wenn es bei uns daheim lauter wurde, dann war es nie, weil sich wer freute oder, weil etwas lustig war. Die mir erinnerbaren Positiverfahrungen kann ich überhaupt an zwei Händen abzählen. Vor einigen Jahren begann ich mal eine Liste von guten Erinnerungen, sie war kurz und menschenleer. Es ist eine Katastrophe.

Mir fällt der Versuch meines Vaters ein, mir Fahrradfahren beizubringen. Meine Mutter wollte, dass er es mir zeigt. Es endete rasch mit einer aufsehenerregenden Heulattacke meinerseits, woraufhin meine Mutter widerwillig übernahm.
Er versuchte manchmal wirklich, mir ein Vater zu sein, aber entweder stellte er sich dabei so furchtbar an, dass es in der Katastrophe endete, oder ich war von je her schon so negativ auf ihn zu sprechen, dass es scheitern musste. Vielleicht auch beides. Wir hatten nie so einen Vater-Tochter-Moment, er lehrte mich nichts, er nahm mich nie erfolgreich an der Hand und es war nie so, dass ich mich bei ihm geborgen oder beschützt fühlte. Das fehlt mir im Leben. Es ist etwas Elementares, das ich da vermisse.

15 Uhr, der Kaffee kommt. Wir wurden heute in der Morgenrunde gebeten, ab 15 Uhr unseren Löskaffee wegzuräumen, da nicht alle Patienten in der Lage sind, gut auf sich zu achten und nachts keinen Kaffee zu trinken. Ich dachte mir schon, dass mein Bestand zu schnell für meinen Bedarf schrumpft. Da mopst sich einer zu Unzeiten etwas davon und arbeitet ganz schön gegen das medikamentöse Ziel der Ärzte an. Na gut, räume ich ihn halt immer weg.

Ich breche auf zum Zahnarzt und bin richtig nervös. Erst jetzt merke ich, wie sehr mir das falsche Medikament letzte Woche half.
Am Stützpunkt frage ich nach meinem Nachmittagsmedikament. Ein Pfleger packt es mir in ein kleines Säckchen und beschriftet es. Ich hake ein und meine, dass ich schon wisse, was es sei. Er lacht kurz und sagt:
„Das weiß ich schon, dass Sie das wissen, nur sollte irgendwas sein und die Polizei haltet Sie auf, und Sie haben dann ein Säckchen, auf dem nichts draufsteht..."
„Aaaah, an das hätt ich NIE gedacht, aber Sie haben natürlich vollkommen recht!" entfährt es mir lebhaft und amüsiert. Klar, die Möglichkeit besteht. Witzig. Ich muss an Marc Uwe Kling's Känguru denken, eine von ihm entworfene Figur, die Kommunist ist und Protagonist in 3 Büchern, der Känguru-Trilogie. Jedenfalls meinte das Känguru irgendwann, dass es findet, in der Postmoderne sollte es überhaupt nur mehr 2 Kategorien geben: witzig und nicht witzig. Jedes Mal wenn ich einen der Begriffe denke, dann höre ich es in der Stimme des Kängurus aus den Hörbüchern.

Ich sitze im Bus und schreibe die Känguru-Zeilen, da spricht mich ein neu Zugestiegener an, er finde es schön im Bus jemanden zu sehen, der schreibt. Ob ich einen Brief schreibe.
„Nein, ich bin auf Seite 470." antworte ich.
„Da bist du ja eine Dostojewski!" meint er.
Er ist Dichter. Er zieht ein kleines, gebundenes Büchlein aus seiner Manteltasche und hält es mir hin. Ich nehme es, öffne es irgendwo und lese:

MELANGE

Politik?
Das Verbrechen schlechthin

Kunst?
Diese eitle Eiterbeule

Religion?
Der als Salbe
verkaufte Dreck

Und die Liebe?
Um diese Folter
betteln sie auch noch

Ich bin begeistert.
Er schlägt vor, dass wir was trinken gehen sollen. Ich kann nicht, habe einen Zahnarzttermin, schlage vor, uns irgendwie zu connecten. Ob er ein Karterl hat. Nein.
Ich auch nicht. Er nimmt sein Buch zur Hand und reißt die Seite mit dem Gedicht,
das ich las, heraus und reicht sie mir mit theatralischer Geste. Ich notiere mir noch
seinen Namen auf dem Blatt: Thomas Frechberger. Es war mir eine Ehre. Wir
steigen aus.

   Ein paar U-Bahnstationen später bin ich bei der Zahnärztin. Meine Nervosität hält
sich, dank innerer und äußerer Ablenkung, in Grenzen.
Heute sollte die Krone passen. Dann ist diese Geschichte endlich vorbei.
Rund eine Stunde später, im Raucherbereich eines Lokals gleich um die Ecke
der Zahnärztin, erlebe ich meinen Stressabfall. Mir ist nur nach Ruhe, ich kann
nicht gleich in die Öffis steigen und so tun, als wäre nichts gewesen. Es dauerte
zwar nicht lang, das Lösen des Zahnfleisches vom Aufbau für die Krone war aber
schmerzhaft und insgesamt war es sehr anstrengend. Jetzt erlebe ich eine Schwere und bleierne Müdigkeit. Alles fällt ab. Ich hab meine Krone, kann endlich wieder
befreit lachen. Es ist vorbei. Mich sucht das innere Beben heim. Die Schwere ist
auch noch da, ich habe Probleme, mein Soda-Zitron zu stemmen. Ganz erholen
werde ich mich so schnell nicht, ich breche brüchig auf.

   Eine anstrengende Fahrt später bin ich wieder in der Klapse.
Wir haben seit heute einen Neuen, er wird vom Pflegepersonal nach der Dienst-
übergabe eifrig gesucht.
Später frage ich, ob es für mich noch ein Abendessen gibt.
Bei der Küche stehend stellt sich die Vergewaltigte dazu und spricht 3 wirr zusam-

mengewürfelte Sätze, von denen einer
„Schwanger bin ich eh nicht." ist, und fordert von der Schwester eine Buttermilch, welche es hier nicht gibt. Der Tonfall der Schwester klingt etwas genervt.
Ich bekomme mein Essen, spiele dann noch mit dem Landschaftsgärtner, der die letzte Nacht hier verbringt, und der mir sehr Sympathischen Rummy, gehe dann meine Letzte heute rauchen und verspüre Angst, wenn ich an meine Wohnung denke. So lange es noch solche Momente gibt brauche ich nicht an ein Ende hier denken.

WARNUNG UND ABWEHR

Ein neuer Tag. Die Last ist heute kleiner, dennoch quält sie mich. Mich quält das am Leben-Sein.

Ich nehme eine Dusche und gehe dann mit Löskaffee auf den Balkon.

Die Märchenfee spricht mit dem Satellitenmann darüber, dass eine spezielle Recycling-Marke in einem bestimmten Geschäft nicht mehr angeboten wird. Dadurch muss ich darüber nachdenken, dass wir uns angeblich mit alten Zeugnissen den Hintern auswischen.

Das Frühstück ist da, das übliche Gedränge um die Wägen macht mich nervös, obwohl alles sehr ruhig und gesittet abläuft. Immer wieder wundere ich mich, dass es in Mengen nicht viel öfter zu Ausrastern kommt, staune über die menschlichen Fähigkeiten, ihr Bedürfnis nach Raum um sich so gut hintanstellen zu können. Ich staune nicht über das, was täglich geschieht, ich staune über das, was nicht geschieht.

An meinem Tisch nimmt die Vergewaltigte Platz und malt mit Buntstiften vorgedruckte Blümchen aus. Als ihr ein Stift bricht, schimpft sie los, verwendet Kraftausdrücke und verpestet kurz die Atmosphäre. Ihre Stresstoleranz ist eine geringe. Mich würde interessieren, ob das immer schon so war, doch das Nachfragen erachte ich als sinnlos, sie würde doch nur wieder stakkatoartige Ausführungen über die Mitbewohner ihres Hauses von sich geben und mir erklären, dass die an ihrem Zustand schuld sind. Der kognitive Sprung für ein Gespräch über ihre Verlaufsgeschichte, fern von simplen Anschuldigungen anderer, ist von ihr nicht zu erwarten.

Von innerem Stress geplagt nehme ich das Katastrophenbuch zur Hand und schlage irgendwo auf. „Die Contergan Tragödie" lese ich. Es dreht sich um die 8000 Kinder, die aufgrund des Schlaf- und Beruhigungsmittels Thalidomid deformiert zur Welt kamen. In Westdeutschland nannten sie die Gliederlosigkeit „Phokomelie", was Robbengliedrigkeit bedeutet. Ende der 50er-Jahre wurde das Medikament in vielen Ländern hergestellt. Die Thalidomid-Kinder sind wegen ihrer kurzen Arme bekannt, es kamen aber auch andere Deformierungen vor, wie Missbildungen der Beine, Verformungen des Ohres oder das Fehlen von Körperöffnungen im Magen- und Darmtrakt. Das Mittel wurde im November 1961 aus dem Handel gezogen. Diese Tragödie veränderte das Vorgehen bei den Tierversuchen, die im Vorfeld einer Medikamentenzulassung gemacht werden: Von nun an wurden die

Tierversuche auch an trächtigen Tieren durchgeführt.

Die Schadenersatzzahlungen verschleppten sich zwar bis in die 70er-Jahre, doch in weiterer Folge überstiegen diese 30 Millionen Pfund.

Im Anschluss widme ich mich dem Kapitel „Warnung und Abwehr". Ich lese über Methodenentwicklungen zu Überschwemmungen und Hurrikans. Es wird erwähnt, dass früher Hurrikans ausschließlich Mädchennamen bekamen, seit 1978 werden auch Männernamen verwendet. Dass das so da drin steht, ist wieder bezeichnend. Die weiblichen Namen werden mit „Mädchennamen" umschrieben, die männlichen mit „Männernamen". So würde das heute hoffentlich nicht mehr in Druck gehen. Weiters steht da:

„Man wählt 26 Vornamen aus, der erste Hurrikan des Jahres bekommt den, der mit einem A anfängt, der zweite den mit B usw., Mädchen- und Männernamen abwechselnd. Wenn ein Name für einen besonders zerstörerischen Hurrikan verwendet worden ist, wird er in den nächsten 10 Jahren nicht mehr benützt."[1]

Um 10 gehe ich zur Ergotherapie, vergesse aber meine Pinsel bei mir im Zimmer. Mit Buntstiften gehe ich nochmal über das verbeulte Gesicht des Königssohnes und vermale es im Anschluss mit einem bockigen Borstenpinsel, der viele gebrochene Haarteile auf der Leinwand hinterlässt. Dann informiere ich mich über Seidenmal-Möglichkeiten, das machte ich seit 1995 nicht mehr. Insgesamt schaffe ich heute nicht viel und ich kann auch mit den Seidenmal-Anleitungsbüchern nichts anfangen, da ich nicht sinnerfassend lesen kann. Nur die Katastrophen fließen mir rein.

Bald darauf spricht mich der Satellitenmann am Balkon auf meine politische Orientierung an. Ob ich eine Grüne sei. Wir plaudern ein wenig über Innenpolitisches. Er ist sehr gut informiert, weiß eine Menge und kann ziemlich schnell Informationen abrufen.

Gestern fragte ich ihn nach seiner Diagnose. Wie erwartet antwortete er:

„Paranoide Schizophrenie."

„Leidest du sehr?" wollte ich wissen.

„Ja, manchmal leide ich sehr." gab er traurig zurück.

Es ist Mittagszeit. Ich erhalte eine riesige Portion Eierspeise mit grünen Bohnen und Salat. Die Eierspeise ist eine farblich komplett homogene Masse, die in mir sofort das ekelerregende Bild von in großen Plastiksäcken wabernder Flüssigkeit, die aus einer Unmenge an maschinell aufgeschlagenen und verquirlten Eiern besteht, aufpoppen lässt. Ich dränge das Bild weg und esse auf, mein Eiweißhaushalt dankt es mir bestimmt.

Bei der Nachdemessenzigarette sitze ich im prallen Sonnenschein. Der Neue, der gestern um 19 Uhr unauffindbar war, spricht mich an. Er hat eine schöne Sprache und wir unterhalten uns eine Zeit lang. Er erkannte meine Achtsamkeit was die Umwelt angeht, meine Wachsamkeit. Ich frage ihn, ob das bei ihm auch so ist. Ja. „Deswegen hast du es bei mir entdeckt." sage ich.

Er hält das für eine interessante Schlussfolgerung. Ich frage ihn, ob er als Kind schlechte Erfahrungen machte. In der Schule, ja. Wir stellen fest, dass wir in der gegenteiligen Situation waren: Er war froh über das daheim Sein, ich war froh über jede Stunde in der Schule.

Als ich in die Sporthauptschule in Graz kam, da war ich überhaupt begeistert, es war nämlich eine Schule mit Tagesbetreuung, ich war bis 16 beziehungsweise 18 Uhr täglich dort. Die Freude war auf allen Seiten, auf meiner und auf der meiner Eltern.

Beim Unauffindbaren war das genau andersrum. Wir gehen redend zur Medikamentenausgabe. Auch er hat ein schlechtes Gewissen, weil er nicht arbeitsfähig ist.

Er fragt wegen dem Gespräch an sich nach, ob es okay ist, dass wir uns unterhielten und ob ich weiter reden möchte. Es war sehr angenehm, aber jetzt möchte ich wieder schweigen. Das kann ich schuldfrei formulieren und dann ziehe ich mich zurück. Wir sagen uns davor noch, dass wir wieder miteinander sprechen wollen. Er ist mir sehr angenehm in seiner umsichtigen Art.

Das Gespräch mit der Psychologin ist erbauend. Wir reden über Kontrolle, über den rot eingepackten Stein, über den Stress, der mich heute niederschwemmte, über Leistungsanforderungen und mein schlechtes Gewissen, weil ich nicht leistungsfähig bin.

Sie sah sich meine Website an.

„Es ist das Beste, das ich seit langem gesehen habe." meint sie eindringlich. Von wegen nicht leistungsfähig und so. Ich fühle mich geehrt und freue mich ungemein. Tausende, fröhlich hüpfende Kugeln machen sich in meinem Körper breit. Ja, ich kann schon was. Aber wirtschaftlich hilft mir das halt nicht. Viele finden meine Bilder echt gut, nur kaufen und daheim hinhängen wollen sie die Wenigsten. Die Psychologin fragt nach, was es mit dieser Wirtschaftlichkeit auf sich hat. Ich erzähle ihr vom geschäftlichen Niedergang meines Vaters, von der harten Art meiner Mutter ihr Geschäft zu betreiben, von der Stimme in meinem Kopf, die mir sagt, dass ich nix g'hackelt habe. Sie erzählt mir, dass ihr auffällt, dass dieses Problem des Arbeitsdrucks bei Kindern von Selbständigen gehäuft vorkommt. Interessant.

Meine Mutter stellte alles hinter die Arbeit, ihre Gesundheit, ihr Privatleben, ihre Kinder. Sie stand mit Mittelohrentzündung im Geschäft, machte nie Urlaub, ging nie zum Gynäkologen, obwohl sie eine Spirale hatte. Nach 20 Jahren und nach dem Wechsel zupfte sie sie sich daheim heraus und entsorgte sie. So einfach machte sie die Dinge. So hart war sie zu sich.

Zahnarztbesuche machte sie nur, wenn sie unumgänglich waren, die brachte sie in Mittagspausen unter. Sie war ein Einfrau-Betrieb und hatte immer offen.

Ihre Getränke waren Kaffee und Bier.

Ihre Devise „Wer saufen kann, der kann auch arbeiten" verwendete sie auch rückwärts.

Da sie die war, die unser Brot verdiente, gibt es klarerweise in mir eine mahnende, mütterliche Stimme, die wirtschaftlichen Erfolg verlangt. Zugleich gibt es das Gegengewicht, das solch einen Umgang mit sich verhindern will. Warnung und Abwehr. Jede meiner Krisen ist eine Abwehr von solchen Umständen. Ihr früher Tod ist mir die Warnung. Viel gearbeitet und früh gestorben, das ist kein nachahmungswürdiges Konzept. Ein Konkurs und etwas Liebe für uns Kinder wäre wohl für alle Beteiligten schonender gewesen.

Die Therapieeinheit endet mit einem Finger drauf Legen, dass ich nun im Alltag in kleinen Schritten und dank Lyrica Kontrolle erlange über die Gesprächsdauer mit anderen Menschen.

Der Kontakt mit der Vergewaltigten wäre vor Lyrica eine einzige Folge von Abwehr für mich gewesen. Sie spricht mich häufig an, sie spricht jeden häufig an, doch ich gestalte den Kontakt meistens sehr kurz. Nur ein paar Worte wechseln. Sie wäre mir bisher ein reiner Gräuel gewesen, ich hätte meine Handlungen um sie herum gebaut, nun kann ich einfach mein Ding machen und sie stolpert halt manchmal herein, es ist nichts weiter dabei. Eine kleine chemische Verschiebung und es geht plötzlich. Zwar kann ich in der Ferne nichts scharf sehen, meine Feinmotorik verabschiedete sich und mein Darm wirkt wie gelähmt, doch das ist jetzt nachrangig. Allerdings wird das mit der Feinmotorik im Zusammenhang mit der Malerei vielleicht mal virulent. Aber jetzt male ich eh kaum. Jetzt. Ich kümmere mich mal nur um das Jetzt.

Und jetzt gibt es den 15-Uhr-Kaffee.

Der alte Mann, der so viel im Außen unterwegs ist, tut, was er den ganzen Tag tut: Er kommentiert das Offensichtliche.

„Der Kaffee is do."

„Ja." bestätige ich.

Letztens war seine Frau auf Besuch. Es war ein einziges Hick-Hack, furchtbar.

„Jetzt hea auf, gib a Ruah."

„Jo, oba wenn i da sog."

„Wos du imma dazöst. So a Bledsinn."

„Jo, und mitn Stuhl, des funktioniert a net."

„Aber geh, hea amoi auf, gehst eh jedn Tog."

„Na, i sog da."

„Jetzt hea auf, i kauns nimma hean."

In den Befindlichkeitsrunden gibt er immer an, es gehe ihm schlecht, weil das mit dem Stuhl nicht funktioniert. Vermutlich denkt er, dass er besser auf einer Gastroenterologie aufgehoben wäre, die Experten sind wohl anderer Meinung. Für ihn ist es ein Krankenhausaufenthalt. Für sie ist es ein Urlaub.

Die Zwei waren so anstrengend, dass ich das Weite suchte. Abwehr, wieder das

Thema Abwehr. Ich möchte ein Leben mit möglichst wenig Abwehr führen.

Die Unfähigkeit, mir Gesichter zu merken, schützt mich vor Abwehrsituationen. Bestimmt hätte ich so manches Mal diese Abwehr automatisch hochgefahren, wenn ich auf der Straße einen ehemaligen Kunden aus der Prostitution traf. Diese Behinderung ließ und lässt mich unbedarft in die Gesichter der Leute blicken. Ich habe keine Ahnung, wen ich alles schon nackt vor mir hatte.

Im Fischgeschäft kam es mal zu einer witzigen Begebenheit. Ein Ehepaar stand bei der Kassa vor mir. Er fragte, ob wir uns schon mal wo anders getroffen haben. Ich gab wahrheitsgemäß an, dass ich keine Ahnung habe. Er grübelte und dachte scharf nach, er wäre sich sicher, dass wir uns in einem anderen Zusammenhang schon mal über den Weg liefen. Ich blickte auf seine Frau und betete, dass es ihm nicht einfällt. Die Ordination des Internisten bot ich ihm als Möglichkeit an. Nein, das war es nicht, den Arzt kenne er nicht. Er zog grübelnd ab, es beschäftigte ihn intensiv. Mich amüsierte das tagelang. Da ich immer recht offen mit Allem umging war es auch möglich, dass mich so etwas amüsierte. Viele meiner ehemaligen Kolleginnen fürchteten genau solche Situationen, weil sie sich schämten für ihre Art der Geldbeschaffung und Eigentherapie, und, weil niemand etwas erfahren darf darüber. Ein halbes Leben könnte in sich zusammenstürzen, wenn die Vergangenheit aufgedeckt würde.

Der Landschaftsgärtner wurde ersetzt durch einen bei der Vorstellung Grinsenden. Die Hand, die er mir herhielt auf meine Frage hin, wer er denn sei, musste ich warten lassen.
„Ich hab Banane an den Fingern." gebe ich an.
„Is wurscht." meint er.
Trotzdem wische ich mich vorher mit einem Papierhandtuch ab. Er grinst von einem Ohr zum anderen. Wegen einer Depression ist der nicht da.

Unsere Rollstuhlfahrerin ist keine mehr. Sie wurde heute Morgen von der Rettung geholt und zu Mittag ohne Schiene am Bein wieder gebracht. So viel größer ist sie aber jetzt auch nicht. Ich freue mich mit ihr.

Der Schülerpfleger kommt zu mir und fragt, ob wir den Tagesrückblick früher machen können, da er bald heimgeht. Wir verabreden uns für 10 Minuten später vor dem Arztzimmer. Ich warte am Sessel am Gang, lasse den Tag Revue passieren, höre die Geräusche rundum, kann dem Neuen, dem mit dem Bananenhandschlag, beim Telefonieren belauschen. Er ist schwul und Friseur, soweit ich das raus höre. Er weint. Es geht um seinen Exfreund.
Mit dem Schülerpfleger spreche ich den Tag durch und eine spezielle Abgrenzungssituation, bei der er dabei war. Ich sagte einer Mitpatientin, dass sie mir zu nahe steht. Er meint, dass das ziemlich selbstbewusst wirkte. Witzig. Wie sehr

die Außenwahrnehmung sich von meinem inneren Erleben unterscheidet, ich war nämlich in der Situation unter Stress und hatte gleich vorbeugend ein schlechtes Gewissen.

Ein Gespräch beim Rauchen offenbart, dass der Schwule manisch-depressiv ist. Er outet sich gleich mit den ersten Sätzen, ich sage ihm, dass ich bisexuell bin. Seine Trotzigkeit, in der er sich outete, verschwindet augenblicklich.
„Dann versteh ma uns eh." sagt er.
Eine gewaltvolle Beziehungsgeschichte brachte ihn hier rein. Er erlebte in den letzten Jahren Schlimmes, er weiß genau, dass er in einer Opferrolle verhaftet ist, und dass er zu den falschen Männern greift. Er erzählt mir einiges, redet drauf los, fragt dazwischen, ob es eh okay ist, wenn er spricht. Er ist nervlich am Ende, zittert und weint. Ich kenne diesen Zustand, er ist schrecklich. Am Ende unseres Gespräches entschuldigt er sich. Ich versuche ihm das Gefühl zu geben, dass er keinen Grund hat, sich zu entschuldigen und aber auch weiß, dass diese Worte auf fruchtlosen Boden fallen. Nichts kann einem Sicherheit geben, wenn man so zerrüttet ist, außer Benzodiazepinen.
Wir beenden dieses Gespräch mit einem von ihm offerierten Handschlag, den er mit „Auf uns!" kommentiert. Ich schlage ein. Auf uns.
In der Klapse trifft man oft auf die Perlen der Gesellschaft, auf die Sensiblen, die rausfallen aus dem System, das weniger Sensible geschaffen haben.

Kurz vor dem Abendessen frage ich den Unauffindbaren, ob er ein Scrabble mit mir spielt. Wir spielen. Das Spielbrett neben uns essen wir dann unser Mahl und spielen im Anschluss weiter. Ein Gespräch unterbricht unser Spiel, wir reden über unsere sehr ähnlichen Empfindungen was unsere nicht gefühlten Erfolge angeht. Ich nenne irgendwann das Wort „Entfremdung", woraufhin er meint, dass man eine Integration der Entfremdung anstreben müsste. Witzig. Ich bin aber nicht seiner Meinung. Es wäre wie das Bilden einer Kolonialmacht, das Überstülpen eines Systems über etwas auf entgegengesetzte Art Funktionierendes. Nein, ich bin für die Auslöschung der Ursachen der Entfremdung, aber das dauert. Herrgott, warum dauert das alles so lange. Man gebe mir Geduld, aber rasch!

Die Vergewaltigte kümmert sich um Ordnung hier. Sie schlichtet die Bücherregale, gießt die Pflanzen und befreit sie von abgestorbenen Blättern. Alles, was sich ordnen und verbessern lässt, das wird von ihr in Angriff genommen. Sie macht unsere Umgebung schöner.

Bei einer Zigarette nach der Spätmahlzeit, es gab Reis in Milchpampe, sprechen der Unauffindbare und ich über unsere Zimmer und deren Bewohner. Er findet es interessant, dass ich meine Zimmerkolleginnen anhand ihrer Eigenschaften und Klamotten beschreibe und sie nicht bei ihrem Namen nenne. Ja, so tue ich mir leichter. Mir fallen auch in der Tat als erstes die Eigenschaften von Menschen ein. Selbst wenn ich wen schon recht gut kenne habe ich oft den Namen der Person nicht parat. Mein Hirn muss einen Umweg gehen, um zu dieser Datenbank zu gelangen.

Die ehemalige Rollstuhlfahrerin darf ihr Knie bis zur Schmerzgrenze belasten. Sie wuselt eifrig herum und genießt sichtlich ihre wiedererlangte Freiheit. Es ist sehr schön anzusehen. Ich brauche einen neuen Namen für sie. Sie pflegt Goldfische. Vielleicht nenne ich sie einfach Goldfisch.

DIE ENDLÖSUNG

Das Erwachen ist angenehm, kurz darauf lande ich aber in einer schmerzlichen Beurteilung meiner Situation.

Am Klo tanzen wieder bunte Fetzen vor meinen geöffneten Augen herum, diesmal in gelb und orange.

Auf dem Gang treffe ich den Schwulen. Wir sprechen über Gewand. Beziehungsweise er spricht. Ihm fällt immer etwas ein zum Reden, es plätschert ständig dahin. Dass ich ein schönes, buntes Oberteil habe, dass die meisten eh nur schwarz tragen, dass er heute vielleicht Gewand gebracht bekommt, weil ein Freund von ihm in seine Wohnung schaut, dass die Unterhosen von hier viel zu groß sind und dass die Socken von hier so schnell dreckig werden.

„Ja, weil sie weiß sind." streue ich grinsend ein.

Er amüsiert mich. Er meint, dass das alles hier sehr schräg ist. Ich sage, dass man das am besten mit einem makabren Humor nimmt. Er lacht und wir schlagen ein.

„Ja, du hast es genau erfasst!" strahlt er mich an.

„Das hab ich schon am 24er so gemacht." meine ich.

Sein Gesicht wird ernst. Er hofft, dass er dort nie wieder hin muss. Er klopft 3 Mal auf Holz. Die Leute reagieren durchwegs sehr ernst, wenn man auf die Akut zu sprechen kommt. Die Knast-Atmosphäre, die dieser Pavillon hat, die schreckt so viele. Ich schupfte es dort mit ein Stück weit Humor sehr gut im Vergleich. Wir gehen auseinander und mir fällt auf, dass er mir beim Reden und Gehen am Gang körperlich immer sehr nah ist, aber bei ihm stört es mich nicht.

Die Vergewaltigte streicht bedürftig wirkend um mich herum.

„Magst a Zigarette?" frage ich sie.

Ihre Antwort ist nicht nur ein Ja, sie erzählt mir wieder wie aus dem Maschinengewehr geschossen ihre Umstände, die aufgrund einer überstürzten Abreise von daheim in Begleitung von Sanitätern zu wenig Organisation und somit zum Vergessen des Tabaks führte. Als ich mit dem Rollen der Zigarette fertig bin endet diese Verbalangriff.

Nach ihr gehe ich auch eine rauchen. Es regnet. Das Geräusch beruhigt mich ungemein. Niemand sonst ist da. Ein güldener Moment.

Als ich später rausgehe, um meine Zweite zu rauchen, ist alles ganz anders. Ein paar Leute sitzen draußen, ich nehme bei der Märchenfee und dem Unauffindbaren Platz. Er fragt, wie es uns geht. Ich antworte kurz, dass es mir gut geht. Die Märchenfee antwortet länger:

„Mir geht es eh wie immer. In der Früh habe ich oft Ängste und Schuldgefühle. Ich muss in der Früh so viel denken und dann sind da noch die Träume, ich weiß nicht, was ich heute geträumt habe, aber meistens ist das nicht gut."

Um welche Schuldgefühle es sich da handelt frage ich nach.

„Meinen Kindern gegenüber."

Ihre jahrelangen psychotischen Zustände belasteten das Verhältnis stark.

Sie erzählt noch, dass sie immer öfter der Überzeugung ist, ihren Namen wieder auf ihren Mädchennamen zurückwechseln zu müssen. Sie ist überrascht, als ich anmerke, dass das nicht billig ist.

„Das kostet was?"

Ja, das kostet was.

Ich frage den Unauffindbaren wie es ihm geht. Stockend antwortet er, dass es eh gut gehe, die Nacht eine gute war. Gestern hörte ich ihn im Zimmer reden, das war ein ganz anderer Ductus. Er schwang Reden, sprach selbstbewusst und -sicher. Ich glaube das hatte mit dem männlich vorherrschenden Geschlecht zu tun. Ich wittere eine extreme Unsicherheit gegenüber Frauen. Zuerst war ich mir gestern nicht sicher, wen ich da im gegenüberliegenden Zimmer höre, so unbekannt war mir sein Auftreten, doch nach dem ich alle im Zimmer durchging blieb nur er über.

Heute wird hier Apfelstrudel gebacken. Der Goldfisch und die Pullovereinheizerin schneiden Äpfel. Es mutet heimelig an. Ein Heimelig, das ich nur aus dem Fernsehen kenne. Berge von Äpfeln werden klein gemacht. Für die Morgenrunde um viertel 9 wird alles wieder weggeräumt. Es wird sich für später zum Weitermachen mit einer Schwester verabredet.

In der Morgenrunde gibt es heute keine Gymnastik. Der Stationspfleger spricht mit uns über Vorhaben für das Wochenende. Es geht mir gut, ich kann mich an einigen Stellen amüsieren, lache sogar einmal laut auf, als Einzige.

Als die Vergewaltigte dran ist, geht das Maschinengewehr wieder los. In dieser Runde wird sie auch richtig laut, spricht sich in Rage und eine Mitpatientin verlässt den Raum, weil es ihr zu heftig wird. Ich erkenne meine Stabilität am gut Aushalten dieser Situation. Vor wenigen Jahren und auch in dieser Krise bis vor ein paar Tagen wäre ich die gewesen, die geht.

Im Anschluss findet eine Runde mit dem Seelsorger statt. Zuerst sprechen wir reihum darüber, wie es uns geht und können sagen, wenn es ein Thema gibt, das wir gerne genauer ansehen möchten. Es kristallisiert sich schnell raus, dass das Maschinengewehrschießen der Vergewaltigten ansteht. Sie nimmt an dieser Runde nicht teil. Mein Beitrag ist, dass ich erzähle, dass mich eine medikamentös induzierte chemische Veränderung in die Lage versetzt, das alles aus einer Distanz zu betrachten. Der Seelsorger meint:

„Aber ich möchte jetzt nicht jedem diese Wunderpille geben."
Wir sprechen auf recht hohem Niveau über das Ich, über die Anderen, über Auslöser und Möglichkeiten der Bewältigung.

Als ich um 10 zur Ergotherapie gehe tanzen Schneeflocken in der Luft. Die vielen Nadelbäume, die Krähen, die alten Backsteingebäude, alles wirkt wie aus einem Hitchcock-Film.
Ich erinnere mich an das tägliche Heimgehen von der Tagesklinik, in meiner Überforderung wirkte das Horrorfilmartige noch viel eindringlicher. Ich verlor mich in der tristen Atmosphäre, hatte das Gefühl, all das Leid, das hier stattfindet, angreifen zu können. Düstere Tage erschienen mir mit ihrer Schwere so irreal Film-artig wenn ich belastet und ausgelaugt meinen Weg zum Bus quer durchs Gelände bewältigte.

In der Ergotherapie kommen anhand der Tätigkeit der Malerei die Nebenwirkungen des Lyrica stark ans Licht. Das Sehen und die Feinmotorik lassen nach wie vor zu wünschen über. Ich male dünne Linien wie ein Kind, patze rum, vermale mich, weil meine Hand nicht das tut, was ich von ihr möchte. Es ist halt so. Ich bin mit dem Ergebnis total unzufrieden.
Danach versuche ich mich in der Seidenmalerei. Ich kleckse rum und dieser Prozess verläuft ziemlich dynamisch. Es passt um so vieles besser zu meinen momentanen Fähigkeiten als exakte Malerei.

Auf der Station höre ich, wie einer, der bald nach Hause geht, herumtelefoniert, wegen einem Aquarium. Ein paar Fachbegriffe, die mich an meine ehemalige Arbeit erinnern, fallen, und automatisch bekomme ich Stress. Nach dieser Zeit nach dem ersten Ybbs-Aufenthalt, in der ich dachte, ich wäre geheilt, strudelte ich mich in alltägliche Problemgedanken hinein. Jetzt beim Aufschreiben und Hochholen dieser Zeit dissoziiere ich augenblicklich. Der Tisch kommt mir um 40 Zentimeter höher vor als zuvor, meine Körperabmessungen verschieben sich wieder, das Außen wirkt abstrakt.
Alles begann mit Schmerzen am ganzen Körper, vor allem die rechte Schulter quälte mich bei jeder Bewegung. Als ich mal früher heimging, weil ich nicht mehr konnte, fing ich in der Straßenbahn vor Verzweiflung an zu weinen und war schlagartig schmerzfrei. Das sagte mir viel und das war die psychosomatische Komponente, die ich bei einem weiteren Ybbs-Aufenthalt, neben meinen extremen psychischen Problemen, bearbeiten wollte. Dieser brachte ja nicht den gewünschten Erfolg. Als ich wieder in Wien war, meldete ich mich bei der Selbsthilfegruppe an, in der ich Lisi und Franz kennenlernte. Mit der um die Hälfte reduzierten Arbeitszeit und einer Therapie bei einem konzentrativen Bewegungstherapeuten versuchte ich gegenzusteuern. Beim Schreiben über diese Zeit flammt der Schmerz in der rechten Schulter wieder auf. Nicht witzig. Der damalige Schmerz ließ erst ein paar

Wochen nach meiner endgültigen Kündigung langsam nach.

Dieser Therapeut war auch ein Traumatherapeut, durch das Ausscheiden aus der Firma und der vielen Freizeit konnte ich mich allmählich so weit stabilisieren, dass wir mit einer Traumaarbeit im Herbst des Jahres 2012 beginnen konnten. Ich erlebte damals massive Empfindungen von Klingen, die mir den Genitalbereich zerschneiden und von Stahlrohren, die in mich eindrangen, außerdem litt ich unter Albträumen und erlebte Flashbacks was den Missbrauch durch den Nachbars-jungen anging. Es war ein kaum zu regulierendes Drama. Wir begannen mit einer Projektionstechnik, bei der man das Erlebte auf einer Wand oder einer anderen Fläche, wir verwendeten einen Flipchart-Ständer, ansieht. Man ist Betrachter und schaut nur zu. Man ändert den Ausgang der Geschichte und verschafft dem Gehirn Handlungsfähigkeit und ein anderes Erleben als damals. Da es dem Gehirn egal ist, ob es etwas wirklich oder imaginär erlebt, kann man mit dieser Methode weit kommen.

Als erstes bearbeiteten wir meine Stillsteh-Folter. Es funktionierte gut und ich er-fand ein Ende, in dem ich als Erwachsene zu dieser Situation hinzustoße und mein Kinder-Ich daraus errette. Ich ging mit einem wundervollen Gefühl heim.

Das nächste Thema war der Nachbarsjunge. Es ging aber nicht auf. Während der Stunde spürte ich schon, dass mich eine böse Macht von damals überschatte-te. Wir kreierten zwar ein alternatives Ende, doch es hatte keinen Zunder, es dock-te nicht in meinem Gehirn an, es waren nur Bilder, die kurz imaginär auftauchten, doch sie hatten keine Kraft. Ab da ging es rapide bergab. 5 Tage darauf erwachte ich in einem so schlechten Zustand, dass ich wusste, dass ich mich in stationäre Behandlung begeben muss, um mich vor mir selber zu schützen. Außerdem war ich nicht mehr in der Lage, mich mit Lebensmitteln zu versorgen, ich vegetierte daheim dahin und zehrte von Reserven. Ich bat um ein Bett in Ybbs und bekam 5 Tage darauf eines. In diesen 5 Tagen waren alle Notfallsysteme aufrecht, ich kriegte das irgendwie hin, war oft dissoziativ und die Zeit verzerrte sich ständig in beide Richtungen. Noch nie zuvor war ich so lange Zeit in diesen Verzerrungen verhaftet. Ich blieb aufrecht bis zur Aufnahme, sobald ich dort war, noch in meinen Schuhen und meinem Mantel, brach ich völlig zusammen, zitterte und weinte, ließ alles fahren, war endlich in Obhut.

Beim Mittagessen erklärt die Vergewaltigte, dass sie den Krapfen, den sie zum Nachtisch gehabt hätte, nicht isst, weil sie vor Kurzem gefragt wurde, ob sie schwanger ist. Da fällt mir auf, dass der Satellitenmann seit diesem Vorkommnis kaum mehr im Aufenthaltsraum zu sehen ist und wesentlich weniger raucht. Früher war er Stammgast am Balkon und wuselte ständig hin und her, jetzt sieht man ihn selten.

Die neuen Mitpatienten fordern mich heraus was meine Abgrenzung angeht. Mehrmals am Tag muss ich darauf hinweisen, dass ich gerade schreibe oder nun keine Gesellschaft möchte. Doch es gelingt, ich schaffe es.

Beim Rauchen finde ich in einer Gratiszeitung einen Artikel, den ich mir heraus-
reiße, um ihn in mein Tagebuch zu kleben. „Anzahl antisemitischer Vorfälle seit
2014 mehr als verdoppelt" lautet die Überschrift. 503 registrierte Vorfälle waren es
im letzten Jahr.
Ich werde von einem Patienten, der schon vor mir da war, gefragt, ob ich da ein
besonderes Interesse hätte. Ich erzähle ihm von meinem Vater, der mich mit dem
Motivieren, mir doch „Jud Süß" anzusehen und dergleichen auf seine Seite ziehen
wollte. Ich erzähle, dass ich später Liebschaften mit Juden hatte, dass das der
stärkste Ausdruck meiner Gegenentwicklung war, dass ich dann sogar mit einem
Israeli eine kurze Affäre hatte, der aber so links war, dass er rechts wieder raus
kam und das dann deswegen nicht aufrecht erhalten konnte. Ich bin kurz ziemlich
redselig, das Gespräch endet dann aber mit der Zigarette.
Was die Juden angeht, so hatte ich früher ein großes Schuldproblem, so als ob
ich die Taten meiner Ahnen verübt hätte. Vor jedem Orthodoxen und für mich somit
als Juden erkennbaren Menschen wollte ich mich auf die Knie werfen und um Ver-
gebung flehen für das, was mein Erzeuger und seine Eltern taten. Dieses schlechte Gewissen steckte mir tief drinnen, doch es nahm ab mit jedem Juden, der mich
liebte, bis ich es fast ganz loswurde. Mit dem Israeli und zwei Reisen nach Israel
war ich dann großteils geheilt.
Der erste Jude, der mich liebte, war ein Kunde. Es war ein Mann von der Afrika-
Partie, mit dem ich dann einen dauerhaften Deal hatte. Gleich nach unserem Kennenlernen im Privathotel am anderen Ende der Welt führten wir lange, intensive
Gespräche an der Bar, oft bis spät in die Nacht hinein. Sexuell gesehen war ich bei
ihm für einen Aha-Effekt verantwortlich, weil ich die Erste und vermutlich Einzige
in seinem Leben war, die ihm einen Finger in den Hintern steckte. Sein Orgasmus
war dadurch viel intensiver als sonst.
Es folgten Treffen in Wien, wir machten uns aus, dass wir uns 1 Mal pro Woche
treffen, in ein Stundenhotel gehen und danach etwas essen um zu reden. Wir
verbrachten immer 3-4 Stunden miteinander, er holte mich mit dem Auto ab und
brachte mich wieder heim. Ich machte es gerne und genoss die Gespräche mit
diesem weit herum gekommenen Mann. Er verehrte mich, nannte mich seine
Therapeutin, sagte mir, dass er so oft an mich denken muss, dass er sich fühlt
wie ein verliebter Teenager. Unser Verhältnis endete mit seinem Tod. Auf seinem
Begräbnis, seine Schwester sagte mir den Termin, stand ich in hinterster Reihe der
Massen an Menschen, die erschienen, und weinte mir die Seele aus dem Leib. Es
war ein schwerer Verlust.
Den zweiten Juden, der mich liebte, den liebte ich von ganzem Herzen. Es war
Albert, der Mann aus dem Erotikforum, mit dem ich die Kliniksex-Spiele machte
und auf den ich vergeblich wartete. Ich liebte ihn so heiß, so innig, so verzweifelt,
wie es nur irgendwie ging. Seine Eltern lernten sich nach dem Krieg kennen, als

er aus der Emigration aus den USA zurückkam. Es war eine heilsame Fusion, wir konnten uns so viel geben, ich ihm Trost und er mir Sicherheit.

Den dritten Juden, der eine Rolle in meinem Leben spielte und mit dem mein Gefühl, diesem Volk etwas schuldig zu sein, schlussendlich fast verschwand, war eine Internetbekanntschaft über die Plattform Ok Cupid. Ein langhaariger Israeli schrieb mich an und wir kommunizierten erst schriftlich, doch dann bald auch über Skype. Wir videotelefonierten täglich Stunden und amüsierten uns königlich dabei. Unser Humor ähnelte sich sehr.

Er war ein Professor für Kommunikationswissenschaften und war als Blogger in den israelischen Medien präsent. Seine sehr linke Meinung zu den innenpolitischen Dingen ließ ihn offenbar interessant sein. Auch zu anderen Themen verbreiterte er sich und griff damit auch oft ins Klo, was mir aber vor meinen Reisen zu ihm verborgen blieb. Einerseits verhinderte eine Idealisierung meinerseits tiefer gehende Recherchen im Netz, andererseits waren einfach zu viele Beiträge auf Hebräisch verfasst. Diverse Übersetzungsprogramme halfen mit nicht weiter, skurrile Ergebnisse verloren bald ihren Unterhaltungswert und ich ließ es bleiben.

Ein paar Wochen nach unserem Beginn, via Skype zu sprechen, schickte er mir ein Ticket. Ich reiste ins gelobte Land. Er buchte für mich bei der staatlichen Fluglinie El Al, was mir am Wiener Flughafen einige Probleme bereitete. Bunt bekleidet und mit einer 2 Millimeter-Frisur erschien ich den strengen Sicherheitsbeamten offenbar verstörend, worauf sie mich nach einem obligatorischen Interview vor dem Security Check zur Seite nahmen und mich eingehend über mein Leben befragten. Sie googelten mich sogar und ich war erleichtert, dass ich auf Facebook meine Freundesliste für andere unsichtbar gemacht hatte, das Aufscheinen einiger Kontakte mit Arabern hätten mir die Einreise nur noch mehr erschwert. Irgendwann fragte ich nach, weshalb sie mich und mein Gepäck so genau kontrollierten:

„Is it because of my hairdo?"

„No, it's because you're special. Sometime it is good to be special."

„Yeah, sometimes." gab ich, müde der vielen Fragen, zurück.

Nachdem jeder Papierfetzen und Gegenstand meines Handgepäcks mit einem kleinem Drogenscanner geprüft war und so viel Zeit vergangen war, dass das Flugzeug bald abhob, durfte ich die Maschine betreten.

Es folgten 5 Tage Hippie-Liebe an einem Ort, der zwischen Tel Aviv und Jerusalem liegt, das Kennenlernen des Landes anhand vieler Ausflüge und das einiger Leute im Dunstkreis meines Gastgebers.

Wir küssten uns vor dem Eingang zur Klagemauer, im Angesicht des Felsendoms, wir küssten uns entlang der Via Dolorosa, wir küssten uns an Davids Grab und in der Grabeskirche. Manchmal unterbrach er diese Intimität um mir mitzuteilen, dass an dieser oder jener Ecke, an der wir lehnten, Araber erschossen wurden oder diverse politisch motivierte Angriffe stattgefunden hatten.

Wir küssten für die 2-Staaten-Lösung, wir küssten gegen den Terror und die vielen Toten, wir küssten gegen den Hass.

In die Tage meines Besuchs fielen 2 Termine des Professors, die meinen Aufenthalt bereicherten. Einer fand in einem Fernsehstudio in Jerusalem statt, in einer Nachrichtensendung erörterte er die Umstände um die bald anstehenden Parlamentswahlen. Ich saß hinter der Kamera und beobachtete ein ruhiges Gespräch, das nicht allzu lange dauerte. Er erzählte mir nicht, dass er sehr rassistische Standpunkte vertrat, so selbstverständlich war es für ihn, diese Meinungen zu vertreten. Auf meine Nachfrage hin antwortete er nur:

„Polit-chit-chat. Nothing special.“

Erst während meiner zweiten Reise zu ihm fand ich heraus, dass er streng zwischen Westjuden und Ostjuden unterschied.

Die Ostjuden, die sich inzwischen nicht mehr durch geographische Begebenheiten definieren, sondern durch soziokulturelle, sprachliche und religiöse Unterschiede, werden mitunter als rückständig bewertet. Die früher für osteuropäische Juden verwendete Bezeichnung meint heute auch Juden aus Afrika zum Beispiel, jedenfalls wird ihnen allen von rechter Seite her eine Minderwertigkeit attestiert.

Mein Küsser sprach in dieser Nachrichtensendung über seine Meinung, dass die Ostjuden eine intellektuelle Regierung verhindern, die dann auch die 2-Staaten-Lösung realisieren würde.

Der zweite Termin, zu dem ich ihn begleitete, fand am Gericht statt.

Im Sommer 2014 wurden 3 junge Israelis von Palästinensern entführt, die auf der besetzten Westbank trampten, woraufhin eine Welle der Gewalt von Seiten der Israelis ausbrach. Auf die Antwort musste man nicht lange warten und der Konflikt dauerte 3 Monate an. Nach dem Eintreten der Waffenruhe erklärten beide Seiten den Ausgang zum eigenen Sieg.

Zum gleichen Zeitpunkt als die Teenager entführt wurden, lief einer der Hunde meines Gastgebers davon. Seine Kritik am Aufflammen der Gewalt gestaltete sich so, dass er die Tramper als dumme Kinder beschimpfte, die dort einfach nichts verloren hatten, und das Durchsuchen hunderter Haushalte der Palästinenser als ungerechtfertigt bezeichnete, schließlich würde ihm auch niemand beim Suchen nach seinem Hund helfen.

Ein orthodoxer Jude beschimpfte ihn auf Facebook als Nazi und der Hundebesitzer verklagte ihn. Da die Beleidigung online stattfand, konnte die geschädigte Partei, also mein Israeli, den Ort der Verhandlung aussuchen, woraufhin er sich für einen kleinen Gerichtshof in Bet Schemesch entschied, der von einem arabischen Richter geführt wurde.

Wir kamen ein klein wenig zu spät und waren die Ersten. Sogar der Richter ließ lange auf sich warten.

Der Gerichtsgebäude war winzig, der Gerichtssaal dementsprechend klein. An der hinteren Wand hing ein Schild, das in einem Satz davor warnte, die Klimaanlage zu berühren. Hinter der Warnung fanden sich 24 Rufzeichen. Witzig.

Natürlich verstand ich kein Wort von der Verhandlung, dennoch konnte ich dem Verlauf durch Mimik, Gestik und Tonlage folgen.

Das Urteil wurde noch nicht verkündet, doch der Prozess war so gut wie gewonnen.

Eines Abends flanierten wir durch Jerusalem und kamen am arabischen Viertel vorbei. Steine flogen in unsere Richtung, einer traf mich an der Schulter. Als ich den Vorfall einer Freundin meiner Internetbekanntschaft erzählte meinte sie nur: „Es wäre nicht Jerusalem, wenn nicht ständig irgendwer mit Steinen auf irgendjemanden werfen würde."

Nach 5 Tagen verließ ich das Land und kehrte nach ein paar Wochen zurück. Die Wahlen wurden in der Zwischenzeit von den Konservativen gewonnen, Netanjahu blieb im Amt.

Erlebte ich bei meinem ersten Aufenthalt ein Land in friedlicher Stimmung, so war bei meinem zweiten Besuch vor allem in Jerusalem alles anders. Viel Militär stand herum, die Gewehre im Anschlag, die Moslems waren aufgekratzt und feindlich. Das Betreten so mancher Straßen, die ich bei meinem ersten Besuch als unspektakulär empfunden hatte, wurden zu einem Gang auf rohen Eiern.
Trotzdem führten uns zwei Ausflüge auf die Westbank. Das besetzte Gebiet präsentierte sich bei gutem Wetter und wunderschöner Gegend. Fügten sich die Wohngebiete der Einheimischen sanft ins Landschaftsgebiet ein, so stachen die illegalen jüdischen Siedlungen wie weiß-rote Geschwüre hervor. Wir fuhren nach Samaria und ans Tote Meer. Doch unsere Harmonie sollte bald nachhaltig gestört werden. Es gab wieder einen Fernsehtermin. Ein Sender in Tel Aviv, der live eine Frühstücks-TV-Sendung ausstrahlte, lud zu einem Gespräch, das sich vor allem auf die Aussagen des Professors über die Ostjuden bezog. Wieder saß ich hinter der Kamera und folgte dem Gespräch ohne zu verstehen. Neben dem Moderatoren-Duo war noch eine Frau anwesend, die sich erst in ruhiger, dann in immer aufgeheizterer Stimmung mit dem Professor unterhielt, bis dann alles eskalierte und die beiden sich anbrüllten. Die Moderatoren versuchten zu deeskalieren, sie waren aber auf verlorenem Posten, bis sie dazu kamen, mit meinem Gastgeber kurz ruhig zu sprechen. Er verneinte etwas, woraufhin er des Studios verwiesen wurde. Er kam zu mir, nahm mich an der Hand und führte mich zügig aus dem Aufnahmeraum. Vor der Tür wartete ein Security-Mann, der uns bis zum Auto begleitete und uns hinterher sah, bis wir das Gelände verließen. Ich fragte nach, was geschehen sei, doch er erzählte mir nicht die genaue Abfolge. Erst Tage später rückte er mit der Wahrheit heraus: Die Frau, die sich mit ihm dieses Verbalgefecht gab, war eine Ostjüdin und sie konfrontierte ihn mit seinen Aussagen aus der Zeit vor der Wahl. Er wurde während des Schrei-Duells durch irgendetwas so wütend, dass er meinte:
„Wenn es nach mir geht, dann wäre es kein Schaden gewesen, wenn deine Eltern in der Wüste von Marokko verrottet wären!", worauf hin sie meinte, er sei schlimmer als Hitler.
Der Moderator verlangte eine Entschuldigung vom Professor, und da er diese nicht hervorbrachte, flog er raus.

Wir saßen noch nicht lange im Auto, da begann sein Telefon zu klingeln. Alle möglichen Leute waren interessiert an den Geschehnissen und einige seiner Freunde waren besorgt.

„Pass auf auf dich, du bist das Kind, das dem König sagt, dass er keine Kleider trägt." meinte einer.

Radio- und Fernsehstationen meldeten sich, wollten ihn treffen, Unbekannte riefen an und beschimpften ihn mit allerlei Zeug, allen voran Angaben, was sie gerne mit seinem Rektum machen würden, es brach völliges Chaos aus. Umso weniger Zeit blieb, um für mich zu übersetzen.

Big Brother meldete sich, sie hätten ihn gerne im Haus, eine weitere TV-Station lud ihn direkt ein auf ein Gespräch und wir fuhren hin. Erste Morddrohungen kamen am Weg via Facebook herein.

Während der Professor in der Maske saß, ich nannte ihn inzwischen nicht mehr beim Vornamen, sondern rief ihn „Professor against", sprach mich der Interviewer an:

„How is it to be with a rockstar?" Ich gab ein abfällig langgezogenes:

„Very exciting." von mir.

Sie waren daran interessiert mich auch zu interviewen. Ich verneinte, fragte aber weshalb.

„If he is John Lennon, then you are Yoko Ono. It's interesting to talk to Yoko Ono." Was für ein Vergleich, ich musste lachen vor lauter Absurdität. Ich war mit dem Gegenteil von John Lennon unterwegs. Der Fernsehmann fragte mich, wie die Leute auf der Straße reagieren, ob sie ihn anrempeln interessierte ihn.

„Not yet." sagte ich. Diesmal lacht er.

Er gab sein Interview und als wir wieder auf der Straße waren, begannen die Leute ihn anzusprechen. Er baute zwar am Morgen ziemliche Scheiße, doch eins muss ich ihm lassen: Er sprach mit allen, die ihn konfrontierten, sowohl auf der Straße als auch am Telefon. Es dauerte nicht lange und irgendjemand postete im Netz seine Telefonnummer. Wir kamen ab da natürlich nicht mehr vom Fleck. Menschentrauben um ihn, hunderte Anrufe, darunter auch Radiosender, die ihn übers Telefon ins Studio schalteten. Ich saß in einem Bienenstock und verstand kein Wort. Meine anfängliche Angst vor Gewaltattacken löste sich bald in Luft auf, weil ich die Reaktionen der Menschen staunend betrachtete. Alle sprachen oder schrien, niemand rempelte oder schlug. Zu diesem Zeitpunkt begann ich, mich wirklich in die Leute und in das Land zu verlieben.

Irgendwann dieser Tage trafen wir uns mit Freunden von ihm. Die hatten Zeit mir zu erzählen, was genau gesagt wurde und ab da bezeichnete ich ihn auch als Rassist. Sie erklärten mir, dass er ein Troll ist, eine im Netzjargon übliche Bezeichnung, die Leute beschreibt, die auf reine Provokation von Gesprächspartnern abzielen, um Reaktionen zu erreichen. Ein junger Mann erklärte mir, dass Trolle auch wichtig für eine Gesellschaft wären, um die Leute zum Denken zu bewegen, doch in diesem Fall ging das natürlich zu weit. Endlich war ich im Bilde. Kurz dachte ich darüber nach, meinen Flug umzubuchen und früher nach Hause zu fliegen, doch meine Sensationsgier ließ mich weiter bleiben. Wann würde sich wohl so ein Theater wieder ergeben? Eher nie mehr.

Ab da diskutierten wir viel, soweit dies das fast permanent klingelnde Telefon zuließ.

Es gab Drohungen, dass seine Hunde getötet werden oder sein Haus in die Luft gesprengt wird, aber nichts davon geschah.

Es klingelte, poppte auf, blinkte und vibrierte, er redete, stritt und schrie, leider nur auf Hebräisch.

Ich versuchte im Netz zu recherchieren, doch es gab keine Berichterstattungen auf Englisch. So vergingen die Tage und er schlief sehr wenig, weil er 20 Stunden am Tag kommunizierte. Ich saß in einem irren Trubel und zog es mir rein.

Es gab mehrseitige Zeitungsbeiträge über ihn. Ein Fotograf für einen weiteren Artikel in einem Hochglanzmagazin schaute vorbei und sagte, dass er für die bösen Jungs zuständig sei, er komme eben von einem Pädophilen. In Tel Aviv wurden dutzende DinA2-Plakate aufgehängt, die einen Verweis des Landes forderten.

Er wurde in einer Satire-Show im Abendprogramm parodiert und so mancher beglückwünschte ihn mit den Worten: „Successful trolling!"

Um dem Stress zu entfliehen machte ich einige Unternehmungen alleine und erkundete vor allem Tel Aviv, die weiße Stadt am Meer.

Wenn wir gemeinsam unterwegs waren, fiel mir besonders auf, dass die Leute mich nicht in die Vorwürfe miteinbezogen. Zurecht gingen sie davon aus, dass ich nicht zwangsläufig seiner Meinung bin, obwohl ich ihn begleitete, was mich sehr überraschte.

Ein Tagebucheintrag dieser Tage:

„Vom Strand zum Auto, 20 Minuten Konferenz mit Passanten. Aus den vorbeifahrenden Autos wird herausgeschrien, Taxler offerieren ihm eine gratis Fahrt zum Flughafen, eine Frau informiert jeden Vorbeikommenden darüber, wer er ist, aber die Leute sind, auch wenn sie noch so anderer Meinung sind, freundlich. Auch die aus dem Jemen, die auf ihn schimpften, sie lächelten! Was für ein verrücktes Land. Ein Motorradfahrer stoppt. „Du bist der berühmteste Mann im Moment, ein Selfie bitte!"

Jeder hat etwas zu sagen, das ist anders als bei uns, da halten sich viele zurück und schauen böse, hier hat jeder was zu vermelden. Nur Kinder gehen an uns vorüber.

Ein Lebensmittelhändler sprach ihn bei den Erdbeeren an:

„Professor, Professor, was machst du? Du versetzt das ganze Land in Aufruhr. Das kannst du nicht machen. Du willst das Land verlassen? Was machen wir ohne dich?!"

Ich glaube, das beschreibt die Stimmung ihm gegenüber am besten, dieses Gespräch ist so typisch für alles, was hier abgeht."

Nach Ablauf meines 10-tägigen Aufenthalts in Israel war ich am Ende. Meine

Nerven hielten den Stress nicht durch und ich fuhr zerrüttet heim. Rückgängig möchte ich diese Reise dennoch nicht machen, das Irre an diesem Trip entspricht genau meinem Humor, doch zurückgekehrt bin ich auch nicht mehr, ich sah den Professor against kein weiteres Mal.

Der Schülerpfleger und der Stationspfleger holen mich zu meinem 2. Adherence-Gespräch. Wir besprechen die auf einem Zettel vorgegebenen Punkte.

1. „Worin besteht das Problem?"
„Eigene Grenzen erkennen, respektieren und behaupten." fülle ich nach einem Sondierungsgespräch aus.

2. „Welche Ziele wollen Sie erreichen?"
„Die Freiheit, in der Situation im Kontakt mit Leuten spontan zu entscheiden, ob ich in Kontakt bleiben will. Mehr auf meine eigenen Bedürfnisse hören als auf das, was ich in die anderen hineininterpretiere."

3. „Schreiben Sie mögliche Lösungen auf, mit denen Sie ihre Ziele erreichen können."
„a.) Abgrenzung üben mit mir nicht nahestehenden Menschen.
b.) Hinterfragen nach durchlebten Situationen beim Pflegepersonal."

4. „Überlegen Sie Vor- und Nachteile jeder Lösungsmöglichkeit."
„a.) Vorteil: Laborsituation mit nicht Nahestehenden hier im Spital
    Nachteil: Gefahr laufen, jemanden zu verletzen
b.) Vorteil: Außensicht bekommen, Verständnis erfahren
    Nachteil: schlechtes Gewissen, Blamagegefühl."

5. ließen wir aus.

6. „Handlungsplan: Wie könnten Sie das praktisch umsetzen, was könnte Ihnen dabei helfen?"
„-in Situationen, in denen Abgrenzung notwendig ist, hineingehen.
-direkt nach der Situation die eigenen Gefühle damit kurz aushalten und nicht drüberhudeln
-mit dem Pflegepersonal besprechen, Außensicht holen"

Das alles erarbeiten wir in einem langen Gespräch, in dem mir der Stationspfleger sagt, dass ich in 36 Jahren seiner Dienstzeit vermutlich die am meisten reflektierte Patientin bin, der er begegnete. Zwischendrin weinte ich mal, die meiste Zeit war es aber möglich, konstruktiv zu arbeiten.
Danach nehme ich noch einen Nachmittagskaffee, schnappe dann mein Zeug

und breche auf, denn ich möchte daheim kurz nach dem Rechten sehen. Ein Hinunterlaufen auf der Hauptachse, ein Busgerüttel auf der Fahrt, ein Einkauf, ein Fischefüttern, eine Rückfahrt.

Als ich wieder im Spital bin finde ich den ältesten Patienten der Station im Abstand von 30 Zentimeter vor dem Fernseher, er schaut die Simpsons. Witzig.

Zum Abendessen esse ich Tortilla Chips mit Joghurt, dabei blättere ich das Katastrophenbuch durch und bleibe bei dem Kapitel „Die Endlösung" stecken, die 1941 begann. Nach dem Absprechen der Staatsbürgerschaft, dem Heiratsverbot mit Deutschen, den Berufsverboten für Ärzte, Beamte, Rechtsanwälte, Journalisten und Schauspieler, dem Enteignen von Geschäften, dem Ausstellen von Sonderausweisen, dem Schulausschluss aus öffentlichen Schulen und dem Internieren in Konzentrationslagern, was alles zwischen 1935 und 1941 geschah, setzten die Nazis zum finalen Schritt an, dem systematischen Vernichten der Menschen, die sie nur als Vieh und Ungeziefer ansahen.
Da das Erschießen der Juden zu viel Zeit und Munition kostete, begann man erst mit fahrbaren Vergasungswägen das „Problem" zu lösen. Ab 1942 ließ Adolf Eichmann Gaskammern von Zwangsarbeitern errichten. 1944 lief die Vernichtungsmaschinerie auf Hochtouren, in Auschwitz starben durchschnittlich 6000 Leute pro Tag. Insgesamt kamen 2 Millionen Menschen dort ums Leben. Allesamt waren es 6 Millionen Juden, die ums Leben kamen. Nach wie vor denke ich fast täglich an sie. Aber ich fühle mich nicht mehr schuldig.

Ich lese, trinke Tee, rauche und schreibe, es vergeht die Zeit.
Eine unschöne Unterbrechung gibt es. Der Unauffindbare, der mich nun schon ein paarmal beim Schreiben unterbrach, unterbricht mich wieder.
„Was schreibst du?" meint er, direkt nach dem er die Balkontüre hinter sich zu macht.
Er weiß, was ich schreibe, ich sagte es ihm genau. Er meint offenbar, dass er ein Anrecht darauf hat, genau auf dem Laufenden gehalten zu werden, was den Inhalt meiner Tätigkeit angeht. Ich zetere ihn an, weise darauf hin, dass ich gerade schreibe, dass er wisse, was ich schreibe und dass es nicht gut ist, mich anzusprechen, wenn ich das tue. Ich bin verärgert. Er ist verdutzt, blinzelt nervös und zieht Leine.
Wie in meinem Gespräch von heute ausgemacht, halte ich die Situation mal aus und denke ein wenig darüber nach.
Der Unauffindbare erscheint wieder, er legt zuerst wütende Bewegungen an den Tag, dann sitzt er wie ein Häufchen Elend in einer Ecke.
Ich reflektiere, bekomme ein schlechtes Gewissen wegen meinem Tonfall, werde aber auch wütend auf ihn.
Nach einer halben Stunde gehe ich zum Stützpunkt und teile den Schwestern

mein Anliegen eines Gesprächs über einen Abgrenzungsfall mit. Eine nimmt sich Zeit und wir gehen ins Arztzimmer. Ich schildere die Situation und meinen Anflug von schlechtem Gewissen gemischt mit Wut. Sie nimmt mir mein schlechtes Gewissen indem sie meint, dass auch der Tonfall bei wiederholten Grenzübertritten ganz wichtig sei, und dass man das dürfe. Wenn er jetzt ein Problem hat, dann kann er zu ihnen kommen und das besprechen, dafür seien sie ja da. Sie ist wunderbar und erscheint mir gerade wie mein rettender Engel. Das mit der Außensicht holen klappt.

Mit dem Unauffindbaren wechsle ich heute kein Wort mehr. Gestern sagte ich ja, als er mich fragte, ob wir mal auf einen Kaffee im Nachbarpavillon gehen. Ob das gescheit ist bezweifle ich gerade. Er will näher an mich dran, als ich an ihn.

SCHICHTEN

Die Märchenfee erschien mir im Traum.

Das Erwachen war okay.

Anziehen, Kaffee machen und ab auf den Balkon.

Die Märchenfee erzählt, dass ihr Vater sie lieber mochte als ihre Mutter. Und ihr Großvater hob sie in den Himmel. Augenblicklich bemerke ich einen weiteren Therapieerfolg. Vor 4 Jahren hätte ich jetzt zu weinen begonnen, weil mein Vater so ein kranker Arsch war und ich auch ansonsten keine Bezugsperson hatte. Ich empfinde Freude für sie und dann gibt es nur einen kurzen Stich, als ich sehr verzögert den Bogen zu meiner eigenen Geschichte spanne.

Bald kommt das Frühstück und um 8 Uhr kann ich die Station dann verlassen. Ich wähne mich schon zu Hause und in wohltuendem Alleinsein. Seitdem mich der Unauffindbare das letzte Mal beim Schreiben ansprach, änderte sich meine Sicht auf ihn völlig. Das von mir bis dahin wohlwollend ausgehaltene Warten beim Sprechen mit ihm, er macht immer lange Denkpausen und sucht nach Worten, erscheint mir plötzlich als Last, die ich in Zukunft nicht gerne ertragen möchte. Er kommt nicht zum Frühstück und ich sehe die Möglichkeit, ihm heute nicht zu begegnen.

Als ich die vertikale Hauptader des Geländes hinab gehe merke ich, wie das mir zu tagesklinischen Zeiten noch fremd gewesene Spital langsam rein wächst. Ich verbinde mich mit ihm durch das inzwischen blinde den Weg-Finden, das Wiedererkennen mancher Gewächse, die ich im Vorbeigehen grüße, das Wissen um das verschiedenartige Knirschen des Kieses unter meinen Füßen. Der Anblick von sich hoppelnd fortbewegenden Eichhörnchen ist inzwischen ein gewohnter, mit den Gebäuden ergeht es mir ähnlich, meine Ehrfurcht vor ihnen ist jedoch nicht gesunken. Sie wurden in den Jahren 1904 bis 1907 erbaut. Die Anstalt war damals eine der größten und modernsten in Europa. Geplant wurde sie von Carlo von Bloog und überarbeitet von Otto Kolomann Wagner. Er war damals der bedeutendste österreichische Architekt. Er erreichte weltweites Ansehen durch seine Jugendstilbauten, aber auch durch seine Schriften über Stadtplanung und seine Tätigkeiten an Universitäten. Die Stadtbahnbögen in Wien wurden von ihm entworfen, das sind Viaduktbögen, die heute der U6 in weiten Teilen ihrer Strecke als Trasse dienen. Die bezaubernd wirkenden Stadtpavillons am Wiener Karlsplatz tragen seine

Handschrift, die Wienfluss-Verbauung, die Hofpavillons in Hietzing, viele Häuser und Kapellen ebenso. Sein Werk ist für mich durchgehend schön. Es passt zu meinen Augen.

Am Steinhof-Gelände gibt es 26 Pavillons für Kranke und diverse Nebengebäude. Sie liegen am Südhang des Gallitzinberges. Die Mittelachse wird von Verwaltungsgebäuden gebildet, links und rechts davon liegen die Pavillons.
In Pavillon 5 gibt es eine Ausstellung, für die ich seit meinem Rumtreiben in diesem Spital noch keine Kraft hatte, die ich aber von Anfang an sehen wollte. Sie hießt „Der Krieg gegen die Minderwertigen". In der Zeit des Nationalsozialismus fand auch dort die Aktion T4 statt, eine systematische Vernichtung von sogenanntem „lebensunwerten Leben", die 1939 in Polen ihren Anfang nahm. Allein in Deutschland wurden bis Kriegsende 70000 Menschen mit körperlichen, seelischen und geistigen Behinderungen getötet. Aus dem Otto Wagner Spital wurden zirka 3200 Patienten abtransportiert und in Vernichtungsanstalten gebracht. 9 Pavillons waren danach leer und wurden zur „Jugendfürsorgeanstalt am Spiegelgrund", in der es eine sogenannte Kinderfachabteilung gab, in der Euthanasie betrieben wurde. Es gibt Aufzeichnungen von 789 Tötungen. Um sie und um die gesamte NS-Medizin dreht sich diese Ausstellung.

Vor dem Jugendstiltheater, einem sich auf der Mittelachse im unteren Teil des Geländes befindenden Gebäude, das als Gesellschaftshaus gedacht war, später aber als Konzert- und Theaterbühne fungierte und nun seit Jahren leer steht, gibt es ein Mahnmal für die Opfer vom Spiegelgrund. Seit 2003 leuchten jede Nacht 789 Lichtstelen, die in Reih und Glied stehen und die ich gestern beim Zurückkommen ins Spital besuchte.
Nun gehe ich den Weg neben den Verwaltungsgebäuden entlang, Laufen ist heute nicht drin, zu nah bin ich noch an der Nacht dran.

Am Weg habe ich nichts zu erledigen und somit fahre ich direkt in mein menschenleeres Heim. Die Fische bekommen ihr heißersehntes Futter und ich bekomme noch einen Kaffee.
Danach mache ich mir etwas zu essen und sehe nebenher eine Dokumentation über Faszien. Alles hängt zusammen, ein System von miteinander verbundenem Gewebe durchzieht uns, das ich mir zu Nutze mache. Schon seit längerem erreiche ich durch das Durchbewegen meines großen Zehs am rechten Fuß, der mit einem leichten Hallux belastet ist, dass ein schiefer Biss zu einem geraden wird.

Da ich im Spital mein Ladegerät für das Handy vergaß und der Akku ausgeht, mache ich einen Gang von einer Telefonzelle zur nächsten, 3 insgesamt, um Albert anzurufen, nur um festzustellen, dass sie alle defekt sind. In einem Lokal gibt mir ein rauschebärtiger Wirt sein Handy und ich erledige den Anruf. Auf die Frage, ob er Geld für den Anruf möchte antwortet er:
„Das, was ich will, krieg ich nicht, und das andere lass ma."
Ich bedanke mich lachend und gehe. Wenn ich mir über sexistische Witze Kopfzer-

Ohne Titel, 2013, 18x24cm, Acryl auf Leinwand

brechen machen würde, dann wäre mein Haupt längst zerschellt.

Wir müssen auf eine neue Generation von Männern warten, um verschont zu bleiben, auf eine, die sich nicht über Sexismus definiert und sich dennoch nicht entmannt fühlt. Momentan vernimmt man ja nur noch ein Greinen darüber, dass man gar nichts mehr sagen darf. Das ist bezeichnend und bedeutet ja, dass so vieles sexistisch konnotiert ist. Anders kann sich dieses Lamento ja gar nicht formen. Wenn die Forderung, nach dem Weglassen von Sexismus auslöst, dass den Männern nichts mehr einfällt, dann ist das ein Eingestehen, dass die Inhalte davor von Anmaßungen in diese Richtung durchzogen waren. Aber wie schwierig es ist, die gewohnten Bahnen zu verlassen, das spüre ich täglich am eigenen Leib. Es müssen neue Menschen her. Menschen, die durch einen Wandel der Gesellschaft von Anfang an anderes Werkzeug in die Wiege und somit in die Hand gelegt bekommen.

Karl Stirner gab mir bei unserer letzten Begegnung vor ein paar Wochen, es war diese Essenseinladung, von der ich von Panikattacken gepeitscht wieder abzog wie ein geprügelter Hund und dann nächtens vom Klo fiel, seine neue CD. Ich komme erst jetzt dazu, sie zu hören. Es ist die erste Musik seit meinem Zusammenbruch, die ich mir wirklich bewusst anhöre. „Schichten" heißt das Album. Er studierte Zither und hat alle Variationen dieses Instrumentes drauf. Das Album ist ganz nach meinem Geschmack. Elektronische Tricksereien und ein gezieltes Einsetzen der Vorzüge der Zither, um intensive Stimmungen zu erzeugen. Karl erzählt von Räumen und Tagen, von inneren Prozessen und Nächten, von Landschaften und Gaststätten. Es ist modern. Ich höre mir die Scheibe mehrmals an, schreibe dabei, pendle zwischen Schreibtisch im Wohn-Schlafzimmer und dem Aquarium in der Küche. Die Musik hat genügend Töne auf mehreren Ebenen, so dass meine Aufmerksamkeit gut gefordert ist. Auf einer zweiten oder dritten Schiene neben dem Hören zu denken wird somit unterbunden, was ich als Urlaub von mir selber erlebe. Ich setze mich hin und höre mir einmal das gesamte Album ohne Tätigkeit nebenbei an. Nur hören. Wie wunderbar.

Nach einem Besuch von Albert, den ich niederschwafle mit allen Berichten aus dem Spital, verbringe ich einen ruhigen Fernsehabend, lasse fremddenken und schlafe dabei genüsslich ein.

FLAMMENDER WIDERSTAND

Als ich erwache kann ich, mit geschlossen Augen liegend, lange nicht glauben, allein zu sein. Ich weiß zwar, dass ich es bin, doch ich spüre die anderen um mich liegen. Der Graben zwischen Wissen und Fühlen ist ein gewaltiger.

Bei einem Blick aus dem Fenster sehe ich eine angezuckerte Welt.
Bei Kaffee lese ich im Online-Standard einen Artikel über das Phänomen des Gaffens, das auch „Bystander-Effekt" genannt wird oder „Genovese-Syndrom", benannt nach Kitty Genovese, die 1964 eine halbe Stunde lang niedergestochen wurde, während 38 Zuschauer nicht eingriffen.
Dass die Zuseher zum Teil einem eigenen, sadistischen Trieb dabei Befriedigung verschaffen, das verstehe ich gut. Dieser Aspekt wird im Artikel als selbstheilend und selbstrettend beschrieben.
Dass ich damit viel anfangen kann liegt wohl daran, dass ich mich zu diesen Gaffern zähle, auch wenn ich diesem Trieb nicht mehr folge, seit dem ich darüber reflektieren kann.
Auf meinem Schulweg zur Volksschule geschah mal ein Autounfall und ich gaffte so lange, dass ich zu spät zur Schule kam. Die Lehrerin, der ich als Grund für mein Zuspätkommen wahrheitsgetreu das Gaffen angab, ließ mich vor der Klasse stehen und kitzelte mir die Motivation des Stehenbleibens heraus.
„Ich wollte Blut sehen." sagte ich.
Ehrlich war ich immer schon. Das erste und einzige Mal musste ich in der Volksschulzeit nachsitzen. Ich kann mich nicht daran erinnern, seitdem jemals wieder ein Bystander gewesen zu sein. Der Impuls, hinzusehen, wenn etwas geschehen ist, ist da, ich folge ihm aber bewusst nicht. Das Behindern der Rettungskräfte, um das es in diesem Artikel auch geht, halte ich für ein Verbrechen.

Eine Terra X-Folge im Fernsehen im Anschluss mit dem Namen „F wie Fälschung" behandelt Identitätsfälschungen. Es wird auch die Geschlechtsfälschung kurz angerissen und ich muss an meine Nazi-Oma denken, die zwischen den beiden Weltkriegen ihre Weiblichkeit versteckte mittels niedergebundenen Brüsten, Tragen von Männerkleidung und Annehmen einer anderen Körpersprache. Sie war außergewöhnlich groß, somit funktionierte es und sie bekam Arbeit anstatt am Hungertuch zu knabbern.

Zu der Geschichte von La Grande Thérèse, die 20 Jahre lang ein luxuriöses Leben auf Kredit führte, weil sie Geschichten um eine ausstehende Erbschaft inszenierte, dehne ich meinen Körper, strecke mich, wälze mich auf einer Gymnastikmatte. Es tut mir fast leid, dass sie nach 20 Jahren verhaftet wurde. Wirbel und große Gelenke Knacken, Verkrampftes löst sich, Verschlacktes streckt sich. Ich werde müde. Seit gestern weiß ich, dass gewisse Zellen in den Faszien Entspannung produzieren, wenn sie gedehnt werden. Meine Müdigkeit ist Spannungsabfall. Ich fühle mich wohl. Ich fühle mich endlich wieder mal wohl.

Der Fernseher informiert mich im Zuge der Dokumentation „Dracula – Die wahre Geschichte der Vampire" darüber, dass seit neuestem Mobiltelefone in Särge gelegt werden, damit die Toten in Verbindung bleiben können. Diese Folge von Terra X beschäftigt sich nicht nur mit dem Grafen aus der Geschichte, sondern auch insgesamt mit der großen Angst der Menschen, dass die Toten zurückkehren könnten. Mir fallen Ego States dazu ein. Täterintrojekte sind die unliebsamen Stimmen im Kopf, die auch noch so klingen wie die Menschen, die einem Schlimmes antaten. Ich denke, dass sie ein Grund sein könnten, weshalb die Iren im 8 Jahrhundert zum Beispiel ihre Toten mit Steinen beschwerten, ihnen sogar einen Stein in den Mund legten, bevor sie sie beerdigten. Tote, die im eigenen Kopf weitersprechen, sind wie Untote.

Durch die darauffolgende Dokumentation lerne ich, dass wir Säugetiere rund 1% der Spezies ausmachen. Es wird kurz das Säugen thematisiert, was mich daran denken lässt, dass meine Mutter mich recht früh abstillte, damit sie wieder rauchen konnte. Zumindest während sie mich säugte rauchte sie nicht, während der Schwangerschaft aber schon. Ich wurde mit meiner Geburt also auf Nikotinentzug geschickt. Passivraucherin war ich immer, mein Vater rauchte neben uns, das Abstillen verdoppelte den Qualm in unserer Wohnung dann und führte sicher dazu, dass meine Mutter entspannter war. Ich glaube, dass meine Amygdala und andere Hirnregionen jedes Mal, wenn ich zum Rauchen aufhöre, vor riesige Probleme gestellt werden, die ich nicht erst in meinen Teenagerjahren mit dem aktiven Konsumieren von Zigaretten begründete. Ich war ein Raucher-Embryo.

Die Zeit vergeht und ich werde unruhig. Der Gedanke, wieder in die Klinik fahren zu müssen, macht mich traurig und fahrig zugleich. Im Grunde ist das ein gutes Zeichen.

Das weitere Verfolgen von Dokumentationen verursacht eine mir gut bekannte Symptomflut. Dass ich nicht zu den Forschenden dieser Welt gehöre nagt mit steigender Intensität an mir. Ich muss den Fernseher abdrehen. Oft schon konnte ich Hochwertiges nicht oder nur zeitlich begrenzt konsumieren, weil ich nicht auch etwas Großes schaffe. Dabei mache ich natürlich alles, das ich schaffe, klein. Die Minderwertigkeitsgefühle siegen. Dass andere das Leben offenbar anders erleben und es auf die Reihe kriegen, sich selbst zu managen und Großes vollbringen, das wird mir zum Schmerz. Wieder schätze ich mein eigenes Tun, meine Bilder, viel zu gering. Wäre ich bekannt durch sie, dann wäre es vielleicht anders, vielleicht aber auch nicht. Ich würde sie dennoch in Verhältnisse stellen und es schaffen, dabei schlecht auszusteigen. Diese Macht des Minderwerts ist grausam. Ich erhole mich lange nicht und muss meinen Selbstwert mühsam wieder herstellen, muss mir immer wieder sagen, dass ich ein Recht habe zu leben, dass ich jetzt hier sein darf, dass ich eine Existenzberechtigung habe, auch wenn ich kein Mittel gegen Krebs erfinde oder eine versunkene Stadt in Südamerika entdecke. Dazu verwende ich eine Klopftechnik, die gewisse Meridianpunkte stimuliert, zeitgleich arbeite ich mit Glaubenssätzen. Diesmal muss ich ganz unten anfangen. „Menschen dürfen existieren.", „Ich bin ein Mensch." und schlussendlich „Ich darf existieren." wird der Reihe nach gesprochen, während ich die Dünn- und die Dickdarmlinie, die sich an den Handkanten befinden, beklopfe. Es ist eine Methode, die ich öfter verwende, nur noch nie in diesen Texten erwähnte. 2015 besuchte ich ein kinesiologisches Seminar, das sich rein um diese Art der Stimulation von Meridianpunkten drehte. Ich absolvierte auch 2 weitere Seminare, um eine Kinesiologin zu werden, aber es befiel mich wieder das allumfassende Wissen, dass ich es nicht kann, und das führte zum Aufhören des Lernens und Übens. Etwas, das mir große Freude machte und worin ich nicht schlecht war, verebbte durch das Gefühl des Nichtkönnens. Beim Lernen einer Sache, die ich im Verhältnis zu anderen sogar ziemlich drauf hatte, holte mich das von hinten aufsteigende und mich würgende Symptom ein, das mich lähmt und alles verkompliziert, bis ich mir sicher bin, die Sache nicht zu beherrschen.

Das Klopfen erleichtert mich diesmal nur kurzfristig. Ich wiederhole es und es hält wieder nicht lange an. Das, was mich zu Boden zieht und mich dort halten will, ist zu mächtig. Ich muss eine Veränderung der Situation herbeiführen, um mich zu erlösen, also beginne ich Vorkehrungen für einen Aufbruch hier zu treffen. Ich friere übriggebliebenes Essen ein und bin traurig, wasche eine Pfanne in Erschöpfung ab, putze den Herd in der lähmenden Gefühlslage der Minderwertigkeit, schalte die Geschirrspülmaschine mit schlechtem Gewissen ein. Bis diese fertig ist, sehe ich mir American Dad auf Englisch an. Komischerweise versetzt mich das Hören der englischen Sprache prinzipiell in eine bessere Gefühlslage. Meine Nazi-Oma sprach mit mir schon früh englisch, nicht sehr umfangreich, aber doch. Sie tat mir nie etwas Böses, vielleicht ist es das. Wir sahen uns nicht oft, es reichte also nicht für eine Vertrauensbeziehung im engeren Sinn, aber die paarmal im Jahr, die ich sie traf, waren immer schön. Ihre Mutter war Engländerin, sie war Konzertpianistin und kam so in Europa herum. Sie hieß Mable Martin, dieser Name hypnotisierte mich immer. Deswegen sprach meine Nazi-Oma fließend Englisch, was ihr im Krieg so manches Mal den Arsch rettete. Leider kann ich mich nicht an die Details dieser Geschichten erinnern, ich weiß nur, dass sie von der Rolle der zu den Herrschenden Gehörenden in die der auf der Flucht Seienden rutschte, und dann halfen ihr ihre Englischkenntnisse manchmal, zumindest wenn sie auf englisch spre-

"Zustandsbeschreibung", 2017, 21x30cm, Farbstifte auf Papier

chende Alliierte traf.

Vielleicht hilft mir das Englische auch deswegen, weil ich das meiste davon als Erwachsene lernte und somit erwachsen geprägte Gehirnareale aktiv werden. Ich weiß es nicht. Jedenfalls funktioniert es diesmal wieder und die Wartezeit bis zum Aufbruch wird erleichtert.

Diese Schwankung, wie sie heute von statten ging, ist typisch für mich. Nichtsahnend rattere ich von „ich fühl mich wohl" binnen Stunden in einen Zustand, in dem ich meine, es wäre besser, nicht auf der Welt zu sein. Mit der Zeit werden diese Minderwertigkeitsgefühle auch körperlich schwer auszuhalten, sie verursachen Stress, der schnell ansteigt.

Die Fahrt ins Spital ist überfordernd, die Reize sind zu viele. Der Stress steigt. Am Ende der Fahrt empfinde ich ein Vernichtungsgefühl. Ich möchte, dass das alles endet, möchte aus meiner Haut fahren, fühle innere Fäule. Ein absolutes Elendsgefühl.

Auf der Station angekommen melde ich mich, gebe meine Tabletten-Dispenser und einen Wochenendbericht ab. Die meiste Zeit war es gut. Jetzt ist es halt schlecht. Vom Pfleger wird der Fokus eher auf das Positive gelegt. Ich mache mir einen Tee und gehe eine rauchen. Die Vergewaltigte kommt und sagt, ohne dass ich sie ansehe:
„Endlich naiche Schlapfn."
Nach einer kurzen Pause, in der ich sie immer noch nicht anschaue, sagt sie:
„Und a naiche Hosn."
Es interessiert mich gerade überhaupt nicht. Da ich sie weiter nicht beachte geht sie wieder.

Später beim Abendessen spricht mich der Schwule an, der mir am Freitag ein Feuerzeug mit Marienkäfern drauf schenkte. Er übergab es mir mit den Worten:
„Ich liebe Marienkäfer. Ich bin ein Marienkäfer. Da, für dich, weil ich dich lieb hab!",
weshalb ich ihn ab nun Marienkäfer nennen werde.
Heute beginnt er das Gespräch mit:
„Ich hab dich vermisst."
Wir reden nur kurz und unzusammenhängend. Nach dem Essen rauchen wir gemeinsam 2, sitzen für die Temperaturen lange beisammen und erzählen uns unser Wochenende. Seines war spektakulär, da er seine Sachen bei seinem Ex holte und sein neues, 40 Quadratmeter großes Heim in Besitz nahm. All meine Minderwertigkeitskomplexe fallen ab als er mir sagt, dass er von mir viel lernte, weil ich mich beim Schreiben so gut abgrenzen kann. Er bedankt sich dafür und umarmt mich. Es geht nichts über die herzliche Umarmung eines schwulen Mannes. Es ist das Männliche, Starke, gemischt mit dem Wissen, dass es sicher nichts Sexuelles ist, was hinter dem Körperkontakt steckt, das mich ungemein glücklich macht.
Er wird jetzt auch schreiben meint er. Er wird sich das teuerste Tagebuch kaufen, das er findet, und seine Beziehungserfahrungen aufschreiben um sie ein Stück

weit aus der Seele zu räumen. Er gibt mir seine Karte und meint, wir müssen am Naschmarkt einen Kaffee trinken gehen. Ja, gern. Er wird am Dienstag schon wieder gehen, dann hat er noch eine Woche daheim in seiner Wohnung, die er voll eingerichtet bekam, bevor er wieder arbeiten geht.

Ich gehe wieder ins Warme, hole sehr verspätet mein 17 Uhr 30-Medikament und gebe dem Pfleger auf Anfrage hin Auskunft darüber, weshalb ich 4 Mal am Tag Lioresal nehme.
„Wegen hoher Anspannung. Ich spann so durch, dass ich mir teilweise Nerven abklemme."
Es ist alles der absolute Irrsinn. Was so eine Erkrankung mit einem macht. Tausend verschiedene Symptome erlitt ich in meinem Leben schon, das Krankheitsbild ändert sich oft, je nach Situation sucht es sich neue Schlupflöcher, um sich zu äußern. Widerstand. Was ich schon an Widerstand leistete. Passend dazu widme ich mich einem Kapitel im Katastrophenbuch, das mich schon öfters lockte. „Flammender Widerstand, Moskau 1812" lautet die Überschrift. Ich erfahre, dass die meisten russischen Städte dieser Zeit aus Holz gebaut waren. So auch Moskau. Napoleon marschierte im Sommer 1812 ins Russische Reich ein und schlug sich in mehreren Schlachten, nach denen die Russen jeweils zurückwichen, bis vor die Tore Moskaus durch, die er am 12. September erreichte. Die Beute Moskau wäre ein großer Triumph für Napoleon gewesen. Seine Armee fand die Stadt vermeintlich leer vor, keine Moskowiter weit und breit. Als die Nacht kam begann es zu brennen. Tagsüber wurden die Brände bekämpft, Napoleons Leute dachten, dass die eigenen Soldaten sie beim Plündern gelegt hätten, doch in der Nacht darauf stand die Stadt wieder in Flammen. Paläste brannten. Vor ihrem Abzug ließen die Russen ihre Häftlinge frei, die die Aufgabe hatten, die Stadt nach und nach niederzubrennen. Und das taten sie. Napoleon kam angeblich in der 2. Nacht hinter diesen Plan und befahl seinen Leuten, jeden Brandstifter zu erschießen, doch die Stadt war verloren. Das Feuer breitete sich immer weiter aus, bis auch der Kreml brannte, woraufhin Napoleon die Stadt verließ, was gar nicht mehr so leicht fiel, weil vieles einstürzte und sogar das Eisen von den Kuppeln der Bauten in geschmolzenem Zustand herabtropfte. Napoleon entkam und er musste mitansehen, wie seine sicher geglaubte Eroberung in einem Meer von Flammen unterging. Am 18. September setzte Regen ein und die Flammen erloschen. Neun Zehntel waren zerstört. Napoleon zog sich zurück.

Ich schnappe mir meinen iPod und setze mich zum ersten Mal mit Musik in den Aufenthaltsraum, unterbreche aber gleich wieder, weil der Unauffindbare auf den Balkon geht. Ich gehe ihm nach und sage ihm, dass ich doch nicht auf einen Kaffee mit ihm gehen möchte.
„Ist okay." sagt er und nickt.
Ich frage, wie das Wochenende war und er meint:

„Jetzt kann ich nicht das sagen, was ich vorher sagen wollte, weil ich schad find, dass wir nicht reden können."

„Wir können ja jederzeit hier reden." gebe ich zurück und frage noch einmal, wie das Wochenende war. Er berichtet. Danach sagt die Märchenfee etwas über einen anderen Patienten und das ist zeitfüllend bis meine Zigarette zu Ende ist.

Als ich wieder drinnen bin, höre ich mir mit voller Lautstärke Karl Stirner's „Wohnung" an. Ein Regenwald voller bunter Lebewesen steigt vor meinem inneren Auge auf. Das Lied ist mit lauter Sounds unterlegt, die dieses Bild inspirieren.

Danach spiele ich die vom Regisseur der „Nachrichten aus dem Schleudersitz" eigens komponierte Musik zum Stück an. Es ist schön, die zu haben. Franz ist daran schuld, bei einem Publikumsgespräch nach einer Vorstellung merkte er an, dass ihm die Musik sehr gefalle und fragte, ob man die haben kann.

„Für ein Gin-Tonic gern." antwortete der Urheber und ich erfüllte diesen Deal in Vertretung, woraufhin ich bei der Derniere eine CD ausgehändigt bekam. Ich finde es sehr passend, sie in der Klapse abzuspielen.

Kurz telefoniere ich dann noch mit Lisi. Während des Telefonats kommt der Unauffindbare auf mich zugesteuert, sichtlich mit einem Anliegen. Sehr spät bemerkt er, dass ich telefoniere, er bremst sich abrupt ein, steht ein paar Sekunden unbeholfen in der Gegend rum und setzt sich dann an einen Tisch, Blickrichtung zu mir. Als ich fertig telefoniert habe kommt er her und fragt, ob er sich an meinen Tisch setzen kann, damit wir gemeinsam schreiben. Es ist nicht so, dass es mich stört, wenn da noch jemand sitzt, aber das Wort „gemeinsam" geht mir furchtbar auf den Wecker, weshalb mein Tonfall ins Unfreundliche rutscht als ich sage, dass auf dem Sessel dort ja kein Name stehe und er sich ja hinsetzen kann, wo er will. Dass ich gerne für mich bin beim Schreiben und keine Lust auf einen Schreibclub habe oder so, füge ich noch hinzu. Inzwischen ist mir völlig klar, weshalb der in der Schule gemobbt wurde. Er will so gern Kontakt zu Menschen, aber er macht es auf eine so anbiedernde und ungeschickte Weise, diesen zu suchen und schnallt auch nicht, wann etwas nicht angebracht ist, dass es eine Tragödie in kurzen Akten ist. Mich ekelt inzwischen etwas vor ihm. Flammender Widerstand keimt auf. Ich gehe bald. Als ich 15 Minuten später wieder vorbeikomme, sitzt er schreibend an einem anderen Tisch.

Zu der letzten Zigarette des Tages, ich plaudere gemütlich mit der Märchenfee, kommt die Vergewaltigte dazu. Sie hakt vermeintlich ein, spricht dann etwas völlig anderes und zerstört unsere Plauderei. Sie redet angriffslustig, inhaltlich wie so oft so, als hätte man ihr etwas abgesprochen oder vorgeworfen, häufig kommt ein „net dasst denkst" oder „brauchst net glauben" vor, immer völlig fehl am Platz, weil ich weder denke noch glaube, mir ist das alles total schnuppe. Die legt sich über so vieles quer drüber und erdrückt alles unter sich. Ich stell mir gerade zwei von der Sorte auf einer Station vor, die würden sich zwar gegenseitig gut beschäftigen, sich aber auch alle paar Stunden eine in die Fresse hauen.

Bei der Medikamenteneinnahme meint die Schwester, sie habe gehört, dass das Wochenende gut war. Ich bejahe, füge aber hinzu, dass es großteils gut war, der Schlenkerer nach unten aber da war. Mir kommt vor, bei dem mit dem Positiv-Fokus muss man aufpassen, dass das eigene Erleben nicht unter den Tisch fällt. Ich finde es ja primär gut, dass sie einem verhelfen wollen sich auf das Gute zu konzentrieren, nur wenn ich zugegutet werde, dann ist das erstens wieder ein verschobenes Bild, das mich in eine Diskrepanz zwischen den Realitäten bringt, und zweitens genau ein von mir oft verwendetes Wegsehen vom Problem. Ich formuliere:

„Ja, es war gut, dann war es übel, aber mit dem Herkommen habe ich die richtige Strategie verwendet."

Mit der Sandwich-Methode sind sie meist zufrieden. Und ich auch, weil ich es sagen konnte. Um nichts anderes geht es. Ich will es an der richtigen Stelle, und das ist nun mal das Personal im Moment, sagen dürfen, ohne entkräftet zu werden, weil mich wer zugutet. Dafür benötigt man bei manch einem zwar Geschick, aber das habe ich ja.

Recht zufrieden mit diesem Tag gehe ich nun schlafen. Ich wünsche mir, dass ich mir meine Träume merke, oder auch nur einen. Morgens habe ich manchmal so Fetzen im Gedächtnis, und diese Fetzen sind positiv und interessant. Schade, dass die Medikamente bisher alles zudeckten. Vor dem Steigern des Zyprexa, das während der Tagesklinik geschah, merkte ich mir meine Träume fast jede Nacht. Vielleicht reicht ja ein aufgeschriebener Wunsch.

LÄRMBELÄSTIGUNG

Es reichte nicht. Aber das Aufwachen war wieder gut.
Im Zimmer stoßen zwei zusammen wie Flipperkugeln. Witzig.
Ich laufe rum wie ferngesteuert, vergesse die Hälfte und finde mich nach einer Ehrenrunde endlich mit allen Sachen ein, um meinen Kaffee zu genießen.
Eine rot-goldene Sonne begrüßt mich auf dem Balkon. Hallo Tag!

Wir, die Märchenfee und der Marienkäfer, sind da, reden übers Lachen und wie gesund es doch ist. Dass ich mehr lachen sollte weiß ich, aber ich finde so wenig lustig. Ich finde Hagen Rether, Volker Pispers und Gunkl wert zu lachen, da wird's dann halt dünn.
Heute ist der Drang zu rauchen größer als sonst. Um meinen Konsum nicht zu steigern, folge ich dem Impuls auf den Balkon zu gehen, lasse aber meinen Tabak drinnen. Zum Teil geht es mir um die Gespräche draußen, eine ganz neue Sache. Ich rede mit einer Mitpatientin darüber, dass ich Malerin bin, was eine Serviceassistentin, die gerade vorbei geht, hört. Sie bleibt stehen und fragt:
„Künstlerin?" Ja. Sofort zückt sie ihr Telefon und fordert mich auf, ihr meine Arbeiten zu zeigen. Sie geht richtigerweise davon aus, dass ich eine Website habe.
Gleich beim ersten Bild sagt sie:
„Ich liebe Bilder, die sprechen. Dieses Bild spricht!"

Bei der Morgenrunde komme ich als zweite dran, ich erzähle von meinem Wochenende, der Stationspfleger sagt, dass er mir im Anschluss etwas dazu mitteilen möchte.
Als die Runde im letzten Fünftel ist, sagt die Vergewaltigte, die neben mir sitzt, zu mir, dass sie ein neues Schlüsselband holen muss. Ich will zuhören und mich nicht in einer Gruppenaktivität von ihr anquatschen lassen, also meine ich, ohne sie dabei anzusehen:
„Is wurscht jetzt."
Sie sagt nichts mehr und wendet sich ab. Dann sieht sie mich lange an. Ich spüre förmlich, wie sie mich versucht zu verfluchen. Sie sieht wieder weg. Dann wieder her. Ich sehe hin und wieder weg, dann sie auch. Sie sieht wieder her, ich hin, und sie diesmal zuerst weg. Damit ist es für den Moment ausgefochten.
Nach dieser Runde kommt der Stationspfleger zu mir und sagt, dass er denkt,

es ist ein Selbstbestrafungs-Mechanismus. Weil es mir wirklich gut ging, kam in mir etwas, das das verhinderte. Er kennt das von Menschen, die häufig bestraft wurden. Wir reden länger. Er meint, dass das Wissen darum schon helfen kann. Ich weine an dem Punkt, an dem ich ihm sage, dass dieser Minderwertigkeitskomplex schon seit 20 Jahren da ist und sein Unwesen treibt. Es ist auch nicht die erste Thematisierung von Selbstbestrafungen, nur haben sich vorangegangene Erkenntnisse wieder verloren. Wissen, das von Symptomen verschüttet wird, weil sie weiter da sein wollen.

Kurz darauf im Gang kreuze ich die Vergewaltigte. Ich sehe sie bewusst an, sie sieht kurz her und wieder weg. Gewonnen. Es nervt mich, dass ich mir Frieden mittels simpelster Säugetierkommunikation verschaffen muss.
Später bei einer Zigarette kommt sie dazu auf den Balkon, aber nicht her zu mir. Welch Wohltat.

Als ich am Klo bin fällt mir ein Teil eines Traumes ein! Es war was Sexuelles. Jemand streichelte meine Scheide, faltete meine Schamlippen auseinander, zog die Vorhaut meiner Klitoris zurück, legte alles frei. Ich war schmutzig, weiße Ränder waren um meinen Vaginaeingang, weiße Beläge an meiner Klitoris. Ich schämte mich.

Mir fällt plötzlich auf, dass ich gestern und heute erfolgreiche Abgrenzungen hinlegte, diesen aber nicht wie vereinbart nachspürte und schon gar nicht mit dem Pflegepersonal besprach. Jetzt den heutigen Fall zu besprechen erscheint mir unmöglich, alle sind im Visitengewusel.

Auf dem Weg mir einen Kaffee zu machen begegnet mir die Sozialarbeiterin, die mir einen Zettel entgegenhält. Ein Arztbrief von hier, eine Auflistung meiner Diagnosen, das fehlende Dokument um die Anträge auf Rehageld und die Behinderungseinstufung zu senden. Jetzt ist es so weit. Wir gehen alles nochmal durch, ich sehe vor Aufregung nur umherschwirrende Buchstaben. Im Anschluss verschwindet sie mit den Papieren zu meiner Zukunft.
Ich versuche mich zu sammeln und gehe in den Aufenthaltsraum. Die Serviceassistentin, die meine Bilder ansah, hakt sich bei mir unter und entführt mich auf den Balkon. Sie muss mir etwas zeigen. Sie lacht, ich bin überrascht über den plötzlichen Körperkontakt. Draußen löst sie sich von mir, schnappt ihr Telefon und klickt ein Video an. Nana Mouskouri trällert:
„Guten Morgen, guten Morgen, guten Morgen Sonnenschein."
„Für dich!" sagt sie, strahlt mich an und greift mir auf die Herzgegend. Ich strahle zurück. Danke. Wir lauschen dem Lied, ich tänzle ein wenig. Als wir wieder hineingehen sagt sie, dass sie nicht versteht, weshalb hier keine Musik gespielt wird. Tja, wenn die Patienten nicht so schwierig wären mit ihren unterschiedlichen Geschmäckern, dann wäre das möglich.

Ich bin kaum wieder drinnen, da werde ich zur Visite geholt. Ein junger, sympathischer Arzt, der mich zuletzt am 5.2. sah, sagt mir, dass er eine starke Veränderung sieht, ich wirke auf ihn wie ausgewechselt. Er reduziert mir auf meinen Wunsch hin das Zyprexa. Wir verabschieden uns nach 10 Minuten intensiver Unterhaltung herzlich voneinander. Er hat viele Wünsche für mich. Jetzt schwirrt mir der Kopf, aber für den Vormittag ist nun alles erledigt. Ich spüre einen Spannungsabfall und gehe mit einem Kaffee auf den Balkon.

Die Märchenfee erzählt mir, dass sie mal beobachtete, wie ein Turmfalke eine Taube vergewaltigte. Im Frühling brütete die Taube und es kamen 2 viel zu große Junge auf die Welt, die beim ersten Flugversuch abstürzten und verendeten.

Die Sozialarbeiterin kommt auf den Balkon und gibt mir meine Dokumente zurück. Sie erledigte alles. Ich bedanke mich mit einem Handschlag.

Danach gehe ich in die Ruhe des Zimmers. Bei uns herrscht meist Totenstille. Wie angenehm. Am Bett sitzend bemerke ich, dass in mir alles flirrt. Vor allem die Muskeln um die Augen zucken. Wenn ich die Augen schließe sehe ich tanzende Blitze, herumschwirrende Punkte, sausende Striche. Ich lege mich hin. Einfach kurz abschalten. Mein Körper schreit nach Dehnung, ich verrenke mich, versuche alles in maximale Streckung zu bringen.
Danach sehe ich mir den Arztbrief an.

Persönlichkeitsänderung nach Extrembelastung, F62.0,
Somatoforme Schmerzstörung, F45.4,
Generalisierte Angststörung, F41.1

Die aktuelle Medikation ist verzeichnet.

Lioresal 25mg 1-1-1-1
Cipralex 10mg 1-0-0-0
Trittico ret. 150mg 0-0-0-1
Zyprexa 2,5mg 0-0-0-1
Lyrica 150mg 1-1-0-1

Hungrig wie blöd freue ich mich auf das Mittagessen.
Die Sonnenschein-Serviceassistentin teilt im Freestyle-Modus aus. Sie hat keinen Plan dabei sondern fragt jeden, welche Suppe er oder sie will. Das erlebte ich hier noch nie.
Auch nach dem Austeilen der Hauptspeise, die mit Plan erfolgte, verhält sie sich anders als die anderen: Sie fragt an jedem Tisch, ob noch etwas gewollt wird. Das, was sonst einfach weggeworfen wird, wird heute zum Großteil aufgebraucht. Viele wollen einen Nachschlag oder von einem anderen Menü etwas kosten.

Nach einer langen und schweigsamen Kaffeepause am Balkon fühle ich mich halb regeneriert.

Am frühen Nachmittag steht die Ergotherapie am Plan.

Heute ist eine Hospitantin bei uns.

Ich arbeite versunken an meinem Seidentuch, da werde ich von einem Wutanfall der Vergewaltigten herausgerissen. Die Hospitantin sitzt bei ihr und wird von ihr angeschrien.

„…wie kumm i denn dazua, dass Sie mi anfoch mit Du anredn, Sie, i hob mia des olles söwa beibrocht, kana hot ma ghulfn, und Sie sogn afoch Du zu mia, i kenn Sie net, des is respektlos…"

Sie tickt durch und beruhigt sich lange nicht, es geht in Anklagen gegenüber den Ergotherapeutinnen über. Die Dusagerin entschuldigt sich und geht weg. Minuten später ist es noch Thema, zwar in leiserer Tonart, aber in genauso gehetztem Tempo. Das war eindringlich hospitiert.

Die Zeit vergeht erst sehr langsam und dann sehr schnell, schwupps bin ich wieder auf der Station. Ein paar gehen heute mit dem Seelsorger die Kirche am Gelände ansehen. Es würde mich zwar brennend interessieren, doch heute ist es mir einfach zu viel. Jetzt brauche ich mal gar nichts. Einfach am Balkon in der Sonne sitzen. Als ich mal aufs Klo gehe, komme ich an einem Besuch vorbei. Die Frau sagt:

„Ajo, is a Plastiksessel, do glaubst immer du host di anpischt." und lacht mich an. Ich vermeide den Augenkontakt und gehe einfach weiter. Was soll ich damit. Jetzt weiß ich, dass sie am Arsch schwitzt, wenn sie auf Plastikbezügen sitzt. Eine Reaktion meinerseits hätte sie glücklicher gemacht, aber mich nur Kraft gekostet. Viel Kraft. Ich muss haushalten.

Nach einer erholsamen Viertelstunde allein im Zimmer gehe ich zum Nachmittagskaffee, sehe etwas Skispringen im Fernsehen und gehe schlussendlich auf den Balkon zu meinem Marienkäfer. Wir reden querbeet. Er hat ein sprunghaftes Wesen und blättert es vor jedem, der es hören will, auf. Er muss viel reden, sonst erstickt er an seinem Erlebten. Es ist ultra sympathisch, was er so von sich gibt, und trotz der Ernsthaftigkeit von so vielem, das da kommt, lachen wir öfters dabei, ich liebe so etwas. Er sprach mit dem Unauffindbaren, erzählt mir, dass er mich extrem in den Himmel hebt, total begeistert ist von mir, mich für extrem gescheit hält und so gern mal mit mir reden würde. Oh mein Gott. Das ist genau gar nicht das, was ich brauche. Ich dachte, ich hätte ihn ein wenig von mir weg gedrängt durch meine Abgrenzungen, doch das Gegenteil geschah. Ich will ihn abwimmeln und ihn begeistert das nur noch mehr. Ein typisches Verhalten von einem Sklaven im SM. Ah, er riecht das Dominante in mir! Das fixt ihn total an, verstehe. Mist. Er hat eh ein wenig Ähnlichkeit mit meinem ehemaligen Putzsklaven.

Beim Essen setzt sich der Unauffindbare zu mir. Wir beginnen nebenher zu reden und mit meinen neuen Erkenntnissen erscheint alles ein wenig in einem neuen Licht. Ich wehre ihn mal nicht ab. Es entspinnt sich sogar eine anregende Unterhaltung, in der wir bald bei seinen Symptomen und der im Raum stehenden Diagnose landen. Eine Persönlichkeitsstörung wird vermutet. Er glaubt aber eher an das Asperger-Syndrom. Ich sage ihm, dass er im zwischenmenschlichen Kontakt sehr unbeholfen wirkt. Er gibt mir Recht und erzählt mir, dass er hier im Aufenthaltsraum deswegen zu schreiben begann, um interessant für mich zu sein, um Aufmerksamkeit zu bekommen. Das ging ja so was von nach hinten los. Er fragt mich, wie er es schaffen könne, verstanden zu werden. Ich sage ihm, dass wahres Verständnis echt selten vorkommt, dass er nicht damit rechnen soll, von Hinz und Kunz verstanden zu werden.

„Je dümmer die Leute sind, umso weniger verstehen sie, dass sie nicht verstanden werden." sage ich.

„Das klingt auf eine Art wahr, ist aber auch irgendwie gemein." meint er.

Er erzählt, dass er in der Schule begann, Dinge zu tun, um von anderen gemocht zu werden, dass er das nun nicht mehr tut meint er. Ich mache ihn darauf aufmerksam, dass er das doch mit mir machte, dass er im Aufenthaltsraum schrieb um meine Aufmerksamkeit zu bekommen. Er blickt nach unten und sagt lange nichts. Ich frage mal nach, was da gerade geschieht und sage ihm, dass ich ihm nicht weh tun wollte. Er macht weiter seine Pause, an seinen Augen sehe ich, dass das Hirn ziemlich rattert, sie bewegen sich schnell hin und her. Er beginnt zu reden, spricht von etwas ganz anderem, erklärt mir seine philosophischen Theorien, wir landen in etwas, das er gut beherrscht, es hat nur nichts mit meinem Gesagten zu tun. Ich frage nach, wo nun die Verbindung ist. Er weiß es nicht. Er kann aber nach einer kurzen Nachdenkphase formulieren, dass er denkt, dass es ein Abwehrmechanismus ist. 100 Punkte. Das Gespräch endet, weil ich eine rauchen gehe.

Der Satellitenmann kommt und fragt mich, ob wir was spielen. Ja, warum nicht. Wir nehmen ein Wortspiel zur Hand. Der Unauffindbare sieht zu, will aber nicht mitspielen. Danach machen wir noch eine Runde Backgammon. Wieder sieht er zu, bald fängt er aber an, reinzuätzen, sagt ständig, dass wir falsch spielen. Nachdem er sich ein paarmal wiederholte, sage ich ihm ernst, dass er jetzt aufhören soll. Er hört nicht auf. Er will es uns kaputt machen. Bei mir schafft er es sogar. Ich sage ihm irgendwann, dass mir das gerade keinen Spaß macht, woraufhin er grinsend sagt:

„Das glaub ich, dass es keinen Spaß macht, wenn man es falsch spielt."

Dann redet er von ganz anderen Dingen, will ablenken und macht mich wirklich wütend, was ich ihm auch kommuniziere. Er meint:

„Ich mache mir wirklich Sorgen, dass ich nie echte Freunde finden werde."

Ich sage darauf:

„So, wie du dich grad aufführst kann das sogar sein."

Er redet weiter, nimmt mir sogar mal meine Würfel weg und tut alles dafür, dass ich ihn hasse.

Als wir fertig sind bin ich an einer Grenze. Er fragt mich in völlig normalem und er-

wartungsvollem Tonfall, was ich jetzt mache. Ich sehe ihm direkt in die Augen und sage:
„Ich will jetzt vor allem von dir meine Ruhe haben, red mich heut nicht mehr an!"
Er steht stramm wie ein Zinnsoldat, nickt und sagt:
„Okay".

Ich soll solche Situationen ja erst mal eine Zeit lang alleine aushalten, dann soll ich es mit dem Personal besprechen, also frage ich nach, ob meine Bezugs-pflegerin, die heute da ist, später Zeit hat. Sie wirkt gestresst und kann mir nicht sagen, ob das heute noch was wird. Ich muss abwarten, ob sie mich spontan holen kommt, oder eben nicht.

Ich versuche mich abzulenken und lese im Kapitel „Lärmbelästigung", das mir zum vorangegangenen Vorfall passend erscheint, dass ein Anstieg von 10 Dezibel zwar doppelt so laut wirkt, das Geräuschvolumen aber de facto 10 Mal lauter ist. Weshalb das so ist steht nicht da, es würde mich aber sehr interessieren.

Um halb 9 holt mich Schwester H.
Ich bin freudig überrascht, dass sie noch Zeit findet. Wir setzen uns in das Arzt-zimmer und ich schildere die im Adherence-Setting ausgemachte Vorgehensweise. Dass es einen Vorfall gab, sage ich eingangs, und schildere die Umstände. Sie gibt mir eine Außensicht, sagt, dass sie das vermutlich auch wütend gemacht hätte und vermittelt mir dadurch ein gutes Gefühl, was mein Handeln angeht. Als ich ihr von meiner finalen Abgrenzung ihm gegenüber erzähle nickt sie, also brauche ich da kein gesondertes Feedback. Dann frage ich noch, wie das aussieht, wenn ich mich generell von ihm fernhalten möchte, wie sie das hier auf Station sehen, wie das be-urteilt wird, schließlich möchte ich mich auf meine Therapie konzentrieren und nicht mit solchen Späßen beschäftigt sein. Sie sagt, dass das vollkommen in Ordnung sei. Sie versichert mir noch, dass immer wer da ist, falls ich ein Gespräch brauche, und dass das Personal auch mit einbezogen werden kann, wenn es gröbere Brösel gibt. Ich gehe mit einem sehr guten Gefühl aus diesem Gespräch.

Danach stöbere ich noch im Bücherregal im großen Aufenthaltsraum. Der Unauf-findbare steuert direkt auf mich zu und sagt:
„Ich schaff's irgendwie nicht, mit dir nicht zu reden."
„Aber wenn ich nicht will, dann wirst du´s schaffen müssen." entgegne ich.
Er zieht wieder ab und geht zum Sechshundertliterbeckenbesitzer.
„Kannst du mir bei einem Problem helfen? Die Judith will nicht mit mir reden und ich weiß nicht, warum." vernehme ich.
Das ist grandios. Der Sechshundertliterbeckenbesitzer verneint und tröstet ihn mit ein paar Sätzen, die zum Inhalt haben, dass es ja oft die Umstände sind und gar nicht persönlich gemeint ist. Er macht das echt gut und der Anfragende verschwin-det wieder. Als ich dann an ihm vorbeikomme meint er nur:

„Er wird es verstehen müssen." Ich nicke und gehe meiner Wege mit einem Buch, das in großen Lettern gedruckt ist. Die Fokussierungsschwierigkeiten beim Lesen nerven und machen es wirklich problematisch, Kleingedrucktes zu erfassen. Ich lese bis zum Lichtauslöschen.

DER VERHEERENDSTE AUSBRUCH

Der Wecker klingelt und ich bin mir sicher, dass es Sonntag ist, ich daheim bin und nur vergaß den Wecker abzustellen. Als ich die Augen öffne holt mich die Realität ein.

Nach einer Dusche schlüpfe ich in ein XL-Shirt, weil keine anderen mehr da sind.

Bei der ersten Zigarette sind die Märchenfee, der Marienkäfer und der Unauffindbare da.

Der Marienkäfer war gestern Abend hypomanisch, das heißt über einer gewissen Grenze der guten Laune, aber nicht voll manisch. Wir besprechen es, es ist ein angenehmes Gespräch, weil man ihm die Wahrheit zumuten kann.

„Du warst schon ziemlich over the edge, ich bin gleich wieder gegangen." sage ich. Es fließt in das Gespräch, ohne ihn zu beleidigen, er ist so offen und heute wieder reflektiert, dass es eine Wohltat ist.

Die Märchenfee fürchtet sich vor kalten Temperaturen, die vielleicht kommen werden, sie las, dass es minus 10 Grad bekommen soll.

Der Unauffindbare sagt nichts. Kurz spricht ihn der Marienkäfer an und fragt, ob er heute nicht mit uns spricht. Das

„Doch aber..." kommt langsam und bleibt unvollendet.

„Na, zwingen tu ich keinen." meint der Marienkäfer und wendet sich wieder ab.

Beim Frühstück setzt sich der Unauffindbare an meinen Tisch, mir gegenüber an dem hellbraunen Rund. Es stresst mich, ich beginne sogar leicht zu zittern. Ich warte die Wirkung des Lyrica ab und muss dann ein Gespräch mit ihm führen, mich nochmal abgrenzen und keinen Zweifel daran lassen, dass ich nichts mehr mit ihm zu tun haben möchte. Als ich rauchen gehe, geht er auch rauchen, lässt sein Frühstücksgeschirr stehen, macht einen auf asozial.

Schwester A. ist heute für mich zuständig.

Bei der Einnahme der Morgenmedikamente besprechen wir den Tag, sie stellt heute keine Befindlichkeitsfrage. Ich komme drauf, dass ich natürlich gut wirke, weil ich alle Schutzmechanismen hochfuhr, da komme ich immer unbesiegbar rüber, doch es geht mir nicht gut. Ich möchte das Schwester A. sagen. Der Impuls, dass ich es lasse, weil ich sie nicht nerven möchte, steigt auf. Ich bewältige ihn, indem ich ihm einfach nicht glaube, gehe nochmal zum Stützpunkt, frage nach Schwester A. und sage wie es mir geht. Sie findet es super, dass ich den nerv-Impuls überwand und erkundigt sich genauer über die Situation mit dem Unauffindbaren. Was gestern war erfuhr sie von Schwester H., ich erzähle ihr die Situation von heute Morgen und dass ich ein weiteres Gespräch plane. Was genau ich sagen würde erfragt sie und findet das Ergebnis gut.

Von 8 Uhr 30 bis 9 Uhr findet eine Morgenaktivierungsrunde mit der Physiotherapeutin statt. Ein buntes Programm aus schnellem Gehen mit oder ohne Armkreisen, drehenden Reifen, die am Boden nicht zum Liegen kommen dürfen, die wir immer wieder in Schwung bringen müssen und Ballkoordinationsspielen bringen meinen Kreislauf in Schwung. Ich fühle mich danach viel lebendiger. Der Unauffindbare ist nicht dabei, das entspannt mich sehr.

„Kann ich kurz mit dir reden?"
„Ja."
„Gehen wir irgendwo hin. Ist beim Fernseher wer?"
„Ich glaub nicht."
„Na dann."
„Du hast ja gestern zu einem gesagt, dass ich nicht mit dir rede und du weißt nicht, warum. Weißt du, weshalb ich nicht mit dir reden möchte?"
„Nein."
„Du hast mich gestern beim Spielen nur provoziert. Ich hab dir mehrmals gesagt, dass du aufhören sollst und es wurde nur schlimmer."
„Aber warum habt ihr dann weitergespielt?"
„Weshalb sollen wir aufhören zu spielen, nur, weil du da reinätzt?"
„Gut, stimmt auch wieder."
„Du hast dich so bescheuert verhalten und du hast mir das ganze Spiel kaputt gemacht. Ich bin hier, weil ich selber Probleme habe. Ich möchte mich auf meine Therapie konzentrieren und da brauch ich so was nicht. Das tut mir nicht gut. Und deshalb möchte ich mit dir nichts mehr zu tun haben, außer ein ‚Guten Morgen' und ‚Guten Abend'. Verstehst du das?"
„Ja. Und wie lange geht das jetzt?"
„Auf unbegrenzt. Ich muss mich auf mich konzentrieren, ich brauche nichts von dir, ich hab hier genug Leute mit denen ich reden kann, und du auch. Den Satellitenmann hat das zum Beispiel gar nicht gestört, aber mich macht das krank. Ich möchte keinen Kontakt zu dir. Möchtest du noch etwas sagen?"
Er blickt nach unten und beginnt schrecklich schnell zu blinzeln.
„Dreißig Sekunden warte ich noch, dann geh ich."
Nach einer kurzen Pause kommt was. Tränen zurückhaltend sagt er:
„Ich möchte mich entschuldigen."
„Entschuldigung angenommen." sage ich und gehe.
Als ich später am Zimmer bin höre ich ihn in seinem Zimmer sehr zurückhaltend aber dennoch laut weinen. So etwas hörte ich noch nie.

Nach dem dienstäglichen Bettwäschewechsel gehe ich eine rauchen. Der Marienkäfer sitzt mit dem Unauffindbaren an einem Tisch. Ich gehe an einen anderen. Kurz darauf kommt der Marienkäfer zu mir und plappert drauf los. Der Unauffindbare weint an seinem Tisch. Es ist geprägt von Zurückhaltung, er will diese Gefühle nicht rauslassen, das sieht und hört man. Dann nimmt er seinen Sessel und setzt sich direkt vor mich, weint hörbar, will, dass ich sein Leid sehe, demonstriert mir, was ich angerichtet habe. Es lässt mich kalt. Weiter plaudere ich mit dem Marienkäfer. Die Situation ist sehr schräg. Er erreicht nicht, was er möchte, ich würdige ihn keines Blickes. Der Marienkäfer verschwindet wieder, der Unauffindbare bleibt. Ich nehme meinen Collegeblock zur Hand und beginne zu schreiben.
„Nach den dienstäglichen Bettwäschewechsel..." Er weint nicht mehr oder lautlos, ich weiß es nicht. Irgendwann steht er auf und geht.

Der Marienkäfer kommt wieder, um mir ein Lied von Madonna vorzuspielen. Er meint, das wäre unser Abschiedslied. Er geht heute.
„Darf i net zu laut spielen, weil sonst spritzens mi wieder nieder. Na, Spaß." sagt er.
Hinter dem Spaß steckt viel Wahrheit, der Manisch-Depressive führte sich schon öfter so extrem auf, dass er angeschnallt, gefesselt und mit Benzos augeknockt wurde. Er erwachte dann immer am 24er-Pavillon im Intensivzimmer, wurde ruhiggestellt und nach ein paar Tagen halbwegs normalen Verhaltens wieder entlassen. Ich fragte nach, was er denn da so machte, dass es so weit kam.
„Na jo, Polizisten hob i beschimpft und rumgeschrien halt. Wenn's mi festgholten ham, dann hob i immer g'schrien ‚Fickts mi olle, fickts mi in olle Löcher, die i hob:' und so Sachen halt. Dann hob i immer a Spritzn kriegt und es woa finster."
Wir planen weiter Kontakt zu haben. Sollte das wirklich funktionieren, dann wird der unterhaltsam. Ich liebe solche Vögel.

Schwester A. kommt wegen etwas Organisatorischem auf mich zu. Ich merke an, dass es nach einer Abgrenzung entsprechend der Adherence-Maßnahme etwas zu besprechen gäbe. Sie nimmt sich gleich Zeit und wir gehen ins Arztzimmer, lassen das Gewimmel von Ärzten, Patienten, Pflegern und eifrigem Reinigungspersonal hinter uns.
Ich berichte von den neuesten Entwicklungen und sie bestärkt mich. Ich hätte es für mich gut gelöst, meint sie. Dass die starken, mich schützenden Mechanismen voll aktiv sind, dass das aber auch irgendwann einbrechen wird und sich das schlechte Gewissen dann melden wird, dass Teile hervorkommen werden, die meinen, dass ich mich nicht abgrenzen darf, sondern die Bedürfnisse der anderen über die meinen stellen soll, merke ich an. Als ich das sage, tauchen diese Gefühle auch auf. Ich spreche es aus und mir wird schwindlig. Eine rasche Beendigung des Themas ermöglicht die Flucht in meine starken Anteile, die mich von allen Gefühlen abschneiden. Heute nehme ich diverse Emotionen nicht wahr, entweder Stärke

und Schutz, oder Empfindungen. Das Erstere ist das Notwendige. Mit allen aufge-
fahrenen Mauern verlasse ich das Arztzimmer. Der Schwindel ist ruckartig weg.

Die Vergewaltigte setzt sich im Aufenthaltsraum zu mir, redet aufgeregt und
vorwurfsvoll von den Menschen von der Tafel, die ihr das Essen bringen, und die
sie angeblich trotz Zitrusfrucht-Allergie zum Essen von Orangen aufforderten. Mit
Aussagen, die sie bestätigen und meine Solidarität bekunden, kriege ich sie runter.
Plötzlich spricht sie normal. Sie erkundigt sich nach meinen Unverträglichkeiten
und ich kann sogar ausreden, sie unterbricht auf einmal nicht. Sie fühlt sich offenbar ständig von ihrer Umwelt angegriffen und ballert in Rundumschlägen alles
raus, was ihr zur Verfügung steht. Es gibt nur kurze Momente, in denen sie nicht
schießen muss. Es werden aber immer mehr, je länger sie hier ist.

Es ist 11 Uhr 15 und das Lyrica fährt so richtig ein. Es fällt mir schwer den Stift
zu halten und reine Zeichen zu schreiben. Alles über 2 Meter Entfernung wird un-
scharf und doppelt. Das Fokussieren in der Nähe funktioniert zwar, es ist aber nicht
leicht. Jedes Mal, wenn ich den Blick auf etwas richte, dann muss ich den unkla-
ren, doppelten Rand eines Gegenstandes mit Kraftanstrengung geradefokussieren.
Ich bin soeben wieder ziemlich drauf. Das Körpergefühl ist wohlig und weich, das
Lächeln fällt leicht. Die Gesichtsmuskulatur ist zwar chronisch lahmgelegt, doch
die innere Bereitschaft zum Lächeln gleicht das aus. Wenn ich die Tendenz hätte,
einer Müdigkeit nachzugeben, dann würde mich dieses Medikament regelmäßig
ins Bett befördern. Oft sitze ich in diesem schummrigen Zustand da und schreibe,
setze der niederbretternden Chemie kraftvoll alles entgegen, um keinen von Schlaf
zerstückelten Tag zu haben. Ich hasse das nämlich. Ich will leben, will den Tag erleben, will einen Wach-Schlaf-Rhythmus haben, der der Sonne angepasst ist und
nicht einem chemischen Mittel. Vermutlich trinke ich auch deshalb so viel Kaffee.

Beim Mittagessen setzt sich der Unauffindbare neben mich. Es regt mich auf,
aber er darf das. Aufregung ist die einzige Gefühlsregung, die ich spüre. Zum
Glück. Wenn ich das Darunterliegende fühlen würde, dann wäre da Wut, Angst und
Trauer. Zumindest. Ich bleib mal in meinem Schutzmantel und gehe zur Einzeltherapie.

Dort schildere ich alle Begebenheiten. Die Psychologin meint, dass ich eh starke
Nerven habe. Ich erkläre ihr das Hochfahren meiner dominanten Anteile. Wir landen in spannenden Betrachtungen und Theorien über das Festhalten des anderen
an einer imaginären Kette, das Anbinden des Objekts, über Macht und Behaup-
tung, das Lustvolle daran, den Triumph, der mit einem gewonnenen Machtkampf
einhergeht und über Wege da raus. Die Möglichkeit, einfach wegzugehen zog
ich noch nicht in Betracht wegen des Vermeidens, ihm den Raum zu überlassen.
Bisher behauptete ich mich, das kostet aber alles Kraft. Ich habe die Vermutung,
dass er nur immer öfter dort auftaucht, wo ich bin, einfach um mich zu vertreiben
und sich zu rächen, wenn ich beginne auszuweichen. Aber wissen kann ich es erst,

wenn ich es probiert habe.

Dass sich natürlich Veränderungen durch eventuelle medikamentöse Umstellungen und Therapien bei ihm ergeben können, merkt die Psychologin an.

Als ich wieder auf der Station bin, kreuzt die Märchenfee meinen Weg. Ich frage sie, was sie so gemacht hat.

„Ich war bei der psychologischen Behandlung." sagt sie fröhlich.

„Und, wie war's?" erkundige ich mich.

„Sehr angenehm. Wir haben fast nur über UFOs geredet. Sie hat gesagt, es ist meine Stunde und ich kann sie gestalten wie ich will. Aber für sie war es dann schon etwas anstrengend hab ich gemerkt. Man muss sich halt dafür interessieren." vermeldet sie.

Ich lache. Sie ist so herzallerliebst crazy. Zumindest wenn sie ihre Medikamente nimmt. Ohne diese führte sie sich so auf, dass sie sogar vor kurzem ihre Wohnung beim betreuten Wohnen verlor.

Der für den Unauffindbaren zuständige Pfleger tritt auf mich zu, fragt, wie es mir geht und schlägt ein Gespräch zu dritt vor.

„Damit es, wenn es schon nicht miteinander, wenigstens nebeneinander gut geht." meint er. Da bin ich dabei.

Der Tagesrückblick findet statt. Wir reden über meine missglückten Abgrenzungsversuche. Schwester A. weist darauf hin, dass es immer zwei Seiten der Geschichte gibt. Ja, die gibt es, und natürlich erlebte der Unauffindbare alles anders, das ist klar. Umso mehr wünsche ich mir ein Gespräch zu dritt.

Ich versuche mich im Katastrophenbuch auf den Text mit dem Titel „Der verheerendste Ausbruch, Krakatau 1883" zu konzentrieren. Es fällt extrem schwer, dennoch lerne ich, dass Krakatau kein Vulkan ist, wie ich bisher annahm, sondern eine Insel ist, die zwischen Java und Sumatra liegt. In Indonesien galten die Vulkane der Insel als harmlos, der höchste maß nur 900 Meter und hieß Rakata. Seit Mai 1883 brodelte es unter Krakatau, die eigentliche Katastrophe ereignete sich am 27. August. Um 22 Uhr 2 stürzten 28,5 Quadratkilometer der Insel in eine leere Magmakammer. Das Meer stürzte hinterher und es ergab sich eine Explosion, die so gewaltig war, dass sie in weiten Teilen der Erde zu hören war. Die Explosion wird im Buch als Krakataus Todesschrei bezeichnet. 3500 Kilometer weit weg hielt man diesen für eine Sprengung in einem Steinbruch, 4700 Kilometer entfernt für einen Gewehrschuss.

Die meisten der 36 417 Todesopfer kamen durch Tsunamis ums Leben. 295 Städte und Dörfer wurden teilweise oder ganz zerstört.

Ich lese:

„Im Hafen von Telok Betong auf Sumatra wurde das holländische Kanonenboot

Berouw anderthalb Kilometer landeinwärts geschwemmt und strandete zehn Meter über dem Meeresspiegel hinter einem Hügel. Dort liegt es immer noch – ein Mahnmal der Katastrophe von Krakatau. Telok Betong wurde total verwüstet und lange Zeit zum verödeten Sumpfgebiet. Innerhalb weniger Jahre umhüllte wieder wuchernde Vegetation die übriggebliebenen Inseln von Krakatau. 1927 begann ein weiterer Vulkan aus dem Caldera Grund aufzusteigen. Er heißt Anak Krakatau, ‚Kind des Krakatau' – und durchbrach 1952 die Oberfläche."[1]

Nach dem Abendessen kommt der Unauffindbare, der sich nicht an meinen Tisch setzte, obwohl er ihn kurz ansteuerte, zu mir her und entschuldigt sich nochmal. „Du hast dich eh schon entschuldigt und ich hab es angenommen. Danke." sage ich.

Musik hörend und im Katastrophenbuch schmökernd erfahre ich zu den Klängen von Portishead's „All Mine", dass die Italiener im Jahr 1580 den Einfluss von Himmelskörpern beschuldigten, eine spezielle Krankheit zu verursachen, die sie deshalb „Influenza" nannten. Witzig!

Kurz vor der Dienstübergabe um halb 7 kommt der für den Unauffindbaren zuständige Pfleger auf mich zu und sagt sehr freundlich:
„Die Sache mit dem gemeinsamen Gespräch hat sich erübrigt. Sollte noch irgendwas sein, dann kommen Sie bitte auf uns zu, aber ich hoffe, dass es jetzt erledigt ist."
„Er ist nach dem Abendessen nochmal gekommen und hat sich entschuldigt." meine ich darauf.
„Wunderbar. Nicht ärgern lassen, dafür sind Sie nicht da." sagt er lächelnd.
Das tat gut, wenn es auch nicht so einfach ist, denn ärgern tut mich sein Verhalten nicht, es bedroht mich. Leider kann ich das alles nicht so locker sehen, wie ich gerne würde. Wiederholte Grenzüberschreitungen lösen in mir wirklich schlimme Dinge aus.

Bei einer Folge von den Simpsons schalte ich ab. Eine Tasse Tee dazu und die Welt wirkt fälschlicherweise in Ordnung.

Dass der Unauffindbare sein Verhalten mir gegenüber völlig änderte merke ich an Entspannung und Freiheit für anderes. Seitdem er von mir ablässt beschäftigt sich mein Geist wieder leicht mit anderen Inhalten. Er isst hier, er geht rauchen, er sitzt vor dem Fernseher, aber er richtet sich nicht mehr nach mir aus. Er ist halt auch da, es regt mich nur nicht mehr auf. Als ob er ein Band, mit dem er mich gefangen hielt, gelöst hätte.

Abends im Zimmer wirkt es, im Gegensatz zu gestern, wieder ruhig. Der Goldfisch lernte über eine Chat-Plattform wen kennen, den sie noch nie traf. Gestern kommunizierten sie eifrig. Da wurden Geräusche von einem Gebläse imitiert und per Voicemail versendet, damit er was hat, was er sich beim Onanieren anhören kann, X Anrufe getätigt, die sexuelles Bla Bla beinhalteten, Alkoholkonsum mit Verführung in einem Atemzug genannt, Zungenküsse thematisiert und sogar der Dufehlstmirso-Schrott abgezogen, obwohl es da noch nichts zum Fehlen gibt, wenn sie sich noch nicht mal sahen. Es war sehr unterhaltsam. Hätte ich gewusst, dass heute Funkstille ist, dann hätte ich gleich ein paar Notizen gemacht. Naja, vielleicht auch nicht, gestern war ich nur überanstrengt. Heute hätte ich Nerven dafür. Doch heute hat es sich schon ausgeliebt oder wie? Der Goldfisch kam mir gestern auch betrunken vor, aber vielleicht war es nur der Liebestaumel.

WIR SCHAUEN NUR

Traum: Es ist ein Vortrag oder ein Interview, das im Freien stattfindet. Der Vortragende beziehungsweise Interviewte ist ein gutaussehender Mann mit einigen Dioptrien, er redet über Musik. Er hat braune Haare, nicht kurz und nicht mittellang. Er erzählt von einem Haus, in dem er arbeitet, dort ist alles voller Musik. Mehrere Bühnen, die samstags auch zugleich genutzt werden, sodass sich die Melodien überschneiden, befinden sich dort. Er spricht über Töne, Genaueres weiß ich nicht. Er erzählt auch von einer speziellen Tierart, zeigt Bilder und ein Video von ihnen. Ich kenne diese Tiere nicht. Sie sehen aus wie eine Mischung aus einem Braunbären und einem Flughund, sind zirka 30 Zentimeter lang und hängen saugend an der Erde, wo sie freiliegt, auf einem Weg zum Beispiel, wie er im Video zeigt.
Dann bin ich nicht mehr auf diesem Interviewvortrag, sondern am Waldrand irgendwo. Ich sehe 4 Jäger von hinten, von denen jeder mehrere tote Hasen am Arm hat. Die Hasen sehen aus wie Kuscheltiere.
Ich sehe, wie eine Hirschkuh in einem Märchenwald erschossen wird.
Plötzlich bin ich in dem Haus des Musikers. Wir reden miteinander und ich bin fest davon überzeugt, ihn ins Bett zu kriegen, ich hab große Lust auf ihn.
In dem Haus gehe ich in den obersten Stock und im Stiegenhaus bis an ein Ende, das aus einem Gitter besteht, hinter dem Mädchen spielen. Ihr Spielplatz ist die Fortsetzung des Ganges hinter dem Gitter. 2 Betreuerinnen sind dabei, sie wirken fröhlich und lebendig, ganz im Gegensatz zu den Kindern, die wirken wie Zombies, sind bleich, tragen eine Leichenmine und sind verlangsamt in ihren Bewegungen. Alles wirkt wie im Gefängnis. Ich spreche kurz mit einer Betreuerin über den unwirtlichen Spielplatz. Nein, nur zum Fußballspielen seien sie hier drin, nur zum Fußballspielen.

Es ist 6 Uhr, ich stehe auf und freue mich über das Erinnern des Traumes. Im Aufenthaltsraum schreibe ich ihn auf. Der Satellitenmann summt heute wieder. Er setzt sich zu mir und ich frage ihn, ob er das aus Nervosität tue. Ja.
„Weißt du, ich finde das aber immer total beruhigend."
„Ja, ich brumme wie ein alter Mann." meint er.
„Nein, weil es so regelmäßig ist." ergänze ich.

Die Reinigungsdamen und Serviceassistentinnen haben hier 11,5-Stunden-

Schichten. Die hereinkommende Putzkraft, eine, mit der ich per Du bin, war gestern auch schon da. Ich erkundige mich nach der Gestaltung ihres Feierabends, frage, was da noch drin ist für sie.

„Ich esse hier zu Abend, daheim geht sich nicht mehr viel aus, ein bisschen plaudern und dann schlafen gehen."

Sie hat ein so freundliches Wesen.

Die Serviceassistentin, die mir das Lied von Nana Mouskouri vorspielte, quert den Aufenthaltsraum und geht auf den Balkon. Top Besetzung heute.

Später gehe ich auch rauchen. Die Märchenfee erzählt mir von einem Vortrag, den sie gestern im Internet-Cafe ansah. Sie nimmt sich jeden Tag Ausgang und streicht umher. Gestern sah sie sich etwas über das Sternenvolk der Plejaden an, sie sorgen angeblich nachts für unsere Seelen. Ich erzähle ihr meinen Traum. Sie ist begeistert und meint, dass die Betreuerinnen die Plejadianer sind und wir die Kinder.

Der Goldfisch kommt hinzu. Ich frage sie, ob sie noch verliebt ist. Ihre Antwort klingt eingeschränkter als vor 2 Tagen. Gestern trafen sie sich. Sie waren bei ihr und tranken Sekt. By the way, ich bekam hier noch nie was von Alkotests oder Urintests, bei denen der Alkoholkonsum der letzten 5 Tage festgestellt werden kann, mit. Ihr wäre ein Test in die Richtung vielleicht egal, weil sie nicht freiwillig da ist, vielleicht aber auch nicht, weil sie ihr dann die Ausgänge streichen könnten.

Der Schülerpfleger verkündet im Aufenthaltsraum, dass wir in der Zeit der Morgenrunde heute spazieren gehen. Das passt mir gut, denn dann gehe ich im Anschluss gleich zur Kassa um mein ausständiges therapeutisches Taschengeld von der Arbeitstherapie zu holen.

Bei der Medikamenteneinnahme sagt Schwester A., dass wir heute im Zuge des Tagesrückblicks auch in die Pflegeplanung reinsehen, um zu sehen, ob gewisse Ziele erreicht sind und ob wir einen Schritt weiter gehen können. Das finde ich gut, weil ich meine Erfolge nicht spüre.

Als ich am Zimmer bin mache ich gewisse Physiotherapieübungen für meinen Schultergürtel, da kommt der Schülerpfleger und fordert uns auf, langsam etwas für draußen anzuziehen.

„Da müss ma uns aber sehr langsam anziehen." meint die Märchenfee.

Wir haben noch 10 Minuten Zeit. Er gibt ihr schmunzelnd Recht.

Die Depressive folgt der Aufforderung und steht dann in Jacke und Schuhen im Zimmer rum.

Wir gehen zur Kirche des Geländes, zu dem Prachtgebäude mit goldener Kuppel, das zu den schönsten Gebäuden der Stadt zählt. Ich zerfließe beim Anblick, kann meine Augen gar nicht abwenden, gehe sogar ein Stück weit verkehrt, als wir wieder davon weggehen. Noch dazu ist die Landschaft weiß, es schneite, somit bekommt der Bau eine milde, helle Kulisse. Ich verstehe nicht, weshalb die anderen nur kurz hinsehen.

Auf dem halben Weg zurück darf ich abbiegen um mein Geld zu holen. Es wird noch gewitzelt, dass ich Zinsen drauf kriegen sollte, weil ich es erst jetzt hole, dann bin ich allein. Wie überaus angenehm. Dass ich das Alleinsein so sehr vorziehe ist für die anderen nicht ersichtlich, bin doch ich diejenige, die zum Beispiel auf dem Spaziergang am meisten redet. Schweigend mitgehen und jedes Gespräch abwehren kostet mich momentan mehr Kraft, als wenn ich gleich plappere, so kann ich mir außerdem aussuchen, mit wem ich Kontakt habe. Es ist eine Flucht nach vorne. Jetzt, wo ich alleine bin, merke ich erst, wie angenehm die Luft ist.
Den Berg hinunter laufe ich wie gewöhnlich, diesmal ist es aber besser als sonst, weil ich keinen Rucksack trage. Ich finde das Verwaltungsgebäude auf Anhieb und hole mir meine 35 Euro und 28 Cent. Der Weg zurück erscheint mir nicht so lang, wie er ist, die Schwester, die mit uns heute Gassi ging, meinte, die Distanz zwischen unserem Gebäude und der Verwaltung beträgt mehr als einen Kilometer.

Unterwegs helfe ich noch einer Frau mit Kinderwagen die Stufen im 18er-Pavillon hinauf. Danach bemerke ich, dass ich ihr nicht durch die Tür drinnen half und fühle mich blitzartig schlecht, fühle mich schuldig.

Als ich wieder im Aufenthaltsraum bin kommt die Serviceassistentin zu mir, während ich mir einen Kaffee zubereite. Wir führen ein Gespräch über unsere Leben, ob wir glauben oder nicht -sie schon, ich nicht- und über Lernprozesse. Es endet indem wir uns sagen, dass wir uns gegenseitig für tolle Menschen halten.
Am Balkon rede ich mit der Märchenfee über Kälteempfindungen. Sie erzählt, dass sie mal im Winter in Richtung Deutsch-Wagram spazierte. Am Weg lag ein See und sie hatte plötzlich das Bedürfnis schwimmen zu gehen, also zog sie sich nackt aus und ging ins Wasser. Sie fühlte nur Angenehmes, keine Kälte. Ich frage nach, ob sie wer sah, was sie verneint. Danach schlüpfte sie nass in ihre Kleidung und ging weiter.

Ergotherapie steht an, ich arbeite weiter an meinem Seidentuch, was mich völlig auslaugt. Nach kurzer Zeit bin ich streichfähig. Das Mittagessen ist die Rettung.
Der Unauffindbare hält sich nach wie vor von mir fern, es ist eine riesige Befreiung.

Um halb 1 findet heute der Tagesrückblick statt, er wurde vorgezogen. Wir ergänzen etwas für den Tagesrückblick: Ich soll immer ein positives Erlebnis formulieren. Als wir über das Befreiungsgefühl sprechen, sage ich, dass ich nicht weiß, wie das Personal das alles sieht. Ich bin in einer Jahrzehnte zurückliegenden Erlebnisrealität verhaftet und glaube, dass sie mich als hysterische Kuh, die sich in was hineintheatert, sehen. Die Schwester versichert mir das Gegenteil.

Nach dem Gespräch gehe ich auf Ausgang. Der Zahnarzt steht wieder an, doch davor habe ich noch Zeit und möchte nach Hause fahren um meine Fische zu füttern.

Als ich zur Mittelachse am Gelände gehe, schiebt ein LKW zurück. Das Tuten, das ein Rückwärtsschieben anzeigt, ist zu hören. Unwillkürlich muss ich an einen Kunden aus dem letzten Studio denken. Er war ein Stammgast, der immer ein Service im zärtlichen Bereich konsumierte und meist mindestens 2 Stunden blieb. Ich verursachte ihm immer 2, manchmal 3 Orgasmen. Er versuchte das bei mir ebenso und öfter mal kam ich bei ihm wirklich. Die restlichen Orgasmen, die zu diesen Stunden passten, simulierte ich. Zwischen den Höhepunkten tranken wir Bier, wir konnten gut reden und hatten viel Spaß miteinander. Jedenfalls verlangte er mal, dass ich über ihn kommen soll, also so, dass er mich liegend lecken konnte. Auf allen Vieren bewegte ich mich rückwärts in Richtung seines Gesichts und machte dabei diese Tut-Geräusche. Er lachte, ich lachte, es war in der Situation völlig angebracht, es war unsere Art des Humors. Und seitdem muss ich jedes Mal, wenn ein LKW nach hinten schiebt, an diese Situation denken und grinsen. Wie viele Orgasmen ich in diesem Job hatte und wie viele ich vortäuschte, das würde ich gerne wissen. Ich würde auch gerne wissen, wie viele Männer ich insgesamt hatte, und ob ich mal mit einem Priester schlief. Mich würde das alles wirklich interessieren.

Beim Thema Orgasmus im Job fällt mir Sabse ein, die, die im ersten Studio so fertiggemacht wurde von dem einen Kunden, den ich dann vertrieb. Sie ging mal mit einem älteren Herrn auf's Zimmer und kam danach empört heraus, stellte sich vor uns hin und meinte echauffiert:

„Bei meinem Freund daheim komm ich nicht, aber bei dem schon!"

Wir anderen brachen nieder vor Lachen. Ja, so kann's gehen. Der wusste halt, was er tut.

Der vorgetäuschte und echte Orgasmus im Job ist auch einen Absatz wert. Vielen Männern ist sicher bewusst, dass eine Hure nicht bei jedem Kunden kommen kann, selbst wenn sie es will. Sie laufen aber der Illusion hinterher, dass genau sie es sind, die der Frau den Tag versüßen. Viele der sich Bemühenden brauchen es als Selbstbestätigung. Meistens sind das die, die sich am ungeschicktesten anstellen und in den seltensten Fällen eine Frau wirklich zum Kommen bringen. Vielleicht bezahlen sie somit gleich aus mehreren Gründen für Sex: Zum einen, weil sie wenige oder gar keine Partnerinnen finden um wiederholt Geschlechtsverkehr zu haben, zum anderen, weil ihnen die Prostituierten das Gefühl geben, dass er sie zum Orgasmus brachte. Vielleicht denken sich auch genau diese Freier, dass Sexarbeiterinnen leichter zum Kommen zu bringen sind, weil sie so aufgeschlossen und dauergeil sind, weshalb sonst sollte man diesen Job auch machen. Trifft auf einige Frauen zu, ja. Doch der Großteil der Professionellen ist routiniert darin, das Schauspiel des kleinen Todes zu inszenieren, je bescheuerter sich einer anstellt, umso schneller. Damit bekommen die, die es am ungutesten versuchen, das Bild von sich, dass sie die Besten sind. 3 Mal grob hin gegriffen und sie kommt schon. Sie tut aber nur so, damit er aufhört. Ich machte die Erfahrung, dass die, die um echte Rückmeldung baten, die waren, bei denen ich nichts zu korrigieren hatte. Und die, die am überzeugtesten davon waren, dass sie die Besten im Bett sind, das waren die, die ich am liebsten schnell hinter mich brachte. Unter den Huren gibt es verschiedene Philosophien was echte Orgasmen im Job abgeht. Die gesündeste Variante ist vermutlich, das es sich Verbieten zu kommen, somit bleibt Arbeit Arbeit. Am Anfang hielt ich das auch so. Ich war passioniert im Vorspielen. Bevor ich den ersten Kunden hatte, spielte ich Robert einen Höhepunkt vor. Er merkte nichts und war, nachdem ich es ihm sagte, irritiert und ein wenig beleidigt, in seiner Ehre gekränkt oder so. Ich war gut im Imitieren des Stöhnens, im Aufbäumen, im Augenverdrehen und im Kontrahieren der Unterleibsmuskulatur. Oft hörte ich von Kunden den Satz:

„Wenn das gespielt war, dann war das echt gut."

Einmal antwortete ich darauf reflexartig mit einem Danke.

Daran konnte ich natürlich ablesen, dass so mancher fix damit rechnete, dass wir was vorgaukeln, und er dieses Theater wissend konsumierte. Das überraschte mich immer wieder und wundert mich bis heute.

Wenn ich in der Arbeit nicht kommen wollte, dann konnte mich auch kein noch so Geschickter dazu bringen. Ich habe da einen für mich klar spürbaren Schalter im Kopf.

Mit der Zeit wurde ich offener für Orgasmen, lockerte mir den Arbeitsalltag auf und genoss es, mich im Job mal so richtig fallen zu lassen. Es verkomplizierte die Sache aber irgendwie, ich vermutete, dass manch einer doch den Unterschied merken könnte, allein an der Art des nass Seins, und ich war nicht in der Lage mir ansatzweise zu merken, bei wem ich mich fallengelassen hatte und bei wem nicht. Im Babylon war mir das alles scheißegal, dort trank ich aber auch viel und die allgemeine Stimmung des Orgiastischen verleitete mich dazu, mich völlig hinzugeben. Dort nahm ich glaube ich jeden Höhepunkt mit, den ich abstauben konnte. Vielleicht hatte ich dort deswegen oft einen Kunden nach dem anderen, vielleicht sahen sie mir die Bereitschaft zum Losgelösten an. Vielleicht wurde aber genau deswegen die Arbeit nie mehr so angenehm wie im ersten Studio.

Mein Erfolg nahm nach dem Babylon ab, ich zog nicht mehr so viele Kunden an. Natürlich war das Drumherum anders, die Kulisse des dritten Studios war nicht so edel wie an den zwei Stationen davor, aber ich merkte, dass ich einige Grenzen aufzog und lieber auf Geld verzichtete, als diese zu überschreiten. Zwar weitete ich mein Angebot aus, aber meine Huren-Persönlichkeit war eine engere geworden. Je unsympathischer mir der Kerl am Zimmer war, umso schwerer fiel es mir sogar, einen Orgasmus vorzuspielen. Ich wollte ihnen den Erfolg nicht verschaffen. Bei mir eigenartig erscheinenden Leuten, mit denen ich schon lähmende Zeiten am Zimmer zubrachte, fing ich auch an zu lügen und gab an, schon einen Termin zu haben. Somit konnte ich gut sortieren. Ich hatte lieber meine Ruhe als Geld gegen Zeit, die ich schrecklich fand. Meine polnische Kollegin sortierte nie, sie nahm alles, was da daherkam und dachte nur in Euro. Ich fand das oft beneidenswert, weil es ihr so leicht von der Hand ging. Sie spielte die Orgasmen schrecklich schlecht, doch die Unzahl ihrer Kunden stieß sich nicht daran. Ich verstehe es nicht, aber gut, ich verstehe vieles nicht.

Inzwischen sitze ich beim Zahnarzt und warte.
Die Fische sind gefüttert, die Mails gecheckt, der Briefkasten geleert.
Auf dem Zahnarztstuhl wird ein Zahnhals saniert. Es tut nur kurz weh, der Rest ist erträglich. Dennoch geschieht etwas während der Behandlung. Danach wirkt alles absurd und entrückt. Es ist seltsam, dass ich ins Spital fahren werde, es ist seltsam, dass wir all das um uns erbauten, es ist seltsam, dass die Dinge funktionieren und die Welt sich dreht. Jedes Auto, das vorüberfährt, ist absurd, jede Menschenansammlung, die ohne Gewaltausbruch funktioniert, wundert mich und das alles um mich wirkt nicht echt auf mich. Die U-Bahn-Fahrten fühlen sich unwirklich an, ich bin den Menschen fern. Während der Busfahrt weiß ich öfter nicht, wohin ich fahre, ich muss mich anstrengen beim Nachdenken, wohin ich unterwegs bin, es ist verrückt. Der Zahnarztstuhl und ich, das ist seit einem Jahr so eine Sache. Während der Fahrt habe ich chronisch das Gefühl, dass wir falsch sind, der Bus falsch abbiegt, wir in der falschen Richtung unterwegs sind. Ich bin froh als wir da sind.
Schwester A. läuft mir im Gang über den Weg als ich eintrudle und erkundigt sich nach den Umständen. Ich schildere ihr meine Entrückung.
Mal ankommen.
Im Aufenthaltsraum sitzt der Unauffindbare an meinem Stammtisch. Ich dreh nur schnell an einem anderen Tisch eine Zigarette, rauche sie und gehe aufs Zimmer. Dort liegt nämlich ein Tagebuch aus der Zeit des dritten Studios und davor.

Ein Eintrag vom 28.03.2009 beschreibt eine schon geschilderte Situation:
„War mit dem Betreiber von unten noch beim Kindergarten. Er war fassungslos. Dann in ein Lokal auf ein Bier, kam drauf, dass er das andere Puff in der Gegend nicht kennt, noch dorthin, die lüften grad, wir rein auf ein Bier. Alles sehr lustig.
„Aber wir sind Bordell!" sagte die Puffmama mit ausländischem Akzent.
„Wir schauen nur." sagte ich."

Der Eintrag vom 10.05.2009 lautet so:
„...Heute war's das beste Gespräch, das wir seit unserer Kontaktaufnahme (Anm.: Mutter) geführt haben. Keine Eso-Themen. Dafür hab ich ihr gesagt, dass ich eine Hure bin seit 2005. Ja, sie hat sich sowas eh gedacht."

Bevor ich im dritten Studio landete, bot ich vorübergehend Hausbesuche an, die ich liebend gern wieder einstellte, weil es mir schlichtweg zu stressig war, dauernd in der Gegend rum zu gurken. Meine geringe Stresstoleranz war sehr stark zu spüren unter diesen Umständen. Im Tagebuch befinden wir uns genau da.

12.05.2009:
„Hab noch immer keinen Job gemacht, Homepage gibt's keine, aber ein Telefon. Heute hab ich mit Bild ein Gratisinserat im Netz geschalten, wär grad jetzt öd, wenn ich krank werden würde, morgen könnte ich arbeiten, Freitag und Samstag eh nicht, Neubaugassen-Flohmarkt und Life Ball!"

   Ich entnehme dem Buch, dass ich am 15.05.2009 mit Anzeigen bei einer ein-schlägigen Firma startete, die eine Onlineplattform und Zeitungen macht, die aus-schließlich gewerbliche Angebote der Sexbranche thematisieren und „Sexmagazin" heißt. Ich ging mit 4 Bildern online.
Beim Neubaugassen-Flohmarkt erhielt ich meinen ersten Anruf. Ich war sehr ner-vös.
Dann kam der Life Ball. Am 18.05. erschien in der „Heute"-Zeitung ein Bild von Ste-fan Ruzowitzky mit Muna links von ihm und mir rechts von ihm.
Am nächsten Tag hatte ich meinen ersten Job.
Ich lese von nervösen Zuständen, von Panik, aber auch von Abenteuerlust.
Den Kunden gab ich Namen entsprechend ihren Vorlieben oder herausstechenden Merkmalen. Da gab es den Seepferdchen-Heinz oder den Seiden-Max zum Bei-spiel.
Einmal fuhr ich nur mit Mantel, Schuhen und Strümpfen bekleidet quer durch Wien.
Bald berichte ich vom Ansehen des dritten Studios und meinem Beginn dort, viel schrieb ich aber nicht auf in dieser Zeit. Ein paar lose, undatierte Seiten finde ich:
„Sonntag, ein Tag ohne Erwartungen ans Geschäft. Heute ist Autorennen UND Fußball, Rapid vs. Austria, da hoffen wir nicht auf Gäste. An sich wollte ich erst nach einem Gäste-Anruf ins Studio fahren, doch die Situation, dann im Stress her zu fahren, störte mich so sehr, dass ich doch um 15 Uhr hier war. Da rief auch einer an und kündigte sich für halb 4 an, doch er kam nicht.
„Scheiße, wieso ist es hier so arschkalt!" rufe ich durchs Studio, ohne Response.
Unsere Gast-Transe klickt am PC, sie ist nun schon länger bei uns als angekün-digt, trotz wenig Geschäft. Die Polin sieht fern. Wir bestellen Essen bei der Schnit-zelbude nebenan. Im Puff merkt man daran, dass wenig Geschäft ist, dass man zunimmt. Die Telefone klingeln nicht. Immer, wenn es so ist, ist auch nichts im Fernsehen.
Wir besprechen so banale Dinge wie, dass das Licht in der Dusche weicher ist, seitdem wir die kaputte Energiesparlampe gegen eine neue austauschten.
Stunden später kündigt sich doch noch ein Gast bei mir an. Ein Spezieller.
„Du scheinst eine Dame mit Niveau zu sein." meint er.
Er sagt das nur, wie viele andere, weil ich Österreicherin bin. Ich glaub ich könnte auch vorm letzten Loch am Gürtel anschaffen und dauernd besoffen sein, die Män-ner würden noch immer meinen, ich hätte mehr Niveau als Nichtösterreicherinnen.
Diesem Gast geht es aber nicht nur um ein niveauvolles Service, er will vor allem nicht ausgelacht werden, denn er ist ein Fetischist. Sein Fetisch ist speziell. Er

steht auf Sex in Daunenjacken. Da mir eh kalt ist, ist's mir sehr recht. Er kommt mit einem Koffer und auch noch einer Jacke unterm Arm. Die für mich gedachte Jacke ist frisch aus der Reinigung, eine goldene Daunenjacke mit einem speziellen Übermaterial mit Kapuze, die ich dauernd wieder aufsetzen musste, wenn sie runterrutschte, dazu Pelzstiefel. Das war mal was. Nach 10 Minuten war's vorbei und das oft von den Männern angekündigte zweite Mal fand auch diesmal nicht statt."

Ich erinnere mich noch gut an diesen Kunden, wir redeten den Rest der halben Stunde und er erzählte mir, dass er sehr reich ist. Oft wollten Leute nur wegen seines Geldes an ihn ran, was dazu führt, dass er keine Freunde hat. Er strahlte diese Einsamkeit förmlich aus. Ich wusste, dass es kein G'schichterl war, er prahlte nicht, er tat mir sein Leid kund. Er war einer der Menschen, die ihr Herz nur Leuten ausschütten, die sie bezahlen, weil sie Menschen, deren Motive sie nicht einschätzen können, nicht vertrauen. Oft, wenn es mir sehr schlecht geht, dann denke ich an ihn. Ich habe dann immer das Gefühl, dass es mir insgesamt gesehen besser geht als ihm, ich habe Freunde und Bekannte. Leute wollen nah an mich ran, obwohl ich niemand bin und nichts habe. Er ist vermutlich einer der wohlhabendsten Menschen, die mir je begegneten, und ich fühle mich reicher als er.

Im Aufenthaltsraum baut sich ein Neuer eine joint-gleiche Zigarette und will sie anzünden. Auf Geheiß der Umstehenden geht er hinaus. Ich werde ihn den Ofenbauer nennen.

Ich lese im Katastrophenbuch, da stellt sich der Unauffindbare vor meinen Tisch und sieht mich an. Ich blicke ihn an und gleich wieder weg. 5 Sekunden später sehe ich ihn wieder an und sage:
„Kannst du da bitte weggehen, das macht mich total nervös."
Er blinzelt unglaublich schnell, sein Blick flackert und er vibriert am ganzen Körper. Er sagt:
„Okay." und bleibt stehen.
10 Sekunden später wiederhole ich meine Worte scharf. Er geht weg.
2 Minuten später, inzwischen sitzt die Vergewaltigte an meinem Tisch, kommt er mit geballten Fäusten wieder und stellt sich vor mich.
„Kannst du bitte weggehen!" rufe ich halb.
„Was ist los, lass sie in Ruh!" faucht die Vergewaltigte.
Er steht nur, fixiert mich und ballt weiter die Fäuste. Er wirkt schwer aggressiv, bebt vor Wut.
„Geh bitte weg!" wiederhole ich meine Botschaft.
Die Vergewaltigte steht auf, verschränkt die Arme und schreit:
„He, wos ist los mit dia, wenn sie sogt ‚Geh weg', dann host du wegzugeh'n. He-e, wos is los." Leiser meint sie
„Dem geht's net guat. Sull i an Pfleger huin?" fragt sie.
„Kannst du mit mir zum Pfleger geh'n?" fragt er, noch immer mich fixierend.

Sie schnappt ihn am Ärmel und schleift ihn in Richtung Stützpunkt. Sie kommt bald wieder, er bleibt etwas länger, kommt dann aber auch bald wieder.
„Es geht mir besser." sagt er gehetzt.
Er hat die Hände nun durchgestreckt und steuert wieder meinen Tisch an, doch die Vergewaltigte reagiert. Sie redet auf ihn ein, sagt, dass er da weg gehen soll, sie nimmt ihre Sachen von meinem Tisch weg und animiert ihn, sich mit ihr und dem Ofenbauer, der auch rumsteht, an einen anderen Tisch zu setzen. Es klappt. Bald gehen der Ofenbauer und der Unauffindbare eine rauchen. Ich gehe zum Stützpunkt und berichte die Geschehnisse. Sie sind über die Ausgangslage informiert.
„Haben Sie sich bedroht gefühlt?" fragt eine Schwester.
„Ja. Also rational gesehen glaube ich nicht, dass er einer ist, der zuschlägt, aber ja, ich habe mich bedroht gefühlt." gebe ich Auskunft.

Ich gehe in den Aufenthaltsraum und hole meine Sachen. Ich habe keine Kraft und keine Lust, um im Katastrophenbuch nach einem Titel des Tages zu suchen und die dazugehörige Geschichte aufzuschreiben. Vor lauter Schock will ich zuerst gar nicht Zähne putzen, einfach nichts tun, in eine Starre fallen, vielleicht in Selbstmitleid. Gedanken wie:
„So sind die Leute halt zu mir, sie steigen mir über Grenzen, und wenn ich die verteidige, dann steigen sie mit Gewalt drüber." suchen mich heim. Da gibt es aber auch die andere Seite. Sie bewegt mich dazu, aus meinem Kasten Zahnseide zu nehmen und mir von ihm nicht meine Pflege vergällen zu lassen. Sie ist der Trotz gegen die Grenzüberschreitung, sie treibt mich an, das Übliche zu tun. Erst im Bad, beim Schrubben der Zähne, fällt mir ein, dass ich abends in der Wohnung im Süden von Graz nie Zähne putzte, um meinem Vater zu entgehen. Ein kurzes Triumphgefühl entsteht. Ich bekämpfe meine Dämonen von damals durch die Handlungen des Unauffindbaren. Ich behaupte mich gegen Täter, indem ich Zähne putze.

Im Bett bekomme ich Angst, dass er ins Zimmer kommt. Dieser Gedanke kreist und lässt mich kaum los. Ich versuche, mit aller mir zur Verfügung stehenden Kraft dagegen anzukämpfen, denke weg, denke positiv, was ich sogar schaffe, denn es gibt mehr Positives an diesem Vorfall als Negatives. Quantitativ betrachtet. Die Hilfe durch die Vergewaltigte, das willkommen Sein beim Personal, das Ende, als er anders wieder rein kam, aber die Angst, dass die Türe aufgeht und er auf mich zu kommt, die kehrt immer wieder zurück. Ich denke mir einen Plan aus, gehe durch, wie ich mich verhalten würde. Ich liege in meinem Bett wie das totale Opfer. Und dann geht die Türe auf. Zuerst höre ich ein Geräusch bei der Türe. Ich kann es kaum glauben, werde von Angst überschwemmt. Sie öffnet sich, ich sehe es am erscheinenden Licht an der Decke. Panik. Ich setze mich auf, sehe hin wer da ist und erblicke eine Schwester. Ein schlagartiger Abfall der Panik setzt ein. Die Botenstoffe in meinem System spielen verrückt, es ist kaum zu beschreiben. Ich atme aus, dann schnell ein und aus. Die Schwester kommt die 2 Schritte von der Tür her zu meinem Bettende.

„Ich liege die ganze Zeit wach und hab Angst, dass er reinkommt, und dann geht die Türe auf." sage ich zur Erklärung.

„Er schläft schon. Sie können beruhigt sein, probieren Sie zu schlafen. Und wenn es nicht geht oder sonst was ist, dann kommen Sie bitte zu uns. Es ist immer wer da."

Bei diesen Worten berührt sie mich leicht über dem rechten Fußgelenk am Schienbein. Ihre Worte beruhigen mich in der Tat ungemein, aber schlafen kann ich nicht. Bald darauf komme ich auf die Idee, mir mit Aromatherapie zu helfen und hole mir einen Tupfer mit Lavendel- und Melissenöl. Wieder im Bett lege ich ihn mir direkt vor die Nase. Bald darauf schlafe ich ein.

WELTRAUMMÜLL

Es war eine gute Nacht. Vor dem Wecker werde ich wach, suche nach einem Traum, finde aber keinen.

Als ich das Zimmer verlasse, um zur Dusche zu gehen, fährt mir die Angst ein. Da ich keine frische Unterhose mitnahm, steige ich ohne in meine Jeans, nachdem ich mich fertig geduscht habe. Der Weg zum Stützpunkt um mir den Föhn auszu-borgen ist begleitet von permanentem Scannen. Ich versuche mich dauernd zu entspannen, es gelingt nur nicht. Mit starker Fassade gehe ich herum. Im Aufent-haltsraum angekommen ist der Unauffindbare der einzige, der da ist. Er sagt: „Guten Morgen.", ich gebe ein ernstes, knappes „Guten Morgen." zurück.

Als das Frühstück kommt, nehme ich mir zum ersten Mal etwas davon. Ich brauche Kraft. Mein Blutzuckerspiegel ist im Keller.

Bei einer Zigarette, zwei Stühle und einen Tisch weit von seinem Sitzplatz ent-fernt, er sitzt die ganze Zeit schon draußen, ich hätte ihn gerne abgewartet, aber er kam nicht rein, mache ich mir Gedanken über mein Verhalten wenn er sich wieder entschuldigen würde. Dieses Mal würde ich sie nicht annehmen.

Der Ofenbauer hat einen unruhigen Tag. Er geht viel auf und ab, beschallt uns alle mit elektronischen Beats, die vermutlich nur wenige gut finden, ich gehöre dazu, führt viele Selbstgespräche und spricht auch mehr mit anderen als sonst. Der Biker liegt mit ihm in einem Zimmer, er klagt mir gegenüber fast täglich sein Leid, das im Zusammenleben mit ihm für ihn entsteht.

Ich klagte bisher niemandem von den Patienten mein Leid, dafür ist das Personal da.

Bei der Einnahme der Morgenmedikamente sage ich der mir sie gebenden Schwester, dass es mir nicht gut geht. Schmerzen beginnen, die rechte Schulter tut weh, ein Zeichen für hohe Anspannung. Sie schlägt vor, dass ich mich nachher, wenn der Medikamentenrummel vorüber ist, mit meiner zuständigen Schwester zusammensetze.

Als ich später vorbeikomme, geht Schwester H. mit mir ins Arztzimmer. Ich schil-dere kurz, weshalb ich ein Problem habe. Sie ist natürlich informiert und schlägt vor, dass wir das besser bei der Visite genauer besprechen und meint, dass sie sich in das Gespräch einbinden wird, da sie ja auch im Nachtdienst da war, als es bei dem Spiel eskalierte. Sie meint, dass es ihm vielleicht ja auch Spaß macht. Ich sage, dass ich das nicht denke, ich glaube einfach, dass er unglaublich leidet, dass er halt unbedingt an mich ran will.

„Und Sie wollen das nicht." sagt Schwester H. Es klang nicht nach einer Frage, ich antworte trotzdem. Nein, ich will das nicht.

Ich ändere mein Verhalten seit gestern, bin viel am Zimmer, rauche selten, weil er immer am Balkon ist. Es wird eng für mich. Er reißt mir alte Wunden auf. Ich kann nicht mehr relativieren, kann nicht mehr taff sein, kann nur so tun als ob. Es kostet mich alles unsagbare Kraft. Ich habe Angst.

Die Wartezeit auf die Visite verbringe ich am Zimmer mit meinem alten Tagebuch.

Am 14.06.2009 schrieb ich:

„Heute klingelte so ein Typ, 1 Meter 50 groß, er konnte nicht nach oben blicken, glotzte mir aufs Dekolletee und murmelte, ohne die Miene zu verziehen, ‚30 Euro.'"

Am 22.06. saß ich am Kontrollamt, als die Nummer 6 aufgerufen wurde, ich hatte die Nummer 39, begann ich zu schreiben:

„Ich hatte Freitag und Samstag gar keinen Gast im Studio, Freitagnacht machte ich aber meine erste Swinger Club-Begleitung. Ein Züricher bezahlte mir 500 Euro für ein paar Stunden. War dann auch echt lustig. Wir trafen uns bei ihm im Hotel und fuhren ins Le Swing – leer, wir gingen gleich wieder. Dann schauten wir ins Traumland, das echt schön ist, dort stressten ihn aber die uns verfolgenden Single-Männer, wir gingen nach 30 Minuten. Dann versuchten wir es im Kore-Palast, es war fast niemand da. Schlussendlich fuhren wir in die Relaxxx-Sauna, die nur für Pärchen und Frauen ist. Dort hatten wir Glück, weil 2 von 3 anwesenden Pärchen sich mit uns vergnügten. Das eine Pärchen, eine 21-Jährige und ein 36-Jähriger, waren der Hammer, die sexten durch ohne Punkt und Komma. Er kam öfter als sie, aber sie ist, zwar leicht besoffen, eine Sexmaus, die ihresgleichen sucht. Wegen den beiden wurde es auch später als erwartet. Wir plauderten noch länger, auch mit dem Besitzer redeten wir, der angibt, nächstes Jahr zuzusperren, auch, weil er in Pension geht, das passt ihm eh gut, aber vor allem, weil das Geschäft schlecht läuft. Er meinte, früher waren 18 Pärchen an einem Abend da, seit einem Jahr ist das vorbei. Das junge Pärchen ist das 2. Mal da, das 1. Mal waren sie vollkommen allein, doch sie bumsten sich 3 Stunden lang durch alle Räume.

Ich war dann um 2 Uhr zu Hause.

Der Züricher war arm, er musste am Samstag früh raus um heim zu fliegen, danach musste er noch auf eine Hochzeit.

Wir konnten uns gut unterhalten. Im Gegensatz zu Wien hat Zürich kein Ausländerproblem, aber Ausländer. Tamilen integrierten sich dort bestens, von den weniger auffälligen Zuwanderern gar nicht zu reden.

Ansonsten war es ein äußerst ruhiges Wochenende. Sonntag saß ich ewig rum, um 18 Uhr 15 kam dann einer, er sagte auf 30 Minuten, dann wurde es doch eine

"Sebastian schaut Ameisen", 2017, 80x60cm, Acryl auf Leinwand

Stunde, aber er drückte mich im Preis, handelte mich auf 140 Euro runter. Deswegen verlor ich dann einen anderen Gast, der im Studio auftauchte und zu mir wollte in der Zeit, in der ich verlängerte, ein zweiter kam auch noch in diesem Zeitraum. Und ein Stammgast hätte auch gern vorbeigeschaut. Ich war sehr angefressen. Die Transe meinte nur: ‚Im Job hat sich vieles verändert, aber DAS nicht. Sie wollen immer alle zugleich.'"

Am 26.06. schrieb ich im Studio:
„Im Vergleich zu vor 2 Jahren ist die Branche total eingebrochen. Dumping-Angebote aus der Sonntagskrone erklären mir, weshalb ich nicht wirklich Geschäft mache:
- 48 Euro-Hausbesuche inklusive Taxi
- das Studio unter unserer Wohnung bietet Service um 20 Euro mit Mundvollendung an
- 3-Stunden-Service um 178 Euro und so weiter."

Was die Psyche zu der Zeit anbelangt, so finde ich einen aussagekräftigen Eintrag vom 13.07:
„Anhaltende Lebensmüdigkeit. Mir kommt vor, als wären die zwei vorrangigen Gefühle meines Lebens Angst und Lebensmüdigkeit. Abwechselnd. Nie gemeinsam. Und ich kann mir beim besten Willen nicht vorstellen, dass sich das ändern wird. Das nennt man Erfüllung, was?"

Ich werde zur Visite gebeten. Der Ärztin schildere ich alle Vorkommnisse. Es geht mir so heftig mit der Situation, dass ich um eine vorübergehende Entlassung bitte. Lange halte ich das hier nicht durch, das Hochhalten meiner starken Anteile wird irgendwann nicht mehr möglich sein und auch wenn nicht viel passierte, ich bin dermaßen in Alarmbereitschaft, dass ein Fortführen der Therapie schier unmöglich scheint. Die Ärztin entspricht meinem Wunsch und macht mir für morgen ein Entlassungsdatum aus. Sie schlägt vor, dass ich bis zur geplanten Wiederaufnahme mal zur Einzeltherapie komme und wir dann weiter sehen, denn dann wüssten sie auch um die weiteren Entwicklungen rund um ihn. Halleluja! Eine Wiederaufnahme Anfang März wird in den Raum gestellt. Die Ärztin meint, dass sie auch mit ihm über alles sprechen wird und ihm sagen wird, dass er, sollte er nicht aufhören, auf den 24er-Pavillon verlegt wird. Ich bedanke mich und gehe.

Danach muss ich zur Physiotherapie-Gruppe auf den 18er, er ist nicht dort, wie wunderbar. Wir machen Übungen mit Sitzbällen, es tut gut. Ich fühle mich plötzlich unendlich befreit, quietsche innerlich vor Freude, dieser Situation vorübergehend zu entkommen, alles prickelt in mir und ich mache meine Übungen mit einer Leichtigkeit, die ich hier noch nie verspürte.

Danach gehe ich wieder auf mein Zimmer und sehe in mein altes Tagebuch.
Am 29.08. schrieb ich:
„Sex mit Indern ist wie Ringkampf, sie schieben, sie zerren, sie quetschen und
beißen, sind ungestüm wie junge Hunde und wissen nicht, wie man mit einer Frau
umgeht, sie sind aber mutig genug, einem dauernd weh zu tun. Eigentlich war ich
bei Indern immer total beschäftigt, Verletzungen zu verhindern. Einer hat mal sein
verschwitztes Gesicht in meinen Haaren abgewischt. Niemand sonst kommt auf
solch eine Idee."

Das Mittagessen unterbricht mich in meiner Tagebuch-Kramerei.
Der Ofenbauer redet mit sich selbst, der Satellitenmann ist nicht da, die Vergewaltigte redet vom Essenverschenken an die Obdachlosen und dass sie es gerne tun
würde, weil sie selbst mal obdachlos war, und der Unauffindbare kommt verspätet.
Beim Gehen zu seinem Tisch wendet er den Kopf zu mir und hält beim Gehen kurz
inne, ich sehe an ihm vorbei. Er geht weiter. Ab seiner Anwesenheit spüre ich extreme Anspannung, vor allem das Innehalten und zu mir Sehen macht Stress. Lass
mich doch einfach in Kraut!
Nach einem zu hastig reingeschaufelten Gemüseteller nutze ich die Gunst der
Stunde und geh schnell eine rauchen, solange er noch isst. Danach verschwinde
ich aufs Zimmer. Die Schmerzen weiten sich auf den oberen Rücken aus. Das
Schreiben macht es nicht besser, aber ohne dem geht es gerade nicht. Ich fühle
mich gestresst und kraftlos. Um halb 1 gibt es die nächste Lyrica-Dosis.

Im Tagebuch finde ich einen lustigen Eintrag vom 17.10.2009:
„Gestern war Robert für mich Kondome einkaufen. Er überlegte vor dem Kauf spielerisch, was er sagen würde, wenn der Käufer ihn danach fragen würde, was er mit
100 Gummis vorhat. Tatsächlich geschah es so und ein schräger Verkäufer fragte
ihn komisch lachend. Roberts Antwort lautete: ‚Naja, nach 12 Jahren Häfn...‘ Der
Verkäufer verstummte."

Mehr Aufschreibenswürdiges fand ich nicht in diesem Buch. Ab morgen geht es
dann daheim weiter mit den Recherchen. Jetzt gehe ich mal zur Einzeltherapie.
Was mir auf dem Weg zum Nachbarpavillon wieder positiv auffällt ist das nicht Grüßen, im Gegensatz zum Therapiezentrum Ybbs. Jeder grüßt dort andauernd jeden
auf dem gesamten Gelände des psychiatrischen Krankenhauses und des Pflege-
zentrums. Es war oft enervierend. Jeweils dutzende Guten Morgens, Mahlzeits
und Guten Abends werden dort gesagt. Vor allem die Mahlzeits gingen mir auf die
Nerven. Ab halb 10 und bis 3 am Nachmittag werden Mahlzeits herumgeschleu-
dert, dass mir immer schwindlig wurde. Es ist hier im Vergleich eine Wohltat, das
nicht tun zu müssen bedeutet für mich Freiheit vom anderen.

Der Psychologin erzähle ich von den neuesten Entwicklungen. Sie findet die

Unterbrechung meines Aufenthalts gut, reimt sich in ihrem schönen Kopf nebenher ein wenig eine Ferndiagnose des Unauffindbaren zusammen und meint auf meine Anfrage hin, dass es nicht gescheit ist, wiederzukommen, solange der noch so drauf ist. Am Donnerstag den 29.2. komme ich in der Früh zu ihr, bis dahin, meint sie, wisse sie mehr. Wir reden über Grenzüberschreitungen meines Vaters, erzähle ihr die Situation, als er beim Sex mit meinem damaligen Freund dazu kam und eine weitere, die sich wegen eines Telefonats, das ich führte und ihm nicht passte, ergab. Ich entführte das Telefon im Alter von 19 Jahren an seiner langen Schnur in mein Zimmer, weil mich eine Freundin anrief, mit der ich in Ruhe reden wollte. Nach einer Weile hätte mein Vater gerne Gesellschaft gehabt, vermutlich um mich mit irgendetwas nieder zu schwafeln, und öffnete meine Zimmertür. Ich reagierte nur mit Blickkontakt auf ihn und ließ ihn im Türrahmen ohne ein weiteres Kommentar stehen, er wäre ja ohnehin nicht vom Fleck gewichen, egal was ich gesagt hätte. Meine Freundin und ich sprachen über Gefühle und Bedürfnisse, irgendwann tat ich einfach so, als stünde er nicht da. Er hielt bis zum Schluss des sehr langen Gesprächs durch und kommentierte es umfangreich nach dessen Ende. Dass es vergeudete Zeit wäre was ich da tue, dass der gesamte Inhalt Schrott wäre und dass es lächerlich sei, solche Gespräche zu führen. Um ihn ausreden zu lassen setzte ich mich zu ihm ins Wohnzimmer, nachdem ich das Telefon wieder an seinen Platz gestellt hatte. Und ich erdreistete mich, Widerworte zu geben. Das reizte ihn und er wurde wütend, seine Augen weiteten sich und er erhob seine Stimme. Als ich noch immer nicht den Schwanz einzog erhob er sich erbost. Ich stand auch auf und meinte:

„Schlag zu, wenn dir danach ist!"

Er packte mich bei den Haaren und zog mich Richtung Boden. Ich versuchte frei zu kommen und aus einem Gerangel, das uns vom Wohnzimmertisch wegführte, wurde eine handfeste Schlägerei. Es war hart und entschlossen, er wollte mich klein kriegen, doch diesmal gelang es ihm nicht. Ich kämpfte wie eine Löwin, schaffte es, meine Haare aus seinem Griff frei zu bekommen und schlug ab da mit mehr Handlungsspielraum zurück. Wir prügelten uns durch das Wohnzimmer und durch das Vorzimmer, beide Räume verwüsteten wir dabei teilweise und im Vorzimmer stand kein Schuh mehr dort, wo er vorher war. In einer günstigen Sekunde, ich war halbwegs frei und er stand nur auf einem Bein, nahm ich sämtliche mir noch zur Verfügung stehende Kraft zusammen und fegte ihm das Standbein mit meinem rechten Fuß weg. Er fiel hart und offenbar genau aufs Steißbein. Schmerzverzerrt lag er am Boden und war nicht in der Lage, wieder aufzustehen. Ich räumte kommentarlos das Feld und ließ ihn in einem Chaos von Dingen, die wir dort von der Garderobe räumten, liegen. Ich räumte nicht auf und sprach es mit keinem Wort mehr an, hielt die eisige Atmosphäre der nächsten Tage fast freudvoll durch und wusste, dass ab nun etwas anders war, und zwar nicht zu meinem Nachteil. Fast eine Woche lang ging er gebeugt und humpelte.

Später, bei einer Zigarette zum Kaffee, kommt der Ofenbauer daher.
„Genießen Sie Ihre Zigarette." sagt er zu mir.
Ich blicke auf seine joint-gleiche Zigarette.
„Und genieß du deinen Pseudojoint." meine ich.
„Pseudojoint." wiederholt er langsam.
„Oder wie mein Chef immer sagte ‚Pseudokrankenstände'." Er grinst.
„Und damit hat er recht gehabt, oder?" frage ich.
Er grinst noch mehr.
„Ja." Er geht weg und spricht mit sich selbst. Das Wort „pseudo" höre ich manch-
mal heraus. Leider spricht er zu leise, um weitere Inhalte mitzukriegen.

Ich konsumiere einen Tagausgang und fahre ins Fischgeschäft. Mein flüssiges
Kalium für das Aquarium geht zur Neige und Futter benötige ich auch. Die Mar-
ke, die ich erstehe, ist sogar msc-zertifiziert. Im Geschäft witzelten wir oft mit den
Kunden, dass wir unsere Fische besser versorgen als uns selbst. „Wenn die Leute
genauso gut auf sich selber schauen würden, wie auf ihre Aquarienbewohner, dann
würde sich die Krankenkasse viel Geld ersparen." brachte ich oft an.
Im Geschäft ist es wunderbar. Ich hocke mich vor Becken in der untersten Reihe
der 4-stöckigen Aquarienanlage des ersten Raumes, versinke minutenlang im Beobachten von seltenen Tieren, die schillern, mehr oder weniger bunt sind und in
ihrem Verhalten interessant. Dort unten finden sich meist meine Highlights. Zarte
Flossen wiegen in der sanften Strömung. Cynolebias fulminantis, ein Fisch, den ich
noch nie sah, begeistert mich, neben Dario dario, heute am meisten.
Ich wärme mich gut auf dort. Feuchtes, warmes Klima, das sonst nur in den tro-
pischen Abteilungen des Schönbrunner Zoos zu genießen ist, herrscht dort das
ganze Jahr vor. Eine Wohltat. Eine Wasserwelt mit allem, was das Herz begehrt.
Ich kann mich dort stundenlang verlieren.
Ein Telefonat mit dem Marienkäfer unterbricht meine Kontemplation. Er ist inzwischen in seiner Wohnung gut eingelebt und meint, ich kann bei ihm schlafen, wenn
wir mal länger unterwegs sind. Er erzählt mir von einer neuen Bekanntschaft, die er
im Savoy, einem in Wien bekannten Schwulencafè, machte. Es ist einer der, so wie
der Marienkäfer, grad keinen Sex und keine Beziehung haben möchte. Mal schau-
en, wie lange seine sexuelle Abstinenz andauert.
Dann widme ich mich weiter den Tieren, dem Wasser, den Pflanzen, dem Blubbern. Die neu gelieferten Platin-Guppies begeistern mich auch. Schneeweiß und
irgendwie strahlend, mit kurzer Rundschwanzflosse, genauso, wie ich es mag.
All die Angst und die Anspannung fallen ab, ich werde sogar fast schmerzfrei.
Dann schnappe ich mir mein Kalium und das Futter, greife noch zu bei vergünstig-
ten Zeitschriften und gehe zur Kassa.
Meinem ehemaligen Chef erzähle ich, dass ich im Spital bin und schildere die
momentanen Umstände, kann sogar ohne Aufflackern der Angst darüber reden. Es
tut gut.

Während der Straßenbahnfahrt der Linie 10, die mich zu meinem 48A bringt, telefoniere ich mit Lisi, tausche Neuigkeiten aus und erhalte Zuspruch. Diesmal nehme ich mir für daheim wirklich vor, mich bei Menschen zu melden, wenn es mir schlecht geht, ein Verhalten, das nicht gerade typisch ist für mich. Diesmal mache ich es.

Bei der Einstiegsstelle des Busses kehre ich ein in ein italienisches Restaurant, setze mich in den Raucherbereich und trinke ein alkoholfreies Bier. Aus den Lautsprechern schallt angenehme eintönige, moderne Musik, ganz und gar nicht passend zu der altmodisch anmutenden, rustikalen Einrichtung und Erscheinung der Räume. Ein netter Bruch. Viel Holz, ein Wagenrad an der Wand, zwei irdene, engelsgleiche Kinderfiguren um eine der Boxen, aus der Lounge-FM tönt. Witzig.

Als ich an den Aufbruch und das wieder ins Spital-Fahren denke, bekomme ich Angst.

Das Ankommen dort lindert meine Angst nicht gerade. Ein freundliches Gespräch über Aquaristik mit Schwester H. verbessert die Lage ein wenig. Am Zimmer angekommen esse ich Tortilla-Chips zu Abend. Ich möchte nicht in den Aufenthaltsraum und ziehe ein irgendwas Essen im Bett vor.

Mir ist kalt, doch ich will mich nicht ins Bett legen. Nochmal gehe ich duschen, ein seltener Luxus, den ich mir jetzt gönne. Ich drehe so heiß auf, wie ich es ertrage, wärme mein Blut, lasse alle vor Anspannung schmerzenden Stellen beprasseln. Mir ist wohler.

Ich verzichte auf meine abendlichen Tees, die ich nur im Aufenthaltsraum zubereiten kann, und trinke Wasser, verzichte aufs Rauchen und widme mich dem Katastrophenbuch.

Ein Kapitel heißt „Weltraummüll, Kanada 1978". Im Jänner 1978 fanden kanadische Ökologen in einem großen Krater im Eis eines Flusses ein Etwas. 230 Kilometer östlich eines Sees, der beinhart Sklavensee heißt, liegt die Fundstelle. Metallteile ragten aus dem Krater. Die radioaktiven Fragmente stammten von einem Kosmos954, einem sowjetischen Satelliten, der atomkraftbetrieben wurde. Es wird vermutet, dass der Atombrennstoff der Batterie beim Eintritt in die Troposphäre verbrannte.

Dieser Kosmos954 war ein Spionagesatellit, der 45 Kilogramm Uran235 in sich trug, das für die Stromversorgung zuständig war. Er kam am 24. Jänner 1978 auf die Erde zurück, seine Trümmer verteilten sich über hunderte Kilometer. Laut einer Augenzeugin war sein Eintritt in die Erdatmosphäre spektakulär, sie schilderte dutzende rote Flammen.

Weiter wird angegeben, dass im Jänner 1978 4272 Metallgebilde um unsere Erde flogen und dass seit 1968 5000 von diesen Dingern auf uns herabstürzten und verglühten. Nochmal zur Erinnerung: dieses Buch wurde 1979 gedruckt.

Die Märchenfee wird nicht mehr da sein, wenn ich wieder aufgenommen werde.

Sie liegt seitlich am Bett und wiegt ihren Körper leicht, wie so oft. Ich befrage sie dazu. Sie tut das aus Nervosität, aus Anspannung. Ich staune, wirkt es auf mich doch eher wie etwas Wohliges. Das sage ich auch. Sie verneint und sagt sehr bestimmt und zugleich unendlich traurig:
„Ich bin kaputt."
Gestern erst sagte sie mir, dass sie denkt, dass ich viel gesünder bin als sie und dass sie sich das schon öfter dachte.

Beim Plaudern ergibt es sich, dass ich ihr vom Unauffindbaren erzähle. Sie sagt mir, dass er ihr an seinem ersten Tag hier erzählte, dass er in mich verliebt sei und dass er sich öffnen will, mir von sich erzählen möchte, aber nicht weiß wie. Er fragte sie, ob sie ihm dabei helfen könne.
Ich frage sie, ob sie mit mir eine rauchen geht, als Schutz. Sie macht es.
Wir reden lange. So vieles, was sie sagte, wäre aufschreibenswert, aber ich kann ja nicht während dem Reden mitschreiben. Mein Gehirn behält es seit Lyrica nicht. Sie beschreibt poetisch, verwendet Vergleiche, die absurd-schlüssig sind, sie ist Surrealismus, ja, ihre Sprache ist oft surrealistisch. Und sie ist so ehrlich, erfrischend direkt. Der Alltag mit ihr wird mir fehlen.

Bei der Medikamenteneinnahme um 21 Uhr gebe ich „Auf der Flucht." an, als mich der Pfleger nach meinem Befinden erkundigt.
„Ich bin fast nur am Zimmer. Ich geh auch nur mehr zu zweit rauchen, aber ich kann mir die Zeit gut gestalten. Und morgen werde ich ja schon entlassen."
Ein Wiederkommen danach scheint mir vor dem Hintergrund der durch die Märchenfee hinzugekommenen Informationen, solange der Unauffindbare noch da ist, aber für uns beide kontraproduktiv. Niemand hätte etwas davon. Außer, es ginge mir daheim so schlecht, dass es für mich trotz seiner Anwesenheit hier besser wäre. Man wird sehen.
Ich schlafe sehr schwer und spät ein.

DER AUSZUG

Das Erwachen ist wieder gut. Von einem erinnerbaren Traum ist weit und breit keine Spur.

Anziehen, Wasser heiß machen, Zigarette produzieren.

Während ich mir eine drehe, redet die Vergewaltigte mit mir. Ein Redefluss, der mich bei ihr nicht mehr stört. Sie schüttet das inzwischen kochende Wasser auf mein Kaffeepulver und ich bin aufgrund mangelhafter Feinmotorik übermäßig lang mit meiner Zigarette beschäftigt.

Am Weg raus bedanke ich mich fürs Einschenken.

„Gern. Is zwoa nur Kaffee, oba wos sulls." scherzt sie.

Als ich wieder reinkomme, redet sie wieder drauf los. Es erscheint mir mittlerweile nicht mehr total unpassend, mich zu erkundigen, ob sie wirklich vergewaltigt wurde. Ja. Sie schildert es mir. Es war der Vater ihrer Kinder. Sie redet nur kurz darüber und landet dann, wie so oft, bei Vorwürfen gegenüber dem Jugendamt.

„I red scho wieda so vü, gell?" fragt sie

Ich sage, dass ich jetzt eh schreiben will, sofort respektiert sie das und zieht von dannen.

Anhand des Unauffindbaren lerne ich etwas Entscheidendes. Wenn jemand näher an mich ran will, als ich an ihn, dann habe ich ein Problem. Durch ihn kann ich dieses Gefühl, das dann auftritt, plötzlich genau festmachen. Das war mir erstaunlicherweise bisher nicht möglich. Es war verschüttet oder zu präsent, je nach dem, von welcher Seite man es betrachtet. Mein Vater wollte ständig näher an mich ran, als ich an ihn. Meine Mutter wollte ab meinem Suizidversuch näher zu mir, als es mir angenehm war. Nur das Zulassen dieser Nähe in unserer symbiotischen Phase, in der ich ständig mit ihr trank, erfuhr ich Erleichterung, weil ich nicht mehr ständig abwehrte. Aber ich weiß jetzt auch, dass ich dieses ungute Gefühl weg trank, das durch dieses zu nah Ranlassen auftrat.

Und heute, hier und jetzt fällt mir ein, dass ich eine Freundin habe, mit der es mir ähnlich wie mit meiner Mutter ergeht. Sie wollte immer schon näher zu mir, als ich zu ihr, deswegen bekomme ich nach 10 Minuten ihrer Anwesenheit das Bedürfnis nach Alkohol. Das beobachte ich schon länger, ich wusste nur bisher nicht, woher das kommt, ich konnte es im Zusammenhang mit ihr nicht definieren, dafür brauchte es den Unauffindbaren.

Den zweiten Kaffee schenkt mir eine Reinigungskraft ein, weil sie gerade am Kühlschrank zu Gange ist. Kleine Freundlichkeiten des Personals sind hier an der Tagesordnung.

Der Kontakt mit dem Biker pendelte sich auf ein angenehmes Maß ein, heute befragte er mich zum Beispiel wegen eines Passepartouts und danach respektierte er sofort, dass ich wieder schreibe.

Ich frühstücke wieder und es tut gut.
Bei der Zigarette danach macht die Märchenfee eine Bemerkung zu einer Gratis-zeitungs-Schlagzeile. Eine Sportlerin, die Gold machte, stand eine Stunde lang unter der Dusche und glaubte es noch immer nicht.
Später kommt sie auf ihre Ausraster in den Psychosen zu sprechen. Sie schrie zum Beispiel mal herum, dass sie ihren Ex-Mann abstechen möchte.
„Wenn mir das früher mal wer gesagt hätte, dass ich mich so aufgeführt habe, dann hätte ich es nicht geglaubt." sagt sie etwas verzweifelt.
„Und jetzt glaubst du es?" frage ich nach.
„Langsam ja. Ich bin so wie die, die eine Stunde unter der Dusche steht und es noch immer nicht glaubt!" Sie lacht kurz.
Wie es sich wohl für sie anfühlen muss, ich kann mir nicht die geringste Vorstellung davon machen.

Der Unauffindbare taucht am Balkon auf. Heute kommt nicht mal ein „Guten Morgen". Gut so.
Kurz darauf spricht mich der Satellitenmann im Aufenthaltsraum an.
„Du solltest schon mit dem Unauffindbaren ein paar Worte austauschen." vernehme ich.
Ich verneine.
„Wieso nicht, das ist so ein lieber Kerl?!"
„Du, da ist einiges vorgefallen."
„Ach so, das wusste ich nicht. Aber trotzdem."
Ich verneine.
„Du bist so hart."
Ich antworte nicht mehr, gehe einfach meiner Wege.

Die Morgenrunde, die alle 2 Wochen mit der Diätologin stattfindet, fällt zum Glück aus. Nach 30 Minuten Wartezeit räumen wir den Sesselkreis wieder weg.
Der Stationspfleger sagt mir, dass er mir noch etwas mitteilen möchte, bevor ich heute gehe. Wir setzen uns gleich zusammen. Das Gespräch, in dem er mir vermittelt, dass er es gut findet wie ich mich abgrenze, und dass ich den Adher-ence-Prozess daheim nicht unbedingt fortführen muss, weitet sich aus. Ich merke an, dass ich es fraglich finde, ob es Sinn ergibt, nach meiner Entlassung wieder

zu kommen. Er sagt, dass ich mir keine Vorwürfe machen soll, wenn ich abbreche, es aber schade wäre diese Situation zu vermeiden, weil erfolgreiche Therapie oft weh tut. Wir kommen im Gespräch auf Möglichkeiten, besser mit allem umzugehen. Dass ich zum Beispiel nach einer für mich Angst auslösenden Situation in den Wald schreien gehen könnte ist etwas, auf das ich noch nicht kam und allein auch nicht gekommen wäre. Ich erzähle ihm von der von meiner Mutter durchgeführten Stillsteh-Folter. Er reagiert zutiefst menschlich, was mir gut tut. Wir reden über die Auswirkungen von nicht gelebter Aggression in psychosomatischen Erscheinungen. Er sagt, dass solche Überschreitungen immer lauern und ich hier die Möglichkeit habe, es zu bearbeiten, womit die Widerstandskraft draußen in solchen Situationen steigt.

In der Ergotherapie arbeite ich an meinem von den Motiven her bunt zusammengewürfelten Tuch.
Bald bin ich erschöpft und verlasse die Therapie früher, um noch in Ruhe packen zu können. Es sammelt sich dann doch einiges an.

Zwischendrin holt mich der Stationspfleger für mein ärztliches Abschlussgespräch. Die Ärztin hört sich meine Zweifel an, was die Wiederaufnahme angeht, an, lässt es mir offen und meint, dass ich am Donnerstag der Therapeutin sagen kann, ob ich wiederkomme, sie hält mir jedenfalls den Platz frei. Auch Angebote von wegen jederzeit herkommen können, falls es ganz schlecht geht, macht sie. Danach packe ich fertig.

Bei einer Zigarette und einem Kaffee sagt die Märchenfee etwas über die positive Wirkung, die der Schnee auf sie hat. Der Stationspfleger ist auch gerade auf dem Balkon und sagt auch etwas über Schnee. Er kommt zu uns her und es ergibt sich ein Gespräch über die Entstehung eines Tümpels auf den Steinhofgründen über uns, die Märchenfee kam gestern an ihm vorbei und schwärmt nun von ihm. Er erzählt uns, dass irgendjemand mal illegal eine Wasserleitung dort hinauf legte und sie laufen ließ, damit es eine Möglichkeit zum Baden gibt. Die Steinhofgründe wurden früher bewirtschaftet von den Patienten des Spitals. Es wurde angebaut, es gab Hühner, Schweine und Rinder. Der heutige Kindergarten am Gelände, ein am Rand liegendes Haus, war früher der Schweinestall. Ich liebe solche Geschichten. Es gab alles im Haus, eine Pantoffel-Fertigungsstätte, eine Druckerei, eine Schneiderei, eine Metallwerkstätte, eine Tischlerei. Manches gibt es heute noch, die Gärtnerei und die Buchbinderei sowie eine Korbflechterei. Viel mehr von dem sich früher selbst erhaltenden Spital ist nicht mehr übrig. Es gibt zwar das Atelier und dort werden Dinge angefertigt, die werden aber zum Beispiel auf Weihnachtsständen verkauft. Die Buchbinderei macht Sachen für das Haus und eine sogenannte Anlagengruppe pflegt das Gelände. Es wird Schnee geschaufelt, Laub gerecht und die Rinnen, die sich neben den Straßen und Wegen befinden, werden gereinigt von sich ansammelndem Zeug.

Ich bleibe noch zum Mittagessen. Die Vergewaltigte macht das Schwanger-
schaftsthema wieder auf.
„Ja, ich weiß, hast du mir eh schon gesagt." meint ein Mitpatient.

Albert holt mich ab. Während ich esse wartet er schon am Gang, auf dem Stuhl,
auf dem ich hier in meinen ersten Minuten saß.
Nach einer Unmenge Gemüse begrüße ich ihn und verabschiede mich von der
Märchenfee, die mir fast durch den Haupteingang entfleucht wäre. Eine Umarmung
und viele Wünsche geschehen. Mann, wie sehr ich hoffe, dass sie ihre Medikamente nimmt!

Ich hole meinen Albert und wir gehen auf unseren schönen Balkon. Dort kommen
einige Leute vorbei, von denen ich mich auch verabschiede. Herzlicher von denen,
die nicht mehr lange da sein werden, weil ich die nach einem eventuellen Wiederkommen ja nicht mehr sehen werde, außer von der Depressiven, ihre schlaffe
Hand und der müde Blick tötet jede Herzlichkeit.
Nach einer Zigarette warten wir darauf, dass sich die Türe des Stützpunktes
öffnet, damit ich meine Mittagsmedikamente, die für den restlichen Tag und meine
Papiere abholen kann.
Schwester H. ist da und spricht mit mir. Sie sagt, dass man hier im geschützten
Rahmen experimentieren kann und sie ein Wiederkommen begrüßen würde. Was
meine nach wie vor vorherrschende Angst, er könnte zu mir ins Zimmer kommen,
angeht, so motiviert sie mich zum Schreien.
„Wissen Sie, im Nachtdienst ist es hier wirklich sehr ruhig, wir hören alles."
Auch, dass sie schnell zur Stelle sein würden, wenn ich läute, versichert sie mir.
Und was meine permanente Anspannung angeht, so meint sie, dass das halt das
ist, was therapiert gehört, das gehe nur, wenn ich wiederkomme. Therapie muss
wehtun.
In Ybbs tat es auch immer weh, aber dort deshalb, weil wir immer in die Vergangenheit blickten, die Dämonen von früher hervorholten und sie versuchten zu be-
sänftigen, mit großem Erfolg, auf dieser Station sind wir mehr im Hier und Jetzt und
agieren im großen Bereich der Verhaltenstherapie. Konfrontation gehört da dazu,
doch irgendwie ist es mir einen Tick zu heftig.
Ob sie denn wieder meine Bezugsschwester wäre, wenn ich wiederkomme,
erfrage ich. Das wäre sie gerne, wenn das auch in meinem Sinne wäre. Mein Ja
verstärke ich durch eine riesig ausfallende, nickende Geste. Sie freut sich darüber.
Sie händigt mir meine Papiere, bestehend aus Arztbrief, Pflegeentlassungsbericht,
einer Aufenthaltsbestätigung und einem Rezept, auf dem alle meine Medikamente
aufgelistet sind, aus. Wir verabschieden uns.

Der Vergewaltigten begegne ich noch, als wir meine unglaublich vielen Sachen schultern. Ob sie noch hier sein wird in einer Woche. Auf ein müdes „I glab schon." reagiere ich mit einem schrittweise nach unten intoniertem „I glaub a." Wir verlassen mit Sack und Pack die Station durch die sperrige Tür.

Auf der Fahrt erzähle ich von den neuesten Entwicklungen mit dem Unauffindbaren. Dass er mit geballten Fäusten und bebend vor Emotionen vor mir stand, das wusste Albert noch nicht. Bald sind wir aber mit diesem Thema durch.

Er erzählt mir von seiner recht neuen SM-Spielpartnerin. Sie verstehen sich sehr gut und ich freue mich mit ihm. Dass ich auch wieder wen brauche, um meine Aggressionen auszuleben, sage ich.

Er könnte ja seine neue Spielpartnerin fragen bietet er an, die ist oft in der Schwelle Wien unterwegs und kennt vielleicht wen Passenden. Ich sage ja, danke. Kann ja nicht schaden. Die Schwelle Wien ist ein Ort, der volljährigen Menschen jeder sexuellen Couleur offensteht und als Begegnungsort der vollkommen freien Art gesehen werden will. Ich war noch nie dort, was dem verflixten Umstand geschuldet ist, dass ich wahnsinnig oft Rausgehphobikerin bin. Meistens entscheide ich mich für das Daheimbleiben. Schön blöd. Deswegen mache ich das heute Abend ganz anders. Ich erledige den Gang zur Apotheke und einen kurzen Einkauf, hänge viel vor dem Aquarium herum, sehe fern und schreibe Muna. Ob sie heute im No Limits sein wird erfrage ich. Das ist ein SM-Club, nicht weit von meiner Wohnung entfernt. Sie verkehrt dort oft. Nach einem Besuch bei Karl Stirner und einer Freundin vor einigen Wochen schaute ich dort hinein, nicht ahnend, dass Muna dort sein wird, wir sahen uns zum ersten Mal seit Jahren. Ein Buch zum Thema SM und Schmerz, das ihr gehört, ist noch bei mir und sie fragte mich, ob ich es ihr mal vorbeibringen könnte. Ich erfahre, dass sie heute hin geht und nehme diese Buchübergabe zum Aufhänger, mich hinaus zu bewegen. Ich suche mir schicke Klamotten raus, also, für meine Verhältnisse schick, bin ich doch eher der Jeans- und Batikwesten-Typ. Ich dusche, ich zupfe, ich föhne, ich schleife.

Nachdem das Ergebnis halbwegs okay ist, gehe ich um 21 Uhr rum hin.

Der Club ist schön, unglaublich angenehm für meine Augen.

Über eine Treppe steigt man hinab in die Welt des BDSM, landet in einem historischen Kellergewölbe, das sich vom Eingangsbereich, nach links gehen Garderobe und Toiletten weg, über den Barbereich bis hin zum Spielbereich am Ende des Raumes zieht. Alles ist angenehm großräumig angelegt. An den Wänden wurden die alten, rotbraunen Ziegel belassen, was eine beruhigendere Wirkung auf mich hat als jede andere Variante der Wandgestaltung. Sogar die Bar, die rund 10 Meter vom Eingang entfernt beginnt, ist aus Ziegeln gemauert. Rustikale, quadratische Hocker stehen um sie, sie verläuft rechteckig und hinter ihr steht eine vollbusige Kellnerin. Im Anschluss an die Bar befindet sich das DJ-Pult, hinter dem der Geschäftsführer steht, Fritz, ein alter Bekannter, den ich dort bei meinem ersten Besuch auch seit Jahren zum ersten Mal wiedertraf. Gegenüber der Bar gibt es eine Glaswand, durch die man in den Duschbereich einsehen kann. Eine Frau befindet sich darin und wäscht sich lasziv. An der linken Wand danach befinden sich weitere Hocker vor einem Tresen. Wunderschön geschliffene, mächtige Holzbretter bilden diesen. Schwarze Metallstangen erstrecken sich nach oben. Sie bieten durch angebrachte Zwischenteile die Möglichkeit, jemanden anzuhängen. Niedriger in der Wand verankert sind Haken, etwa auf Schulterhöhe, die ebenfalls diesem Zweck dienen. Hinter dem DJ-Pult finden sich Sitzmöbel in schwarz vor ebenfalls rustikalen, niederen Tischen. Von dort aus hat man eine gute Sicht auf den Spielbereich im hintersten Teil. Hinten rechts findet sich ein weiterer Tresen, an dem man einem eventuellen Geschehen hautnah beiwohnen kann.

SM thematisierende Aquarelle sind ausgestellt und finden sich, dezent präsentiert, an allen Wänden.

Ich steuere Fritz an, begrüße ihn und wir kommen sogleich ins Gespräch. Bei meinem ersten Besuch hier fragte er mich, ob ich mal ausstellen möchte. Ich bejahte und schlug eine im Rahmen der Vernissage stattfindende Performance vor. Seit meinem 17ten Lebensjahr in etwa habe ich das Bedürfnis, mich nackt in einen von allen Seiten einsehbaren Glaskubus zu hocken und ihn von innen her langsam anzumalen, bis von mir nichts mehr zu sehen ist. Das schlug ich ihm vor und er war begeistert. Er bot mir an, einen solchen Kubus zu bauen. An diesem Abend hatte ich schon ein paar Biere intus und in den darauffolgenden Tagen nahm ich meinen Vorschlag wieder zurück, weil mich Gedanken an im Internet herumschwirrende Nacktfotos von mir quälten. Fritz fand das sehr schade und meinte noch, dass das sehr gut ankommen würde. Ich fühlte mich nach der Absage erleichtert, obwohl ich es auch sehr schade fand, für diese seit 20 Jahren in meinem Kopf herumgeisternde Aktion nicht die Schneid zu haben. Er sprach mich darauf an, fragte, weshalb ich diesen Rückzieher machte. Ich erklärte ihm, dass ich die Gedanken daran betrunken super finde, bloß nüchtern halt nicht. Und dann machte er einen ursprünglich von Muna stammenden Vorschlag: Ich müsste ja nicht nackt drin stehen. An diese Variante dachte ich erstaunlicherweise noch gar nicht. Das halte ich für gangbar, noch dazu, weil Fritz meint, dass er so was angezogen für noch viel reizvoller hält als nackt. Ich werde es mir die nächsten Tage überlegen und wenn es sich mehrheitlich so anfühlt wie gerade eben, dann können wir das gerne so machen.

Ich bestelle mir ein alkoholfreies Bier.

An der Bar werden gerade spezielle Vorlieben, die viele an die Ekelgrenze bringen, besprochen. Sexuelle Begebenheiten mit Fäkalien stoßen auf mehr Abscheu als solche mit Erbrochenem. Es wird versucht, sich an Ekelfaktor mit dem Gesagten gegenseitig zu übertrumpfen. Manche bitten um Beendigung des Gesprächs, woraufhin nur eine heftigere Welle an Geschichten losgetreten wird. Irgendwann läuft es sich aus, was ich schade finde, ich bin zwar keine Anhängerin solcher Praktiken, aber ich bin immer hoch interessiert was die Extreme des sexuellen Spiels angeht. Es ekelt mir auch nicht beim Anhören solcher Geschichten, ich bin dankbar für die Informationen bis amüsiert.

Es tut sich was im Spielbereich, aus dem Augenwinkel bemerke ich, dass sich dort Leute formieren. Ich löse mich aus dem Gespräch und setze mich auf eine Couch, um alles in Ruhe zu beobachten. Der Ort des Geschehens ist ein Gynäkologen-Stuhl, von dem die Fußstützen so hinunter geschraubt wurden, dass das Objekt, in dem Fall eine Frau, mit ihren ausgestreckten Beinen auf ihm zu liegen kommt. Sie wird mit halb aufrechtem Oberkörper platziert. Ein Mann wickelt sie vom Hals bis zu den Knöcheln in eine durchsichtige Plastikfolie. Dann durchbricht er die Folie auf Höhe ihrer Scham und fixiert dort einen Vibrator. Eine schwenkbare Lampe beleuchtet genau diesen Bereich, lässt die Folie glitzern wie frischen Schnee. Die Frau wird allein gelassen. Sie bewegt sich ab und zu wellenartig und atmet schwer. Da der Fokus der Lampe auf dem Becken liegt, verschwindet ihr Gesicht in der Dunkelheit der etwas schummrigen Ecke. Als sie dem Höhepunkt nahe ist, geht ihr Meister hin, fotografiert sie und führt den Vibrator. Danach übernimmt ein anderer und der Meister fotografiert nur mehr. Ihren Orgasmus leitet sie ein mit den Worten:
"Jetzt! Danke!"
Danach streichelt der Meister ihre Füße. Nach einer Minute nimmt der Andere den Vibrator nochmal zur Hand, sie stöhnt heftig auf. Er führt ihn in größeren Bewegungen als zuvor, sie wird leise, genießt aber sichtlich. Ihr Meister holt einen Dornenroller, ein Metall-Toy, das ähnlich einem Teigrad ist, nur mit scharfen Metallspitzen bestückt ist, und bearbeitet ihre Füße sowie ihre Brust durch die Folie. Sie wird weiter und weiter von dem anderen stimuliert bis sie plötzlich schreit wie ein großes Tier. Das macht sie 2 Mal, dann ist es wieder ruhig. Zu dem Zeitpunkt stehen 4 Leute um sie herum.

Ich gehe zur Toilette, als ich wiederkomme stehen nur mehr 2 dort, ihr Meister und der nach wie vor den Vibrator führende Andere. Ich gehe hin, der Meister spricht kurz mit mir, fragt, ob ich mich einbringen will. Sie hat Wohlfühlstunde. Sie darf so oft kommen, wie sie will. Ich fange die unter der Folie gefangenen Nippel an zu berühren, zu streicheln, versuche sie zu zwicken. Der Meister nimmt eine Schere zur Hand und schneidet die Folie vom Hals her auf, legt ihre Brüste frei. Ihr Körper ist voller Lotion, sie wurde geschmiert, bevor sie sie verpackten. Ich bearbeite ihre Brustwarzen, während ihr Meister die Lotion abwischt, damit das Ganze mehr Gripp hat. Ich zwicke sie, streichle ihre Brust und versinke voll in dieser Berührung. Inzwischen legt sie ihr Meister völlig frei, schält sie aus ihrer engen Umhüllung. Sie kann kein weiteres Mal kommen. Durch ein kurzes Gespräch zwischen den beiden erfahre ich, dass sie 5 Mal kam und das auch ihre Grenze ist, die sie selten überschreiten kann.

Ich setze mich wieder, schreibe, da kommt Muna zu mir. Sie arbeitet hier jetzt als Managerin. Wir reden übers Schreiben, ich erzähle ihr, dass ich auf der Akut-Station anfing und nicht mehr aufhörte, erzähle ihr meine Krankenhausaufenthalte der letzten Jahre, wir reden über einiges aus ihren letzten Jahren, gehen rauchen und ich bestelle mein zweites alkoholfreies Bier.

Der Meister kommt zu mir und informiert mich, dass es nun möglich ist, seine Sklavin zu schlagen. Ich geh noch eine rauchen und stoße dann hinzu, er schlägt sie noch kurz, gibt dann aber ab an mich. Sie ist an einer Spreizstange befestigt, die von der Decke hängt und mit einem Flaschenzug auf und ab zu bewegen ist. An den Ösen der Spreizstange sind lederne Handmanschetten befestigt. Sie steht gestreckt, hat ihre Füße aber flach auf dem Boden. Ich suche mir aus den vom Club bereitgestellten Schlagutensilien einen Rattan-Teppichklopfer aus und widme mich nur ungern ihrem Gesäß, es wurde schon etwas in Mitleidenschaft gezogen. Ich schlage ihre Ober- und Unterschenkel. Sie knickt manchmal weg vor Schmerz. Auch um die Seiten des Gesäß kümmere ich mich, woraufhin mir ihr Meister ein längliches, hölzernes Paddel bringt, ein stabiles, kompaktes Schlaginstrument. Er meint, ich soll mich auf das Gesäß konzentrieren. Ich äußere Bedenken aufgrund des Zustandes.

„Ist ja noch nicht mal warm." meint er gelassen.

Er bringt mir ein weiches, biegsames, schwarzes Paddel, mit dem ich den oberen Rücken bearbeiten kann. Er weist seine Sklavin dazu an, mir in die Augen zu sehen, während ich sie schlage. Ich schlage sie nicht nur am Rücken, gehe tiefer und bearbeite wieder die Beine, dann wandere ich wieder hinauf. Zwischendrin streiche ich über die geschlagenen, roten bis violetten Stellen. Der Meister, dem ich offenbar mit zu viel Körpereinsatz schlage, sagt:

„Mach mehr aus dem Handgelenk. Der Dominante darf nie schwitzen. Wenn du schwitzt, dann muss sie dafür bestraft werden." und grinst.

Er kommt mit einer Bullenpeitsche und zündet ihr spitzen Schmerz in den Körper. Er übernimmt wieder das Ruder und schlägt sie hart. Er sieht sie an und lächelt.

„Lieber einstecken als stopp sagen." kritisiert er sie spielerisch.

Er macht weiter, er weiß, dass sie nicht mehr lange kann und steigert die Härte, bis sie einknickt. Ende. Keine Schläge mehr. Sie lächelt mich an und sagt „Danke.".

Er lässt sie weiter hängen und holt Eis, damit kühlt er ihre Striemen, die stark geschwollen sind. Er kühlt sie ein paar Minuten und spricht mit ihr. Dann sagt er:

„Und wenn du schon so schön nass bist..." und holt eine elektrische Fliegenklatsche.

Er berührt ganz sanft und kurz ihre Haut, sie quietscht vor Schmerz und windet sich. Und dann wird sich doch noch umentschieden, es gibt eine weitere Schlageinheit.

Muna nimmt einen Rohrstock zur Hand und bearbeitet sie. Gezielt setzt sie harte Hiebe, offenbar mit dem Willen, sie blutig zu schlagen, was ihre Spezialität darstellt. Sehr konzentriert verrichtet sie diese Handlung. Sie macht ihren Job gut. Bald ziehen sich blutige Striemen über das Gesäß.

Als sie fertig ist, beugt sie die Sklavin vorne über um die Lichtverhältnisse für das nun folgende Foto zu verbessern. Muna hält den blutigen Rohrstock quer über den oberen Teil des Gesäßes für das Bild. Dann schlägt nochmal der Meister mit einem Paddel zu, fest, bis sie aufschreit. Nun ist es vorbei. Sie wird aus ihren Fesseln

Ohne Titel, 2013, 18x24cm, Acryl auf Leinwand

entlassen und muss sich in eine flache Kiste knien, in der spitze Steine sind, ihre Handflächen bei abgewinkelten Armen nach oben halten, in ihre Hände wird der Rohrstock gelegt und ein weiteres Foto folgt.

Im Anschluss reinigt und desinfiziert die Sklavin alle verwendeten Schlaginstrumente, die auf einer Couch gesammelt wurden. Danach verschwindet sie.

Als sie eine Viertelstunde später völlig bekleidet und lachend auftaucht, würde man niemals vermuten, was ihr soeben widerfahren ist.

An der Bar unterhalte ich mich mit einem alten Bekannten und mit dem Inhaber, schlussendlich auch mit dem Meister. Er erzählt mir, dass er nach einer Session wie heute rund 1 Woche lang den abgefallenen Aggressionsspiegel spürt. Sie ist nicht seine Freundin, sie ist nur eine Spielpartnerin. Er schildert noch, dass er in einer SM-Beziehung gedanklich ständig damit beschäftigt ist, um demütigende oder erotisierende Aufgaben zu stellen. Einer Partnerin befahl er zum Beispiel, immer ihre Liebeskugeln mit sich zu haben und sie jederzeit auf sein Geheiß hin einzuführen, selbst wenn sie zum Beispiel in einer geschäftlichen Sitzung ist. Dann muss sie zur Toilette gehen und ein Beweisfoto vom Einführen senden.

Sie war mal mit einer Freundin auf Urlaub. Er befahl ihr, mit eingeführten Kugeln tanzen zu gehen und verbot ihr aber, sich den ganzen Urlaub über selbst zu befriedigen. Als sie wieder da war fragte er sie, ob sie sich an alles gehalten hatte. Das konnte sie guten Gewissens behaupten, nur ließ sie sich von ihrer Freundin bis zum Höhepunkt lecken. Klingt wie aus einem Roman, er erzählte es aber voller Emotion und Lebendigkeit, es wirkt authentisch. Eine wunderbare Gute-Nacht Geschichte, ich verabschiede mich und gehe.

Als ich daheim ankomme ist es weit nach Mitternacht. Ich nehme meine Medikamente und hoffe, dass sich der ungewohnte Schlafrhythmus nicht negativ auswirkt. Und ich wünsche mir einen erinnerbaren Traum.

WIE ZUM TODE AUFGEBAHRT

Ein stechender, metallener Schmerz in der rechten Hand wird so stark, dass ich davon erwache. Ich setze mich auf, der Schmerz lässt sofort nach, verschwindet aber nicht. Das taube Gefühl, das dauernd schon da gewesen sein muss, spüre ich erst jetzt, nachdem es weniger weh tut. Es gibt 3 mögliche Ursachen dafür. Erstens das lange Aufbleiben, zweitens das lange unter Menschen Sein und drittens die körperliche Aktivität des Schlagens. Es wird vielleicht eine Mischung aus allen 3 Faktoren sein, die mir den Nervus medianus, ein Nerv, der in der Schulter entsteht und sich bis in die Hand zieht, abklemmen lässt. Es ist ein Problem, das nun schon seit Jahren besteht und nur in Ruhe und Einsamkeit wieder völlig verschwindet.

Ich stehe auf und mache mir einen Kaffee, rauche am Fenster eine Zigarette, nehme meine Medikamente. Eine Reihenfolge, die zumindest jedem Mediziner übel aufstößt.
Ich setze mich an meinen Eckschreibtisch und beginne in der Sonne zu schreiben. Einiges von gestern gehört ergänzt oder ausgebessert.
Es ist ein strahlender Tag, ich breche auf, um einen Sonnenspaziergang bei Schnee zu machen. Das Draußen, schöne, unsichere Welt. Alle Handlungen um rauszugehen kosten mich Überwindung, ich muss einen ständigen Impuls des Vermeidens zur Seite schieben. Aber ich schaffe es. Ich spaziere ein paar Minuten und lande im alten Teil des Meidlinger Friedhofs.
Verschneite Gräber sind verziert mit unzähligen Vogelspuren. Dazwischen sehe ich immer wieder feingliedrige Abdrücke, so groß wie eine Hand. Mein Gott, was war das denn?
Gleißendes Licht, doppelt zugedeckte Tote und das Kreischen der Krähen.
Die hoch aufragenden, pechschwarzen und monströsen Grabsteine der 10er- bis 50er Jahre gefallen mir am besten. Sie befinden sich vorrangig in Abteilung II und III dieses Teils des Totenortes. Im neuen Teil gibt es auch ganze Alleen davon, aber dort gehe ich nun nicht hin, hier ist es ruhiger.
Ich liebe Friedhöfe, es ist alles voller Menschen, aber keiner sagt was. Wie wunderbar. Sie liegen schweigend in der dunklen Erde. Dennoch erfahre ich etwas von ihnen. Teilweise zumindest.
Am Grab der Familie Fischer steht:

Hans Fischer
Autohändler
Geb. am 24. Mai 1914
Er verlor durch die gewissenlose Schuld
eines Bauern aus Langenohr,
der ein Feuerwehrauto lenkte
und in seinen stehenden Wagen hineinfuhr,
am 19. April 1952 sein Leben.

Dass eine solche Geschichte eingemeißelt ist, findet man aber selten. Meist steht nur zum Beispiel „Tischlermeister", „Haus- und Realitätenbesitzer" oder „Gemeinderat der Stadt Wien" auf den steinernen Platten.

Des Öfteren findet sich im rechten, unteren Teil des Grabsteins „AUF FRIEDHOFSDAUER". Immer wieder würde ich gerne wissen, wie viel Geld die Leute damals umgerechnet hinblättern mussten, um sich diesen Status zu erkaufen.

Am neuen Teil des Friedhofs steht ein Grab, auf dem steht:

Mein innigstgeliebtes Weibi
Elsa Gradl, geb. Schudy
Direktorsgattin
geb. 5. August 1885, gest. 5. Mai 1949
In treuer Liebe, Karl.

Mir fällt der Friedhof in Kramsach in Tirol ein. Böse Sprüche lauern dort und amüsieren mich immer wieder. Ein paar Beispiele der Inschriften:

Es liegt begraben
die einsame
Jungfrau
Nothburg Nindl
gestorben ist sie im
siebzehnten Jahr
just als sie zu brauchen
war.

Hier liegt
Martin Krug
der
Kinder, Weib
und Orgel
schlug.

317

Hier
schweigt
Johanna
Vogelsang,
sie zwitscherte
ihr Leben
lang.

Nach einer Stippvisite daheim gehe ich zum Supermarkt.
Am Parkplatz packen eifrig anmutende Leute Unmengen an Lebensmitteln in un-
geheuer viel Plastikverpackung in ihre Kofferräume. Ich gehe hinein und mache
mich genauso schuldig. 4 von 5 gekauften Produkten sind in Kunststoff gepackt.
Wahnsinn.
Kaum wieder daheim erreicht mich der Anruf einer Therapiekollegin aus Ybbs.
Mit ihr lag ich mal in einem Zimmer und ich gewann sie lieb. Sie ist ein Stück älter
als ich, hat aber ein jüngeres Wesen, sofern es ihr gutgeht. Das ist nur leider immer weniger der Fall. Sie leidet an einer schrecklichen Depression, die auf Medikamente nach einem Wechsel, wenn überhaupt, immer nur für ein paar Wochen oder
Monate reagiert. Dann schöpft sie neue Hoffnung, dass ein Mittel gefunden wurde,
das ihr hilft, nur um diese Hoffnung nach einiger Zeit wieder fahren lassen zu müssen. Momentan geht es ihr sehr schlecht, sie meint, so schlimm war es noch nie.
Sie hat nicht mal die Kraft, sich Kaffee zuzubereiten.
„Ich liege im Bett wie zum Tode aufgebahrt." sagt sie.
Ihr Sohn geht ihr schon auf die Nerven mit guten Ratschlägen und Aktivierungsvor-
schlägen, doch sie kann einfach nicht, obwohl sie weiß, dass sie es tun sollte.
Oft musste ich erleben, dass sich viele Menschen psychische Erkrankungen
einfacher vorstellen, als sie sind, selbst Ärzte und Pflegepersonal erwischte ich
beim Überstülpen ihrer eigenen Wert- und Gedankenwelt über die eines Kranken.
Ich nenne das Seelenverletzung. Wenn ich einem sich ins Fleisch Schneidenden
kopfschüttelnd sage, dass es ja nicht sein kann, dass er das tut, wenn ich einen
Depressiven dazu ermahne, doch raus zu gehen und die Blumen zu genießen,
wenn ich einen schwer Dissoziativen maßregle, dass er doch das nächste Mal in
der Realität zu bleiben hat, dann ist das so, als würde ich einen Parkinsonkranken
dafür kritisieren, dass er zittert.
Schwer alkoholkranke Menschen verhalten sich nicht so, wie sie sich verhalten,
aus Lust an der Freude, sie leiden, sie trinken sich was weg, wo sich ein anderer
einen Krebs wachsen lässt. Letzterer wird bedauert, ersterer gescholten und von
medizinischem Personal mies behandelt. Wir werden nicht aus Langeweile süchtig
oder suizidal, es sind Erkrankungen, die man nicht sieht oder riecht, die ausbre-
chen und abebben. Therapie kann uns helfen, doch gibt es zu wenig davon. Im
Jahr 2017 las ich in einer Zeitung von der Gebietskrankenkasse, dass 25% aller

Krankenstände inzwischen durch psychische Erkrankungen verursacht werden, jedoch nur 6% der Gesundheitsgelder für deren Therapien aufgewendet werden. Wenn ich mir einen Lungenkrebs züchte durchs Rauchen, dann bekomme ich gratis die teuersten Behandlungen, wenn ich die Scherben meiner Kindheit aufarbeiten muss, weil mich die Symptome halb umbringen, dann gibt es keine Plätze dafür oder ich gebe eine Lawine an Geld dafür aus. Tut man sich selber etwas an durch einen ungesunden Lebensstil, dann wird einem alles bezahlt, wird einem was angetan, wird man eine Kindheit lang gedroschen oder missbraucht, dann kann man selber schauen, wo man bleibt, weil es kaum kassenfinanzierte Therapieplätze gibt. Es ist skandalös und ungerecht, aber so ist es. Und aufgrund von überstülpendem Verhalten der Umwelt wird einem nicht geglaubt, dass man die Blumen im Frühling nicht genießen kann, wobei man doch bloß vor ihnen steht und verzweifelt, WEIL man sie nicht genießen kann. Wir wissen doch, dass das bei Gesunden anders erlebt wird und jeder Versuch, der scheitert, ist ein weiterer Schlag in die Magengrube. Man vergeht vor Hoffnungslosigkeit, weil man es nicht kann. Man wird nicht verstanden und andere wollen einem klarmachen, dass, wenn man nur so denken und handeln würde wie sie, alles in Butter wäre. Wenn wir so denken und handeln könnten, dann würden wir es verdammt nochmal auch tun. Um bei dem Beispiel des Parkinsonkranken zu bleiben: Es ist wie der Ratschlag, sich doch einfach hinzusetzen und feine Bleistiftzeichnungen anzufertigen, um was Produktives zu tun und sich abzulenken von der Krankheit. Jeder würde das als Affront werten, für psychisch Erkrankte ist das Alltag.

Voller Groll gehe ich rauchen, lenke mich dann mit Fernsehen ab und gehe schlafen.

DAS FÄNGT JA SEHR GUT AN, WENN DU DICH JETZT SCHON AUSZIEHST

Der Zustand nach der ersten Zigarette, neben dem Zeitpunkt des späten Er-
wachens, gibt mir Auskunft über den Eintritt in die Ultraentspannungsphase. Die
Motorik verabschiedet sich und ich sinke auf dem Küchenboden zusammen wie ein
Heroinabhängiger nach einem Schuss. Einer Bewegung nicht mächtig und mit dem
absoluten Gefühl der Fragmentierung des Körpers, gepaart mit einem Wohlbefin-
den der Sonderklasse, versuche ich den Zustand durch das Geschlossen-lassen
der Augen so lange wie möglich aufrecht zu erhalten. Nach 2 Minuten ist das Rasen der Zellen großteils vorbei, das Brodeln der Espressomaschine am Herd, die
ich vor der Zigarette hinstellte, zwingt mich zum Handeln. Beim Aufstehen wundere
ich mich, dass ich nicht umfalle.
Dann stellt sich aufgrund der Uhrzeit rasch Aktivität ein. Nach ein paar großen
Schlucken Kaffee ziehe ich mich an und gehe zum Flohmarkt ein paar Straßen
weiter. Die meisten Standler sind schon weg, dennoch ergattere ich bei einer in der
Kälte Ausharrenden ein Hundegeschirr und einige Puppenteile, die ich für meine
Wandobjekte, gut brauchen kann.

Im Tagebuch vor dem, aus dem ich letztens die Einträge notierte, suche ich nach
Notizen zu den Sessions, die ich früher mit Muna machte. Sie war die inzwischen
passionierte Herrin, als ich sie 2 Jahre zuvor im ersten Studio kennenlernte machte
sie noch nichts in diese Richtung.
Muna wollte den Männern nicht nur wehtun, sie gab gern insgesamt den Ton an,
obwohl sie sich dabei an Kundenwünsche hielt. Sie schaffte es, beides zu tun, sie
verwandelte die Vorlieben des Zahlenden in die eigenen und so wirkte es für den
Mann nicht mehr wie sein, sondern wie ihr Wille, ein Zug, den ich nie vollbrachte.
Nicht umsonst war es immer eine good cop – bad cop – Situation wenn wir gemeinsam einen Kunden hatten.
Muna hatte ein eigenes Studio und tobte sich dort anständig aus. Sogar an der
Zimmerdecke fanden sich Blutspritzer. Eine ihrer Spezialitäten war das Fixieren
des Hodensacks an einer Holzplatte. Mit 100er-Nägeln, was sonst. Da war ich aber
nie dabei. Wir fesselten und pinkelten in Münder, banden Hoden ab, bissen und
quälten mit den Händen, schlugen und traten. Zu diesen Jobs oder anderen jener
Zeit finde ich aber keinen einzigen Eintrag. Das Schreiben verwendete ich immer
zur Psycho-Hygiene, Positives fand selten Einzug in diese Bücher. Ich lese, dass

ich permanent nervlich zerrüttet war. Und, dass ich meiner eigenen Geschichte auf die Schliche kam.

Am 21.10.07 schrieb ich:
„Die Umstände, unter denen ich aufwuchs, werden mir mit Hilfe der Therapie in ihrem grausamen und vernachlässigenden Charakter immer klarer. Nun folgt bei mir eine Reaktion, nämlich, dass ich hie und da, wenn andere in meiner Gegenwart zum Beispiel über Erziehung sprechen, eine meiner kindlichen Erfahrungswelt entsprechende Aussage mache, eine Schilderung einer Situation, ein Wiedergeben einer mir eingetrichterten Phrase, ein familiäres Stimmungsbeispiel et cetera. Immer äußerst kurz gehalten, man will sich ja nicht leidend verbreitern, sondern nur gewisse Umstände verdeutlichen. Mit Ausnahme von Robert und Muna wird nicht groß verbal darauf reagiert. Ein verdutztes, blödes Dreinschauen, eine „vergiss es"-Handbewegung mit abwendendem Kopf oder ein Seufzen sind das, was unsere Freunde zusammenbringen. Und was bleibt ist ein ähnliches Gefühl von Alleingelassen werden wie als Kind. Keiner von ihnen will so was hören, keiner ist mir wohlgesonnen, alle sind froh, wenn ich mich wieder beruhigt habe und man sich den allgemeinen Aspekten dieses Themas wieder widmen darf. Meine Outsider-Statements kommen nicht gut, sie wirken zwangsweise ins Gespräch eingefügt, plump am vermeintlich falschen Ort im Gespräch platziert. Von sich aus befragt mich keiner zu diesen Dingen. Wie ich aufwuchs scheint unseren Freunden mit Ausnahme von Muna so etwas von egal zu sein. Man thematisiert die miesesten Umstände auf der Welt in Gesprächen, aber das Beispiel, von dem man redet, darf bloß nicht zu nah an der Realität dran sein, dann sind sie nämlich betreten, peinlich berührt und gar nicht mehr souverän."

Es ist nicht verwunderlich, dass ich zu kaum jemandem von früher mehr Kontakt habe und das auch nicht bedauere. Alle meine Kontakte heute sind völlig anders geartet.

Es gibt auch Einträge mit Klagen über meine Eltern, Wissenschaftsdokumentationsprotokolle, aquaristische Beschreibungen und Notizen zu Situationen von Freunden, doch zum Thema Job finde ich nichts.

Ich gehe in der Zeit zurück und lande in einem Tagebuch des Jahres 2005.
Am 24. August schilderte ich meinen Einstieg in die Branche:
„Ich war am Vormittag beim Psychiater. Unterwegs schnappte ich mir die Gratiszeitung und da war ein Inserat. Ich rief an, super sympathisch. Robert geht morgen um 11 Uhr mit hin."

Am 25. August folgte:
„Um 11 Uhr waren wir dort. Wir waren beide nervös. Der Chef glaubt an Astrologie, ich musste ihm Geburtsdatum, -zeit und -ort dalassen. Ich ging ohne große Erwartungen hin, es hätte an meinen Narben am Bauch, an den Leuten, am Laden selbst scheitern können, doch das tat es alles nicht. Ganz im Gegenteil. Als ich

die Narben herzeigte meinte der Chef: „Das fängt sehr gut an, wenn du dich jetzt schon ausziehst." Wir lachten.

Verdammt, ich werd grad zur Nutte! Am Montag um 13 Uhr fängt meine Probe- und Einschulungswoche an und ich hab nicht vor abzusagen. Mir wird klassische Massage beigebracht. Super war, dass Robert mit war, obwohl es ungewöhnlich zu sein scheint und der Chef ihn deshalb für meinen Zuhälter hielt. Er erzählte lange und viel über das Geschäft, sehr sympathisch. Es ist sehr hygienisch, es ist alles Safer Sex, wenn ich will kann ich Naturfranzösisch anbieten, aber kein Griechisch. Wenn in der Probewoche alles stimmt, dann mach ich das.

Lustig ist ja, dass ich gar nicht unbedingt auf Jobsuche war. Die Gratiszeitung trug ich schon den halben Tag mit mir herum, auf die Inserate achtete ich dann nur routinehalber ohne Erwartungen, vor allem, weil es nur so wenige waren. Für diesen Job habe ich mir kaum Chancen auf 100% Safer Sex ausgerechnet, außerdem rechnete ich mit viel mehr Stunden, als ich dort machen muss. Es sind 8 bis 9 Stunden pro Tag und 3 bis 4 Tage wären gefragt. Der Chef will mehr Frauen, die weniger Stunden für noch immer gutes Geld arbeiten. Er sagte, dass es so besser ist, weil das das Maß an Sex ist, das man gut verträgt und man so nicht die Lust daran verliert. Ein Punkt war ihm auch wichtig: Dass die Frauen Zeit haben, andere Dinge auch noch zu machen, damit sie die Welt rundum nicht vergessen.

Ich schenk mir Peep Show und all das, was ich im Erotikbereich sonst so andachte, ich mach gleich mal nen Einstieg in die Rotlichtszene Wiens.

Es ist so genial, dass ich das tun kann, obwohl ich einen Freund habe!"

Am 26. August notierte ich:
„,Handentspannung' heißt Wixen im Gewerbe."

Am 28. August berichtete ich über viele Aktivitäten und dann:
„Das alles am Tag bevor ich meine Probewoche im Rotlichtmilieu mache, und es macht mir keine Angst, keine Sorgen. Würde ich morgen in einem Pensiheim anfangen, dann hätt ich einen Stress. Ich denke so freudig an morgen."

Der Eintrag des 30. 8. lautet:
„Gestern bin ich bis 22 Uhr im Geschäft geblieben, alles super. Und meinen ersten Kunden hab ich gehabt! Marco hat ganze 365 Euro bezahlt um mit mir 2 Stunden im Whirlpool zu verbringen. Ich hab das alles noch nicht überzuckert. Ganz und gar nicht. Ich freu mich und schnalle, dass ich viel geilen Sex haben kann, ich super massieren lerne und dort alle verrückt sind, sodass ich mir recht normal beziehungsweise sicher nicht mehr alleine vorkomme. Wahnsinn. Die Massagelehrerin meint ich mach's gut, die Chefin richtet mich her wie'n Püppchen und sie hat sehr viel Freude daran. Meine Augenbrauen sind gezupft und gefärbt, ich muss Make Up kaufen. Das mit dem Küssen kann ich halten wie ich will.

Die Chefin sagte, dass mein erster Kunde schon Spaß gehabt haben muss, da er auf 2 Stunden verlängerte.

Anal wird nicht angeboten, weil viele Kunden das wollen und die, die es anbieten würde, wäre dann die Gefickte schlechthin, das würde das Team schwächen. Auch der Finger in unseren Pos ist Tabu. „Der tut dann fest und glaubt, so ist das super. Männer..." meinte die Chefin und überdrehte die Augen."

Der nächste Eintrag findet sich am 6.9.:

„Erster Eintrag in der Arbeit. Sabse hat Beziehungsprobleme, Liebeskummer, Melancholie. Sie beschwerte sich heute, dass sie bei einem Kunden kam, bei ihren Freund aber nicht. Noch dazu war der Kunde älter und nicht ihr Typ.

Sie sagte offen, dass sie vor hier nicht viel Sex hatte. Ich sprach Onanie an, sie hielt sich die Hand vor den Mund und meinte: „Ich bin so prüde!" und beendete dann charmant dieses Thema."

Ein Tätigkeitsprotokoll für den Frühdienst finde ich:

„8 Uhr 45 Ankunft, Saugen, Wischen

9 Uhr 30 Klopapier gucken, Kleenex und Massageunterlagen ergänzen, Öl kont-rollieren, Wasser in Ölwärmer auffüllen, Mäntel waschen: 60° Celsius

10 Uhr Tür aufsperren, Handys einschalten, Musik anmachen, Ruhe bewahren, alles wird gut."

Am 12.9. schrieb ich auf, dass mir ein Kunde Unterwäsche, Strümpfe, eine kleine Schürze und einen Haarreifen für unsere Stunde mitbrachte und schenkte. Und dann:

„Heute habe ich das Gefühl, ich rieche und schmecke nach meinen Kunden. Ich kenne das aus der Pflege, man muss also nicht unbedingt küssen, um den Ge-schmack des anderen zu haben.

....

Ich bin allem gegenüber viel selbstsicherer seitdem ich Freudenmädchen bin. Ich seh Sinn im Dasein. Ich musste noch kein einziges Mal an den Tod denken seither. 2 Wochen Paradies! Ich lerne weibliche Züge an mir lieben. Ich fühl mich so wohl."

Unter den Zeilen des 20.9 finde ich:

„Meine Orgasmen werden stärker, vaginaler und länger.",

unter denen des 22.9.:

„Einem hab ich's heute 2 Mal besorgt, einem hab ich Gefühl gegeben und von N. wurde ich eingeschult, es M., der es hart braucht, zu besorgen. Auf ihm muss man unter anderem barfuß rumsteigen."

Dieser Eintrag bezieht sich auf ein Pärchen, das unser Etablissement zu zweit auf-suchte.

24.9.
„Ich fühl mich wohl und geborgen in der Firma, die können was mit meinen Fähigkeiten anfangen und ich hab einen stressfreien, geldabwerfenden Job, den ich liebe. Robert kommt auch super damit zurecht, ein „archaisches Blubbern" hatte er, als ich ihm erzählte, dass mir einer seinen Zeh in die Muschi schob, aber sonst... Die Kollegin, die letztens bei uns auf Besuch war, findet er extrem sympathisch, interessant und humorvoll. Er hat nichts gegen mehr Kolleginnen-Besuch."

5.10.
„Gestern fand eine große Razzia der Sitte in Wien statt. Bei uns waren sie zum Glück nicht."

6.10.
„Laut meinem momentanen Beobachtungsstand bin ich bisher die Einzige in den letzten Wochen, die viele Kunden ohne Jammern wegsteckt. Nur das dauernde Hin- und Herschalten zwischen Hingabe und Konzentration bringt mich mitunter etwas ins Schleudern.
Ich bin das 1. Mal in der Firma gekommen. Bei einem impotenten 75-jährigem Bauingenieur. Er leckte mich und ich dachte ‚Wieso nicht reinfallen lassen?' Hab es Sabse gesagt. Sie ließ eine Bemerkung fallen, so quasi „Der, spinnst?", doch sie kennt das, sie ist in der Firma noch nie bei einem Jungen, Hübschen gekommen...".

Ziemlich bald taten sich dann Konflikte auf mit einer meinem Typ entsprechenden Kollegin auf. Sie versuchte mich zu sabotieren mit Dingen, die die Chefitäten als nicht gut empfanden, lauter Kinderkram, den ich mir viel zu sehr zu Herzen nahm, die mir aber heute genauso viel Stress machen würden wie damals. Nach manchem Versuch einer verbalen Klärung, was nicht zum gewünschten Ziel führte, wurde es ein lautloser Konflikt, ein Machtkampf um die Position im Team.

Am 18.10.2007 berichtete ich über die Reaktion meiner Chefin zu einer Filmempfehlung von mir. „Secretary – Womit kann ich dienen? lautet der Film, in dem eine junge Frau, die zur Selbstverletzung neigt, aus einem psychiatrischen Krankenhaus entlassen wird, in dem sie sich ihrer Meinung nach zu Unrecht befand. Sie macht einen Maschinenschreib-Kurs und beginnt bei einem Rechtsanwalt zu arbeiten. Ihre Vorgängerin weint, als sie ihren Arbeitsplatz räumt. Ihr Chef ist sehr streng und bald entwickelt sich eine von seiner Seite her dominante Affäre, die sie beheizt, indem sie ihm zum Beispiel tote Insekten in Briefe steckt, um bestraft zu werden. Am Ende heiraten sie.
Meine Chefin war begeistert.
Am Abend des Tages, an dem ich dieses Feedback bekam, als ich in einem Whirlpool-Zimmer gerade fertig wurde mit den umfangreichen Reinigungsarbeiten, der

Pool, die Liege, die dahinter aufragende Spiegelwand und der Boden mussten blitzen, da kam meine Chefin herein, warf eine Plastikfliege auf die Liege, ließ sich auf die Knie fallen und legte ihre Arme, die anhand sehr weiter Flügelärmel ihres Oberteils aneinander gebunden waren, auf die Liege. Ich umarmte sie in schallendem Gelächter."

Am 21.10 finde ich einen langen Text.
„Rudimentäres Auferstehen. Ich lag nie falsch, keine meiner Motivationen war böse, ich passte nie in unsere allgemein gültigen Normen. Meine Bedürfnisse und Absichten entspringen der Natur und sind gekoppelt mit Pragmatismus. Ich habe also nicht den Drang etwas zu zerstören um etwas zu erobern, will nur teilhaben. Es gibt nichts zu erobern, mir gehörte nie etwas, ich hatte immer nur teil. Wir nehmen immer nur teil, nicht mehr. Und alles, wovon man meint, man hätte es erobert oder es gehöre einem, all das bringt auch Verpflichtungen mit sich.
Momentan fühle ich mich zufrieden. Seitdem ich Freudenmädchen bin fühle ich mich seit langem das erste Mal über Wochen ganz. Eine tiefe Sehnsucht scheint gestillt zu sein. Eine Sehnsucht, die ich einst nicht ernst genug nahm. Mein gesamtes Selbstverständnis wurde ein anderes. Ich tue etwas gesellschaftlich gesehen Schmutziges und fühle mich besser denn je. Was ist das? Ein tiefes Solidaritätsbedürfnis mit den Geächteten? Nein. Außerdem empfinde ich es nicht als ‚nieder' oder ‚schmutzig', und dass es ein Großteil der Menschen vielleicht so sieht, das kratzt mich überhaupt nicht. Ich empfinde mich als aufgewertet, edler, sinnvoll eingesetzt und richtig ausgelastet, da wo meine Talente liegen. Jede Arbeit, die ich bisher hatte, hätte ich besser machen sollen. Sollte ich laut Kollegen oder Chef jemanden schnell waschen, wäre meine innere Verpflichtung aber ihn langsam, sorgsam und hingewendet zu waschen. Hier ist die Tätigkeit und das Tempo wie für mich gemacht. Der Chef meinte heute, dass ich für die Chefin ein Rätsel bin. Er sagte, dass mein Agieren hier außergewöhnlich ist."

31.10.
„Heute hat mich ein Kunde gefragt, ob ich mal ein Mann war. Er fickte mich von vorne, ich stützte mich auf der Liege ab und meine Muskeln traten hervor."

1.11.
„Ich träumte, dass die Chefin mich rauswarf, weil ich einen Oberlippenbart hatte."

Ein kurzer Blick ins Internet bietet weitere Informationen zu der damaligen Zeit. Im Erotikforum tauschen sich Männer über Sexarbeiterinnen aus, berichten Erfahrungen, geben Empfehlungen oder raten ab. Einer meiner Einträge lautet so:
„Kann, wie viele Vorposter von mir, die A. nur weiterempfehlen. Für mich ist sie eine der einfühlsamsten Frauen, die ich bislang kennen lernen durfte. Sie gibt dir sofort das Gefühl des Willkommenseins und ich bin mir sicher, dass ein kom-

plett anderer Männertyp als ich es bin, ebenfalls so empfinden wird. Neben ihrem geschliffenen Mundwerk liebe ich ihre Ausstrahlung, ihre langen Haare und ihre schlanke Figur. Liebhaber von schlanken und großen Frauen werden begeistert sein, weil ihr durchtrainierter Körper keine Anzeichen von Abmagerungsstellen, wie es Essgestörte oft haben, aufweist.

Kann abschließend nur sagen, GFS vom feinsten."

„GFS" bedeutet Girlfriend Sex, das heißt, es kommt zwischen Kunde und Nüttchen zu Zärtlichkeiten wie Kuscheln, Schmusen, Streicheln und zu Zungenküssen.

Weiters stolpere ich über:

„A. ist groß, schlank, rothaarig, kleiner Busen, GFS, NF (Anm. Natur-Französisch), GV (Anm. Geschlechtsverkehr) sehr gut, witziger Gesprächspartner."

„sehr zart, kleine, feste brüste
massiert gut & mit einsatz
NF gekonnt und zärtlich
witzig & charmant, ein nettes erlebnis"

Zurück zum Tagebuch. Erste Berichte über eine taube rechte Hand und schmerzende Finger tauchen auf. Die Massagetätigkeit wirkte sich negativ aus, auch die Handentspannungen, die ich mit der rechten Hand um ein Vielfaches besser machte als mit links, hingen sich rein. Nicht jeder kommt leicht und ich strengte mich wirklich an, die Männer nicht ohne Orgasmus wieder gehen lassen zu müssen.

Über weitere Vorkommnisse in diesem ersten Abschnitt meiner Karriere machte ich keine Notizen. Im Führungsteam gab es irgendwann Umstellungen, die zu Problemen für mich führten. Wann genau Muna dort auftauchte weiß ich nicht, ich weiß nur, dass wir von Anfang an so gut reden konnten, dass mich oft ein Klingeln an der Türe störte.

Sehr lange blieb sie nicht in diesem Studio und ein paar Tage nach ihrem Ausscheiden kündigte ich dort. Ich hatte es satt, mich von einer neuen Hausmama anpflaumen zu lassen, nur, weil ich zum Beispiel auf einem Zimmer verlängerte, was vorher nicht nur kein Problem war, sondern willkommen, weil es mehr Geld fürs Haus bedeutete. Es änderte sich so einiges und das gefiel mir nicht.

Mit Muna machte ich mich dann auf Jobsuche, die schon beschriebene Tour des Nachts, die uns dann ins Babylon führte, folgte ziemlich bald.

Abends sehe ich mir „Spotlight" an, ein Film über die wahren Begebenheiten 2001 in Boston, bei der eine Zeitung über das Vertuschen von Missbrauchsfällen in der Kirche schreibt.

249 Priester wurden angeklagt. Der dort ansässige Kardinal wurde nach Rom versetzt.

Am Ende des Films werden 206 Orte angeführt, an denen große Missbrauchsfälle aufgedeckt wurden. Was für ein Desaster. Gute Nacht.

NICHT GEGEBENE SELBST- ODER FREMDGEFÄHRDUNG

Traum: War in Graz und unserm ehemaligen Wohnort im Süden von Graz zugange. Einer von den zwei, mit denen ich vor kurzem die Orgie erlebte, reiste mir
nach, überraschte mich ständig, war ein angenehmer Zeitgenosse.
Dann träumte ich im Traum. Ich war ein Nazi und andere und ich trampelten ein
oder 2 Frauen tot. Ich erzählte es nach dem Erwachen im Schlaf dem immer wieder auftauchenden Orgienteilnehmer. Es war 13 Uhr 30, als ich es ihm das erste
Mal erzählte.

Wenn ich an den Unauffindbaren denke, dann wird mir schlecht.
Insgesamt bin ich sehr unruhig unterwegs.
Gestern machte ich keine Befindlichkeitsnotizen, es ging mir schlecht und auch die
Kontaktaufnahme mit Menschen änderte daran nichts. Es half nur Ablenkung, die
ich mir mit dem Durchackern der alten Tagebücher verschaffte.

Es folgt ein Gang auf das Sozialamt, dort muss ich meine Aufenthaltsbestätigung
vom Spital abgeben und mich wieder daheim wohnend melden. Das Formular ist
schnell abgegeben, montagmorgens ist am Amt nichts los.
Dann mache ich mich auf den Weg in ein Geschäft um Leinwände zu kaufen und
steige in die U-Bahn. Ein sehr hagerer Mann mit fettigen Haaren, der mehr tot als
lebendig riecht, steigt auch ein. Als ich aussteige, muss ich wegen eines großen
Andranges im Wagen ziemlich nah an ihn ran. Der Geruch von sich zersetzendem
Eiweiß beißt in der Nase. Da ich weiß, dass es Teilchen von ihm sind, die sich jetzt
in mir befinden, in meiner Nase physisch andocken und ein Riechen erst möglich
machen, finde ich es extra ekelig.
Das angesteuerte Geschäft führt die Leinwände in meiner Standardgröße nicht
mehr, also besteige ich kurzentschlossen wieder die U-Bahn und fahre zu einem
großen Künstlerbedarfsladen am anderen Ende der Stadt. Auf der Fahrt komme
ich an der U3-Station Erdberg vorbei, die ich früher so oft ansteuerte um mich am
Thomas-Klestil-Platz nach einer meist langen Wartezeit auf einem Gynäkologen-
Stuhl auf alle möglichen Krankheiten hin untersuchen zu lassen.
In der gestern beschriebenen Zeit des ersten Studios tat ich das nicht, weil wir ja
Illegale waren. Wahnsinn eigentlich. Wir machten unsere Routineuntersuchungen
bei normalen, niedergelassenen Frauenärzten, manche gingen öfter hin und ließen

sich auch auf HIV testen, doch ich schiss mich um gar nichts. Alle 6 Monate tauchte ich bei meinem Arzt auf und ließ mich nicht gesondert auf Geschlechtskrankheiten untersuchen.

Die Zeit der Prostitution zeichnete sich aus als gynäkologisch gesehen besonders gesunde. Hatte ich davor ständig irgendwelche bakteriellen Entzündungen und Pilze, so hörte das zu meiner großen Überraschung schlagartig auf, als ich im Job begann.

Zum Glück steckte ich mich die ganze Zeit über mit keinem der möglichen Keime an, ich entkam völlig den gesundheitlichen Risiken, die ich einging. Allerdings kannte ich keine, die sich mehr einfing als bakterielle Infektionen oder Pilze.

Später, als ich eine Offizielle war, suchte ich meist mittwochs das Amt für Kontrollprostituierte auf. An sich ging ich ja nicht so gern zum Frauenarzt, doch die Untersuchungen dort störten mich nicht. Ich war in einer anderen Rolle, als wenn ich privat zum Arzt ging. Mich störten die lange Fahrt und die Wartezeit, nicht aber die pragmatisch kurze Untersuchung. Sie schauten, nahmen Abstriche und zapften alle 6 Wochen Blut. Auch der oft unpersönliche Umgang der Ärztinnen störte mich nicht, allerdings waren sie auch oft herzlich oder witzig, je nach dem, an wen man kam.

An eine Begebenheit erinnere ich mich besonders.

Man wird via Lautsprecher in eine Kabine gerufen. Diese erhält man im Tausch gegen die Kontrollkarte, auch „Deckel" genannt.

„Nummer 87, Kabine 3, Kabine 3." Man betritt die Kabine, schließt hinter sich ab und entkleidet sich. Es führen jeweils zwei solcher Kabinen zum Untersuchungsraum. Bei der Erstuntersuchung und bei manchen darauffolgenden Checks alle paar Monate muss man sich ganz nackig machen, sie kontrollieren die Haut am gesamten Körper, doch bei den anderen Untersuchungen reicht es, wenn man den Unterleib entkleidet. Oft stand ich minutenlang in der engen Kabine herum und wartete darauf, dass sich die Tür zum Untersuchungsraum öffnet. Wenn sie dann aufging, dann musste ich ein Stück der Einmal-Unterlage über die Sitzfläche des Gyno-Stuhls ziehen und Platz nehmen, während die Ärztin meist noch am Computer oder am Mikroskop beschäftigt war. Bei dieser speziellen Begebenheit fand der routinemäßige Identitätsabgleich nicht mit dem Erfragen des Namens statt, sondern mit einem Blick auf die Haut, denn die Zweite, die in Frage kam, hatte dunkelbraune Haut. Die Ärztin sah auf meine gespreizten Beine, unterbrach sich in dieser Handlung, entschuldigte sich und sah mir ins Gesicht. Da ich das absurd-komisch fand in dem Moment, lachte ich los, und die Ärztin lachte mit mir.

Nach einer Untersuchung zieht man sich wieder an und wartet in der Kabine eine kurze Abstrichkontrolle am Mikroskop ab, dann erhält man, sofern alles passt, seinen Deckel mit einem aktuellen Stempel zurück und kann gehen. Bis nächste Woche.

In Österreich ist die Prostitution eine Arbeit, die Asylwerberinnen erlaubt ist auszuführen.

Laut Wikipedia waren im Jahr 2013 1,6% der gemeldeten Huren Asylwerberinnen, 2011 waren 4% Österreicherinnen und der Rest hatte Migrationshintergrund.

Im Geschäft des Künstlerbedarfsladens verabrede ich mich mit Albert, ich kaufe ein und wir gehen im Anschluss auf einen Kaffee. Danach begleitet er mich nach Hause und ich zeige ihm meinen Arztbrief, den ich bei dieser Gelegenheit selber zum ersten Mal lese.

„Aufnahmegrund:
Depressives Syndrom
Angstsyndrom
Suizidalität

Diagnosen bei Entlassung:

Rezidivierend depressive Störung, ggw. schwere Episode ohne psychotische Symptome	F33.2
Persönlichkeitsänderung nach Extrembelastung	F62.0
Somatoforme Schmerzstörung	F45.4
Generalisierte Angststörung	F41.1
Psoriasis	L40.9
Tinnitus	H93.1

Zusammenfassung des Aufenthalts:
Die stationäre Aufnahme erfolgte aufgrund eines depressiven und Angstsyndroms sowie Suizidalität, nachdem ein tagesklinisches Setting sich als nicht mehr tragfähig erwiesen hatte.
Wir adaptierten die vorbestehende Medikation, indem wir Trittico und Zyprexa in der Dosierung reduzierten und stattdessen Pregabalin (Lyrica) etablierten, welches in weiterer Folge kontinuierlich aufdosiert wurde. Eine als Nebenwirkung aufgetretene milde Akkommodationsstörung wird von der Patientin toleriert und sie wünschte keine Dosisreduktion. Neben der pharmakologischen Intervention war die Patientin in unser multimodales Therapiekonzept mit Physio-, Ergotherapie und psychologischer Behandlung eingebunden, von dem sie gut profitierte.

Am 23.2.2018 konnte bei nicht gegebener Selbst-/Fremdgefährdung dem Wunsch der Patientin auf Entlassung entsprochen werden, wobei wir für den Fall einer neuerlichen psychopathologischen Verschlechterung eine stationäre Wiederaufnahme anbieten. Ansonsten sollte die psychiatrische und psychotherapeutische Betreuung im ambulanten Bereich fortgesetzt werden. Zuletzt präsentierte die Patientin sich freundlich zugewandt, mit deutlich und zufriedenstellend zurückgedrängten Ängsten, im Affekt subdepressiv, dabei gut reagibel und prospektiv denkend, mit wiedererlangten Interessen, im Antrieb regulär sowie von Suizidalität deutlich und glaubhaft distanziert."

Die Akkommodationsstörung, das ist die optische Einschränkung des Scharf-
stellens, ist zwar nicht mild und meine Ängste waren zum Zeitpunkt der Entlassung
massiv da, aber ein Bericht der psychiatrischen Krankenhäuser muss immer positiv
klingen.
Dem Blutbefund ist zu entnehmen, dass meine Eosinophilen, eine Art von Blutkör-
perchen, die durch Stress dezimiert werden, bei null liegen. Es hätte keine gesundheitlichen Folgen heißt es. Vermutlich weiß man nur noch nicht, welche Auswirkungen es hat.

Den Nachmittag widme ich meinem Aquarium. Ich lasse rund 180 Liter Wasser
mit Ausscheidungen und halb zersetzten Pflanzenresten, die ich mit einer Mulmglo-
cke aus dem Bodengrund sauge, ins Klo. Ein langer Schlauch bietet diese Direkt-
verbindung. Über den Schlauch befülle ich das Aquarium auch wieder, diese Maßnahme, das Putzen der Frontscheibe und das Stutzen mancher Pflanzen lassen
mein Schmuckstück wieder glänzen.
Ein Telefonat während das Wasser ins Aquarium läuft und eines danach füllt die
Zeit, abends wird noch etwas Arte geschaut, dann gehe ich früh zu Bett.

FURCHT, VERZWEIFLUNG UND HOFFNUNGSLOSIGKEIT

Ich werde vor Müdigkeit wach und finde etwas Fremdes an meinem Körper: mein gesamter rechter Arm ist leblos und taub, schmerzt aber nicht. Ich lege ihn nach dem Aufsetzen in eine der Haltung angepasste Position, ich kann ihn von der Schulter an weder bewegen, noch spüre ich meine eigenen Berührungen. Kurz streichle ich ihn. Es fühlt sich nicht einfach an wie der Arm eines anderen, es fühlt sich an wie der Arm eines Toten. Um diese Uhrzeit, es ist 4 Uhr 11, fehlt mir noch der Humor um weitere Experimente durchzuführen, was ich aber jetzt schon bereue. Gänzlich taub ohne Schmerzen hatte ich noch nie.

Etwas bleibe ich wach, mache mir einen Kaffee und google nach Lyrica, informiere mich umfassend, aber die Nebenwirkungen lasse ich aus.
Ich bin so müde, dass ich wieder schlafen gehe, zu Alice im Wunderland schlafe ich ein, um um 7 Uhr 30 wieder zu erwachen.

Nachdem ich wirklich wach bin bemerke ich eine weitere Positivwirkung des Lyrica: ich vergesse während dem Ausüben von Kräftigungsübungen, dass meine Muskeln schon weh tun, beziehungsweise ist der Schmerz ein anderer. Mir fiel schon auf, dass ich leichter Muskelaufbau betreiben kann, nun ist mir klar, woran es liegt. Ein meinen Körper betreffendes, stark ausgeprägtes Frühwarnsystem, das auch bei Sport leicht anschlägt und dazu führt, dass sich die Belastung in den Muskeln lebensbedrohlich anfühlt, ist offenbar reduziert. Es zieht zwar, aber ich verliere mich weiter im Anblick des Aquariums, vor dem ich Kniebeugen mache. Wie wunderbar.
Danach genieße ich es, mir eine Doku aus der Mediathek von Arte über Kindesmissbrauch ansehen zu können, ohne Symptome zu bekommen.

Zwar schaffe ich es großteils, einen recht angenehmen Tag zu verbringen, ein Telefonat mit einer Therapiekollegin und das Sprechen über den Unauffindbaren katapultiert mich aber in eine Angstspirale, die mich ziemlich hoffnungslos zurücklässt. Elendsgefühle brettern rein, Schwindel und das Gefühl zu fallen suchen mich heim. 3 Stunden verbringe ich in Angst, ein Telefonat mit Lisi sticht in dieses Gefühl hinein, das sich aufbläht wie ein Ballon, bringt es zum Platzen, ich weine bittere Tränen der Furcht, Verzweiflung und Hoffnungslosigkeit. Ich nehme noch während dem Telefonat Valium. Es beruhigt sich schnell und ich verbringe den Rest des Abends im Benzo-Taumel anstatt Angst zu haben.

VALIUM

Heute spüre ich wieder alles an meinem Körper, als ich erwache.
Eineinhalb Stunden danach, ich verbrachte sie in Gedanken an die gestrige Angst-
attacke und in halbherzigen Analysen über die durch den Unauffindbaren ausge-
lösten, uralten Symptome, die ja weniger mit der aktuellen Geschichte und mehr
mit Vergangenem zu tun haben, werde ich wütend und beginne in meinen Polster
zu schreien und dabei mit den Beinen zu strampeln. Augenblicklich stellt sich Entspannung ein. Sie überschwemmt meinen Körper, lässt ein wohliges Gefühl, gemeinsam mit Müdigkeit, Einzug halten. Es hält nur nicht lange, die Angst hat mich
bald wieder fest im Griff.
Nach einer Stunde des Aushaltens in der Hoffnung, dass sie verschwindet,
schreie ich wieder in meinen Polster und versuche die Angst hinaus zu strampeln.
Es geht über in hysterisches Geheul und schlussendlich in eine lange Phase des
Weinens, in der ich mich fühle wie ein verletztes Tier.
Da ich ohne Absprache mit der Station nicht wieder Valium nehmen möchte, rufe
ich auf Pavillon 20/2 an und bitte um ein Gespräch mit dem Stationspfleger. Er ruft
mich binnen Minuten zurück, sagt, dass ich Mitleid mit meinem verletzten, inneren
Kind haben soll. Ich soll weinen, so lange ich kann und wenn es nicht auszuhalten
ist, dann soll ich ruhig auf das Valium zurückgreifen. Es erleichtert mich.
Ich weine und bemitleide mich, doch dann treten Suizidgedanken durch dieses
Selbstmitleid auf. In dieser Emotion ist Suizid die einzig adäquate Lösung. Ich entscheide mich für Valium.
Auch deswegen, weil ich einen ausgemachten Besuch bei Sarah und Herbert nicht
absagen möchte, ich bin auf ein Geburtstagsessen eingeladen, Herbert wird 48.
Ich bin der einzige Gast, somit wäre ein Absagen recht blöd, außerdem möchte ich
dringend hin.
Das Valium wirkt schnell, ich fühle mich halbwegs menschlich nach dem Einfahren der Wirkung. Mutig und optimistisch fahre ich in den 15. Bezirk, verlebe einen
großteils angenehmen Nachmittag, weine aber auch mal, weil ich all meine Probleme so satt habe und es kaum glauben kann, dass mein Leben diese Richtung
einschlug. Vieles hätte ich mir vorstellen können, nur nicht über Jahrzehnte derlei
Symptome zu haben.
Sehr gut kann ich diesmal die eigene Grenze wahrnehmen, wann es mir zu viel
wird und ich besser wieder in die Einsamkeit entschwinde.
Es folgt ein kurzer Abend daheim.

DASS SICH DIE GESCHICHTE NICHT WIEDERHOLT

Um 9 Uhr habe ich einen Termin im OWS bei meiner Psychologin. Recht stabil fahre ich ins Spital und erfriere trotz dickem Wintermantel halb am Weg vom Bus bis zum Pavillon 18. Ich bin viel zu früh und nehme in einem Warteraum der dortigen Tagesklinik Platz. Während ich diese Zeilen schreibe setzt sich der Unauffindbare auf einen Stuhl neben mir. Bald verschwindet er wieder. Ich spüre nichts. Ein altbekanntes Abschalten aller Systeme findet statt. Ich starre geradeaus, tue gar nichts.

Dann ist es so weit, meine Therapiestunde beginnt, ich schildere, dass es mir gut erging, bis ich begann, mich mit der Geschichte des Unauffindbaren zu beschäftigen, es zu erzählen.

Die Psychologin meint, dass der Vorschlag von ihnen gewesen wäre, dass ich nicht mehr wiederkomme wenn es mir gut gehen würde draußen, doch sie denkt, dass ich stationäre Therapie brauche, zu angeschlagen wirke ich auf sie, obwohl ich eh ziemlich gefasst bin im Vergleich. Wir gehen gemeinsam auf Pavillon 20 rüber, auf die Bettenstation, um mit den Ärzten zu reden. Sie schließt sich mit einigen Zuständigen kurz, ich werde nach ein paar Minuten, die ich plaudernd mit der Märchenfee verbringe, die heute entlassen wird und auf ihren Sachwalter wartet, der sie heim bringt, in ein Arztzimmer gebeten.

Die Oberärztin hört sich an, wie sich meine Woche gestaltete und wie es mir jetzt geht.

Sie hält es nicht für klug, dass der Unauffindbare und ich auf der gleichen Station sind. Es gäbe nur die Variante, dass einer von uns auf die Akut-Station kommt, das Verlegen auf einen anderen Pavillon kommt nicht in Frage meint sie, als ich mich nach dieser Möglichkeit erkundige. Wie lange er noch hier sein wird frage ich. Es handelt sich um Monate. Wir beschließen, dass ich nicht wieder aufgenommen werde. Erleichterung stellt sich bei mir ein. Die Ärztin ruft bei meinem zuständigen Psychosozialen Dienst an und macht mir einen Termin in 4 Tagen aus. Als ich das Haus nach einem kurzen Verabschieden von der Märchenfee – Bussi, bis hoffentlich bald – verlasse, fühle ich mich wie ausgespuckt.

Ich gehe zu Pavillon 5 links unter der Kirche und besuche die Ausstellung zum Thema NS-Medizin. 2,5 Stunden lang beschäftige ich mich mit den Unfassbarkeiten des Naziregimes in Bezug auf psychisch kranke und auffällig gewordene Kinder. Sie wurden vermessen, gedemütigt, gefoltert und vernichtet. Das Dokumentationsarchiv des österreichischen Widerstands sammelte viele Informationen, die hier preisgegeben werden.

Ich bete ständig beim Ansehen der Unfassbarkeiten, dass Stätten wie diese nicht verschwinden, dass sich die Geschichte nicht wiederholt und dass nicht weiteres Material für Ausstellungen dieser Art entsteht.

Nach diesen Stunden dort, die für mich nicht als Zeit wahrgenommen wurden, fahre ich heim.

Ein 48A ohne angenehme Körperwahrnehmung, eine U6, die mir in der Wahrnehmung entschwindet.

Ein Gang zum Supermarkt.

Eine Flasche Wein.

Prost.

ISBN 13: 978-3752671179

[1] "Katastrophen und Krisen. Ereignisse, die die Welt erschütterten"
von Jeremy Kingston und David Lambert
Neuer Kaiser Vlg GmbH
ISBN-13: 978-3704360175

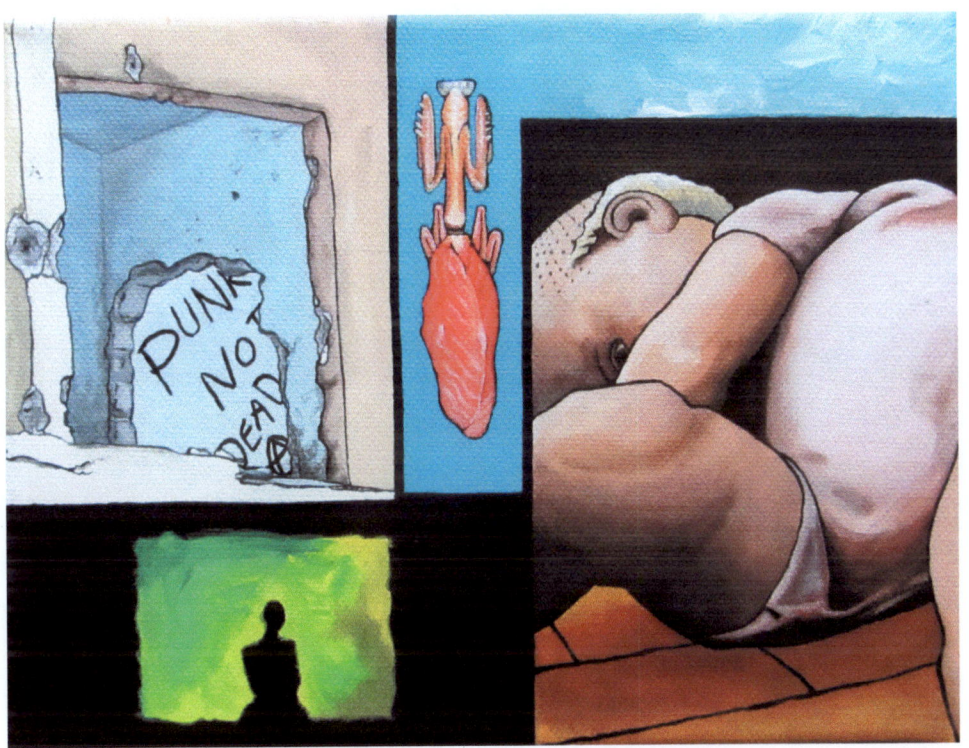

"YSQ-S3 dt", 2015, 18x24cm, Acryl auf Leinwand